L'enfant du renouveau

Un mariage (pas si) arrangé

Une étreinte parfaite

CHRISTY JEFFRIES

L'enfant du renouveau

Traduction française de
MADELEINE POULAIN

PASSIONS

HARLEQUIN

Collection : PASSIONS

Titre original :
IT STARTED WITH A PREGNANCY

HARPERCOLLINS FRANCE
83-85, boulevard Vincent-Auriol, 75646 PARIS CEDEX 13
Service Lectrices — Tél. : 01 45 82 47 47

www.harlequin.fr

ISBN 978-2-2804-3735-6 — ISSN 1950-2761

- 1 -

Assise sur le rebord de la baignoire, Rebekah Taylor fixait le test de grossesse qu'elle tenait à la main.

Comment pouvait-il être positif ? Ils s'étaient pourtant protégés. Au dernier moment, elle s'était souvenue du préservatif qui traînait chez elle. Il s'agissait d'un cadeau reçu lors de l'enterrement de vie de jeune fille d'une amie, un ou deux ans auparavant. L'objet en question, par sa couleur rose pailleté, s'était révélé assez gênant, mais il aurait dû fonctionner aussi bien qu'un autre.

Visiblement, ce n'était pas le cas.

Peut-être le préservatif avait-il atteint sa date de péremption. Les yeux agrandis par l'angoisse, Rebekah jeta un coup d'œil à son reflet dans le miroir de l'armoire à pharmacie. Tous les six mois, elle vidait les placards de la cuisine et de la salle de bains, jetant consciencieusement tout ce qui était périmé. Comment avait-elle pu passer à côté d'une chose aussi importante ?

Avec un soupir, la jeune femme se recroquevilla un peu plus contre le mur. La réponse était simple : elle avait si bien dissimulé la petite boîte en forme de cœur, tout au fond d'un tiroir de sa table de chevet, qu'elle avait fini par l'oublier. D'ailleurs, elle y serait probablement restée un bon moment si elle ne s'était pas sentie à ce point désespérée, ce soir-là.

Désespérée et terriblement seule.

Au moins, *elle* avait eu un préservatif, contrairement à certains. Deux mois plus tôt, l'insouciant Grant Whitaker l'avait raccompagnée chez elle sans se demander s'il était équipé pour y passer la nuit. Normalement, ni lui ni elle n'auraient pu prévoir que les choses tourneraient de cette manière… Surtout pas Rebekah.

Jusqu'à cette soirée-là, si on lui avait dit qu'elle inviterait Grant à passer la nuit avec elle, la jeune femme aurait sans doute éclaté de rire. En effet, chaque fois qu'il était venu dans leur petite ville de Spring Forest, en Caroline du Nord, elle l'avait trouvé franchement antipathique.

Lorsqu'il descendait de l'avion en provenance de Floride, il portait toujours un short de bain, un T-shirt et des tongs. On aurait dit un moniteur de surf plutôt qu'un homme d'affaires.

En dépit de cet extérieur décontracté, il passait son temps à surveiller Rebekah du coin de l'œil, comme un rapace avec sa proie. Elle était directrice administrative de Copains pour Toujours, le refuge animalier appartenant aux tantes de Grant. Il aurait donc dû lui faire confiance. Pourtant, il ne la quittait jamais des yeux, comme si elle s'apprêtait à dérober un sac de biscuits pour chien dès qu'il aurait le dos tourné.

D'un autre côté, elle voyait bien qu'il se comportait de cette manière avec tout le monde, excepté avec ses tantes. On ne pouvait pas lui enlever cela : dès qu'il s'agissait de sa famille, Grant se montrait attentif et protecteur.

— En ce qui te concerne, tu ne risquerais pas de passer pour une Whitaker, lança Rebekah à son reflet dans le miroir.

Avec une mère afro-américaine et un père d'origine irlandaise, la jeune femme avait hérité d'une chevelure noire aux boucles serrées, encadrant un visage à la peau mate et cuivrée. Rien à voir avec le teint légèrement hâlé de Grant, ni avec ses cheveux blonds ondulés. À qui ressemblerait leur bébé ? Avec un peu de chance, il aurait peut-être les meilleurs gènes de chacun de ses parents.

— Arrête ça tout de suite, se morigéna-t-elle.

Elle savait qu'elle était enceinte depuis trois minutes, et elle laissait déjà ses émotions prendre le dessus. D'ailleurs, peut-être que ce premier test avait donné un faux résultat.

Tendant la main, elle attrapa un deuxième paquet sur

l'étagère. Cette fois, l'étiquette annonçait un signe « plus » si le test était positif, et non deux lignes horizontales.

Dix minutes plus tard, cependant, le résultat fut exactement le même.

Si cela avait pu changer quelque chose, Rebekah se serait effondrée sur le carrelage de la salle de bains, roulée en boule jusqu'à se faire toute petite. Mais elle était une adulte. Elle avait un master en gestion administrative, un poste important dans une organisation à but non lucratif, et accessoirement un crédit immobilier à régler.

Non, décidément, les femmes comme elle ne perdaient pas de temps à pleurer chaque fois qu'elles rencontraient un problème. Elles réfléchissaient, trouvaient des solutions et décidaient ce qu'elles allaient faire ensuite.

Rebekah sortit de sa poche le bloc-notes qui ne la quittait jamais et écrivit :

1. Prendre rendez-vous chez le médecin.

En face du numéro deux, cependant, elle s'arrêta. Que pouvait-elle faire d'autre ?

Prévenir Grant ?

Rien qu'à imaginer cette conversation, elle en avait des frissons. De deux choses l'une : soit il oublierait complètement son existence et celle de l'enfant, parce que cette grossesse ne cadrerait pas avec sa vie dissipée ; soit il l'accuserait d'être tombée enceinte exprès pour le piéger.

Comme Trey l'avait fait autrefois…

De toute manière, il était inutile de faire quoi que ce soit pour l'instant. Il faudrait attendre la confirmation de sa grossesse par le médecin.

Froissant sa page de bloc-notes, la jeune femme l'envoya rejoindre les deux boîtes roses et bleues dans la corbeille à papier. Elle se dirigea ensuite vers la cuisine, où elle alluma sa machine à café d'un geste si automatique qu'elle y fit à peine attention.

Mais presque aussitôt elle se souvint que les femmes enceintes devaient limiter leur consommation de caféine.

Comment allait-elle survivre sans café pendant neuf interminables mois ? Voire plus, si elle décidait d'allaiter ?

Soudain, la sonnerie de son téléphone interrompit ses réflexions. Rebekah déverrouilla rapidement l'écran, découvrant un SMS de sa mère.

Est-ce qu'on a planifié mon voyage de classe pour le premier mardi de septembre, ou le deuxième ?

La jeune femme porta une main à son front en soupirant. Sa mère, enseignante, l'avait suppliée pendant des semaines d'organiser cette visite du refuge animalier. Il y aurait toutes les classes de CP de son école, soit des dizaines d'enfants de six ans survoltés. Dieu merci, ce n'était pas aujourd'hui qu'elle devrait gérer ce bazar – et le mal de tête qui en découlerait.

Maman, c'est le 8 septembre. Je l'ai noté dans l'agenda en ligne qu'on a créé ensemble la semaine dernière.

Ma Fossette chérie, tu sais bien que c'est trop compliqué pour moi. Je n'arriverai jamais à m'en servir. En plus, ton père a supprimé l'application en essayant de réinitialiser le mot de passe de la wi-fi.

Avant même qu'elle ait eu le temps de répondre, un autre message arrivait, de son père cette fois.

Salut Fossette. Ta mère s'est encore trompée en tapant le mot de passe de la wi-fi, et je ne trouve plus le papier où tu as écrit tous les codes. Tu crois que tu pourrais venir ce week-end ?

Rebekah avait la ferme conviction que ses parents restaient volontairement réfractaires aux nouvelles technologies. De cette façon, ils avaient une excuse toute trouvée pour lui demander de passer de longs week-ends chez eux. D'habitude, faire le trajet d'une demi-heure jusqu'à Raleigh ne la dérangeait pas. Seulement, avec ce qu'elle venait d'apprendre, elle ne se sentait pas encore prête à aller les voir.

C'est pourquoi, au lieu de répondre à l'invitation de son père, elle lui expliqua longuement où se trouvaient leurs codes de connexion. Ensuite, elle ajouta un lien vers une vidéo explicative pour changer le fameux mot de passe.

Son devoir familial accompli, Rebekah chercha un obstétricien près de chez elle sur Internet. L'un d'eux avait des commentaires très élogieux. Elle prit une grande inspiration et composa le numéro de téléphone.

Lorsque le secrétaire du cabinet lui répondit, elle dut se racler la gorge plusieurs fois pour réussir à parler :

— Bonjour, je crois que je suis enceinte et je voudrais prendre rendez-vous avec le docteur Singh.

— Félicitations, lança aussitôt la voix chaleureuse à l'autre bout du fil.

Il existait au moins un homme qui se réjouissait de cette nouvelle, se dit-elle, un peu réconfortée.

— De combien pensez-vous être enceinte ?

Rebekah le savait, mais elle vérifia tout de même l'information sur l'application qui lui permettait de suivre son cycle. Si elle pouvait tout organiser au détail près dans sa vie, ses règles, elles, n'avaient jamais été régulières, ce qui avait le don de l'agacer.

— De huit semaines, je pense, finit-elle par répondre.

— Connaissez-vous la date de la conception ?

Oh que oui, elle la connaissait. La honte l'envahit progressivement au souvenir de cette soirée. Elle se souvenait de tout, même des mojitos à la mûre sauvage qu'ils avaient bus pendant cette maudite *happy hour.*

Une seule nuit de faiblesse. Pourtant, cela avait suffi.

Bien sûr, au réceptionniste, elle se contenta de communiquer la date.

— En général, le docteur Singh ne reçoit les patientes que lorsqu'elles approchent des douze semaines de grossesse. Je peux vous noter sur le planning pour le mois d'octobre.

Rebekah se mit à grincer des dents. On n'était que fin août. Hors de question d'attendre aussi longtemps avant d'être fixée. Elle détestait se souvenir de la dernière fois où elle s'était trouvée dans cette situation, et elle détestait encore plus l'idée de s'en servir comme excuse pour avoir un rendez-vous plus tôt.

Mais cette fois, elle avait besoin d'agir, de contrôler ce qui se passait.

— J'ai fait une grossesse extra-utérine il y a quelques années, expliqua-t-elle. Je pense que le docteur voudra me voir plus tôt.

— Oh ! bien sûr, répondit le réceptionniste en tapant quelque chose sur son ordinateur. Dans ce cas, au plus tôt, je peux vous proposer un rendez-vous jeudi prochain.

Rebekah nota le jour et l'heure sur son calendrier mural, puis marmonna un remerciement avant de raccrocher. Par précaution, elle enregistra aussi le rendez-vous dans l'agenda de son téléphone.

En se glissant sous la douche, elle prit la ferme résolution de ne plus penser à toute cette histoire jusqu'à la semaine suivante. Elle réussit à tenir environ quarante-cinq minutes.

Sur le chemin du travail, lorsque sa petite Fiat bleu canard fut obligée de patienter à une intersection, elle s'aperçut qu'il y avait une pharmacie de l'autre côté de la rue. Un coup d'œil au tableau de bord lui apprit, sans surprise, qu'elle était loin d'être en retard. Si elle se garait pour aller acheter des vitamines prénatales, elle arriverait encore une demi-heure en avance.

En sortant de la pharmacie, Rebekah fit un saut à la boulangerie. On ne pouvait pas prendre des vitamines avec le ventre vide, n'est-ce pas ? Et puis, si elle n'avait pas le droit de boire du café, un bon pain au chocolat encore chaud ferait presque aussi bien l'affaire pour atténuer sa nervosité.

Mais quelle nervosité ? Elle n'était absolument pas nerveuse, pas du tout. Cette crispation dans son ventre était simplement due à la faim. Ou peut-être à ces fameuses envies de femme enceinte dont elle avait si souvent entendu parler.

Une fois remontée dans sa voiture, elle songea que, si elle mangeait sa viennoiserie tout de suite, elle risquait de faire tomber des miettes sur sa jolie blouse en soie. Tant pis, elle attendrait d'être arrivée au refuge.

La plupart des employés de Copains pour Toujours portaient des vêtements fonctionnels pour travailler, sans aucun souci d'élégance, puisqu'ils passaient la journée à s'occuper des animaux. Mais aujourd'hui, Rebekah déjeunait avec un mécène potentiel et, le soir, elle participait à une réunion du conseil municipal.

En effet, Bunny et Birdie allaient demander l'autorisation d'installer une antenne-relais sur le toit de leur ferme, tout près du centre de recherches du refuge. S'il était accepté, ce projet profiterait à tout le monde. D'une part, il apporterait un revenu supplémentaire aux deux sœurs, qui en avaient bien besoin ; d'autre part, l'antenne améliorerait la qualité du réseau téléphonique dans le nouveau quartier de Kingdom Creek.

Malheureusement, une partie non négligeable des habitants de Spring Forest ne voyait pas d'un bon œil le développement rapide de leur petite ville. Rebekah s'attendait donc à rencontrer une certaine résistance lors de la réunion de ce soir.

Lorsqu'elle se gara sur sa place de parking réservée devant l'entrée du refuge, son estomac grondait de plus en plus fort et elle avait un début de migraine. Probablement le manque de caféine, pensa-t-elle avec un soupir.

Attrapant les vitamines et le pain au chocolat sur le siège passager, elle dut batailler pour les faire entrer dans son sac en toile déjà bien rempli. Cela ne lui ressemblait pas de passer à la boulangerie sans acheter des viennoiseries à partager avec les autres. Mais ce matin, elle ne se sentait pas d'humeur sociable. Elle avait plutôt envie de se glisser discrètement dans son bureau, de fermer la porte et de se cacher derrière la montagne de paperasse qui l'attendait.

La plupart de ses collègues s'intéressaient plus aux animaux qu'aux êtres humains qui les entouraient. Avec un peu de chance, personne ne remarquerait que son univers était en train de s'effondrer.

Avant de sortir, Rebekah jeta un coup d'œil au rétroviseur intérieur. Rien, sur son visage, ne semblait indiquer son état. Elle ne voyait ni « rayonnement de femme enceinte », ni quoi que ce soit qui aurait pu révéler son secret avant qu'elle soit prête à le faire elle-même.

Heureusement, elle n'aurait pas de mal à éviter Grant avant d'être certaine de sa grossesse. D'ici à son rendez-vous chez l'obstétricienne, elle aurait le temps de réfléchir à la meilleure manière de lui annoncer la nouvelle.

Elle ne l'avait pas vu depuis la nuit qu'ils avaient passée ensemble. Bien sûr, c'était logique, puisqu'il vivait dans un autre État. Les dernières nouvelles qu'elle avait eues de sa part, c'était ce petit mot qu'il avait laissé avant de partir, avec son numéro de téléphone.

Résistant à la tentation, elle avait aussitôt jeté le morceau de papier, sans même enregistrer le numéro dans son portable. Cette soirée avec lui avait été merveilleuse, mais elle ne pouvait pas prendre le risque qu'elle se reproduise. D'ailleurs, même maintenant, elle n'était pas certaine de le revoir, tant que sa grossesse n'était pas confirmée.

Son père avait bâti toute sa carrière en donnant des conseils aux gens, et il lui répétait souvent un de ses adages préférés :

À chaque jour suffit sa peine.

Bien décidée à appliquer cette maxime, Rebekah balança son sac à main et son sac en toile sur son épaule droite d'un geste décidé. Ensuite, elle attrapa ses deux autres sacs de la main gauche et ferma la portière avec le talon haut de son espadrille.

Prenant une grande inspiration, elle fit volte-face pour se diriger vers l'entrée. Soudain, une voix masculine, chaude et profonde, l'arrêta dans son élan. Cette voix, elle l'aurait reconnue entre mille.

— Le monde appartient à ceux qui se lèvent tôt mais, avec tous ces sacs, on dirait que tu portes déjà le monde entier sur tes épaules.

Elle se retourna lentement, retenant à grand-peine les sacs en question. Grant Whitaker dépliait son corps long et mince pour sortir de sa voiture. Un véhicule de location, songea-t-elle, puisqu'elle ne l'avait jamais vue auparavant.

À en croire son apparence, il n'aimait pas beaucoup se lever tôt. Avec ses cheveux ébouriffés, on aurait dit une chouette mal réveillée. Rebekah faisait tout son possible pour ne pas croiser son regard bleu azur. S'il la regardait, elle avait l'impression qu'il pourrait lire dans ses yeux tout ce qu'elle ne voulait pas lui dire. Peut-être réussirait-elle à courir jusqu'à l'entrée en prétextant du travail urgent à faire ?

Pourtant, à la seconde où il lui sourit, son cœur loupa un battement et elle ressentit une drôle de crispation dans le ventre.

Mais il s'agissait probablement d'un début de nausée matinale. Rien d'autre.

Lorsque Grant trouvait le temps de venir de Jacksonville pour leur donner un coup de main au refuge, ses tantes étaient toujours ravies. Mais cette fois-ci, elles n'avaient pas parlé de sa visite à Rebekah, s'il en jugeait par son expression interdite.

Birdie et Bunny lui avaient demandé de revoir leurs dernières stratégies commerciales, dans le but d'attirer plus de monde lors des journées d'adoption. Cependant, même si elles ne l'avaient pas fait, il aurait trouvé un prétexte pour revoir Rebekah. Il n'avait eu aucun contact avec la directrice du refuge depuis plus d'un mois.

Pourtant, ce fameux soir où ils avaient partagé quelques verres – et bien plus –, Grant avait cru qu'ils passaient une étape significative. Malheureusement, le lendemain matin, il était parti tôt pour attraper son avion, mais il lui avait laissé son numéro. Bien sûr, il ne s'était pas attendu à ce qu'elle l'appelle aussitôt, mais au moins un SMS du genre « on se voit à ton retour ».

Rebekah Taylor était la personne la plus sérieuse qu'il connaisse. À vrai dire, il l'avait toujours trouvée un peu coincée. Les gens disaient qu'elle tenait fermement la barre au refuge, du moins aussi fermement que possible avec les sœurs Whitaker comme propriétaires.

Plus d'une fois, ces dernières semaines, Grant avait évoqué l'image d'un bouchon de champagne en pensant à Rebekah : toujours bien à sa place, mais prête à exploser dès que quelqu'un l'aidait à relâcher la pression. Ce soir-là, lorsqu'il l'avait croisée au bar avec ses amies, il ne pensait pas être l'heureux élu qui jouerait ce rôle.

Cette nuit avait été très agréable pour lui, bien plus qu'agréable, d'ailleurs. À en juger par ses réactions, elle avait ressenti la même chose. Rien que d'y penser, ses doigts se crispèrent involontairement, comme s'ils se rappelaient du moment où les muscles de la jeune femme s'étaient resserrés autour d'eux, lorsqu'elle avait…

Grant avait déjà un coup de soleil sur les épaules, mais il sentit sa peau s'enflammer encore plus. Il secoua la tête pour chasser les images déplacées qui s'y attardaient, et remarqua que Rebekah se battait avec ses clés, essayant désespérément d'ouvrir la porte d'entrée.

— Tu veux un coup de main ? proposa-t-il aussitôt.

Il la rejoignit et lui prit des mains le trousseau de clés. À la seconde où sa paume effleura la sienne, un courant électrique le parcourut. Elle avait dû le ressentir aussi, puisqu'elle venait de retirer son bras comme si une abeille l'avait piquée.

Sans aucun doute, l'attirance entre eux était toujours bien présente. Rebekah tenait son sac contre elle comme un bouclier, lui bloquant la vue de ses seins ronds et fermes, mais les contours de sa poitrine restaient gravés dans sa mémoire. Tout comme le contraste entre sa peau foncée et le brun plus clair de ses mamelons…

Se forçant à revenir à l'instant présent, Grant se tourna à nouveau vers celle qui occupait ses pensées. Rebekah s'agrippait à ses sacs comme si sa vie en dépendait. Lorsqu'une mèche de cheveux rebelle voleta devant ses yeux, elle fut donc obligée de souffler vers le haut pour la dégager.

Elle n'avait pas l'air en colère, mais pas non plus très contente de le voir. Un regard plus attentif lui apprit que, sous la peau très douce à la base de sa gorge, son pouls était anormalement rapide. La directrice maniaque du contrôle ne pouvait donc pas toujours tout contrôler, conclut-il avec un petit sourire en coin.

Cependant, il n'y avait pas de quoi s'emballer. D'accord, Rebekah avait accepté de baisser sa garde le temps d'une soirée, mais cela ne signifiait pas qu'elle le ferait une deuxième fois. Il paraissait souvent difficile de savoir ce qu'elle pensait. Pourtant, ce soir-là, au bar, après son troisième mojito, elle lui avait donné un bon aperçu de ce qui lui passait par la tête – quoique d'une voix légèrement éméchée.

— Il ne faut dire à personne que tu as passé la soirée ici. Les gens ne doivent pas savoir que je sors dans les bars avec le neveu de mes patronnes. Ce n'est pas du tout professionnel de ma part.

— Dans ce cas, on ne leur dira pas non plus que je suis allé chez toi ensuite.

À ces mots, les longs cils noirs de Rebekah s'étaient baissés dans un geste incroyablement sensuel, tandis que les coins de ses lèvres pleines s'étiraient imperceptiblement. Une invitation presque aussi claire que si elle l'avait formulée à voix haute.

D'ordinaire, Grant n'utilisait pas ce genre de petite phrase audacieuse pour attirer les femmes. Il n'en avait pas besoin, de toute manière. Il n'aurait jamais cru que cela fonctionnerait avec elle mais, contre toute attente, le fait qu'il prenne les choses en main cette nuit-là avait très bien fonctionné.

En revanche, quelque chose dans le regard noisette de Rebekah – de la panique ? – lui disait que ce genre d'attitude ne conviendrait pas aujourd'hui, pas sur son lieu de travail, pas en plein jour. Il toussota d'un air gêné et se mit en devoir d'ouvrir la porte. Bien sûr, la première clé qu'il essaya ne fut pas la bonne.

— C'est la troisième, intervint la jeune femme en pointant le menton en direction du porte-clés.

Le maudit objet glissait entre ses doigts, lui compliquant la tâche. Il dut s'y reprendre encore à deux fois pour y réussir.

Lorsque la porte fut enfin ouverte, Rebekah se rua à

l'intérieur et passa en trombe devant lui pour rejoindre son bureau, ne laissant derrière elle qu'un délicieux effluve de parfum. Elle portait toujours le même, une fragrance à la fleur de frangipanier, s'il en croyait l'étiquette de la bouteille luxueuse qu'il avait repérée dans sa salle de bains.

Grant resta immobile quelques secondes, le temps que la climatisation lui fasse oublier la chaleur moite du dehors. Elle ne lui avait dit ni merci, ni au revoir. Il comprenait qu'elle ne veuille rien montrer de leur aventure sur son lieu de travail. En revanche, c'était autre chose de l'envoyer promener de cette façon.

Quelques employés travaillaient déjà à l'arrière du bâtiment, avec les animaux. Toutefois, le refuge ne serait pas ouvert au public avant 10 heures. La réception et les bureaux étaient donc déserts pour le moment. Personne n'aurait pu les surprendre, et pourtant elle avait presque fait semblant d'ignorer sa présence.

D'un autre côté, Grant non plus n'avait pas pour habitude de vivre des nuits sans lendemain avec les employées de ses tantes, ni avec qui que ce soit, d'ailleurs. Il comprenait son désir d'oublier ce qui s'était passé entre eux. En somme, il avait ressenti la même chose après quelques jours, lorsqu'il était à peu près certain qu'elle ne l'appellerait pas.

En évitant de lui parler, Rebekah lui avait fourni une excuse en or pour ne pas tomber dans le piège des émotions contradictoires, pour ne pas avoir cette fameuse conversation du genre « ça ne marchera pas entre nous ». Il aurait dû être content qu'elle réagisse de cette manière.

Pourtant, le souvenir de ses courbes douces se pressant contre son corps, de ses gémissements étouffés, restait omniprésent dans son esprit.

Et puis, il avait encore ses clés.

Lorsqu'il traversa le hall pour emprunter le couloir des bureaux, ses sandales de plage claquèrent contre le sol en béton, résonnant longuement dans le bâtiment encore vide. La porte avec l'écriteau « DIRECTION » était déjà fermée. Il frappa brièvement et entra sans attendre la réponse.

Rebekah était debout derrière son bureau, les mains posées à plat, la poitrine en avant. On aurait dit qu'elle se trouvait en plein exercice de respiration avant qu'il entre dans la pièce.

Grant chercha aussitôt à briser le silence gêné qui s'était installé entre eux. Avisant le sachet en papier qui dépassait de son sac en toile, il prit son air le plus décontracté pour lui demander :

— Un sac de pharmacie ? Tu es malade ?

— Je vais très bien !

Les mots avaient jailli de ses lèvres dans un couinement paniqué, et ses yeux s'étaient agrandis de terreur. Pourquoi réagissait-elle de cette manière ? Il n'avait cherché qu'à détendre l'atmosphère en lançant la conversation, certainement pas à la mettre mal à l'aise.

— D'accord, si tu le dis, répondit-il prudemment. Je suis juste passé te rendre tes clés.

Son père lui avait appris à bien se comporter avec la gent féminine. Il savait donc pertinemment que la seule bonne chose à faire aurait été de poser le trousseau sur son bureau et de s'en aller. Pourtant, il mourait d'envie de savoir si ce qu'il avait ressenti quelques minutes plus tôt, lorsque leurs mains s'étaient touchées, pourrait se reproduire.

Rebekah était plutôt grande ; elle n'eut aucun mal à tendre le bras par-dessus son bureau pour attraper son petit porte-clés argenté. Lorsque ses doigts effleurèrent les siens, une nouvelle vague de chaleur le parcourut des pieds à la tête. De son côté, elle retira sa main tellement vite qu'elle aborda son sac au passage, faisant tomber le sachet de la pharmacie.

Aussitôt qu'elle entendit le son du flacon qui roulait sur le sol, Rebekah se précipita pour le récupérer. Cependant, malgré sa rapidité, elle arriva trop tard. Elle serrait maintenant la bouteille contre sa poitrine, mais Grant avait eu le temps de lire l'étiquette, et les mots qui y étaient imprimés se répétèrent en boucle dans son esprit.

Un nœud s'était formé dans sa gorge, et il avait du mal

à respirer normalement. Lorsqu'il réussit enfin à parler, ce fut pour demander, d'une voix qui paraissait venir d'un autre monde :

— Pourquoi prends-tu des vitamines prénatales ?

- 2 -

Rebekah n'avait qu'une envie : cacher le flacon derrière son dos et faire comme s'il ne s'était rien passé. Elle se mordit la lèvre, essayant de contenir ses émotions. De toute façon, elle venait de se jeter par terre devant lui comme un soldat sur une grenade dégoupillée. Elle ne pouvait plus faire semblant que tout allait bien.

Mais quand même… Comment avait-il fait pour lire l'étiquette aussi vite ?

Elle ne s'était pas rendu compte qu'elle avait formulé sa question à voix haute jusqu'à ce que Grant y réponde.

— J'ai gagné le championnat national de lecture rapide quatre années de suite, quand j'étais au lycée. Mais je n'ai pas tellement envie de parler de mes exploits scolaires. Est-ce qu'il y a des choses dont tu devrais m'informer, Rebekah ?

Elle le regardait parler, fascinée par le mouvement de ses lèvres. Sa façon de formuler la question lui semblait trop formelle, tout comme l'emploi de son prénom. Pourtant, ses parents étaient les seuls à l'appeler « Fossette », et puis elle détestait les surnoms courants comme Becky ou Bekah.

Le fait que Grant l'appelle Rebekah n'aurait donc pas dû lui déplaire. Pourquoi avait-elle l'impression de recevoir une punition ?

La jeune femme se redressa et prit une grande inspiration. Se forçant à soutenir son regard bleu ciel, elle déclara enfin :

— Je suis probablement enceinte.

Grant se laissa tomber dans un fauteuil et passa une main dans ses cheveux blondis par le soleil.

— Waouh. Enfin, je veux dire… Waouh.

C'était exactement la réaction à laquelle Rebekah s'attendait. Elle ne fut donc pas surprise et se retrancha aussitôt dans le rôle qu'elle s'était prévu.

Rester calme, maîtriser la situation.

— J'ai fait un test ce matin, mais j'attends encore la confirmation du docteur.

Grant se frottait le menton d'un air pensif, et elle se demanda s'il essayait déjà de calculer la date. En réalité, il tentait désespérément de former une phrase complète.

— Depuis… De combien es-tu enceinte ? finit-il par articuler.

— De huit semaines, puisque j'ai quatre semaines de retard. Enfin, si je suis vraiment enceinte, insista-t-elle. Ce n'est pas la peine de s'affoler pour un test acheté dans le commerce.

Deux tests, en réalité, mais ce n'était qu'un détail.

Grant inspira à fond avant de lui demander :

— Quand allons-nous chez le médecin ?

Comment ça, « nous » ?

— J'ai rendez-vous la semaine prochaine. Si tu veux, je peux t'envoyer un SMS pour te tenir au courant.

— Un SMS ? Tu plaisantes ?

Lorsque son regard bleu rencontra le sien, il était si accusateur que Rebekah se sentit coupable pour de bon.

— Est-ce que tu comptais seulement me le dire ?

— Bien sûr que j'allais te le dire.

Probablement. Plus tard. Une fois mes propres décisions prises.

Sans pouvoir s'en empêcher, la jeune femme se mordilla la lèvre en attendant la question suivante. Il allait forcément lui demander si le bébé était de lui.

Mais Grant se contenta de la dévisager un long moment, puis hocha la tête, convaincu par sa réponse. Il extirpa ensuite son portable de sa poche, et elle se souvint de la première fois qu'elle avait vu l'appareil, ce soir-là, au bar. Lorsqu'elle s'était étonnée de voir l'écran cassé et la coque déformée, Grant lui avait expliqué comment cela était arrivé.

Quelques mois plus tôt, il était parti surfer et avait voulu tester la housse de téléphone imperméable vendue par son entreprise. Malheureusement, il avait croisé un récif de corail et sa planche s'était fendue en deux sur le coup, mais son portable, lui, fonctionnait toujours. Désormais, lorsqu'un de ses clients hésitait à acheter la fameuse protection imperméable, son téléphone miraculé constituait un argument de vente imparable.

D'ailleurs, Rebekah ne savait pas précisément ce qu'il faisait dans son entreprise, ce qui n'était pas une très bonne chose. Si sa grossesse se confirmait, il serait bon qu'elle en sache un peu plus sur le père de son enfant.

— Le rendez-vous est prévu pour quand, exactement ? demanda-t-il en ouvrant une application sur son portable – le calendrier en ligne que la mère de Rebekah se refusait à utiliser.

Hésitante, la jeune femme mit quelques secondes à répondre. Elle n'était pas certaine de vouloir le mettre au courant mais, d'un autre côté, il l'avait déjà pratiquement accusée de lui cacher sa grossesse. Et puis, il n'allait tout de même pas prolonger son séjour exprès pour y assister avec elle.

— C'est jeudi prochain, finit-elle par répondre.

— À quelle heure ?

— Grant, tu ne vas pas réellement venir avec moi chez le docteur ?

Il la regarda bien en face, à nouveau soupçonneux.

— Bien sûr que si. Tu ne crois quand même pas que je vais te laisser traverser ça toute seule, j'espère ?

Si elle répondait honnêtement, Rebekah serait obligée d'admettre que, non seulement elle le croyait, mais en plus elle l'espérait. Finalement, elle contourna la question :

— Tu ne dois pas retourner à Jacksonville pour le travail ?

— Figure-toi que je pars ce soir à San Francisco pour une conférence, répliqua-t-il en tapant quelque chose sur l'écran de son portable. Tout ce que j'ai à faire, c'est changer mon vol de retour pour faire un saut ici la semaine prochaine. J'en profiterai pour dire bonjour à mes tantes.

Ses tantes. Rebekah eut aussitôt la gorge nouée.

— Tu ne dois pas en parler à tes tantes.

— Leur parler de quoi ?

— De moi, de nous. Et surtout du bébé, fit-elle en posant une main sur son ventre encore plat.

Il leva la tête et planta ses yeux dans les siens, mais pas d'une manière suspicieuse comme il l'avait fait auparavant. Cette fois, son regard se faisait séducteur, presque envoûtant. La tension qui régnait en elle se doubla d'un autre genre de tension, et une douce chaleur se répandit dans ses veines.

Son avenir dépendait de l'homme qui se tenait en face d'elle. Pourtant, elle se sentait toujours désespérément attirée par lui.

Rebekah se redressa, prit une grande inspiration et se força à reprendre le contrôle de son corps. Il ne s'agissait probablement que d'une réaction hormonale due à la grossesse.

Certes, la jeune femme ne pouvait pas dire qu'elle avait la fibre maternelle, mais Grant… Il était probablement le dernier homme qu'elle aurait voulu comme père de ses enfants.

De plus, ses tantes se comportaient avec lui d'une manière franchement insupportable, du moins à son avis. Bunny et Birdie raffolaient de leur neveu, et n'hésitaient pas à le faire savoir à tout leur entourage. À les entendre, le poste qu'il occupait à Jacksonville était le travail le plus important du monde.

En réalité, l'entreprise pour laquelle il travaillait encourageait ses employés à adopter des horaires flexibles, et même à prendre leur après-midi de temps en temps pour aller à la plage. Bien souvent, des séances de yoga collectives s'improvisaient au beau milieu du vaste espace, sans murs ni cloisons, qui leur servait de bureaux. D'après Grant, cette ambiance chaleureuse et détendue profitait à tout le monde.

Chaleureux et détendu… La plupart des gens auraient probablement utilisé ces adjectifs pour décrire Grant. Mais aux yeux de Rebekah, il ressemblait à un petit garçon dans le corps d'un homme, refusant de grandir. Peut-être était-ce parce qu'elle ne l'avait jamais vu en chemise. Il portait toujours des T-shirts.

Des T-shirts qui soulignaient à merveille ses épaules larges et musclées.

L'espace d'un instant, Rebekah laissa son regard glisser le long de ses pectoraux parfaitement dessinés. Pour se raccrocher à quelque chose, elle se mit ensuite à fixer le logo imprimé sur son T-shirt, tentant de réprimer le désir qui affluait en elle. Pour la centième fois de la journée, elle se demanda comment diable elle avait pu se retrouver dans cette situation, avec cette personne.

Parce qu'il est incroyablement beau, voilà pourquoi.

— Rebekah.

La voix de Grant la tira de ses pensées. Elle l'observa du coin de l'œil alors qu'il se levait pour venir se placer en face d'elle. Elle voulut baisser la tête pour éviter son regard trop bleu, mais il plaça un doigt sous son menton et releva doucement son visage, les yeux dans les siens.

— Je ne dirai pas un mot à qui que ce soit avant d'avoir eu le feu vert du docteur. D'accord ?

Incapable de répondre, Rebekah hocha légèrement la tête et laissa échapper un léger soupir de soulagement. Elle ne voulait pas parler de « feux verts » avec lui, ni de quoi que ce soit qui concernait sa grossesse, pas avant d'avoir un plan d'action en tête.

Un plan qui, selon toute probabilité, impliquerait de passer le moins de temps possible avec Grant Whitaker.

Toujours face à elle, Grant laissa un instant sa main contre la joue de Rebekah, étudiant attentivement son expression.

Il était à peu près sûr que sans cette histoire de sac renversé, elle ne lui aurait pas parlé de sa grossesse avant un bon moment. Pourtant, malgré tout, il lui faisait confiance.

Il s'agissait d'une jeune femme honnête, sur qui on pouvait compter.

Cependant, depuis le jour même de leur rencontre, quelque chose l'intriguait chez elle. Il avait la curieuse impression que derrière ses tailleurs impeccables et son organisation sans faille, elle cachait quelque chose. Seulement, impossible de savoir quoi, puisqu'il la voyait toujours en train de travailler.

La pauvre Rebekah passait son temps à rédiger des rapports financiers et des notes de réunion impeccables, qu'elle remettait ensuite à ses tantes. Les documents finissaient invariablement dans l'enclos d'un labrador, ou coincés sous un carton de croquettes pour chats. Pas plus tard que ce matin, pendant qu'il attendait la jeune femme, Grant avait fait un détour par les écuries. Il y avait aperçu un lama en train de grignoter une version du rapport sur la future antenne téléphonique.

S'il y avait une qualité qu'on ne pouvait enlever à Rebekah, c'était sa rigueur dans tout ce qu'elle faisait. C'est pourquoi Grant avait du mal à croire qu'elle n'avait pas déjà prévu tout un plan d'action pour sa grossesse.

Au bout d'un long moment, la jeune femme recula d'un pas et se retourna pour arranger des papiers sur son bureau, forçant sa main à quitter son visage. Toujours sans le regarder, elle reprit la parole d'une voix hésitante :

— Merci d'être passé et de… Enfin…

— De t'avoir rapporté tes clés ? suggéra-t-il.

Mais il sentait qu'il devait ajouter quelque chose. Hors de question pour lui de se laisser congédier sans avoir l'assurance qu'elle le recontacterait bientôt.

— Ou de t'avoir offert mon soutien inconditionnel pour le rendez-vous avec le docteur, ainsi que pour toutes les décisions que tu prendras ?

Même de dos, il vit la jeune femme se raidir, comme si elle se préparait à un affrontement. Lorsqu'elle se retourna, les fossettes de ses joues avaient complètement disparu et ses yeux lançaient des éclairs. Elle expira longuement pour se calmer avant de répliquer :

— Est-ce que tu espères une certaine décision de ma part, Grant ? Peut-être une décision qui te permettrait de te tirer d'affaire sans trop de peine ?

Pour la première fois de sa vie, Grant se trouvait face à un problème qu'il ne savait pas résoudre. Dans sa famille, pourtant, c'était toujours lui qu'on appelait lorsque quelque chose n'allait pas, toujours lui qui laissait tout tomber pour voler à la rescousse de ceux qui avaient besoin de lui.

Mais ce qu'il lisait sur le visage fermé de Rebekah était inédit pour lui : elle ne *voulait pas* qu'il l'aide à résoudre ce problème.

D'ailleurs, non, se corrigea-t-il mentalement. La grossesse de Rebekah n'était absolument pas un problème.

Faisant rouler ses épaules pour chasser la tension de ses muscles, il choisit soigneusement ses mots avant de répondre :

— Tu sais, si ça ne tenait qu'à moi, je voudrais une maison pleine d'enfants.

Les sourcils de Rebekah s'arquèrent au point de disparaître sous les mèches de cheveux qui balayaient son front. Il comprit aussitôt ce qu'elle pensait et ne lui laissa pas le temps de parler.

— Je ne suis pas en train de dire que j'ai fait exprès de te faire tomber enceinte ! corrigea-t-il précipitamment, une main levée comme pour affirmer sa bonne foi.

— Chut ! l'interrompit-elle d'un ton alarmé.

Elle se haussa sur la pointe des pieds pour regarder par-dessus son épaule. Ils entendirent une porte s'ouvrir et se refermer, des bribes de conversation à propos du dernier épisode de Top Chef. Visiblement, personne ne les avait entendus. Par précaution, Grant baissa la voix :

— Je voulais juste que ce soit bien clair. Rien de tout cela n'était intentionnel. D'ailleurs, j'ai utilisé ce préservatif rose qui a laissé des paillettes sur mon…

Aussitôt, Rebekah posa la main contre ses lèvres pour l'empêcher de finir sa phrase. Il tenta de marmonner quelques mots, mais elle ne bougea pas. Il fit alors la seule chose qu'il pouvait faire avec la paume d'une jolie femme contre sa bouche : il l'embrassa.

Rebekah retira sa main comme si on l'avait brûlée, un avertissement dans le regard.

— Au moins, *moi*, j'avais une protection.

Sa voix n'était guère plus qu'un murmure, mais c'était suffisant pour faire passer le message.

Il n'avait pas l'habitude de se sentir à ce point sur la défensive, et l'espace d'un instant il eut du mal à trouver ses mots.

— Je suis désolé de ne pas m'être mieux préparé. Contrairement à ce que tu sembles penser, je n'ai pas pour habitude de finir avec…

— Grant ! s'exclama Tante Bunny en faisant irruption dans le bureau.

Rebekah s'écarta de lui si vite qu'il l'entendit se cogner contre son bureau en reculant. L'adorable vieille dame n'y prêta aucune attention, plongée comme elle l'était dans la contemplation de son neveu. Elle remarqua aussitôt qu'il portait sa tenue de plage préférée.

— Je ne t'attendais pas si tôt. Est-ce que les vagues étaient trop petites pour toi, ce matin ?

— Tu me connais trop bien, tante Bunny. Quand j'ai vu que mon surf arrivait à peine sous soixante centimètres d'eau, j'ai filé à l'aéroport et j'ai attrapé le premier vol du matin. Comme ça, je pourrai te montrer tout de suite les idées de publicité que j'ai eues pour les prochains événements du refuge.

Bunny se tourna alors vers Rebekah, qui se tenait si droite qu'on aurait pu la confondre avec une planche de surf. Enfin, une planche de surf avec des formes, songea Grant. Soudain, il eut envie d'attirer cette femme aussi intraitable que séduisante contre lui, de laisser courir ses mains le long de sa taille et de ses hanches arrondies, jusqu'à ce qu'elle se laisse aller entre ses bras. Cela faisait-il de lui une mauvaise personne ?

D'ordinaire, sa tante était plutôt distraite et faisait bien plus attention aux animaux qu'aux humains. Pourtant, son regard semblait particulièrement lucide ce matin et faisait des allers-retours entre son neveu et Rebekah. Au bout d'un long moment, elle finit par demander :

— Où sont-elles ?

— Quoi donc ?

Sa voix était calme, mais Grant avait aussitôt songé aux vitamines prénatales. Il n'y avait aucune chance pour que Bunny ait compris ce qui se passait, mais il avança tout de même de quelques pas pour l'empêcher de voir le sac à pharmacie vide resté sur le bureau. Il avait d'ailleurs toutes les peines du monde à ne pas regarder autour de lui pour voir où trouver les médicaments.

— Les publicités dont tu viens de me parler, répondit sa tante en haussant un sourcil.

— Oh ! bien sûr. Elles sont sur mon ordinateur.

Il y avait néanmoins un problème : pressé de suivre Rebekah dans son bureau, il avait oublié l'appareil dans sa voiture de location. Il espéra que sa tante ne s'en étonnerait pas.

— De toute manière, tout ça devra attendre, répliqua Bunny, coupant court à ses réflexions. Puisque vous êtes là tous les deux, venez dehors voir la nouvelle pancarte. Après la dernière tempête, expliqua-t-elle à son neveu, il ne restait plus grand-chose de l'ancienne, et nous voulions en installer une deuxième au bout du parking pour qu'elle soit visible depuis la route.

— Déjà ? Ils sont en avance, remarqua Rebekah.

La jeune femme sauta aussitôt sur cette bonne excuse pour échapper – littéralement – à leur conversation. Elle sautilla presque pour sortir du bureau, sa jupe fendue s'entrouvrant légèrement lorsqu'elle passa devant lui.

Grant prit son temps pour les suivre au-dehors. Maintenant que Rebekah n'observait plus ses réactions, il pouvait prendre une minute pour digérer ce qu'il venait d'apprendre.

Elle était probablement enceinte. Elle portait son enfant.

Il n'avait pas menti lorsqu'il lui avait affirmé qu'il voulait plusieurs enfants. Malgré tout, il ne s'était pas attendu à devenir père aussi tôt. La révélation de Rebekah lui avait fait l'effet d'un coup de poing dans le ventre. Un coup rapide, inattendu et violent qui l'avait projeté dans un fauteuil, les pensées en désordre.

Mais aussitôt après, Rebekah s'était comme renfermée en elle-même, lui barrant l'accès à ses émotions, lui laissant une sensation de vide encore pire que le choc initial.

Grant était habitué à ce qu'on ait besoin de lui, et il aimait jouer le rôle du sauveur qui résout tous les problèmes. C'était pour cela qu'il était doué dans son travail, pour cela aussi que sa mère et ses sœurs comptaient sur lui pour gérer le magasin de surf familial. Pour cette raison encore, il se trouvait à Spring Forest aujourd'hui, dans le but de jeter un œil aux finances désordonnées de ses tantes.

Pourtant, Rebekah semblait ne *rien* vouloir de lui, du moins pas encore. Peut-être changerait-elle d'avis après son premier rendez-vous chez le docteur.

De toute manière, elle allait devoir s'habituer à sa présence. Si elle portait réellement son enfant, elle se rendrait rapidement compte que la famille était sa priorité absolue.

- 3 -

Lorsque Bunny Whitaker était entrée dans son bureau, cinq minutes auparavant, Rebekah s'était sentie soulagée comme jamais elle ne l'avait été de sa vie. Elle avait dû se composer une expression calme et fourrer les vitamines dans son sac à main, derrière elle, sans voir ce qu'elle faisait ; mais au moins, l'arrivée de sa patronne l'avait préservée d'une nouvelle vague de questions de la part de Grant.

Questions auxquelles, pour la plupart, Rebekah n'avait pas de réponse.

Le bruit des sandales de Grant sur le gravier du parking la tira de ses réflexions. La jeune femme sentit tous ses nerfs se tendre à l'extrême lorsqu'il arriva à sa hauteur. Elle inspira plusieurs fois à fond pour se calmer. Non seulement il avait le don pour apparaître dans sa vie aux pires moments possibles, mais en plus elle commençait à avoir mal au ventre. Des nausées matinales, déjà ?

— Dis donc, tante Bunny, il me semble que mon graphiste t'avait envoyé un logo. Où est-il passé ?

S'attendant au pire, Rebekah leva lentement les yeux. À l'autre bout du parking, deux employés de Pas Cher Pancartes, si elle en croyait l'inscription sur leurs T-shirts, s'apprêtaient à accrocher une enseigne peinte de deux mètres de long.

Oh non…

Faisant abstraction des cailloux qui entraient dans ses sandales compensées, la jeune femme traversa le parking au pas de charge pour s'assurer qu'elle avait bien lu la pancarte. Elle entendit la voix de Bunny lorsqu'elle et son neveu la rattrapèrent.

— Le propriétaire de Pas Cher Pancartes était vraiment désolé de ne pas nous avoir écoutées lorsque nous lui avons conseillé de faire stériliser sa chienne. Quand il a vu que nous avions trouvé des familles pour tous ses chiots, il nous a proposé un prix très avantageux pour nous remercier.

— Mais j'avais déjà négocié un tarif avec une entreprise de Raleigh, protesta Rebekah. J'ai laissé le contrat sur ton bureau la semaine dernière pour que tu le signes.

— Je sais, ma chérie, mais ce pauvre Marvin s'était tellement attaché à ses chiots qu'il a eu le cœur brisé quand il nous les a laissés. Il s'est mis à pleurer au beau milieu du hall d'accueil, en disant que sa femme l'avait quitté et que ses affaires ne marchaient pas bien en ce moment. En plus, ajouta Bunny avec un haussement d'épaules, il nous a offert un prix très réduit si nous acceptions de retirer le logo et d'enlever quelques lettres. Je voulais te le dire, mais j'ai dû oublier.

Bunny et sa sœur étaient expertes pour s'occuper des animaux, mais lorsqu'il s'agissait de la gestion du refuge, elles avaient tendance à écouter leur bon cœur plutôt que leur raison. C'est d'ailleurs pour cela qu'elles avaient engagé une directrice.

Malgré tout, Rebekah ne pouvait empêcher ses patronnes de disposer de leur argent, ni de faire confiance aux mauvaises personnes. Quelques mois plus tôt, en se plongeant dans les livres de comptes, elle avait découvert la disparition d'une importante somme d'argent.

Renseignements pris, il s'agissait de fonds que les demoiselles Whitaker avaient confiés à leur frère Gator, l'oncle de Grant. Selon toute apparence, ce dernier s'était approprié l'argent au lieu de le faire fructifier. Il avait donc fallu engager une avocate fiscaliste, qui devait encore rendre ses conclusions sur l'affaire.

Malheureusement, Bunny et Birdie n'écoutaient pas toujours les conseils de l'experte.

Ni les miens, songea Rebekah en cherchant le regard de Grant d'un air désespéré. Une fois qu'elle eut attiré son attention, elle pointa le menton en direction du panneau, puis de sa tante. Elle voulait lui dire que rien de tout cela n'était de sa faute, mais d'abord, elle devait s'assurer qu'il voyait bien la même chose qu'elle.

— Pauvre Marvin, hein ? commenta Grant en désignant les ouvriers qui accrochaient la pancarte. Espérons qu'il est plus doué pour le service après-vente que pour la peinture.

En effet, sur la fameuse pancarte, on pouvait lire en lettres capitales rouge vif :

PAINS POUR T.JOURS

— Je ne suis pas sûre qu'il ait un service après-vente, répondit Bunny en replaçant une mèche folle dans son chignon décoiffé. Tu sais, on pourrait peut-être la laisser quelques jours. On finira par s'y habituer, non ?

Grant étouffa un grognement de frustration, et pour une fois Rebekah compatit de tout son cœur.

— Tante Bunny, il a écrit « pains pour toujours ». Les clients vont penser que nous sommes une boulangerie.

— Nous n'avons pas de « clients », mais des futurs adoptants en quête d'un compagnon pour leur famille.

— Eh bien, tes futurs adoptants ne passeront même pas la porte du refuge, à moins qu'ils soient en quête de viennoiseries pour le petit déjeuner.

— J'imagine que tu as raison, soupira sa tante. Bon, il faudra nous asseoir sur l'argent de la pancarte. Je ne veux pas réclamer quoi que ce soit à Marvin, il a déjà assez de soucis.

Grant posa gentiment une main sur son épaule.

— Tatie, je t'adore, mais ton cœur est plus grand que ton compte bancaire. Le refuge ne peut pas se permettre de perdre autant d'argent. Je vais aller voir les ouvriers et leur dire qu'il faut refaire la pancarte.

Rebekah se sentit fondre. Il avait réussi à ramener sa tante à la réalité, mais d'une manière si douce et gentille…

C'était son travail à elle de veiller aux finances du refuge.

En temps normal, elle serait allée trouver les ouvriers elle-même, mais elle avait déjà beaucoup de problèmes à gérer aujourd'hui. Qui plus est, si cela pouvait lui permettre de se débarrasser de Grant l'espace de quelques minutes, elle accueillerait cette perspective avec joie.

Pressée de retrouver la climatisation de son bureau et son pain au chocolat, la jeune femme fit quelques pas en direction de l'entrée du refuge, mais un mouvement dans le petit bois de chênes qui bordait la rue attira son regard.

Visiblement, Bunny elle aussi avait repéré l'éclair de fourrure grise. Elle laissa échapper un petit cri, puis ordonna :

— Que personne ne bouge, s'il vous plaît.

Depuis quelques semaines, les membres du refuge et les habitants de Spring Forest croisaient régulièrement ce chien errant gris, qui déjouait toutes leurs tentatives pour l'attraper.

Rebekah retint son souffle tandis que Bunny se dirigeait lentement vers l'animal. Sans s'arrêter de marcher, la vieille dame sortit un biscuit pour chien de la poche de sa salopette et le plaça au centre de sa paume ouverte. Malheureusement, alors qu'elle n'était plus qu'à un mètre de la boule de poils grise, l'un des ouvriers lâcha la pancarte métallique, qui rebondit contre le gravier dans un vacarme apocalyptique.

Le chien errant prit peur et détala aussitôt dans la direction opposée. Traversant le petit bois, il fila droit vers les voitures lancées à vive allure sur Little Creek Road.

Sans même regarder autour d'elle, Bunny se lança à sa poursuite. Elle ne s'arrêta que lorsque le klaxon d'un énorme camion retentit à ses oreilles, quelques secondes avant que le pare-chocs n'arrive à sa hauteur.

Grant fut le premier à rattraper sa tante. Lorsque Rebekah arriva au bord de la route, elle entendit la fin de son sermon sur les vieilles dames qui ne regardent pas avant de traverser et qui risquent de se faire tuer. Malgré ses efforts, sa litanie tomba dans l'oreille d'une sourde, puisque Bunny se dévissait le cou pour regarder de l'autre côté de la route. Le chien errant, sain et sauf, venait de s'engouffrer dans un buisson.

— Je n'arrive pas à croire qu'il se soit encore enfui, fit la vieille dame en secouant la tête.

— Ne t'en fais pas, tatie, répliqua Grant en lui prenant le bras pour la reconduire à l'intérieur. Si ce chien a envie qu'on l'attrape, il reviendra.

— Comment ça, « si » ? C'est un chien errant qui passe sa vie à courir d'un endroit à un autre. Il a forcément envie d'un vrai foyer, non ?

Le ton accusateur que Rebekah venait d'employer la surprit elle-même. Grant haussa une épaule avant de répondre :

— Je pense que tous les animaux ne devraient pas forcément être domestiqués. Certaines choses sont faites pour rester sauvages, indomptées.

Certaines choses, ou certaines personnes ? Rebekah se mordit la lèvre pour s'empêcher de lui poser la question : était-ce de lui-même qu'il parlait ? S'il insinuait qu'elle était tombée enceinte pour essayer de le « domestiquer », il se trompait. Non seulement elle n'en avait pas la moindre envie, mais surtout, elle aurait eu plus de chances de dompter un tsunami que l'imprévisible Grant Whitaker.

La jeune femme inspira à fond pour se calmer, puis ordonna à ses jambes de la porter fermement jusqu'à son bureau, en dépit des petits cailloux qui s'enfonçaient de plus en plus dans ses pieds.

Elle passa devant Grant comme une tornade, évitant soigneusement de le regarder. Il n'avait pas de souci à se faire. Jamais elle ne le forcerait à jouer un rôle qui ne lui convenait pas.

Le jeudi suivant, en arrivant à Spring Forest, Grant se reprocha pour la millième fois de ne pas avoir demandé l'adresse du médecin à Rebekah. Il venait de prendre un vol de nuit depuis San Francisco pour pouvoir être en ville avant 10 heures. À l'atterrissage, il avait à peine eu le temps de se rafraîchir le visage avant de foncer au refuge.

Si au moins elle l'avait appelé, ou si elle lui avait donné

son numéro, il aurait pu la rejoindre directement chez le docteur, en toute discrétion. Maintenant, ils risquaient d'être vus ensemble par ses tantes et tout le reste du personnel. Au moins, Grant était à peu près sûr de la trouver à son travail ce matin, puisqu'elle avait pris son rendez-vous pendant sa pause déjeuner.

En arrivant sur le parking, Grant jeta un œil au tableau de bord de sa voiture de location, mais il vit tout de suite qu'il n'était pas en retard. La petite voiture bleue de la directrice était encore là.

Au moment même où il coupait le moteur, la porte d'entrée du refuge s'ouvrit pour laisser passage à Rebekah, superbe dans une robe sans manches qui moulait sa taille avant de s'évaser jusqu'à ses genoux. Cette fois encore, elle portait des talons, et Grant frissonna à la vue de ses jambes magnifiques, longues et fuselées.

Avant qu'il ait eu le temps de sortir de sa voiture, elle avait déjà ouvert son propre coffre, et se battait pour y faire entrer son éternel sac en toile plein à craquer. Il y avait quelques voitures sur le parking, mais aucun de leurs propriétaires n'était en vue. Par précaution, Grant parla le plus doucement possible lorsqu'il arriva à sa hauteur :

— Je suis pile à l'heure, on dirait.

Rebekah sursauta et se cogna la tête contre le coin du hayon. Grant fit une grimace compatissante et voulut poser une main dans ses cheveux, mais elle l'avait devancé, de sorte que ses doigts se retrouvèrent presque entrelacés aux siens.

— Est-ce que ça va ?

Elle hocha la tête et fit rapidement un pas en arrière, tout en inspectant le parking du regard.

— Rassure-toi, il n'y a personne, confirma-t-il en la suivant jusqu'à l'avant de la voiture.

Rebekah prit la parole d'une voix ferme, mais ses yeux restaient obstinément fixés sur l'entrée du refuge.

— Qu'est-ce que tu fais ici ?

— C'est le jour de ton rendez-vous chez le médecin, tu sais ?

— Bien sûr que je le sais. Seulement, je ne m'attendais pas vraiment à ce que tu viennes.

Le sous-entendu le piqua au vif, mais il s'efforça de le chasser de son esprit.

— J'aurais pu te retrouver directement là-bas, mais je ne savais pas si ton docteur se trouvait en ville ou si tu allais voir quelqu'un à Raleigh.

Lorsque Grant, enfant, venait rendre visite à ses tantes, il n'y avait qu'un ou deux médecins à Spring Forest. Pour les urgences, il fallait faire le trajet jusqu'à Raleigh, la grande ville la plus proche.

Grant était bien placé pour s'en souvenir : un jour, Bunny et Birdie avaient dû l'emmener à l'hôpital pour le faire vacciner contre la rage après une morsure. En effet, il avait essayé de prendre dans ses bras un bébé raton laveur, ce qui n'avait pas plu à la mère du petit.

Il savait que, désormais, il existait une nouvelle clinique sur Spring Forest Boulevard. Cependant, il doutait que Rebekah ait choisi de consulter un obstétricien local, au risque de rencontrer des connaissances dans la salle d'attente.

En face de lui, la jeune femme semblait mal à l'aise, évitant toujours son regard.

— Comme je te l'ai dit la semaine dernière, tu n'as pas besoin de venir avec moi. Je peux te retrouver dans un café ensuite pour te donner des nouvelles.

Si elle pensait qu'il allait la croire, elle se trompait complètement. Rebekah ne voulait même pas qu'on les voie ensemble au refuge. Elle n'allait donc certainement pas discuter de sa grossesse avec lui dans un bar, où n'importe qui pourrait les entendre. Puisqu'elle essayait de le tromper, il lui imposerait sa présence deux fois plus longtemps.

— D'accord pour le déjeuner, c'est une très bonne idée. On ira manger après le rendez-vous. Est-ce qu'on prend ta voiture ou la mienne ?

Elle se mordit la lèvre inférieure, d'une manière d'autant plus séduisante qu'elle ne s'en rendait pas compte. Sa main droite agrippa la poignée de la portière, comme si elle allait sauter dans la voiture et s'enfuir à toute vapeur.

— Tu peux me suivre avec la tienne, finit-elle par répondre.

— Pour que tu me fausses compagnie à la moindre occasion ? Rêve toujours, rétorqua-t-il avec un clin d'œil.

— Très bien, soupira-t-elle en appuyant sur un bouton de sa clé pour fermer le coffre. Mais installe-toi vite et penche-toi en avant, pour que personne ne te voie.

Grant s'efforça de ne pas sourire alors qu'il faisait le tour de la voiture pour s'asseoir côté passager. Avec son mètre quatre-vingt-dix, il aurait eu du mal à se pencher dans cette petite voiture. D'ailleurs, même s'il avait pu se cacher, il ne l'aurait pas fait.

Dans une certaine mesure, il pouvait comprendre que Rebekah ne veuille pas qu'on connaisse sa vie privée. Cependant, il ne comptait pas rester éternellement son petit secret honteux. Lorsqu'elle s'engagea sur Little Creek Road en faisant voler les graviers du parking, il ne se priva pas de le lui dire. Rebekah laissa échapper un éclat de rire.

— Alors ça, ce serait une première.

— Quoi donc ?

— Que *toi*, tu sois mon « petit secret honteux », répliqua-t-elle en faisant gronder le moteur. Ce serait plutôt l'inverse, à mon avis.

Une drôle d'odeur chatouilla les narines de Grant, et il s'efforça de ne pas renifler.

— Pourquoi serais-tu un secret ?

— Enfin, Grant, tu vois ce que je veux dire. Tu es l'homme parfait de la famille Whitaker, et moi… Je travaille ici, c'est tout.

Le fait qu'elle travaillait pour ses tantes n'était pas ce qui l'ennuyait vraiment, Grant en était persuadé. Non, même si elle ne le disait pas, Rebekah pensait probablement qu'il n'était pas prêt à laisser paraître leur… Flirt ? Leur relation ? Il ne savait pas exactement quels mots il pouvait mettre sur ce qui se passait entre eux mais, pour lui, ce n'était pas un problème.

Ce qui importait vraiment à ses yeux, c'était que Rebekah se sente soutenue et comprise. Peu importait qu'elle soit belle, intelligente et qu'elle ait réussi sa vie, il y aurait toujours des commères pour dire qu'ils ne devraient pas être ensemble parce qu'ils étaient trop différents.

Si la jeune femme pensait de cette manière, c'était probablement à cause de ses expériences passées. Néanmoins, il se devait de lui faire comprendre que, depuis le début, il avait été fier de partager sa vie.

— Tu sais, je n'ai jamais pensé à toi comme à une simple employée de ma famille. D'ailleurs, de nous deux, ce n'est pas moi qui suis gêné à l'idée que les gens soient au courant.

— Je ne suis pas gênée à cause de toi, expliqua-t-elle en lui jetant un regard avant de bifurquer sur Spring Forest Boulevard. J'ai travaillé dur pour devenir directrice d'une institution qui améliore vraiment la vie de la communauté. En tant qu'organisation à but non lucratif, nous avons des règles différentes de celles des entreprises traditionnelles. Tout le monde s'attend à ce que je sois honnête à cent pour cent.

— D'après toi, ce ne serait donc pas honnête de sortir avec moi ?

— D'abord, nous ne sortons pas ensemble.

Elle se tourna vers lui le temps que la voiture, arrêtée à un feu rouge, puisse redémarrer. Grant s'efforça d'ignorer la pointe de déception qu'il venait de ressentir. Après tout, il s'était dit exactement la même chose ces dernières semaines.

— Ensuite, en ce moment même, une avocate est en train de creuser dans l'historique financier de certains membres de ta famille. Je ne veux pas donner l'idée aux gens qu'il pourrait y avoir des irrégularités de ma part, ou pire, un conflit d'intérêts qui risquerait de nuire au bon fonctionnement du refuge.

Aïe. Grant détestait l'idée que son oncle Gator avait probablement commis des malversations. Et pourtant…

Gator avait toujours été un magicien de la finance, c'est pourquoi ses sœurs lui avaient fait confiance pour investir leur argent. Ces fonds servaient aussi bien à couvrir les dépenses du refuge qu'à leur assurer de quoi vivre.

Au début, tout s'était bien passé. Mais quelques mois auparavant, lorsqu'une tempête avait ravagé Spring Forest et infligé des dégâts importants au refuge, Bunny et Birdie avaient découvert la catastrophe : Gator ne payait plus leur assurance, et la somme qu'il aurait dû y consacrer s'était mystérieusement volatilisée.

Puisqu'il n'avait aucune explication à fournir, la situation devenait de plus en plus compliquée, et les sœurs Whitaker avaient dû engager une experte pour tenter d'y voir plus clair. Sur ces entrefaites, Gator avait disparu et restait introuvable. Certaines personnes en ville prétendaient qu'il s'était enfui pour échapper à un interrogatoire sur sa mauvaise gestion financière du refuge.

Se forçant à revenir à la réalité, Grant tenta d'ignorer l'odeur aigre qui éclipsait maintenant le parfum fleuri de Rebekah, et répondit enfin :

— Non, bien sûr que nous ne sortons pas ensemble. Je crois que, ce soir-là, nous avons tous les deux montré que nous ne cherchions pas une relation sérieuse.

En tout cas, lui n'en cherchait pas une, surtout pas avec quelqu'un qui vivait à deux heures de chez lui en avion.

Le feu passa au vert et Rebekah lui accorda un hochement de tête avant de se concentrer à nouveau sur la route. Il jeta un œil à son ventre encore plat avant de poursuivre :

— Malgré tout, les circonstances étant ce qu'elles sont, tu ne crois pas que les gens vont finir par savoir que tu es enceinte ?

— Si je suis réellement enceinte. Je te rappelle que, pour l'instant, le médecin ne l'a pas confirmé.

— As-tu la moindre raison de penser que tu ne l'es pas ?

Rebekah crispa les mains sur le volant, s'apprêta à répondre, mais elle ne put que renifler.

— Je ne suis pas la seule à sentir cette odeur, si ?

— Je la sentais depuis un moment, mais j'espérais qu'elle venait de dehors.

La puanteur dans la voiture devenait intolérable. Grant ouvrit la vitre côté passager, bientôt imité par Rebekah dont les boucles se mirent à voleter en tous sens. Le courant d'air leur fit du bien, mais l'odeur persistait.

— Je suis certaine que ça vient de l'intérieur, commenta la jeune femme en se pinçant le nez d'une main tout en s'arrêtant à un stop. Mais qu'est-ce que ça peut être ?

— Ça me rappelle la fois où une des chèvres de tante Birdie s'était roulée dans le poulailler et avait écrasé tous les œufs.

— C'est au moins dix fois pire, fit Rebekah avec un haut-le-cœur.

À cet instant précis, un jappement se fit entendre depuis l'arrière de la voiture. Grant et Rebekah tournèrent la tête dans un si bel ensemble qu'ils manquèrent de se cogner le front.

Dans le coffre, un étrange animal tout pelé, les yeux recouverts par de longues mèches de fourrure grise, venait de passer la tête par-dessus les sièges arrière. Il poussa un grognement bas, découvrant ses dents jaunies. Ses pattes de devant étaient posées contre les appuie-tête, comme s'il s'apprêtait à sauter par-dessus pour les attaquer.

— Qu'est-ce que c'est que cette créature ? murmura Grant, parfaitement immobile.

— Je crois que c'est ce chien errant gris que tout le monde essaie d'attraper. Tu sais, celui que ta tante a poursuivi jusqu'à la route, la semaine dernière. Je ne l'ai jamais vu d'aussi près, alors je n'en suis pas sûre.

— Qu'est-ce qu'il fabrique dans ta voiture ?

— Aucune idée. Il a dû sauter dans le coffre pendant que je me disputais avec toi, tout à l'heure. Je l'avais laissé ouvert.

— Où est ta laisse de secours ?

Rebekah se tenait elle aussi immobile, mais ses yeux écarquillés parlaient d'eux-mêmes.

— Où est ma… Quoi ?

— Mes tantes ont toujours une laisse de secours et quelques mètres de corde dans leur voiture. D'après elles, on ne sait jamais quand on va croiser un animal qui a besoin d'aide.

— Grant, je travaille peut-être dans un refuge, mais je ne me promène pas en ville tous les jours à la recherche d'animaux en détresse.

Le chien grogna un peu plus fort et se projeta vers l'avant comme pour leur sauter dessus.

— Je pense qu'on ne devrait pas rester là avec lui – ou avec elle. Je propose qu'on sorte doucement, puis qu'on appelle un officier du contrôle des animaux pour le récupérer.

— D'accord. On compte jusqu'à trois, et on sort en même temps.

— Un… Deux… Oh ! zut.

Il n'avait pas eu le temps de finir son décompte que Rebekah était déjà dehors. Il sortit à son tour et la rejoignit sur le bas-côté.

Malheureusement, ni l'un ni l'autre n'avaient pensé à refermer les vitres avant de sortir. La boule de poils grise sauta sur les sièges arrière, puis sur le siège conducteur. Avisant la fenêtre ouverte, le chien sauta aussitôt et se réceptionna maladroitement sur sa patte arrière gauche. Un instant après, il traversait la route en boitant.

— Oh non, le pauvre, il s'est fait mal, fit Rebekah en se lançant à la poursuite de l'animal.

Cependant, il devait être plus effrayé que blessé. Dès qu'il prit conscience qu'il était suivi, il se mit à trottiner à vive allure. Une fois de l'autre côté de la route, il passa un portail en fer forgé qu'on avait laissé ouvert, puis s'engouffra dans le jardin d'une des plus vieilles maisons de maître de Second Street.

Ce manoir abandonné avait été l'un des plus beaux de Spring Forest, mais il aurait eu besoin de quelques pots de peinture et d'un coup de tondeuse.

Et aussi d'une nouvelle toiture, songea Grant en rejoignant Rebekah sur le trottoir.

La jeune femme s'approcha lentement du chien gris mais, alors qu'elle le touchait presque, il trouva une ouverture dans les fondations du porche et disparut sous les planches abîmées.

Grant s'agenouilla dans un buisson d'hortensias desséchés pour essayer de mesurer la profondeur du trou, mais il faisait trop noir. Frottant ses mains l'une contre l'autre pour en faire tomber la terre, il demanda à Rebekah :

— Est-ce que tu aurais quelque chose pour l'attirer à l'extérieur ?

Sans même lui répondre, elle écarquilla les yeux et se mit à courir jusqu'à la voiture. Grant retint un grognement. Décidément, cette femme avait pris l'habitude d'agir d'abord et de l'informer ensuite.

- 4 -

Interdite, Rebekah fixait le sac en papier déchiré qu'elle venait de sortir de sa voiture. Elle comprenait maintenant pourquoi le chien errant avait décidé de faire du stop avec eux. Refermant son coffre, elle rejoignit Grant devant la maison abandonnée, l'emballage de muffin à la main.

— J'avais un muffin à la pomme dans mon sac, expliqua-t-elle, mais je suppose que le chien s'est déjà offert un pique-nique pendant le trajet.

— Je préfère les pains au chocolat, mais je le comprends. Il ne doit pas avoir souvent l'occasion de s'offrir une pâtisserie.

Rebekah ne put s'empêcher de sourire. Certes, la plupart des gens aimaient les pains au chocolat, mais c'était tout de même le premier point commun qu'elle se trouvait avec Grant.

D'ailleurs, elle en avait mangé un tous les matins cette semaine, mais aujourd'hui elle avait dû commander autre chose. Lorsqu'elle était passée à la boulangerie, il n'y en avait déjà plus.

— Heureusement que ce n'était pas une pâtisserie au chocolat, finit-elle par répondre. Il paraît que cela rend les chiens malades.

— « Il paraît » ? demanda-t-il en haussant un sourcil.

— Je n'ai jamais eu de chien, ni de chat d'ailleurs. Mon père est allergique aux deux, alors il n'y en a jamais eu à la maison.

Grant bascula en arrière et s'assit sur ses talons pour lui faire face, la dévisageant d'un air incrédule.

— Pourtant, tu travailles dans un refuge.

— Je ne dis pas que je n'aime pas les animaux, se défendit-elle, les mains sur les hanches. M'occuper d'eux ne me passionne pas, c'est tout.

— Si je devine bien, tu ne veux pas que mes tantes soient au courant de ça non plus, fit-il avec un petit sourire en coin.

— Je ne le crie pas sur les toits, mais je ne le cache pas non plus, répliqua-t-elle en essayant d'ignorer son regard pénétrant. De toute manière, tes tantes ne m'ont pas engagée pour m'occuper des animaux, alors peu importe mon niveau d'expérience avec eux.

Comme elle finissait sa phrase, un grognement se fit entendre de l'autre côté du porche, et Rebekah se souvint brusquement de ce qu'elle faisait là. Elle inspecta l'intérieur du sac en papier.

— Il reste quelques miettes, mais il a quasiment tout mangé.

— On devrait peut-être frapper et demander au propriétaire s'il peut nous donner quelque chose pour l'attirer dehors, suggéra Grant en se levant.

Rebekah laissa errer son regard le long de la façade en brique qu'elle voyait chaque fois qu'elle descendait en ville. Une des fenêtres du deuxième étage était cassée, et la porte moustiquaire pendait lamentablement sur le dernier gond qui lui restait.

— Je suis à peu près sûre que plus personne ne vit ici.

— C'est dommage, mais cela explique pourquoi la maison est aussi délabrée, commenta Grant en passant une main dans ses cheveux. Je suis passé devant plusieurs fois, et je me dis toujours que c'est une horreur par rapport aux autres maisons de la rue.

— Elle n'a rien d'une horreur, se récria-t-elle. D'accord, elle aurait besoin d'un peu d'huile de coude et d'affection, mais elle a un charme incroyable. Les tourelles de chaque côté de l'entrée sont magnifiques, c'est la seule maison de la rue qui en a. En plus, le terrain devant l'entrée est immense. Imagine un peu si le porche s'étendait jusqu'ici…

Elle recula de quelques pas et étendit les bras, pour mieux lui faire comprendre son idée.

— Ensuite, si j'enlevais cette vieille barrière, je mettrais quelques bancs bien confortables de ce côté. Comme ça, je pourrais discuter avec mes voisins, regarder passer les enfants à vélo, et…

Ses joues rosirent et elle s'interrompit, mortifiée de s'être trahie. Elle avait rêvé plus d'une fois de vivre dans cette maison, mais elle s'était finalement résignée à acheter un logement plus petit, plus abordable.

— Ne t'arrête pas, l'encouragea Grant.

Il fit quelques pas pour se rapprocher d'elle. Son sourire affectueux, ses épaules larges sous son T-shirt délavé réchauffèrent le cœur de Rebekah.

— Est-ce que tu voudrais peindre les volets et la porte de la même couleur ?

— Je mettrais du noir pour les volets, mais sur la porte, plutôt du bleu. Pas du bleu roi, mais pas du bleu pastel non plus, quelque chose entre les deux.

Sous son regard attentif, elle se rendit compte qu'elle était en train de décrire la couleur exacte de ses yeux. Elle haussa une épaule avant de conclure :

— De toute façon, ça n'a pas d'importance. Je ne vivrai jamais dans cette maison.

— Pourquoi pas ?

Son expression reflétait un étonnement sincère, et Rebekah se demanda si cet homme avait jamais entendu le mot « non » au cours de sa vie, si on lui avait déjà dit qu'il ne pourrait pas obtenir une chose qu'il désirait.

— D'abord, même avec la maison dans cet état, je n'aurai probablement jamais les moyens de l'acheter. Ensuite, si je m'apprête à avoir un bébé, tout mon salaire va être englouti par les couches, les vêtements, la crèche… Je n'aurai pas de quoi faire des travaux dans une maison.

Grant croisa les bras et la toisa de toute sa hauteur, sourcils froncés.

— Tu sais que j'ai l'intention de vous soutenir, le bébé et toi ? Pas seulement moralement, mais aussi financièrement.

Au moins, aujourd'hui, Grant portait des baskets à la place de ses sandales. Malgré tout, à en juger par la manière dont il s'habillait en général, elle gagnait probablement mieux sa vie que lui. Cependant, elle n'allait certainement pas le lui faire remarquer.

Le téléphone de Grant se mit à sonner mais, malheureusement pour Rebekah, il l'ignora et resta planté devant elle, attendant une réponse. En désespoir de cause, elle suggéra :

— On devrait aller chez le médecin, maintenant.

De toute manière, il était inutile de discuter de tout cela avant d'être sûrs qu'elle était enceinte. Et même si elle l'était... Grant semblait réellement désireux de s'impliquer dans la vie de l'enfant, mais elle avait du mal à le croire.

Si un homme avec qui elle était restée six ans n'avait pas voulu élever un enfant avec elle, comment lui, qui la connaissait depuis quelques mois à peine, pourrait-il en avoir envie ?

D'accord, Grant ne ressemblait en rien à son ex-compagnon, mais Rebekah n'était plus la jeune femme naïve qu'elle était à ce moment-là. Elle n'avait pas la moindre intention de lui faire confiance, si c'était pour qu'il prenne peur et la laisse tomber ensuite. D'autant plus qu'elle ne pouvait pas non plus se faire confiance à elle-même, puisque son corps réagissait avec une intensité surprenante dès qu'il lui souriait.

— D'accord, finit-il par répondre. Mais nous en reparlerons plus tard. On pourrait peut-être aussi acheter un autre muffin ou un hamburger après le rendez-vous, pour faire sortir cette tête de mule de sa cachette.

En entendant parler de nourriture, l'estomac de Rebekah se contracta douloureusement. Elle se maudit d'avoir travaillé aussi tard dans la matinée plutôt que d'être allée grignoter quelque chose avant son rendez-vous. Si elle s'était échappée avant que Grant n'arrive, elle aurait pu gérer cette affaire toute seule, et surtout éviter ses regards sérieux et ses déclarations à propos de leur avenir.

Pendant le court trajet qui les séparait du cabinet du docteur Singh, le téléphone de Grant sonna à nouveau, mais il y jeta à peine un coup d'œil avant d'envoyer l'appel sur sa messagerie. Elle fit semblant de n'avoir rien vu, mais le fait qu'il fasse attention à elle plutôt qu'à son téléphone semblait confirmer ce qu'il avait dit quelques minutes auparavant. Pourtant, elle aurait été tellement plus à l'aise s'il avait cessé de se concentrer sur elle, ne fût-ce que quelques minutes…

Le cabinet du docteur Singh occupait tout le rez-de-chaussée d'un manoir en brique semblable à la maison rêvée de Rebekah. Sa salle d'attente ressemblait à un salon de l'ère victorienne. Lorsqu'elle tendit sa carte Vitale au secrétaire, il décocha un sourire à Grant et demanda :

— Et voilà le papa, je suppose ?

Rebekah se retourna vivement vers la salle d'attente pour voir si l'autre patiente présente avait entendu. Heureusement pour elle, la jeune maman était bien trop occupée à se battre avec un étrange morceau de tissu pour lui prêter attention. Au bout d'un moment, elle rendit les armes et jeta l'objet dans le landau à côté d'elle. Lorsqu'elle croisa le regard de Rebekah, la dame s'excusa :

— Désolée pour le spectacle, mais ces couvertures d'allaitement sont plus insupportables que pratiques !

— Pas de souci.

Rebekah tenta de sourire à la maman allaitante, mais elle ne put s'empêcher de remarquer les cercles noirs qui ombraient ses yeux. Sa propre mère s'était occupée de nombreux nouveau-nés en tant que famille d'accueil, et elle lui avait vu bien des fois le même visage. C'était en partie à cause de toutes ces nuits à entendre les bébés pleurer que Rebekah, adolescente, s'était convaincue qu'elle n'était pas faite pour avoir des enfants.

Dans ce cas, comment avait-elle atterri ici ? Et avec Grant par-dessus le marché ? Heureusement pour sa tranquillité, il s'était sagement assis dans un coin de la salle d'attente et semblait plongé dans la lecture d'un magazine pour jeunes parents.

Puisque Rebekah avait déjà rempli le formulaire des nouveaux patients sur Internet, elle n'avait plus qu'à aller le rejoindre. Elle inspira à fond et s'installa à côté de lui dans un fauteuil rembourré en velours vert, mais à peine assise une femme vêtue d'une blouse à fleurs demanda :

— Rebekah Taylor ?

Elle fit la grimace. Jusqu'à présent, elle n'était qu'une anonyme dans une salle d'attente. Plaquant un sourire sur ses lèvres, elle avança de quelques pas. L'infirmière lui tendit un flacon en plastique et proposa :

— Pendant que vous nous fournissez un échantillon pour l'analyse, je vais emmener le papa en salle d'examen.

Rebekah sursauta en constatant que Grant se tenait juste derrière elle. Lorsqu'elle avait accepté qu'il l'accompagne chez le docteur, elle pensait au parking, à la limite à la salle d'attente, mais en aucun cas dans la salle d'examen. Il avait dû remarquer que ses yeux lançaient des éclairs, puisqu'il recula d'un pas lorsqu'elle se tourna vers lui.

— Si tu préfères, je peux attendre ici, suggéra-t-il prudemment.

Elle aurait préféré qu'il attende chez lui en Floride, mais elle ne pouvait décemment pas le lui dire devant l'infirmière. Sa bouche s'ouvrit et se referma plusieurs fois tandis qu'elle cherchait une réponse appropriée. Comment pouvait-elle dire devant une tierce personne qu'elle avait accepté cet homme dans son lit, mais qu'elle n'était pas sûre de l'accepter dans d'autres aspects de sa vie ?

Devant son silence, Grant prit les choses en main et se tourna vers l'infirmière.

— Est-ce que les papas vont dans la salle d'examen, habituellement ?

— Bien sûr, répondit-elle en hochant la tête avec enthousiasme. Nous préférons que les papas s'impliquent le plus possible. En ce moment, le mari d'une de nos patientes est en déplacement, et elle apporte toujours son ordinateur pour qu'il puisse participer au rendez-vous par appel vidéo. Ils sont vraiment adorables.

Oh ! génial.

Non contente de l'avoir encouragé, l'infirmière avait potentiellement donné à Grant l'idée qu'elle pourrait filmer ses prochains rendez-vous s'il ne pouvait pas venir. Au moins, il eut tout de même la courtoisie de lui lancer un regard interrogateur avant de suivre l'infirmière.

— D'accord, soupira-t-elle. Mais tu n'as pas intérêt à regarder quand je monterai sur la balance.

Lorsque Rebekah le rejoignit dans la salle d'examen, Grant fixait une affiche représentant les différents stades de dilatation du col de l'utérus. Il était si pâle qu'elle faillit éclater de rire, mais un geste de l'infirmière en direction d'une chemise d'hôpital l'arrêta dans son élan. Lorsque la petite dame lui ordonna d'enlever tous ses vêtements et de passer la chemise, Grant toussa discrètement et déclara à la cantonade :

— Je vais faire un saut dans le hall pour me servir un verre d'eau.

Lorsqu'elle fut enfin seule, Rebekah se défit de sa robe en un éclair, puis essaya de la lancer sur le dossier d'une chaise. Le bout de tissu retomba lamentablement au sol, entraînant le peu de fierté qui lui restait. De toute manière, Grant devrait probablement s'asseoir sur cette chaise, alors mieux valait accrocher sa robe à la patère prévue à cet effet.

Ensuite, Rebekah fit une boule de ses sous-vêtements et la fourra prestement dans son sac à main. Elle finissait d'attacher la chemise d'hôpital lorsqu'on frappa à la porte. Une très jeune femme fit irruption dans la pièce.

— Bonjour, je suis le docteur Singh. J'ai rencontré le papa dans le hall, il m'a dit que vous deux en étiez à presque neuf semaines.

Grant entra à son tour dans la pièce, et elle eut envie de crier qu'il n'y avait pas de « vous deux ». Il n'y avait qu'elle. D'ailleurs, pourquoi diable tous ces gens s'obstinaient-ils à l'appeler « papa » ? Elle avait des frissons chaque fois qu'elle entendait ce mot présomptueux.

Bon, au moins, il ne s'était pas trompé sur la date.

— C'est juste, s'entendit-elle répondre.

— D'accord. Je vais jeter un œil à votre dossier avant de vous examiner.

Le docteur Singh s'assit sur un tabouret et alluma son ordinateur, qui s'insérait dans un bras rétractable fixé au mur. Rebekah parcourut la salle du regard et eut un élan de reconnaissance envers la technologie moderne. La salle d'attente était peut-être de style victorien, mais heureusement le cabinet possédait une machine à ultrasons dernier cri.

— Je vois que vous avez subi une interruption involontaire de grossesse il y a cinq ans. Dites-m'en un peu plus.

Sous le choc, Rebekah se figea de la tête aux pieds. Ses yeux se focalisèrent sur un point à l'horizon, même s'ils ne voyaient rien ; en revanche, son ouïe devint particulièrement sensible, et elle entendit très nettement l'inspiration brusque de Grant.

Les roues du tabouret grincèrent lorsque le docteur Singh se rapprocha d'elle.

— Rebekah ? Cela vous gêne-t-il d'en parler ?

Elle se força à respirer normalement, ainsi qu'à éviter le regard de Grant. Le papier qui recouvrait la table d'examen se déchira légèrement lorsqu'elle remua pour s'asseoir bien droite.

— J'ai... J'ai fait une grossesse extra-utérine il y a cinq ans. La dose de méthotrexate qu'on m'a donnée n'a pas fonctionné, alors les médecins ont dû faire une laparoscopie pour retirer l'œuf.

— Je suis désolée que vous ayez dû subir cette épreuve.

Le docteur Singh posa sa petite main sur la sienne, et Rebekah la fixa sans réagir. Le choc initial laissait la place à un torrent d'émotions contre lequel elle ne pouvait pas lutter.

L'opération avait été bien plus éprouvante moralement que physiquement. À l'époque, elle s'était dit que la perte du bébé n'était pas une si mauvaise chose, qu'elle n'était pas prête à avoir un enfant, qu'elle ne le serait peut-être jamais.

Rebekah venait de se rendre compte qu'elle ne s'était pas autorisée à faire le deuil de ce bébé.

Du bout de sa manche, elle essuya une larme qui menaçait de couler. Elle risqua enfin un regard en direction de Grant, qui s'était remis à contempler son affiche avec un intérêt inégalé.

— Bon, fit le médecin en se redressant. Après cette expérience, vous avez sûrement hâte que je vous examine pour vous donner de bonnes nouvelles.

Tout en pratiquant son examen préalable, le docteur Singh posa quelques questions de routine à Rebekah. Grant leur jetait un coup d'œil de temps à autre, mais sinon il fixait le mur ou le sol, croisant et décroisant les jambes toutes les deux minutes. Visiblement, il regrettait de l'avoir accompagnée, mais c'était tant pis pour lui.

Puis le docteur sortit un moniteur cardiaque de sa poche et étala un gel froid sur le ventre de Rebekah. L'appareil commença à faire des allers-retours sur sa peau dénudée, et la jeune femme serra ses genoux l'un contre l'autre, les yeux fermés.

Elle priait pour que Grant – s'il s'intéressait enfin à ce qui passait – ne regarde pas en dessous de sa poitrine. Certes, il l'avait déjà vue sans vêtements, mais cette fois c'était différent. Non seulement elle était allongée sur une table d'examen avec un éclairage peu flatteur, mais en plus elle manquait sérieusement de rhum pour se désinhiber.

Le moniteur émettait d'étranges vibrations, tandis que le docteur laissait échapper par moments un murmure. Au bout de quelques minutes, un pli soucieux se forma sur son front.

— Je vais prendre la machine à ultrasons pour y voir plus clair, décida-t-elle.

Rebekah se força à inspirer lentement, calmement, lorsqu'une dose supplémentaire de gel fut étalée sur son ventre. Le docteur Singh manipula l'appareil très doucement contre sa peau, mais elle se sentait encore plus nerveuse et nauséeuse.

Grant comprit probablement que quelque chose n'allait pas, lui aussi. Il se leva pour venir inspecter l'écran du moniteur, comme s'il pouvait savoir ce que signifiaient toutes ces lignes blanches en mouvement. Le docteur reposa enfin sa machine, toussota discrètement et dit :

— Excusez-moi un instant, je vais appeler l'infirmière.

Impuissant, Grant avait vu la panique envahir le visage de Rebekah au fur et à mesure de cet examen bien trop long. Lorsque le docteur se leva pour presser un interrupteur sur le mur, il s'approcha aussitôt pour lui prendre la main. Elle resserra aussitôt ses doigts autour des siens, mais toujours les yeux fermés, sans dire un mot.

Si l'on exceptait ses souvenirs à la ferme chez ses tantes, il ignorait quasiment tout de la grossesse et de l'accouchement. Il avait hésité à acheter un livre sur le sujet à l'aéroport, car il s'était dit qu'il valait mieux attendre d'en savoir un peu plus sur leur situation. En tout cas, rien n'aurait pu le préparer à entendre ce qui s'était passé lors de la dernière grossesse de Rebekah.

Elle en avait parlé d'une manière très terre à terre, mais sa voix avait tremblé, et Grant avait détourné le regard dès sa première larme. Il ne savait pas si elle préférait qu'il la réconforte ou qu'il fasse semblant de ne pas avoir entendu. Au moins, maintenant, il comprenait pourquoi elle était si réticente à discuter de sa grossesse avec lui. Elle avait peur que les choses tournent mal, comme la première fois.

Il lui caressa doucement le dos de la main, et lorsqu'elle ouvrit les yeux, il se pencha vers elle pour lui murmurer :

— Quoi qu'il arrive, je serai là pour toi.

Après ce qui lui parut une éternité, le docteur revint enfin près d'eux. Il s'apprêtait à lui demander des explications lorsqu'elle déclara, un grand sourire aux lèvres :

— Félicitations ! Vous allez avoir des jumeaux. Les deux sont…

Grant n'entendit pas la fin de sa phrase. Un « bang » sonore retentit à ses oreilles, et il s'effondra au sol.

- 5 -

Lorsque Grant revint à lui, le docteur Singh était agenouillée à son côté et l'infirmière prenait son pouls. Rebekah, toujours allongée, s'était tournée sur le côté et le regardait d'un air courroucé.

— Heureusement que tu es là pour moi quoi qu'il arrive, commenta-t-elle.

Il cligna des yeux plusieurs fois et se redressa, frottant la bosse qui venait de se former à l'arrière de son crâne.

— Est-ce que je me suis cogné la tête ?

— Vous avez sursauté si brusquement que vous vous êtes cogné contre la lampe, confirma l'infirmière. Ne vous inquiétez pas, vous n'êtes pas le premier. Allez, grand garçon, fit-elle en lui tendant une main.

— Voilà pourquoi j'appelle toujours l'infirmière, sourit le docteur en prenant son autre main.

Ensemble, elles le remirent prestement sur ses pieds.

— Il y a peu de temps, un papa s'est évanoui en apprenant qu'il allait avoir des triplés, poursuivit-elle.

Rebekah agita une main pour attirer son attention.

— Est-ce que les futures mamans s'évanouissent, par hasard ? demanda-t-elle. Je vous signale que c'est tout aussi déroutant pour les personnes à moitié nues et couvertes de gel poisseux.

— Je suis désolée, dit le médecin en revenant vers elle, un sourire aux lèvres. En tout cas, je capte deux battements de cœurs très réguliers, à la fois sur le moniteur et sur la machine à ultrasons.

— Et ils sont tous les deux là où ils doivent être ?

Rebekah avait parlé d'une voix si hésitante que Grant se promit de faire des recherches sur la grossesse extra-utérine. Enfin, après s'être renseigné sur les jumeaux.

Les jumeaux. Waouh.

— Tout à fait, confirma le docteur Singh. Votre utérus m'a l'air en parfait état, un peu plus large que la moyenne pour neuf semaines, ce qui est très bien pour des jumeaux. Je vais tout de même faire un prélèvement pour mesurer les taux d'hormones dans votre sang, histoire de vérifier que tout est correct.

Rien qu'à essayer de suivre la conversation, Grant avait la tête qui bourdonnait.

— Vous êtes sûre qu'il y en a deux ? finit-il par demander.

— Absolument sûre. Je ferai des tests plus tard pour savoir si ce sont de vrais ou de faux jumeaux. Dans cinq ou six semaines, nous pourrons peut-être même déterminer le sexe des bébés, si vous désirez le savoir.

Rebekah se tourna vers lui, l'air paniqué. Quelques minutes plus tôt, il n'y avait rien à dire sur cette grossesse ; maintenant, ils avaient des tas de choses à décider. Il posa une main sur son épaule et lui chuchota que tout allait bien se passer, espérant que cela l'aiderait à se sentir mieux.

— Je crois que nous avons besoin de temps pour digérer tout ça, dit-il au médecin.

— Bien sûr, vous vous sentez dépassés par la situation pour l'instant. C'est tout à fait normal, et vous n'avez pas besoin de prendre des décisions aujourd'hui. Je vais demander à une infirmière de vous préparer des dépliants à lire chez vous, et nous allons programmer un rendez-vous de suivi dans un mois.

Le docteur et l'infirmière sortirent de la pièce, et ils restèrent seuls, un silence pesant s'installant entre eux. Au bout d'un moment, Grant comprit que la charmante femme qui portait son enfant – non, *ses* enfants – n'était pas pressée de descendre de sa table d'examen.

Enfin, il relâcha bruyamment tout l'air de ses poumons, comme s'il était un ballon en train de se dégonfler.

— Des jumeaux, hein ? J'imagine que ni toi ni moi ne nous attendions à ça.

Elle haussa une épaule et fit glisser sa chemise dans le mouvement, révélant la courbe parfaite de son épaule.

— En ce qui me concerne, je ne m'attendais à rien de tout ça.

— Alors, qu'est-ce que tu veux faire ?

Tout son corps se tendit dans l'attente de sa réponse, mais elle jeta un œil à l'horloge et répondit :

— Je crois que je ferais mieux de retourner au travail.

Il parlait de sa décision concernant les bébés, mais elle était probablement trop choquée pour réfléchir dans l'immédiat.

— Je pensais ce que je disais tout à l'heure, tu sais. Je suis vraiment là pour toi, alors dis-moi de quoi tu as besoin.

— Pour l'instant, je n'en ai aucune idée.

— Je comprends. Allons-y petit à petit, proposa-t-il en lui tendant sa robe. Je vais t'attendre dehors pendant que tu te changes.

Lorsqu'ils se retrouvèrent dans le hall, elle le laissa prendre son bras pour la guider jusqu'à l'accueil, et même planifier avec elle son prochain rendez-vous. Il lui demanda ses clés de voiture, qu'elle lui donna sans protester.

— Je te ramène chez toi ?

— Non, fit-elle en secouant la tête. Je pense que je me sentirai mieux au bureau avec du travail à faire. En plus, il faut que tu récupères ta voiture.

Grant avait grandi entouré de femmes courageuses, et son instinct lui disait que Rebekah se contrôlait pour ne pas lui laisser voir ses faiblesses. S'il essayait de la faire parler, elle risquait de se fermer encore davantage.

— D'accord, je te ramène au bureau, mais à condition qu'on s'arrête sur la route pour que tu manges quelque chose.

Elle ne répondit rien et ne dit plus un mot de tout le trajet. Grant devina qu'elle ne voudrait pas déjeuner avec lui dans un restaurant où n'importe qui pourrait les voir, et opta donc pour un fast-food à emporter. Lorsqu'il lui demanda ce qu'elle voulait, au lieu de regarder le menu, elle fixa obstinément le paysage du côté opposé et déclara :

— Peu importe, ce sera très bien.

Il passa commande pour eux deux, mais elle ne put avaler que quelques frites et un peu de thé glacé. Quelques minutes plus tard, il se gara sur le parking de Copains pour Toujours.

— Tu es sûre que tu ne veux pas que je vienne avec toi ?

— Complètement sûre.

D'ordinaire, Rebekah était toujours déterminée et contrôlait toujours tout. Rien qu'à la voir dans cet état, Grant en devenait anxieux. Depuis qu'il avait travaillé comme sauveteur en mer au lycée, il avait l'habitude de plonger tête la première au moindre signe de danger et de résoudre tous les problèmes. Alors, lorsqu'il remonta dans sa voiture de location, un sentiment de défaite s'empara de lui.

Pour la première fois de sa vie, il avait l'impression de s'enfuir devant un défi. Mais comment aider quelqu'un qui ne voulait pas être aidé ?

Des jumeaux.

Le mot tourna en boucle dans la tête de Rebekah pendant l'heure qui suivit. Elle avait voulu retourner au travail pour se vider la tête, mais elle fixait la même facture depuis qu'elle était assise à son bureau.

De toute évidence, elle n'arriverait pas à travailler cet après-midi, pas avec les nerfs dans cet état. Jusqu'à maintenant, elle avait réussi à éviter Bunny et Birdie, mais elle doutait de pouvoir finir sa journée sans les croiser.

Un chœur d'aboiements retentit soudain au-dehors. Mollie, l'éducatrice canine, travaillait avec deux de ses nouvelles recrues. Sel et Poivre étaient deux bichons maltais qui venaient d'arriver au refuge. Leur propriétaire avait perdu son travail, et elle n'avait malheureusement pas pu les garder en emménageant chez sa sœur à l'autre bout du pays.

En les regardant courir dans la pelouse, Rebekah se

souvint brusquement du chien errant gris qui leur avait échappé quelques heures plus tôt.

Elle se leva en un éclair et attrapa le sac en papier qui contenait encore le hamburger qu'elle n'avait pas mangé.

— Je vais voir un animal, lança-t-elle à Nancy, qui gérait le bureau d'accueil ce jour-là.

La responsable des adoptions fut trop gentille pour souligner qu'elle ne s'occupait jamais des animaux ; ou alors, elle était passée trop vite pour que Nancy ait le temps de dire quoi que ce soit.

Sur le parking, elle croisa Richard Jackson, le vétérinaire bénévole à la retraite, qui la salua d'un geste amical. Celui qu'on surnommait « Doc J » avait passé le flambeau à sa fille Lauren, mais il revenait souvent lui donner un coup de main. Elle lui rendit son sourire, tout en se demandant vaguement ce qu'il faisait encore là alors que la clinique était fermée pour le reste de la journée. De toute manière, elle n'avait pas le temps de s'attarder sur la question.

Rebekah démarra rapidement sa voiture. La climatisation ne fit qu'accentuer l'odeur de frites et de chien mouillé, mais heureusement elle n'allait pas loin. Elle se gara devant le manoir en brique sur Second Avenue et commença à déballer son hamburger tout en marchant.

— Salut, petit gars, fit-elle en s'agenouillant devant le porche.

Avec sa robe et ses talons hauts, ce n'était pas des plus pratiques, mais il faudrait faire avec. Elle sortit le steak du hamburger et le tint devant l'ouverture entre les planches.

— Tu n'es peut-être pas un gars, d'ailleurs, mais peu importe la manière dont je t'appelle. Ce qui compte pour toi, c'est plutôt la nourriture.

Elle tendit l'oreille, mais n'entendit pas même un grognement.

— Tu sais, tout le monde en ville t'a déjà vu au moins une fois. Tu n'as pas idée du nombre de gens qui ont essayé de t'attraper pour te trouver un foyer confortable. Tu es toujours là, ou tu es reparti en ville te trouver un déjeuner toi-même ?

Toujours pas de réponse.

Rebekah se dévissa le cou pour vérifier que personne ne la voyait discuter avec un chien. L'animal ne comprenait probablement pas un mot de ce qu'elle disait, si toutefois il était encore là.

— Écoute, je te promets que je ne t'avais pas oublié. J'ai juste mis un peu plus de temps que prévu à revenir, parce que j'étais complètement désorientée, fit-elle avec un soupir de frustration. Si tu savais le choc que je viens de recevoir, tu comprendrais pourquoi je suis assise en plein soleil devant une maison abandonnée, en train de parler à un chien malodorant qui n'est probablement même pas là.

Les muscles de ses cuisses commençaient à protester. Rebekah recula pour s'asseoir sur une marche du perron. Elle ne souhaitait pas se faire attaquer par le chien, mais si elle ne baissait pas légèrement sa garde, il ne lui ferait jamais assez confiance pour se montrer.

— Je vais laisser ce délicieux steak juste là, au cas où ça t'intéresserait.

Elle posa la viande à côté d'elle et fronça le nez. Sans pain ni sauce, le steak lui paraissait fort peu appétissant.

— Tu aurais sûrement préféré un cheeseburger au bacon, mais c'est Grant qui a commandé tout à l'heure. Moi, je suis restée assise là comme une imbécile, trop choquée pour dire quoi que ce soit. Je sais ce que tu penses. Tu te dis que Grant devait être aussi désemparé que moi. C'est probablement vrai, mais au moins il avait une sortie de secours toute prête, puisqu'il devait retourner à Jacksonville dès cet après-midi pour une réunion. D'un autre côté, je devrais me réjouir qu'il ait un travail et qu'il gagne sa vie. Puisque nous allons avoir des jumeaux, il faudra tout acheter en double.

Pendant que Rebekah parlait, la brise s'était levée, lui apportant une odeur de chien mouillé qu'elle connaissait bien. Le chien gris était donc toujours là. D'après ce qu'elle savait, personne n'avait jamais réussi à l'approcher d'aussi près. Si elle continuait de lui parler, il ou elle se rendrait peut-être compte qu'elle ne représentait pas une menace.

— Alors voilà, Grant est parti. Exactement comme la fois où nous avons dormi ensemble. Je sais qu'il a d'autres responsabilités, mais c'est toujours pareil : chaque fois que les choses deviennent trop compliquées, il a une bonne excuse pour s'échapper. Il fallait le voir ce matin, chez le docteur. Quand elle nous a dit que j'attendais des jumeaux, il s'est cogné contre une lampe et il s'est presque évanoui. Si je n'avais pas été si terrorisée, j'aurais éclaté de rire.

Rebekah s'arrêta un instant pour reprendre son souffle, changea de position et poursuivit :

— Je me fiche de savoir qu'il est incroyablement beau. D'accord, je fonds à chaque fois que je le vois, mais ça passera avec le temps.

Elle fouilla dans le sac en papier et en tira une frite. À force de parler, elle commençait à avoir faim.

— Tout ce que je sais, c'est que, s'il est déjà dépassé par les événements, ce qui n'est pas de très bon augure, comment réagira-t-il quand les enfants arriveront ? En même temps, je n'ai pas beaucoup mieux géré la situation tout à l'heure. Beurk, commenta-t-elle en mordant dans sa frite froide et ramollie.

Rebekah rassembla tous les restes de nourriture en face de l'ouverture sous le porche. Elle fut presque sûre d'entendre quelque chose bouger, mais cela pouvait aussi bien être un écureuil, ou un rat. Avant qu'elle ait eu le temps de passer en revue toutes les créatures qui pouvaient se trouver sous les planches, elle entendit la sonnerie de son téléphone, connecté en Bluetooth sur sa voiture.

Elle ne savait pas au juste depuis combien de temps elle était assise là, mais cette semaine sa mère avait essayé de la joindre tous les jours en sortant de l'école. Elle voulait probablement s'assurer que tout était prêt pour son voyage scolaire au refuge le jeudi suivant. Comme elle l'appelait toujours au même moment, Rebekah déduisit qu'il devait être près de 16 heures.

Elle se leva, épousseta la terre qui maculait sa robe et ramassa son sac en papier vide.

— Tu as gagné, fit-elle à l'adresse du petit chien gris. Je dois rappeler ma mère et lui annoncer la grande nouvelle. Souhaite-moi bonne chance.

Il n'y eut pas même un jappement pour la remercier d'avoir apporté le déjeuner. Cependant, lorsque Rebekah arriva à sa voiture, elle aperçut une tête ébouriffée qui sortait de l'ouverture pour y retourner aussitôt. Le chien errant l'avait écoutée pendant tout ce temps.

La semaine suivante, dans l'avion, Grant prêta une oreille très attentive aux consignes de sécurité. À force de voyager, il les connaissait par cœur, mais cette fois il se sentait plus nerveux que d'habitude. Peut-être s'inquiétait-il davantage maintenant qu'il savait qu'il serait bientôt père.

Lorsque l'avion accéléra le long de la piste, il s'adonna au rituel qu'il pratiquait toujours au début d'un vol. Il ferma les yeux, fit rouler sa tête en un tour complet, rejeta les épaules en arrière et étira ses bras jusqu'au bout des doigts. Il prit ensuite une grande inspiration, étendit les jambes aussi loin qu'il le pouvait – heureusement, il était en classe affaires – et, pour terminer, il décrivit de petits cercles avec ses chevilles tout en remuant les orteils. Une autre inspiration profonde, et il recommençait l'enchaînement jusqu'au décollage.

Grant n'était pas superstitieux, mais ces exercices l'aidaient à se détendre. Depuis ses huit ans, il avait peur en avion. Cet été-là, pour la première fois, il avait rendu visite seul à ses tantes, et l'avion avait traversé une importante zone de turbulences. Ensuite, l'été de ses dix ans, son vol avait été détourné par un ouragan et il s'était retrouvé coincé à l'aéroport de Nashville, avec une ou deux hôtesses pour toute compagnie.

Il n'avait jamais avoué ses craintes à ses parents, parce qu'il aimait trop les vacances à la ferme pour risquer d'en être privé. Quelques années plus tard, ses sœurs avaient commencé à l'accompagner chez leurs tantes, et il avait dû jouer le rôle du grand frère qui n'a peur de rien.

Malgré tout, même maintenant, il n'aimait pas beaucoup prendre l'avion. Son travail lui convenait très bien, mais il aurait préféré voyager un peu moins.

Lorsque l'appareil atteignit son altitude de croisière, il alluma sa tablette et se plongea dans la lecture de *Ce qui vous attend si vous attendez un enfant.*

— Oh ! ils vendent toujours ce livre ? lui demanda son voisin, un homme entre deux âges vêtu d'une chemise hawaïenne criarde.

Concentré comme il l'était, il eut besoin de quelques secondes pour comprendre la question. Le monsieur lui désigna sa tablette et expliqua :

— Ma femme me l'a fait lire aussi, il y a des années.

— Auriez-vous des conseils à me donner ?

— J'en ai un surtout : vous aurez beau tout planifier, il y aura toujours quelque chose pour vous prendre par surprise, fit-il avec un éclat de rire. J'ai eu vingt-huit bébés, mais jusqu'au dernier il m'est arrivé des aventures.

— Vous avez vingt-huit enfants ? s'exclama Grant en espérant que ses yeux ne sortaient pas de leurs orbites.

— Techniquement, nous avons seulement une fille. Jolie comme un cœur et intelligente comme pas deux, ajouta-t-il avec un sourire. Mais ma femme et moi travaillions comme famille d'accueil, et la plupart du temps nous avions des nouveau-nés. Autant vous dire que nous avons vu passer pas mal de bébés dans cette maison.

— Par hasard, est-ce que vous avez déjà accueilli des jumeaux ?

— Seigneur, votre femme et vous allez en avoir ? demanda-t-il en jetant un œil à la main gauche de Grant.

— Ma petite amie et moi, corrigea-t-il prestement.

D'accord, Rebekah et lui n'étaient pas vraiment ensemble, mais il n'allait pas se lancer dans une longue explication pour un étranger croisé dans l'avion.

À ce moment de leur conversation, un bébé commença à pleurer quelques rangs derrière eux.

— Oh ! le pauvre, commenta son voisin. Il doit avoir

les oreilles bouchées à cause de l'altitude. Dites-moi, votre amie est enceinte de combien ?

— De presque dix semaines. Voilà une photo de la première échographie.

Grant ouvrit l'application « photos » sur sa tablette. Il avait pris un cliché du document donné par le docteur à la fin du rendez-vous, mais puisque Rebekah ne voulait pas annoncer sa grossesse pour le moment, il n'avait pu le montrer ni à sa famille, ni à ses amis. Jusqu'à maintenant, il n'avait pas réalisé à quel point il avait envie de le faire. Le vieux monsieur étudia la photo avec intérêt, et remarqua en souriant :

— C'est sûr, il y en a deux.

Le bébé derrière eux se mit à pleurer plus fort, bientôt rejoint par un deuxième enfant. Autour d'eux, les passagers enfoncèrent un peu plus leurs écouteurs. Certains commençaient même à jeter des coups d'œil agacés à la maman.

— Excusez-moi, fit le voisin de Grant en se levant.

Il se leva à son tour pour le laisser passer, et resta debout afin d'observer la scène. L'homme à la chemise hawaïenne discuta quelques instants avec la jeune mère, puis il prit délicatement le bébé dans ses bras. Aussitôt, le nouveau-né cessa de pleurer, et la maman se concentra sur l'enfant à peine plus âgé assis à côté d'elle.

Éberlué, Grant se rassit et contempla son voisin miraculeux pendant tout le reste du vol. Faisant des allers-retours le long de la travée centrale, il berça le bébé – une fille – jusqu'à ce qu'elle s'endorme contre son épaule.

Lorsque l'avion amorça sa descente, la jeune maman craignit qu'elle se réveille si elle la reprenait avec elle. Grant ferma le volet et s'assit près du hublot, laissant la place intérieure à son voisin pour qu'il puisse rester près de la dame.

À le voir s'occuper du bébé, tout semblait ridiculement simple. Il la fit passer sur son autre bras tout en attachant sa ceinture, sans même que la petite fille ne cligne des yeux, occupée qu'elle était à baver sur le motif de palmiers qui ornait sa chemise.

— Avez-vous déjà pensé à écrire des livres vous-même ? demanda Grant lorsque l'avion atterrit.

Le vieux monsieur éclata de rire et répondit :

— L'idée m'a effleuré une ou deux fois.

— Vous pourriez même donner des cours. Personnellement, je serais prêt à payer n'importe quel prix pour savoir tout ça.

— Vous l'apprendrez très bien par vous-même, jeune homme. Le fait que vous en ayez envie signifie déjà que vous serez un très bon père.

Les autres passagers commencèrent à récupérer leurs bagages pour sortir de l'avion, et la petite fille au serre-tête rose ouvrit enfin les yeux. Elle allait probablement se remettre à pleurer en voyant qu'elle se trouvait avec deux inconnus, pensa Grant. Pourtant, le bébé tourna la tête vers lui et lui décocha un grand sourire, orné d'une seule petite dent blanche. Aussitôt, il se sentit fondre.

Ses enfants lui souriraient-ils un jour de cette manière ? Et leur mère, lui sourirait-elle aussi ?

Le vieux monsieur se leva et rendit l'enfant à une maman très reconnaissante, mais Grant resta assis, les pensées se bousculant dans sa tête. Comment serait-ce de devenir papa ?

Son propre père avait placé la barre très haut, mais il était décédé lors de sa dernière année de lycée et ne pouvait plus lui donner les conseils avisés qu'il distribuait toujours à ses enfants. Que ce soit pour affronter une vague ou pour réussir un examen de mathématiques, Moose Whitaker disait toujours exactement ce qu'il fallait pour l'aider à relever un défi.

Perdu dans ses réflexions sur la paternité, il ne se rendit pas compte que tous les voyageurs étaient descendus et que l'équipe de nettoyage venait de monter dans l'avion. Il attrapa sa petite valise et fila jusqu'au bureau de location de voitures. Le préposé le salua par son nom, et il se dit qu'il passait décidément beaucoup de temps en Caroline du Nord ces dernières semaines.

*
* *

Pendant les quarante-cinq minutes de trajet jusqu'à Spring Forest, il passa plusieurs appels liés à son entreprise. Tant qu'il gérait son travail, peu importait s'il n'était pas au bureau, décida-t-il. C'était une bonne chose qu'il puisse travailler à distance, étant donné les nombreux rendez-vous médicaux et autres cours de préparation à l'accouchement qui les attendaient.

Alors qu'il arrivait en ville, il se rendit compte qu'il n'avait toujours pas trouvé une bonne excuse à donner à ses tantes pour être revenu aussi vite. En réalité, il voulait simplement voir si Rebekah allait bien, mais il ne pouvait pas le leur dire. D'ailleurs, il ne pouvait même pas le dire à la principale intéressée.

En arrivant sur le parking du refuge, son regard fut immédiatement attiré par une chemise hawaïenne très colorée, la même que celle de son voisin pendant le vol. Un nœud se forma dans sa gorge, mais bien sûr il ne pouvait s'agir de la même personne.

Pourtant, lorsqu'il sortit de sa voiture, il fallut bien se rendre à l'évidence : le vieux monsieur de l'avion était là, debout à côté d'un 4x4 de modèle ancien qui avait dû connaître lui aussi de nombreuses aventures. En s'approchant, Grant réussit à lire l'inscription sur la boîte des médicaments qu'il était en train d'avaler : il s'agissait d'antiallergiques.

L'homme sortit un chapeau défraîchi de sa voiture, le posa sur sa tête et lui fit un grand signe de la main lorsqu'il le reconnut.

— J'espère que vous ne m'avez pas suivi jusqu'ici pour me demander des conseils éducatifs, plaisanta le monsieur.

— Non, répondit-il en jetant un coup d'œil autour d'eux pour vérifier que personne ne les entendait. Mes tantes sont propriétaires de ce refuge.

Par pitié, ne me parlez pas de la femme que j'ai présentée comme ma petite amie.

— Vous êtes le neveu de Bunny et Birdie ? Ma fille les

adore. Je suis venu pour déjeuner avec elle, ainsi qu'avec ma femme.

L'homme fit une pause pour montrer du doigt le bus scolaire qui arrivait sur le parking.

— Justement, voilà mon épouse, expliqua-t-il. Ma fille a arrangé un voyage scolaire ici pour sa classe, mais nous ne pensions pas que je serais là à temps pour les aider à surveiller les enfants, puisque je reviens à peine d'une tournée de dédicaces. Heureusement que notre avion a atterri un peu plus tôt que prévu.

Il se dirigea d'un bon pas vers le bus, et Grant n'eut pas le temps de lui demander qui était sa fille, mais il eut rapidement la réponse à sa question. Rebekah venait de sortir du bâtiment principal, un large sourire aux lèvres. Elle n'avait pas remarqué la présence de Grant, qui restait paralysé entre sa voiture et le 4x4. Le moteur du bus s'éteignit au moment où elle serrait son voisin d'avion dans ses bras, manquant de faire tomber le vieux chapeau.

— Je ne savais pas que tu venais. J'espère que tu as pris des antiallergiques, papa.

- 6 -

— Il faut que je te parle.

Grant venait de chuchoter ces mots à l'oreille de Rebekah, tandis qu'elle distribuait des étiquettes aux parents accompagnateurs. Ceux-ci étaient occupés à rassembler les enfants en petits groupes portant chacun un nom d'animal.

Heureusement, personne ne put voir son expression, puisqu'elle portait des lunettes de soleil. La sensation de son souffle si près de sa peau la fit frissonner.

— Qu'est-ce que tu fais ici ?

— Je suis venu prendre des photos du nouvel espace pique-nique, pour les intégrer aux dépliants que je vais bientôt commander.

— Quels dépliants ? Je n'ai pas validé la moindre dépense pour des dépliants.

— Nous en discuterons plus tard, fit-il d'une voix désespérée. Là tout de suite, il faut qu'on parle de… Tu-sais-quoi.

— Et voilà, fit-elle à voix haute en tendant une étiquette à une maman, un sourire forcé aux lèvres.

Avec fort peu de succès, elle tenta d'ignorer le fait que le père de ses bébés se tenait juste derrière elle, avec ses propres parents quelques mètres plus loin.

— Votre groupe s'appelle les Canards et vous serez guidés par Hans, le monsieur à cheveux gris qui porte un T-shirt violet, juste là.

Le groupe des Canards s'éloigna et Rebekah les suivit du regard, parlant à Grant dans un murmure à peine audible.

— On ne peut pas parler de tu-sais-quoi maintenant.

D'abord, je travaille, et en plus les gens que tu vois là-bas sont mes parents.

— Justement, c'est de ça que…

— Voilà pour vous, interrompit-elle en donnant une dernière étiquette à un papa.

Le pauvre homme avait perdu toute espèce de contrôle sur son groupe de six filles, qui couraient autour de lui en jouant à chat.

— Vous êtes le groupe des Grenouilles, et vous serez avec…

— Je ne veux pas être une grenouille, protesta une petite fille avec des tresses africaines.

— Pourquoi on ne pourrait pas s'appeler les Licornes ? suggéra une autre enfant qui arborait un palmier blond sur le dessus de la tête. J'ai déjà une corne de licorne et tout ce qu'il faut.

— Je préférerais qu'on soit des tyrannosaures, déclara une troisième fille qui portait des lunettes rondes et un T-shirt affichant le tableau périodique des éléments. De toute façon, ils peuvent manger les licornes.

— Bien sûr que non, s'offusqua la petite blonde, poings sur les hanches.

Les trois autres petites cessèrent de jouer pour participer au débat « Dinosaures contre licornes », et Rebekah prit la ferme résolution de ne plus jamais organiser de voyage scolaire. Elle tenta d'attirer l'attention de sa mère, pensant qu'avec son expérience des enfants elle saurait mettre fin au vacarme. Malheureusement, Mme Taylor se trouvait quelques mètres plus loin, en train de présenter Doc J à ses collègues de l'école primaire.

Rebekah était à deux doigts de perdre tout espoir lorsque Grant se matérialisa au milieu du cercle des petites filles.

— Les tyrannosaures sont des carnivores, ce qui signifie qu'ils ne mangent que de la viande. Comme vous le savez, les licornes sont faites d'arcs-en-ciel et de poussière de fée, ce qui ne serait pas bon du tout pour un dinosaure. La poussière de fée, c'est beaucoup trop sucré. Beurk, ajouta-t-il en mimant un frisson de dégoût.

Toutes les filles éclatèrent de rire, et il fit un clin d'œil à Rebekah avant de reprendre :

— À leur époque, il n'y avait pas de dentistes pour les dinosaures, et avec leurs petits bras ils n'auraient jamais réussi à se brosser les dents correctement. S'ils avaient mangé des licornes, ils auraient eu plein de caries, alors ça ne valait pas la peine.

— Tu en es sûr ? demanda la petite à lunettes, l'air peu convaincu.

— Absolument, confirma-t-il en sortant son téléphone de sa poche. D'ailleurs, il me semble qu'un archéologue a retrouvé des dessins montrant un dinosaure et une licorne qui étaient amis. Je vais chercher des photos pendant que vous commencez votre visite.

— N'empêche que je ne veux toujours pas être une grenouille, répéta la première petite fille en croisant les bras.

Grant s'empara de l'étiquette du groupe et du stylo que tenait Rebekah. Il barra prestement ce qui y était écrit, puis gribouilla autre chose en dessous avant de tendre l'étiquette au papa, dont l'expression sceptique faisait écho à celle de Rebekah.

— Et voilà ! Maintenant, vous êtes le groupe des Tyra-licornes, s'exclama-t-il avec un grand sourire.

Les petites filles poussèrent des cris de joie et rejoignirent leur guide en courant.

— Bien joué, lança une voix derrière eux, ce qui fit sursauter Rebekah. Mon mari m'a dit que vous étiez le neveu de Bunny et Birdie.

Grant se retenait visiblement pour ne pas écarquiller les yeux, son regard faisant des allers-retours entre Sheila et Mike Taylor. Il devait être surpris que ses parents soient à ce point différents, du moins physiquement, songea Rebekah.

Son père avait des cheveux roux grisonnants et un teint très clair, protégé du soleil par son vieux chapeau. Quant à sa mère, on ne trouvait pas un seul cheveu blanc dans ses épaisses boucles noires, et sa peau très foncée restait parfaitement lisse. Les couleurs vives de sa tunique en coton juraient terriblement avec la chemise hawaïenne de son mari.

Mike s'obstinait à porter cette chemise chaque fois qu'il partait en tournée pour promouvoir l'un de ses livres, dans lesquels il racontait ses aventures de père.

Au cours de son enfance, en tant que métisse, Rebekah avait pris l'habitude de voir les gens fixer ses parents en se demandant auquel des deux elle ressemblait le plus. Elle résista à l'envie de poser une main protectrice sur son ventre. Ses enfants auraient-ils à subir le même genre de questions ?

Grant se demandait peut-être la même chose, car elle remarqua qu'il commençait à transpirer. D'accord, il faisait chaud pour un mois de septembre, mais elle était presque sûre que cette rencontre impromptue avec ses parents le mettait mal à l'aise.

De toute évidence, il aurait préféré être n'importe où plutôt qu'ici. *Encore une fois.*

Enfin, il tendit la main à sa mère, qui la serra chaleureusement.

— C'est exact. Grant Whitaker, enchanté.

— Alors, vous travaillez avec Rebekah ?

Il ouvrit et referma la bouche plusieurs fois, son regard passant de sa voiture de location au ventre de Rebekah. Au bout de quelques secondes, il réussit à articuler :

— Plus ou moins.

Il ne la quittait pas des yeux, et Rebekah sentit son estomac dégringoler. Sans dire un mot, elle l'implora du regard de ne pas dire un mot de plus. Qu'était-il arrivé au Grant calme et sûr de lui qui avait planifié son prochain rendez-vous avec l'obstétricienne ? Ou encore au Grant créatif qui avait inventé les « tyra-licornes » ? Si elle avait pu lui emprunter un peu de son imagination, elle aurait trouvé une histoire plausible à raconter à ses parents.

Puisque rien ne lui venait, que ses parents regardaient Grant et que Grant la regardait, il fallait bien qu'elle dise quelque chose.

— Grant travaille à Jacksonville.

— Exactement, et j'y vis aussi, fit l'intéressé en hochant la tête. Je vis *et* je travaille à Jacksonville. En Floride.

— Voilà pourquoi vous étiez dans mon avion. Grant et moi étions voisins pendant le vol, expliqua Mike à sa femme.

— Mais nous n'avions pas officiellement fait connaissance.

Tout en parlant, Grant se mit à danser d'un pied sur l'autre. Ses yeux étaient d'un bleu plus foncé qu'à l'ordinaire, et son visage avait pâli.

— Rebekah, je ne savais pas que c'était ton père.

Que voulait-il dire par là ? On aurait dit qu'il essayait de s'excuser de quelque chose. Pourtant, d'après ce qu'elle en savait, il n'avait pas été impoli avec son père. Ils avaient même l'air de bien s'entendre. Alors, où était le problème ?

Un nœud d'angoisse se forma dans sa poitrine alors qu'elle regardait Grant, puis son père, qui souriait jusqu'aux oreilles.

— Lorsque j'ai vu qu'il lisait *Ce qui vous attend quand vous attendez un enfant*, j'ai engagé la conversation.

Mike posa une main sur l'épaule de Grant. Lorsqu'il se tourna vers sa mère, Rebekah dut s'empêcher de se mordre la lèvre jusqu'au sang.

— La petite amie de Grant attend des jumeaux. C'est génial, non ?

À son regard empreint de panique et de remords, Grant comprit que Rebekah n'avait pas encore annoncé à ses parents qu'elle était enceinte.

Ils restèrent un instant silencieux au milieu du parking, avec le soleil de midi au-dessus de leurs têtes et une cinquantaine d'enfants de six ans qui couraient autour d'eux. Puis Sheila regarda sa fille, et son sourire s'évanouit aussitôt.

La culpabilité était inscrite en toutes lettres sur le visage de Rebekah. Si même Grant, qui ne la connaissait que depuis quelques semaines, s'en rendait compte, cela devait être évident pour ses parents.

Il ne put s'empêcher de penser que toute cette histoire

aurait pu être évitée si elle leur avait parlé de sa grossesse plus tôt. D'un autre côté, s'il ne s'était pas mis à tourner en rond à attendre qu'elle l'appelle, il n'aurait pas pris l'avion sur un coup de tête et rien de tout cela ne serait arrivé non plus.

— Est-ce que tu es… ? commença Sheila, son regard glissant jusqu'à la taille de Rebekah.

La jeune femme soupira en portant la main à son front. Sans regarder sa mère ni son père, elle répondit :

— J'allais vous le dire ce week-end.

— Nous dire quoi ? demanda Mike.

Il reçut aussitôt un coup de coude de la part de sa femme, puis suivit son regard jusqu'au ventre de Rebekah. Comprenant enfin, il se tourna vers Grant.

— Votre petite amie, c'est *ma fille* ?

Rebekah sursauta avant de corriger :

— Techniquement, nous ne sommes pas…

— C'est un peu compliqué, l'interrompit Grant en plaçant un bras autour de ses épaules. Mais nous y travaillons.

Sheila plaqua une main sur ses lèvres, et une petite larme apparut au coin de ses yeux.

— Oh ! Seigneur. Nous allons être grands-parents ?

— Et ce sont des jumeaux ! s'exclama son mari en battant des mains. Ce sera deux fois plus amusant.

— Des jumeaux… Il va falloir qu'on ressorte le berceau du garage.

— Et aussi la balancelle, compléta Mike en soulevant sa femme dans ses bras.

Il la reposa par terre pour étreindre sa fille à son tour, puis se tourna de nouveau vers Sheila.

— D'ailleurs, est-ce qu'on n'avait pas fini par la jeter, cette balancelle ? Si c'est le cas, il faudra en racheter une.

— Deux, corrigea Grant.

Il reçut tout de suite un coup de coude dans les côtes de la part de Rebekah. « Telle mère, telle fille », comme on disait.

— Qu'est-ce qu'il y a ? Je voulais juste dire qu'il va nous falloir chaque objet en double.

À cet instant précis, l'un des parents accompagnateurs appela Mme Taylor, qui lui fit signe qu'elle arrivait.

— Je dois aller m'occuper de mes élèves, mais tout ça est génial, ma chérie. Nous allons avoir tellement de choses à faire ! Quant à vous, ajouta-t-elle en se tournant vers Grant, ne bougez pas d'ici. Nous irons dîner ensemble ce soir pour fêter la bonne nouvelle.

— D'accord, madame, répondit-il sagement.

Il se prépara à recevoir une nouvelle grimace de la part de Rebekah, mais celle-ci venait de disparaître dans une nouvelle étreinte de son père.

— Je n'arrive pas à le croire. Ma petite Fossette va devenir maman.

Rebekah essaya de sourire, sans succès.

— Nous en parlerons plus tard, papa. Je crois que tu ferais mieux d'aller aider maman, et ce pauvre monsieur qui surveille le groupe des Grenouilles.

Le groupe s'appelait les « Tyra-licornes » désormais, mais Grant sentit que ce n'était pas le moment de la contredire. Lorsque ses parents se furent suffisamment éloignés, Rebekah se gratta la tête. Il plaça une main en bas de son dos et commença à la masser doucement.

— Est-ce que ça va ? Tu ne vas pas être malade, au moins ?

— Je n'ai pas le temps d'être malade, répliqua-t-elle en levant enfin les yeux vers lui. Je dois superviser le voyage scolaire de cinquante enfants surexcités, accueillir des membres du conseil municipal pour discuter du projet d'antenne téléphonique cet après-midi, et enfin j'ai une réunion avec tes tantes à 17 heures. Oh ! et maintenant, mes parents veulent dîner avec nous, et probablement me poser un tas de questions sur notre relation inexistante.

— Inexistante ? Aïe.

— Tu sais très bien ce que je veux dire, Grant. Toi-même, tu as dit que c'était compliqué.

Elle inspira profondément, tout en se massant les tempes du bout des doigts. S'il n'avait pas eu l'impression qu'elle s'apprêtait à faire une crise de panique, Grant l'aurait trouvée adorable. D'ailleurs, même bouleversée et en colère comme elle l'était, Rebekah Taylor restait incroyablement belle.

Malheureusement, sa colère était dirigée contre lui.

— Je ne voulais pas qu'ils l'apprennent de *cette* manière.

— J'ai essayé de te dire que je voulais te parler, lui rappela-t-il. Dès que j'ai compris qui était ton père, j'ai tenté de te prévenir.

— Tu aurais pu m'attendre dans mon bureau.

— Ton père m'avait déjà repéré sur le parking. Ensuite, quand nous avons commencé à discuter, j'ai prié pour qu'il ait oublié notre conversation dans l'avion. Lorsque ta mère nous a rejoints, j'ai cherché un moyen de détourner la conversation, mais je n'ai pas réussi.

— C'est pour ça que tu étais tout pâle ? J'ai cru que tu allais encore t'évanouir, comme l'autre jour chez le docteur.

— Je ne me suis pas évanoui, protesta-t-il. Je me suis assommé avec une lampe, et c'était un accident.

Même lui n'y croyait qu'à moitié, mais tant pis.

— Peu importe, répliqua-t-elle en levant les yeux au ciel. Tout ce que je t'ai demandé depuis le début, c'était de ne rien dire à personne avant que je sois prête à le faire. Même ça, tu n'en as pas été capable.

La déception dans sa voix était si manifeste qu'il en eut le cœur serré. De l'autre côté du parking, Mike Taylor lui faisait signe en levant les deux pouces, et il dut faire un effort pour sourire et lui retourner son geste.

Certes, il avait parlé à ce qu'il croyait être un étranger dans l'avion, et pas au rédacteur en chef de la Gazette de Spring Forest. Mais puisqu'il lui avait promis de n'en parler à personne, il comprenait qu'elle se sente trahie. Maintenant, il avait la ferme intention d'arranger les choses, de lui prouver qu'elle pouvait lui faire confiance.

— Encore une fois, je ne pouvais pas savoir que mon voisin dans l'avion était ton père.

Rebekah croisa les bras sous sa poitrine, ce qui fit ressortir un peu plus la rondeur de ses courbes.

— En plus, poursuivit-il, tu m'avais dit que tu allais leur

annoncer la nouvelle le week-end dernier, et je ne pouvais pas deviner que tu ne l'avais pas fait. Cela dit, je les connais moins bien que toi, mais ils ont l'air de prendre tout ça plutôt bien, non ?

— Il n'empêche que je n'étais pas prête à annoncer au monde entier que je suis enceinte, et encore moins que tu es le père.

— En quoi est-ce une mauvaise chose que je sois le père ?

— On peut éviter d'en parler ici, s'il te plaît ?

Elle évitait toujours son regard, et la blessure causée par son commentaire précédent se fit plus vive encore.

— Ta tante Birdie est juste à côté de nous. Je sais que Bunny et elle finiront par être au courant, mais pour l'instant j'aimerais bien séparer ma vie privée et ma vie professionnelle. Laisse-moi gérer mes parents, et de ton côté débrouille-toi pour occuper tes tantes le plus possible, histoire qu'elles ne croisent pas mon père. Je suis sûre qu'il est déjà au téléphone avec son éditeur pour lui demander des échantillons gratuits des derniers gadgets pour bébé.

Rebekah tourna les talons, et il la regarda s'éloigner avec amertume. Il se sentait blessé par son obstination à garder leur relation secrète. Encore pire, elle avait clairement signifié que, pour elle, il n'y avait pas de relation du tout. D'accord, elle était bouleversée à ce moment-là, mais cela restait difficile à avaler.

Grant n'était pas particulièrement pressé de se poser avec quelqu'un, encore moins de se marier. Malgré tout, ils allaient être intimement liés pour les dix-huit années à venir, voire plus. Il faudrait bien qu'elle explique sa présence à son entourage d'une manière ou d'une autre ? Et qu'elle cesse de lui reprocher tout ce qu'elle ne pouvait pas contrôler.

Oh ! et puis zut ! Si elle ne voulait plus rien avoir à faire avec lui, il allait faire exactement ce qu'elle désirait. De cette manière, elle pourrait protéger ses secrets, sa réputation, et tout gérer comme elle l'entendait.

Grant s'apprêtait à remonter dans sa voiture, direction l'aéroport, lorsque Tante Birdie se matérialisa à côté de lui. Elle dut s'apercevoir qu'il fixait Rebekah, puisqu'elle déclara tout à trac :

— Elle est merveilleuse, n'est-ce pas ?

— Elle n'est pas mal.

— Cette femme est une bénédiction pour le refuge. Non seulement elle gère toute l'organisation, mais en plus elle a plein d'idées pour inciter les gens à adopter des animaux. Le voyage scolaire, c'était son initiative. Si tout se passe bien aujourd'hui, nous pourrons réitérer l'expérience avec les écoles de Spring Forest.

— Hum, marmonna-t-il en guise de réponse.

Il n'était pas d'humeur à entendre chanter les louanges de Rebekah, alors qu'elle faisait tout pour l'écarter de sa vie. Mais Birdie, plus directe que sa sœur, plissa les yeux derrière ses lunettes.

— J'ai entendu dire que vous étiez allés boire un verre ensemble il y a quelques semaines. J'espérais qu'après ça vous vous entendriez mieux.

— Pourquoi penses-tu que nous ne nous entendons pas, tatie ?

Pour toute réponse, elle leva les yeux au ciel, rajusta son chignon et changea de sujet :

— Qu'est-ce qui t'amène à Spring Forest, mon grand ?

Bien sûr, il ne pouvait pas avouer qu'il était venu voir Rebekah, mais heureusement il avait une excuse toute prête.

— Je suis venu prendre des photos de l'aire de pique-nique, pour les ajouter à la brochure sur laquelle je travaille.

— Ce serait super d'avoir des dépliants, répondit sa tante avec un grand sourire. Nous pourrions les distribuer lors des journées portes ouvertes, ou les disposer sur notre stand à la fête de quartier. Pourquoi es-tu toujours si gentil avec tes vieilles tantes, Grant ?

Et voilà ! Rebekah n'était pas la seule à avoir de bonnes idées. D'ailleurs, il ne s'agissait pas seulement d'une couverture pour justifier sa présence. Il faisait réellement tout ce qu'il pouvait pour ses tantes, et pour le refuge qui leur était si précieux.

Lorsque ses grands-parents paternels étaient décédés, leurs quatre enfants avaient hérité de leur propriété à parts égales. Son père avait vendu sa parcelle le premier, tandis que son oncle Gator avait attendu que le marché soit au plus haut pour le faire. Bunny et Birdie étaient les dernières à détenir une partie de Whitaker Acres.

Cependant, ces derniers temps, leur argent avait été si mal géré que le refuge se trouvait en danger. C'était Grant qui avait engagé une avocate fiscaliste, lui aussi qui avait eu l'idée de l'antenne téléphonique, et il cherchait sans cesse de nouvelles possibilités d'engranger des fonds pour maintenir le refuge à flot.

Il prit le bras de sa tante pour la guider jusqu'à l'entrée du bâtiment principal.

— Je voulais aussi vous parler d'une autre idée que j'ai eue. Si vous êtes d'accord, je pensais organiser un gala de charité pour récolter des fonds supplémentaires.

— Tu veux dire une soirée élégante ?

— Pas trop élégante quand même, sourit-il. Nous pourrions faire un dîner, un bal, et peut-être une vente aux enchères. Les gens mettraient des costumes à leurs animaux. Lorsque j'étais à San Francisco, l'hôtel où je dormais accueillait un événement de ce genre. Ils avaient appelé ça le « Bal des fourrures ».

— Le Bal des Fourrures ! Attends un peu que je l'annonce à Rebekah, s'exclama Birdie en battant des mains.

— Inutile de l'embêter avec ça pour l'instant. Je vais vous emmener déjeuner, tante Bunny et toi, au Main Street Grill. Si Amanda Sylvester est là, nous lui demanderons si elle peut assurer la restauration. On pourrait peut-être ajouter des tables dans l'aire de pique-nique et installer tout un espace pour la fête.

Grant inventait au fur et à mesure qu'il parlait, mais il réussit à trouver une foule d'autres idées sur le chemin du bureau. Il espérait pouvoir emmener ses deux tantes loin du refuge avant la fin du voyage scolaire. Si le père de Rebekah leur révélait sa grossesse, Dieu seul savait comment celle-ci réagirait.

Rebekah se remit à respirer librement lorsqu'elle vit s'éloigner la vieille Subaru de son père, suivie de près par le bus scolaire. Sa mère n'était pas partie depuis vingt minutes qu'elle lui demandait déjà, par SMS, dans quel restaurant elle devrait réserver pour le dîner.

Elle répondit qu'elle allait en discuter avec Grant. À lui de trouver une excuse pour expliquer pourquoi ils ne pourraient pas se rendre à Raleigh ce soir.

Plus tard dans l'après-midi, une fois les membres du conseil municipal partis, elle se rendit compte qu'elle connaissait toutes les voitures restantes sur le parking. Cela lui parut bizarre, puisque Grant venait toujours avec un véhicule de location.

Rebekah retourna dans son bureau et dévora un des muffins à la banane qu'elle avait achetés le matin. Elle avait été trop occupée et trop nerveuse pour le manger plus tôt, et il était un peu rassis, mais elle avait tellement faim qu'elle s'en rendit à peine compte.

Tout en mangeant, elle imprima deux versions du rapport budgétaire qu'elle avait préparé pour Bunny et Birdie. Cependant, lorsque celles-ci arrivèrent dans son bureau, elles y jetèrent à peine un coup d'œil, trop occupées à parler d'une idée de Grant qu'elles appelaient le « Bal des Fourrures ».

— Si le gala se passe bien, nous pourrons peut-être organiser d'autres événements, s'enthousiasma Birdie.

— Oui, comme des mariages par exemple, ajouta sa sœur. Les gens sont prêts à payer cher pour ça, et Dieu sait que nous avons besoin d'argent.

— Le refuge est une organisation à but non lucratif, rappela Rebekah. Si nous en faisons une sorte de salle des fêtes, nous aurons probablement des taxes à payer.

— C'est là que nous avons besoin de toi. D'après Grant, tu sais à qui parler pour gérer ce genre de problèmes.

« D'après Grant », bien sûr.

Rebekah ne se sentait plus affamée, mais bel et bien agacée. Elle jeta un œil à son téléphone, où l'attendaient deux messages de son père.

— À propos de votre neveu, savez-vous s'il est toujours dans les parages ?

Les deux sœurs se regardèrent brièvement avant de se tourner à nouveau vers elle.

— Tu voulais lui dire quelque chose ? demanda Bunny, la plus étourdie des deux.

C'était une femme adorable, mais elle avait toujours la tête dans les nuages. En aucun cas elle n'aurait pu se douter de quoi que ce soit.

— Je voulais juste lui parler des photos qu'il veut utiliser pour les dépliants.

— Oh ! elles sont super, tu vas voir. Il a photographié les enfants assis sur les nouveaux gradins. Doc J venait de faire sortir les lamas, et la moitié de la classe avait la main levée pour poser des questions. Grant nous enverra les photos par mail ce soir, quand il sera rentré à Jacksonville.

Sans pouvoir s'en empêcher, Rebekah sursauta.

— Il est déjà reparti ?

Les sœurs Whitaker échangèrent un regard, et elle se rendit compte qu'elle ferait mieux de maîtriser ses émotions. Bunny et Birdie n'étaient pas censées apprendre que leur neveu adoré devait dîner avec ses parents ce soir, pour discuter d'une grossesse dont elles ignoraient tout.

— Je me doutais qu'il allait repartir, mais je voulais m'assurer qu'on ne voyait pas les visages des enfants sur ses photos. Si c'était le cas, il faudrait faire signer des papiers aux parents, et… Enfin, il vaudrait mieux qu'on n'ait pas à s'embêter avec ça.

— Dans ce cas, passe-lui un coup de fil, proposa Birdie, plus pragmatique que sa sœur. Son avion a probablement atterri, maintenant.

Cette fois, Rebekah pouvait répondre honnêtement :

— Je n'ai pas son numéro.

Birdie lui récita les chiffres à toute allure, et les deux sœurs restèrent plantées devant elle, bien décidées à ne pas s'en aller tant qu'elle n'aurait pas appelé leur neveu. Bien sûr, Rebekah ne pouvait pas lui parler devant ses tantes. Elle opta donc pour une sortie de secours.

— Je vais plutôt lui envoyer un message. Comme ça, je ne le dérangerai pas s'il est encore à l'aéroport.

Bunny et Birdie ne bougèrent pas d'un pouce. Les mains tremblantes, elle tapa le numéro et un bref message à propos des photos, puis appuya sur « envoyer ».

Rebekah activa discrètement le mode vibreur et enfouit son portable dans son sac. Si Grant lui répondait tout de suite, les deux curieuses voudraient probablement tout savoir de sa réponse.

— Je ferais mieux d'y aller, reprit-elle. Je dois dîner avec mes parents à Raleigh ce soir.

— Oh ! je suis désolée, fit Bunny en replaçant une boucle grise derrière son oreille. Je n'ai même pas salué ta mère aujourd'hui. Grant nous a promenées à droite et à gauche toute la journée. Il nous a emmenées voir cette maison sur Second Street, là où le chien errant gris a élu domicile, d'après lui.

Rebekah était en train de ranger ses affaires dans son sac, mais elle redressa la tête brusquement.

— Est-ce que vous avez pu le voir ?

— « le » ? Comment sais-tu que c'est un mâle ?

— « le » ou « la », corrigea-t-elle.

Rebekah ne pouvait pas savoir si le petit chien gris était un mâle ou une femelle. En revanche, elle savait que l'animal avait un solide appétit. Elle avait laissé de la nourriture près du porche chaque jour, et à part le bacon au soja qu'elle avait commandé par erreur dimanche dernier, il avait tout mangé.

— Non, répondit Bunny en secouant la tête. Pas de trace du petit chou.

Lorsque Rebekah s'installa dans sa voiture, elle se rendit compte de quelque chose. En plus de venir avec elle chez le médecin, Grant avait réussi à tenir une autre promesse : celle de détourner l'attention de ses tantes toute la journée pour qu'elles ne croisent pas son père.

Finalement, il pourrait peut-être se rendre utile.

- 7 -

À l'atterrissage de l'avion, Grant ralluma son téléphone et vit qu'il avait un message d'un numéro inconnu. Lorsqu'il comprit qu'il provenait de Rebekah, un sentiment de triomphe le parcourut de la tête aux pieds. Certes, son message concernait le travail, mais au moins il avait enfin son numéro.

Au point où il en était, il devait se réjouir des petites victoires, se dit-il en tapant une réponse.

> Ne t'inquiète pas, je n'ai pris que des photos de dos ou de profil. Je ne suis peut-être pas expert en bébés, mais avec mon métier je sais ce qui est légal ou non.

Il ne s'attendait pas à ce qu'elle réponde, et il fut surpris de sentir son téléphone vibrer en arrivant sur le parking de l'aéroport.

> Merci d'avoir occupé tes tantes aujourd'hui. Tu leur as mis des idées farfelues en tête, mais au moins elles ne se doutent de rien.

Il aurait voulu lui dire qu'elle ne pourrait pas garder sa grossesse secrète bien longtemps. Au lieu de cela, il répondit :

> Je suis désolé de m'être éclipsé avant le dîner avec tes parents. Je me suis dit que ce serait encore plus bizarre pour toi si j'étais là. J'espère que tu m'excuseras auprès de Mike et Sheila.

Des points de suspension apparurent sur l'écran, indiquant qu'elle tapait une réponse, puis disparurent. Lorsqu'il s'arrêta à un feu rouge quelques secondes plus tard, elle avait fini par répondre.

Bizarre, oui. Je crois qu'on peut le dire.

Maintenant qu'il réussissait à lui parler, il aurait voulu continuer la conversation, mais quelqu'un klaxonna derrière lui et il dut avancer. Lorsqu'il se gara dans le parking souterrain de son immeuble, il vit qu'elle avait envoyé un deuxième message.

Pour être honnête, j'ai séché le dîner moi aussi. J'ai eu une journée difficile, et j'ai besoin de plus de temps pour me préparer à leur avalanche de questions.

Le réseau au sous-sol était inexistant – comme leur relation, se dit Grant avec ironie. Il attendit donc d'être remonté dans son appartement pour lui répondre. Derrière les grandes baies vitrées, la vue sur l'océan Atlantique était magnifique, mais il était trop concentré sur son écran pour y prêter attention.

Après un moment de réflexion, il finit par taper :

Si tu veux, je peux reprendre l'avion ce week-end et les affronter avec toi.

C'est gentil, mais je crois que je serais encore plus perturbée si tu étais là.

Alors comme ça, je te perturbe ?

Il ajouta un clin d'œil avant d'appuyer sur « envoyer ».

Bien sûr.

Il ne put se défendre d'un certain sentiment de satisfaction en lisant sa réponse. Son pouls s'accéléra alors qu'un deuxième message apparaissait à l'écran.

Toute cette situation me perturbe.

Grant savait bien qu'il s'agissait d'un euphémisme. Lui aussi avait été plus que perturbé d'apprendre qu'il allait avoir des jumeaux. Seulement, lui n'avait à gérer que l'aspect émotionnel de la grossesse. Rebekah devait supporter la charge physique et hormonale en plus.

J'ai lu quelque part que le stress était mauvais pour les bébés. Est-ce que je peux faire quelque chose ?

Tu peux dîner avec mes parents à ma place.

Il s'apprêtait déjà à réserver un vol lorsqu'elle écrivit :

Je plaisante. Lorsque j'aurai répondu à leurs questions ce week-end, je suis sûre que ce sera plus simple d'en parler au reste du monde.

Dans ce cas, laisse-moi t'aider à te préparer.

Comment ça ?

Je fais semblant d'être tes parents, je te pose des questions et tu y réponds.

Il se laissa tomber dans son canapé en cuir pour attendre sa réponse. Lorsqu'il la lut, il s'imagina le soupir qu'elle avait dû pousser en écrivant :

D'accord.

OK, première question. Pour quand la naissance est-elle prévue ?

Facile, le premier mars. Mais les jumeaux arrivent souvent en avance.

Ah bon ?

Mes parents ne poseraient jamais ce genre de question. Ils savent tout ce qu'il y a à savoir sur les bébés, jumeaux ou pas. Ma mère a un master en développement de la petite enfance, et mon père a publié plusieurs livres sur les nouveau-nés et sur son expérience de père adoptif.

Grant se leva et attrapa sa tablette, restée dans une poche de son sac à dos. Il lança une recherche sur Mike Taylor. Le visage du père de Rebekah apparut à l'écran, ainsi que des liens vers ses livres, dont plusieurs avaient été des best-sellers. Pas étonnant qu'il ait éclaté de rire lorsqu'il lui avait suggéré de devenir écrivain, dans l'avion.

Désolé. J'ai commencé à lire ce que le docteur Singh nous a suggéré, mais j'ai dû louper cette information-là. Revenons aux questions de tes parents. Est-ce que tu voudras connaître le sexe des bébés avant la naissance ?

Je pense que plus je me rapprocherai de la date, plus j'aurai envie de savoir. Tu sais que je suis du genre à tout organiser bien à l'avance.

Grant eut un soupir de soulagement. De son côté, il mourait d'envie de savoir s'ils allaient avoir des garçons ou des filles. Puisqu'ils n'avaient pas pu se parler à cœur ouvert, ce jeu de rôle tournait à son avantage, mais cela ne fonctionnerait que s'il faisait vraiment semblant d'être ses parents.

Dans la mesure où il ne les connaissait que très peu, cela semblait difficile. Tout ce qu'il savait des Taylor, c'était qu'ils vivaient à Raleigh et qu'ils étaient experts en matière de bébés.

Il reprit sa tablette et fit une nouvelle recherche :

« problèmes récurrents jeunes parents ».

Un article intitulé « Allaitement contre biberon » apparut, et il reposa aussitôt l'appareil. Il n'allait certainement pas demander quoi que ce soit à Rebekah concernant sa poitrine, du moins pas encore.

Malgré tout, il ne pouvait nier qu'il y pensait souvent.

Concentre-toi, se morigéna-t-il.

Nous avons hâte de tenir nos petits-enfants dans nos bras. Si tu reviens vivre chez nous, nous pourrons nous occuper d'eux souvent.

J'apprécierais beaucoup un coup de main le week-end, mais j'adore mon travail, et ma maison est à Spring Forest.

La maison de Rebekah était agréable, mais petite. Elle ne comportait que deux chambres et, dans son souvenir, l'une d'elles lui servait de bureau.

Tu auras besoin de plus d'espace quand les enfants grandiront, peut-être aussi d'un jardin.

Il se souvint de son enthousiasme à propos du vieux manoir en brique sur Second Avenue, et il se demanda si elle songeait à ce jardin-là en ce moment.

Je verrai ce que j'aurai les moyens d'acheter le moment venu.

En parlant d'argent, comment s'appelle le papa, déjà ? Greg ?

Grant.

Il était à peu près sûr qu'elle avait levé les yeux au ciel en répondant, en pensant quelque chose comme « sois sérieux deux minutes ».

Eh bien, ce Grant va probablement t'aider financièrement, non ? Il a l'air d'être quelqu'un de responsable, et il semble avoir envie de s'impliquer dans la vie de ses enfants. En plus, il est incroyablement beau.

Rebekah ne répondit pas tout de suite, et il en profita pour aller chercher quelque chose à boire. Son réfrigérateur contenait en tout et pour tout trois bières, deux yaourts périmés que sa sœur lui avait déposés avec d'autres courses un mois auparavant, et une banane très mûre qu'il avait dû rapporter de la cafétéria de son entreprise.

Chez Rebekah, il y avait probablement des repas préparés pour toute la semaine, rangés dans des boîtes repas qu'elle classait par couleur, songea-t-il avec amusement.

Il ouvrait sa canette de bière lorsque sa réponse arriva enfin.

Il est plutôt pas mal.

« Plutôt » ? Grant se débarrassa de ses baskets et sortit sur le balcon pour respirer l'air frais du douzième étage. Il était sûr qu'il pouvait lui en faire dire plus.

Plutôt très beau, oui. Vos enfants vont être magnifiques. Avec un peu de chance, ils auront tes fossettes, et son talent pour le surf. Et puis, ils seront intelligents.

Pour le surf, je ne suis pas sûre, ou alors seulement en eaux peu profondes. Les fossettes, peut-être, et l'intelligence, probablement – mais ça viendra de moi aussi.

Bien sûr. Alors, vous projetez d'élever les enfants ensemble, le très beau Grant et toi ?

Je ne suis pas sûre que ça fonctionnerait, et j'espère que mes parents ne me poseront pas ce genre de questions.

Bon… Le jeu de rôles n'aurait pas pu durer éternellement.

Tu ne crois pas qu'ils vont t'interroger sur notre relation, Rebekah ? Depuis quand on se connaît, si on a prévu de se marier… Ce genre de choses ?

Encore une fois, elle mit du temps à répondre, et Grant resta perdu dans ses pensées, les yeux fixés sur les vagues en contrebas. Enfin, son téléphone vibra de nouveau, mais ce n'était pas un message. Elle était en train de l'appeler. Il fut si surpris qu'il faillit faire tomber son portable en décrochant.

— Allô ?

— Honnêtement, je ne saurais pas quoi leur dire, répondit-elle sans s'embarrasser des politesses d'usage.

— Tu peux toujours leur dire la vérité.

— Grant, je ne peux pas expliquer à mes parents que j'ai vécu une nuit sans lendemain avec le neveu de mes patronnes.

— Ils ne vont pas te déshériter, si ? J'ai l'impression qu'ils ont des vues plutôt sensées et modernes.

— Bien sûr, je pourrais leur dire, mais je ne *veux* pas le faire. Je suis leur fille unique, la prunelle de leurs yeux. J'étais major de promotion au lycée et première de ma classe à l'école de commerce. J'adore mes parents et ils m'adorent aussi, mais ils ont accueilli pas mal de bébés pendant mon enfance, et cela leur prenait beaucoup de temps et d'énergie. Ils ont toujours compté sur moi pour être autonome et responsable, et encore maintenant ils s'attendent à ce que je fasse les choses de la bonne manière. Je ne suis pas le genre de personne qui se permet des erreurs.

Aïe. Était-ce lui, l'erreur ? Ou leurs enfants ? Agacé, il se pinça le sommet du nez entre le pouce et l'index, essayant de garder un ton calme.

— Dans ce cas, ne leur dis pas qu'il s'agissait d'une seule nuit. Tu as entendu ton père tout à l'heure, il parle déjà de toi comme de ma petite amie.

— Oui, parce que c'est ce que tu lui as dit dans l'avion.

— Encore une fois, je ne savais pas qui il était. On ne peut pas dire que tu me bombardais de messages à ce moment-là, et j'avais besoin d'en parler à quelqu'un.

— Eh bien voilà, on en parle maintenant, grommela-t-elle.

— Exactement, alors revenons-en à ma suggestion. Pourquoi ne pas laisser croire aux gens que nous sommes ensemble ? Est-ce que tu aurais honte de moi, par hasard ?

Grant n'était pas vraiment un séducteur, mais il n'avait jamais eu besoin de faire beaucoup d'efforts pour attirer la gent féminine, du moins avant de rencontrer Rebekah. Il retint son souffle dans l'attente de sa réponse.

— D'accord, finit-elle par soupirer. Faisons semblant de sortir ensemble.

Un courant électrique le parcourut de la tête aux pieds.

— Est-ce que je peux faire semblant de t'emmener dîner ce week-end ?

— Cela dépend de ta définition de « faire semblant ».

— Oh ! tu sais, les choses habituelles. Je passe te prendre chez toi, je t'ouvre les portes. De ton côté, tu pourrais peut-être sourire, rire à toutes mes blagues et prétendre que tu apprécies ma compagnie.

— Je t'ai déjà souri sincèrement, Grant.

— Oui, avec quelques cocktails à ton actif. D'après mon livre, tu n'as plus le droit d'en boire maintenant.

— Je sais. Malheureusement pour moi, le café est interdit aussi.

— Dans ce cas, il faudra que tu me souries sans alcool et sans café, conclut-il. Ce serait bien que tu me prennes la main de temps en temps, aussi. Et si tu penses que cela nous rendra plus crédibles, je suis tout disposé à t'embrasser en public.

— Tu crois vraiment qu'un dîner et des sourires – et *pas* de baisers en public – vont convaincre les gens que nous sommes en couple ?

— Oui, si nous allons dans un restaurant romantique. Pas trop non plus, sinon ils comprendront que nous jouons un rôle. Je pensais simplement à un endroit sympa, où tu pourrais mettre ce petit haut vert soyeux que tu portais lors de notre dernière soirée ensemble, il y a quelques mois. Tu sais, celui avec le col en V qui donne un magnifique aperçu de…

— Grant !

Elle se rendit compte que sa voix ressemblait à un couinement, et elle toussota avant de poursuivre :

— Je ne sais pas si c'est une bonne idée de faire semblant de cette manière.

— Fais-moi confiance. Je travaille dans le commerce, je peux faire croire n'importe quoi à n'importe qui. Et puis, rien ne pourrait mal tourner, n'est-ce pas ?

— J'aurais dû lui dire que des milliers de choses pouvaient mal tourner, déclara Rebekah au trou sous le porche de la vieille maison en brique, le jeudi suivant.

Elle n'était toujours pas certaine que le petit chien gris se trouvait là, mais d'une manière ou d'une autre *quelque chose* mangeait les biscuits pour chien qu'elle lui déposait chaque jour en allant travailler.

— Grant Whitaker est exactement comme ce délicieux pain au chocolat. Je sais qu'il n'est pas bon pour moi, mais je suis incapable de résister.

Elle mordit dans sa pâtisserie, savourant la pâte feuilletée qui fondait dans la bouche, tout en essayant de ne pas compter les calories.

— Le problème, c'est qu'il m'a parlé de mes fossettes, de mon décolleté et de toutes ces choses qui m'ont perturbée. Mon côté raisonnable m'envoyait des signaux d'alarme, mais mon cœur faisait des bonds et mes hormones devenaient folles. Il paraît que c'est normal à ce stade de la grossesse. Alors voilà, c'est comme ça qu'il m'a convaincue qu'on devrait faire semblant d'être ensemble.

Un camion passa lentement sur la route. Rebekah pria pour que le conducteur ne remarque pas la femme enceinte assise devant une maison qui n'était pas la sienne, en train de parler à un chien qui aurait probablement préféré qu'elle le laisse tranquille. L'animal devait se demander pourquoi elle ne racontait pas ses soucis à des humains plutôt qu'à lui.

Bien sûr, elle avait des amies en ville, mais soit elles travaillaient au refuge, soit elles connaissaient de près des personnes qui y travaillaient. De ce fait, elle ne pouvait pas se confier à elles sur sa situation avec Grant, du moins pas encore.

Elle regarda passer quelques voitures et poursuivit son monologue :

— J'ai enfin appelé mes parents hier soir. Ils m'ont posé toutes les questions que nous avons répétées avec Grant, mais je ne suis pas sûre d'avoir été crédible quand je leur ai dit que nous sortions ensemble depuis un moment. Il suffit de me connaître un peu pour savoir que ce n'est pas du tout mon genre d'homme. Il est toujours décontracté, tandis que j'ai tendance à vouloir tout contrôler. Il a plein d'idées irréalistes, et moi, je suis complètement terre à terre. Tout le monde finira par se rendre compte que cette relation est fausse. Et tu sais qui aura l'air d'une idiote, pour finir ?

Bien sûr, Rebekah ne s'attendait pas à ce que le chien lui réponde, mais elle en profita pour prendre une gorgée de son *latte* décaféiné.

— C'est moi, reprit-elle. Je vais me laisser prendre par son flirt et ses beaux sourires, et je finirai par croire moi-même que notre relation existe. Tu sais ce qu'il m'a dit au téléphone ? Puisqu'il travaille dans le commerce, il peut faire croire n'importe quoi à n'importe qui. En fait, il gagne sa vie en racontant des mensonges. Voilà l'homme à qui je suis censée faire confiance. Voilà avec qui je vais élever mes enfants.

Un bruit ténu se fit entendre de l'autre côté des planches, et Rebekah s'immobilisa tandis que son excitation montait en flèche. Si elle continuait à parler calmement, le chien accepterait peut-être de se montrer.

Fixant le trou sous le porche comme si sa volonté pouvait suffire à décider la boule de poils, elle fit tomber un morceau de biscuit dans l'ouverture.

— Tu sais, on se ressemble, toi et moi. Visiblement, on a tous les deux du mal à faire confiance aux autres, et on préfère tout garder pour nous. On aime tous les deux les cheeseburgers au bacon, et passer du temps devant les maisons qui ne nous appartiennent pas.

— Par contre, tu sens bien meilleur que lui, déclara Grant qui finissait de traverser la rue.

Rebekah sauta sur ses pieds, les joues rougissantes.

— Qu'est-ce que tu fais là ?

— Je passe toujours rendre visite à notre vieil ami quand je suis en ville, dit-il en brandissant un sac en papier. J'espérais qu'un feuilleté à la saucisse le ferait peut-être sortir, aujourd'hui.

Juste au moment où Rebekah se persuadait que Grant n'était pas une bonne personne pour elle, voilà qu'il surgissait de nulle part avec une intention adorable qui changeait complètement son opinion sur lui.

Quand il ne nourrissait pas les chiens errants, il arbitrait un débat sur les dinosaures et les licornes, ou il demandait des conseils d'éducation à un étranger dans l'avion. Mike ne tarissait pas d'éloges sur la volonté de Grant d'apprendre à être un bon père.

Rebekah ordonna à ses nerfs de se calmer et replaça une boucle rebelle derrière son oreille.

— Pourquoi es-tu à Spring Forest ? Je pensais que tu ne reviendrais pas avant ce week-end.

Ils avaient prévu de sortir ensemble deux ou trois fois dans les semaines à venir. Ensuite, le mois prochain, Grant viendrait la chercher au bureau pour l'emmener déjeuner.

Une fois que les gens seraient habitués à les voir ensemble, ils pourraient leur parler des bébés.

Le fait qu'il apparaisse sans prévenir ne faisait pas du tout partie du plan, même s'il n'avait qu'une journée d'avance.

— Tante Bunny s'est mis en tête que nous devrions installer une volière au refuge. Elle veut absolument que nous allions visiter ce sanctuaire pour oiseaux dans les Outer Banks. Je vais profiter du trajet pour lui faire comprendre que nous ne gérons pas le zoo de Spring Forest.

— D'accord, je vois. Dans ce cas, je ferais mieux de retourner au bureau, fit-elle en attrapant son sac et son café.

Grant la détailla de la tête aux pieds, et elle se sentit frémir sous la caresse de son regard. Enfin, il leva les yeux jusqu'aux siens et demanda :

— Tu n'embrasses même pas ton petit ami pour lui dire bonjour ?

La bouche sèche et les jambes tremblantes, elle réussit à articuler :

— Euh… Ici ? Il n'y a personne pour nous voir. Ce serait comme jouer un spectacle sans public.

— C'est vrai, mais quand le rideau se lèvera, notre spectacle devra être le plus crédible possible. Vois ça comme une répétition, si tu veux, ajouta-t-il en haussant une épaule.

Il se rapprocha un peu plus et Rebekah retint son souffle. Elle eut une drôle de sensation du côté de l'estomac, et elle porta instinctivement une main à son ventre.

— Tu ne crois pas qu'on a déjà assez répété ?

Grant baissa les yeux sur sa taille à peine arrondie. Elle était probablement la seule à l'avoir remarqué, mais elle avait mis une robe évasée ce jour-là, par précaution.

Au lieu de prendre un air contrit comme il l'aurait dû, Grant lui décocha un petit sourire satisfait. Il leva la main pour jouer avec une boucle de ses cheveux, puis la replaça sagement derrière son oreille.

— Dans ce cas, je te suis jusqu'au refuge, et nous pourrons commencer le spectacle.

Rebekah fonça jusqu'à sa voiture, les jambes en coton. Si ses yeux bleus continuaient à la regarder de cette manière, les gens n'auraient aucun mal à croire qu'il lui faisait de l'effet.

- 8 -

Alors que Rebekah avait déjà parcouru deux kilomètres, elle se rendit compte que l'autre moitié du biscuit pour chien était restée dans son sac.

Elle songea un instant à faire demi-tour pour retourner voir « leur ami », comme disait Grant. Cependant, il risquait de penser qu'elle retardait le moment de paraître en public avec son faux petit ami, qui était, après tout, le vrai père de ses enfants.

Elle jeta un œil à la voiture de location, dans le rétroviseur. Peut-être aurait-elle dû accepter de faire une « répétition ». S'ils s'étaient embrassés tout à l'heure, elle n'aurait pas des papillons dans le ventre à cause de l'anticipation.

Lorsqu'ils arrivèrent à Copains pour Toujours, le parking fourmillait d'activité, et elle fut très tentée de faire demi-tour. De toute manière, c'était trop tard, puisque tout le monde avait repéré sa voiture et celle de Grant.

Près du petit bois, les employés de l'entreprise de pancartes étaient en train d'installer la nouvelle enseigne, avec le nom du refuge en entier, cette fois. Un peu plus loin, Bobby Doyle, le mécanicien qui avait construit les gradins du nouveau centre éducatif, fourrageait sous le capot du van qu'on utilisait pour transporter les animaux. Pour couronner le tout, une poignée de bénévoles descendaient du minibus de la maison de retraite – l'équipe Câlins, comme ils se surnommaient eux-mêmes.

Au milieu de tout ce raffut, il y avait tout de même un point positif : ni Bunny, ni Birdie n'étaient en vue.

Grant sortit de sa voiture et arriva à sa hauteur. Consciente que ce serait peut-être sa seule chance de maîtriser la situation, elle ouvrit sa portière et se dressa de toute sa hauteur pour lui faire face. D'un ton qu'elle essaya de rendre décontracté, elle dit :

— Oh ! salut, Grant. Quelle surprise de te voir ici !

Sans vérifier si on les regardait, Rebekah se hissa sur la pointe des pieds et l'embrassa rapidement sur la joue.

Grant, qui n'avait visiblement pas prévu cette situation, resta planté sur place. Rebekah recula trop vite, feignant d'ignorer la réaction de ses hormones à ce baiser rapide, et son sac heurta la hanche de Grant, toujours immobile.

Lorsqu'ils arrivèrent à l'entrée du bâtiment, quelques minutes plus tard, il lui ouvrit la porte et lui dit à voix basse :

— Je crois qu'on devrait travailler nos baisers, Taylor.

Il l'avait appelée par son nom de famille, comme s'ils faisaient partie d'une équipe de football, et elle s'attendait presque à ce qu'il lui donne une petite tape sur les fesses. Au lieu de l'offenser, cette idée lui donna un petit frisson d'excitation.

Ils faisaient réellement partie de la même équipe, et cette fois, ce n'était pas seulement grâce à une attirance mutuelle. Grant et elle étaient devenus partenaires dans une aventure qui les dépassait tous les deux.

Les yeux de Rebekah glissèrent jusqu'à ses lèvres, et son cœur se mit à battre plus vite.

— J'imagine qu'un peu d'entraînement ne nous ferait pas de mal, finit-elle par répondre.

— Ah, te voilà, s'exclama Nancy depuis le bureau d'accueil.

Rebekah sentit ses joues s'échauffer. Elle avait failli embrasser Grant en plein milieu du hall d'entrée, devant ses collègues. À quoi diable pensait-elle ?

Vacillant sur ses jambes, elle se dirigea vers le bureau et constata que son amie Claire s'y trouvait aussi. Espérant que cette dernière ne remarquerait pas sa voix essoufflée, elle la salua :

— Coucou, Claire. Tu ne devrais pas être au collège aujourd'hui ?

— Si, mais mes élèves de quatrième sont en voyage scolaire avec leurs professeurs de sciences. Matt m'a convaincue d'appeler une remplaçante pour le reste de mes cours. Comme ça, on va pouvoir commencer à organiser le mariage, fit-elle en souriant à son fiancé.

Celui-ci se tenait de l'autre côté du hall, et il était en grande conversation avec un bénévole de la maison de retraite. Le vieux monsieur portait une casquette bleue brodée des mots « Vétéran du Vietnam ».

— Est-ce que vous avez fixé une date pour la fête ?

Rebekah était très heureuse pour ses amis, mais elle ne comprenait pas ce qu'ils faisaient au refuge alors qu'ils auraient dû être en train de choisir leur gâteau de mariage.

— Nous pensons à la période de Noël. En fait, Nancy m'a dit l'autre jour que le refuge organiserait bientôt un gala de charité. Elle m'a proposé de revenir avec Matt pour voir le nouveau pavillon des fêtes, et nous voilà.

— Le « pavillon des fêtes » ? s'étrangla Rebekah en tournant la tête vers Nancy.

— C'est le nom que tu as utilisé dans les brochures, n'est-ce pas, Grant ?

La jeune femme se rappela soudain que son faux petit ami se tenait juste derrière elle. Il plaça une main dans son dos, puis la fit glisser jusqu'à sa taille, lui provoquant des frissons et une agréable chaleur.

— Pour l'instant, tout le monde appelle cet endroit l'aire de pique-nique. Quand nous aurons construit le patio, il sera parfait pour organiser des fêtes, et il aura besoin d'un nom un peu plus élégant. Et puis, techniquement, il sera situé sur le Domaine Whitaker, qui est toujours une propriété privée. De cette manière, le refuge pourra garder son exonération d'impôts.

Une fois de plus, Grant avait trouvé une solution à un problème qu'elle s'était efforcée d'ignorer. Elle aurait dû se sentir reconnaissante, mais cette histoire lui donnait l'impression que les limites qu'elle avait tracées entre eux devenaient de plus en plus floues.

Un téléphone se mit à sonner plus loin dans le couloir. Rebekah fit passer son sac d'une épaule à l'autre, délogeant la main de Grant par la même occasion.

— Je suis désolée, je dois vraiment prendre cet appel. Grant, peux-tu montrer le fameux pavillon des fêtes à Claire et Matt, et voir s'il pourrait convenir pour leur mariage ?

Il neigeait souvent à Spring Forest en décembre mais, en bon Floridien, il n'y avait certainement pas pensé. Ce serait à Claire de le lui faire remarquer. Son idée géniale risquait de l'être beaucoup moins en hiver, songea Rebekah.

— Eh bien, je ne suis pas vraiment un organisateur de mariages…

Rebekah haussa un sourcil dans sa direction, ce qui signifiait quelque chose comme « tu n'es pas vraiment mon petit ami non plus, mais tu sais jouer la comédie quand ça t'arrange ». Il comprit probablement le sens de son regard, puisqu'il changea aussitôt de cap :

— … Mais je vous montrerai l'endroit avec plaisir.

Elle attendit d'avoir parcouru la moitié du couloir pour lever les yeux au ciel. Alors qu'elle s'apprêtait à entrer dans son bureau, Grant lui lança à pleine voix :

— Rebekah, envoie-moi un message quand tu voudras aller déjeuner.

De sa vie entière, Grant n'avait jamais eu autant envie d'embrasser une femme que ce matin-là. Lorsqu'il avait vu Rebekah assise par terre devant la vieille maison, en train de parler au chien errant, il avait eu du mal à résister.

Son arrivée un jour plus tôt l'avait surprise, tout comme son geste tout à l'heure, lorsqu'il avait passé son bras autour de sa taille devant tout le monde. Mais lorsqu'il avait senti la chaleur de sa peau contre sa main, à travers le tissu soyeux de sa robe, c'était la réaction de son propre corps qui l'avait surpris.

C'est en partie pour cela qu'il l'avait interpellée à propos du déjeuner, quand elle était retournée dans son bureau. Il avait besoin de sentir qu'il n'avait pas complètement perdu le contrôle de la situation.

Lorsque Rebekah, toujours organisée et maîtresse d'elle-même, se retrouvait prise au dépourvu, elle lui donnait l'occasion d'accourir pour jouer les sauveurs. Après tout, c'était ce qu'il savait faire de mieux depuis toujours.

À midi pile, il fit irruption dans son bureau.

— Tu es prête ?

— Prête pour quoi ? demanda-t-elle sans lever les yeux de son écran.

— Pour le déjeuner. Je pensais aller au Main Street Grill, mais si tu veux qu'on se donne en spectacle, il y a des endroits plus romantiques.

Rebekah tourna lentement la tête vers lui. Elle avait beau être assise et lui debout, il n'en eut pas moins l'impression que c'était elle qui le toisait.

— D'accord pour le Main Street Grill, mais pas de spectacle.

— Je te promets de garder mes mains dans mes poches, répondit-il en levant solennellement la main droite. À moins que tu ne me supplies de les poser sur ton corps, comme tu l'as fait ce soir-là…

— Grant ! glapit-elle en écarquillant les yeux.

Pour toute réponse, il éclata de rire. Il aimait surprendre Rebekah, mais c'était encore mieux quand il réussissait à la choquer.

Lorsqu'ils arrivèrent ensemble dans le hall, toutes les têtes se tournèrent vers eux. Entre ça et son baiser sur la joue ce matin, nul doute que les commères allaient s'en donner à cœur joie avant même qu'ils atteignent la voiture. Sans même s'en rendre compte, il se redressa et bomba le torse en lui tenant la porte pour sortir.

Aucun doute, leur fausse relation avait officiellement commencé.

Ils étaient à mi-chemin de sa voiture lorsqu'il aperçut un éclair de fourrure grise, à quelques centaines de mètres.

— Attends, dit-il à Rebekah en la prenant par le bras.

— C'est comme ça que tu gardes tes mains dans tes poches ? demanda-t-elle, le sourcil froncé.

— Regarde par là-bas.

Le petit chien gris était caché sous un buisson près de sa petite voiture bleue, ses yeux noirs fixés sur eux. Il sentit les muscles de Rebekah se tendre sous ses doigts.

— J'ai une friandise pour lui dans ma voiture, chuchota-t-elle. Je vais y aller doucement et ouvrir la portière côté passager. Reste là, ne bouge pas et évite de me regarder.

Le van du refuge était resté garé à sa place. Grant pouvait donc tourner la tête dans la direction opposée et suivre la progression de Rebekah dans le reflet de la vitre arrière. Il retint son souffle tandis que ses talons hauts faisaient crisser les graviers. Après un moment de silence bien trop long, il entendit enfin le bruit de la portière qui s'ouvrait.

Elle s'éloigna très lentement et son regard rencontra le sien dans la vitre arrière du van. Sans le quitter des yeux, elle s'arrêta au bout de quelques pas, le dos tourné à sa voiture.

Ils restèrent immobiles pendant quelques minutes qui leur parurent une éternité. Enfin, Grant sentit l'odeur du chien gris avant même de le voir approcher. Il sauta sur le siège passager, et lorsqu'il eut enfoui le nez dans le sac de la boulangerie, Rebekah courut jusqu'à la voiture et ferma la portière.

Sans un regard en arrière, elle fonça jusqu'à l'entrée du refuge.

Rebekah était déjà à l'intérieur lorsque le chien posa ses pattes de devant contre la vitre, aboyant de toutes ses forces. Il plissa les yeux en voyant Grant s'approcher de la voiture, murmurant des mots qu'il espérait apaisants.

— Ça va aller, mon grand. On essaie juste de t'aider.

L'espace d'une seconde, les aboiements se calmèrent, et il crut qu'il avait fait des progrès. Mais l'instant d'après, Davis McIntyre, l'aide-vétérinaire, arriva avec un harnais et une cage de transport. La vétérinaire, Lauren Jackson, le suivait de près. Le petit chien grognait et montrait les dents avec tant de conviction que Grant faillit leur suggérer d'apporter une seringue de tranquillisant.

Un autre bénévole sortit du refuge à son tour, les mains protégées par des gants en cuir. Grant remarqua alors que Rebekah était restée à l'intérieur, derrière la porte. Avait-elle peur du chien ? Peut-être voulait-elle éviter une morsure qui risquait de transmettre des maladies aux bébés.

Il y eut beaucoup d'aboiements, de grognements et de « Hé là », mais les vétérinaires réussirent à faire entrer le petit chien dans la cage. Dès qu'il fut enfermé, Rebekah fondit sur eux et attrapa le bras de Grant.

— Est-ce qu'il va bien ?

— Étant donné le vacarme qu'il fait, je crois qu'il est furieux, mais il est en sécurité maintenant.

La main de Rebekah glissa le long de son bras jusqu'à ce que leurs doigts s'entrelacent. Ils suivirent le reste de la troupe jusqu'à la salle d'examen, à l'arrière du bâtiment. Lorsque la vétérinaire posa la cage sur la table métallique, le chien se mit à aboyer de plus belle. De toute évidence, l'animal était terrifié, mais il n'avait pas l'intention de se laisser faire sans combattre.

— Je vais devoir l'endormir pour l'examiner, déclara Lauren en ouvrant l'emballage d'une seringue.

Ils entendirent des grognements et la cage trembla contre la table, mais les vétérinaires se tenaient entre le chien et eux, les empêchant de voir quoi que ce soit.

Au bout de quelques minutes, les aboiements se calmèrent et Rebekah put enfin s'approcher.

— Ça va aller, mon loulou. Tout va bien se passer.

Elle tendit la main vers lui, et une truffe couverte de poils gris emmêlés se pressa contre les barreaux de la cage.

— Voilà, tu es un gentil garçon. C'est un garçon, n'est-ce pas ? demanda-t-elle à Lauren.

— Je n'ai pas bien regardé, mais il me semble que oui.

La vétérinaire commença à disposer des instruments sur

un chariot, près de la table d'examen. Le chien, quant à lui, s'était allongé sur le côté. Il n'aboyait plus, mais ses yeux lançaient toujours des éclairs.

— Tu te souviens de moi, dis ? Je suis la dame qui t'apporte à manger tous les jours.

Une petite langue rose émergea de la masse de fourrure grise pour lui lécher la main.

— Mais oui, tu es très gentil. Maintenant, les gens qui sont là vont t'examiner pour s'assurer que tu n'as pas de bobos. Quand tu iras mieux, je te donnerai une autre friandise.

— Des « bobos » ? lui demanda Grant lorsqu'elle se fut écartée du chien enfin calmé, laissant les vétérinaires faire leur travail.

— Désolée. C'est le mot qu'employaient mes parents quand j'étais petite. Avec le stress, ça m'a échappé.

— C'est pour ça que tu es restée à l'intérieur, tout à l'heure ? demanda-t-il en attrapant son poignet pour lui prendre le pouls. Tu étais trop stressée pour voir ce qui se passait ?

— Non, je ne voulais pas qu'il me voie et qu'il s'imagine que c'était moi qui le prenais au piège.

— Alors, tu m'as laissé prendre le rôle du méchant, si je comprends bien.

— Comme si qui que ce soit pouvait donner le rôle du méchant à Grant Whitaker.

— Qu'est-ce que tu veux dire ?

Elle fut dispensée de répondre par l'arrivée de Davis, qui apportait une chaise supplémentaire.

— Puisque vous n'avez pas l'air de vouloir partir, asseyez-vous là. Au moins, vous ne serez pas dans nos pattes.

Davis était merveilleux avec les animaux, mais il n'avait pas l'air d'apprécier beaucoup les humains.

— Quelqu'un a vu April Oliver aujourd'hui ? demanda Lauren. Les poils autour de ses oreilles sont tellement emmêlés que je n'arrive pas à les écarter. Il faudrait qu'elle s'occupe de lui pour que je puisse l'examiner à fond.

April, la toiletteuse canine de Spring Forest, venait

souvent donner un coup de main au refuge. Heureusement, aujourd'hui, elle se trouvait déjà sur place.

— J'ai l'impression qu'ils en ont pour un moment, commenta Grant. Est-ce que tu as faim ?

— Je crois que je ferais mieux de rester là. Quand je lui ai parlé tout à l'heure, il me semble que le son de ma voix l'a aidé à se détendre.

Cette détente était probablement le résultat de la piqûre qu'il venait de recevoir, mais Grant admira la dévotion de Rebekah. Elle n'était peut-être pas enchantée par sa grossesse, mais si elle s'inquiétait autant pour un chien errant, nul doute qu'elle ferait une maman formidable.

— Il est un peu maigre, mais en bonne santé dans l'ensemble, annonça Lauren à Rebekah une heure plus tard. Par contre, le pauvre devait souffrir mille misères, avec tous ces poils emmêlés qui tiraient sur sa peau et les morsures de parasites en dessous. Dans ses oreilles, la fourrure était tellement épaisse et sale qu'elle formait des paquets. Les deux canaux auditifs étaient infectés, mais j'ai réussi à bien les nettoyer, et on va commencer un traitement antibiotique.

— Il est déjà complètement transformé, remarqua Rebekah.

Elle tendit la main pour caresser la fourrure grise, étonnamment douce maintenant qu'elle avait été raccourcie de quelques centimètres. April lui avait aussi fait prendre un bain, et son odeur n'avait plus rien de commun avec celle qu'il avait encore une heure auparavant.

— Fais attention quand même, conseilla Lauren. Lorsqu'il se réveillera, il sera peut-être aussi grognon que tout à l'heure.

Grant avait rapporté des sandwichs pour eux deux, mais Rebekah n'avait pu avaler que quelques bouchées. Elle avait été fébrile tout le temps que le petit chien était resté entre les mains des vétérinaires.

— Nous l'avons identifié grâce à sa puce, s'exclama Birdie en faisant irruption dans la salle d'examen, Doc J sur les talons. C'est un croisé schnauzer et terrier de deux ans et demi, il s'appelle Angus. Il appartenait à un certain Rupert MacKenzie, qui vivait au 436, Second Avenue. Il y a un peu plus d'un an, ce monsieur a fait une crise cardiaque, et il est parti vivre dans une maison de retraite. Malheureusement, il est décédé il y a quelques mois sans laisser de parents derrière lui. Sa maison est fermée dans l'attente du règlement de la succession.

— Voilà pourquoi tu te cachais sous le porche, s'exclama Grant.

Sa main suivit celle de Rebekah alors qu'il caressait l'animal, toujours endormi.

— Tu cherchais ton maître, pas vrai, Angus MacKenzie ? En tout cas, tu as un vrai nom de guerrier écossais.

— Il doit avoir des gènes de terrier écossais, ajouta Doc J.

Le père de Lauren avait beau être à la retraite, il n'en passait pas moins beaucoup de temps au refuge pour mettre son grain de sel partout.

— Ces chiens peuvent être très indépendants et obstinés. Pas étonnant qu'il se soit entêté à rester chez lui.

Tout à coup, le petit chien poussa un soupir et cligna des paupières.

La frange grise qui lui tombait devant les yeux avait été coupée, et il y voyait probablement beaucoup mieux. À présent, les poils courts se dressaient sur son front, ce qui lui donnait l'air de froncer les sourcils en permanence.

Rebekah sentit une vibration contre sa main lorsqu'il recommença à grogner.

— Tout va bien, calme-toi. Dès que le docteur Lauren sera d'accord, j'irai te chercher quelque chose à manger.

Surpris, il dressa ses oreilles bien propres et se mit à remuer la queue. Rebekah lui sourit pour l'encourager.

— Tu reconnais ma voix, Angus ?

Il agita la queue de plus belle, puis renifla sa main avant de lui donner un grand coup de langue.

— Je pense qu'il est simplement content d'entendre quelqu'un lui parler, intervint Lauren. Vu l'état de ses oreilles, il a dû perdre une grande partie de son audition ces derniers mois. C'est probablement pour cela qu'il avait peur de tout le monde et qu'il ne laissait personne l'approcher.

Peut-être avait-elle raison, mais malgré toutes les personnes qui se tenaient dans la pièce, les petits yeux noirs d'Angus restaient fixés sur elle. D'accord, elle avait tenu des conversations existentielles avec lui comme s'il était son psychologue pendant plus d'une semaine.

Mais il y avait autre chose, songea-t-elle en lui caressant doucement la tête. Son cœur le lui disait : elle sentait une connexion inexplicable entre ce chien et elle.

— Je vais essayer de lui enlever sa laisse, déclara Lauren. April a trouvé ce collier en tissu écossais qui sera parfait pour notre petit guerrier.

Rebekah recula d'un pas pour laisser la place à la vétérinaire, mais Angus se mit à gémir.

— On dirait qu'il te préfère, remarqua Grant. Tu devrais peut-être essayer de lui mettre le collier.

Lauren lui tendit l'objet, qu'elle passa lentement autour du cou d'Angus pour ne pas l'effrayer. Aussitôt qu'il entendit le « clic » du fermoir, le petit chien sauta sur ses quatre pattes et fourra le museau dans les mains de Rebekah.

— Non mais, regarde-moi ça, fit Grant en éclatant de rire. Il remue tellement la queue que tout son arrière-train bouge aussi.

— Combien de temps penses-tu le garder en observation ? demanda Birdie à la jeune vétérinaire. On n'a plus beaucoup de place, et j'aimerais mieux éviter de le mettre dans un box. Après tout ce qu'il a subi aujourd'hui, il risque de s'agiter si on l'enferme à nouveau.

— Je vais garder un œil sur lui pendant encore une heure, mais si tu lui trouves une famille d'accueil, il pourra partir dès ce soir.

— Tu entends ça, Angus ? murmura Rebekah.

Le petit chien s'était blotti si étroitement dans ses bras qu'on aurait dit qu'elle le portait comme un bébé.

— Ce soir, tu seras dans une famille où on va prendre

soin de toi, te faire des câlins, te donner de bonnes choses à manger…

Sa voix se perdit lorsqu'elle se rendit compte que tous les regards étaient fixés sur elle. Grant, en particulier, la regardait avec un petit sourire en coin.

— Qu'est-ce qu'il y a ? lui demanda-t-elle, sourcils froncés.

— Je suis à peu près sûr que la seule maison où Angus a envie d'aller, c'est la tienne.

— Mais je n'ai jamais voulu avoir un chien. Ni aucun autre animal, d'ailleurs.

Visiblement, ses protestations tombaient dans l'oreille d'un sourd. En revanche, Angus venait de récupérer son audition, se souvint-elle. Il l'avait donc entendue dire à tout le monde qu'elle ne voulait pas de lui.

— C'est juste que ma maison n'est pas vraiment adaptée pour recevoir un animal, se justifia-t-elle. Je n'ai même pas de plat à croquettes, ni de panier, ni rien de tout ce qu'il faut.

— Ma chérie, je te rappelle que tu es dans un refuge, fit Birdie en secouant la tête. Nous avons tout le matériel dont tu pourrais avoir besoin. Si tu veux, je te laisserai même choisir des jouets neufs à la boutique de cadeaux.

Le regard noir d'Angus restait fixé sur elle, adorateur.

— C'est bien, Angus, l'encouragea Grant en lui grattant le dos. Continue de lui faire ce regard de petit chiot malheureux, et elle se sentira tellement coupable qu'elle te ramènera tout de suite chez elle.

Malheureusement pour elle, Angus n'avait pas besoin qu'on l'aide. Il était aussi doué que Grant pour lui faire perdre la raison.

Le cœur de Rebekah cognait de plus en plus fort dans sa poitrine. Les choses se passaient beaucoup trop vite. Il fallait absolument qu'elle trouve un moyen de s'en sortir.

— Ce regard triste est peut-être un effet secondaire de l'anesthésie, avança-t-elle. Qu'est-ce qui se passera s'il s'énerve à nouveau quand je l'aurai ramené à la maison ?

— Rebekah a raison, répondit Grant, les yeux fixés sur elle bien que s'adressant aux autres. Nous n'allons pas la mettre dans une situation qui risquerait la santé des… Enfin, sa santé.

Elle lui décocha aussitôt un regard d'avertissement, mais il se contenta de hausser une épaule. Trop occupée à le fusiller du regard, elle n'avait pas remarqué que sa tante les étudiait avec attention. Elle sursauta lorsque Birdie prit la parole :

— Pourquoi tu n'emmènerais pas Grant avec Angus chez toi ? Comme ça, si le chien s'agite, tu ne seras pas seule.

Oh non. Elle avait tout fait pour se tirer de cette situation, et voilà qu'elle s'enfonçait encore plus. Maintenant, il fallait qu'elle rentre chez elle avec Angus *et* avec Grant ?

— Il y a un autre problème, contra-t-elle. Qu'est-ce que je fais d'Angus demain ? Je travaille toute la journée, je ne pourrai pas m'occuper de lui.

— Justement, j'allais te parler de ton emploi du temps, rétorqua Birdie, une certaine lueur dans le regard. Bunny devait aller au sanctuaire des oiseaux avec Grant aujourd'hui, mais avec cette histoire d'Angus, vous êtes restés coincés ici. Ma sœur est occupée demain, alors il va falloir que vous y alliez tous les deux. Vous pouvez emmener Angus et voir comment il supporte la laisse et le trajet en voiture. Si tout se passe bien, on pourra l'emmener au parc pour qu'il voie d'autres chiens et d'autres personnes. Nous devons nous assurer qu'il n'a pas besoin de séances de dressage avec Mollie avant de le proposer officiellement à l'adoption.

Elle ouvrit la bouche pour protester, mais Birdie était déjà sortie, suivie de près par Doc J. De toute manière, le moindre argument qu'elle trouverait finirait par être retourné contre elle.

— Très bien, grommela-t-elle en tapotant le dos du chien. Mais vous avez intérêt à vous tenir tranquilles, tous les deux.

Angus poussa un soupir satisfait. Quant à Grant, il fixait obstinément le plafond, mais elle ne put s'empêcher de remarquer qu'il souriait.

- 9 -

— Désolée d'avoir chamboulé ta journée, dit Rebekah au bout de quelques minutes de trajet. Je ne voulais pas que tu rates ton excursion avec Bunny.

Elle avait laissé sa petite Fiat au refuge, et Grant les ramenait chez elle dans sa voiture de location. Elle s'était dit qu'il valait mieux tenir Angus sur ses genoux au cas où il s'agiterait.

Maintenant que le chaos de l'après-midi commençait à se dissiper, Grant se rendit compte qu'elle redevenait progressivement la femme sûre d'elle et parfaitement calme qu'il connaissait. Malgré les efforts qu'elle déployait, il n'était pas dupe. Il pouvait encore sentir la pression de ses doigts lorsqu'elle avait agrippé sa main, pendant l'examen des vétérinaires.

— Je crois qu'Angus et toi aviez besoin de soutien. Pas vrai, mon grand ?

Le petit animal, calé sur la hanche de Rebekah, lui accorda un regard avant de repasser la tête par la vitre ouverte. Maintenant qu'on avait pris soin de lui, c'était devenu un très beau chien.

— De toute façon, je trouve que c'est mieux comme ça, poursuivit-il.

— Qu'est-ce que tu veux dire ?

Rebekah resserra sa prise sur la laisse assortie au collier d'Angus, probablement désireuse d'éviter une nouvelle évasion. Grant étouffa un éclat de rire. Elle avait eu beau protester pour ne pas ramener le chien errant chez elle, tout le monde avait remarqué le lien qui s'était tissé entre eux. Il avait hâte de voir comment ils s'entendraient une fois arrivés à la maison.

— Maintenant, répondit-il avec un sourire en coin, nous avons une raison supplémentaire de passer du temps ensemble et de faire croire aux gens qu'entre nous c'est du sérieux.

— « Du sérieux » ? Je croyais qu'on faisait simplement semblant de sortir ensemble. Pourquoi faut-il toujours que tu en fasses trop ?

— Comment ça, toujours ?

Heureusement pour lui, ses lunettes de soleil masquaient son expression réjouie. Si Rebekah se fâchait contre lui, cela signifiait qu'elle redevenait elle-même. Si une petite dispute pouvait la distraire de son inquiétude pour Angus, il serait ravi d'y participer.

— À quel moment est-ce que j'en ai « trop fait », d'après toi ?

Les boucles de Rebekah dansaient devant son visage, et elle poussa un grognement en essayant de les retenir de sa main libre.

— Pour commencer, parlons un peu de ton « pavillon des fêtes », si tu veux bien.

— D'accord, j'ai pris des libertés avec le nom, mais reconnais que ça sonne bien.

— Le problème, c'est qu'il s'agit d'un refuge, pas d'une salle des fêtes.

— Il s'agit d'un refuge qui a du mal à joindre les deux bouts. Tu sors d'une école de commerce, tu devrais donc comprendre comme moi que mes tantes ont besoin d'un revenu supplémentaire.

— Elles n'en auraient pas besoin si…

— Si quoi ?

— Eh bien, tu n'ignores pas qu'une experte est en train de chercher ce qui est arrivé à leur argent, répondit-elle avec un soupir.

Bien sûr, Grant ne risquait pas de l'oublier, mais il espérait encore que son oncle finirait par être lavé de tout soupçon dans cette affaire.

— D'ailleurs, est-ce que tu as des nouvelles récentes de l'expertise ? demanda Rebekah.

— Non, et je n'en veux pas avant qu'elle soit terminée. Il me faut des preuves solides pour savoir qui est à l'origine de la mauvaise gestion actuelle.

— « Actuelle » ? Certainement pas, protesta-t-elle. En tant que directrice, je suis responsable du budget. Je peux t'assurer que tous les problèmes financiers du refuge sont arrivés bien avant que je prenne mon poste, alors tu peux cesser de me regarder comme ça.

— Comment, comme ça ? fit-il en retirant ses lunettes pour lui décocher un regard en coin.

— Exactement comme tu me regardes maintenant.

Elle tendit la main pour incliner le rétroviseur intérieur, qui refléta son expression suspicieuse.

— Toute l'année, tu m'as regardée de cette façon, comme si tu croyais que je cachais quelque chose.

— Je ne pense pas que tu caches quoi que ce soit. Seulement, j'ai l'impression qu'il y a une partie de toi que tu ne montres jamais, et que j'ai seulement aperçue une ou deux fois. Et puis, si je prends cet air concentré, c'est parce que je m'efforce de ne pas regarder tes jolies jambes.

Il s'efforça de ne pas rire lorsqu'il la vit écarquiller les yeux, puis tirer sur le bas de sa robe. Malheureusement pour elle, à cause d'Angus qui se tortillait sur ses genoux, le tissu ne bougea pas d'un pouce.

— Pourquoi es-tu gênée chaque fois que je te fais un compliment ?

— Je ne suis pas gênée, se défendit-elle en contemplant les panneaux indicateurs avec beaucoup d'intérêt, comme si elle en avait besoin pour rentrer chez elle. C'est juste un peu bizarre.

— C'est bizarre que je sois attiré par toi ?

— Non, c'est bizarre que tu sois attiré par l'employée de tes tantes.

— Ça n'a rien à voir avec le fait que tu travailles pour ma famille. Si tu étais à la solde d'une armée de tyra-licornes en train d'envahir la planète, tu m'attirerais toujours autant.

— Tourne à droite après le feu, répliqua-t-elle en pointant la route du doigt.

— Je me souviens de la route pour aller chez toi, même si ça fait quelques mois.

Du coin de l'œil, il la vit rougir et se mordiller la lèvre, et il eut du mal à rester concentré sur la route.

— D'ailleurs, je me souviens de beaucoup de choses qui se sont passées cette nuit-là.

Angus poussa un jappement, et Rebekah plaqua les mains sur ses oreilles.

— Ne parle pas de tu-sais-quoi devant le chien.

— Je doute qu'il comprenne ce que nous disons, répliqua-t-il avec un sourire amusé.

L'animal, nez au vent, tirait la langue pour essayer d'attraper les courants d'air.

— Je sais que ça a l'air fou, mais je suis sûre qu'il comprend parfaitement bien ce qu'il entend.

— Dans ce cas, il saura tôt ou tard que sa nouvelle maman va avoir des bébés humains très bientôt.

— Ne m'appelle pas comme ça, s'il te plaît.

Il profita d'un stop pour lui jeter un long regard curieux.

— Tu ne veux pas que nos enfants t'appellent maman ?

— Ce n'est pas ça. Je ne veux pas que le chien pense à moi de cette manière, murmura-t-elle. Cette situation est temporaire, il ne faut pas qu'il s'y habitue.

Dix minutes plus tard, après avoir laissé son odeur sur chaque brin d'herbe du chemin entre le parking et sa maison, Angus trônait au beau milieu de son canapé en cuir blanc.

— On dirait que notre guerrier écossais a conquis le château, remarqua Grant en remplissant une gamelle d'eau fraîche. À mon avis, il n'envisage pas le côté temporaire de la situation.

Rebekah versa de la nourriture dans un plat à croquettes en forme d'os avant de répondre à voix basse :

— Je ne suis pas sûre de vouloir prendre cette responsabilité à long terme, surtout pas maintenant, avec tout ce qui va se passer dans les prochains mois.

— Tu sais, parfois ce sont les animaux qui nous choisissent plutôt que le contraire.

— Tu as des animaux chez toi ? demanda-t-elle en s'adossant au comptoir de la cuisine, en face de lui.

Après tout, c'était le genre de chose qu'une petite amie devrait savoir.

— Quand j'étais enfant, j'ai toujours eu des chiens.

Il fit une pause pour poser les mains sur le plan de travail et faire rouler ses épaules, essayant d'étirer les muscles de son torse.

— Maintenant, je voyage trop pour m'occuper d'un animal, mais ma mère a un corgi, alors j'ai ma dose de câlins quand je retourne au magasin de surf – et quand je viens voir mes tantes, bien sûr.

— C'est vrai que, ces derniers temps, tu es venu de plus en plus souvent.

Les yeux de Rebekah glissèrent lentement vers son torse, qu'il savait mis en valeur par son T-shirt et sa position. Cela ne dura qu'un instant, mais il la vit se lécher la lèvre inférieure avant de reporter son regard sur son visage.

— Enfin, je n'y ai pas spécialement fait attention, bien sûr.

Trop tard, songea-t-il en étirant un peu plus ses bras. L'atmosphère se chargeait peu à peu d'une tension sensuelle qui ne demandait qu'à être résolue.

— Tu ferais mieux de t'y habituer, répondit-il comme si de rien n'était. Maintenant que je vais être papa, j'ai l'intention d'être là beaucoup plus souvent.

Cependant, il n'avait pas vraiment réfléchi à la logistique que cela impliquait. Il ne pourrait pas à la fois continuer à vivre si loin et soutenir Rebekah pendant sa grossesse, puis après la naissance. De toute évidence, il lui faudrait céder sur l'un des deux tableaux.

— Et ton travail, alors ? demanda-t-elle en sortant deux petites bouteilles d'eau du réfrigérateur.

Lorsqu'elle lui tendit la sienne, ses doigts effleurèrent les siens, et il se rappela qu'elle lui avait tenu la main pendant tout l'après-midi, lorsque Angus était endormi.

Même si elle évitait son regard, il était prêt à parier que Rebekah pensait à la même chose. D'ailleurs, sa main se crispa légèrement lorsqu'elle la retira, et elle agrippa le rebord du comptoir derrière elle comme une bouée de sauvetage. Elle secoua la tête, et il aspira une bouffée de son parfum fleuri.

— Tu sais, c'est l'un des avantages de mon métier : je peux travailler à distance, finit-il par répondre.

Grant prit une longue gorgée d'eau fraîche. Lorsqu'il baissa la tête, il se rendit compte que Rebekah fixait son torse à nouveau.

Un courant électrique le parcourut, et lorsqu'elle recommença à se mordiller la lèvre, il fit un pas vers elle. Un mélange de désir et de courage se répandait dans ses veines, et il sentit sa température monter en flèche.

Il devait lui faire comprendre qu'il ne pourrait pas supporter une pareille chaleur bien longtemps, à moins de sortir de cette cuisine. D'une voix rauque, il demanda :

— Rebekah ?

— Oui ? fit-elle en levant enfin la tête pour le regarder.

— Tu te souviens, dans la voiture, quand tu m'as dit que je te regardais d'une drôle de manière ?

— Hum.

Il se rapprocha encore, et les yeux de Rebekah se fixèrent sur sa bouche.

— Tu te souviens quand je t'ai répondu que si je te regardais comme ça, c'est parce que tu m'attirais ?

Incapable de répondre, elle hocha brièvement la tête.

— Eh bien, sache que tu as tendance à me regarder exactement de la même manière.

Elle portait toujours ses talons, ce qui signifiait que son visage n'était plus qu'à quelques centimètres du sien. Lorsqu'elle lui répondit, elle était si près qu'il sentit son souffle frais contre ses lèvres.

— Qu'est-ce que tu veux dire ?

— Je veux dire que si tu continues à me regarder comme ça, il ne faudra pas longtemps pour qu'on se retrouve dans ta chambre.

Rebekah ne comprit pas très bien ce qui venait de se passer. Une minute plus tôt, elle se trouvait dans la cuisine, en train de boire de l'eau glacée pour tenter de faire redescendre sa température. L'instant d'après, elle envoyait valser ses sandales compensées et Grant la faisait reculer jusqu'à son lit.

Ses lèvres étaient aussi douces, aussi pressantes que dans son souvenir. Sa bouche consumait la sienne alors qu'elle soulevait son T-shirt pour caresser la peau dorée de son torse.

Juste avant de basculer sur le matelas, il lui demanda :

— Tu es sûre ?

Ces derniers temps, on avait tout décidé pour elle, entre les jumeaux, le chien à adopter et le pavillon des fêtes. S'il y avait une chose qu'elle contrôlait toujours, c'était bien son corps. Elle était certaine de vouloir une autre nuit avec Grant. Juste une nuit, pour s'assurer de quelque chose.

La dernière fois, l'alcool ne l'avait pas complètement privée de son jugement ; mais maintenant qu'elle était parfaitement sobre, elle voulait se prouver que ce qui se passait entre eux n'était ni sérieux, ni important.

Pourtant, lorsqu'elle lui retira son T-shirt, découvrant ses épaules larges et solides, elle eut du mal à convoquer la moindre pensée cohérente.

Comment un seul homme pouvait-il être aussi beau ? Comment pouvait-il sentir aussi bon ? Il venait de passer une journée entre l'avion et le refuge et, malgré tout, sa peau gardait l'odeur de noix de coco de sa crème solaire. Rebekah aurait eu envie de la goûter, mais ses lèvres étaient trop occupées par ses baisers de plus en plus brûlants.

Elle fit glisser ses paumes le long de son torse dur comme du granit, jusqu'à son ventre parfaitement plat, puis le long du V qui descendait vers son short de surf. Son cœur se mit à battre plus vite, mais elle s'arrêta sur l'élastique de son maillot de bain. C'était peut-être la dernière fois qu'elle s'autorisait à partager son lit avec lui, alors elle voulait prendre son temps.

Grant crut probablement qu'elle avait besoin d'aide. Il posa ses mains sur les siennes et, l'instant d'après, elle entendit le son d'une fermeture Velcro qui s'ouvrait. C'était sa deuxième fois avec lui, et Rebekah ne savait toujours pas s'il possédait un pantalon digne de ce nom.

Lorsqu'il lui fit face, entièrement nu, ces préoccupations vestimentaires passèrent au second plan. Elle retint son souffle, incapable d'empêcher ses mains de le toucher, ni ses yeux de le contempler.

L'idée qu'il finirait peut-être par sortir de sa vie un jour effleura son esprit, mais elle la chassa aussitôt, décidée à profiter du moment. Elle fit courir son regard le long de chacun de ses muscles parfaits, forgés par des années de surf et de natation.

— À moi maintenant, déclara-t-il en faisant glisser la fermeture de sa robe.

Lorsque son dos nu fut exposé à la fraîcheur de l'air conditionné, Rebekah eut une soudaine envie de se rhabiller. Elle avait toujours eu des courbes généreuses, mais ces derniers mois, son ventre s'arrondissait un peu plus chaque jour, et elle ne débordait pas de confiance en elle.

Pourtant, lorsque les paumes de Grant s'arrondirent sur ses seins, elle fut incapable de penser à quoi que ce soit d'autre. Rejetant la tête en arrière, elle poussa un gémissement lorsqu'il fit courir ses lèvres le long de sa gorge, jusqu'à ses omoplates.

Soudain, elle émit un grognement de frustration : les mains de Grant avaient abandonné ses mamelons durcis, presque douloureux de désir.

— Sois patiente, ma douce, murmura-t-il contre son oreille. Ce soutien-gorge est très joli, mais je vais avoir besoin de l'enlever.

Elle se leva pour retirer son sous-vêtement et, cette fois,

ce fut lui qui poussa un grognement appréciateur. Il l'attira contre lui et caressa tendrement ses seins.

— J'ai pensé à ton corps pendant des mois, à ce que j'avais envie de te faire, à…

Elle l'empêcha de finir sa phrase en capturant son visage entre ses mains pour l'embrasser à nouveau. Savoir que Grant avait pensé à elle pendant tout ce temps, de la même manière qu'elle avait pensé à lui, la rendait merveilleusement consciente de son pouvoir sur lui.

Il inclina la tête pour approfondir leur baiser, tout en faisant glisser le dernier vêtement qui lui restait le long de ses jambes. Plaçant une main sous son genou gauche, il le souleva jusqu'à ce que son érection effleure sa peau délicate, entre ses cuisses. Il frotta son entrejambe contre la sienne et Rebekah se demanda s'il avait l'intention de lui faire l'amour comme ça, dans cette position. Lorsqu'elle projeta ses hanches en avant pour aller à sa rencontre, il recula légèrement.

— J'ai pensé aux préservatifs cette fois, mais ils sont restés dans ma voiture.

— Au risque de gâcher l'ambiance, répondit-elle d'une voix enrouée par le désir, je te rappelle que nous n'en avons plus vraiment besoin.

— C'est vrai.

Il prit à nouveau possession de sa bouche, tout en soulevant sa deuxième jambe pour la porter jusqu'au lit. En un instant, il était au-dessus d'elle, caressant son intimité brûlante du bout de son érection.

— Grant, s'il te plaît…

Elle plaça les deux mains dans le bas de son dos et l'attira plus près. Enfin, il se perdit en elle dans un long gémissement.

Dressé sur ses coudes, sa poitrine caressant la sienne, il chercha son regard et lui dit :

— Ma douce, j'essaie de me retenir, mais si tu continues de balancer les hanches comme ça, je ne vais pas y arriver.

À nouveau, Rebekah eut la sensation grisante que son

corps pouvait contrôler le sien. Nouant les jambes dans son dos, elle répondit :

— Ça tombe bien, parce que moi, je n'ai pas du tout envie de me retenir.

- 10 -

Grant avait prévu d'y aller doucement, de savourer chaque instant, mais Rebekah était si belle et si encourageante qu'il avait du mal à maîtriser ses sensations. Lorsqu'elle commença à gémir contre son oreille, puis à trembler de tout son corps, il perdit définitivement le contrôle du sien.

Elle eut un dernier frisson lorsqu'il s'allongea près d'elle, gardant une main sur sa taille.

— Est-ce que ça va ?

Elle garda les yeux fermés, ses longs cils effleurant ses pommettes, mais elle parvint à hocher la tête et un sourire satisfait s'épanouit sur son visage.

Ces dernières semaines, il lui avait rarement vu cette expression. La plupart du temps, il s'agissait de sourires polis qui ne lui étaient même pas destinés. Cette fois, c'était lui le responsable de ce magnifique sourire, et il en ressentit une bonne dose de fierté. Il l'attira plus près, profitant de sentir son corps parfaitement détendu contre le sien.

Soudain, un son de clochette se fit entendre, suivi par le bruit de petites griffes raclant le plancher. Rebekah se redressa d'un bond, couvrant sa poitrine avec le drap de dessus.

— Qu'est-ce que c'est que ça ?

— Ah oui, c'est vrai. Tu ne connais pas encore le bruit des petites pattes de chien qui se promènent dans la maison. Regarde qui a fini sa sieste.

Angus apparut dans l'encadrement de la porte, et Grant faillit éclater de rire devant l'expression gênée de Rebekah.

— Il veut probablement sortir, dit-elle en cherchant frénétiquement ses vêtements.

Au bout d'une minute, ses yeux se posèrent sur sa robe, qui avait atterri à l'autre bout de la pièce.

— Tu peux le distraire pour qu'il ne me voie pas en train de m'habiller ?

— Tu as peur qu'il comprenne ce que nous étions en train de faire ?

— Ne te moque pas, s'il te plaît. Ce chien est bien plus intelligent qu'il n'y paraît.

— Viens par là, mon grand, ordonna-t-il en sautant sur ses pieds. Maman ne veut pas que tu la voies toute nue, et que tu saches que nous faisions des choses très agréables dans son lit.

— Hé ! Maintenant, c'est toi qu'il est en train de voir !

— Rebekah, je suis désolé de te l'apprendre, mais Angus ne porte pas de vêtements, lui non plus. Je crois qu'il se fiche pas mal de la manière dont on s'habille, tant qu'on lui donne à manger.

Elle lui envoya un coussin qu'il repoussa facilement en éclatant de rire. À peine avait-il renfilé son short qu'un deuxième oreiller l'atteignait en plein front.

— Eh bien ! Maman sait viser, on dirait.

Il souleva Angus, qui sautait sur place pour tenter de voir ce qui se passait sur le lit. Lorsqu'il aperçut Rebekah, il poussa un jappement enthousiaste, et Grant le déposa sur les genoux de son amie.

— C'est parce que Maman était capitaine de l'équipe de softball à l'université, expliqua-t-elle en caressant le petit chien derrière les oreilles.

Dans le mouvement, le drap glissa de ses épaules. Elle se hâta de le remettre en place, mais Angus prit sa pudeur pour une invitation à jouer, et il commença à tirer sur l'autre extrémité du drap.

— Vas-y, Angus !

Grant encouragea la boule de poils, qui grognait et tirait de tout son cœur.

— Arrache-lui ces maudites couvertures. Ne la laisse plus me priver de ce magnifique spectacle.

Rebekah laissa le chien gagner pour envoyer un troisième coussin à Grant. Cette fois, il l'attrapa et prit quelques secondes pour admirer la vue.

— C'est bien, mon grand, on a gagné.

Angus s'était tellement enroulé entre les draps qu'il avait fini par tomber du lit. Grant le prit au creux de son bras, attrapa son T-shirt de l'autre main et sortit prestement de la chambre.

— Je vais t'emmener faire un tour, pendant que Maman se remet de son passage entre les mains expertes de Papa.

Un quatrième oreiller atterrit dans le couloir, et Rebekah lui cria :

— Arrête de lui parler de ça !

Angus prit son temps pour faire le tour du pâté de maisons, reniflant chaque arbre et chaque réverbère qu'il croisait. Grant s'attendait à ce qu'il essaie de lui fausser compagnie, mais le petit chien avait l'air heureux de rester sagement à côté de lui.

Après l'anesthésie et toutes les émotions de la journée, le pauvre devait être fatigué. Aussitôt rentré à la maison, il fila droit vers le canapé et s'y endormit en quelques secondes.

Pendant leur absence, Rebekah avait pris une douche. Lorsqu'elle les entendit pousser la porte, elle sortit de sa chambre, vêtue d'un pantalon de survêtement et d'un sweat-shirt à l'effigie de son équipe de softball universitaire. Grant la trouvait encore plus jolie dans ces vêtements décontractés que dans les tenues élégantes qu'elle portait au travail.

— Je n'ai pas encore commandé à manger, je ne savais pas ce que tu aimais, dit-elle en rassemblant ses cheveux.

Il aurait dû trouver bizarre que la future mère de ses enfants ne sache pas s'il préférait la nourriture chinoise ou italienne. Mais à ce moment précis, le col de son sweat-shirt glissa, révélant la courbe de son épaule, et il se rendit compte que cela n'avait aucune importance.

Grant se pencha pour l'embrasser doucement. Elle lui jeta un regard, lui prit la main et l'entraîna vers sa chambre, en fermant la porte, cette fois.

Après avoir fait l'amour à nouveau, ils tombèrent d'accord pour commander une pizza, qui arriva pendant que Grant était sous la douche.

— J'imagine qu'on ne s'installera pas sur le canapé pour dîner, commenta-t-il en sortant de la salle de bains. C'est le domaine d'Angus, maintenant. Tu es mieux installé que dans ton trou sous le porche, pas vrai, mon grand ?

Le petit chien lui jeta un regard dédaigneux, puis s'enfonça un peu plus dans les coussins.

— À vrai dire, je vais devoir travailler en mangeant. J'espère que ça ne te dérange pas. Je dois rédiger une demande de subvention pour le refuge, expliqua-t-elle en sortant deux assiettes d'un placard. Je devais m'en occuper aujourd'hui, mais…

Elle jeta un regard éloquent vers le canapé, où on distinguait à peine la boule de poils grise lovée entre les coussins.

L'odeur épicée du chorizo et de la sauce tomate se répandit autour d'eux, mais Grant tira sur le col de son T-shirt, incapable de se détendre. Cette scène aurait pu ressembler à une soirée classique en famille, mais il ne se sentait pas à l'aise dans sa maison – ni en sa présence, d'ailleurs.

De son côté, Rebekah l'évitait soigneusement, et il se dit qu'il avait peut-être été présomptueux en posant son sac de voyage dans sa chambre. Certes, il avait déjà dormi avec elle, mais cette situation n'était pas censée se reproduire. D'habitude, lorsqu'il sortait avec une femme, il ne jouait pas au petit couple heureux pour autant.

De toute manière, Rebekah et lui n'étaient pas en couple. Ils couchaient ensemble, ils allaient avoir des enfants ensemble et ils faisaient semblant d'être ensemble, mais ils n'étaient pas… ensemble.

Désorienté, Grant passa une main dans ses cheveux. Le

reste du temps, c'était lui qui aidait les gens à résoudre leurs problèmes. Comment s'était-il retrouvé dans cette situation, sans même une sortie de secours en vue ?

Il se rendit compte qu'il n'avait toujours pas répondu à Rebekah et il toussota, gêné.

— Aucun problème, j'ai du travail aussi. Je dois m'occuper d'une présentation pour notre nouvelle housse de caméra imperméable.

Ils s'assirent chacun à un bout de la table, cachés derrière leurs ordinateurs, mangeant leur pizza en silence. Il y avait beaucoup de choses dont ils devaient discuter, beaucoup de décisions à prendre, mais aucun d'eux ne parlait.

De temps à autre, Rebekah bâillait, il lui demandait si elle était fatiguée, et elle répondait qu'elle allait très bien sans quitter son écran des yeux. De toute évidence, elle l'évitait, mais pourquoi ?

Grant jeta un coup d'œil à la porte de sa chambre, restée ouverte. Jusqu'à maintenant, le seul endroit où ils se sentaient à l'aise l'un avec l'autre restait son lit.

Au bout d'une heure, Angus se leva et trottina jusqu'à la porte d'entrée. Rebekah leva enfin le nez de son clavier.

— Tu crois qu'il a encore besoin de sortir ?

— J'y vais, répondit-il aussitôt, heureux d'échapper au silence pesant qui régnait dans la pièce.

Il ferma son ordinateur et se leva d'un bond pour aller chercher la laisse du petit chien.

— Merci, fit Rebekah en bâillant à s'en décrocher la mâchoire.

Avant même qu'Angus et lui atteignent la porte d'entrée, elle avait terminé son travail.

— Tu ne sais pas comment je pourrais l'amener à se confier à moi, par hasard ? demanda Grant à son nouvel ami, quelques minutes plus tard.

Pour toute réponse, Angus leva la patte contre un lampadaire.

— Elle ne pourra pas éviter le sujet de « tu-sais-quoi »

pour toujours, quand même. D'ailleurs, elle n'arrive même pas à dire « ma grossesse », elle utilise toujours cette formule pour en parler. Comment suis-je censé comprendre de quoi elle a besoin si elle refuse de me parler ?

Le petit chien leva la tête et le regarda.

— Tu as raison. C'est à elle que je devrais poser la question, pas à toi. On va rentrer à la maison et je lui parlerai.

Sur le chemin du retour, Grant fit une liste mentale de tout ce qu'il voulait lui dire. Malheureusement, en ouvrant la porte, il constata que la conversation devrait attendre : elle s'était endormie sur son ordinateur.

Rebekah jeta un coup d'œil à la silhouette endormie près d'elle et referma aussitôt les yeux, enfouissant la tête dans son oreiller. Elle se souvenait vaguement d'avoir été portée dans son lit la veille, et après tout ce qu'ils y avaient fait, Grant avait dû trouver normal d'y dormir avec elle.

Pourtant, se réveiller à son côté lui donnait l'impression qu'elle allait dans la mauvaise direction. Elle était censée le faire sortir de sa vie, ou tout au moins ne pas se laisser croire qu'il allait y rester durablement.

Ses poings se crispèrent sur le drap et elle soupira, frustrée. Elle n'avait pas mis longtemps à retomber sous son charme. Pourtant, elle savait qu'elle aurait dû faire plus attention.

Lorsque Trey, son ex-compagnon, avait appris sa grossesse quelques années plus tôt, il l'avait quittée sur-le-champ. Elle avait eu le cœur brisé, mais au moins il avait disparu de sa vie pour de bon, sans faire de promesses qu'il n'avait pas l'intention de tenir.

En toute logique, Rebekah savait qu'elle n'aurait pas dû comparer les deux hommes, surtout avec l'un des deux qui dormait là. De plus, Trey et Grant étaient aussi différents que le jour et la nuit. Son ex-copain était quelqu'un de stable et de prévisible. Avec lui, elle avait toujours su à quoi s'attendre, même en ce qui concernait son désir de ne jamais avoir d'enfants.

Alors que Grant était tellement… tellement…

Excédée, elle agrippa ses cheveux à deux mains. Elle ne savait même pas ce qu'il était, ni ce qu'elle pouvait attendre de lui.

La seule chose dont elle était sûre, c'est qu'il l'attirait terriblement et bien malgré elle. Si elle baissait sa garde, elle risquait de croire à ses promesses et de souffrir à nouveau. En aucun cas elle ne gâcherait six autres années de sa vie pour un homme qui finirait par l'abandonner.

Rebekah amorça un mouvement pour sortir du lit, mais Grant roula aussitôt sur le côté, passant un bras autour de sa taille. En changeant de position, ils avaient fait bouger les draps, et un grognement se fit entendre entre leurs corps.

Sans même ouvrir les yeux, Grant tendit la main pour caresser les oreilles du chien.

— Alors, Angus, Maman t'a encore volé la couverture ?

— Pourquoi est-ce qu'il n'est pas sur le canapé ? demanda Rebekah en s'asseyant lentement.

Elle avait appris récemment que les mouvements brusques n'arrangeaient pas ses nausées matinales.

— Il est arrivé là en plein milieu de la nuit, et il a commencé à gémir. J'ai eu peur qu'il te réveille, alors je l'ai posé là avec nous.

Avec nous. Rebekah avait toujours dormi seule, et voilà qu'elle partageait son lit avec un homme *et* un chien. Comment étaient-ils passés de « faire semblant de sortir ensemble » à cette situation ?

Son téléphone, posé sur la table de chevet, se mit à vibrer. Grant avait dû penser à le ramener en même temps qu'elle dans la chambre. Lorsqu'elle vit qui était en train de l'appeler, elle sursauta.

— C'est ta tante Bunny.

— Dis-lui bonjour de ma part.

Il leva les bras pour s'étirer, dévoilant sans complexe les muscles de ses épaules et de son torse. Rebekah laissa glisser son regard un peu plus bas, se demandant ce qu'il y avait sous le drap.

— Je ne compte pas décrocher, rétorqua-t-elle en envoyant l'appel vers sa messagerie. Et je vais encore moins lui dire quoi que ce soit de ta part. Je n'ai pas envie qu'elle sache qu'on a passé la nuit ensemble.

— Tu peux être sûre que Birdie le lui a déjà dit, puisque c'est elle qui a suggéré que je vienne t'aider à t'occuper d'Angus. En plus, ta voiture est toujours sur le parking du refuge. Je pense que Bunny voulait te donner des consignes de dernière minute pour notre visite au sanctuaire des oiseaux.

— Oh non, le sanctuaire… Est-ce qu'on doit vraiment y aller aujourd'hui ?

— Tu sais comment elle est. Elle a beau se montrer plutôt distraite dans la vie de tous les jours, elle n'oublie jamais rien quand il s'agit des animaux.

Le portable de Rebekah sonna à nouveau et il conclut :

— Elle n'arrêtera pas de t'appeler avant d'être certaine que nous sommes en route.

Il sortit du lit, lui décocha un clin d'œil et se dirigea vers la salle de bains comme s'il était un mannequin en plein défilé de mode.

Au moins, Rebekah avait la réponse à sa question : il avait dormi complètement nu à côté d'elle.

Pourquoi ne s'était-elle pas forcée à poser des limites claires entre eux ? se demanda-t-elle pour la millième fois tandis que leur voiture longeait l'estuaire d'Albemarle.

Au lieu de garder ses distances, elle avait couché avec Grant – deux fois –, puis elle avait travaillé pendant le dîner pour éviter de lui parler, et elle s'était réveillée ce matin à côté de lui.

Jamais de sa vie elle n'avait eu autant de mal à affronter un défi ou à prendre des décisions difficiles. Cachée derrière ses lunettes de soleil, elle ferma les yeux, dépassée par les événements. Sa grossesse devait chambouler ses émotions, c'était la seule explication possible.

Seigneur, elle avait même accepté d'accueillir un chien.

Elle jeta un coup d'œil à Angus, qui s'était approprié la banquette arrière comme le canapé de son salon. Grant ne faisait aucun effort pour le discipliner, mais pour être honnête, elle non plus, ce qui ne lui ressemblait vraiment pas. Décidément, quelque chose ne tournait pas rond chez elle.

Cette excursion au sanctuaire des oiseaux lui ferait probablement du bien. Si elle se concentrait sur le travail, elle réussirait peut-être à chasser de son esprit ses souvenirs de la veille. En préparant un rapport détaillé pour ses patronnes, elle ne penserait plus à ses bras qui l'avaient enlacée toute la nuit, ou à son corps parfait lorsqu'il déambulait dans sa cuisine ce matin, à demi habillé.

Malgré sa nausée, due à la grossesse autant qu'au trajet en voiture, elle gardait les yeux fixés sur sa tablette, prenant des notes sur le sanctuaire des oiseaux et sur son fonctionnement économique. De son côté, Grant parlait dans son oreillette sans fil, comme il le faisait depuis qu'ils avaient quitté Spring Forest deux heures auparavant.

— Envoie-moi tes notes de réunion par mail, s'il te plaît, disait-il. J'y jetterai un œil avant la vidéoconférence avec les fournisseurs cet après-midi.

Finalement, elle ne s'en voulait pas trop d'éviter la conversation avec lui. De toute évidence, il avait ses propres problèmes professionnels à gérer. S'il était si occupé, pourquoi était-il venu si souvent au refuge ces derniers temps ? D'accord, il aidait ses tantes, mais Rebekah ou d'autres employés auraient pu faire la plupart des choses qu'il faisait.

Elle s'apprêtait à lui poser la question quand Angus s'agita sur le siège arrière, les oreilles dressées. La voiture ralentit pour sortir de l'autoroute, et le petit chien posa les pattes contre la portière gauche, puis droite, pour mieux observer le paysage.

— Le seigneur Angus se promène le long du chemin de garde, commenta Grant qui l'épiait à travers le rétroviseur.

Comme sa maîtresse, il semblait plus anxieux qu'enthousiaste à l'idée d'arriver à destination.

— J'aurais peut-être dû le laisser à la maison, dit Rebekah.

Elle aurait bien voulu y rester aussi, mais elle ne pouvait pas l'exprimer à voix haute.

— Souviens-toi, Birdie pense que c'est une bonne idée de le faire sortir, pour voir comment il réagit face à d'autres gens et d'autres animaux.

Finalement, Angus se tint parfaitement tranquille avec le personnel du sanctuaire. En revanche, les choses se compliquèrent avec les oiseaux. Lorsqu'ils passèrent devant l'enclos des flamants roses, il se mit à tirer sur sa laisse en aboyant comme un fou. On aurait dit qu'il essayait de rassembler les oiseaux comme s'il s'agissait d'un troupeau de moutons.

— En général, nous n'autorisons que les chiens d'assistance dans le sanctuaire, expliqua le gardien.

Grant se contenta de rire devant le raffut que faisait Angus, tandis que Rebekah essayait de le calmer. Elle eut un aperçu du genre de père qu'il serait, toujours en train de jouer avec ses enfants, de leur donner des bonbons et de les énerver avant d'aller au lit. Rebekah serait celle qui leur ferait respecter les règles, manger des légumes, et qui les obligerait à se laver les mains régulièrement.

Grant sentit probablement qu'elle était énervée. Il toussota discrètement avant de lui proposer :

— Et si j'emmenais Angus se dégourdir les pattes dans le parc pendant que tu visites le sanctuaire ?

S'amuser au parc avec le chien pendant qu'elle faisait tout le travail ? La visite serait peut-être agréable, mais elle devrait tout de même prendre des notes pour Bunny et Birdie, ce qui restait dans le domaine professionnel. Ce serait aussi elle qui devrait leur annoncer que le refuge n'aurait jamais assez d'argent pour accueillir des oiseaux, et qu'elles ne pouvaient pas sauver tous les animaux de la création.

— Puisque cette visite était ton idée, je vais te laisser y aller. Pendant ce temps, c'est moi qui emmène Angus se dégourdir les pattes.

Elle prit le petit chien dans ses bras et se dirigea vers la sortie avant que Grant ait le temps de protester. Sa réaction était peut-être puérile, mais plus vite elle verrait qu'il n'était pas capable d'assumer des tâches plus sérieuses, plus vite elle aurait la preuve qu'il n'était pas fait pour être père.

Rebekah n'avait pas l'intention d'élever ses enfants sans lui, mais si elle n'en attendait pas trop de sa part, elle serait moins déçue s'il s'enfuyait à la première difficulté.

À peine une heure plus tard, il la rejoignit au parc, lui prouvant qu'elle avait eu raison. Malgré tout, elle ne put se défendre d'une pointe de déception.

— Je vois que tu n'as pas tenu les deux heures de visite.

Avec un sourire, il lui tendit une petite bouteille d'eau qu'il venait d'acheter à la boutique du sanctuaire.

— Ce n'était pas nécessaire. J'ai fait des recherches sur cet endroit dès que ma tante m'en a parlé, et le directeur a répondu par mail à la plupart de mes questions. Si Bunny était là, elle voudrait probablement voir chaque plume de chaque oiseau, mais en ce qui me concerne, je préfère les chiens. Pas vrai, Angus ?

Grant sortit une deuxième bouteille d'eau et en versa dans sa main pour l'offrir au petit chien. Angus se mit à boire à toute vitesse, et Rebekah se sentit coupable de ne pas avoir pensé qu'il pourrait avoir soif. Il faisait près de trente degrés à l'ombre, et elle buvait son eau avec autant d'avidité que lui. Le plus élégamment possible, elle s'essuya la bouche d'un revers de main.

— Si tu ne voulais pas voir les oiseaux et que tu avais déjà les réponses à tes questions, peux-tu m'expliquer pourquoi nous avons fait tout le trajet jusqu'ici ?

Elle s'était rendue malade à fixer sa tablette pendant deux heures en voiture, essayant d'en savoir un maximum sur le sanctuaire. S'il avait déjà toutes les informations nécessaires, il aurait au moins pu la prévenir.

— Parce que ma tante me l'a demandé, déclara-t-il tout simplement, comme si c'était une raison suffisante pour lui faire perdre sa journée.

Angus avait fini de boire, et Grant se releva en refermant sa bouteille.

— Le directeur m'a parlé d'un très bon restaurant, un peu plus loin sur la baie. On peut s'asseoir à l'extérieur et ils acceptent les chiens. Qu'est-ce que tu dirais d'un bon déjeuner, mon grand ?

Angus se mit à japper en tirant sur sa laisse pour les guider jusqu'à la voiture.

— On pourrait aussi rentrer à Spring Forest, ce qui me permettrait de faire enfin quelque chose d'utile aujourd'hui, suggéra Rebekah.

— Tu sais, répliqua-t-il en lui ouvrant sa portière, on a le droit de prendre une journée pour soi de temps en temps.

La jeune femme plissa les yeux et fit un effort colossal pour ne pas s'énerver. Elle ne savait toujours pas ce que Grant faisait exactement dans son entreprise, à part enjoliver les choses pour convaincre des clients, mais visiblement il avait du talent.

Ce déjeuner serait peut-être l'occasion d'en apprendre un peu plus sur le père de ses enfants. Pour l'instant, tout ce qu'elle savait, c'était qu'il l'agaçait… Et qu'il était doué au lit.

- 11 -

Heureusement, Grant n'avait pas prévu de faire croire à qui que ce soit qu'il sortait avec Rebekah, ce midi-là. L'endroit où ils s'étaient arrêtés, un stand de *fish and chips* avec quelques tables de pique-nique, n'avait vraiment rien de romantique. Au moins, ils mangeraient à l'extérieur, ce qui éviterait à Rebekah d'avoir la nausée à cause de l'odeur de poisson.

Toutes les tables étant occupées, ils furent obligés d'en partager une avec une famille de cinq personnes. La nourriture était délicieuse, mais à cause des enfants à côté d'eux, il ne pouvait pas discuter sérieusement avec Rebekah.

La plus jeune, qui ne devait pas avoir plus de deux ans, passait son temps à voler des frites dans l'assiette de sa mère pour les glisser à Angus sous la table. Celui du milieu, un garçon de cinq ans, voulait absolument savoir qui était le superhéros préféré de Grant. Quant à la préadolescente, elle regardait des vidéos sur son portable avec le volume à fond. Les parents s'excusaient toutes les cinq minutes, ajoutant encore au vacarme général.

Là-dessus, un couple de personnes âgées avec un basset obèse s'installa à la table voisine. Angus avait maintenant un sérieux concurrent pour la distribution de frites. Ne sachant pas s'il accepterait de partager son repas avec le petit chien en forme de saucisse, Grant décida d'éviter tout risque de bagarre.

Prenant la laisse d'Angus dans une main, il ramassa son assiette et sa serviette de l'autre.

— Allez viens, mon grand. Faisons un petit tour sur la plage avant de remonter en voiture.

Rebekah le rattrapa près des poubelles.

— Pourquoi est-ce que tu fais toujours ça ?

— Quoi donc ?

— Partir t'amuser et me laisser tout le travail.

— Quel travail ?

— Tout à l'heure, la visite du sanctuaire, et maintenant…

Elle jeta un regard sur le plateau qu'elle tenait à la main, contenant les restes de leur repas. Il le prit aussitôt pour jeter les déchets, et une mouette cria en se posant sur le vide-ordures, déçue de ne pas avoir récupéré quelques frites.

— Je voulais prendre ton assiette, mais Angus tirait déjà sur la laisse, et j'ai cru que tu n'avais pas fini de manger.

— J'ai perdu l'appétit dès que cette petite fille a commencé à me prendre mes frites après avoir touché les chiens. Où vas-tu comme ça ?

Elle sortit un flacon de gel antibactérien et en versa sur ses mains, tout en suivant Grant qui s'éloignait.

— J'emmène Angus à la plage, tu te souviens ?

— Je croyais qu'il s'agissait d'une excuse pour échapper aux enfants.

— Seulement en partie. Je pense qu'il sera content de jouer un peu dans le sable.

— Tu es sûr que les chiens ont le droit de venir ici ? demanda-t-elle alors qu'ils marchaient le long des passerelles en bois conduisant à la plage.

On était en semaine, et il n'y avait presque personne sur le front de mer.

— Je n'ai pas vu de panneau d'interdiction, répondit-il en se penchant pour détacher la laisse d'Angus.

Aussitôt, elle posa une main sur son bras pour l'arrêter.

— Qu'est-ce que tu fabriques ? Comment fera-t-on s'il s'enfuit ?

— On peut essayer de lui laisser un peu de liberté, et voir comment il réagit, non ?

Il s'aperçut de sa réaction et ajouta :

— Qu'est-ce que ça voulait dire, ça ?

— De quoi parles-tu ?

— Tu viens de lever les yeux au ciel, et maintenant tu soupires comme si ta vie en dépendait. Si tu es fâchée, tu peux me le dire, tu sais.

— Je commence à avoir un aperçu de ma vie future, si nous décidons d'élever les enfants ensemble. Tu seras le parent sympa qui les laissera tout faire, et moi, je serai la maman stricte avec qui ils ne voudront jamais passer du temps.

— Comment ça, « si » nous le décidons ? demanda-t-il, la gorge nouée. Je t'ai déjà dit que je tenais à m'impliquer dans la vie de mes enfants. Il s'agit de *comment* nous les élèverons, pas de *si*.

Elle le fixa pendant un long moment, le regard froid et calculateur. Elle ne disait rien, ce qui pouvait signifier qu'elle était d'accord, ou qu'elle refusait une fois de plus la conversation dont ils avaient tant besoin.

Il mit les poings sur ses hanches, prêt à défendre ses arguments une bonne fois pour toutes, mais elle se contenta de soupirer et dit :

— Très bien, enlève-lui sa laisse. S'il s'échappe, je ne pourrai pas lui courir après avec mes talons.

Ce n'était pas ce qu'il avait besoin d'entendre, mais Grant sentit qu'il n'obtiendrait rien de mieux aujourd'hui. Haussant une épaule, il proposa :

— Enlève tes chaussures et profite d'être le « parent cool » pendant que je surveille Angus.

Elle ravala un grognement et s'appuya contre lui pour retirer ses sandales compensées.

— À ton tour, mon grand, dit-il au petit chien en détachant sa laisse.

L'animal courut jusqu'au bord de l'eau, puis revint vers eux et répéta son manège plusieurs fois. Grant trouva un morceau de bois flotté et le lui lança, curieux de voir sa réaction. Angus le ramassa fièrement pour le déposer aux pieds de Rebekah. Celle-ci éclata de rire et lui relança le jouet improvisé. Grant décida qu'il pourrait rester là toute la journée, à la regarder rire et jouer avec le chien.

Au bout de quelques allers-retours, ce qui devait arriver arriva et le morceau de bois atterrit dans l'eau. Angus se mit à aboyer après les vagues, comme s'il pouvait ordonner à son jouet de revenir sur le rivage.

Grant retira ses sandales pour aller chercher le bâton. Lorsqu'il eut de l'eau jusqu'aux genoux, le chien se mit à japper joyeusement et se jeta dans les vagues à son tour.

— Non ! cria Rebekah. Attrape-le, il va se noyer.

Mais les petites pattes se mirent en mouvement, et Angus se propulsa jusqu'à son morceau de bois, l'attrapa entre ses dents et revint tranquillement sur la plage.

— Regarde un peu qui vient d'apprendre à nager, s'exclama Grant.

Il relança le bâton dans l'eau encore et encore, et chaque fois, le petit chien le lui rapporta. Au bout d'un moment, Angus s'affala paresseusement aux pieds de sa maîtresse.

— Si tu aimes tant l'eau, je vais t'emmener surfer avec moi, un de ces jours.

— Hors de question, contra-t-elle aussitôt. Il est bien trop petit pour faire du surf.

Pour toute réponse, la boule de poils grise s'ébroua, l'aspergeant d'eau des pieds à la tête.

Grant savait qu'elle tenait bien plus à ce chien que ce qu'elle voulait bien admettre. D'ailleurs, elle prenait probablement beaucoup de choses bien trop à cœur, et c'était peut-être pour cela qu'elle ne s'ouvrait pas à lui. Pour tester sa théorie, il rattacha la laisse d'Angus et lui dit :

— Est-ce que c'est ta façon de dire à Maman que tu as envie d'aller surfer avec Papa ? Plus tard, on pourrait peut-être emmener tes frères ou tes sœurs, qu'en penses-tu ?

Cette fois, Rebekah ne leva pas les yeux au ciel, mais elle regarda l'heure sur son téléphone.

— On devrait rentrer avant de se retrouver coincés dans les bouchons.

Visiblement, ce n'était plus le moment de jouer.

*
* *

En remontant dans la voiture, Grant songea que la compagnie de location lui ferait certainement payer un nettoyage supplémentaire pour se débarrasser de l'odeur de chien mouillé sur la banquette arrière. Malgré tout, voir Angus s'amuser dans les vagues valait bien quelques dollars en plus sur une facture.

— Alors, qu'est-ce que tu vas dire à tes tantes sur le sanctuaire ? lui demanda Rebekah lorsqu'ils sortirent du parking.

C'était agréable d'avoir enfin son attention, sans qu'elle se cache derrière son ordinateur ou sa tablette.

— Je vais leur dire que c'est un endroit très bien organisé, mais qu'elles ne pourront jamais avoir quelque chose de ce genre à Copains pour Toujours. D'abord, elles n'obtiendront pas les autorisations légales pour accueillir des oiseaux. Ensuite, il y a déjà beaucoup d'espèces au refuge, alors que le sanctuaire n'accueille que des oiseaux. Ce n'est pas du tout la même chose. Enfin et surtout, vu leurs problèmes financiers actuels, elles ne pourraient pas se le permettre dans un avenir proche.

— Je suis d'accord. Tu sais, je vois à quel point tu es proche de tes tantes, et je me demande pourquoi tu n'as pas intercédé en leur faveur auprès de ton oncle.

Grant sentit un frisson parcourir son dos.

— Intercédé à propos de quoi, au juste ?

— Oh ! tu sais bien. Tu pourrais utiliser tes talents de commercial pour le convaincre de rendre leur argent à Bunny et Birdie.

Grant fut reconnaissant au feu d'être passé au rouge, ce qui lui permit de tourner la tête pour regarder Rebekah dans les yeux.

— Alors comme ça, tu penses que mon oncle est responsable de ce qui est arrivé à leur argent ?

— De toute évidence, il ne s'agit pas de mauvais investissements.

— Es-tu en train de dire qu'il s'agirait d'une escroquerie ? Est-ce que c'est l'opinion de mes tantes aussi ?

L'estomac noué, Grant aurait voulu la convaincre qu'elle se trompait, mais quelqu'un klaxonna derrière lui et il dut se concentrer sur la route.

— Je ne sais pas ce qu'en pensent tes tantes. En revanche, je trouve cela étrange que tu viennes régulièrement au refuge pour les aider à trouver des fonds, sans vraiment te demander comment leur argent a disparu.

— Ça n'a rien d'étrange, protesta-t-il.

— On peut appeler ça « faire l'autruche », si tu préfères.

— Tu crois vraiment que c'est ce que je fais, Rebekah ?

Il faillit lui dire qu'elle avait exactement la même attitude lorsqu'elle refusait de discuter de sa grossesse, mais il décida de ne pas attaquer sous cet angle.

— Je préfère croire que les gens sont innocents tant qu'on ne m'a pas prouvé le contraire.

Ils savaient tous les deux que Rebekah voyait toujours le mauvais côté des choses en premier lorsqu'il s'agissait de lui. Toutefois, il ne sut pas si ses mots avaient atteint leur cible. Elle resta silencieuse, bien droite contre son siège, les yeux fixés sur un point à l'horizon.

Dans la voiture, on n'entendait plus rien que les bruits de la circulation. Au bout d'une dizaine de minutes, Grant eut un besoin irrépressible de briser le silence. Un jour, il finirait par lui prouver qu'il serait un bon père, que tout cela était important pour lui. Mais visiblement cela n'arriverait pas aujourd'hui, et puisque son oncle n'était pas là pour se défendre, il allait s'en charger.

— Écoute, je suis sûr qu'Oncle Gator est incapable de faire une chose pareille à ses sœurs, du moins volontairement. D'accord, il est un peu arrogant parfois, mais c'est parce qu'il est doué dans ce qu'il fait. C'est comme ça qu'il a construit sa fortune, après tout. Cela ne fait pas de lui un escroc, surtout auprès de sa famille. Les Whitaker prennent soin les uns des autres. Tu ne le connais pas, donc tu ne lui fais pas confiance, et je peux le comprendre. Mais si tu ne me crois pas, reconnais au moins que, d'un point de vue strictement logique, cela n'aurait aucun sens. Avec tout l'argent qu'il a, pourquoi aurait-il besoin d'en voler à Bunny et Birdie ?

Rebekah croisa les jambes et se tourna vers la vitre, comme pour s'éloigner physiquement de lui.

— Je suis désolée, c'était déplacé de ma part d'en parler. Oublie ce que j'ai dit.

Il aurait eu envie de lui dire qu'en effet elle n'avait pas à s'occuper de ses histoires de famille. Malgré tout, il savait bien qu'elle gérait les comptes du refuge, et qu'elle ne faisait probablement que répéter les mots de l'avocate.

— D'accord, il y a eu une mauvaise gestion des fonds. D'accord, c'est arrivé alors que Gator était censé s'en occuper. Mais cela ne veut pas dire qu'il l'a fait exprès.

En réalité, Grant s'efforçait de se convaincre lui-même autant que Rebekah. Il ne pouvait pas imaginer son oncle capable d'une action si basse. Il y avait eu un accident, un malentendu, c'était la seule explication possible.

— Tout ce que je veux dire, c'est que tu ne connais pas Oncle Gator comme nous le connaissons, reprit-il.

— Tu as raison. D'ailleurs, je ne connais probablement aucun des Whitaker. Je travaille juste pour ta famille.

Grant étouffa un grognement agacé, qui n'aurait fait que mettre de l'huile sur le feu.

— Ce n'est pas vrai, Rebekah. Tu passes tes journées avec mes tantes, et le moins qu'on puisse dire, c'est qu'elles ne cachent rien à personne. Quant à moi, tu me connais probablement mieux que tous les employés du refuge.

Elle inclina la tête vers lui en haussant un sourcil, et il se rendit compte qu'elle avait probablement raison. Ils se connaissaient très bien physiquement, mais qu'en était-il du reste ? Cependant, il ne s'engagea pas sur ce terrain, conscient qu'ils devraient en reparler à tête reposée.

— Ce qu'il faut savoir, c'est que les relations dans ma famille sont assez compliquées, surtout lorsqu'il s'agit d'Oncle Gator.

— Si tu le dis.

Elle s'accouda contre la portière et posa la tête sur sa main. Elle aurait sans doute préféré faire la sieste, mais il tenait à s'expliquer.

— Mon père a été le premier des Whitaker à vendre sa part de la propriété. Il en a obtenu une certaine somme, mais lorsqu'il est parti en Floride, il a investi tout l'argent dans le magasin de surf, tenu à l'époque par les parents de ma mère. Mon oncle a toujours reproché à mon père d'avoir privilégié la famille de sa femme par rapport à la sienne. Chaque fois que je passais les vacances chez eux, Gator mettait un point d'honneur à m'accueillir, et à me rappeler que les membres d'une famille doivent toujours prendre soin les uns des autres.

— Voilà pourquoi tu reviens souvent pour aider tes tantes.

— Oui, et voilà aussi pourquoi Gator n'aurait jamais pu détourner leur argent, du moins pas intentionnellement. Il s'est toujours fait un devoir de veiller sur ses sœurs.

— Tu as dit « pas intentionnellement », remarqua Rebekah. Tu ne crois pas qu'il aurait pu prendre cet argent en pensant qu'il les rembourserait plus tard ? Légalement, cela reste une escroquerie.

— Je sais ce qu'est une escroquerie, fit-il en agrippant le volant dans un geste défensif. Tu n'es pas la seule à avoir pris des cours de gestion à l'université, figure-toi.

— J'imagine que tes tenues de surf me l'ont fait oublier.

Ses soupçons se confirmaient : elle ne le prenait pas au sérieux. Elle étouffa un bâillement avant d'ajouter :

— Écoute, je n'ai aucune envie de me disputer avec toi à propos des finances de ta famille.

— Dans ce cas, je me demande à propos de quoi tu en as envie, puisque visiblement tu n'as pas l'intention de me parler de nos enfants.

Lorsque Grant avait parlé de croire à l'innocence des gens tant qu'on ne lui prouvait pas le contraire, Rebekah avait dû faire appel à tout son sang-froid pour ne pas lui répondre. Avec deux enfants en route, son premier devoir était de les protéger. Si elle devait pour cela réserver son jugement sur lui jusqu'à ce qu'il ait fait ses preuves, alors elle le ferait.

À présent, elle savait qu'elle aurait dû profiter de sa petite pique pour s'ouvrir à lui et lui expliquer pourquoi elle avait si peur de devenir mère. En même temps, elle avait aussi terriblement besoin de faire une sieste. Malheureusement, alors qu'elle hésitait entre les deux options, son téléphone se mit à sonner.

— C'est ma mère, annonça-t-elle après un coup d'œil à l'appareil fixé sur le tableau de bord.

— Entre le mot « maman » et la photo de Sheila, je crois que je l'aurais deviné.

Le ton était sarcastique, mais elle ne pouvait pas lui en vouloir d'être agacé par cette énième interruption.

— Je la rappellerai plus tard, proposa-t-elle.

— Non, vas-y. Je ne suis plus à ça près.

Rebekah prit son téléphone et fit glisser son doigt le long de l'écran.

— Salut, maman.

— Coucou, Fossette. Papa et moi allons être en retard. Nous n'arriverons pas au restaurant avant 18 heures.

— Quel restaurant ? demanda-t-elle en jetant un coup d'œil à Grant, comme pour s'assurer qu'elle n'était pas folle.

— Nous dînons avec Grant et toi ce soir, non ? C'est écrit dans cette application que tu m'as fait télécharger.

— Maman, c'était mardi dernier. Est-ce que tu as encore activé l'option « répéter chaque semaine » ?

Sa mère répondit quelque chose, mais elle avait dû s'éloigner du micro pour regarder son calendrier électronique. Au bout de quelques secondes, elle reprit la conversation :

— En effet. D'après l'application, nous dînons ensemble tous les mardis et tous les vendredis pendant les cinq prochaines années.

Le téléphone de Rebekah sonna à nouveau, et elle poussa un soupir.

— Papa vient de m'envoyer un message pour me dire la même chose que toi. Il a dû se tromper en configurant son calendrier, lui aussi.

Sous le regard inquisiteur de Grant, elle écarta son portable de son oreille et expliqua :

— Mes parents sont géniaux avec les enfants, mais pour les nouvelles technologies, ce n'est pas encore ça.

— À qui parles-tu ? demanda sa mère.

Zut. Elle aurait dû penser à couvrir le micro.

— Je suis en voiture avec Grant. Nous revenons d'un sanctuaire pour oiseaux dans les Outer Banks.

— Dans ce cas, c'est parfait. Si vous êtes sur l'autoroute 64, vous pouvez nous rejoindre à Raleigh, et personne ne sera en retard.

— Maman, je te rappelle que nous n'avions pas réellement prévu de vous voir ce soir, dit-elle en secouant la tête.

— On peut s'arrêter à Raleigh pour dîner avec eux, proposa Grant un peu trop fort.

— Mais non, on ne peut pas, répliqua-t-elle en jetant un coup d'œil plein d'espoir à la banquette arrière. Angus est avec nous.

En entendant son nom, l'animal releva la tête et poussa un jappement ensommeillé.

— Qui est Angus ? demanda Sheila. Est-ce que c'est un chien que j'entends ?

— C'est un chien du refuge que j'accueille temporairement.

— Depuis quand aimes-tu les chiens, Fossette ?

— C'est une longue histoire, grommela-t-elle.

— Tu auras tout le temps de nous la raconter ce soir.

— Maman, je viens de te dire que nous ne pouvons pas dîner ensemble, puisque nous sommes avec le chien.

— Je suis sûr qu'on peut trouver un restaurant qui accepte les chiens à Raleigh, suggéra Grant avec enthousiasme.

Il venait de lui demander de rester en dehors de ses histoires de famille, alors pourquoi se mêlait-il des siennes ?

Les yeux écarquillés, elle secoua la tête frénétiquement et posa un doigt sur ses lèvres, mais c'était trop tard.

— Je m'en occupe et je te rappelle, conclut Sheila avant de raccrocher.

En effet, elle la rappela trois fois dans l'heure qui suivit. La première fois, elle lui demanda à quelle heure ils arrivaient – 17 heures ; ensuite, elle voulut savoir quelle était la cuisine préférée de Grant ; la troisième fois, il dut lui dire quelle était sa deuxième préférence, puisque le restaurant mexicain de Raleigh n'acceptait que les chiens d'assistance.

Entre les appels de sa mère, elle répondait aux messages de son père à propos de son calendrier électronique qu'il n'arrivait pas à réinitialiser.

Avec tout ce remue-ménage, ils n'eurent pas le temps de discuter de sa grossesse avant d'arriver au restaurant, mais cette fois ce n'était pas la faute de Rebekah. Si Grant s'était tenu tranquille lorsque sa mère avait téléphoné, ils auraient pu rentrer directement à Spring Forest.

Depuis leur première nuit ensemble, rien ne s'était passé comme prévu entre eux. On aurait dit qu'ils lisaient le même manuel de montage, mais qu'ils n'étaient jamais à la même étape en même temps.

S'ils n'arrivaient pas à avoir une vraie conversation, comment pourraient-ils jamais élever des enfants ensemble ?

- 12 -

En arrivant au restaurant, Rebekah fonça droit vers les toilettes pour dames. Ces derniers temps, la taille de sa vessie semblait diminuer autant que celle de son estomac augmentait. Cela dit, pour une fois, elle n'avait pas faim.

Elle aurait bien voulu imputer son manque d'appétit au fait qu'ils avaient déjeuné tard, mais en réalité elle se sentait terriblement anxieuse. D'accord, Grant avait déjà rencontré ses parents, mais cette fois ils allaient lui poser toutes ces questions auxquelles elle-même ne savait pas répondre.

Tu peux le faire, dit-elle à son reflet dans le miroir. Malheureusement, la tête qu'elle faisait n'était pas de nature à la rassurer.

Prenant une grande inspiration, elle redressa les épaules et retourna dans le restaurant. Elle eut une seconde d'hésitation en voyant que ses parents avaient déjà rejoint Angus et Grant.

— C'est un plaisir de vous revoir, madame Taylor, déclara ce dernier en tendant la main à sa mère.

Plutôt que de la serrer, Sheila le prit chaleureusement dans ses bras.

Angus, de son côté, semblait adorer son père. Les animaux allaient toujours instinctivement vers les gens qui les évitaient.

— Mike, j'espère que tu as pris tes antiallergiques, s'inquiéta sa mère en voyant le petit chien dans les jambes de son mari.

— Je les ai pris, mais je m'installerai à l'autre bout de la table au cas où. Coucou, Fossette, dit-il en lui posant un baiser sur le front. Tu as bonne mine.

Il s'agissait probablement d'un mensonge, se dit Rebekah en se souvenant de son reflet dans le miroir, deux minutes auparavant. Malgré tout, le compliment lui fit plaisir.

Ils s'installèrent tous les cinq sur la terrasse, et sa mère demanda :

— Alors, comment es-tu devenue la maman de cette petite boule de poils ?

Le serveur apporta un bol d'eau pour Angus et ils commandèrent leurs boissons, puis Rebekah leur raconta toute l'histoire, sans s'attarder sur ses conversations devant le porche avec le petit chien gris.

— Il n'y avait plus de place au refuge pour lui hier soir, alors nous l'avons ramené à la maison, conclut-elle.

— « Nous » ? répéta son père avec un regard entendu.

Génial, songea-t-elle avec une pointe de désespoir. D'un autre côté, Grant et elle devaient faire semblant d'être ensemble, alors…

— Hé, ne mange pas ça, ordonna ce dernier à Angus.

Le chien avait repéré une tache de sauce barbecue sous la table, et s'apprêtait à y goûter.

— On dirait que vous vous entraînez à être parents, remarqua Sheila avec un sourire. Alors, comment ça se passe ?

— Pour l'instant, plutôt bien. Je pense que ce sera un peu plus difficile de s'occuper de jumeaux, même si celui-là a déjà tendance à manger pour deux.

Ses parents éclatèrent de rire, et Rebekah grinça des dents, agacée qu'il arrive à plaisanter sur leur situation. Comment pouvait-il être si désinvolte, alors qu'ils allaient traverser la plus grande épreuve de leur vie dans quelques mois ?

Mais Grant était comme ça, se rappela-t-elle. Il fallait toujours qu'il fasse paraître les choses plus belles qu'elles ne l'étaient. Ce soir, il semblait décidé à user de tout son charme avec ses parents.

— À vrai dire, ce n'est pas si simple que ça, tempéra Rebekah. J'ai passé la journée loin de mon bureau, et je vais avoir pas mal de retard à rattraper.

— Tu t'y habitueras, ma chérie, répondit Grant en plaçant une main sur ses omoplates.

Elle faillit sursauter, mais elle se souvint juste à temps qu'ils étaient censés former un couple heureux.

— Ces rapports budgétaires seront toujours sur ton bureau lundi, tu sais.

Conscient de sa nervosité, il commença à lui masser les épaules. C'était si bon qu'elle faillit soupirer de soulagement, mais elle se souvint que ses parents étaient toujours en face d'elle.

— Exactement, ils seront toujours sur mon bureau, avec tout mon travail du lundi.

Sa mère prit un morceau de pain de maïs, puis passa la corbeille à Grant.

— Notre fille a toujours été très organisée. Elle ne fait jamais rien à la dernière minute. Mais j'imagine que tu le sais déjà.

— Je l'ai remarqué dès notre première rencontre, répondit-il après avoir bu une gorgée de son thé glacé. Cette impression s'est confirmée lorsque j'ai vu sa maison. On dirait un de ces appartements-témoins qu'on fait visiter aux gens. Pas une assiette dans l'évier, pas un coussin de travers…

Son père se mit à pouffer et lui dit :

— Je suis désolé de te l'apprendre, Fossette, mais quand les bébés commenceront à marcher, tu pourras dire adieu à ton canapé blanc et à tes bibelots fragiles.

Rebekah avala sa salive avec difficulté. Elle adorait ce canapé. C'était son premier achat important après l'université, la première chose qui lui avait donné l'impression d'être une adulte. À l'idée agaçante qu'elle devrait réaménager tout son salon juste pour les enfants, ses pieds se mirent à battre la mesure sous la table.

— Il fallait la voir hier soir, quand le chien s'est couché sur le sofa. Elle n'arrêtait pas de regarder ses pattes pour vérifier qu'il n'y avait pas de terre, poursuivit Grant.

— Ça, c'est bien Rebekah, sourit sa mère. Elle n'accepte ni l'imprévu, ni le moindre grain de poussière.

Le serveur revint pour demander ce qu'ils souhaitaient manger. Le bras autour de ses épaules, Grant lui chuchota :

— Je n'ai pas très faim. Tu veux qu'on partage un plat ?

Puisque tout le monde la décrivait comme une maniaque du contrôle, elle allait les prendre au dépourvu, décida-t-elle.

— D'accord. Commande ce que tu veux, je piocherai dans ton assiette.

— Nous prendrons un assortiment de côtelettes à partager, déclara-t-il en rendant son menu au serveur.

— Je préférerais du poulet. Mais les côtelettes, c'est très bien, se corrigea-t-elle aussitôt.

Zut. Elle venait de leur prouver qu'ils avaient raison.

— Apparemment, ce sera plutôt les brochettes de poulet, reprit Grant.

— Très bien, monsieur. Et pour vos trois accompagnements au choix ?

— Pourquoi pas des haricots sauce barbecue ?

Rebekah fronça le nez sans pouvoir s'en empêcher.

— Plutôt des macaronis au fromage, dans ce cas. Et le *coleslaw*, tu aimes ?

— Une salade composée, ce serait mieux. Ensuite, leurs oignons frits sont délicieux. On pourrait peut-être prendre des frites aussi, puisque c'est Angus qui a mangé les miennes ce midi.

— Vous êtes sûrs que vous ne voulez pas deux plats séparés ? demanda le serveur.

Rebekah se rendit compte que, depuis un bon moment, elle n'avait pas été sûre de quoi que ce soit.

Grant savait que Rebekah était anxieuse, puisqu'il avait senti sa jambe remuer nerveusement au cours du repas. Malgré tout, il arrivait à profiter de sa soirée avec les Taylor. Ils avaient des tas d'histoires à raconter sur leur fille, et ils lui posaient bon nombre de questions délicates qu'elle avait évitées jusqu'à maintenant.

— Est-ce que tu penses rester un moment à la maison

quand les jumeaux arriveront, ou retourner au travail et engager une nounou ? demanda Mike en glissant un morceau de rôti à Angus, sous la table.

Les manières de cet animal allaient être affreuses après cette journée, mais Grant préféra se taire pour ne pas distraire Rebekah.

— Nous n'avons pas encore décidé, répondit-elle en triturant son morceau de pain.

Si on lui avait donné un dollar à chaque fois qu'elle avait prononcé cette phrase, ils auraient eu largement de quoi payer le premier salaire de la nourrice – s'ils décidaient d'en engager une.

— Grant, est-ce que tu serais d'accord que Rebekah reprenne tout de suite le travail ? demanda Sheila en le regardant à travers ses cils.

— Je suis d'accord avec tout ce qui peut la rendre heureuse.

— Bien joué, c'était une question piège. Cela dit, Fossette, si tu peux prendre du temps pour tisser un lien avec les jumeaux dès le début, ce serait l'idéal.

— Maman, tu sais bien que je ne suis pas douée avec les bébés.

Grant dressa l'oreille, intrigué par cette confidence qui expliquait peut-être beaucoup de choses.

— Ça m'étonnerait, dit son père. N'importe qui peut s'occuper d'un bébé.

— Ah bon ? rétorqua-t-elle, l'air incrédule. Est-ce que je me suis beaucoup intéressée aux bébés que vous avez accueillis à la maison ?

Sheila appuya les coudes sur la table et posa le menton sur ses mains, comme si elle s'apprêtait à dire quelque chose d'important.

— Tu t'es intéressée à Janelle.

— Qui ça ? demanda Rebekah, sourcils froncés.

— Tu étais trop petite pour t'en souvenir, commença Mike.

Sur un regard encourageant de sa femme, il poursuivit :

— Quand tu as eu deux ans, tu as commencé à nous réclamer un petit frère ou une petite sœur. C'était tout ce que tu voulais, pour Noël, à Pâques, pour ton anniversaire. Ta mère et moi avons essayé d'avoir un autre enfant, sans succès. Pourtant, ce n'était pas faute de persévérer. Tu te souviens, chérie ? Nous avions même un planning pour savoir quand nous devions…

— Stop, papa. Personne n'a envie de savoir ça.

— Bref, quand nous avons su que nous ne pourrions plus avoir d'enfants naturellement, nous avons commencé à chercher d'autres solutions. Après des mois de réflexion, de questionnaires à remplir et de rendez-vous avec l'assistante sociale, nous avons décidé de devenir famille d'accueil. Janelle a été le premier bébé que nous sommes allés chercher à la maternité. Tu avais quatre ans et tu l'adorais. Tu croyais même que c'était ton bébé à toi. Nous l'avons gardée six mois, puis elle a été rendue à sa famille biologique. Lorsqu'elle est partie, tu étais inconsolable.

Sheila posa une main sur la sienne avant de prendre la parole à son tour :

— Nous voulions te laisser le temps de t'en remettre avant d'accueillir un autre enfant, mais quelques jours plus tard, l'agence nous a appelés en urgence, et nous avons dû prendre un bébé pour quelques jours. Lorsqu'il est arrivé à la maison, tu ne lui as même pas accordé un regard. D'ailleurs, après le départ de Janelle, tu as arrêté de jouer à la poupée, et même avec tes peluches.

— Je n'ai aucun souvenir de tout ça, murmura Rebekah, le visage défait.

Grant tendit à nouveau la main pour lui caresser le dos. Il comprenait enfin pourquoi la maternité lui faisait si peur.

— Tu étais très jeune, lui rappela Sheila. Mais depuis ce jour-là, tu as toujours évité les jeunes enfants, et même les animaux. C'est pourquoi nous avons été si heureux d'apprendre que tu allais travailler à Copains pour Toujours. Nous nous sommes dit que tu commençais à surmonter le traumatisme.

— Et maintenant, tu as un chien et tu attends des

jumeaux, conclut Mike en battant des mains. Comme on dit, un bonheur n'arrive jamais seul.

Toujours assise à table, Rebekah opinait à chaque phrase de ses parents, incapable de parler. Grant paya l'addition et donna rendez-vous à ses parents pour un nouveau dîner tous ensemble. Elle se rappelait vaguement des bribes de conversation à propos d'échographies et de poussettes doubles, mais seule la main de Grant dans son dos l'avait empêchée de se noyer dans ses souvenirs. Oui, sans ce point d'accroche tangible avec le présent, elle aurait définitivement perdu pied.

Dix minutes plus tard, Grant se glissait derrière le volant après lui avoir ouvert la portière côté passager. Au lieu de prendre possession de la banquette arrière comme à son habitude, Angus avait sauté sur les genoux de sa maîtresse.

— Est-ce que tu vas bien ? On dirait que le chien essaie de te consoler.

— Il doit juste avoir mal au ventre, après toute la viande que mon père lui a fait manger en douce.

Pourtant, les yeux noirs d'Angus semblaient l'observer avec attention, comme s'il cherchait un signe que tout allait bien. Elle passa lentement la main dans sa fourrure grise.

— Allez, mon grand, on rentre à la maison.

— Rebekah, je ne démarrerai pas cette voiture tant que tu ne m'auras pas dit ce qui te tracasse. Tu fais cette tête depuis la fin du dîner, et je ne peux pas t'aider si je ne sais pas ce qui ne va pas.

— Personne ne te demande de m'aider.

— Peut-être, mais moi, je veux le faire. C'est mon rôle préféré, tu te souviens ? Même si tu ne me dis rien, j'ai appris à voir quand tu es en colère ou ennuyée. Je sais faire la différence entre les moments où tu es vraiment occupée par ton travail, et les moments où tu fais semblant pour éviter de me parler.

Elle ouvrit la bouche pour protester, mais il l'arrêta d'un geste et poursuivit :

— Je sais quand tu es nerveuse, mais aussi quand tu es bouleversée ou effrayée. En ce moment, tu es clairement terrifiée, alors laisse-moi t'aider.

— Tu ne peux rien y faire, Grant. Tu as entendu mes parents : je ne suis pas quelqu'un qui aime les bébés. Pourtant, me voilà enceinte de jumeaux.

— Il me semble que *tu* as dit que tu n'aimais pas les bébés. Ton père, en revanche, a dit que c'était impossible.

— D'accord, mais ensuite il a raconté que, depuis mes quatre ans, je ne veux plus rien avoir à faire avec eux. Qu'est-ce qui se passera si je ressens la même chose pour les jumeaux ?

Il lui prit le menton et souleva doucement son visage pour qu'elle le regarde.

— Rebekah, tu étais enfant quand c'est arrivé. C'était un mécanisme de défense, rien de plus. Tu avais perdu quelqu'un que tu aimais, et tu ne voulais pas risquer de t'attacher à un autre enfant. Les nôtres resteront avec nous, tu sais.

— Mais s'il leur arrive quelque chose ?

Elle sentit ses yeux s'embuer et cligna des paupières pour tenter de refouler les larmes. Grant lui caressa la joue, puis repoussa doucement quelques boucles rebelles qui tombaient devant son visage.

— Est-ce que c'est à cause de ta première grossesse que tu as peur ?

— Non. Enfin, oui. Peut-être. À l'époque, lorsque je suis tombée enceinte, ce n'était vraiment pas le moment. J'étais encore étudiante, et mon petit ami ne voulait pas d'enfant. Je prenais la pilule sans jamais l'oublier, mais j'ai eu une angine, et le traitement antibiotique a rendu ma contraception inefficace. Trey m'a accusée d'être tombée enceinte exprès. Je lui ai dit que je ne voulais pas plus que lui d'un bébé, nous nous sommes disputés et nous avons rompu. Quelques jours plus tard, j'ai appris que le fœtus n'était pas viable. Ça paraît fou, mais tout ce que je pensais pendant la laparoscopie, c'était que mon bébé m'avait entendue dire que je ne voulais pas de lui. Et voilà pourquoi… Pourquoi je…

Incapable de se retenir plus longtemps, elle éclata en sanglots.

— Oh ! ma chérie. Rien de tout cela n'était ta faute.

Il essuya les larmes qui coulaient le long de ses joues, puis appuya son front contre le sien.

— Est-ce que c'est pour ça que tu dis toujours « tu-sais-quoi » en parlant de ta grossesse ? Tu ne veux pas que les jumeaux nous entendent parler d'eux ?

— Oui, en partie. Mais j'ai aussi réellement peur de ne pas être la maman qu'ils méritent.

— Regarde-toi avec Angus. Tu seras une maman merveilleuse, Rebekah. Il faut juste que tu prennes confiance en toi.

— Je ne l'ai que depuis vingt-quatre heures, et tu as fait la moitié du travail avec lui. Comment est-ce que je vais faire quand je me retrouverai toute seule ?

Il encadra son visage de ses mains et le tourna légèrement vers lui, ses yeux dans les siens.

— C'est ce que j'essaie de te dire depuis le début : tu ne vas pas te retrouver toute seule. Je n'ai pas l'intention de m'enfuir, Rebekah.

Il déposa un baiser sur sa joue, arrêtant une dernière larme dans sa course. Elle était sur le point de le croire…

Mais le téléphone de Grant se mit à sonner.

- 13 -

Rebekah savait que, si Bunny et Birdie l'avaient appelé pour réparer quelque chose au refuge, Grant aurait accouru aussitôt. Cette fois, il s'agissait de sa mère, qui le prévenait d'une fuite dans le toit du magasin de surf. Elle ne fut donc pas surprise lorsqu'il lui demanda s'il pouvait la déposer à la maison, puis filer à l'aéroport pour prendre un vol de nuit vers Jacksonville.

Elle appréciait son dévouement envers sa famille, mais est-ce qu'il n'y avait pas des couvreurs et des plombiers en Floride ? Grant n'était pas le seul à pouvoir arranger la situation, tout de même.

— Dès que les choses deviennent un peu trop lourdes ici, il saute dans un avion, dit-elle à Angus.

Le petit chien gémissait devant la porte, comme s'il attendait le retour de Grant.

— D'un autre côté, si ma fausse petite amie faisait une crise de larmes dans ma voiture, j'aurais sûrement envie de m'enfuir aussi.

En entrant dans sa chambre, elle se cogna l'orteil contre la petite valise de Grant, restée ouverte près du lit. Elle marmonna un juron entre ses dents, et Angus, les oreilles dressées, poussa un grognement.

— Tu n'as rien entendu.

Elle fut tentée de jeter la valise et son contenu par la fenêtre, mais cela ne lui donnerait rien, à part du travail supplémentaire pour tout ranger. Elle ramassa donc ses vêtements éparpillés dans la chambre, se retenant difficilement d'y plonger le nez pour respirer son parfum. Lorsqu'elle eut tout jeté pêle-mêle dans la valise, elle la referma d'un coup sec, puis la fourra dans le placard à balais.

Grant n'avait passé que deux nuits chez elle en l'espace de quelques mois, mais son absence se faisait déjà sentir. Une fois blottie sous les draps, son lit lui parut bien trop grand. Elle n'avait jamais vécu en couple, et pourtant, cette vie, sans qu'elle l'ait vraiment connue, lui manquait.

Le lendemain matin, elle se leva avec les yeux rouges et des cernes jusqu'au menton. Fixant sa machine à café avec un mélange d'envie et de désespoir, elle songea qu'un bon pain au chocolat lui redonnerait peut-être un peu d'énergie.

Malheureusement, sa voiture était toujours sur le parking du refuge. D'habitude, elle ne travaillait pas le samedi, mais c'était un jour d'effervescence chez Copains pour Toujours. Beaucoup de familles venaient le week-end pour participer aux séances d'adoption.

Elle avait le choix : soit elle appelait un taxi pour aller au refuge et rattraper son travail en retard, soit elle restait là à ressasser sa conversation de la veille avec Grant.

Rebekah ouvrit une application sur son téléphone, appuya sur une ou deux touches, puis attrapa la laisse d'Angus.

— Aujourd'hui, mon grand, on va travailler.

Le petit chien passa le trajet à remuer la queue avec enthousiasme, mais lorsqu'il descendit de la voiture, il reconnut l'endroit et se cacha derrière les jambes de sa maîtresse.

— N'aie pas peur. Je sais que tu n'as pas un bon souvenir de ce parking, mais je ne vais pas t'abandonner, c'est promis.

Il se coucha sur les graviers, refusant obstinément d'avancer. Rebekah fut obligée de le prendre dans ses bras jusqu'à ce qu'ils arrivent dans le hall d'entrée.

— Il m'a semblé apercevoir ta voiture en arrivant ce matin, lança Birdie depuis le comptoir d'accueil. C'est Papa qui vous a déposés ?

Rebekah sursauta, puis elle vit Angus manger quelque

chose dans la main de la vieille dame. Elle comprit que Birdie s'adressait à son chien, pas à elle.

Elle aurait voulu lui faire remarquer que Grant n'était pas son papa, et qu'elle-même n'était pas vraiment sa maman, puisqu'il s'agissait d'une situation temporaire. Cependant, elle comprit qu'elle risquait d'attirer son attention encore davantage.

— Non, finit-elle par répondre. Grant est rentré en Floride hier soir.

— Ce garçon est toujours par monts et par vaux. C'est impossible de le faire tenir en place.

Pour cela, elle n'avait pas besoin de le lui dire, songea Rebekah. Birdie leva les yeux au ciel avant de poursuivre :

— Ma pauvre chérie, tu as l'air épuisée. Est-ce que le voyage au sanctuaire des oiseaux t'a fatiguée ?

Zut, le sanctuaire, songea-t-elle. Puisque Grant était parti, ce serait encore elle qui devrait annoncer la mauvaise nouvelle à ses tantes, lorsqu'elle leur dirait qu'elles ne pouvaient pas accueillir d'oiseaux au refuge.

— Ce n'est pas ça. Je n'ai pas beaucoup dormi cette nuit.

— Parfois, les grands bonheurs empêchent de dormir, remarqua Birdie tandis que Rebekah rentrait le ventre de toutes ses forces. Est-ce que tu as embêté Maman hier soir, petit voyou ?

Soulagée, Rebekah comprit que le « grand bonheur » était Angus, pas autre chose.

— Oh que oui, il m'a embêtée.

En réalité, le petit chien avait passé la nuit à couiner près de la porte, puis à arpenter la maison à la recherche de Grant. Vers minuit, il s'était mis à fourrager sous le lit pour en ressortir avec un de ses T-shirts, qu'elle n'avait pas remarqué en refaisant sa valise. Il avait ensuite refusé de dormir jusqu'à ce qu'elle le prenne avec elle, T-shirt inclus.

— Avec un peu de chance, il fera la sieste dans mon bureau et je pourrai travailler, conclut-elle.

Sur ces entrefaites, son amie Emma Alvarez poussa

la porte d'entrée, suivie de son fiancé, Daniel, et des trois filles de ce dernier.

— Ne me dites pas que c'est le chien errant gris, s'exclama-t-elle. Il est méconnaissable.

— Rebekah s'en occupe temporairement, expliqua Birdie.

— Nous avons eu des animaux « en attente », nous aussi, intervint Penny, la seconde fille de Daniel. Mais c'étaient des chatons.

— Quatre, précisa Pippa, la plus jeune, en montrant le chiffre sur ses doigts. Mais maintenant, ils sont partis.

Rebekah eut un pincement au cœur.

— J'imagine qu'ils vous manquent beaucoup.

— C'est vrai, mais ils ont des familles pour toujours maintenant, rappela Paris, l'aînée des filles.

Pippa eut un large sourire, où manquait une dent de devant.

— Emma et Papa ont dit qu'on pourrait aller voir la nouvelle maison des chats, et peut-être ramener d'autres chatons qui ont besoin de nous.

— C'est parti, s'exclama Penny en tirant sur le bras de son père.

Rebekah les suivit du regard alors qu'ils s'éloignaient, puis disparaissaient au bout d'un couloir.

— Jolie famille, hein ? commenta Birdie, la faisant sursauter.

— En effet. Je me disais juste que ça doit être dur pour des enfants d'accueillir un animal, puis de le voir partir alors qu'ils s'y sont attachés.

— C'est difficile aussi pour les adultes, tu sais, répondit la vieille dame en posant une main sur son épaule. Une petite partie d'eux reste toujours avec nous. Lorsqu'on décide d'ouvrir son cœur, tu ne t'imagines pas tout l'amour qu'on peut y mettre.

Birdie tourna les talons, pensant certainement que Rebekah passerait la journée à réfléchir sur cette phrase mystérieuse. Au lieu de cela, ce fut un autre passage de leur conversation qui tourna en boucle dans son esprit : Grant était « impossible à faire tenir en place ».

*
* *

— Je peux te poser une question, maman ?

Grant traversa l'atelier pour vider dans l'évier un dernier seau d'eau de pluie. Au-dessus d'eux, sur le toit du magasin de surf, les ouvriers posaient de nouveaux bardeaux sur la charpente.

— Dis-moi tout, gamin.

Lana Whitaker s'appuya sur son balai. Avec son petit mètre soixante, son short en jean déchiré et ses couettes blondes, elle ne semblait vraiment pas assez âgée pour appeler qui que ce soit « gamin ».

— Qu'est-ce que tu penses d'Oncle Gator ?

— Le frère de ton père ? C'est quelqu'un de gentil, mais il peut être un peu condescendant parfois.

— Crois-tu qu'il pourrait être responsable des problèmes financiers de Bunny et Birdie ?

— Oh ! non, mon grand. Là-dessus, je ne dirai rien. Je préfère rester en dehors de ces histoires. J'aime tes tantes comme si elles étaient mes propres sœurs, mais j'ai appris depuis bien longtemps à ne pas me mêler de tout ce qui concerne la propriété Whitaker.

— Allez, maman. Tu peux me raconter un peu tes premières années avec la famille de papa, quand même. S'il était encore avec nous, je suis sûr qu'il le ferait.

— Oh ! Moose…

Sa mère baissa les yeux, et Grant sentit le remords l'envahir.

— Je suis désolé, je ne voulais pas te rendre triste.

— Non, tu as raison. Ton père avait un grand cœur – encore plus grand que lui, parfois.

Cette remarque n'était pas anodine, puisque Moose Whitaker mesurait un bon mètre quatre-vingt-dix. Il avait besoin d'une planche de surf sur mesure, assez solide pour supporter ses cent quinze kilos.

— Son frère n'a jamais pu lui pardonner d'avoir vendu sa part de la propriété pour venir vivre ici, et Moose détestait ce conflit entre eux.

— C'est exactement ce que j'ai dit à Rebekah.

— Rebekah, c'est la jolie directrice du refuge à qui tu rends visite si souvent ? demanda sa mère, un sourire malicieux aux lèvres.

— Je n'y vais pas seulement pour lui rendre visite, se défendit-il.

Il aurait voulu parler des jumeaux à sa mère, mais il avait promis d'attendre encore quelques semaines.

— Comment sais-tu qu'il y a quelque chose entre Rebekah et moi, d'ailleurs ?

— Je le sais parce qu'il n'y a que deux choses qui peuvent détourner mon fils de son travail.

Curieux, il recula d'un pas et s'assit sur le plan de travail.

— Quelles choses ?

— Soit des jolies vagues sur la plage, soit une jolie personne qui a besoin de lui.

— Pourquoi penses-tu que c'est Rebekah qui a besoin de moi ?

Sa mère le regarda de la même façon que lorsqu'il était enfant, rentrant avec un coup de soleil alors qu'il lui avait promis de remettre de l'écran total.

— Tu ressembles terriblement à ton père. Tu es toujours le premier à vouloir aider les autres, sans penser aux conséquences pour toi sur le long terme. Quand tu étais bénévole dans l'équipe de sauvetage en eaux profondes, Dieu sait que j'ai passé quelques nuits sans dormir. Mais tu sais, Grant, tu ne peux pas toujours sauver tout le monde.

— Qui est-ce que j'essaie de sauver, d'après toi ?

Rebekah n'était certainement pas le genre de personne à demander un sauvetage. Elle était trop solide, trop maîtresse d'elle-même pour avoir besoin de qui que ce soit.

— Eh bien, moi, par exemple.

Lana désigna du doigt la tache d'eau qui s'épanouissait sur le plafond.

— Tu n'étais pas obligé de te précipiter ici dès hier soir.

— Mais tu m'as appelé pour me dire qu'il y avait un dégât des eaux au magasin.

— Oui, parce que je voulais savoir si nous pouvions stocker une partie du matériel dans cet appartement de luxe que tu n'utilises pas beaucoup en ce moment. Je n'avais pas besoin que tu viennes m'aider à vider des seaux d'eau, tout comme tes tantes n'ont pas besoin que tu accoures au refuge chaque semaine, alors qu'elles le gèrent très bien toutes seules depuis des années.

Sa mère avait raison, il pouvait difficilement le nier. Il s'apprêtait à le lui dire, mais elle poursuivit aussitôt :

— Te précipiter pour aider les gens, c'est ta manière à toi de remplir ta vie. D'abord, tu as voulu être sauveteur en mer. Lorsque tu t'es rendu compte que le magasin de surf subissait la crise économique comme les autres, tu as décidé qu'un boulot mieux payé te permettrait de nous envoyer plus d'argent pour faire tourner la boutique. Ensuite, tu as choisi ce travail où tu aides les entreprises à se maintenir à flot, en donnant une nouvelle image de leurs produits. Maintenant, tu es un génie du commerce, tu gagnes plus d'argent que tu ne peux en dépenser, et pourtant tu es toujours en train de courir partout. Tu ne crois pas que tu devrais réfléchir à ce qui manque dans ta vie, pour que tu aies toujours besoin de t'impliquer dans celle des autres ?

— Waouh, maman. À t'entendre, on croirait que je suis une solution qui cherche un problème.

— Après la tempête qui a infligé tant de dégâts au refuge, tu aurais pu tout simplement faire un chèque à Bunny et Birdie, non ?

— Tu sais bien qu'elles n'accepteront jamais d'argent de ma part.

— Exactement, alors tu as trouvé d'autres moyens de les aider, sans même te demander si elles voulaient de ton aide.

— Bien sûr qu'elles en veulent. Tu n'imagines pas à quel point elles sont heureuses quand je vais les voir.

Sa mère haussa un sourcil, et il reconnut son petit sourire en coin. Il faisait la même tête quand il s'empêchait de rire.

— Et toi, tu es heureux d'aller voir la directrice de leur refuge.

Il y avait une petite flaque sur le comptoir, et il y plongea les doigts pour envoyer de l'eau à sa mère.

— Est-ce que tu as fini de m'embêter ?

Lana éclata de rire, et une de ses filles apparut dans l'encadrement de la porte.

— Certaines personnes essaient de passer des coups de fil importants à nos fournisseurs. Si ce n'est pas trop vous demander, est-ce que vous pourriez parler de la petite amie de Grant sans faire un raffut pareil ?

Visiblement, ils faisaient semblant de sortir ensemble d'une manière un peu trop efficace, si toute sa famille en Floride était déjà au courant.

— Je m'apprêtais à vous aider pour le rangement, puis à vous inviter à déjeuner, fit-il en haussant une épaule. Mais je ne voudrais pas me rendre trop utile, bien sûr.

Pour toute réponse, sa sœur lui tira la langue, provoquant un nouvel éclat de rire de Lana.

Entre la conversation avec sa mère et les centaines de questions posées par sa sœur pendant le déjeuner, Grant ne pensa plus qu'à Rebekah tout l'après-midi. Tout en finissant de jeter les débris de carton trempé dans l'arrière-boutique, il ne pouvait s'empêcher de regarder son téléphone toutes les cinq minutes, dans l'attente d'un message de sa part.

De son côté, il ne savait pas s'il ferait mieux de la laisser tranquille ou de s'excuser pour être parti si vite la veille, alors qu'il venait de lui promettre qu'il ne l'abandonnerait pas.

En réalité, ils ne s'étaient pas séparés en très bons termes. Ils s'étaient disputés à propos de Gator l'après-midi, puis elle lui avait raconté sa grossesse précédente et elle avait fondu en larmes dans ses bras. Elle s'était enfin confiée à lui mais, au lieu de rester pour la consoler, il avait filé à l'aéroport.

Pour sa défense, il avait vraiment cru que sa mère avait besoin de lui. En même temps, Rebekah aussi avait besoin de lui… Ou peut-être pas.

L'alchimie sexuelle entre eux était incroyable, et ç'avait été une raison plus que suffisante pour retourner la voir. Cependant, il s'était vite rendu compte qu'il pensait à elle en permanence. Maintenant qu'il avait peut-être une chance de construire une vraie relation et d'envisager un avenir avec elle, il ne savait pas du tout si elle en avait envie, et cela le blessait beaucoup plus que prévu.

Dans son esprit envahi par une nuée d'émotions, il n'y avait pas une seule pensée claire. Il s'étira longuement et ses yeux se posèrent sur la vieille planche de surf de son père, accrochée au mur. Moose Whitaker disait toujours que l'océan chassait tous les problèmes du monde.

Oui, décidément, c'était le moment d'aller retrouver les vagues.

Toute la journée du samedi, Rebekah n'eut aucune nouvelle de Grant. Le dimanche soir, il lui demanda comment allait Angus, sans parler de sa grossesse ni de sa crise de larmes dans la voiture. Elle lui répondit avec une photo du petit chien, le nez plongé dans ses croquettes, puis demanda :

Comment ça se passe au magasin de surf ?

Il y a eu pas mal d'agitation, mais les choses rentrent dans l'ordre. Ma mère contrôle la situation.

Rebekah fronça les sourcils. Si tout allait bien, avait-il l'intention de revenir à Spring Forest ? Ils avaient une conversation à terminer, après tout.

Angus sauta à côté d'elle sur le canapé, le T-shirt de Grant entre les dents. Elle tendit la main pour le caresser entre les oreilles.

— Je sais qu'il te manque, mon grand. Qui sait quand il reviendra ? Il vit en Floride, tu sais.

Elle soupira et se laissa aller contre le dossier, regardant la pluie qui tombait sans interruption au-dehors. Elle aurait probablement le même genre de conversation avec ses enfants dans quelques années.

Je sais que Papa vous manque, mais sa vie est loin d'ici. Je ne sais pas quand nous le reverrons.

Rien qu'à imaginer la tristesse future de ses enfants, elle eut envie de supprimer le numéro de Grant.

Le lundi suivant, elle se jeta à corps perdu dans son travail. Bien sûr, elle faisait toujours les choses à cent pour cent, mais cette fois c'était différent. Elle s'était promis de ne pas chercher à contrôler ce qui ne dépendait pas d'elle. Elle maîtrisait ce qu'elle faisait au travail, mais elle ne pouvait pas contrôler Grant.

Angus dormait sur un tas de couvertures dans un coin de son bureau, mais dès qu'elle se levait pour aller au guichet d'accueil, il la suivait en trottinant.

— Tout ce temps à errer dans les rues, et maintenant il ne te lâche plus, commenta Bunny en tendant une friandise au petit chien.

— Je sais, fit Rebekah en baissant les yeux. J'espère qu'il finira par trouver une bonne famille.

La vieille dame se redressa pour lui décocher un regard pénétrant. Une fois de plus, elle ne put s'empêcher de remarquer que ses yeux étaient du même bleu clair que ceux de son neveu.

— Parfois, ce ne sont pas les familles qui choisissent leurs animaux, mais les animaux qui choisissent leurs familles.

Grant lui avait dit quelque chose dans ce genre, mais elle n'avait toujours pas envie d'entendre cette phrase. Rebekah se détourna pour chercher un dossier à ranger, un papier à remplir, n'importe quoi pour échapper au regard de Bunny. Heureusement pour elle, la vieille dame changea de sujet :

— Tu as vu toute cette pluie qui est tombée hier ? Il paraît que l'orage a touché la Floride avant de venir ici.

Essayait-elle de la faire parler de Grant en évoquant la Floride ? Refusant de tomber dans le piège, Rebekah rectifia une pile de formulaires d'un air très concentré en marmonnant une réponse vague.

— J'ai téléphoné à Grant hier soir, poursuivit Bunny.

Le ruisseau a débordé au niveau de la ferme, et nous allons devoir faire quelque chose.

Et voilà, songea la jeune femme. Sa patronne avait délibérément orienté la conversation sur son neveu adoré.

— Laisse-moi deviner. Il est en route pour jouer les sauveurs ?

— Justement, c'est curieux, mais non.

Bunny inclina la tête sur le côté, et son chignon blanc se mit à pencher dangereusement.

— Ces derniers temps, il accourait au moindre problème. Mais cette fois, il a seulement proposé d'appeler une compagnie d'excavation.

— Eh bien, il est peut-être pris par son travail à Jacksonville. Il a passé beaucoup de temps loin de son bureau ces dernières semaines.

— C'est parce qu'il rend visite à quelqu'un qu'il aime beaucoup à Spring Forest.

— Il vient aussi pour vous voir, Birdie et toi.

Rebekah se rendit compte de son erreur lorsqu'elle vit un petit sourire en coin apparaître sur le visage de Bunny. Elle venait d'admettre devant sa patronne qu'elle savait que les allées et venues de Grant avaient un rapport avec leur relation – relation censée être fausse, d'ailleurs.

— Si tu l'as au téléphone aujourd'hui, dis-lui que Megan Jennings veut voir toute la famille le plus tôt possible.

Bunny glissa un dernier biscuit à Angus avant de tourner les talons.

Si l'avocate des Whitaker voulait les rencontrer, cela signifiait probablement qu'il y avait eu une avancée majeure dans les investigations sur les finances du refuge. Grant voudrait probablement être mis au courant, mais elle n'allait certainement pas s'en charger. Après leur dernière conversation sur les problèmes financiers de ses tantes, elle ne souhaitait pour rien au monde en reparler avec lui. Ce serait à Megan de lui apprendre la responsabilité de son oncle dans l'affaire.

Lorsqu'elle sortit du refuge dans l'après-midi, elle aperçut une pelleteuse jaune qui creusait le long du ruisseau, et elle fut presque surprise de ne pas voir Grant au volant. Après tout, il s'était déplacé rien que pour prendre des photos, ou pour faire la visite parfaitement inutile d'un sanctuaire des oiseaux. Pourquoi n'était-il pas venu alors qu'il s'agissait d'un problème autrement plus urgent ?

Cela n'avait aucun sens.

À moins qu'il ne cherche à éviter quelque chose… Ou quelqu'un.

- 14 -

C'était la première fois que Grant n'allait pas directement voir Rebekah en arrivant à Spring Forest. Du moins, la première fois depuis leur première nuit ensemble.

Dès son arrivée en ville, il fila droit jusqu'au Main Street Grill, où il devait retrouver Megan Jennings et ses tantes.

Lorsque Bunny l'avait appelé pour lui parler du ruisseau, quelques jours plus tôt, il s'était fait violence pour ne pas accourir à la rescousse. En effet, il s'était promis qu'il cesserait de jouer les héros si on ne lui demandait pas clairement son aide. Par contre, la veille, Birdie lui avait expliqué qu'elles avaient des choses à lui apprendre sur leur situation financière, et il avait filé aussitôt à l'aéroport.

— Hé, Whitaker, lança une voix lorsqu'il sortit de sa voiture.

Il se retourna et reconnut un de ses amis d'enfance, avec qui il jouait tous les étés au refuge. Grant traversa le parking pour le rejoindre, un grand sourire aux lèvres.

— Zeke Harper, le salua-t-il en lui serrant la main. J'avais entendu dire que tu étais revenu en ville après avoir quitté l'armée.

Zeke était psychologue militaire, et il travaillait maintenant pour des groupes de vétérans de l'armée. Sa fiancée et lui proposaient également des thérapies canines, associant des chiens à des soldats souffrant de stress post-traumatique.

— Je pensais bien que je finirais par te croiser au refuge un de ces jours. D'après Mollie, tu y passes beaucoup de temps en ce moment.

Mollie McFadden et son frère avaient grandi eux aussi à Spring Forest. L'été, Grant ne la voyait pas beaucoup, préférant rester avec les garçons ; mais maintenant que Mollie travaillait comme éducatrice canine au refuge, il la croisait régulièrement.

— J'imagine qu'elle te raconte beaucoup de choses, maintenant que vous êtes enfin fiancés. Vous en avez mis, du temps.

— Toutes les bonnes choses méritent un peu de patience. Et toi, comment va ton histoire ? demanda-t-il avec un regard entendu.

— Je ne ferai pas semblant de ne pas comprendre de qui tu parles, puisque c'est ton métier de savoir ce qui se passe dans la tête des gens.

— Pas besoin d'un diplôme en psychologie pour savoir que tu aimes beaucoup Rebekah Taylor.

— Alors comme ça, les gens commencent à parler ?

Grant se demanda ce que savaient les habitants de Spring Forest, au juste. Étaient-ils aussi au courant de la grossesse ?

— Notre ville s'est étendue ces dernières années, mais elle a gardé son esprit villageois, tu sais. Cela dit, si tu veux passer me voir à Raleigh pour quelques conseils relationnels, sache que je suis tenu au secret médical.

— Il se pourrait que je ne l'oublie pas, répondit Grant.

Avisant ses tantes et leur avocate qui marchaient le long du trottoir, un peu plus loin, il prit congé de son ami.

— Je dois y aller, mais j'espère qu'on se recroisera bientôt.

Après une autre poignée de main, il arriva juste à temps à l'entrée du restaurant pour tenir la porte au trio.

— Grant, tu te souviens de Megan, lui dit Birdie. Elle vit à la ferme de Battle Lands avec son petit ami, Cade. Rebekah a dû te dire qu'ils trouvent toujours de merveilleuses familles pour les animaux qu'ils recueillent.

Rebekah ne lui en avait jamais parlé, mais il répondit par politesse en serrant la main de Megan :

— Oui, bien sûr. J'ai cru comprendre que vous aviez du nouveau pour nous.

Megan échangea un regard avec ses tantes, et il sentit sa gorge se nouer. Il commençait à comprendre que les nouvelles ne seraient pas réjouissantes.

— Installons-nous tranquillement, suggéra Bunny. J'ai eu envie d'un milkshake au chocolat toute la semaine.

On les fit asseoir à une table à l'écart réservée pour eux, loin des autres clients. Ses tantes voulaient de l'intimité, mais en même temps elles avaient tenu à ce qu'ils se retrouvent dans un endroit public. Pour quelle raison ? Avaient-elles peur que Grant perde son sang-froid ?

— Mettez tout sur ma note, dit-il au serveur lorsqu'il eut terminé de prendre leur commande.

Après un instant de silence, Birdie jeta un regard à Bunny, qui hocha la tête. La plus âgée des deux sœurs prit une grande inspiration avant de se lancer :

— Il y a quelques jours, Megan nous a donné la conclusion des investigations, et nous ne savons toujours pas quoi faire de cette information.

Grant passa une main dans ses cheveux, comprenant déjà de quoi il s'agissait.

— Gator est le responsable, n'est-ce pas ?

Megan prit la parole à son tour. De ce qu'il comprenait, son oncle s'était mis dans une situation financière délicate, et il avait pioché dans l'argent de ses sœurs pour éponger ses dettes.

— Lorsque Gator a empoché ces primes d'assurances, il n'a pas seulement porté préjudice à vos tantes, mais aussi à Copains pour Toujours. Comme il s'agit d'une organisation à but non lucratif, Bunny et Birdie ont le devoir de protéger les fonds et d'assurer la mission du refuge. Grant, si vos tantes ne portent pas plainte contre Gator, non seulement elles n'honoreront pas ce devoir, mais en plus elles risquent de perdre la confiance des donateurs. En outre, la municipalité cessera probablement de leur accorder des autorisations d'aménagements. Si nous voulons garder le refuge ouvert, il faut porter plainte et essayer de récupérer l'argent, au moins en partie.

Grant eut l'impression que tous ses souvenirs d'enfance volaient en éclats.

— Est-ce que vous avez parlé à Gator ?

— C'est tout le problème, répondit Birdie. Personne ne l'a vu depuis le début des investigations.

— Avant d'aller voir la police, nous voulions parler à vos cousins et à vous, expliqua Megan. Vous devez comprendre que nous n'avons pas le choix.

— Qu'en pensent les enfants de Gator, justement ?

— Ils sont très déçus par l'attitude de leur père, ce qui se comprend. Ils pensent qu'il devrait se présenter de lui-même aux autorités.

— Y a-t-il un moyen de porter plainte sans impliquer officiellement mes tantes ? demanda-t-il à Megan. Je ne veux pas lui laisser penser que sa famille l'a trahi.

Du coin de l'œil, il vit Birdie se redresser sur son siège.

— C'est Gator qui nous a trahies en nous volant notre argent. Nous lui avons fait confiance mais, au lieu de payer notre assurance, il a gardé les fonds pour lui, ce qui nous a laissées sans ressources au moment de la tempête. À cause de lui, ma sœur et moi aurons probablement des dettes jusqu'à la fin de nos jours. Quant au refuge, il survit à peine grâce aux dons, mais jusqu'à quand ? Si les gens apprennent ce qui s'est passé avec leur argent, ils ne voudront peut-être plus nous en donner.

Grant était à l'origine de nombreux dons anonymes, mais, bien sûr, le refuge avait besoin du soutien de toute la communauté.

— Si vos tantes veulent avoir la moindre chance de récupérer leur argent, elles doivent porter plainte, insista Megan. S'il n'y a aucune preuve de fraude, la compagnie d'assurances ne les remboursera pas.

— Je comprends, fit Grant dans un soupir. D'un point de vue légal, c'est parfaitement logique. Seulement, je n'arrive pas à accepter l'idée qu'Oncle Gator ait pu faire une chose pareille. Quand j'étais enfant, il me répétait toujours qu'on doit prendre soin de sa famille. Et qu'en est-il de toutes ces remarques sur mon père, qui avait soi-disant abandonné les siens pour partir en Floride ?

— Je n'ai jamais vraiment compris pourquoi il lui en voulait, commenta Bunny en secouant la tête. En déménageant en Floride, Moose prenait soin de sa *nouvelle* famille. C'est là que ta mère vivait, et elle était déjà enceinte de toi. D'ailleurs, il n'a pas oublié Whitaker Acres pour autant, puisqu'il t'envoyait nous voir chaque été.

Le serveur apporta leur déjeuner, mais Grant ne put même pas avaler la moitié de son plat. Au bout de quelques minutes, il se leva, repoussa sa chaise et posa quelques billets sur la table.

— Il faut que je rentre.

Il embrassa ses tantes en leur promettant qu'il reviendrait bientôt. Une fois dehors, il ne se sentit pas le courage de repartir tout de suite à l'aéroport, et il décida de faire quelques pas pour s'éclaircir les idées.

Perdu dans ses pensées à propos de Gator, il ne fit pas attention à la direction qu'il prenait. Il se retrouva devant la maison abandonnée sur Second Avenue, là où Angus s'était caché avant que Rebekah et lui le recueillent.

Grant contempla la pelouse envahie par les mauvaises herbes, les mots de Bunny tournant en boucle dans sa tête. Des années plus tôt, son père avait quitté Spring Forest pour fonder sa nouvelle famille.

Serait-il capable du même sacrifice ?

Grant avait passé une partie de la journée à Spring Forest la veille. Pourtant, il n'avait même pas pris la peine de l'appeler, et encore moins de venir la voir.

Rebekah jeta un coup d'œil à Angus, assis sur le siège passager à côté d'elle. Qu'il l'évite, c'était une chose, mais pourquoi ne voulait-il pas voir le petit chien ? Ce matin, il avait tenu à emporter le T-shirt de Grant jusque dans la voiture, et il faudrait qu'elle le lui arrache avant de sortir sur le parking du refuge.

Après s'être garée, elle récupéra le fameux vêtement et Angus dressa les oreilles. Sa réaction aurait dû lui faire comprendre qu'il se passait quelque chose d'inhabituel, mais elle ne se rendit compte de rien avant de lui ouvrir la portière droite. Sur la place voisine, Grant était en train de sortir d'un SUV bleu.

Angus jaillit hors de la voiture avant qu'elle ait eu le temps de lui attacher sa laisse. Le cœur de Rebekah se mit à tambouriner dans sa poitrine et elle cria :

— Angus, reviens !

Mais au lieu de s'enfuir comme elle le craignait, l'animal commença à danser autour de Grant en remuant la queue et en poussant des aboiements surexcités. Lorsqu'il s'agenouilla pour le caresser, le petit chien roula sur le dos, exposant son ventre.

— Alors, je t'ai manqué, mon grand ? Mais oui, Papa t'a manqué.

Rebekah eut envie de lui dire que, pour l'instant, il n'était le papa de personne, mais elle se retint et désigna la grosse voiture bleue du doigt.

— On t'a offert un avantage fidélité à l'agence de location de voitures ?

— Ce n'est pas une voiture de location. J'ai conduit depuis Jacksonville et…

Il n'eut pas le temps de finir sa phrase, car une camionnette venait d'entrer sur le parking à une telle vitesse qu'il faisait voler le gravier.

— Peux-tu m'excuser une seconde ? demanda Grant.

Rebekah reconnut Gator Whitaker au volant du véhicule, et son rythme cardiaque s'accéléra. Personne ne l'avait vu depuis des semaines. S'il se montrait maintenant au refuge, il devait se passer quelque chose de grave. La dernière fois qu'ils en avaient parlé, Grant refusait de croire son oncle coupable. Les choses avaient-elles changé depuis son entrevue avec Megan Jennings ?

— Merci d'avoir accepté de me parler, lui dit Grant une fois qu'il eut baissé la vitre côté conducteur.

Il n'était pas revenu pour la voir, mais pour discuter avec sa famille, songea Rebekah. Il allait probablement plaider la cause de son oncle auprès de ses tantes et les convaincre de ne pas porter plainte.

À en juger par le moteur qui tournait toujours, Gator n'avait pas l'intention d'entrer dans le bâtiment. Elle n'entendait pas ce qu'il disait, mais son visage était rouge de colère, et ses mains gesticulaient en tous sens.

— Viens là, Angus, dit-elle en prenant le chien dans ses bras.

Ni lui ni elle n'avaient besoin d'assister au drame familial qui se déroulait sur le parking.

Lorsqu'ils arrivèrent à l'entrée du refuge, Bunny et Birdie en sortaient, suivies de près par leur avocate. Malgré la tension ambiante, les deux vieilles dames prirent le temps de dire bonjour à Angus avant de se diriger vers la camionnette.

— Allons-y, lui dit Megan en passant devant elle.

— En fait, j'étais en chemin vers mon bureau.

La jeune femme sortit son téléphone, appuya sur un bouton et pointa discrètement l'appareil vers la voiture de Gator.

— La police arrive bientôt, chuchota la jeune femme. Malgré tout, j'aimerais avoir le plus de témoins possible sur les lieux, surtout s'il avoue quelque chose.

Rebekah n'avait aucune envie d'être témoin de quoi que ce soit, et surtout pas d'entendre Grant prendre la défense de son oncle à tort et à travers. Cependant, puisqu'elle n'avait pas le choix, elle suivit Megan pour se placer à quelques pas de la camionnette, là où elles pouvaient entendre la conversation.

Le ton commençait à monter, et elle se mit à danser d'un pied sur l'autre, mal à l'aise. Si seulement elle avait laissé son chien emporter le T-shirt de Grant, elle aurait eu le temps de filer dans son bureau avant que ce dernier n'arrive, et elle se serait évité cette scène pénible.

— Gator, tu ne nous laisses pas le choix, déclara Bunny. Si nous voulons récupérer notre argent et remplir notre devoir fiduciaire, nous devons porter plainte.

— C'est comme ça que vous me remerciez ? cria Gator à ses sœurs. Aucune de vous n'a été capable de trouver un mari, et je suis le seul à m'être occupé de vous, alors que tout le reste de la famille vous tournait le dos.

Rebekah sursauta, et Angus commença à s'agiter dans ses bras.

— Chut, mon grand. Tout va bien. Tiens-toi tranquille.

Elle aurait aimé pouvoir récupérer sa laisse, mais elle ne pouvait pas retourner à sa voiture maintenant. Elle risquait d'attirer l'attention non seulement sur elle-même, mais aussi sur Megan, qui enregistrait toujours la conversation.

— C'était un coup bas, dit Grant sur un ton d'avertissement.

Rebekah se sentit soulagée de l'entendre défendre ses patronnes. Bunny parlait souvent du fiancé de ses vingt ans, qui était tragiquement décédé dans un accident. Quant à Birdie, elle ne savait pas si elle avait été mariée un jour, ni même si elle avait eu des relations sérieuses. En tout cas, elle n'en parlait jamais.

— Nous n'avions pas besoin que tu t'occupes de nous, répliqua justement la vieille dame en croisant les bras sur sa poitrine. Tu as insisté sur le fait que tu pourrais doubler nos économies en faisant les bons investissements. Pour être exacte, tu disais : « Concentrez-vous sur vos animaux, les filles. Moi, je m'occupe de l'argent. » En fait, tu t'es surtout occupé de le mettre dans ta poche.

Gator donna un coup de poing magistral contre son volant.

— Tu crois que je n'avais pas prévu de vous rembourser ? J'ai gardé la trace du moindre centime que j'ai emprunté. Par contre, je te le dis tout de suite : si vous n'abandonnez pas les poursuites, vous ne reverrez jamais votre argent.

— Bingo, chuchota Megan.

Grant fit un pas pour se placer devant Birdie, et il ne fut plus qu'à quelques centimètres de la portière.

— Gator, si tu menaces encore mes tantes ne serait-ce qu'une seule fois…

Elle vit ses lèvres bouger, mais n'entendit pas la fin de sa phrase, noyée par les sirènes de police qui approchaient. La réponse de Gator fut tout aussi inaudible, mais son poing levé vers le visage de Grant laissait peu de doutes quant à ses intentions.

Angus poussa un aboiement furieux et sauta des bras de Rebekah, puis traversa le parking à toute allure pour rejoindre son ami. Elle se lança aussitôt à sa poursuite, mais les pneus de la camionnette s'étaient déjà mis en mouvement.

La scène qui suivit se déroula comme au ralenti.

Rebekah n'entendit plus les sirènes, ni le grondement du moteur ni les cris des sœurs Whitaker. Le seul son qui parvenait à ses oreilles était le battement de son cœur, tandis qu'elle courait pour rattraper Angus.

Malheureusement, elle arriva trop tard. Gator accéléra pour sortir du parking, et le petit chien gris heurta la roue avant droite de la camionnette.

- 15 -

— Tu as entendu quelque chose ? demanda Grant à voix basse.

Il entra dans la petite salle d'attente du bloc opératoire et se rassit près de Rebekah. Lorsqu'elle leva les yeux vers lui, ses paupières étaient gonflées et des traces de larmes zébraient ses joues.

— Non, pas depuis tout à l'heure. Lauren pensait que ses pattes n'étaient pas cassées, mais… Oh ! Grant, il y avait tellement de sang sur sa tête.

— Je sais, ma chérie.

Grant passa un bras autour de ses épaules et l'attira contre lui. Il lui caressa lentement le dos pour essayer d'apaiser ses tremblements.

— Mais rappelle-toi, Angus est notre petit guerrier écossais. Il est fort, il va s'en sortir.

— Il essayait de te protéger, tu sais, dit-elle en reniflant. Lorsque Gator menaçait de te frapper, il s'est échappé de mes bras. Il pensait pouvoir l'empêcher de te faire du mal.

Grant appuya la tête contre le mur avec un soupir, puis serra Rebekah plus fort contre lui.

— Je suis tellement, tellement désolé. J'aurais dû savoir que je ne pourrais pas raisonner mon oncle, mais j'ai cru qu'il accepterait de se rendre à la police. Au lieu de cela, je vous ai mis dans une situation affreuse, Angus et toi – et même mes tantes. Je ne pensais pas qu'il serait si en colère, si agressif.

— C'est ta nature, Grant. Tu vois toujours le meilleur chez les autres, et moi, je vois toujours le pire.

— Pour cette fois, tu avais raison. J'aurais mieux fait de t'écouter.

— Au fait, est-ce que les policiers ont fini par le rattraper ?

— J'imagine que oui, fit-il en haussant une épaule.

Rebekah se redressa vivement pour le regarder.

— Pourquoi n'es-tu pas en train de participer aux recherches ?

Il repoussa doucement les boucles qui tombaient devant ses yeux, puis déposa un baiser sur son front.

— Tout simplement, parce que Angus et toi avez besoin de moi.

Deux heures plus tard, Lauren les rejoignit enfin dans la salle d'attente et retira son masque chirurgical.

— Malheureusement, l'œil gauche a été complètement perforé par le choc, et j'ai dû le retirer. Je vais vous donner des antidouleurs et une liste de soins à lui faire pendant quelques jours.

— Est-ce que ça veut dire qu'il peut rentrer à la maison ? Avec moi ?

Une immense vague de soulagement envahit Rebekah.

— Alors, il va aller mieux ?

Lauren confirma ses espoirs d'un hochement de tête.

— En revanche, il lui faudra un bon moment d'adaptation. Au début, il aura probablement des soucis d'équilibre, et du mal à se diriger dans l'espace avec un seul œil. Tu appliqueras tous les jours une pommade sur la zone pour éviter les infections, et je le reverrai dans une semaine pour retirer les points de suture.

Rebekah bondit sur ses pieds et se jeta au cou de la vétérinaire, qui lui rendit son étreinte de bon cœur. Ce n'était pas très professionnel, mais elle était ici en tant que maman, pas en tant que directrice.

Grant se leva à son tour et tendit la main à leur sauveuse.

— Merci infiniment, docteur.

— Lauren, attends ! s'exclama Rebekah alors que la jeune femme tournait les talons.

Elle sortit son sac en toile de dessous son siège, et en extirpa le doudou favori d'Angus.

— Est-ce que tu peux le mettre à côté de lui, pour qu'il le voie en se réveillant ?

— Je me trompe, ou c'était mon T-shirt préféré ? demanda Grant lorsque Lauren eut refermé la porte derrière elle.

— Tu l'as laissé chez moi la semaine dernière. Angus l'a récupéré sous le lit, et depuis il l'emmène partout.

— Le pauvre, je devais vraiment lui manquer.

— Il ne savait pas si tu allais revenir.

Instinctivement, Rebekah baissa les yeux, mais elle se reprit aussitôt. Il était temps qu'ils aient cette conversation une bonne fois pour toutes. Elle releva la tête pour le regarder dans les yeux et reprit :

— À vrai dire, je ne le savais pas plus que lui.

— Bien sûr que j'allais revenir, Rebekah. Je t'ai toujours dit que je voulais m'impliquer dans la vie des jumeaux.

— D'accord, mais tu es toujours par monts et par vaux, et je ne veux pas que nos enfants grandissent sans jamais savoir quand tu vas réapparaître.

— Je serai là aussi souvent que tu m'y autoriseras. J'ai essayé de te laisser de l'espace, pour que tu puisses te rendre compte par toi-même de quel genre de personne je suis.

— C'est pour cela que tu n'es pas venu me voir la dernière fois que tu es passé à Spring Forest ? Tu essayais de me laisser de l'espace ?

— Pour tout te dire, on m'a fait remarquer récemment que j'avais tendance à me précipiter pour aider les gens, alors qu'ils n'ont pas forcément besoin de mon aide.

— Je ne sais pas encore de quoi j'ai besoin, Grant. Tout ce que je sais, c'est que je refuse de commencer à compter sur toi si c'est pour que tu remontes dans l'avion chaque fois que ça t'arrange.

— Ma chérie, tu ne t'imagines pas à quel point je déteste

les avions. Je rendrai ma carte de voyageur régulier avec plaisir, si cela signifie que tu es enfin d'accord pour que je fasse partie de la vie de nos enfants.

Lorsqu'il l'appelait « ma chérie » et lui faisait ce genre de promesses, elle devait lutter pour garder le contrôle de ses émotions. Pourtant, elle savait qu'elle ne devait pas s'emballer. Grant parlait de s'impliquer dans la vie des jumeaux, pas dans la sienne. Bien sûr, il passerait forcément du temps avec elle, mais il n'avait pas parlé d'une vraie relation – encore moins d'un mariage… D'un autre côté, elle ne l'y avait pas vraiment encouragé non plus.

Davis, l'assistant vétérinaire, ouvrit la porte, et Rebekah se dégagea aussitôt de l'étreinte de Grant.

— Il commence à se réveiller, si vous voulez le voir.

Rebekah toussota d'un air gêné, se leva et rassembla ses affaires. Alors qu'ils se dirigeaient vers la salle d'opération, Grant glissa la main dans la sienne.

— Je ne repartirai pas en Floride avant d'avoir terminé cette conversation.

Cette fois, Grant tint sa promesse. Il ne reprit l'avion ni cette semaine-là, ni la suivante.

Pour autant, lorsqu'ils parlaient des bébés, ils n'envisageaient que l'avenir proche, sans jamais évoquer la manière dont ils s'organiseraient ensuite.

Comme par un accord tacite, il s'installa chez Rebekah et l'aida à s'occuper d'Angus. Celui-ci n'était pas ravi de devoir porter une collerette, mais elle restait nécessaire pour qu'il n'entrave pas la bonne cicatrisation de sa plaie.

Le matin, Rebekah partait travailler et Grant restait à la maison. Il s'était aménagé un mini-bureau sur la table de la cuisine, avec son ordinateur, sa tablette et son téléphone. Les journées passaient vite, entre les promenades avec Angus, les vidéoconférences, les e-mails, les médicaments à donner au chien et les courses en ligne.

La nuit, il dormait avec Rebekah.

— Tu sais, je pourrais m'habituer à cette vie de père au foyer, lui dit-il en s'étirant paresseusement le vendredi matin tandis qu'elle s'habillait pour aller au bureau.

— J'aimerais bien entendre ça dans six mois, quand il y aura un chien *et* deux bébés.

Son sourire révéla ses deux adorables fossettes, mais il se mua rapidement en une grimace lorsqu'elle essaya de remonter la fermeture de sa robe.

— Je vais t'aider, proposa-t-il en sortant du lit.

Elle soupira d'un air résigné.

— Je crois que je vais devoir investir dans des vêtements de maternité. Je ne sais pas pendant combien de temps je vais encore pouvoir le cacher.

— Si ça ne tenait qu'à moi, tu ne cacherais rien du tout, lui rappela-t-il.

Grant posa les deux mains sur la petite bosse que formait son ventre, et elle pencha la tête en arrière pour la poser sur son épaule.

— J'ai rendez-vous avec le docteur Singh la semaine prochaine. On pourrait peut-être commencer à l'annoncer à ce moment-là.

— Bonne idée. J'en ai assez de me cacher.

Elle se raidit contre lui, mais c'était peut-être parce que son téléphone venait de se mettre à sonner.

Il la regarda traverser la pièce pour décrocher, la peau lisse et douce de son dos exposée par sa robe toujours ouverte.

— C'est pour toi, dit-elle en lui tendant l'appareil. Visiblement, tout le monde sait où te trouver quand tu ne réponds pas sur ton portable.

Voilà pourquoi ils devraient cesser de prétendre que leur relation était toujours une comédie, songea-t-il. Personne n'ignorait qu'il dormait ici depuis deux semaines et, de toute manière, l'attirance physique entre eux restait bien réelle.

Il prit le téléphone et répondit à l'avalanche de questions de Birdie à propos du contrat pour l'antenne téléphonique qu'il lui avait envoyé la veille. Rebekah avait fait le plus gros du travail en obtenant les autorisations municipales, mais maintenant il fallait négocier un accord avec l'entreprise de téléphonie. Depuis l'arrestation de Gator, ses tantes avaient encore plus hâte de trouver de nouvelles sources de revenus.

— Oui, l'entreprise obtiendrait tous les droits sur cette partie du terrain. Cependant, tu peux stipuler dans le contrat que tu demandes un pourcentage de leurs bénéfices sur toutes leurs activités à cet endroit. Si tu passes par une agence, ils pourront négocier le taux le plus avantageux pour vous.

Il lui expliqua encore deux ou trois choses avant de raccrocher. Rebekah se tenait toujours au milieu de la chambre, mais elle avait enfilé une robe plus ample qui découvrait ses épaules rondes. Grant s'appuya sur ses coudes pour mieux profiter de la vue.

— Mes tantes ont besoin que quelqu'un aille à Washington, pour rencontrer les membres de l'agence qui négociera le contrat avec l'entreprise de téléphonie.

— Alors, quand est-ce que tu pars ?

— Justement, je ne pars pas. C'est toi qui vas y aller. Le docteur Singh ne t'a pas déconseillé de prendre l'avion, si ?

— Non, mais pourquoi est-ce que j'irais ? Je m'occupe des contrats qui concernent le refuge, pas la propriété Whitaker.

— Mon oncle Gator a fini par se rendre aux autorités, et je veux être là pour soutenir mes cousins pendant son inculpation.

Il remarqua la lueur de compassion dans son regard, et avant qu'elle lui dise pour la centième fois à quel point elle était fière de lui pour avoir défendu ses tantes, il ajouta :

— En plus, je t'ai promis de rendre ma carte de voyageur régulier, tu te souviens ?

— Je ne vais pas t'obliger à faire ça. Il faudra bien que tu retournes en Floride un jour ou l'autre.

— Un jour ou l'autre, oui. Mais pas avant d'avoir chassé tous tes doutes à mon sujet.

*
* *

Grant et Angus la conduisirent à l'aéroport. Après un court trajet, Rebekah rencontra les représentants de l'agence et ceux de l'entreprise de téléphonie.

Elle avait été un peu surprise que les trois Whitaker lui fassent confiance pour négocier le contrat, alors même qu'un membre de leur propre famille venait de les trahir. Cette confiance placée en elle lui donna une détermination sans faille, et elle ne sortit pas de la salle de réunion avant d'avoir négocié le meilleur marché possible pour ses patronnes, au dollar près.

Comme il l'avait fait toute la semaine quand elle était au bureau, Grant lui envoya chaque jour une photo d'Angus, qui se promenait dans la maison avec les vêtements abandonnés qu'il trouvait par terre. Étant donné le temps que Grant et elle passaient à se déshabiller, le petit chien n'avait que l'embarras du choix au pied du lit.

La veille de son retour, Rebekah reçut un cliché d'Angus lové sur le canapé blanc, avec un de ses soutiens-gorge comme oreiller. Elle prit la ferme résolution d'acheter un panier à linge à couvercle.

Un peu plus d'un mois auparavant, elle vivait seule, parfaitement heureuse dans le petit monde organisé qu'elle s'était créé. Maintenant, un homme et un chien avaient pris leurs quartiers d'hiver dans sa maison, et elle trouvait presque cela normal.

Le lendemain matin, après l'atterrissage de l'avion, elle eut une surprise et loupa la dernière marche de l'escalator. Grant l'attendait dans le hall de l'aéroport avec Angus, un bouquet de fleurs de frangipanier à la main – comme celles de son parfum.

Aussitôt, elle se pencha pour dire bonjour au petit chien.

— Qu'est-ce que tu fais là, mon grand ? Je t'ai manqué ?

Grant décocha un regard faussement courroucé à Angus.

— Tu nous as manqué à tous les deux, figure-toi.

Seulement, certaines personnes bien élevées s'abstiennent de sauter et de pousser des jappements.

— Rien de mieux pour attirer l'attention qu'un bouquet et un petit chien, fit une voix familière derrière eux.

— Tante Birdie ? Qu'est-ce que tu fais là ?

La vieille dame portait une petite valise rose, et elle était suivie par…

— Pourquoi as-tu demandé à Doc J de venir te chercher ? J'aurais pu te ramener à la maison.

L'ancien vétérinaire s'agenouilla pour caresser Angus, et Rebekah s'efforça de ne pas sourire : il portait, lui aussi, un petit sac de voyage.

— J'ai beaucoup entendu parler de toi, mon ami. Tu en as eu, des aventures ! Mais je vois que ma fille a fait du bon travail avec cette suture. Il faudra qu'on t'achète un bandeau de pirate pour affirmer ton style de bandit.

Profitant de l'inattention des deux voyageurs, concentrés sur Angus, Rebekah donna un petit coup de coude à Grant. Il suivit son regard pour découvrir que Doc J tenait deux billets d'avion à la main.

— Attendez… Vous êtes venus ensemble, tous les deux ? s'exclama Grant d'une voix si forte que Rebekah sursauta.

Doc J regarda Birdie et sourit d'un air penaud.

— J'imagine que nous nous sommes trahis.

— Oh ! ne prends pas cet air scandalisé, Grant. Richard a toujours été plein d'attentions pour moi. Maintenant qu'il est retraité et que nous ne travaillons plus ensemble, je ne vois pas pourquoi je ne profiterais pas de la vie tant que je suis assez jeune pour le faire.

— Alors, vous deux…, fit Grant en désignant la valise rose. Tu vas emménager en Floride aussi ?

— Mais non, gros bêta. Je pars juste en week-end avec mon amoureux de temps en temps.

Son amoureux, rien que ça ! Rebekah eut envie de taper dans la main de sa patronne. Il y avait eu des rumeurs au refuge concernant une idylle entre Doc J et l'une des deux sœurs, mais puisqu'il semblait passer autant de temps avec

Bunny qu'avec Birdie, personne n'avait jamais su de laquelle il s'agissait.

Pour une fois, c'était Grant qui avait l'air perdu, et Rebekah qui s'en amusait. Elle eut un petit rire en le voyant ouvrir et refermer la bouche plusieurs fois. Enfin, il réussit à articuler :

— Et Bunny ?

— Eh bien quoi, Bunny ? répliqua sa tante, les poings sur les hanches.

— Vous avez passé votre vie toutes les deux.

Il jeta un coup d'œil à Rebekah comme pour l'inciter à confirmer ses dires, mais elle garda obstinément le silence. Hors de question de l'aider maintenant, alors qu'il l'avait laissée répondre toute seule aux questions gênantes de ses parents, lorsqu'ils avaient dîné ensemble.

— Est-ce qu'elle n'est pas inquiète à l'idée qu'un homme vienne se mettre entre vous ?

— J'en doute, puisqu'elle discute avec son ami sur Internet depuis cinq ans.

Cette fois, Rebekah tapa réellement dans sa main, regrettant que Bunny ne soit pas là pour faire le même geste avec elle.

— Et toi, tu étais au courant ? lui demanda Grant.

— Absolument pas. Pourtant, d'habitude, je sais tout ce qui se passe au refuge, répondit-elle avec un grand sourire.

— Tu étais probablement trop occupée avec tes propres secrets pour remarquer ceux des autres, commenta Birdie avec un regard vers sa taille.

Rebekah rougit et porta les deux mains à son ventre, ce qui ne fit que confirmer les soupçons de la vieille dame. Pour couronner le tout, Grant passa son bras libre autour de sa taille. Il toussota d'un air gêné avant de dire à sa tante :

— Tu sais, nous voulions vous mettre au courant après notre rendez-vous chez le médecin, la semaine prochaine.

Birdie lui fit un clin d'œil.

— C'est parfait, dans ce cas. Tu vas être en ville de plus en plus souvent, et tu pourras nous aider à organiser la soirée Pattes sous les Étoiles.

— « Pattes sous les Étoiles » ? répéta Rebekah en haussant un sourcil.

— C'est le nouveau nom que Grant a trouvé pour le gala. Le « Bal des Fourrures », ça sonnait un peu guindé. Maintenant, Richard et moi devons attraper notre avion, alors reposez-vous bien ce week-end. Vous me direz la date et l'heure du rendez-vous chez le médecin, et je viendrai avec Bunny, conclut-elle en battant des mains.

Inquiète, Rebekah écarquilla les yeux. Il n'y aurait pas assez de chaises dans la salle d'examen pour accueillir la famille Whitaker au complet.

- 16 -

La soirée Pattes sous les Étoiles ne serait pas seulement un gala caritatif. Il s'agissait aussi de montrer au public les derniers aménagements du refuge. Grant ne se sentait pas doué pour organiser des fêtes. Pourtant, en travaillant avec Rebekah sur le dîner, la vente aux enchères et le bal, il comprit qu'avec elle il pourrait prendre goût à n'importe quoi.

Cela faisait un mois qu'ils avaient croisé Birdie et Doc J à l'aéroport. Depuis, Grant n'était retourné à Jacksonville qu'une fois, pour démissionner de son travail et parler de ses plans d'avenir à sa famille. Il n'avait pas officiellement emménagé chez Rebekah, mais Angus et elle ne l'avaient pas encore chassé non plus.

Au début de la semaine, Oncle Gator s'était résigné à un accord à l'amiable avec ses sœurs, et la veille, une échographie avait révélé que Rebekah et lui auraient un garçon et une fille. Ils avaient tant de bonnes nouvelles à fêter que Grant avait bien l'intention de faire de ce gala la meilleure soirée de l'année.

Le matin du grand jour, il fila au refuge avec Angus. En entrant dans le bureau de Rebekah, il lui tendit le *latte* décaféiné et le pain au chocolat qu'il avait achetés pour elle. En montant sur la balance dans le cabinet du docteur Singh, elle avait juré qu'elle n'en mangerait plus jamais, mais aux yeux de Grant, ses nouvelles courbes la rendaient encore plus belle.

Il l'embrassa sur la joue avant de se poster près de la fenêtre.

— Regarde, ils ont fini d'installer les tentes. Je vais aller me balader un peu avec Angus et m'assurer que les guirlandes lumineuses sont bien posées dans les arbres.

— Grant, tu es sûr qu'on avait besoin de ces tentes ? Je n'arrête pas de relire les factures. À ce train-là, notre seule chance de gagner un peu d'argent, ce sera la vente aux enchères.

— Ne t'inquiète pas, nous avons vendu bien plus de billets d'entrée que ce que j'avais prévu. Le pavillon des fêtes – mon idée géniale, soit dit en passant – va être à peine assez grand pour tout le monde.

— D'accord, fit-elle avant de mordre dans son pain au chocolat encore tiède.

Une expression d'intense satisfaction s'épanouit sur son visage, comme ce matin, au lit, après qu'ils avaient…

— J'imagine que tu sais ce que tu fais, ajouta-t-elle, la bouche pleine.

L'espace d'un instant, Grant oublia de respirer. Ils vivaient ensemble depuis un mois et elle s'ouvrait un peu plus à lui chaque jour, mais elle n'avait encore jamais dit qu'elle lui faisait confiance.

En sortant dans le parc avec Angus, il lui dit :

— Tu as entendu ça ? Maman me fait confiance.

Le petit chien répondit d'un jappement enthousiaste.

— Exactement, dit-il en se penchant pour le caresser. Ce soir, on n'aura que des bonnes choses à fêter.

— Amanda, le buffet est délicieux.

Rebekah se tenait au bord de la piste de danse avec son amie, qui trouvait encore le temps de venir promener les chiens du refuge, malgré sa nouvelle carrière de traiteur et son nouveau compagnon.

— C'est parce que tous les produits frais viennent de la ferme de Battle Lands, expliqua la jeune femme en haussant la voix pour couvrir la musique.

Le groupe sur l'estrade commença à jouer *Hound Dog* d'Elvis Presley, et beaucoup d'invités affluèrent sur la piste.

— Est-ce que Ryan est là ? demanda Rebekah en promenant son regard sur les danseurs élégants. Je voulais le remercier de nous avoir accordé la une de la Gazette de Spring Forest.

— Il est juste ici, avec Dillon et Tucker.

Amanda lui désigna l'endroit où se tenaient son petit ami, son fils et leur chihuahua. L'enfant et le chien portaient des nœuds papillons à pois assortis.

Tout à coup, son amie porta une main à sa taille. Rebekah reconnut ce geste, puisqu'elle le faisait dès qu'elle sentait l'un des jumeaux bouger.

— Amanda, est-ce que tu es… ?

Elle laissa sa question en suspens, mais la jeune femme sourit et confirma son intuition d'un signe de tête.

— Ryan et moi nous sommes mariés sans témoins le mois dernier. Depuis tout à l'heure, Dillon arpente la salle en disant à tout le monde qu'il va devenir grand frère.

— Rebekah, est-ce que je peux te réquisitionner une minute ? demanda Grant contre son oreille.

Il la prit par la taille et sourit à Amanda.

— Au fait, le buffet est magnifique.

— Comme vous deux, répliqua-t-elle avec un clin d'œil.

Son amie lui fit un signe de la main avant de retourner vers sa famille. Amanda faisait partie, avec Mollie et Claire, des quelques filles présentes au bar, le soir où Grant avait dormi chez elle pour la première fois. Rebekah se rendit compte que, depuis tout ce temps, elles étaient probablement au courant de leur relation.

Lorsqu'ils furent seuls, Grant déposa un baiser sur sa joue et lui chuchota :

— Bunny et Birdie s'attendent à ce que l'un de nous fasse un discours, pour remercier les gens de leur soutien au refuge.

— Mais je n'ai rien préparé.

— Ne t'inquiète pas, je m'occupe de tout. Contente-toi de monter avec moi sur l'estrade.

Rebekah sentit le regard de la foule sur eux alors qu'il la guidait jusqu'à la petite scène. Elle s'efforça de se cacher derrière lui lorsqu'il prit le micro des mains du chanteur, qui venait d'achever *Ol'Red* de Blake Shelton, encore une chanson à propos d'un chien. Y avait-il un fil conducteur dans le choix des morceaux, par hasard ?

— Merci à tous d'être venus à cette soirée Pattes sous les Étoiles, et merci de soutenir mes tantes et leurs merveilleux animaux, commença Grant, aussitôt accueilli par une vague d'applaudissements. Beaucoup d'entre vous connaissent Rebekah Taylor, la directrice de Copains pour Toujours.

Grant s'effaça pour la laisser passer devant lui, et les invités applaudirent à nouveau. Terriblement gênée, elle fit un petit signe de la main et recula de quelques pas.

— Ce que vous ne savez peut-être pas, c'est que, jusqu'à une date récente, Rebekah n'avait jamais eu d'animal. Pourtant, comme beaucoup d'entre vous, elle est devenue la maman d'un adorable petit chien, complètement par hasard.

C'est à ce moment du discours que Rebekah aperçut Lana Whitaker, qu'elle avait rencontrée dans l'après-midi. La mère de Grant se tenait au bord de la scène, en compagnie de…

Ses parents à elle ? Mais qu'est-ce qu'ils faisaient là ?

Sheila les rejoignit sur l'estrade, tenant Angus en laisse. Son père, resté à sa place, éternua si fort que ses voisins ne purent s'empêcher de rire.

— Voici Angus, poursuivit Grant. Son propriétaire est décédé il y a quelques mois, et il s'est mis à errer en ville, refusant tout contact avec les humains. Rebekah a pris du temps pour lui parler et lui donner des friandises chaque jour, et au bout de quelques semaines elle a réussi à gagner sa confiance. Pour la remercier d'avoir été patiente avec lui *et* avec son nouveau papa, Angus a un petit cadeau pour sa maman.

La gorge nouée, Rebekah s'efforça de maîtriser ses émotions.

— Tu peux me dire ce qui se passe ? chuchota-t-elle.

— S'il n'avait pas refusé de porter le costume écossais que je lui ai acheté, ce serait plus simple, déclara-t-il au micro.

Puis il se retourna et murmura contre son oreille :

— Regarde sous son collier.

Les jambes tremblantes, Rebekah s'accroupit à côté du

petit chien. Près du fermoir de son collier, accrochée à un anneau argenté, se trouvait une magnifique bague ornée d'un diamant.

Elle sursauta et leva les yeux pour chercher le regard de Grant, mais il venait de mettre un genou en terre devant elle.

— Je t'aime, Rebekah. J'ai hâte d'être le père de nos jumeaux, mais plus que tout, j'ai hâte de t'épouser – si tu veux bien de moi.

Elle eut l'impression que son cœur allait exploser de joie.

— Bien sûr que je veux de toi, Grant.

Les invités applaudirent de toutes leurs forces en poussant des cris joyeux. Quant à Angus, surexcité, il ne tenait pas en place, et Grant eut toutes les peines du monde à détacher la bague de son collier.

Lorsqu'il la glissa enfin à son doigt, Rebekah lui demanda à voix basse :

— Et ton travail ?

— J'ai démissionné, répondit-il en rendant le micro au chanteur. J'ai déjà retrouvé un poste de consultant, et il paraît que, de nos jours, beaucoup d'hommes travaillent à la maison pour élever leurs enfants, conclut-il avec un signe de tête vers Mike Taylor.

Elle leva les yeux vers lui dans un mélange de confusion et d'excitation.

— Tu veux dire que tu vas déménager à Spring Forest ?

— Regarde encore le collier d'Angus.

Près de l'attache de sa laisse, il y avait un autre anneau argenté qu'elle n'avait pas remarqué. Lorsqu'elle vit ce qui y était accroché, elle fronça les sourcils.

— Pourquoi me donnes-tu une clé ?

— C'est la clé de la vieille maison en brique sur Second Avenue.

Angus posa les deux pattes avant sur les genoux de Rebekah, la faisant tomber en arrière.

— Tu m'as acheté le manoir ?

Une seconde plus tôt, elle pensait qu'elle n'aurait pas pu

être plus heureuse, mais maintenant, elle nageait dans le bonheur.

— Je l'ai surtout achetée pour Angus, mais aussi pour nous et pour les jumeaux. En grandissant, ils pourront courir dans le jardin, et je m'installerai pour travailler sur un de ces bancs en bois que tu as déjà choisis dans ta tête.

— Et pour le surf, comment feras-tu ?

Il semblait prêt à sacrifier énormément de choses pour elle. Comment avait-elle pu douter de lui un instant ?

— Eh bien, nous irons souvent dans les Outer Banks. D'ailleurs, ma mère a apporté un gilet de sauvetage sur mesure pour Angus.

— Oh ! Grant…

Elle tenta maladroitement de se relever, et il lui tendit aussitôt la main. Une fois à sa hauteur, elle se jeta à son cou.

— Je t'aime tellement.

— Tu ne t'imagines pas depuis combien de temps j'ai envie de l'entendre, répondit-il en la serrant plus fort contre lui.

Angus poussa un jappement impérieux. Sans lâcher Rebekah, Grant le souleva de sa main libre pour le porter jusqu'à eux. Le petit chien se mit à leur lécher le visage à tour de rôle.

— On dirait que ta tante avait raison.

— À quel propos ? demanda-t-il en repoussant gentiment une petite langue rose.

Rebekah laissa errer son regard sur les invités, qui se préparaient pour le très attendu défilé des animaux. Parmi eux, elle reconnaissait la plupart des visages, ceux de tous les gens adorables qu'elle avait rencontrés depuis son emménagement à Spring Forest.

Ses yeux se perdirent à nouveau dans ceux de Grant, et elle eut l'impression qu'elle ne pourrait jamais s'arrêter de sourire. Enfin, elle répondit :

— Lorsqu'on décide d'ouvrir son cœur, on ne s'imagine pas tout l'amour qu'on peut y mettre.

LAUREN CANAN

Un mariage (pas si) arrangé

Traduction française de
MURIEL LEVET

PASSIONS

HARLEQUIN

Titre original :
MARRIAGE AT ANY PRICE

- 1 -

Tout se passa en un éclair.

Du coin de l'œil, Seth vit quelque chose bouger. Une femme sur un grand cheval, comme sortie de nulle part. Elle poussa un cri, et le pur-sang, propulsé sur ses immenses jambes, sauta par-dessus le capot. Paniqué, il enfonça la pédale de frein. La voiture de sport s'arrêta en dérapant, manquant de près l'un des pins qui bordaient la petite route. La cavalière s'était également arrêtée. Tirant sur les rênes, elle se retourna vers lui. Elle n'avait pas l'air contente du tout.

— Espèce d'imbécile ! s'exclama-t-elle. Vous n'avez pas vu les panneaux de passage de cavaliers ! Vous êtes aveugle ? Vous avez failli nous tuer ! On ne roule pas à 120 km/h sur une route de campagne !

— Je ne roulais pas à 120.

— Ce n'est pas l'impression que j'ai eue.

Il était submergé par les émotions : choc, soulagement que personne ne soit blessé, honte d'avoir conduit trop vite. Mais dans ce déstabilisant mélange, une pensée se détachait nettement : cette femme était magnifique. Une luxuriante chevelure auburn encadrant un visage presque angélique, et si ces yeux verts flamboyaient de colère, ils n'en demeuraient pas moins somptueux. Son corps mince et gracile semblait bien trop frêle pour contrôler l'imposant pur-sang sur lequel elle était juchée. Elle était à l'évidence une cavalière experte. Heureusement.

Le choc passé, il finit par sortir de la Ferrari. Que pouvait-il dire pour sa défense ? Il était tellement absorbé dans ses pensées qu'il n'avait pas prêté attention aux panneaux.

— Excusez-moi. Je suis navré. J'espère que vous n'êtes pas blessée.

— Levez le pied. Il y a plusieurs autres intersections avec des sentiers équestres sur les quelques kilomètres à venir. La prochaine fois, vous n'aurez peut-être pas autant de chance.

Malgré sa colère manifeste, sa voix était claire et belle.

— Promis.

Plissant les yeux, elle se mit à le dévisager.

— Vous n'êtes pas d'ici.

Ce n'était pas une question.

— Je suis de Los Angeles.

Elle ouvrit la bouche comme si elle s'apprêtait à faire un commentaire, mais sembla se raviser.

— À votre avis, combien de temps me reste-t-il pour arriver à Calico Springs ?

— En respectant les limitations de vitesse, vingt minutes environ.

— Merci.

Il essaya de graver dans son esprit son physique de déesse alors qu'elle faisait faire demi-tour à l'étalon pour reprendre son chemin. Perdu dans ses pensées, il remonta ensuite dans la voiture. Pourvu que ce ne soit pas un signe de ce qui l'attendait au cours de ce voyage. Il n'était pas à Los Angeles, il ne devait pas l'oublier. On était dans le Texas rural, les choses évoluaient à un rythme plus lent. Peinant à se débarrasser des dernières émotions liées à cette brève rencontre, il reprit la route étroite qui menait à Calico Springs.

Grâce à sa plaque, l'office notarial de Ben Rucker, une maison victorienne proche de la mairie, était facile à repérer. Il s'harmonisait pourtant parfaitement avec les autres bâtiments de la rue principale. Calico Springs était une petite ville pittoresque. Innocente. Comme sortie du passé. Des jardinières pleines de fleurs et des bancs en bois faisaient face à la plupart des magasins. Après avoir garé sa voiture, il entra dans l'office et donna son nom à l'accueil.

— Oui, monsieur Masters. Me Rucker vous attend. Je vais l'informer de votre arrivée.

Quelques minutes plus tard, Seth s'asseyait face au notaire âgé.

— Ravi de vous rencontrer, monsieur Masters. J'imagine que c'est la première fois que vous venez à Calico Springs.

— Il se trouve que non, je suis déjà venu plusieurs fois. Je voyais souvent mes demi-frères quand j'étais enfant. Et je suis revenu dans la région une dizaine de fois, depuis. Ma dernière visite remonte à cinq ans.

— En tout cas, vous avez tous un air de famille, dit le notaire en souriant. On voit tout de suite que vous êtes un Masters.

— J'étais pressé de venir pour revoir le ranch. Mes frères sont-ils au courant de ma présence ?

— Je les en ai informés. Mais Chance et Cole sont à New York, et Wade et son épouse à Londres. Ils seront tous de retour la semaine prochaine pour la lecture du testament.

Seth acquiesça. Il avait été l'enfant unique d'une femme seule. Alors qu'il avait six ans, son père avait insisté pour qu'il vienne au ranch faire la connaissance de ses demi-frères. Malgré son jeune âge, la perspective de cette rencontre l'avait stressé. Mais contrairement à ce qu'il avait craint, les siens avaient bien pris la nouvelle de son existence et l'avaient chaleureusement accueilli dans la famille. Les étés qu'il avait passés au ranch restaient pour lui de merveilleux souvenirs, et il avait hâte de retrouver tout le monde.

— Je vous avoue que je suis curieux d'entendre les dernières volontés de mon père.

— Je comprends. Vous le connaissiez bien ?

— Pas vraiment, répondit Seth en haussant les épaules. J'ai dû le voir une dizaine de fois dans ma vie, et ma mère m'en parlait rarement. Je n'ai plus jamais eu de ses nouvelles après mon admission à Stanford, même si je l'ai toujours soupçonné de prendre des miennes par le biais de maman.

Avec le temps, il avait fini par comprendre que la maison où sa mère et lui vivaient et les voitures qu'elle conduisait étaient bien au-dessus des moyens d'une mère célibataire qui n'était qu'une simple employée. Il devait y avoir une autre source de financement. D'autre part, la bourse au mérite qu'il avait reçue pour intégrer Stanford était loin de couvrir toutes ses dépenses, mais à chaque fois qu'il avait eu besoin d'argent, il avait reçu ce qu'il fallait.

— Vous avez sans doute raison, finit par répondre Me Rucker. Votre père semblait vous tenir en haute estime quand il est venu me dicter ses dernières volontés. Mais il n'a jamais été à l'aise avec sa famille. Ou ses familles, devrais-je dire. Il a toujours fait passer son travail en premier. J'imagine qu'il avait ses raisons.

— J'imagine aussi. Si je suis venu vous parler de ce testament, c'est parce que je siège au conseil d'administration de deux hôpitaux régionaux, et que nous envisageons de créer un nouveau centre de recherches spécialisé dans les leucémies. Plus nous bénéficierons de fonds pour financer le projet, mieux ce sera. Si je devais hériter de quoi que ce soit, cela m'aiderait certainement à faire avancer les choses.

Le notaire acquiesça, mais sembla hésiter.

— Vous comprendrez, monsieur Masters, que je ne peux discuter du testament en l'absence des autres héritiers. Ceci étant, il me semble juste de vous demander si vous êtes marié.

— Marié ?

Curieuse question. Il avait failli, une fois. Cela s'était mal terminé. Il avait donné son cœur à Gwen Jeffers, qui lui avait rendu sa faveur en le trompant avec un autre. Il n'avait plus resongé à se marier avec qui que ce soit depuis. Il vivait à cent à l'heure, et il était heureux ainsi. Sans responsabilité vis-à-vis de qui que ce soit, en dehors de lui-même et de ses sociétés.

— Non. Pourquoi cette question ?

— Il y a une clause qui devra être respectée au moment de la lecture du testament. Je préfère donc l'évoquer dès maintenant avec vous. Conformément à la volonté de votre père, pour bénéficier du testament, chacun d'entre vous doit être marié. M. Masters n'a pas voulu m'expliquer son raisonnement. Peut-être est-ce lié à l'une de ses expériences personnelles ? Je ne sais pas trop. Mais, naturellement, il était en droit de poser toutes les conditions qu'il souhaitait. Si l'un d'entre vous n'est pas marié le jour de la lecture du testament, il perdra ses droits, et tous ses biens seront redistribués aux autres fils mariés ou, dans certaines circonstances, à des œuvres de charité. À ce que j'en sais, vous êtes le seul à ne pas remplir ce critère.

Le notaire s'interrompit quelques instants avant de poursuivre son explication :

— J'ai essayé de vous appeler pour en parler avec vous il y a quelques semaines, mais vous étiez à l'étranger. Je vous ai laissé plusieurs messages à votre bureau. J'ai demandé à vos frères s'ils connaissaient votre statut marital, mais ils ne semblaient pas très sûrs d'eux. Si j'ai bien compris, cela fait longtemps que vous ne vous êtes pas vus.

— Ah. C'est vrai que j'ai eu des tonnes de messages que je n'ai pas pris la peine de consulter. Je regrette de ne pas vous avoir recontacté plus tôt. Cette nouvelle est décevante.

Et c'était là un euphémisme.

— Mais… Soit. J'ai hâte de revoir mes frères et de rencontrer leurs femmes. Ce n'est pas tous les jours que j'ai l'occasion de passer du temps avec eux.

— Content que vous voyiez les choses comme ça, répondit le notaire en souriant. Mais c'est vraiment dommage pour le testament. Ce centre de recherches me paraît être une noble cause.

— Oui. Tant pis, répondit Seth en se levant pour lui serrer la main. Au revoir, maître. Je vous remercie pour vos informations.

— Je vous en prie. Il vous reste une dizaine de jours. Peut-être connaissez-vous quelqu'un qui accepterait de vous épouser ? Il est encore temps.

— Je ne pense pas. Mais encore une fois, merci.

Seth venait de sortir du bureau, suivi de près par le notaire, quand la porte du bâtiment s'ouvrit. Il reconnut immédiatement la jeune femme qui venait d'entrer. La cavalière qu'il avait croisée sur la route. Elle parut surprise de le voir. Mais elle se hâta de se reprendre en tournant son attention vers Me Rucker.

— Avez-vous eu un rendez-vous ?

— Ally, pourquoi ne pas revenir après le déjeuner pour que nous puissions en discuter en privé ?

— Il faut que je retourne travailler. Tout ce que je vous demande, c'est un oui ou un non.

Le notaire secoua lentement la tête.

— Je suis désolé. J'ai essayé de contacter Wade et Cole puisque ce sont eux qui gèrent les finances de la société. Wade est à l'étranger. Cole et Chance sont à New York et travaillent beaucoup pour compenser l'absence de leur frère. Venez dans mon bureau. Je vais vous expliquer.

— Je n'ai pas le temps. Si vous voulez bien nous excuser un instant, ajouta-t-elle en regardant Seth, avant de se retourner vers le notaire.

Me Rucker haussa les épaules tout en adressant à Seth un regard démuni.

— Pas de problème, dit ce dernier en souriant.

— J'ai réussi à parler à Chance, reprit Me Rucker, et il m'a dit qu'il n'était au courant de rien et qu'il nous faudrait attendre le retour de Wade.

— Quand doit-il revenir ?

— Avant la fin de la semaine prochaine, puisqu'il a rendez-vous ici même avec moi dans dix jours.

L'air excédé, elle soupira. Seth ne savait pas de quoi ils parlaient, mais ce n'était pas ça qui allait améliorer son humeur. La journée devait être rude pour elle.

Par ailleurs, les noms que le notaire venait de mentionner avaient éveillé son intérêt. Ils ne lui étaient pas inconnus. Wade, Cole et Chance étaient ses demi-frères. Il fut tenté de le lui confier pour voir s'il pouvait faire quelque chose pour elle, mais à la dernière seconde, il se retint. Ce n'étaient pas ses affaires.

— Pourriez-vous organiser un rendez-vous entre lui et moi ?

— Je vais voir ce que je peux faire, Ally, mais…

— Vous pensez que c'est inutile ?

— Je pense que vous avez tous les droits d'en parler avec eux. Et par conséquent je ferai tout ce que je pourrais.

— Merci, maître.

Elle se tourna pour partir, et son regard d'émeraude se fixa sur Seth.

— Je vois que vous avez fini par arriver en ville. J'espère que vous n'avez écrasé personne en chemin.

— Par miracle, non. J'ai levé le pied après notre rencontre et j'ai admiré le paysage. Merci pour le conseil.

— Je vous en prie.

Il ouvrit la porte, et elle sortit. Comme hypnotisé, il la regarda s'éloigner sur le trottoir. Elle portait toujours son pantalon d'équitation qui mettait merveilleusement bien en valeur sa silhouette frêle. Une ceinture de cuir soulignait sa taille de guêpe et, sous sa chemise blanche ample, on devinait une poitrine généreuse. Elle avait un petit nez légèrement retroussé, et des lèvres dont il aurait pu se délecter pendant des heures. Il eut une érection rien qu'à la regarder. Une réaction qui ne manqua pas de le surprendre.

— Maître Rucker, pourriez-vous me recommander un bon restaurant pour déjeuner ? demanda-t-il en se retournant vers le notaire.

— Le Burdall's City Café, tout près de la mairie. Je comptais justement y aller. Voulez-vous vous joindre à moi ?

— Volontiers. Merci.

Ils arrivèrent dans l'établissement en plein rush de midi. Une fois installé à une table face au notaire, Seth prit le menu entre la salière et la poivrière. Malgré son allure modeste, le petit restaurant présentait un choix de plats très varié.

Une serveuse leur apporta deux verres d'eau fraîche, en leur disant qu'elle reviendrait dans une minute pour prendre leur commande. Mais avant son retour, une autre personne s'approcha de leur table.

La jolie rousse. Décidément…

— Coucou ! Ça ne vous dérange pas si je mange avec

vous ? Il y a la queue à l'entrée et il faut que je me dépêche de retourner travailler.

— Avec plaisir, répondit Me Rucker sans hésiter. Ally, avez-vous été présentée à M. Masters ?

À l'évocation de son nom, les traits de la jeune femme se crispèrent.

— Non, dit-elle en dévisageant Seth. Ou du moins, pas officiellement.

— Je vous présente Seth Masters. Seth, voici Ally Kincaid.

— Masters ? répéta-t-elle en fronçant les sourcils. Vous êtes de la famille de Wade ?

— C'est exact, oui.

— Je le savais. Vous avez failli m'écraser. Vous avez tout d'un Masters.

Le regard toujours rivé sur lui, elle garda le silence quelques instants. Après quoi elle changea de sujet, comme si elle jugeait dangereux de lui dire ce qu'elle avait sur le cœur.

— Vous êtes de Californie, si mes souvenirs sont bons ? Que faites-vous là-bas ?

— Je possède plusieurs sociétés, électroniques et pharmaceutiques, pour la plupart.

— Hum, fit-elle en prenant un menu. J'espère que vous transportez votre matériel pharmaceutique avec vous quand vous prenez le volant.

— Écoutez… C'est juste que j'ai l'habitude de me déplacer rapidement.

— Ça se voit. Dans ce cas, que faites-vous dans une petite ville ennuyeuse comme Calico Springs ?

— Je suis venu admirer la beauté des lieux, répondit-il en la regardant droit dans les yeux.

Comme il l'avait espéré, elle piqua un fard. Satisfait, il se reconcentra sur le menu. Son odeur, à elle seule, était excitante : un subtil mélange d'herbes exotiques, de fraises et de cuir. Cela mettait ses sens en éveil. Il ne s'était jamais senti aussi instinctivement attiré par une femme.

La voix de la serveuse le ramena brusquement à la réalité :

— Vous avez fait votre choix ?

Ally demanda un sandwich au jambon et au fromage, Me Rucker et Seth un steak. Les yeux du vieil homme pétillaient. Apparemment, il avait conscience de l'attirance qu'il y avait entre lui et Ally, et peut-être avait-il dans l'idée de jouer les entremetteurs.

Quand ils eurent passé commande, elle se tourna vers le notaire.

— Avez-vous eu le temps d'organiser cet entretien ?

— J'ai demandé à ma secrétaire d'envoyer un message à Wade pour savoir quand il était disponible. Dès que j'aurais du nouveau, je vous tiendrai au courant.

— Parfait. Merci. J'espère juste qu'il est aussi gentil que les gens le disent.

Seth était intrigué. Elle voulait un rendez-vous avec Wade ? Pour quelle raison ?

Comme si ces interrogations s'étaient lu sur son visage, elle reposa son menu et se tourna vers lui.

— Le père de Wade Masters m'a volé mon ranch. Je veux le récupérer.

- 2 -

— Ally, fit Me Rucker d'un air de reproche, comme pour lui signifier qu'elle en avait trop dit.

— Quoi ? répliqua-t-elle en haussant les épaules. Ce n'est pas un secret. Toute la ville est au courant.

Elle se tourna vers le nouveau venu.

— Ce vieil homme était un escroc. Il a volé mon ranch. En prétendant que mon père l'avait mis en gage pour une dette qu'il n'avait jamais remboursée. Il a tout pris. Tout. Et il m'a fait expulser après la mort de papa. J'ai même dû me battre pour garder trois juments et un étalon qui étaient enregistrés à mon nom. La cupidité à l'état pur. Je ne comprends pas comment un homme si riche peut ressentir le besoin de chasser des gens de leurs propres maisons.

— Cette histoire de chevaux, si mes souvenirs sont bons, n'était qu'un malentendu, intervint le notaire.

— Peut-être. Mais ce malentendu n'aurait jamais eu lieu si on avait pris la peine de me consulter.

Elle s'était détournée de Seth Masters, et pourtant elle pouvait toujours sentir ses prunelles dorées sur elle. Ben Rucker avait sans doute raison. Elle n'aurait pas dû étaler sa vie devant un étranger, même si elle avait du mal à considérer Seth Masters ainsi. Il aurait presque pu être le frère de Wade, tant la ressemblance physique était frappante. Des cheveux bruns épais, légèrement ondulés, avec des reflets dorés, et une barbe de trois jours qui couvrait une mâchoire carrée. Des pommettes hautes mettant en valeur des yeux bruns où scintillaient des paillettes d'or. Son irrésistible sourire dévoilait des dents parfaites. Avec sa chemise blanche et sa cravate, il était l'incarnation même de l'élégance virile.

— Et vous Ally ? Que faites-vous dans la vie ? lui demanda-t-il, coupant court à ses pensées.

— Je suis rancher. Ou du moins l'étais-je avant…

Elle s'interrompit, grimaça.

— Maintenant, je travaille au Triple Bar Ranch, à l'est de la ville. Je dresse des chevaux.

— Ça doit demander beaucoup de compétences et d'agilité.

Elle n'y avait jamais songé. Elle avait fait ça la plus grande partie de sa vie.

— Peut-être, répondit-elle en haussant les épaules.

Il hocha la tête.

— J'irai même jusqu'à dire que nos professions sont tout aussi dangereuses.

— Vous croyez ? Dites-moi, monsieur Masters, combien d'étalons avez-vous débourrés ? Combien de chevaux avez-vous dressés ?

Elle n'avait pu s'empêcher de rire. L'idée qu'elle ait un quelconque point commun avec ce citadin de Californie était tout simplement absurde.

Ben Rucker, qui parut choqué par sa réplique, faillit s'étouffer avec son café.

— Il se trouve que, durant ma jeunesse, j'ai dressé de nombreux chevaux, répondit Seth. Je n'en ai jamais débourré un, mais j'ai passé de nombreuses heures à en entraîner. Je passais tous mes étés à Calico Springs, dans le ranch familial. Alors je pense avoir une idée assez précise des compétences requises par votre métier. C'est un métier noble. Et je pense vraiment ce que je dis.

— Merci, répondit-elle en sentant le rouge lui monter aux joues. Mais pas aussi noble que le vôtre, j'imagine.

— Vous acceptez mal les compliments, je me trompe ?

— Les compliments me vont très bien. Ce sont les flatteries qui me gênent.

— Alors permettez-moi de me rétracter et de dire simplement que vous êtes une cavalière très expérimentée.

— Heureusement pour vous, rétorqua-t-elle au moment où la serveuse lui apportait son assiette, il m'a fallu du temps pour calmer Monkey.

— Qu'est-il arrivé à Monkey ? demanda Ben Rucker.

— Il a eu une grosse frayeur, ce matin, répondit-elle en prenant son sandwich. Un imbécile a failli le renverser avec sa voiture.

— C'est vrai ?

— Oui. Un imbécile qui ne sait pas conduire.

— Je ne conduis pas si mal que ça, sinon je vous aurais renversée. Par ailleurs, je n'étais pas le seul à aller vite.

Furieuse, elle reposa son sandwich et se mit à dévisager Seth Masters.

— Il n'y a pas de limitation de vitesse sur le chemin équestre. Il suffit d'un peu de bon sens pour comprendre que ce sont les voitures qui représentent un danger. Surtout quand leurs conducteurs essaient de franchir la barrière du son.

— Encore une fois, je n'allais pas si vite que ça.

— Alors nous n'avons pas la même conception de la vitesse.

Comme s'il était dans son bon droit, il soutint son regard. Agacée, elle finit par se détourner de lui.

— Vous étiez dans votre tort. Je ne veux plus parler de ça.

Sans répondre, il se pinça les lèvres. On aurait dit qu'il essayait de se retenir de sourire.

Sale type ! Que faisait-il à Calico Springs ? Elle avait bien remarqué qu'il avait éludé la question quand elle la lui avait posée. Et elle n'avait pas apprécié sa remarque sur « la beauté du paysage », même si cela faisait longtemps qu'un homme n'avait pas flirté avec elle. Ne lui restait plus qu'à espérer que leurs chemins ne se croiseraient plus jamais.

— J'ai commandé cinquante sacs de friandises et cent vingt-cinq sacs de Nature's Best. Je n'ai jamais demandé d'avoine aplatie. Colby serait-il devenu malentendant ?

En rentrant chez elle, Ally s'était arrêtée au magasin

d'approvisionnement agricole pour récupérer la commande qu'elle avait passée pour les chevaux qu'elle dressait. Mais apparemment l'employé s'était trompé. Décidément, c'était la pire journée de sa vie.

— Excuse-nous, Ally. Si tu as quelques minutes, je vais te préparer ta commande.

— D'accord. Merci. Je vais attendre dehors.

Malgré les obstacles qu'elle avait dû surmonter ce jour-là, dont la plupart avaient été posés sur son chemin par ce Seth Masters, le ciel était d'un bleu limpide, avec juste assez de nuages cotonneux pour empêcher le soleil de trop chauffer. Perdue dans ses pensées, elle se promena dans la jardinerie, observant sans intérêt les pétunias et autres fleurs d'ornement. À cette période, tous les ans, elle en achetait des dizaines de godets pour les planter dans les parterres qui bordaient le grand porche de sa maison. Mais, cette année, elle n'avait pris qu'une petite jardinière qu'elle avait suspendue à l'entrée du minuscule chalet qu'elle occupait. Inutile de dépenser de l'argent dans des plantes qui finiraient par mourir d'être négligées.

Car elles seraient négligées, aucun doute là-dessus. Le cœur n'y était tout simplement pas. Le chalet, procuré par le ranch où elle travaillait, lui suffisait, mais ce n'était pas sa maison. Ça ne serait jamais sa maison. Pourquoi s'entourer de souvenirs ternis des choses qu'elle avait aimées ? Elle ne voulait pas d'objets qui lui fassent penser à sa maison et au bonheur qu'elle y avait connu. Tout cela avait disparu, et plus vite elle l'accepterait, mieux ce serait.

Elle allait naturellement se rendre à l'entretien avec Wade Masters organisé par Ben Rucker, mais au fond elle savait qu'elle avait peu d'espoir de le convaincre de lui rendre son ranch. Et même s'il acceptait de le lui revendre, elle ne gagnait pas suffisamment d'argent pour obtenir le prêt dont elle aurait besoin pour acquérir un ranch de cette taille. Il lui faudrait du temps, au moins un an, pour augmenter ses revenus.

Une voix grave, derrière elle, la tira brusquement de ses sombres pensées.

— On n'arrête pas de se croiser.

Avant même de se retourner, elle avait reconnu Seth Masters.

— Vous me suivez, Masters ?

— En réalité, j'étais venu voir les tracteurs. Je ne vous ai pas vue quand je suis arrivé. Alors je pourrais vous poser la même question.

L'air jubilatoire, il souriait. Serrant les dents, elle lui jeta un regard noir.

— Que feriez-vous d'un tracteur ?

— J'envisage d'acheter des terres. J'ai toujours été fasciné par les tracteurs.

Comme elle ne disait rien, il reprit :

— Ces fleurs sont magnifiques. C'est là que vous achetez les vôtres pour votre jardin ?

— Je n'ai pas de terre. Pas de jardin. Et, par conséquent, je n'achète pas de fleurs.

— Quand j'ai vu ce magasin, je n'ai pas pu m'empêcher de m'arrêter. C'est rare de voir de vieilles affaires comme celle-ci toujours ouvertes. La plupart ont été rachetées par de grandes chaînes. Il y a ce vieux poêle à bois à l'intérieur, et la pancarte sur la porte. Vous l'avez vue ? « Ce magasin est gardé par un fusil à double canon un soir sur deux. Choisissez bien votre soir. » On ne voit pas ce genre de choses en ville. Je trouve ça charmant.

« Charmant » ?

— C'est une plaisanterie ?

— Non, pas du tout.

— Combien de temps comptez-vous rester ici ? ne put-elle s'empêcher de demander.

S'il était dans les parages, il allait falloir qu'elle se prépare psychologiquement à de nouvelles rencontres avec lui.

— Quelques semaines tout au plus, pour cette fois. Mais comme je vous l'ai dit, j'envisage d'acheter une petite ferme dans la région. J'ai toujours adoré les chevaux. Et surtout, monter à cheval. Ça me semble être l'endroit idéal pour ça.

— C'est un peu loin de LA.

— À peine deux heures d'avion.

— La région est belle, je vous l'accorde. Et la plupart des gens sont chaleureux et accueillants.

Elle n'eut pas l'occasion d'en dire davantage. Quelqu'un venait de l'appeler par son nom.

— Salut, Ally ! Tu es venue avec le camion noir ? On a ta commande.

Deux employés du magasin s'approchaient du parking, les épaules chargées de sacs de grain.

— Ouais. Mais j'espère que c'est la bonne, cette fois-ci.

— Oui, on est sûrs.

Quelques minutes plus tard, le camion était chargé des sacs qu'elle avait commandés. Alors qu'elle remontait dans la cabine, elle entendit de nouveau quelqu'un l'interpeller :

— Mademoiselle Kincaid ? Accepteriez-vous de dîner avec moi ce soir ?

Seth Masters se trouvait juste à côté de son camion.

La question était tellement inattendue qu'il lui fallut quelques secondes pour comprendre qu'il attendait une réponse.

— Euh… J'avais d'autres engagements. Mais j'espère que vous trouverez votre tracteur et tout ce que vous cherchez.

Elle n'avait pas l'habitude de mentir. Et elle s'en voulut grandement. Le problème était qu'elle n'avait pas confiance en cet homme. Mais à bien y réfléchir, il ne lui avait pas fait grand-chose. À part manquer de la renverser. Il était seul, ne connaissait personne et avait probablement besoin d'un peu de compagnie. Mais d'un autre côté… C'était un Masters.

— Merci. Je pense que oui. Ravi de vous avoir revue.

— Hum, marmonna-t-elle en tournant la clé de contact.

Hors de question qu'elle dîne avec un Masters. Le déjeuner avait déjà été suffisamment pénible comme ça. À ce moment-là, elle ignorait qui il était. Et du reste, elle ne savait toujours pas s'il était de la famille proche du clan de voleurs qui lui avait pris son ranch. Mais elle ne pouvait pas prendre de risque. Compte tenu de son âge, et de sa ressemblance frappante avec Wade Masters, il pouvait parfaitement être son frère. Mais il n'avait pas grandi dans la région ; si cela avait été le cas, elle en aurait entendu parler. Ce qui l'amenait à se demander ce qu'il était venu manigancer ici.

En quittant le parking, elle remarqua qu'il se trouvait toujours au même endroit, à côté des sacs de terreau. Au moment où elle passa devant lui, il lui adressa un hochement de tête. Il lui était plutôt sympathique, mais la question demeurait : pourquoi était-il là ? Calico Springs était un trou perdu. Ce n'était pas une destination touristique. S'il était venu, c'était certainement pour voir sa famille. Or, à en croire Me Rucker, ils étaient tous absents. Ce n'étaient évidemment pas ses affaires, mais tout cela lui paraissait assez suspect. Et elle n'aimait pas les choses suspectes. Surtout quand des Masters y étaient mêlés.

Seth décida de profiter de son temps libre pour rechercher un ranch. D'après Me Rucker, il lui restait une bonne semaine à attendre avant le retour de ses frères. Ce qui lui permettrait certainement de trouver la maison de ses rêves. Il possédait déjà plusieurs appartements aux États-Unis et au Royaume-Uni. À présent que ses affaires étaient lancées et qu'il disposait parfois d'un peu de temps pour lui, il lui semblait qu'une propriété dans la région lui permettrait de voir davantage sa famille.

— Nous avons plusieurs ranchs qui correspondent à votre description, monsieur Masters. Désirez-vous prendre rendez-vous pour les visiter ?

Il était assis devant le bureau de Kathy Chisum, propriétaire de l'agence Chisum Real Estate. C'était Me Rucker qui la lui avait recommandée.

— Oui. Quand vous voudrez. Je suis là pour deux semaines et j'ai du temps devant moi.

— Pourquoi pas maintenant, alors ? L'un de mes clients vient de se désister.

Sa voix était douce et sincère.

— Volontiers. Merci, mademoiselle Chisum.

— Appelez-moi Kathy, répondit-elle en souriant. On prend ma voiture ?

— D'accord.

Les deux premières propriétés qu'ils visitèrent disposaient de la plupart des choses qu'il recherchait dans un ranch, mais il trouva un défaut majeur dans chacune d'entre elles. Il ne voulait ni d'une structure d'élevage de vaches laitières ni d'un vieux corps de ferme nécessitant d'importantes rénovations. Mais le troisième ranch était presque parfait. De belles barrières à chevaux blanches bordaient l'allée. La maison était charmante. Parfait exemple d'architecture néoclassique, elle était remarquablement bien préservée, même si elle aurait eu besoin d'un bon coup de peinture. Devant la façade, de grandes colonnes blanches s'élevaient jusqu'au premier étage, et le fronton, au centre, attirait l'œil sur l'imposante porte d'entrée. La maison et la propriété avaient à l'évidence été bien entretenues. À l'étage, de grands balcons donnaient sur les pâturages et les collines. Deux cheminées s'élevaient sur le toit. À l'intérieur, un grand escalier en colimaçon menait à l'étage, qui disposait de quatre chambres et d'une suite parentale. La cuisine et les salles de bains avaient été rénovées avec goût.

Depuis la porte de service, un chemin menait à l'écurie, qui comprenait une vingtaine de box, une sellerie, un bureau et un espace de stockage pour le foin. L'odeur que dégageait la structure de bois était exceptionnelle. Luzerne et cuir. Ce qui n'était pas sans lui rappeler Ally.

— Connaîtriez-vous par hasard l'identité du propriétaire ? demanda-t-il à Kathy.

— Je vais vérifier, répondit-elle en tapant quelque chose sur son téléphone. Oh ! attendez ! Il appartient à la famille Masters. Des parents à vous ?

— Je pense, oui.

— Alors vous savez certainement qu'ils possèdent un vaste ranch à l'ouest de la ville. Cette propriété a été acquise suite à une saisie judiciaire, mais comme elle ne jouxtait pas le ranch familial, elle a été mise en vente. Mais j'imagine que vous le saviez déjà.

— En réalité, non. Je ne suis que d'assez loin les affaires de la famille.

— Le prix qu'ils demandent est très correct. Bien en dessous de la valeur du marché. Nous avons déjà eu beaucoup de visiteurs. Il ne restera pas en vente bien longtemps.

— Et l'ancien propriétaire ? Savez-vous qui c'était ?

— Non, je regrette. Mais je peux me renseigner, si vous voulez.

— Ce ne sera pas nécessaire, merci. J'aime beaucoup cet endroit. Je vais en parler à mes frères.

— Oui. Mais si vous envisagez sérieusement de l'acheter, n'attendez pas trop longtemps.

— C'est noté.

— Il se fait tard. Si vous n'avez pas d'autres projets, que diriez-vous de dîner avec moi ?

— Volontiers, répondit-il en souriant.

Kathy était une jolie brune pulpeuse qui semblait apprécier ce qu'elle voyait en lui, et un dîner avec elle, en toute amitié, ne lui ferait certainement pas de mal. Le problème était que c'était une petite rousse impertinente qui occupait ses pensées. Et il était certain que ce ranch était celui dont elle lui avait parlé.

Alors qu'ils repartaient vers le centre-ville, une idée lui vint. Ally voulait récupérer sa maison. Lui devait se marier. Ils avaient tous deux la possibilité d'obtenir ce qu'ils désiraient. La somme à dépenser pour l'achat du ranch serait dérisoire si elle lui permettait d'être inclus dans le testament. Car son héritage se chiffrerait alors certainement en milliards de dollars.

C'était une idée complètement folle. Il sourit en songeant à la réaction qu'elle aurait. Il avait l'intuition que, si elle avait refusé son invitation à dîner, c'était uniquement parce qu'il s'appelait Masters. Oserait-elle conclure un pacte avec le diable en acceptant de l'épouser ? De devenir Mme Seth Masters ? La pilule serait certainement dure à avaler.

Il faudrait que ce soit un vrai mariage. Officiel, et qui durerait quelques mois. Avec un bon contrat, ça ne poserait sûrement pas de problème. Il était doué pour cerner la personnalité des autres, et elle ne lui était pas apparue comme une femme intéressée. Elle n'avait pas laissé entendre qu'elle souhaitait approfondir sa relation avec lui. Elle semblait même le détester, autant qu'on puisse détester un inconnu. Mais elle lui avait également donné l'image d'une femme honnête ne désirant que ce qui, dans son esprit, lui revenait de droit : son ranch.

Quand Ally rentra chez elle le lendemain, Seth l'attendait sous le minuscule porche de son chalet. Il n'avait eu aucun mal à trouver, en suivant les indications que Ben Rucker lui avait données. Le notaire lui avait également confirmé que le ranch qu'il avait visité la veille avait appartenu à la famille d'Ally. Il ne s'était donc pas trompé.

Elle paraissait fatiguée, surprise, et tout sauf heureuse de le voir. Une réaction à laquelle il n'était pas habitué.

Une fois garée à côté de son cabriolet, elle sortit de son vieux camion.

— Vous êtes perdu ? demanda-t-elle en approchant. Ce n'est pas un endroit pour quelqu'un comme vous.

— C'est l'endroit idéal pour quelqu'un comme moi. Quelqu'un qui veut vous parler.

— Me parler ? Me parler de quoi ?

— Je pense avoir trouvé une propriété qui me plaît. J'aimerais que vous m'y accompagniez demain pour me donner votre avis.

Tout en soupirant, elle secoua énergiquement la tête. Mais il poursuivit sans lui laisser le temps de lui dire non.

— Écoutez, je sais qu'on a commencé sur de mauvaises bases, mais j'ai vraiment besoin de votre expertise. Je connais bien les chevaux. Mais je n'ai jamais eu de ranch. Je n'ai jamais approvisionné une écurie pour l'hiver, alors je ne sais pas si j'aurais suffisamment de place. J'ignore tout des équipements requis. Vous m'avez dit que vous étiez née dans cet environnement. Je vous demande simplement de m'aider à déterminer si cette propriété est un bon investissement.

— Pourquoi ne pas demander à quelqu'un de votre famille ?

— Ils sont tous absents.

— Et Ben ?

— Rucker ? Ça m'étonnerait qu'il en sache beaucoup plus que moi sur le ranching. Non, je vous assure, c'est de vous dont j'ai besoin. Vous êtes la seule personne à pouvoir m'aider.

Il y eut un long silence.

— Où se trouve ce ranch ? finit-elle par murmurer.

— À l'ouest de la ville. Je ne me souviens plus du nom des routes, mais je suis sûr de pouvoir vous y emmener.

Dans la faible lueur du lampadaire qui éclairait la route, il la vit baisser la tête. Songeait-elle à son ancienne demeure ? Aurait-il dû lui annoncer ses intentions dès le départ ? Il y avait longuement réfléchi la veille au soir et en était arrivé à la conclusion qu'elle serait plus tentée de dire oui si elle se trouvait dans son ranch au moment où il lui soumettrait son idée. Mais il se rendait compte désormais que cette ruse risquait de la déstabiliser de façon injuste. Il s'apprêtait à lui dire la vérité quand elle releva la tête vers lui.

— Bon. J'ai trois chevaux à entraîner demain matin, mais je pense pouvoir me libérer l'après-midi. 13 heures ?

— 13 heures. Je viens vous chercher ici ?

— Avec ça ? demanda-t-elle en désignant dédaigneusement sa luxueuse voiture de sport. Ce serait tout de même plus pratique en camion.

— J'en prendrai sûrement un quand j'aurai trouvé un ranch.

— Vous feriez mieux de vous dépêcher. Ou d'en louer un entre-temps. Vous risquez d'abîmer votre châssis sur les petites routes gravillonnées, sans parler des dégâts sur la carrosserie et la peinture. Ce serait dommage. C'est une belle voiture.

Elle s'interrompit, secoua la tête.

— Bon. À demain, alors.

— À demain. Et merci beaucoup, Ally.

— Pas de problème, dit-elle en approchant de la porte d'entrée.

— Bonne nuit.

La main sur la poignée de la porte, elle se tourna pour le regarder mais ne répondit pas. Une seconde plus tard, elle avait disparu dans la petite maison.

En suivant la petite route tortueuse qui l'éloignait du Triple Bar Ranch, il remarqua qu'il était de bonne humeur, heureux comme il ne l'avait pas été depuis longtemps. En partie parce qu'il avait espoir que son projet fou se concrétise. Mais aussi, et surtout, parce qu'il avait hâte de passer du temps avec Ally. Tout en elle lui plaisait : la grâce de ses mouvements, ses cheveux mi-longs qui dansaient autour des traits délicats de son visage. Il aurait pu se perdre dans l'éclat étincelant de ses yeux verts, la sensualité de sa bouche pulpeuse.

Le mieux de tout était sa personnalité, même si elle lui avait donné pas mal de fil à retordre. Elle savait qui elle était. Elle n'essayait pas de masquer sa véritable nature derrière une quelconque façade. Ce côté sauvage l'attirait, lui donnait envie d'approfondir leur relation, même si elle semblait pour sa part peu disposée à le faire.

Conscient du cheminement qu'avaient pris ses pensées, il se força à y mettre un terme. Même si elle acceptait son plan audacieux, ce ne serait qu'un mariage de façade. Il n'y aurait pas de rapprochement, pas d'espoir de devenir pour elle autre chose qu'un homme qui vivait sous son toit. À moins que…

Arrivé dans sa chambre d'hôtel, il se laissa tomber sur le lit. Il aurait deux ou trois choses à faire le lendemain avant d'aller la chercher. À commencer par demander une clé de la maison à Kathy.

D'un bond, il se redressa et commença à se déshabiller pour aller se doucher. La journée du lendemain serait déterminante pour l'avenir du centre de recherches. Sa mère étant morte d'une leucémie, il était plus que jamais déterminé à trouver des sources de financement pour le centre. Centre qui serait de toute façon créé, il n'avait aucun doute là-dessus. Mais avec l'argent de l'héritage, tout serait beaucoup plus rapide, beaucoup plus facile. Ne lui restait plus qu'à espérer qu'un miracle se produise, qu'Ally dise oui.

Certes, il s'appuyait beaucoup sur l'impression qu'elle lui avait faite, mais son instinct ne l'avait jamais trahi. Il avait connu son lot de croqueuses de diamants, certaines même prêtes à feindre une grossesse pour épouser un multimillionnaire. Il y en avait de très douées, mais jusqu'ici il avait toujours réussi à échapper à leurs griffes.

De toute façon, il lui aurait été difficile de considérer Ally comme une femme intéressée alors qu'elle lui avait clairement fait comprendre qu'elle ne l'appréciait pas. Même s'il se sentait déçu, son comportement avait donc quelque chose de rassurant.

- 3 -

Ally était assise sous le petit porche de son chalet quand Seth Masters arriva au volant de sa voiture, le lendemain midi. Il faisait encore beau, et il avait décapoté.

Dès qu'il eut démarré, elle renversa sa tête en arrière pour observer le ciel, levant ses mains en l'air comme un enfant dans un manège. Elle avait beau n'avoir aucune confiance en cet homme, cette promenade en décapotable par cette belle journée lui conférait un incroyable sentiment de liberté.

Mais quand ils commencèrent à s'éloigner de Calico Springs, elle sentit la tension s'emparer d'elle. Allait-il l'emmener là où elle pensait qu'il allait l'emmener ? C'était impossible, non ?

Il finit par bifurquer pour s'engager dans la longue allée bordée de clôtures blanches. Elle avait sa réponse.

Quand il s'arrêta devant le corps de ferme, elle sentit son regard sur elle mais resta immobile, figée devant la maison de son enfance. Au bout d'un instant, il descendit de la voiture pour lui ouvrir la portière. Acceptant la main qu'il lui tendait, elle sortit à son tour.

— Vous saviez, n'est-ce pas ? dit-elle après un long silence.

— J'ai deviné. J'ai visité trois ranchs hier. Celui-ci était le dernier. Je l'ai beaucoup aimé. Par conséquent, j'ai demandé à connaître l'identité du propriétaire. Ça m'a quasiment donné la réponse. Je me suis dit que vous aimeriez peut-être le revoir, conclut-il en lui montrant la clé.

Instinctivement, elle avança vers la maison, et la joie et le chagrin se mêlèrent dans son cœur. Mais elle s'arrêta sur les marches du porche. Devait-elle poursuivre son chemin ? Comme s'il avait deviné ce qu'elle ressentait, il la devança pour déverrouiller la porte et l'ouvrir. Machinalement, elle passa le seuil, s'arrêta pour regarder autour d'elle. Tout était exactement comme elle l'avait laissé, à l'exception de quelques meubles qui avaient disparu. Pièce par pièce, elle parcourut la maison, s'arrêtant de temps en temps pour toucher un objet chargé de souvenirs.

— Ma mère faisait toujours du feu dans la cheminée de la cuisine quand elle préparait à manger l'hiver. Ça rendait la pièce très chaleureuse.

— C'est une chose qu'on ne trouve plus dans les cuisines de nos jours.

Croisant les bras sous sa poitrine, elle se tourna vers lui.

— Je peux vous certifier que ce ranch dispose de tout le nécessaire. Que vous vouliez vous concentrer sur l'élevage ou le dressage, ou juste prendre quelques chevaux pour vos loisirs, vous ne rencontrerez aucun problème. De la maison à l'écurie, en passant par les terres, le manège, le paddock et la fumière, vous avez tout ce qu'il vous faut.

Ravalant ses larmes, elle lutta pour poser la question qui lui brûlait les lèvres :

— Vous envisagez sérieusement de l'acheter ?

— Oui.

— Je ne suis pas sûre de bien comprendre. Si vous faites partie de la famille Masters, il vous appartient déjà ?

— D'un certain point de vue. Mais pour être exact, il appartient au conglomérat familial, Masters International, LLC. Si je veux qu'il me revienne personnellement, je dois contacter mes frères, et plus précisément Cole, qui gère les biens de la famille. Il le retirera du marché et transférera le titre de propriété à mon nom. Il l'a déjà fait plusieurs fois pour moi. En revanche, si je ne fais rien, il restera en vente et finira probablement par être racheté par une personne extérieure à la famille.

Elle ne savait pas si elle devait se sentir soulagée ou horrifiée. D'un côté, le ranch appartiendrait toujours à un

Masters. Mais… peut-être serait-ce différent ? C'était en tout cas la meilleure chose qu'elle pouvait espérer. Revoir sa maison avait rouvert la blessure profonde qu'elle avait au fond de son cœur. La douleur était revenue, aussi vive et horrible que le jour où elle avait reçu l'avis d'expulsion. Mais il était hors de question qu'elle pleure, même si elle sentait les larmes lui emplir les yeux. Elle ne les laisserait pas couler. Ça ne servirait à rien. Elle ne voulait pas qu'il pense qu'elle essayait de se faire passer pour une pauvre malheureuse pour récupérer sa maison. Si elle était destinée à lui revenir, elle trouverait un moyen de la récupérer sans s'appuyer sur sa pitié.

— Cela ne dépend que de vous, dit-il soudain.

Ce commentaire absurde l'interloqua.

— Comment ça ? Je ne vois pas comment l'achat de ce ranch pourrait me concerner de près ou de loin.

Il sembla hésiter quelques secondes avant de s'adosser à un placard pour la regarder intensément.

— Pour commencer, vous aviez raison concernant mon lien de parenté avec Wade, Cole et Chance. Ce sont mes demi-frères.

— Je le savais…

— Ce que vous ne savez pas en revanche, c'est qu'il y a environ un mois, mes frères et moi avons été informés de l'ouverture du testament de notre père.

— Je ne comprends toujours pas ce que tout cela a à voir avec moi.

— J'envisage de monter un centre de recherches en Californie. L'argent de l'héritage me permettrait de faire avancer les choses. Ce centre est plus que nécessaire. Les recherches viseront principalement à trouver des traitements contre les leucémies.

Il s'interrompit, reprit, l'air grave :

— Mon problème est le suivant : d'après Me Rucker, tout héritier qui ne serait pas marié au moment de la lecture du testament sera privé de sa part d'héritage.

— Alors si je comprends bien… vous avez besoin que

quelqu'un se fasse passer pour votre femme le temps que vous obteniez l'argent.

À ces mots, il fit une petite grimace.

— Dit comme ça, ça a l'air horrible. Mais l'intégralité de ma part d'héritage sera reversée au centre. Je peux vous montrer les plans si vous ne me croyez pas. Ou vous mettre en relation avec mes associés, qui contribuent également au financement du bâtiment et de l'ensemble du projet.

Comme pour lui laisser le temps d'intégrer ces propos, il s'interrompit de nouveau.

— Par ailleurs, il ne s'agirait pas de faire semblant. Il faudrait que ce soit un mariage tout ce qu'il y a de plus officiel.

— Vous connaissez certainement une femme qui serait d'accord pour vous épouser.

— Non. Mon travail me laisse peu de temps pour envisager une relation sur le long terme. Je ne connais personne en qui j'aurais suffisamment confiance pour me dire oui et rompre le lien quelques mois plus tard sans me demander plus que ce qui était stipulé dans l'accord originel.

— Mais vous avez suffisamment confiance en moi ? demanda-t-elle, intriguée. Vous ne me connaissez même pas, Masters.

— Je me fie à mon instinct, répondit-il en haussant les épaules. Quand j'ai compris que c'était votre maison, je me suis dit que vous seriez peut-être d'accord pour rester mariée avec moi quelque temps afin de pouvoir la récupérer. Si on concluait un accord, je pourrais répondre aux critères de l'héritage et vous pourriez retrouver votre ranch.

— C'est absurde.

— J'admets que c'est une idée folle.

Un lourd silence tomba sur eux. Ce fut lui qui le rompit :

— Alors, acceptez-vous de m'épouser, Ally Kincaid ?

Elle en était littéralement sans voix. Cet homme était complètement fou. Comme si elle pouvait épouser un inconnu. C'était tout simplement ridicule. Insensé.

— Naturellement, reprit-il, ce serait temporaire. Trois mois devraient suffire. Il faut que je vérifie avec Me Rucker.

Mais quand ce sera terminé, je retournerai à LA avec l'argent nécessaire à la construction du centre et vous aurez l'acte de propriété du ranch à votre nom. On sera tous les deux gagnants.

— Je croyais que vous vouliez faire l'acquisition d'un ranch ou d'une ferme ?

— C'est vrai, répondit-il en haussant les épaules. Mais je pourrais toujours en trouver un autre.

À la façon dont il expliquait les choses, tout paraissait si simple. Elle le regarda un long moment.

— Comment puis-je savoir si je peux vous faire confiance ? Qu'est-ce qui me dit que je récupérerai mon ranch quand vous aurez votre argent ? Qu'est-ce qui me dit que vous êtes un homme honnête ? Vous pourriez très bien vous en aller en me laissant sans rien. À bien y réfléchir, ce serait encore pire que ce que je vis actuellement.

— Je peux demander à mes avocats de préparer un document. Une sorte de contrat de mariage dans lequel tout sera clairement et officiellement stipulé. Vous ne serez pas perdante, cette fois-ci, Ally.

— Et vous ? Et si, après avoir fait tout ça, vous ne receviez pas l'argent de l'héritage ? D'ailleurs, êtes-vous sûr que votre part d'héritage comprend des liquidités ?

— C'est un pari risqué. Mais je prends le risque.

— Ce centre de recherches est vraiment important pour vous, hein ? demanda-t-elle pour essayer de mieux cerner les enjeux de la question.

— C'est devenu ma vie.

Elle observa ce cadre qui lui était si familier, cette pièce qu'elle connaissait si bien.

— Quand voudriez-vous le faire ?

— Dès que les documents seront prêts. Kathy Chisum, de l'agence immobilière, m'a dit qu'il y avait déjà eu beaucoup de visites. Si on ne prend pas de décision rapidement, ou plutôt si vous ne prenez pas de décision rapidement, le ranch sera vendu à quelqu'un d'autre et on sera tous les deux perdants. La lecture du testament doit avoir lieu le 11, soit dans huit jours.

Elle prit le temps de réfléchir à la proposition. Sans cela, elle n'avait aucune chance de récupérer un jour sa maison. N'était-ce pas le désespoir qui l'amenait à penser que son plan pourrait fonctionner ?

— Non, finit-elle par dire. Merci pour la proposition, mais non. Je ne peux pas accepter.

Un nouveau silence, plus long encore, s'abattit sur eux.

— Alors il est temps pour nous de partir.

Pourquoi se sentait-elle soudain à bout de souffle ? Alors qu'ils approchaient de la porte, elle eut l'impression que les murs l'appelaient. Elle se souvint de la dernière fois qu'elle avait quitté la maison, terrorisée par l'idée de ne jamais la revoir, effondrée de laisser derrière elle ses doux souvenirs d'enfance. Son père. Sa mère. Son premier cheval. On venait de lui offrir la possibilité de récupérer définitivement sa maison, et elle avait refusé ?

Mais il n'était pas trop tard. Elle pouvait encore l'avoir. Si elle croyait Seth Masters. Si elle se fiait à lui. Choses qu'elle n'avait aucune raison de faire. *C'est un Masters*, se dit-elle en elle-même. *Tu as pris la bonne décision*.

Alors, pourquoi se sentait-elle si mal ?

Il la déposa à son chalet sans plus évoquer le sujet. Il ne chercha pas à la convaincre de suivre son plan, à lui dire qu'elle avait commis une erreur, à l'implorer de se raviser ou de prendre le temps de réfléchir. Il lui souhaita une bonne soirée, la remercia pour le temps qu'elle lui avait accordé et, après être calmement remonté dans sa voiture, disparut dans le noir.

Il lui vint à l'esprit qu'elle ne savait pas où le trouver. Mais pourquoi aurait-elle voulu le trouver ? Inutile de réfléchir à la question. Elle avait pris la bonne décision. C'était un plan échafaudé par un membre de la famille Masters, et elle avait eu raison de refuser. Était-il arrivé la même chose à son père ? Reginald Masters lui avait-il proposé quelque chose de si important à ses yeux qu'il avait tout misé sur une récompense que Masters savait pertinemment qu'il n'obtiendrait jamais ? Quoi qu'il en soit, il avait tout perdu. La propriété du ranch avait été transférée, et son père était mort d'une crise cardiaque quand il avait compris qu'il n'avait plus rien. Elle ne pouvait pas revivre ça. Elle ne pouvait pas. Elle ne supporterait pas de perdre le ranch une deuxième fois.

La confiance est une chose qui se mérite. Seth Masters n'avait rien fait pour se montrer digne de la sienne. Si elle tombait dans son piège, elle ne ferait que confirmer à ses yeux qu'elle était aussi bête que son père. Tous les Masters se riraient d'elle.

Perdue dans ses pensées, elle se laissa tomber sur son petit canapé décati. C'était soit un piège d'une horrible cruauté, soit la chance de sa vie. Dans tous les cas, ce qui était fait était fait. Il fallait qu'elle tourne la page. Mais pourquoi se serait-il donné tant de mal juste pour se moquer d'elle ? Il y avait quelque chose qui clochait mais elle n'arrivait pas à mettre le doigt dessus.

Instinctivement, elle prit son téléphone et rechercha le nom de Me Rucker.

— Ben, c'est Ally Kincaid. J'aurais juste aimé savoir ce que vous pensez de Seth Masters.

Tout ce que Ben put lui dire fut que Seth était un homme d'affaires qui siégeait aux conseils d'administration de deux hôpitaux de Los Angeles. Il ne pouvait pas attester de son honnêteté, mais il lui avait fait bonne impression.

Que pouvait-elle en déduire ? Rien. À part que Seth était un bon menteur.

Le lendemain soir, elle était épuisée. Au ranch, elle avait commis plusieurs erreurs d'étourderie stupides, et quand on travaille avec des chevaux de cinq cents kilos, les erreurs d'étourderie stupides peuvent faire très mal. Tout était la faute du manque de sommeil. La veille au soir, elle s'était tournée et retournée dans son lit, s'imaginant dans sa maison, son écurie. Elle se souvenait des silences du soir quand une brise fraîche d'été soufflait sur les terres. Elle se souvenait du bruit que faisaient les chevaux en mangeant leur grain, des odeurs de luzerne et de cuir. Des sons et des senteurs qu'elle retrouvait aussi ici, mais qui étaient pourtant différents. Ce n'était pas la même chose, tout simplement. Cela ne le serait jamais. Elle se souvenait de la fierté qu'elle éprouvait quand un acheteur venait chercher un futur champion, un cheval qu'elle avait elle-même élevé et dressé.

Une fois de retour dans son chalet pour la nuit, elle se força à avaler un sandwich. Après quoi elle se détendit en prenant une bonne douche chaude. Il fallait qu'elle tourne la page. La simple idée d'épouser un étranger était inconcevable. Et s'il se montrait violent ? Et s'il avait d'autres défauts horribles ?

Mais tout bien considéré, il se pouvait aussi qu'il soit normal.

Ce qui l'amenait à une autre question : et s'il trouvait quelqu'un d'autre pour l'épouser ? Il était plus que séduisant. S'il posait la question à une autre, elle se jetterait certainement dans ses bras. Il n'aurait pour cela qu'à lui adresser ce si beau sourire.

Elle venait de sortir de la douche quand les lumières vacillèrent et qu'un grand coup de tonnerre retentit. Elle avait toujours adoré la pluie. Mais pas ce soir-là. Le temps ne faisait que renforcer son impression de solitude. Elle regarda son lit puis son placard. Passer une autre nuit sans sommeil, ou se rhabiller pour essayer de retrouver Seth Masters ? Il n'y avait de toute façon que trois hôtels à Calico Springs…

Une heure plus tard, trempée par la pluie, elle poussait les portes du Calico Springs Hotel and Suites. Après s'être renseignée à la réception, elle alla se poster devant la porte de la chambre 214. Et sans se laisser le temps de changer d'avis, elle frappa.

Une minute plus tard, il lui ouvrait. Uniquement vêtu d'un jean, son torse musclé exposé à son regard, il s'appuya d'un bras contre le cadre de la porte, à l'évidence surpris de la voir.

— Mademoiselle Kincaid ? dit-il en ouvrant plus grand la porte.

— Oui. Et oui, j'accepte de vous épouser, monsieur Masters. À partir du moment où le contrat reprend bien tous les points que vous avez évoqués.

— C'est promis.

— Alors que fait-on, maintenant ?

Ce sourire si séduisant aux lèvres, il s'effaça pour la laisser passer.

— Pour commencer, nous allons vous sécher.

— Et ensuite ?

— Demain, je ferai venir mon avocat, et pendant que vous lui procurerez les informations dont il a besoin pour la rédaction du contrat, j'achèterai la propriété.

— Comme ça ? Vous allez acheter le ranch ?

— Comme ça.

Elle n'avait jamais cru aux contes de fées, mais si cette proposition était honnête, que ce n'était pas une plaisanterie cruelle, elle en vivait bien un.

James Buchanan, l'avocat de Seth, et son assistant arrivèrent à 14 heures, le lendemain. Seth l'ayant laissée fixer toutes ses conditions, Ally se sentait plus confiante. Et elle comprenait très bien la nécessité de ces clauses par lesquelles elle renonçait à toute prétention sur les biens de Seth. Ce n'était que justice. La seule chose qu'elle voulait était son ranch.

Mais au bout de quelque temps, la réalité finit par la rattraper : elle allait se marier. Épouser un homme qu'elle ne connaissait pas. À vingt-quatre ans, elle n'avait jamais vraiment pensé au mariage. Si ses amies parlaient souvent de ce moment si spécial, elle, pour sa part, ne pensait qu'aux chevaux. Il fallait qu'elle y songe à présent. Tout avait basculé au moment où elle avait accepté de dire « oui ».

Le lendemain, Seth vint la chercher pour la conduire à la mairie, où ils demandèrent les documents. Dans deux jours, elle deviendrait Ally Masters.

C'était inimaginable. Son père devait se retourner dans sa tombe. Elle essayait de se rassurer en se disant que Seth n'était pas un vrai Masters. Il était de Los Angeles, n'était pas de mèche avec les membres de sa famille qui habitaient la région. Cette stratégie d'auto-persuasion fonctionnait parfois quelques minutes. Mais souvent, en regardant Seth, elle voyait l'ombre de son père, et la réalité la rattrapait en hurlant : Seth n'était autre que le fils de l'homme qui les avait trahis, son père et elle, l'homme qui les avait dépouillés de tous leurs biens et les avait laissés dans la misère.

Que s'apprêtait-elle à faire ?

Deux jours plus tard, la cérémonie civile eut lieu, brève et simple. Me Buchanan et son jeune assistant firent office de témoins. Le seul élément de surprise provint de Seth, quand il tira de sa poche un écrin de velours noir contenant deux bagues, l'une toute simple et l'autre étincelante de diamants. Ils se les passèrent au doigt, et après quelques mots du maire ils furent déclarés mari et femme.

Quand Seth la prit dans ses bras, leurs regards se croisèrent et le monde vacilla un peu. Lentement, très lentement, il baissa la tête vers elle. Son baiser fut doux, presque apaisant. Rassurant. Elle se perdit dans le contact de son corps, entre ses bras puissants. Toutes ses émotions semblaient réelles, ça n'avait rien d'un faux baiser de fausse cérémonie de mariage.

Bien vite, il fit passer les choses à l'étape supérieure, pénétrant sa bouche de sa langue, la laissant goûter à la sienne. Quand il finit par la libérer, elle releva la tête vers lui et vit quelque chose briller dans ses yeux d'ambre. Elle crut bien que son cœur allait s'arrêter. Elle avait redouté de voir de la sournoiserie dans son regard, mais la lueur de passion qui y brûlait désormais représentait un tout autre problème.

Quoi qu'il en soit, c'était fait. Il faudrait trois jours pour que le processus d'achat du ranch soit finalisé. Et encore trois jours avant la lecture du testament. Quelques mois avant qu'il reprenne le cours de sa vie à Los Angeles. *Tu peux bien supporter ça quelques mois.* Elle ne pouvait pas prévoir ce qui allait se passer désormais. La seule chose dont elle était sûre était que le ranch lui reviendrait. C'était tout ce qui importait.

Quand ils eurent dit au revoir à Me Buchanan et à son assistant, elle laissa Seth l'accompagner à sa voiture.

— Tu as faim ? lui demanda-t-il. Il est presque 19 heures. On pourrait manger quelque chose ?

— Oui. Comme tu veux.

Elle le vit se pincer les lèvres pour réprimer un sourire.

Quelques instants plus tard, ils étaient assis l'un en face de l'autre à une petite table de café Burdall's. Ce qui ne manqua pas de lui rappeler la dernière fois qu'ils avaient mangé ici. À ce moment-là, elle ne savait même pas comment il s'appelait. Désormais, son nom était le sien. *Masters.* Machinalement, elle jeta un coup d'œil aux diamants qui étincelaient à son doigt.

— Tu as fait des dépenses inutiles. Cette bague est magnifique.

— Je suis plutôt traditionnel, répondit-il en haussant les épaules. Je ne me voyais pas ne pas offrir d'alliance à ma femme pour la cérémonie.

Ma femme.

— En tout cas, je n'oublierai pas de te la rendre quand tu repartiras.

— Je ne m'inquiète pas pour ça.

La serveuse interrompit leur conversation en prenant leur commande.

— Bon, fit-il quand elle se fut éloignée, où allons-nous passer la nuit ?

— Je te demande pardon ?

— Chez toi ou chez moi ?

— Euh… Je pensais qu'on continuerait de mener nos vies comme avant. Toi à ton hôtel, et moi dans mon chalet.

— Ce n'est pas vraiment indiqué pour un couple de jeunes mariés. Je te rappelle que ça doit avoir l'air aussi vrai que ça l'est sur le papier. Pour tous les observateurs extérieurs, nous sommes amoureux. Si qui que ce soit émettait le moindre doute quant à la légalité de notre union, je pourrais perdre mes droits à être pris en compte dans le testament. Auquel cas tout cela n'aurait servi à rien.

Elle sentit la colère bouillir en elle. Elle avait accepté de signer des papiers ; elle n'avait jamais envisagé de passer une nuit, et moins encore plusieurs, avec cet homme.

— Il n'a jamais été question de coucher ensemble.

L'air décontenancé, il passa un long moment à la dévisager.

— Ça me semble pourtant évident. Nous sommes désormais officiellement mariés. On ne peut pas continuer de vivre chacun de son côté.

— Tu m'as dit qu'on devrait faire semblant quand on serait en public. Mais je n'ai pas compris que cette règle devait aussi s'appliquer derrière les portes closes.

— Je ne vois pas pourquoi elle ne s'appliquerait pas.

Ulcérée, elle se pencha vers lui.

— Tu vois très bien pourquoi.

— Tous les couples mariés vivent ensemble.

De nouveau, la serveuse interrompit leur conversation, cette fois-ci pour leur apporter leur commande. La cuisson du steak semblait parfaite, mais si elle essayait d'en avaler une bouchée à cet instant, Ally risquait fort de s'étouffer. Elle avait la gorge si serrée qu'elle avait peine à respirer.

— Certes, mais nous ne sommes pas comme tous les couples, répliqua-t-elle après le départ de la serveuse.

— Ally, tu te fais du souci pour rien. Ce n'est pas parce qu'on vit sous le même toit qu'il va nécessairement se passer quelque chose entre nous. Mais ne t'y méprends pas. Tu es une femme très belle et très désirable. Si tu me laissais entendre que tu en as envie, je serais plus que partant.

— Vivre sous le même toit ? Tu veux dire que tu envisages de t'installer chez moi ?

Il la regarda comme si elle venait de faire une très mauvaise plaisanterie.

— Très bien. On n'a qu'à aller dans mon chalet. Il y a un lit double et un canapé. Tu n'auras qu'à choisir.

Il devait mesurer au moins un mètre quatre-vingt-dix, avait de larges épaules. Dans le lit ou le canapé, sa tête ou ses pieds allaient de toute façon dépasser.

— Quand dois-tu quitter le chalet ?

— Je peux l'occuper tant que je garderai mon travail, ce que j'envisage de faire.

— C'est absurde.

— Que veux-tu que je fasse ?

— Je veux que tu donnes ta démission et que tu t'installes dans ton ranch. N'est-ce pas ce que tu voulais ?

— Je ne pourrais pas m'installer au ranch tant que la vente ne sera pas conclue.

— Ce qui nous amène à après-demain.

— Exact, mais entre-temps j'ai besoin d'un endroit où dormir. De même que j'ai besoin de mon salaire. Il n'y a pas tant de travail que ça dans la région.

— Tu n'as pas besoin de travailler. Je peux te fournir tout ce dont tu as besoin. Ce qui m'amène à penser que nous allons devoir meubler la maison. En attendant, nous dormirons à l'hôtel. Ou, si tu préfères, nous pouvons faire un bref voyage de noces.

— C'est ridicule.

— C'est juste normal.

— Pas pour moi !

La colère était de retour. Il souhaitait qu'elle se comporte comme une jeune mariée éperdue d'amour et qu'elle parte dans un endroit exotique avec lui ? Il avait perdu l'esprit. Même pas en rêve.

— Écoute, Masters, dit-elle d'une voix un peu forte.

Elle jeta quelques coups d'œil autour d'elle. Personne ne semblait écouter, mais elle baissa tout de même le ton :

— J'ai accepté de jouer le jeu, mais seulement en apparence. Je n'ai aucune intention de coucher avec un homme que je connais depuis moins d'une semaine. Si tu pensais pouvoir m'en convaincre, j'ai le regret de te dire que tu te fais des illusions.

— Mais je n'ai jamais parlé de partager un lit. C'est toi qui as lancé cette idée. Idée à laquelle je ne suis pas opposé, mais que je n'ai en aucun cas suggérée. Nous devons, en revanche, vivre sous le même toit. Et si tu penses pouvoir expliquer à tes proches pourquoi nous avons passé notre nuit de noces dans ce petit chalet, alors pourquoi pas ?

— Je n'ai aucune intention de parler à qui que ce soit de ce mariage blanc. C'est ton affaire, pas la mienne.

— Tu n'es pas obligée de répandre la nouvelle, mais c'est une petite ville. Tôt ou tard, tes connaissances t'interrogeront sur l'homme avec qui tu es. Que leur répondras-tu ?

Pourquoi n'avait-elle pas réfléchi à tout ça avant de signer ce stupide contrat ? Tout à coup, le ranch ne lui semblait plus aussi important. Une image lui vint à l'esprit : elle, étendue sur un lit douillet, entre ses bras puissants. Une agréable sensation de chaleur se répandit entre ses cuisses. Elle croisa les jambes pour la faire disparaître. Ce ne fut d'aucune utilité.

— Très bien. On va faire à ton idée. On ira à ton hôtel et je dormirai sur le canapé ou par terre.

Tout en souriant, il prit une bouchée de steak.

— Le canapé n'est pas très grand.

— Ça m'est égal.

Elle sala sa pomme de terre et commença à manger.

— Tu ne diras peut-être pas ça au bout de quelques nuits.

— Ne t'inquiète pas pour moi. Tout ira bien. Du moment que tu restes de ton côté de la chambre et moi du mien.

À ces mots, il sourit puis se pinça les lèvres comme s'il cherchait à s'en empêcher.

— Comme vous voudrez, madame Masters.

- 4 -

Seth se souvenait avoir été griffé par un chat dans son enfance. Il éprouvait à présent un sentiment similaire. Le félin était juste plus grand, ses griffes plus acérées. Mais il avait très envie de relever le défi. Il n'avait aucune intention de chercher à la séduire, et pourtant elle n'arrêtait pas d'évoquer le sujet. Peut-être aurait-il dû envisager plus sérieusement de mettre cette rousse volcanique dans son lit. C'était une très belle femme, et l'idée était plus que tentante.

— Tu veux qu'on aille chercher des meubles demain ? demanda-t-il pour changer de sujet. Si on allait faire les magasins l'après-midi ?

— D'accord. La literie n'est pas toute jeune. Ça serait bien de la remplacer.

— Il va aussi nous falloir un réfrigérateur, une cuisinière, une table de cuisine. Et peut-être un canapé et un ou deux fauteuils pour le séjour.

L'air suspicieux, elle reposa sa fourchette et le regarda dans les yeux.

— Pourquoi fais-tu tout ça ?

— Parce qu'il se trouve que je n'aime pas dormir par terre. Mais si tu préfères, je peux aussi commander deux matelas gonflables et passer à autre chose.

— Non, dit-elle après réflexion. Ce sera bien d'avoir des lits. Ainsi qu'une cuisinière et un réfrigérateur. C'est juste que je ne sais pas dans combien de temps je pourrais te rembourser.

— Je ne crois pas avoir dit que tu devrais me rembourser.

De toute façon, ne te fais pas de souci. On verra tout ça plus tard.

Après le dîner, elle accepta de lui faire visiter la région. Des terres ouvertes, sur lesquelles on discernait çà et là des chevaux et des vaches. De loin en loin s'élevaient des bosquets de pins et de chênes. Une rivière, qui descendait de la colline en serpentant, traversait la ville en son centre.

— Tu es née ici ?

— Oui. Après le bac, je suis allée étudier l'élevage deux ans à Austin, mais sinon j'ai toujours vécu ici. Et toi ? Tu as toujours habité Los Angeles ?

Il fit signe que oui.

— Mais j'ai toujours rêvé de vivre à la campagne. Dans un endroit où on voit loin et où on peut respirer.

— Alors pourquoi ne pas t'être éloigné un peu de la ville ?

— J'aurais bien aimé. D'autant plus que la Californie est l'une des plus belles régions du pays. Mais je n'ai jamais vraiment eu le temps d'y réfléchir. Je travaille beaucoup. Et parfois je dois sauter dans un avion à la dernière minute.

— Ça ne doit pas être facile. Tu dois vraiment aimer ce que tu fais.

Il acquiesça.

— Et le mieux, c'est que cela me donne l'occasion de travailler sur des projets tels que le centre de recherches. J'ai un ami hématologue, un autre oncologue. Nous essayons de coordonner nos efforts pour atteindre des objectifs communs. Ils sont sur le point de développer un traitement qui permettra de guérir plusieurs maladies. Et je voudrais participer activement au développement de ces recherches.

Ne sachant pas trop comment lui parler de son passé, il garda le silence quelques instants.

— Ma mère est morte d'une leucémie, finit-il par dire. Je lui ai promis de contribuer aux recherches sur le traitement de la maladie.

Il fixa son regard sur le sien. Et fut ravi de n'y trouver que compassion et compréhension.

— Je suis désolée.

— C'était il y a plusieurs années, maintenant. Mais merci.

Quand ils retournèrent au ranch où elle travaillait, le soir commençait à tomber. Devant le petit chalet niché entre les arbres qui bordaient la propriété, il lui ouvrit la portière de la voiture.

— Je ne vais prendre que quelques affaires, lui dit-elle. Ce ne sera pas long.

Une fois à l'intérieur, il fut un peu surpris de ce qu'il découvrit. La pièce unique était encore plus petite qu'elle en avait l'air, vue de l'extérieur. Il y avait un évier, une commode, une minuscule douche dans un coin, un placard sans porte dans un autre. Au milieu de la pièce, un petit lit et un fauteuil élimé. Une chaise contre un mur. Et rien de plus. Ayant vu la maison où elle avait grandi, il trouvait choquant de la savoir contrainte de se contenter de ces piètres conditions de vie.

— Je n'ai pas de valise, lui dit-elle en fouillant dans ses affaires. Je vais mettre ça dans des taies d'oreiller. De toute façon, je n'ai pas besoin de grand-chose. Je reviendrai.

Il hocha la tête, se gardant bien de lui communiquer le fond de sa pensée. Elle ne reviendrait pas dans ce lieu, peu importe ce qu'il aurait à faire pour l'en empêcher. Elle avait besoin d'un bon lit et d'assez d'espace pour pouvoir faire trois pas sans se cogner. Comme elle était fière et digne, il n'aurait jamais imaginé qu'elle vivait dans des conditions si déplorables. Machinalement, il prit la première taie d'oreiller qu'elle avait remplie.

— Je vais emmener ça à la voiture. Prends ton temps.

À leur arrivée à l'hôtel, il porta les deux bagages de fortune qu'elle avait remplis. La suite n'était pas très grande selon ses critères, mais elle était trois fois plus vaste que son chalet. Cependant, elle ne disposait que d'un lit. Un rapide coup de téléphone à la réception confirma ses craintes : l'établissement était complet. En ce vendredi soir, aucune chambre double n'était disponible.

— Il y a d'autres oreillers dans le placard, dit-il en pointant du doigt un coin de la pièce. Et des couvertures aussi.

Il regarda le petit canapé qui faisait face à la table basse dans le séjour. Il aurait pu se comporter en gentleman et lui proposer d'y passer la nuit, mais d'un autre côté, il ne voyait aucune raison de ne pas partager avec elle le grand lit. Si elle insistait pour dormir sur le canapé, ce serait sa décision.

Immobile, elle semblait perdue, comme si elle se demandait ce qu'elle devait faire à présent. Sa pudeur était charmante. D'après les documents qu'elle avait remplis pour le mariage, elle avait vingt-quatre ans. La plupart des femmes qu'il avait connues n'auraient pas hésité une seule seconde à se déshabiller pour se glisser dans son lit. Ce qui l'amenait à s'interroger sur ce qu'avait été sa vie avant lui. Avait-elle eu beaucoup d'amants ? Une relation sérieuse ? Avait-elle connu une déception amoureuse ? Elle était tellement belle que cette dernière hypothèse était difficile à imaginer.

En jetant un coup d'œil à sa montre, il s'aperçut qu'il était presque minuit. La journée avait été longue. Et certainement plus éprouvante encore pour elle. Tout en desserrant sa cravate, il écarta les draps de sa main libre.

— Si tu veux passer dans la salle de bains en premier… Il y a des serviettes et des peignoirs dans le petit placard à droite.

— Merci, répondit-elle avant de s'engouffrer dans la pièce.

La salle de bains disposait d'une grande baignoire à bulles. Il espérait qu'elle pourrait s'y détendre un peu. Quand il entendit l'eau couler des robinets, il ne put s'empêcher de sourire.

Quelques minutes plus tard, elle sortait de la pièce vêtue d'un vieux T-shirt qui lui arrivait juste au-dessus du genou. Ses cheveux, qu'elle avait à l'évidence lavés et séchés, retombaient souplement autour de son beau visage. Malgré tous ses efforts pour l'en empêcher, il sentit son sexe durcir de tout le désir qu'elle lui inspirait. Ses lèvres pleines étaient serrées ; pas l'ombre d'un sourire ne venait illuminer ses traits. Sans le regarder, elle sortit du placard une couverture et un oreiller et commença à les installer sur le petit canapé. Quand il revint de la salle de bains, elle était allongée dans son petit lit de fortune, et affichait un air profondément malheureux.

— Tu es sûre de ne pas vouloir dormir avec moi dans le lit ?

— Certaine.

Dans un soupir, il éteignit la lampe de chevet. Il avait fait ce qu'il avait pu, il ne pouvait tout de même pas la forcer. Il avait d'ailleurs le sentiment que la petite féline ressortirait les griffes s'il s'y risquait. Ne voyant rien d'autre à faire, il referma la porte de communication.

Quand il se réveilla le lendemain matin, Seth trouva la suite vide. Mais Ally avait laissé un mot sur la table de chevet.

Partie travailler. Je reviens à 18 heures.

Intrigué, il consulta l'heure sur son téléphone. Il était à peine 7 heures du matin. Travaillait-elle douze heures par jour ?

Après s'être préparé, il prit la route du ranch où elle était employée, s'arrêtant en chemin pour prendre un petit déjeuner à emporter. En arrivant au Triple Bar, il la trouva derrière la grande écurie, occupée à exercer un poulain bai. Souriant, il s'approcha de la clôture pour lui proposer un brownie et une tasse de café.

— Merci, lui dit-elle en s'approchant.

— De rien. Tu comptes annoncer ta démission aujourd'hui ?

— Non, répondit-elle sans hésiter. J'attends que tu me dises que la maison est bien à toi… Ou à moi.

Elle s'interrompit, secoua la tête.

— Enfin, tu vois ce que je veux dire.

— Tu peux me faire confiance, Ally.

— Nous verrons.

— Que dirais-tu d'aller à Calico Springs cet après-midi pour acheter les meubles dont nous avons parlé ?

— Il faut que je travaille.

— La vente sera conclue demain. Sur quoi vas-tu dormir si on n'achète pas de lits ?

— J'ai changé d'avis. Je vais rester ici.

Exaspéré, il soupira.

— Pourquoi ai-je racheté le ranch si tu ne veux pas y retourner ? Je pensais que tu voulais le récupérer.

— Oui, mais…

— Il n'y a pas de « mais ». Si tu ne veux plus de ce ranch, dis-le-moi maintenant.

Il comprenait cependant son état d'esprit : elle voulait bien de ce ranch, mais sans lui.

— Je vais m'arranger pour me libérer entre midi et deux. Merci pour le petit déjeuner.

Satisfait, il hocha la tête.

— Je vais appeler mon assistante pour lui dire d'embaucher du personnel de maison. Remeubler la ferme va représenter une somme importante de travail.

— Je ne vois pas l'intérêt de payer des gens pour dire à des livreurs où poser des lits, une cuisinière et un réfrigérateur.

— Je ne pensais pas me limiter à ça.

Comme s'il avait hâte de retourner à son box ou au pré, le poulain se mit à piaffer. Elle lui tendit une friandise, qui sembla lui faire retrouver un peu de patience. Après lui avoir brièvement caressé l'encolure, elle termina sa tasse de café.

— Comment as-tu su que j'aimais le café au lait ?

— J'ai deviné, répondit-il en tournant les talons. À tout à l'heure. Midi.

Ally regarda Seth s'éloigner du corral en remontant l'allée de gravier.

C'était un homme mystérieux. Elle n'arrivait toujours pas à le cerner. Il avait un physique qu'elle associait volontiers à la Californie : hâlé, musclé, avec des mèches de cheveux blonds décolorées par le soleil. Les traits de son visage, à la fois fins et durs, virils, étaient extrêmement harmonieux. Sa réussite aurait pu le rendre arrogant, mais elle n'avait pour l'instant perçu aucun signe de cela. Il se fondait dans la foule des autochtones, ces personnes qu'elle avait connues toute sa vie. C'était étrange. Les autres frères Masters avaient toujours vécu à Calico Springs. De l'extérieur, on aurait pu croire qu'il en était de même pour Seth.

Quand il revint la chercher à midi, ils allèrent donc faire leurs achats. Il s'arrêta d'abord chez un concessionnaire, où il acheta un pick-up. Puis ils se rendirent dans un magasin de meubles.

— Tu ne veux pas essayer avant de prendre ta décision ? lui demanda-t-il alors qu'ils observaient une rangée de matelas.

— Je te fais confiance pour choisir quelque chose de bien.

— Assieds-toi au moins dessus. Au bout du compte, c'est toi qui le garderas et qui l'utiliseras quand tu récupéreras ta maison. Alors autant choisir quelque chose qui te plaît.

Agacée, elle s'installa sur le premier matelas qui se trouvait devant elle, et dont le contact lui fit une désagréable impression. Même chose pour le suivant, et ainsi de suite. Quand elle finit par en trouver un qui lui plaisait, ils se trouvaient à l'autre bout de la vaste pièce.

— Ça y est ? demanda-t-il. On a le bon ?

— Oui !

Il se tourna vers le vendeur.

— Nous en prendrons deux, lui dit-il avant de se retourner vers elle. Bon, maintenant, allons voir les lits.

— Comment peux-tu savoir si tu aimeras le matelas que j'ai choisi ?

Il balaya du regard la longue file des matelas qu'elle avait testés.

— A priori, je ne vois pas comment je pourrais être plus difficile que toi. Allez, viens.

Ensemble, ils descendirent au deuxième étage, où ils choisirent deux cadres de lit, des canapés et une table basse, une table et des chaises de cuisine, des transats.

— Je vais envoyer la liste des choses que nous avons achetées à Karen, mon assistante, et lui dire de s'occuper du reste. Si elle oublie quelque chose, on pourra toujours le prendre plus tard, affirma-t-il quand ils eurent repris la route.

En la déposant au Triple Bar Ranch pour qu'elle reprenne son travail, il lui dit qu'il viendrait la rechercher à 19 heures et qu'ils sortiraient ensuite dîner.

Elle avait la tête qui tournait. Une seule pensée lui venait à l'esprit : *dans quel guêpier me suis-je fourrée ?*

— Donc, demain, tu seras l'heureux propriétaire d'un ranch ? dit Ally en plaçant sa serviette sur ses genoux.

— Demain, l'acte de propriété sera transféré à mon nom. Je n'ai pas besoin d'être présent. Tout sera géré de façon interne par la société.

Elle le regarda, interloquée. Elle aurait bien aimé savoir ce que cela faisait de pouvoir acheter un ranch comme ça. Certes, il n'avait pas eu à dépenser un cent, mais c'était un transfert d'argent, cela revenait au même. Elle n'avait jamais vécu dans la pauvreté, loin de là. Mais tout cela était très nouveau pour elle.

— Comme ça.

— Je te demande pardon ?

— Tu peux acheter un ranch de deux cents hectares comme ça.

Elle fit claquer ses doigts, ce qui lui tira un sourire.

— Je ne l'ai pas acheté. L'argent n'a pas changé de mains. La société dispose d'environ cinquante mille hectares de terres rien que dans le Texas. Ce ranch est donc un grain de sable dans le désert.

Elle ouvrit la bouche pour lui opposer un argument, mais ne trouva rien à dire à cela.

Il avait choisi un restaurant situé le long des rives de la Calico River. On leur avait attribué une table devant la verrière qui surplombait l'eau. Une petite chandelle, dans un bougeoir de verre, illuminait l'espace de sa chaleureuse lueur. Elle releva les yeux vers lui et fut une fois de plus frappée par la beauté de son visage, dont se dégageait une impression générale de droiture et d'honnêteté. À la lumière de la chandelle, les paillettes d'or semblaient danser dans ses yeux bruns. Quand son regard tomba sur ses lèvres viriles, elle remarqua qu'elles étaient serrées, comme s'il cherchait à se retenir de sourire.

Embarrassée, elle se reconcentra sur son steak.

— Ce week-end, dit-il, je pense que tu pourras commencer à préparer l'écurie pour y transférer tes chevaux. J'imagine qu'ils seront contents eux aussi de rentrer chez eux. Depuis combien de temps es-tu partie ?

— Un peu plus d'un an.

— Tu vas avoir besoin de te faire aider, au moins dans un premier temps. À moins que tu ne connaisses quelqu'un, pourquoi ne pas passer à l'agence pour l'emploi demain ?

— Je peux faire tout ce qu'il y a à faire.

— Tout ? Vérifier les clôtures, nettoyer les box, remplir les mangeoires et les abreuvoirs, en plus de dresser les chevaux ? Et j'imagine qu'il y a des tas d'autres choses auxquelles je n'ai pas pensé. À mon avis, il te faudrait au moins trois cow-boys. Embauche-les.

Intriguée, elle reposa sa fourchette à côté de son assiette.

— Pourquoi fais-tu ça ? Le marché, c'était que tu achetais le ranch et que je restais mariée avec toi trois mois en échange. Il n'a jamais été question d'acheter des meubles. Et encore moins d'embaucher des cow-boys. Actuellement, j'ai à peine de quoi nourrir les chevaux.

— Alors laisse-moi t'aider.

— Tu n'as pas répondu à ma question. Tu ne comprends donc pas que je n'ai pas de quoi te rembourser ? À mon sens, ce mariage blanc ne me donne pas libre accès à ton compte en banque.

Appuyant ses coudes sur la table, il se pencha vers elle.

— Pour commencer, je n'ai pas envie de vivre dans une maison vide, même pour trois mois. Et le reste n'est qu'une question de bon sens. C'est comme ça que tu devrais voir les choses. Tu me rembourses en me permettant d'être pris en compte dans le testament. Et avant que tu ne mentionnes le sujet, si ma part de l'héritage se révèle être dérisoire, tu m'auras au moins permis d'essayer. Ma mère est morte d'une leucémie. Je lui ai promis de trouver un moyen de vaincre cette maladie. Le centre de recherches dépend en grande partie de l'argent de l'héritage. Sans toi, il n'y aurait pas d'argent et pas de chance d'en obtenir.

Elle connaissait des dizaines de femmes qui auraient sauté sur l'occasion de l'épouser. Mais par une ironie du sort, il avait choisi la moins intéressée. Sur cette pensée, elle décida de se détendre un peu. Elle avait un document, signé et officiel, qui attestait que sa promesse serait honorée. Ne lui restait plus qu'à passer ces trois mois avec lui. Quant à toutes ces dépenses qu'il insistait pour faire, elle lui avait clairement expliqué qu'elle ne pourrait pas les rembourser.

— Très bien. N'en parlons plus.

— Je suis d'accord. C'est bon ? demanda-t-il en désignant son assiette.

— Très.

Quand ils arrivèrent à l'hôtel, elle était épuisée, une fatigue moins physique qu'émotionnelle. À peine arrivée dans la chambre, elle partit droit vers la salle de bains. Le lendemain, il finaliserait l'achat du ranch. Puis, dans quelques jours, il assisterait à la lecture du testament. À présent qu'elle comprenait mieux son besoin de fonds supplémentaires pour le centre de recherches, elle le voyait sous un jour différent. Pour la première fois, elle le considérait comme quelqu'un qui avait des sentiments, et non plus comme un millionnaire qui voulait toujours plus d'argent. La mort de sa mère avait à l'évidence été un événement traumatisant pour lui. Elle comprenait, ayant elle-même perdu ses parents et étant seule au monde. Elle n'avait pas de frère et sœur, aucune famille. Lui avait ses demi-frères, mais étaient-ils proches ? Avaient-ils été présents pour lui au moment du décès de sa mère ? Elle espérait vraiment que le rendez-vous chez le notaire se passerait bien pour lui.

Après s'être lavée, elle enfila un T-shirt ample et retourna dans la salle principale de la suite. Il ne lui fallut pas beaucoup de temps pour faire son petit lit de fortune sur le canapé. Après quoi elle s'installa, trouva une position confortable et ferma les yeux. Elle eut du mal à s'endormir. Elle ne cessait de se tourner et de se retourner. Et elle avait froid. Elle resserra la couverture autour d'elle mais cela ne fut d'aucune utilité. Elle songea à se lever pour régler le thermostat. Mais elle finit par sombrer dans un sommeil agité.

La chaleur qui l'enveloppait avait un goût de paradis. Ally sentait un léger poids peser sur son ventre, une agréable sensation de douceur le long de son dos et de ses jambes. La texture soyeuse des draps et quelque chose de dur contre ses fesses. Lentement, elle ouvrit les yeux et comprit immédiatement où elle se trouvait. Dans le lit. Entre les bras de Seth. C'était son sexe qu'elle sentait contre elle. Comment était-elle arrivée là ? Elle n'en avait aucune idée. À en juger par le son régulier de sa respiration, il devait dormir paisiblement. Le plus doucement possible, pour ne pas le réveiller, elle déplaça son bras pour libérer sa taille. Mais elle n'eut pas le temps de sortir du lit : il la reprit immédiatement dans ses bras pour la serrer contre lui. Il semblait pourtant toujours dormir. Apparemment, il l'avait confondue avec un oreiller. Mais elle n'avait pas envie d'être dans ses bras quand il se réveillerait. Elle n'avait pas envie d'être dans ses bras tout court. Alors qu'elle réfléchissait à ce qu'elle pouvait faire, elle sentit sa respiration changer.

— Bonjour.

Le son grave de sa voix fit courir un délicieux frisson le long de son dos.

Rabattant les couvertures sur elle, elle s'assit en se dégageant de son étreinte. Il faisait un peu frais dans la pièce et, l'espace d'une seconde, elle regretta de ne pas pouvoir retrouver le cocon de chaleur qu'ils avaient générée durant la nuit. Mais avec détermination elle se leva.

— Bonjour, répondit-elle en le regardant suspicieusement.

Il était resté là, allongé sur le côté, le coude appuyé sur

le lit, la tête reposant sur sa main. Ses cheveux étaient ébouriffés. L'ombre de barbe qui obscurcissait ses joues lui donnait un air diabolique, que son regard ne faisait qu'accentuer. Sa bouche ouverte révélait de belles dents blanches. Son regard, viril et appréciateur, glissait sur elle. On aurait dit un fauve qui avait trouvé une proie à dévorer.

Elle ravala sa salive avec peine tandis que son corps s'emplissait d'une chaleur qui semblait se concentrer dans son sexe. Il n'était pas le genre d'homme à se contenter d'être ami avec elle. Il connaissait le corps des femmes et n'hésiterait pas à le lui montrer si elle lui en laissait la moindre occasion. Chose qu'elle n'avait aucune intention de faire.

— Pourrais-je savoir comment j'ai atterri dans ton lit ?

Elle n'avait aucun souvenir de s'être déplacée, et elle n'était pas somnambule.

— Je t'ai retrouvée par terre. Tu n'avais plus de couvertures. Tu semblais avoir froid. Plutôt que de m'embêter à te remettre dans le petit canapé, je me suis dit qu'il serait plus logique et plus facile de te coucher dans le lit. Pour que tu aies bien chaud et que tu dormes mieux.

— Dans ce cas… J'imagine que je dois te remercier. Bon, il faut que j'y aille, balbutia-t-elle en se précipitant vers la salle de bains.

Décidément, les choses allaient de mal en pis. Elle se demandait bien comment elle allait tenir pendant trois mois.

Deux jours plus tard, Ally avait retrouvé son enthousiasme, notamment à cause de son travail. Pourquoi élever les chevaux d'un autre alors que tout ce qu'elle voulait était retrouver la maison de son enfance et refaire fonctionner le ranch ? Dès que Seth lui eut assuré que la vente était conclue, elle donna sa lettre de démission au Triple Bar. Après quoi ils retournèrent au ranch. Son ranch. Et celui de Seth. Elle devait d'ailleurs reconnaître qu'elle avait tendance à s'appuyer un peu trop sur lui. Elle avait placé son avenir entre les mains d'un homme qu'elle ne connaissait après tout que très peu, lui faisant confiance quand il lui avait dit que tout se passerait bien. Lui faisant confiance alors que c'était son père qui était à l'origine de tous ses maux. Et le pire de tout, ce qui l'effrayait le plus, c'était qu'elle commençait à s'attacher à lui.

Les agents d'entretien arrivèrent aux alentours de 10 heures et se mirent au travail dès qu'Ally leur eut donné les instructions.

Vers 14 heures, un livreur apporta les meubles et appareils électroménagers. Et à la fin de la journée, Ally, qui terminait de tout ranger, se sentit emplie d'un sentiment de fierté et de réussite qu'elle n'avait pas éprouvé depuis bien longtemps.

— Tout a l'air très bien, dit Seth en entrant dans la cuisine où elle était occupée à déballer l'un des cartons d'ustensiles de cuisine que son assistante leur avait fait livrer.

— On est sur la bonne voie. Je trouve que les meubles s'intègrent très bien à la maison. Je finis de déballer, et je vais faire les courses.

— Tu pourras le faire demain quand je serai à l'office notarial.

— C'est vrai ! J'avais oublié. C'est demain qu'a lieu la lecture du testament. J'espère que tout se passera bien pour toi. Tu connais bien tes demi-frères ?

Il fit signe que oui.

— Assez bien. Je suis venu ici tous les étés depuis l'âge de six ans. Je venais aussi pour les vacances de Noël, parfois. Quand je suis parti à l'université, j'ai dû limiter la fréquence de mes visites, mais on est restés en contact.

— Je n'ai jamais eu directement affaire à eux. Quand j'ai perdu mon ranch, tout est passé par ton père et ses avocats. Je n'ai jamais rencontré tes frères. J'espère qu'ils ne sont pas aussi assoiffés de sang que votre père. Je suis navrée de dire ça, mais c'est l'impression que cet homme m'a laissée.

— Je comprends. L'impression qu'il m'a laissée est bien sûr différente, mais j'ai pu constater qu'en d'autres circonstances il pouvait se montrer assez dur. En revanche, il ne m'a jamais semblé que mes frères étaient comme ça.

— Tant mieux. Essaie de ne pas trop t'inquiéter pour demain. Je sais que c'est très important pour toi, mais tout devrait se passer comme prévu. Il n'y a pas de raison que ça tourne mal, non ?

— On ne peut rien prévoir, mais je suis plutôt confiant.

Il la regardait désormais comme si un nouvel aspect d'elle-même venait de se révéler à lui. C'était en tout cas l'impression que cela donnait. Mais peut-être se méprenait-il.

— Merci pour tes encouragements, ajouta-t-il.

— De rien.

Ils passèrent un long moment à se regarder. On aurait dit qu'aucun d'entre eux ne voulait rompre le contact visuel.

— Bon. Je vais aller à l'écurie voir si le travail a avancé.

Il se tenait toujours devant elle, les pouces enfoncés dans les poches de son jean, les manches de sa chemise roulées sur ses bras musclés, ses yeux si bruns fixés sur elle, brillants de ces étincelles d'or. Plus elle le regardait, plus elle sentait les battements de son cœur s'accélérer. Il était tellement viril. Il fallait qu'elle se reprenne. Elle ne pouvait pas tomber sous son charme. Et pourtant…

— Tu veux venir avec moi ?

— Avec plaisir.

Ils se dirigèrent ensemble vers la grande écurie, et pour la énième fois depuis qu'elle le connaissait, elle se demanda dans quel guêpier elle s'était fourrée.

- 5 -

Le centre-ville grouillait d'activité quand Seth s'y engouffra pour son rendez-vous avec Ben Rucker le lendemain. Il venait de trouver une place de parking quand il entendit quelqu'un l'interpeller d'une voix grave qui ressemblait beaucoup à la sienne.

— Seth !

En se retournant, il reconnut Wade et Cole qui avançaient dans sa direction.

— Comment ça va ? lança joyeusement Cole en lui tapant dans le dos.

Chaleureusement, Wade le prit à son tour dans ses bras.

— Ça fait longtemps…, dit-il à Seth en souriant.

— Trop. Content de vous revoir tous les deux. Où est Chance ?

— Il arrive. La saison du poulinage n'a pas débuté, mais l'une de ses juments a commencé le travail plus tôt que prévu. Il a appelé il y a quelques minutes pour dire qu'il était sur la route.

— Tant mieux. Je serai content de le revoir.

— Alors, comment vas-tu ? J'ai appris pour ta mère, je suis désolé.

— Merci. Oui, elle s'est battue courageusement jusqu'au bout, mais…

— Et maintenant, tu envisages de monter un centre de recherches contre le cancer ?

— Tout à fait.

Il n'était pas étonné que Wade et Cole soient au courant

de son projet. Wade se tenait toujours très informé pour tout ce qui concernait la famille.

— J'espère que tout se passera bien pour toi aujourd'hui.

Wade venait de prononcer ces mots quand un pick-up blanc se gara devant eux. Un grand jeune homme noueux en sortit, un sourire chaleureux aux lèvres.

— Chance ! Comment vas-tu ? s'exclama Seth en le prenant dans ses bras.

— Il n'y a pas à se plaindre, frangin. Et toi ?

— Bien.

— Il faudrait tout de même qu'on se réunisse avant que tu partes. Combien de temps restes-tu ?

— J'avais prévu de repartir rapidement, mais j'ai changé mes plans. J'ai fait l'acquisition d'un ranch dans la région. Une petite propriété qui appartenait à la société familiale. Cole m'a donné le feu vert. On est en train de l'aménager. Je voulais un pied-à-terre pas trop loin de la famille.

— Très bien, dit Chance, comme pour marquer son approbation. Tu m'en vois ravi.

— Ma femme a eu un coup de cœur pour ce ranch à l'ouest de la ville. L'autre avantage, c'est que ça me donnera l'occasion de vous voir plus souvent.

— Ta femme ? J'ignorais que tu t'étais marié. Félicitations ! Il faut absolument que tu nous la présentes. Et il ne me semble pas que tu aies rencontré ma Laurel. Il faudrait vraiment qu'on fasse quelque chose tant qu'on est tous ici.

Tout le monde approuva les propos de Wade.

Ils bavardèrent encore quelques minutes avant d'entrer dans l'office notarial, où Me Rucker ne tarda pas à les informer des dernières volontés de leur père. En vertu du testament, Seth devenait un associé à part entière de Masters International Inc. et se voyait par ailleurs octroyer une somme d'argent bien supérieure à tout ce qu'il avait pu imaginer. Il lui fallut faire beaucoup d'effort pour contenir les larmes de joie qui menaçaient de couler de ses yeux. C'était encore mieux que ce qu'il avait espéré.

Leur père avait partagé équitablement ses biens entre ses

quatre fils, ce qui faisait de lui un milliardaire. L'entreprise familiale allait absorber ses différentes sociétés, ce qui lui permettait de continuer de travailler dans les domaines qui lui plaisaient tout en prenant des responsabilités au sein de Masters International. Mais le mieux de tout, c'était que le financement du centre de recherches était à présent pleinement assuré, une idée qui lui procurait un intense sentiment de joie.

— Seth, lui dit Wade quand ils sortirent ensemble de l'office, on envisageait de se rassembler samedi soir. Ce n'est pas souvent que nous sommes tous là au même moment. Tu es disponible ?

— Je serais ravi de pouvoir te dire oui, mais je vais d'abord demander à Ally. Je peux t'appeler ?

— Bien sûr. J'espère qu'on pourra vous voir tous les deux.

— Ce sera tout simple, ajouta Chance. Hamburgers et frites. Ne sortez pas les tenues de soirée.

Après avoir dit au revoir à ses frères, Seth repartit vers son ranch, en espérant qu'Ally s'y trouverait.

En passant le portail, il croisa la camionnette d'un artisan qui repartait. Le travail, dans la maison, avait bien avancé. Les papiers peints avaient été changés. Les vieux meubles qu'ils avaient décidé de garder avaient été rénovés et quelques-uns des nouveaux étaient déjà en place.

— Il y a quelqu'un ? Ally ? cria-t-il dans le séjour.

— Elle est à l'écurie, lui répondit-on.

En se retournant, il trouva derrière lui une femme d'âge mûr.

— Je suis Pauline Haddock, votre nouvelle gouvernante, lui dit-elle.

— Ravi de vous rencontrer, Pauline. Bienvenue à la maison, répondit-il en souriant.

Ils échangèrent une poignée de main. Et aussitôt, il se tourna vers la porte, impatient de retrouver sa femme.

*
* *

— Où voulez-vous que je mette ces vieilles planches ? demanda Stony Osterman, qui comptait parmi les quatre cow-boys qu'Ally avait embauchés pour l'aider à préparer les terres et les écuries pour le retour des animaux.

— Et si on en faisait un tas derrière la grange, mais suffisamment loin des bâtiments et des arbres pour qu'on puisse y mettre le feu ?

— Ça m'a tout l'air d'être une bonne idée.

— Et autant ajouter les vieux copeaux de bois sur le tas.

— Oui, chef ! lança-t-il en souriant, avant de repartir vers le fond de l'écurie.

Elle l'entendit relayer ses directives aux autres. Quelques minutes plus tard, quelqu'un démarrait le tracteur pour racler les copeaux de pin étalés dans l'écurie.

La voix de Seth se mit soudain à résonner derrière elle.

— C'est le jour des poubelles ?

— Oui, répondit-elle en lui rendant son sourire. Grâce aux employés et à ton nouveau tracteur, l'écurie devrait être prête à recevoir les chevaux à la fin de la semaine. Je n'aurais jamais imaginé que les choses puissent à ce point se détériorer en une seule année.

— On dirait que tu vas avoir besoin de davantage de bois. Prends ce dont tu as besoin. J'ai demandé à mon assistante de se mettre en relation avec la scierie. Les employés travaillent bien ?

— Très, répondit-elle en hochant vigoureusement la tête. Ils sont tous très courageux et motivés. On a bien fait de les embaucher.

Ces mots lui tirèrent un sourire de satisfaction.

— Et toi ? reprit-elle. Comment s'est passé ton rendez-vous chez le notaire ? Tu as de quoi construire le centre de recherches ?

Elle était anxieuse pour lui. Il avait déjà dépensé tellement d'argent pour la maison et les terres, s'était tellement compliqué la vie pour l'épouser. Et tout cela dans le seul but d'être pris en compte dans l'héritage de son père.

Il prit une profonde inspiration avant de répondre :

— J'ai bien plus encore que ce que j'avais espéré. J'avais téléphoné à Ben Rucker ce matin. Il a été ravi d'apprendre que j'avais trouvé une femme. Et étonné, mais manifestement très content, de savoir que c'était toi.

— Tant mieux. Félicitations, dit-elle en souriant.

— Du coup, on va pouvoir commencer à construire le centre dans deux mois. Probablement au milieu de l'été.

— Donc… Tu es milliardaire à présent ?

Il fronça les sourcils, eut l'air de réfléchir à la question.

— En théorie, cet argent est rattaché à l'entreprise familiale, dont je suis désormais un membre à part entière, mais je suppose qu'on peut dire ça, oui. Pourquoi ?

— C'est la première fois que j'en rencontre un. J'espère que tu ne vas pas devenir snob.

— Je ferai tout pour que ça ne se produise pas, répondit-il en souriant. Mais si tu as l'impression que je commence à le devenir, n'hésite pas à me remettre à ma place, d'accord ?

— Compte sur moi, dit-elle d'un air faussement sérieux, comme si elle n'avait pas perçu l'ironie de sa remarque. Que vas-tu faire maintenant ? Partir pour superviser la construction du centre ?

— Pas avant une semaine ou deux, répondit-il en la regardant dans les yeux. Les plans sont déjà dessinés, et je pense pouvoir gérer le reste par visioconférence avec mes associés, Matthew Rundles et John Sizemore. Nous avons pris un entrepreneur général. Donc, si un problème survenait, il serait là pour le régler. Je devrais peut-être faire un ou deux allers et retours à LA dans les jours à venir, mais ce sera tout.

Il s'interrompit, inclina la tête sur le côté.

— Ça te convient ?

— Très bien, répondit-elle en haussant les épaules. Aucun problème. Ce sont tes affaires. Et c'est ton ranch.

Comme s'il s'attendait à une réponse différente, il soutint son regard mais finit par changer de sujet.

— En parlant du ranch, je vais avoir besoin d'un cheval. Tu pourrais m'aider à en trouver un bien ?

— Bien sûr, mais tu peux aussi monter l'une de mes juments. Elles sont toutes très bien formées, et je te fais confiance pour te montrer gentil avec elles.

— Je suis toujours gentil. Ou du moins quand il le faut.

— Il le faut, avec ces filles. Elles réagissent au moindre effleurement.

— Comme leur maîtresse ?

Une lueur s'était allumée dans son regard : elle sentit le rouge lui monter aux joues. Embarrassée, elle se détourna de lui.

— Je voulais te montrer la maison. Tu as un peu de temps ?

— J'en ai toujours, pour toi.

Entre les meubles anciens et les nouveaux qu'ils avaient achetés, la maison paraissait désormais chaleureuse et accueillante. Seth aimait particulièrement le séjour. Le canapé et les deux bergères qu'ils y avaient installés étaient en parfait accord avec la cheminée. Ils y seraient bien pour passer les longues soirées d'hiver.

— Ton lit a été installé dans la grande chambre, lui dit Ally. Le mien est dans l'une des chambres d'amis.

Elle commença à monter l'escalier.

— Pourquoi ne pas avoir fait installer le tien dans la grande chambre ? lui demanda-t-il en lui emboîtant le pas. C'est ta maison.

— Je ne sais pas, répondit-elle en haussant les épaules. Ça ne m'aurait pas semblé juste.

— Évidemment, on pourrait aussi dormir dans le même lit. Ça réglerait le problème.

L'air ulcéré, elle se retourna vivement vers lui.

— Il n'y a pas de problème, dit-elle sèchement avant de reprendre sa marche.

Quand il la rejoignit, elle s'était déjà mise à faire le lit dans la grande chambre.

— Je te rappelle que nous avons embauché une gouvernante.

— Elle est occupée à repasser des vêtements, dit-elle en haussant les épaules. Moi, je n'ai rien d'autre à faire.

— À part superviser le travail d'une gouvernante dans la maison et de quatre cow-boys à l'écurie.

— Je veux que ce lit soit fait. Le mien est fait. La cuisine et le séjour sont terminés. La cuisinière, le lave-vaisselle et le réfrigérateur ont été livrés, et le menuisier a terminé le nouveau placard pour le micro-ondes. Il nous faudra encore acheter quelques poêles et casseroles, mais en dehors de ça, tout est prêt.

— Karen s'en est occupée. La livraison devrait avoir lieu demain.

Manifestement satisfaite, elle lui sourit.

— Tout a l'air parfait, lui dit-il. Tu as fait du bon travail.

— Peut-être, mais il reste encore beaucoup à faire, répondit-elle en glissant un oreiller dans une taie.

Tout en secouant la tête, il sourit. Il ne s'était pas rendu compte qu'il avait épousé une perfectionniste.

— Au fait, tu es libre samedi soir ?

L'air méfiant, elle le regarda en plissant les yeux.

— Je ne sais pas. Pourquoi ?

— Mes frères et leurs femmes organisent un dîner et…

— Non, coupa-t-elle. Non, je ne peux pas.

Laissant son oreiller, elle se précipita vers la porte.

— Pauline ? Pourriez-vous finir de faire le lit ?

— Bien sûr, madame, lança la gouvernante depuis une autre pièce.

Comme si elle avait le diable aux trousses, Ally descendit l'escalier.

— Attends ! s'exclama-t-il derrière elle.

— Il faut que j'aille à l'écurie, marmonna-t-elle en traversant la cuisine d'un pas toujours aussi précipité.

— Ally !

Elle claqua la porte. Intrigué, il la rouvrit et pressa le pas pour la rattraper.

— Ally, qu'est-ce qui ne va pas ?

— Rien. J'ai des choses à faire à l'écurie. Les cow-boys vont avoir besoin de…

— Tout cela peut attendre. Je veux savoir pourquoi tu t'es enfuie en courant. Est-ce à cause du dîner de samedi ?

Les lèvres pincées, elle le regarda un long moment sans rien dire.

— Tu leur en veux toujours pour ce que notre père a fait ? C'est ça ?

L'air gêné, elle baissa la tête.

— Non. Comment pourrais-je leur en vouloir après ce que tu as fait pour rattraper ses erreurs ?

Elle se mit à se mordiller les lèvres, une manie qui avait le don de le rendre fou. Il brûlait d'envie de goûter à cette bouche si sensuelle, lui aussi.

— Alors, quel est le problème ?

Haussant les épaules, elle lui jeta un bref regard avant de se détourner.

— Écoute, je suis une fille tout à fait ordinaire. Je n'ai pas l'habitude de côtoyer des milliardaires. Je ne saurais pas quoi dire. Et je suis certaine de n'avoir rien à me mettre.

Elle s'interrompit, piqua un fard.

— Je ne me vois pas rencontrer ta famille. Non. Pas possible. Dis-leur que je m'excuse.

Ce discours le fit rire.

— Tu es snob…

Elle releva la tête, le fusilla du regard.

— Ce n'est pas vrai, répliqua-t-elle d'un air indigné.

— Si. Le snobisme, ce n'est pas que dans un sens. Tu te trouves trop bien pour partager un repas simple avec ma famille. Ça correspond à ma définition du snobisme.

— Ce n'est pas du tout ce que j'ai dit. Tu interprètes !

— Alors prouve-moi le contraire. C'est un barbecue. Tenue décontractée exigée. On mangera probablement les hamburgers avec nos mains. Si tu n'es pas trop bien pour ça, alors prouve-le en venant.

Curieusement, elle avait désormais les larmes aux yeux.

— Seth, tu vois très bien ce que je veux dire. Je serais ridicule.

Doucement, il la prit par les épaules pour la tourner face à lui.

— Pas du tout. Je peux te garantir que ce sont des garçons sympas et marrants, qui te traiteront avec le plus grand respect. Je suis sûr qu'il te faudra un quart d'heure à peine pour te sentir en famille avec eux.

— Et pourquoi ferais-je ça ? répliqua-t-elle en se dégageant de son étreinte. Comment veux-tu que j'alimente une conversation avec eux alors que je ne suis qu'un imposteur ? Sans parler du fait que ce sont les fils de l'homme par la faute de qui j'ai perdu mon ranch. Ça ne te dérange peut-être pas, mais moi, si.

— Premièrement, je ne pense pas que mes frères aient quoi que ce soit à voir avec ta dépossession du ranch. Et deuxièmement, tu n'es pas un imposteur. Nous sommes mariés. Le certificat est signé, et tu as la bague au doigt.

— Oui, mais pour combien de temps ?

— On ne peut rien prévoir, Ally. Il n'y a aucune garantie, dans la vie, répondit-il.

Et, cédant à son instinct, il l'attira vers lui pour joindre ses lèvres aux siennes.

Comme elle fit mine de résister, il se hâta de relâcher son étreinte, mais alors, elle cessa de se débattre et il reprit son baiser, glissant fougueusement ses mains dans ses cheveux.

— Écarte les lèvres pour moi, murmura-t-il contre sa bouche.

Comme elle s'exécuta, il couvrit ses lèvres des siennes et glissa impatiemment sa langue dans sa bouche pour en explorer les recoins les plus secrets. Le doux gémissement qu'il lui tira changea son sang en lave. Il sentait désormais ses mains brûlantes glisser sur son torse et ses épaules.

Traçant sur sa joue un chemin de baisers, il enfouit son

visage dans le creux de son cou pour inhaler son parfum sucré. Après quoi il observa son visage. Les yeux fermés, les lèvres écartées, elle attendait son retour. Un désir sexuel intense et primitif s'était emparé de son corps. Ivre de passion, il reprit sa bouche, sans ménagement cette fois-ci. Il avait envie d'elle. Envie de tout.

Mais à son grand regret, elle finit par le repousser doucement en posant ses mains à plat sur son torse. À contrecœur, il dut donc s'écarter d'elle.

— Je… Je suis désolée, marmonna-t-elle. Je ne peux pas faire ça.

Tournant les talons, elle repartit vers l'écurie. Et cette fois-ci, il ne chercha pas à la rattraper.

- 6 -

Ce soir-là, Ally accompagna Seth à l'hôtel, où ils reprirent leurs affaires et payèrent la note. Le jour qu'elle avait tant redouté était arrivé. Ils allaient vivre ensemble dans le ranch.

Elle avait été bête de le laisser l'embrasser. Même si elle n'aurait rien pu faire pour l'en empêcher. Au fond d'elle, dans les plus secrets recoins de son âme, elle avait eu envie de sentir ses lèvres sur les siennes dès le premier jour où il avait croisé son chemin sur la petite route. Et depuis, son désir pour lui n'avait fait que grandir à chacune de leurs rencontres. D'ailleurs, si elle avait si peur de vivre avec lui, c'était parce qu'il était le genre d'homme tout à fait susceptible de percer ses défenses. Aucune femme ne pouvait résister à ces yeux… Cette bouche. Il dégageait quelque chose de magnétique, elle se sentait attirée vers lui comme par un aimant.

Mais elle devait rester forte. La situation était temporaire ; dans quelques mois, il serait parti. Elle n'avait pas envie de souffrir quand elle lui dirait adieu, mais si elle ne se montrait pas plus prudente, c'était ce qui allait arriver.

Elle avait été peinée quand Wayne Burris était parti, un an plus tôt, plus qu'elle ne voulait l'admettre. Elle savait, dès le début de leur relation, que Wayne n'était là que temporairement, le temps d'économiser de l'argent pour reprendre les concours de rodéo. La compétition était toute sa vie. Tous ceux qu'il croisait sur son chemin finissaient dans l'oubli. Comme une idiote, elle s'était imaginée différente, avait pensé qu'elle serait celle qu'il ne pourrait jamais quitter.

Qu'elle serait l'amour de sa vie, qu'il voudrait rester pour fonder un foyer avec elle. Elle avait eu mal quand elle avait trouvé à son réveil ce mot sur l'oreiller. Il était parti depuis bien longtemps déjà au moment où elle l'avait lu, et elle n'avait plus jamais eu de ses nouvelles depuis.

Seth n'était pas différent. Elle n'avait rien pour le prouver, mais elle le sentait. C'était un milliardaire, un jet-setter qui voyageait dans des lieux qu'elle ne verrait jamais. Les femmes qui traversaient sa vie n'étaient que des distractions temporaires, rapidement oubliées. Elle ne se laisserait pas abuser cette fois-ci. Le certificat de mariage ne changeait rien. Elle ne voulait pas revivre ce sentiment d'abandon. Seth était certes très désirable. Mais il y avait toujours un prix à payer quand on cédait au genre de tentation qu'il représentait.

Ce soir-là, en se préparant pour aller se coucher, malgré tous ses efforts, elle n'arrêtait pas de penser à lui. Il lui semblait à la fois étrange et réconfortant de l'avoir là, dans le ranch, tout près d'elle. Elle se mit au lit en se jurant d'arrêter d'y songer. Mais elle l'entendait bouger dans la chambre voisine, le vieux plancher craquant sous chacun de ses pas. Le robinet de la douche coula. Quelques minutes plus tard, le bruit s'arrêta. Elle l'entendit alors marcher vers le lit et s'y coucher. L'isolation sonore n'est pas très bonne dans les vieilles demeures. Mais, curieusement, elle ne se souvenait pas avoir entendu ce genre de bruits quand elle vivait ici auparavant. Dans les derniers temps, cependant, son père, qui avait du mal à monter les marches, s'était installé dans l'une des chambres du rez-de-chaussée. Peut-être était-ce pour cela.

La vieille maison grinçait et craquait, et plus la nuit devenait noire, plus les bruits devenaient gênants. Au bout d'un temps, elle finit par sombrer dans un sommeil sans rêve.

Le bruit qui la réveilla provenait du rez-de-chaussée. Vivement, elle s'assit sur le lit, tendit l'oreille. Le fracas qui l'avait tirée de son sommeil évoquait un objet qui était tombé. Qu'est-ce que ça pouvait être ? On aurait désormais dit que quelqu'un déplaçait des choses dans la cuisine. Elle prit une profonde inspiration.

Tu es ridicule.

Mais le seul moyen d'en être sûre était de descendre. Discrètement, elle se leva. Et au moment où elle ouvrit la porte, un autre fracas retentit au rez-de-chaussée. C'était peut-être Seth. Il avait dû se lever pour aller boire un verre d'eau. Mais dans ce cas, il aurait allumé la lumière, non ?

Le cœur battant à tout rompre, elle avança vers l'escalier. La porte de la chambre de Seth était ouverte, et soudain elle l'entendit chuchoter son nom. En regardant mieux, elle finit par distinguer sa silhouette dans l'encadrement de la porte. Il ne portait qu'un boxer, et ses cheveux étaient emmêlés. Le clair de lune faisait ressortir la musculature de ses bras et de son ventre.

— Ally ? Qu'est-ce qui se passe ?

— Je… J'ai entendu quelque chose tomber en bas. Deux fois. Tu es descendu boire un verre d'eau ?

L'air inquiet, il lui fit signe d'entrer. Après quoi il se hâta d'enfiler un jean et ouvrit un tiroir dont il sortit un revolver. Après avoir vérifié que le barillet était chargé, il le glissa dans la poche de son jean.

— Reste ici.

Il commença à avancer, et elle lui emboîta le pas. Mais brusquement, il s'arrêta.

— Reste dans la chambre, Ally, chuchota-t-il.

— Pas question ! Et s'il y avait quelqu'un en bas ?

— Dans ce cas, je m'en occupe. Je n'ai pas envie que tu te retrouves entre lui et moi.

D'un geste ferme, il lui fit faire un demi-tour sur elle-même, puis partit en se fondant dans les ombres du hall. Agacée, elle retourna vers la porte, mais avant qu'elle n'en ait franchi le seuil, elle entendit un autre bruit en bas. La tentation de suivre Seth était forte. Mais elle finit par reculer en refermant la porte sur elle. Serrant nerveusement ses mains l'une contre l'autre, elle alla ensuite s'asseoir sur son lit.

Devait-elle appeler la police ? Non. Elle avait vécu toute sa vie ici, il n'y avait jamais eu de cambriolage. Ça ne pouvait pas être ça, c'était ridicule.

Les secondes passèrent comme des heures. Mais au moment où sa patience atteignit ses limites, elle entendit Seth remonter.

— Quelqu'un est entré, lui dit-il d'un air furieux. Quelqu'un qui cherchait quelque chose et qui a apparemment trébuché sur les cartons qu'on a laissés par terre dans la cuisine. Au moment où j'ai allumé, j'ai entendu la porte de derrière claquer. Je l'ai tout de suite rouverte, mais il était déjà parti, disparu dans la nuit.

— On devrait appeler la police, dit-elle en avançant vers l'escalier.

Il se précipita vers elle.

— C'est déjà fait. Où vas-tu ?

— En bas. Je vais évaluer les dégâts. Comment se fait-il que quelqu'un se soit permis d'entrer ?

— Je n'ai constaté aucun dégât. Il faut attendre l'arrivée du shérif.

— Attends si tu veux, moi, j'y vais, répliqua-t-elle.

Et elle quitta la pièce en trombe, suivie de près par Seth.

Dans la cuisine, tous les placards étaient ouverts, les tiroirs, renversés, avaient été vidés par terre. Les cartons étaient en effet éparpillés sur le sol, comme si quelqu'un avait trébuché dessus dans l'obscurité.

Quelques minutes plus tard, ils entendirent le son d'une sirène qui approchait. Seth alla ouvrir et fit entrer l'officier, qui se présenta comme Mason Crowley. L'homme nota consciencieusement tous les faits, mais sans description de l'individu, il ne pouvait pas faire grand-chose, à part envoyer des patrouilles dans les environs pour la nuit.

Dès qu'il fut parti, elle referma tous les placards et remit en place les tiroirs. Et quand Seth l'eut aidé à redresser les cartons, elle resta debout à se frotter les bras. Et à présent, que faire ?

Doucement, il vint se poster derrière elle et posa ses mains sur ses épaules.

— Viens, Ally, dit-il en la serrant contre lui. On va essayer de dormir. On ne peut rien faire d'autre pour ce soir. Je doute que ce type revienne cette nuit. Je ferai installer une alarme dès demain.

Elle hocha gravement la tête, et ils remontèrent ensemble à l'étage.

— Tu vas dormir dans ma chambre.

— Non, ça va aller.

— Je ne veux pas prendre de risques, répliqua-t-il en la guidant vers la porte.

Mollement, elle se laissa faire quand il la fit asseoir sur le lit. Elle le regarda ensuite déposer son revolver sur la table de chevet et se glisser entre les draps avant d'éteindre la lumière.

— Qui a pu s'introduire dans la maison ? se sentit-elle obligée de demander, toujours assise. Ils ont bien dû voir les voitures, comprendre que quelqu'un vivait ici.

— Je me demande si la maison n'aurait pas été squattée durant l'année où elle a été vide. Dans ce cas, ses occupants auraient pu y laisser quelque chose d'important qu'ils voudraient maintenant récupérer. Je pense que tu devrais fouiller attentivement la maison demain pour voir si tu n'y trouves pas quelque chose qui n'est pas à toi.

— D'accord. Bonne idée. Seth ?

— Oui, ma chérie.

— Je suis contente que tu sois là.

Un frisson glacial lui parcourut le dos. Si elle était descendue seule, elle aurait pu se retrouver dans une situation périlleuse. Très périlleuse.

— Viens, dit-il en passant ses bras autour de sa taille pour l'attirer près de lui.

— Je voudrais juste savoir qui c'est.

— Laisse tomber pour ce soir, Ally. La police va certainement le retrouver.

— Ou alors, il reviendra.

— Tu es en sécurité, Ally, dit-il en appuyant sa tête contre son épaule. Essaie de dormir.

— Je ne suis pas inquiète pour ma sécurité. Je voudrais juste qu'on arrête ce sale type. Beurk ! Je me sens salie. Comment quelqu'un a-t-il osé entrer chez moi ? Si c'est bien un squatteur, comme tu l'as dit, il reviendra. Mais nous n'avons rien trouvé d'anormal dans la maison quand nous avons fait le grand ménage. Ceci étant, j'envisage tout de même d'en fouiller chaque recoin demain.

— Je t'aiderai. Mais pour ce soir, il faut vraiment que tu penses à autre chose. Repose-toi.

— Tu as raison, répondit-elle en haussant les épaules. C'est juste que c'est la première fois que quelqu'un s'introduit chez moi.

— J'ai laissé les lampes du rez-de-chaussée allumées.

— Tu ne penses tout de même pas qu'il reviendra cette nuit ?

— Ça m'étonnerait. Entre le fait que je l'ai surpris et l'arrivée de la police, je ne pense pas qu'il s'y risquerait. En tout cas, pas cette nuit.

Elle se força à se détendre. Elle était bien dans la chaleur de ses bras. Elle n'avait pas l'habitude de se sentir soutenue et protégée, mais elle comptait bien profiter du sentiment de réconfort ainsi procuré. Le lendemain… Le lendemain, elle fouillerait la maison de fond en comble jusqu'à ce qu'elle découvre ce qui avait bien pu attirer l'intrus. Dans un ultime soupir de détermination, elle enfouit son visage dans le cou de Seth, huma son enivrant parfum et ferma les yeux.

Quand elle descendit dans la cuisine le lendemain matin, Ally trouva Seth attablé devant une tasse de café, plongé dans la lecture du journal local. Après s'être elle-même servi une tasse, elle alla s'asseoir en face de lui.

— Bien dormi ? lui demanda-t-il sans relever les yeux.

— Oui. Et toi ?

— Comme un bébé. L'air d'ici a quelque chose qui semble décupler mes sensations.

Il posa son journal, la regarda dans les yeux.

— L'air est plus pur, l'odeur du trèfle et des fleurs sauvages plus parfumée. Et cette vieille maison… On y sent toute une culture, un ancrage dans la tradition. Sans parler de ma partenaire de sommeil, ajouta-t-il en souriant. Oui ! J'ai vraiment dormi comme un bébé.

— Tant mieux, répondit-elle avec désinvolture, ignorant volontairement ses allusions sexuelles. La maison était déjà ancienne quand papa l'a achetée. Il a procédé à beaucoup de rénovations, mais a toujours veillé à respecter l'originale.

Tout en s'étirant, elle bâilla.

— Bon, je vais à l'écurie. Il reste des box à nettoyer et quelques petites choses à faire. À mon retour, avec l'aide de la gouvernante, je fouillerai toute la maison.

— Je viens avec toi, dit-il en se levant.

Ils empruntèrent ensemble le chemin qui menait à l'écurie. Une fois à l'intérieur, elle prit un râteau et commença à nettoyer l'un des box en faisant de son mieux pour ignorer Seth. Mais à chaque fois qu'il s'approchait, elle sentait une douce chaleur l'envahir.

— Explique-moi pourquoi tu ne veux pas aller dîner au ranch de mon frère, lui demanda-t-il soudain.

— Je te l'ai déjà dit.

— Ce sont des personnes très sympa, Ally. Chance est rancher, comme toi.

— Pas comme moi, non, dit-elle en lui jetant un regard sceptique.

— Il a peut-être plus de terre que toi, mais il n'en reste pas moins rancher. C'était son rêve depuis qu'il était tout petit, et il l'a réalisé. Sa femme, Holly, est vétérinaire. Sa clinique se trouve juste en face du ranch. Cole est l'homme d'affaires de la fratrie. Il a ses bureaux à Dallas, mais il a lui aussi choisi de vivre dans le ranch. Il préfère faire des allers et retours entre ici et la ville. Sa femme est archéologue.

— Archéologue ?

— Tout à fait. Ils se sont rencontrés parce qu'elle avait obtenu une autorisation judiciaire pour effectuer des fouilles sur ses terres afin d'y rechercher des antiquités amérindiennes. Au départ, ça a fait des étincelles, mais ils ont fini par s'entendre et par tomber amoureux. Wade est un jeune marié. Il était très souvent en Europe, mais depuis qu'il a rencontré Laurel, il s'est arrangé pour passer davantage de temps ici. Je ne l'ai jamais rencontrée, mais j'ai cru comprendre que c'était une artiste reconnue. Voilà, j'ai fait le tour. En dehors de quelques cousins éloignés, je n'ai pas d'autre famille. Et cette famille a très envie de te rencontrer.

Tandis qu'il parlait, elle s'était remise à balayer. Elle ne savait pas quoi lui répondre. Il avait l'air de penser qu'il ne lui demandait pas grand-chose. Et elle lui devait bien ça. Mais elle ne voyait pas comment elle allait pouvoir se faire passer pour une jeune mariée heureuse toute une soirée. Surtout en présence de tout le clan Masters réuni.

— Très bien, finit-elle par dire en soupirant. C'est d'accord. Mais il faut que j'aille en ville trouver quelque chose à me mettre.

— Pas de problème. On ira demain.

À ces mots, elle s'arrêta brusquement de balayer.

— Non, j'irai demain. Je suis tout de même capable de m'acheter mes propres vêtements.

Elle avait besoin de nouveaux vêtements, de toute façon. Alors autant saisir ce prétexte pour en acheter. Elle se servirait de l'argent qu'elle avait économisé pour nourrir ses chevaux, en espérant qu'elle ne tarderait pas à renflouer sa cagnotte. Mais il n'était pas question qu'elle se présente chez les Masters vêtue d'un jean élimé et d'un T-shirt décoloré.

Le samedi, tout était prêt. Les derniers équipements pour la maison avaient été livrés, et les chevaux devaient être rapatriés le lundi suivant. Ally aurait dû se sentir heureuse, mais les festivités de la soirée se profilaient comme une menace. Elle n'avait pas envie de se rendre au ranch des Masters et de rencontrer les frères de Seth et leurs épouses. Mais elle avait promis à Seth de le faire.

Pour se consoler, elle pouvait se dire qu'elle disposait au

moins d'un large choix de tenues. Elle s'était offert deux robes, ainsi qu'une blouse vert clair vaporeuse et une jupe en jean à volants qui allait parfaitement avec. Cette petite excursion lui avait fait un bien fou. Elle n'avait pas fait de shopping depuis que Wayne l'avait quittée pour la compétition de rodéo en lui laissant un mot dans lequel il disait espérer qu'elle comprendrait. Oh ! elle avait compris, oui, très bien. Les hommes font tout pour vous séduire, vous donnent l'impression d'être spéciale à leurs yeux et, du jour au lendemain, ils disparaissent pour ne plus jamais revenir. Wayne était très populaire auprès des femmes et savait leur plaire. Il s'attendait à ce qu'Ally comprenne cela, aussi.

Perdue dans ses pensées, elle entra dans la maison et trouva Seth avec l'un des cow-boys dans la pièce qu'il travaillait à aménager en bureau. Il lui avait expliqué qu'il aurait besoin d'un endroit où travailler, et elle n'avait vu aucune raison de s'y opposer.

Dès qu'elle apparut, le cow-boy la salua et les laissa.

— Bienvenue dans mon nouveau bureau, lui dit Seth quand il eut disparu. Il te plaît ?

— Oui. Enfin… C'est un bureau.

— Je voulais aussi te dire que j'avais demandé à deux personnes de mon équipe de sécurité de se déplacer.

— Tu as une équipe de sécurité ?

— Oui. C'est un mal nécessaire, malheureusement. Quoi qu'il en soit, ils resteront environ deux semaines pour aider le shérif à retrouver la personne qui s'est introduite ici. Dès leur arrivée, ils feront des rondes en alternance toutes les nuits. Je n'ai pas envie d'avoir d'autres surprises, et j'imagine que toi non plus.

Elle secoua la tête.

— Pauline et moi avons fouillé chaque recoin de la maison et n'avons rien trouvé qui aurait pu appartenir à un squatteur.

— Il n'y a peut-être rien à trouver.

— Mais je vais continuer de chercher.

La journée passa vite, trop vite, et bientôt, bien trop tôt, il fut temps de se préparer pour le dîner. Après avoir pris un bon bain chaud, elle se sécha les cheveux et enfila sa jupe et sa blouse. Une petite touche de maquillage, et elle était prête à partir.

Quand elle descendit l'escalier, il l'attendait devant la porte.

— Tu es très jolie.

— Merci. Bon, puisqu'il faut y aller…

Un sourire se dessina sur son beau visage. Elle aurait aimé être aussi calme que lui.

— Après toi, dit-il en lui ouvrant la porte.

Elle se dirigea vers son camion, dont il lui ouvrit la portière. Et ils partirent.

- 7 -

Le trajet jusqu'au ranch dura vingt minutes. Vingt minutes au cours desquelles Seth ressentit pleinement l'anxiété d'Ally. Mais il était certain que, dès qu'elle aurait fait la connaissance de ses frères et de leurs épouses, elle se sentirait plus à l'aise. Il aurait préféré qu'elle n'ait pas de préjugés sur eux, mais compte tenu du passif qu'elle avait avec la famille Masters, et plus particulièrement son père, c'était compréhensible.

Elle était ce soir-là incroyablement belle, son haut vert clair accentuant les reflets auburn de ses cheveux et l'éclat d'émeraude de ses yeux. La teinte rose de son rouge à lèvres rendait sa bouche sensuelle irrésistible. L'embrasser. Il avait envie de l'embrasser.

Au bout d'un temps, il finit par quitter la route pour passer sous le panneau en arc de cercle qui annonçait le Masters Ranch. Ils laissèrent sur leur gauche la maison originelle, une impressionnante bâtisse en pierre et rondins de bois qui se détachait sur le fond vert sombre des pins. Poursuivant leur chemin, ils passèrent devant la grande écurie qui pouvait abriter une centaine de chevaux. Avec ses colonnes blanches et sa façade vert foncé, elle illustrait parfaitement la qualité des méthodes d'élevage qui y étaient pratiquées. Puis ils bifurquèrent vers l'ouest. La route contournait des rochers et des étangs et, après avoir gravi une colline, on apercevait enfin la maison de Chance. Similaire à la maison originelle, mais plus petite, elle n'en demeurait pas moins très impressionnante. Dès qu'elle fut en vue, il sentit que l'angoisse d'Ally s'était encore accentuée.

— On y est. C'est là que vivent Chance et Holly.

S'étant garé, il sortit pour lui ouvrir la portière.

Ses frères, qui attendaient leur arrivée sur la terrasse, le prirent dans leurs bras à tour de rôle, avant qu'il ne commence à leur présenter Ally.

— Je suis ravi que vous ayez pu venir, dit Chance. On va aller dans le jardin de derrière. Fais comme chez toi, Ally. On dîne dehors, ce soir.

— Bienvenue ! Je suis vraiment contente de te rencontrer, s'exclama la femme de Chance en s'approchant d'Ally. Je suis Holly. Et voici Laurel et Tallie, ajouta-t-elle en désignant les deux autres femmes qui s'étaient jointes au groupe.

Toutes souriaient à Ally avec bienveillance.

— Le dîner est presque prêt, reprit Holly. Hamburgers et hot-dog. J'espère que tu aimes la tarte à la noix de pécan et la glace maison. Martha, notre cuisinière, a concocté une recette de sa famille pour le dessert.

Bientôt, tout le monde était assis autour d'une grande table en bois sur la terrasse, qui donnait sur les pâturages et les collines, au-delà, entre lesquelles serpentait un ruisseau.

Ally s'était mis à bavarder avec les autres femmes. Au départ, il semblait évident qu'elle était mal à l'aise, mais à mesure que la soirée avançait, ses belles-sœurs firent opérer leur magie, et elle parut se détendre un peu, riant des anecdotes qu'elles lui servaient sur la façon dont chacun des couples s'était rencontré.

— Et toi et Seth ? finit par lui demander Tallie.

— Seth a failli nous renverser, mon cheval et moi, avec sa voiture. J'ai dû sauter par-dessus son capot pour ne pas me retrouver écrabouillée.

— Ces Masters… Ils sont vraiment incorrigibles, fit Laurel en secouant la tête.

— Ce n'est pas entièrement notre faute, intervint Wade.

— Il a raison, dit Cole. C'est vous qui nous déstabilisez. C'est vous qui êtes la cause de toutes ces frictions.

— Frictions ? répétèrent Laurel et Holly d'un air médusé.

— Frictions, je retiens, dit Tallie en regardant son mari d'un œil amusé.

Holly mit un terme à la conversation en levant son verre.

— J'aimerais porter un toast. À nos maris. Puissent-ils survivre aux frictions que nous provoquons.

— Bien dit ! fit Tallie en levant son verre avec les autres femmes.

Ally se joignit au toast, mais Seth surprit son regard à ce moment-là. Malgré le sourire qu'elle affichait, il y avait de la tristesse dans ses yeux. Pour quelle raison ? Était-elle déçue que leur mariage, contrairement à ceux de ses frères, ne soit qu'un arrangement de convenance, et qui plus est temporaire ? C'était peu probable. Elle lui avait clairement fait comprendre qu'elle ne recherchait pas de relation à long terme. Ça devait donc être autre chose.

Quand il fut temps de partir, le groupe les raccompagna jusqu'au camion. Sur le trajet du retour, elle n'ouvrit pas la bouche.

— Alors, que penses-tu de ma famille ? demanda-t-il pour briser la glace.

— Ils sont tous super. J'ai vraiment passé une bonne soirée. Merci, Seth.

— C'était avec plaisir.

— Tu avais raison. Ils n'ont rien à voir avec la mauvaise image que je me faisais d'eux. Je ne comprends toujours pas ce qui s'est passé entre mon père et le vôtre, mais j'admets que tes frères n'ont rien à voir là-dedans.

— Je n'imagine absolument pas Wade, Cole ou Chance faire quelque chose comme ça. Mais je suis désolé que mon père t'ait fait du mal.

Elle ne répondait pas, se contentant de hausser les épaules. Après quoi elle changea de sujet.

— J'ai adoré la vue qu'on avait depuis la terrasse. Tu m'as dit que tous tes frères avaient des maisons dans le ranch ?

— Oui. Wade et Cole doivent régulièrement faire des

allers et retours à Dallas, mais ils disent être plus heureux au ranch.

— Je comprends. Je ne m'imagine pas vivre autre part qu'ici. Et certainement pas en ville.

— La vie citadine ne m'a jamais dérangé. Mais plus le temps passe, plus j'ai envie de campagne. Et d'un cheval, ajouta-t-il en souriant.

— Je vais commencer à me renseigner. Tu cherches quelque chose de particulier ?

— Non. Je te fais confiance.

— Tu pourrais aussi en parler à Chance. Je suis sûre qu'il saurait te dénicher la perle rare. Il y a au Masters Ranch des chevaux issus de certaines des lignées les plus réputées du pays.

— Et si on organisait une nouvelle virée là-bas pour aller voir ? Tu es déjà rentrée dans leur écurie ?

— Non. Mais je serais ravie d'y aller.

En se tournant brièvement vers elle, il vit qu'elle souriait.

— J'appellerai Chance dès demain.

Un instant plus tard, ils s'engageaient dans la longue allée qui menait au ranch. Comme à son habitude, il lui ouvrit la portière et lui tendit la main pour l'aider à sortir. Mais il garda sa main dans la sienne un peu plus longtemps qu'il ne l'aurait dû et, à sa grande satisfaction, elle ne chercha pas à se libérer. Le clair de lune illuminait ses cheveux, leur donnant de chaudes nuances dorées. Cédant à son instinct, il prit son beau visage entre ses mains et joignit ses lèvres aux siennes.

Il l'entendit prendre une profonde inspiration juste avant qu'elle n'écarte les lèvres. Glissant ses bras autour de sa taille si fine, il serra fort son corps contre le sien. Cet avant-goût ne fit qu'accroître son excitation. Sa bouche était un puits profond de tentation, et il avait l'impression que sa soif ne serait jamais étanchée. Un doux gémissement s'échappa de ses lèvres, et il sentit aussitôt son sexe durcir.

— Rentrons, dit-il d'une voix rauque qu'il reconnut à peine.

Mais soudain, les mains à plat sur son torse, elle le repoussa et s'écarta de lui.

— Je… Je ne peux pas faire ça. Je suis désolée, Seth.

— Qu'est-ce qui ne va pas ?

— Tu as besoin de distraction, et il se trouve que je suis là. J'ai déjà donné, et je n'ai pas envie de recommencer, répondit-elle avant de tourner les talons pour se réfugier dans la maison.

Décontenancé, il regarda le ciel obscur, se passa la main sur la nuque. Elle avait peut-être raison. Ça ne durerait pas. Elle le savait, et lui aussi. Sa seule excuse était l'irrésistible tentation qu'elle représentait.

Quand il la rattrapa, elle était dans la cuisine, où elle sortait un verre d'un placard. Un verre d'eau ne lui ferait pas de mal, à lui non plus.

— Tu peux m'en passer un ?

— Oui, répondit-elle en s'exécutant avant de s'approcher de l'évier.

— Quelqu'un t'a fait du mal ?

Cette question, il n'avait pas pu s'empêcher de la poser.

Elle prit une gorgée d'eau et garda le silence un long moment. Il commençait à croire qu'elle ne lui répondrait pas, mais soudain, elle se mit à parler.

— Il s'appelait Wayne. Wayne Burris. On est restés ensemble quelques mois. Suffisamment longtemps pour qu'il me fasse des promesses. J'ai eu beaucoup de temps pour m'attacher à lui et à croire ce qu'il disait. Et un beau jour, j'ai trouvé un mot sur l'oreiller. Un mot dans lequel il disait espérer que je comprendrais. J'avais très bien compris, oui. Il n'avait jamais eu l'intention de rester, mais je m'étais prise à espérer. J'ai été idiote. Mais jamais plus je ne me remettrai dans ce genre de situation. Je déteste cet homme. Il traverse la vie sans se soucier des personnes à qui il fait du mal, sans réfléchir aux dommages qu'il occasionne. Il pense que le monde tourne autour de lui.

— Ça ne se passera pas nécessairement comme ça.

— Ah oui ? Alors, comment crois-tu que ça se finira ?

Au bout du compte, tu devras partir toi aussi, pour rentrer en Californie.

— Je reviendrai, Ally.

— Tu ne peux pas dire ça, Seth. Si j'ai appris une chose de la vie, c'est que l'avenir n'est jamais garanti. Tu veux une aventure ; je ne suis pas d'accord.

— Je ne peux rien te promettre de plus pour le moment. Pourquoi ne pas y aller étape par étape, et voir où cela nous mène ? J'ai l'impression que tu es bien plus attirée par moi que tu ne veux l'admettre.

— Tu es fou, répliqua-t-elle en partant vers le séjour.

Mais il la rattrapa avant qu'elle n'y arrive et l'obligea à se tourner vers lui. Après quoi il prit doucement son beau visage entre ses mains.

— Tu ne peux pas juger tous les hommes en fonction des mauvais agissements de l'un d'entre eux.

— Ce n'est pas ce que je fais. Non… Ce n'est pas ça.

— Si.

L'air furieux et déterminé, elle se libéra de son étreinte et partit en courant vers l'escalier.

Après avoir fini ses œufs et son toast, Ally alla rincer sa vaisselle dans l'évier. Il faisait sombre, et les nuages qui s'amoncelaient à l'horizon annonçaient à coup sûr de la pluie. Ne restait plus qu'à espérer que ça ne serait pas pour tout de suite. Évidemment, une bonne averse ne ferait pas de mal à la végétation, mais elle avait ce jour-là beaucoup de choses à faire au sec.

Seth avait refait du café. L'odeur lui semblant irrésistible, elle s'en servit une deuxième tasse.

— À quelle heure tes chevaux doivent-ils arriver ? lui demanda-t-il.

— Avant midi. C'est tout ce que je sais. C'est Mac Dempsey, le responsable du Triple Bar Ranch, qui doit me les amener en personne.

— Bien. Je suis content pour toi.

— Tu sais quoi ? Je crois que je vais apporter mon café à l'écurie. J'ai plein de choses à y faire.

Une fois sous le porche, elle enfila les bottes qu'elle y avait laissées et partit sans même se retourner.

Une heure plus tard, le van de Mac arrivait avec ses trois juments et son étalon, Monkey.

Les cow-boys l'aidèrent à les faire descendre et à les mener à l'écurie, où on leur procura du foin et de l'eau.

Quand ils furent tous bien installés et occupés à manger, elle se tourna vers Mac.

— Je ne pourrais jamais assez vous remercier.

— Je ne regrette absolument pas. Ce sont de beaux chevaux de qualité, et je suis content qu'ils aient pu rentrer chez eux. Là est leur place.

Au souvenir de tout ce que le vieil homme avait fait pour elle quand elle avait perdu son ranch, elle sentit ses yeux s'emplir de larmes.

— Merci beaucoup, dit-elle en le serrant dans ses bras.

Elle le libéra de son étreinte juste au moment où Seth entrait dans l'écurie.

— Mac, je te présente mon mari, Seth. Seth, voici Mac Dempsey.

Les deux hommes échangèrent une poignée de main.

— Je vous souhaite beaucoup de bonheur, dit Mac en mettant une petite tape dans le dos de Seth. J'imagine que vous le savez déjà, mais vous êtes marié à l'une des meilleures dresseuses de chevaux de tout l'État. Je suis content qu'elle soit de retour chez elle, mais d'un autre côté, elle va beaucoup nous manquer.

— Je comprends, dit Seth, avant de se tourner vers elle en souriant. C'est une femme d'exception, je sais.

Ensemble, ils raccompagnèrent Mac à son véhicule et lui dirent au revoir. Après quoi elle se hâta de retourner à l'écurie, où elle entreprit de donner du grain aux chevaux. Seth vint la rejoindre dans le premier box.

— Celle-ci s'appelle Lady Mary. C'est un pur-sang, dit-elle en passant sa main sur l'encolure de la jument. Elle a donné naissance à quelques-uns des plus beaux poulains de la région. Je vais essayer d'économiser pour la faire saillir par Standing Tall Vision, un étalon qui se trouve à l'East Fork Ranch.

— Pourquoi ne pas l'accoupler avec ton propre étalon ?

— C'est son fils. Standing Tall Vision est actuellement le grand vainqueur de toutes les courses. Je ne sais pas si je pourrais le faire avant l'année prochaine, mais je vais essayer. Une saillie coûte plusieurs milliers de dollars, mais je pense que le mélange de leurs gènes ferait un poulain extraordinaire.

Après avoir tendrement tapoté l'épaule de la jument, elle passa au box suivant.

— Et voici Sassy Lady, dit-elle en remplissant la mangeoire. C'est une quarter horse.

La jument baie avait une marque blanche sur le front. Lentement, Ally s'en approcha pour lui caresser l'épaule.

— A-t-elle une place dans tes projets d'élevage, elle aussi ? lui demanda-t-il.

— Oui, mais je préfère attendre et donner à Lady Mary la priorité. Je n'ai pas les moyens de les faire toutes saillir, mais le poulain de Mary se vendra suffisamment cher pour payer la fécondation des deux autres.

Elle alla nourrir la troisième, une jument isabelle avec trois balzanes blanches. Après quoi elle traversa la grande salle pour retrouver son étalon, qui attendait patiemment en mangeant son foin.

— Et voici Jupiter Rising Star, plus connu sous le nom de Monkey.

Après lui avoir versé son mélange de grains, elle fit glisser sa main sur sa belle robe noire.

— C'est un bel étalon.

— Un pur-sang, précisa-t-elle. Il a engendré quatre poulains, qui sont tous des champions de course. J'ai eu plusieurs autres propositions de saillies, mais Mac n'avait pas assez de place dans son écurie pour un accouplement.

Tandis qu'elle parlait, le cheval s'était penché vers elle et s'était mis à renifler sa poche.

— Tiens, Monkey. Voilà pour toi, dit-elle en en sortant deux carottes.

— Pourquoi le surnommes-tu Monkey ? Il n'a pas l'air d'un singe…

— Quand il était petit, il ne faisait que des bêtises. Il m'en a fait voir des vertes et des pas mûres. Le pire, c'est quand il est tombé amoureux de deux juments qui se trouvaient dans le ranch voisin. Il était tellement fou d'elles qu'il a décidé de sauter la clôture de deux mètres. Et il l'a fait. Le problème, c'est que, quand il a pris appui sur la barre du haut avec ses bras, ses jambes n'ont pas suivi, et il est resté suspendu sur la clôture. Il avait les bras qui se balançaient à quelques centimètres du sol et les jambes en l'air. Il fallait voir ça ! Quand papa s'en est aperçu, il a poussé sur ses jambes pour qu'il retombe au sol. Il est tombé sur les genoux mais, heureusement, ne s'est rien cassé. Après, papa n'arrêtait pas de dire que c'était un vrai singe, et ce surnom de Monkey lui est resté.

Cette histoire le fit beaucoup rire. C'était la première fois qu'elle l'entendait le faire d'aussi bon cœur. Ravie, elle sourit.

— Il adore les carottes, mais déteste les pommes et le maïs, contrairement à la plupart des autres chevaux. Si on lui met une pomme dans la bouche, il la recrache aussitôt.

Pensive, elle s'interrompit, se retourna vers Seth.

— Merci. Merci de m'avoir donné la possibilité de les ramener à la maison.

— Pas de problème. C'est un plaisir. Mais n'oublie pas que notre accord n'est pas unilatéral. Grâce à toi, je vais pouvoir financer le centre.

— Bon, je vais retourner à la maison. Essayer d'approfondir les recherches. Voir si je peux trouver ce que le cambrioleur recherchait.

— Mes deux gardes du corps devraient arriver cet

après-midi. Je t'aiderais bien, mais je ne sais pas ce que je dois chercher.

— Ça va aller, ne t'inquiète pas. Moi non plus, je n'en sais rien. Mais quand je trouverai, je comprendrai sûrement.

Ils retournèrent ensemble à la maison, et peu de temps après il partit pour l'aéroport afin d'aller chercher les deux hommes.

De son côté, elle reprit les fouilles dans la cuisine, ouvrit chaque tiroir, passa leur contenu au peigne fin, en vérifia le fond. N'ayant rien trouvé de particulier, elle passa ensuite au séjour. Pauline l'aida un peu puis reprit son ménage à l'étage.

Quand Seth rentra de l'aéroport, elle en était toujours au point mort. Il fallait par ailleurs qu'elle aille faire quelques courses. Mais elle se doutait qu'il insisterait pour l'accompagner. Elle n'avait jamais connu quelqu'un qui semblait si déterminé à la protéger. C'était un homme spécial. Et il fallait absolument qu'elle continue de préserver son cœur. Tâche qui lui semblait devenir plus difficile chaque jour qui passait.

— Messieurs, je vous présente mon épouse, Ally, dit Seth à ses gardes du corps en entrant dans le séjour.

Les deux hommes échangèrent avec elle une poignée de main.

— Ravie de vous rencontrer, leur dit-elle.

— Franck, ce soir, j'aimerais que tu surveilles l'arrière de la maison et l'aile ouest. Bryan, tu t'occuperas de l'avant et de l'aile est.

Les deux gardes du corps opinèrent.

— Je ne peux pas vraiment vous dire ce qu'il vous faut rechercher. Je n'ai aucune idée de ce que cet homme faisait dans la maison. Mais s'il revient, je veux que vous l'attrapiez. Il y a deux chambres libres à l'étage, à gauche du hall. Faites comme chez vous. Quant à la tenue, oubliez le costume. Un jean et un T-shirt vous permettront de vous intégrer plus facilement à l'environnement. Vous pouvez vous promener comme bon vous semble dans la propriété. Si l'un des cow-boys vous demande qui vous êtes, présentez-vous comme des amis à moi en visite pour quelques jours. Les rumeurs circulent vite, ici, je ne voudrais pas que le coupable apprenne que la maison est à présent protégée. Vous prendrez votre service à 22 heures. En attendant, essayez de dormir.

— Oui, monsieur, répondirent-ils en chœur.

— Je vais vous montrer vos chambres, intervint Ally.

Elle commença à monter l'escalier. Pauline se trouvait à ce moment-là sur le palier.

— Pauline, je vous présente Franck et Bryan, des amis de mon mari, qui resteront quelques jours avec nous. Pauline est notre gouvernante.

Quand les salutations furent faites, Ally poursuivit son chemin vers les chambres, dont elle ouvrit les portes.

— J'espère que cela vous conviendra. Si vous voulez des couvertures supplémentaires, il y en a dans les placards. Et si vous avez besoin de quoi que ce soit d'autre, n'hésitez pas à vous adresser à Seth ou à moi. Ou bien à Pauline, si nous ne sommes pas là.

— C'est parfait, dit Bryan en entrant dans l'une des chambres. Merci, madame Masters.

Seth, qui les avait suivis, se rapprocha d'eux.

— Des questions ?

— La maison est-elle équipée d'un dispositif de sécurité ?

Seth fit signe que non.

— Pas encore. Je préfère attendre de voir s'il retente quelque chose avant de procéder à une installation de ce type. Ça pourrait attirer son attention et le dissuader de revenir. Je veux que vous attrapiez ce cinglé.

— Comptez sur nous, répondit Franck.

Satisfait, Seth se tourna vers Ally.

— Je vais t'accompagner en ville si tu dois faire des courses.

Sans répondre, elle lui adressa un sourire crispé et repartit d'un pas précipité vers l'escalier.

Se préparant à la dispute qui allait immanquablement suivre, il la rejoignit dans la cuisine.

— Je suis parfaitement capable d'aller en ville seule, siffla-t-elle, les mains sur les hanches.

— Je sais. Ce que je ne sais pas, en revanche, c'est qui s'est introduit dans la maison et pourquoi. Si ça se trouve, ce type voulait t'agresser.

— Quoi ? C'est ridicule…

— Peut-être. Mais je ne peux pas prendre de risque. Si tu préfères, tu peux toujours y aller avec l'un ou l'autre des gardes du corps, mais je ne souhaite pas que tu y ailles seule.

— Bon. D'accord. Mais…

— Oui ?

— C'est la dernière fois !

- 8 -

Seth parcourut donc les dix kilomètres qui les séparaient de la supérette. À peine sortie du véhicule, Ally s'empara d'un chariot et entra. Après avoir choisi une salade et des pommes de terre, elle disparut au détour d'une allée. Quand il la retrouva, elle était occupée à parler à un homme de grande taille, qui avait une main posée sur son épaule. À son langage corporel, il pensait pouvoir dire qu'elle n'était pas du tout contente de cette rencontre. Elle avait fait un pas en arrière, et à chaque fois que l'homme essayait de reposer la main sur elle, elle avait un mouvement de recul. Vaguement inquiet, il alla se poster à côté d'elle. Sa proximité sembla la détendre un peu.

— Seth, je te présente Wayne Burris, dit-elle en se rapprochant encore de lui. Wayne, voici mon mari, Seth Masters.

— Masters ? répéta-t-il d'un air ahuri. Tu as visé haut.

À contrecœur, Seth serra la main qu'il lui avait tendue. Si ses souvenirs étaient bons, c'était l'homme qui l'avait quittée sans ménagement, la laissant seule pour affronter la mort de son père et la perte de sa maison.

— Depuis combien de temps êtes-vous mariés ?

— Quelques semaines, répondit Seth en passant son bras autour des épaules d'Ally pour l'embrasser tendrement sur la joue.

— Ah, c'est tout récent, fit-il d'un air songeur. Vous vivez au Masters Ranch ?

Ignorant la question, Seth prit la main d'Ally et l'attira vers le rayon des condiments.

— J'ai été ravi de vous rencontrer, mais nous sommes pressés.

Elle était à l'évidence bouleversée. Cela avait dû être un choc pour elle de tomber sur son ex, apparemment par hasard. Avaient-ils été amoureux ? Avait-elle toujours des sentiments pour lui ?

Elle termina ses courses sans lui adresser un mot. Quand il eut payé, il la raccompagna au camion, dans lequel elle monta, sans attendre que l'employé ait terminé de charger les achats.

— Ça va ? lui demanda-t-il en prenant place à côté d'elle.

— Oui. C'est juste que je ne m'attendais pas à le revoir.

— C'est le type dont tu m'as parlé.

— Oui.

— Tu es amoureuse de lui ? demanda-t-il doucement.

— Non, répondit-elle sans hésiter. Je me demande d'ailleurs si je l'ai jamais été. Comment peut-on aimer quelqu'un quand il n'est jamais là ? J'ai appris plus tard qu'il m'avait trompée avec la moitié des femmes de la ville.

Soucieux, il finit par quitter la place de parking. Il avait bien fait de l'accompagner. Il y avait quelque chose chez cet homme qui ne lui plaisait pas, au-delà même de tout ce qu'elle avait dit sur lui.

— Encore une fois, merci d'être là, Seth.

— Pas de problème.

Elle resta silencieuse durant tout le trajet retour. Quand ils arrivèrent, la gouvernante les aida à décharger les courses. Ally paraissait perdue. À cause de cette rencontre avec Wayne Burris, c'était certain.

Brusquement, elle se tourna vers lui.

— Que dirais-tu d'aller te promener cet après-midi ?

— Ça aurait été avec plaisir si j'avais eu un cheval.

— Tu as trois juments parfaitement bien dressées à ta disposition. J'aimerais faire le tour de la propriété et vérifier une fois encore les clôtures. Ça nous ferait une bonne occasion de sortie.

— Parfait pour moi, répondit-il en lui souriant.

À 14 heures, elle avait sellé la jument isabelle et la baie, et ils étaient prêts à partir. Après avoir passé le grand portail noir du ranch, ils prirent la direction du nord. La neige avait fondu, et de minuscules bourgeons verts commençaient à pointer sur les branches nues. L'hiver n'était pas si loin derrière eux, mais le soleil brillait et le ciel était d'un bleu absolu.

Ils traversèrent des pâturages ouverts avant de s'enfoncer dans une forêt, suivant une piste qui finit par déboucher sur un petit lac entouré d'immenses rochers. Là, elle descendit de selle et mena sa jument jusqu'à la berge pour la faire boire. Sans rien dire, il suivit son exemple. Quand les juments eurent bu, elle sortit de son sac de selle une thermos de café qu'elle lui proposa.

— Combien d'hectares as-tu ? lui demanda-t-il après en avoir pris une gorgée.

— À peu près deux cent, mais comme tu peux le voir, tout n'est pas adapté aux chevaux. Il y a beaucoup de bois. Mais ça me suffit. De toute façon, je préfère m'occuper personnellement de mes chevaux, si bien que je n'en ai jamais plus d'une dizaine sur place.

— On fait aussi du dressage dans le ranch de ma famille.

— À ce que j'ai cru comprendre, le Masters Ranch dispose de beaucoup de personnel. Et il y a du bétail aussi. C'est une très belle ferme.

— Et très grande. Quand nous étions petits, nous ne pensions jamais à sa taille et à tout ce que ça impliquait. On nous confiait des choses à faire, mais une fois que c'était fait, on allait à l'aventure. Des aventures qui se terminaient très souvent par des punitions. De bons souvenirs, conclut-il en riant.

Après avoir attaché les juments à des arbres, elle grimpa sur un rocher qui surplombait l'endroit où un petit ruisseau se déversait dans le lac. Comme hypnotisé par sa grâce et sa beauté, il la suivit.

— C'est mon endroit préféré. Papa savait que, si je n'étais ni à l'écurie ni à la maison, c'était ici qu'il me trouverait.

— Ton lieu de méditation ?

— On peut dire ça, oui. Quand j'étais petite, tout me paraissait paisible ici. Mes problèmes semblaient s'effacer temporairement.

— En parlant de problèmes, il va falloir que je retourne à LA pour deux jours. J'ai une réunion pour le centre de recherches. J'aimerais que tu m'accompagnes. J'ai un bel appartement au bord de la plage. Je suis sûr que tu vas adorer.

— Je ne sais pas trop… J'ai encore beaucoup à faire ici. Je viens à peine de me réinstaller et…

— Et tout sera toujours là quand on rentrera. Tu as une gouvernante pour s'occuper de la maison et quatre cow-boys pour s'occuper des chevaux et de tous les problèmes qui pourraient survenir dans la propriété. Et je ne te parle pas des deux spécialistes de la sécurité qui sont là à demeure. Malgré leur présence, je ne préfère pas te laisser seule tant que nous n'aurons pas trouvé qui s'est introduit dans la maison. Je sais que mes hommes sont d'excellents professionnels, mais d'un autre côté le risque zéro n'existe pas.

— Qu'est-ce que j'irais faire en Californie ?

— Qu'est-ce qu'on ne peut pas faire en Californie ? répliqua-t-il en souriant. Ce ne sera que pour deux jours. Allez, viens avec moi. Je te ferai découvrir mes restaurants préférés, et je te montrerai les endroits qui sont spéciaux pour moi, tout comme tu l'as fait avec moi.

Ally regarda longuement Seth. Il paraissait digne de confiance. Fort et capable. Cela faisait des années qu'elle n'avait pas pris de congés. Le doute et l'inquiétude l'avaient rongée depuis que son père était tombé malade, qu'il était mort, qu'elle avait été expulsée. Ces quelques jours pour oublier tous ses soucis lui feraient certainement un bien fou. Elle aurait sans doute dû se contenter d'accepter sa généreuse proposition. Sans se demander s'il avait des arrière-pensées. Seth n'était pas Wayne. Et même si elle avait du mal à se dépouiller de la carapace de prudence qu'elle arborait toujours, elle avait envie de lui faire confiance.

— Bon, d'accord. Merci pour l'invitation.

— De rien. Si tu n'as rien d'urgent à faire, on partira demain matin. Mon avion est prêt, il nous attend à l'aéroport régional.

Il avait un avion ? Évidemment qu'il en avait un. Et sans doute même plusieurs.

— Tu aimes ton travail ?

C'était une question qu'elle brûlait d'envie de poser. Elle adorait s'occuper des chevaux, mais lui évoluait dans un domaine complètement différent. Si elle commettait une erreur, elle pouvait se casser le poignet et perdre une semaine de travail. Si lui commettait une erreur, cela pouvait lui coûter des millions de dollars, et la souffrance engendrée devait être bien pire.

— Oui. Mes affaires sont assez diversifiées pour me permettre de ne pas m'ennuyer. Je rencontre beaucoup de personnes intéressantes, je visite beaucoup de lieux intéressants. Et je voyagerai sans doute encore plus une fois que tout sera en place et que j'aurai officiellement été intégré à Masters International. En plus de mes sociétés à gérer, j'aurai certainement de nouvelles responsabilités au sein de l'entreprise familiale.

— Ça ne te laissera pas beaucoup de temps libre.

Avec ses grands yeux bruns, il la regarda intensément.

— Non, c'est vrai.

Il serait là un jour, partirait le lendemain, et ainsi de suite. Au moins, il n'aurait pas à se soucier de laisser une famille derrière lui. Wayne et lui étaient très semblables, sur ce point. Toujours impatients de voir ce qui se trouvait de l'autre côté de la colline. S'appuyant sur leur vivacité d'esprit et leur volonté ferme d'atteindre leurs objectifs.

Cette idée l'attristait.

Une fois remontés sur selle, ils bifurquèrent vers l'est, en longeant une clôture. Un peu plus loin, elle remarqua que cette barrière avait été endommagée par la chute récente d'un grand arbre. Comme à son habitude, elle regarda autour d'elle pour bien mémoriser le lieu avant de poursuivre son chemin. Quand le soleil commença à se coucher, ils repartirent ensemble vers la maison. Les cow-boys, qui attendaient leur retour, s'occupèrent des juments. Chacune d'entre elles serait bouchonnée et nourrie pour la nuit. Quant à Ally et Seth, ils retourneraient dans leurs chambres respectives. Encore une journée de passée. Ensuite, une nouvelle responsabilité éloignerait Seth. Le lendemain, ce serait la Californie. Après ça, le monde.

Le jet privé était prêt pour le décollage quand ils arrivèrent à l'aéroport à 7 heures le lendemain matin. Le luxe de la cabine surprit Ally quand elle prit place à côté de Seth. Quelques minutes plus tard, elle regardait le monde rétrécir tandis que l'avion s'élevait entre les nuages. Le petit déjeuner leur fut servi par une hôtesse, et deux heures plus tard ils survolaient l'aéroport de Burbank, prêts à atterrir.

Près d'un petit bâtiment, une limousine les attendait devant la piste d'atterrissage privée. Partout où elle regardait, il y avait des palmiers et des fleurs. Le ciel était d'un bleu éclatant, parsemé çà et là de petits nuages duveteux. Tout semblait aux antipodes de ses terres brunes natales.

Quand ils se furent installés dans la limousine, dont l'habitacle était plus grand que le chalet qu'elle occupait au Triple Bar Ranch, ils s'engagèrent sur une route encombrée bordée de palmiers, de haies fleuries et d'immenses jardinières débordant de couleurs.

— C'est magnifique, dit-elle en regardant par la fenêtre.

Mais presque au même moment, le téléphone de Seth se mit à sonner. Il passa le reste du trajet à parler avec son correspondant. Au final, la limousine passa sous un large portique, et le chauffeur descendit pour leur ouvrir. Ayant terminé sa conversation, Seth sortit à son tour et la fit entrer dans le bâtiment. Dans l'ascenseur, il appuya sur le dernier bouton, et au bout de quelques secondes les portes se rouvrirent silencieusement. Ils pénétrèrent alors dans un hall décoré de plantes en pot.

— Bonjour, monsieur Masters, dit un homme en uniforme. Bienvenue chez vous.

— Bonjour, Brewster. Je vous présente mon épouse, Ally.

— Madame, fit l'homme en souriant.

Avec des gestes précis et fluides, le majordome ouvrit une porte et s'effaça pour les laisser passer, révélant un univers qu'elle n'avait pu entrevoir que dans les reportages sur les personnes les plus fortunées du monde. Avec ses verrières, le séjour, presque aussi grand que sa ferme, offrait une vue panoramique sur l'océan.

— Vous pouvez mettre le bagage de Mme Masters dans ma suite, dit-il au majordome, avant de se retourner vers elle. Il faut que je sorte pour un bref entretien. Fais comme chez toi. La cuisine est là. Si tu ne trouves pas ce que tu veux, demande à Brewster. Et n'hésite pas à explorer. Je reviens dès que je peux. Promis.

Tendrement, il l'embrassa sur les lèvres.

— Je suis désolé de devoir te laisser. Mais je te promets que je me rattraperai demain.

— Ne t'inquiète pas, ça va aller.

Il l'embrassa encore, cette fois-ci avec plus de passion. Mais ce baiser fut bien trop court à son goût.

— Derrick ? cria-t-il.

— Je suis là, Seth, répondit un grand homme imposant en entrant dans la pièce.

— Derrick, j'aimerais vous présenter ma femme, Ally. Ally, voici mon responsable de la sécurité, Derrick Johnson. Il te suivra partout où tu désireras aller. La voiture est disponible si tu veux faire du shopping ou un peu de tourisme. La plage est juste de l'autre côté de la rue. Mais si tu sors, même à pied, n'oublie pas de lui demander de t'accompagner.

— Eh bien… Je crois que je vais rester là…

Elle ravala sa salive avec peine.

— … Mon chéri, ajouta-t-elle pour jouer le jeu devant ces personnes extérieures.

Cette réponse sembla satisfaire Seth qui, après un dernier baiser, sortit en refermant la porte derrière lui.

Quand il eut disparu, Derrick lui remit un téléphone.

— Si vous avez besoin de moi, madame, appuyez sur le bouton rouge. Je viendrai aussi vite que possible.

— D'accord. Et je vous en prie, appelez-moi Ally.

— Très bien, Ally, répondit-il en souriant poliment, avant de s'éclipser.

Elle n'arrivait pas à croire à tout ça. Comme hypnotisée, elle alla ouvrir les portes vitrées qui donnaient sur le vaste balcon. L'océan était bleu marine et turquoise. Quelques promeneurs marchaient au bord de l'eau. Quelques parasols colorés ponctuaient le sable. C'était aussi différent des pâturages texans qu'on pouvait l'imaginer. Mais malgré la beauté de ce paysage, elle sentit le mal du pays l'emplir de tristesse.

À son retour, à 19 heures, Seth sembla tout aussi heureux qu'elle de se retrouver. Il était son lien avec sa terre et, qu'elle le veuille ou non, elle était attachée à lui. Elle l'accueillit en le serrant dans ses bras, ce qui sembla le surprendre presque autant qu'elle.

— Qu'as-tu fait de ta journée ? lui demanda-t-il en retirant sa veste et sa cravate.

— J'ai pris le soleil sur le balcon et j'ai admiré l'océan. C'était sympa.

— Tant mieux. Tu as besoin de repos.

— Sur ce point, j'ai eu ma dose pour aujourd'hui. J'ai même failli m'endormir, dit-elle en lui souriant.

Il lui rendit son sourire.

— Ally, les personnes qui sont impliquées dans la création du centre voudraient qu'on se rassemble demain soir dans un hôtel. Rien de bien fantasque. Juste des cocktails et un buffet. J'aimerais vraiment que tu viennes pour les rencontrer. J'ai demandé à Karen de t'accompagner faire du shopping demain pendant que je serai au bureau. J'imagine que tu serais contente d'avoir une nouvelle robe pour l'occasion. Elle connaît bien les magasins et elle a eu l'air ravie par cette idée.

— C'est très gentil de ta part, mais je n'ai pas besoin d'aller faire du shopping.

Elle ne voyait pas ce qu'elle pouvait répondre d'autre. Elle n'avait pas suffisamment d'argent pour s'acheter une robe hors de prix qu'elle ne porterait qu'une fois. Un sentiment de panique commençait à s'emparer d'elle.

Il dut deviner ce qu'elle ressentait car, doucement, il s'approcha d'elle pour prendre son visage entre ses mains.

— Ally, si c'est une question d'argent, ne te fais pas de souci. Je veux que tu assistes à cette soirée. Je veux te présenter à toutes les personnes qui y seront présentes. Ça m'est bien égal que tu viennes en jean, mais je m'étais dit que tu te sentirais plus à l'aise dans une robe de cocktail. C'est généralement ce que portent les autres femmes à ce genre d'événement.

Agacée, elle fit un pas en arrière pour se libérer.

— Me présenter comme quoi ? Une amie texane ? Une simple connaissance ? Une associée ? Tu ne peux tout de même pas me présenter comme ta femme.

— Pourquoi pas ? N'est-ce pas ce que tu es ?

— C'est ridicule.

L'air contrarié, il baissa les yeux.

— Ally, c'est très important pour moi que tu viennes… et que je te présente comme ma femme. Les gens ne sont pas obligés de savoir que notre mariage est un mariage de convenance. Quand ce sera fini, dans trois mois, je pourrais toujours dire que ça n'a pas marché.

Ces paroles l'attristèrent. Elles n'auraient pas dû l'affecter autant, et pourtant, elle se sentait mal, désormais. De nouveau, il s'approcha d'elle et, cette fois-ci, baissa la tête vers elle.

— Tu es une femme très belle, murmura-t-il contre ses lèvres. Va faire du shopping avec Karen. Je suis sûr que vous vous entendrez bien. Vous passerez un bon moment. Elle te fera visiter les endroits que je n'ai pas le temps de te montrer. Tu pourras acheter une robe. Et même dix, si tu veux.

— Ma présence à ce genre d'événement n'entrait pas dans le cadre de notre accord.

— Mais cela entre dans le cadre de ton rôle d'épouse. Ici comme au Texas, nous devons faire attention aux apparences. Comme il s'agit du centre de recherches, il y aura des journalistes qui poseront des questions et prendront des photos. J'imagine qu'il faut que tu te prépares à cela, également.

— Mais…

— J'ai envie de t'embrasser.

Voyant que le regard d'Ally était tombé sur sa bouche, Seth ne put s'empêcher de couvrir ses lèvres des siennes.

Il commença par un baiser innocent puis releva la tête pour observer sa réaction. Elle avait les yeux fermés… Il se remit à l'embrasser, et cette fois-ci elle lui rendit son baiser. Rassuré, il redoubla d'ardeur. Quand il commença à tracer un chemin de baisers jusqu'à son oreille, il la sentit passer ses bras graciles autour de ses épaules.

— Mais si tu n'as pas envie de faire du shopping, je vois autre chose qu'un mari et une femme peuvent faire ensemble.

Baissant la tête, il vit qu'elle paraissait désormais désorientée. Il était vrai qu'il la traitait comme si elle était vraiment sa femme, comme si leur mariage était réel. Il y avait des moments où il ne pouvait s'en empêcher.

— Très bien, d'accord. Je vais y aller. Mais tant pis pour ton compte en banque. Parce que je te préviens que je n'ai aucune intention de te rembourser.

— Pas besoin, répondit-il en riant. Bon, que veux-tu faire pour le dîner ?

- 9 -

— Tu aimes la cuisine italienne ? Les fruits de mer ? Qu'est-ce que tu préfères ?

— J'ai rarement l'occasion de manger de bons fruits de mer.

— D'accord. Il y a un nouveau restaurant à Malibu que je n'ai pas encore essayé. La critique est dithyrambique.

— Parfait, dit Ally en baissant les yeux vers son jean et ses bottes. Puis-je avoir une minute pour me changer ?

— C'est dans une ambiance décontractée, lui répondit Seth en désignant sa propre tenue. Mais si tu préfères tout de même te changer, prends ton temps, je t'en prie.

Elle retourna vers le hall où elle avait vu Brewster transporter ses bagages un peu plus tôt. Au fond se trouvaient de doubles portes qui devaient être celles de la suite. Quand elle les eut poussées, elle s'immobilisa, émerveillée. Les plafonds hauts et la peinture bleu ciel conféraient à la pièce une ambiance éthérée. Trois arches menaient à une autre terrasse qui offrait une vue exceptionnelle sur l'océan. Le lit était immense. Avec ses draps bruns, bleus et blanc cassé, il dégageait quelque chose d'à la fois viril et luxueux.

Elle ouvrit une porte qui donnait sur un dressing rempli de chemises, pantalons et vestes d'homme. Dans le placard de droite, quelqu'un avait suspendu les robes et autres vêtements qu'elle avait apportés. Elle porta son choix sur une robe bleu nuit et des sandales assorties.

La salle de bains était tout aussi impressionnante avec sa baignoire dans laquelle on aurait pu tenir à six. Mais elle devrait attendre pour la tester. Le peu de maquillage qu'elle avait apporté se trouvait à côté du lavabo, avec sa brosse et ses autres affaires de toilette. Après s'être rapidement recoiffée et avoir remis un peu de rouge à lèvres, elle s'estima prête à partir.

Le Sea and Food était situé dans une ancienne distillerie, perchée au sommet d'une falaise qui surplombait l'océan. Quand ils s'en approchèrent, des mouettes planaient dans le ciel, et l'air embaumait le cèdre et l'eau salée.

Un homme au sourire amène leur ouvrit les portes pour les accueillir.

— Votre table est prête, monsieur et madame Masters, dit-il en les conduisant près de la baie vitrée.

— Comment sait-il qui nous sommes ? chuchota-t-elle en observant la nappe immaculée et la chandelle romantique.

— Est-ce vraiment important ? Il a déjà dû voir mon visage quelque part, et je lui ai donné notre nom quand j'ai fait la réservation.

— Tu veux dire qu'il t'a déjà vu dans le journal ou à la télé, c'est ça ?

Pour être reconnu en public de cette façon, il devait vraiment être très célèbre dans la région.

— Sans doute. Bon, j'ai entendu dire que le homard était excellent.

— Je me moque complètement du homard, répliqua-t-elle sèchement.

Il ne répondit pas, se bornant à lui adresser ce sourire qui avait dû faire fondre plus d'un cœur. Mais ça ne fonctionnerait pas avec elle, pas cette fois. Dans cet univers irréel, elle se sentait déstabilisée et totalement démunie. Quand il lui avait proposé de l'accompagner en Californie, elle avait pensé… Elle n'avait pas pensé que ce serait comme ça et ne s'était pas préparée à un tel luxe et une telle opulence. Elle n'aimait pas se sentir désarçonnée, et pour ne rien arranger, il le savait et se riait d'elle, même s'il cherchait à le cacher.

— Alors, comment s'est passée ta réunion ? lui demanda-t-elle une fois qu'ils eurent passé commande.

— Bien, répondit-il en souriant. Les travaux devraient commencer début juin. Et toi, comment s'est passé ton après-midi ?

— Ça a été. Je suis restée sur le balcon à observer la mer et les gens. J'ai adoré regarder les surfeurs. Je me demande bien ce que ça fait de vivre si près de l'océan. Tu fais du footing le matin ?

— J'en ai fait longtemps. Puis mes affaires ont commencé à se développer, et j'ai eu de moins en moins de temps. Sans parler de mes déplacements professionnels. En réalité, je ne suis plus très souvent ici.

— Tu devrais vraiment reprendre un peu de temps pour t'aérer les poumons. Le matin, c'est le mieux. Ça permet de se vider la tête et de faire des projets pour la journée à venir.

— Ça sent le vécu, dit-il en posant sa serviette de lin sur ses genoux.

— Oui. Je m'aère les poumons tous les matins, mais à cheval, bien sûr. J'aime les monter juste quand le soleil se lève. Et ils ont l'air d'aimer, eux aussi.

— En fait, c'était ça que tu faisais le jour où nous nous sommes… rencontrés ?

— Tout à fait, répondit-elle en prenant son verre d'eau. Et du coup, tu m'as complètement saccagé ma journée.

Il eut un beau rire grave.

— Maintenant, je comprends mieux pourquoi tu paraissais si fâchée.

— Sans parler du fait que tu as failli m'écraser.

Une voix de femme se mit soudain à résonner derrière eux.

— Seth ! Je savais que c'était toi !

Tandis que la femme s'approchait de leur table, Ally observa ses yeux bleus pétillants. C'était une petite brune toute mince, qui ne cherchait pas à dissimuler son attirance pour Seth.

— Gayle, dit-il en se levant pour la saluer.

Tout sourire, elle le prit dans ses bras pour l'embrasser sur les joues, après quoi elle se mit à le regarder comme si elle attendait qu'il dise ou fasse quelque chose. *Coucou ! Je suis là*, songea Ally.

Elle avait beau savoir qu'elle n'avait aucun droit d'être jalouse, elle ne pouvait contenir les sensations de colère et de ressentiment qui lui tenaillaient l'estomac. Heureusement, il finit par s'éloigner de la jeune femme.

— Gayle, j'aimerais te présenter mon épouse.

D'un mouvement brusque, la jeune femme tourna la tête vers elle et la regarda d'un air sidéré.

— Ally, je te présente Gayle Honeycutt. Son père et moi travaillons ensemble. Gayle, voici ma femme, Ally.

— Tu es marié ? souffla la jeune femme.

On aurait dit qu'elle venait de recevoir une gifle. Mais elle se hâta de se reprendre, leur servant un sourire qui aurait mis n'importe qui au défi de l'accuser de ne pas être heureuse pour eux.

— Félicitations ! susurra-t-elle. Tu ne m'avais pas dit que tu allais te marier ? Vous êtes de la région ? demanda-t-elle en se tournant vers Ally.

— Du Texas.

— Du Texas ? Vraiment ? Vous étiez en sécurité là-bas.

— Qui aurais-je dû craindre ? demanda Ally en lui adressant un regard perplexe.

— Eh bien, toutes ces femmes dont les cœurs vont maintenant être brisés. J'aimerais d'ailleurs beaucoup savoir comment vous avez réussi à gagner le sien. On a essayé pendant des années…

— Gayle ! fit-il d'un air de reproche.

Ce qui eut pour effet de lui faire reprendre immédiatement son air lisse et poli.

— Je disais juste ça comme ça. Bon, ravie de vous avoir rencontrée, Ally. Et encore félicitations. Bonne soirée, Seth.

— À toi aussi.

Elle disparut aussi rapidement qu'elle était arrivée, se fondant dans les ombres du restaurant faiblement éclairé.

— Désolé, lui dit-il en s'asseyant.

— Tu n'as pas à t'excuser. Tu habites ici, et j'aurais été

surprise s'il n'y avait pas eu deux ou trois femmes qui te courraient après. Je regrette simplement que tu aies dû révéler notre secret.

— Tu veux dire notre mariage ?

— Oui. Ça va être difficile pour toi d'expliquer tout ça une fois que ces trois mois seront passés.

— Ne t'inquiète pas pour ça, dit-il en se mettant à gigoter nerveusement sur sa chaise.

Les hors-d'œuvre furent servis et ils mangèrent sans rien dire pendant un instant mais le silence qui s'installa n'avait rien de gênant. Les crevettes cocktail étaient délicieuses, de même que la salade et le pain maison. Le vin qu'il avait choisi allait merveilleusement bien avec les plats. Oubliant ses inquiétudes, elle savoura son repas. Mais quand on lui proposa un dessert, elle refusa. Elle ne pouvait plus avaler une bouchée de plus.

— C'était délicieux, dit-elle entre deux gorgées de café. Merci, Seth.

— Avec plaisir. J'ai moi aussi beaucoup aimé. Il faudra qu'on revienne.

Ces propos la firent sourire. Il reviendrait peut-être, mais sans elle. Dans un jour ou deux, ils rentreraient à la maison. Et elle n'aurait pas de regrets. Cette parenthèse dans leur vie quotidienne était bien agréable, mais sa vie était au Texas. Là était sa place. Et tout ce qu'elle connaissait.

— Seth Masters ! Qu'est-ce que tu fais là ? fit une autre voix féminine, coupant court à ses pensées.

Une nouvelle jeune femme venait de s'approcher de leur table. Tout en marmonnant des politesses, il se leva pour la saluer.

— Rachael, dit-il.

— Je viens de tomber sur Gayle Honeycutt… C'est vraiment ta femme ?

— Euh… Oui. Rachael, je te présente Ally. Ally, voici Rachael Larson.

— Enchantée.

— Je n'arrive pas à croire que tu sois marié ! s'exclama la

jeune femme en se retournant vers lui, ignorant royalement ses propos. Tu n'as jamais eu de relation sérieuse avec qui que ce soit.

— Maintenant si, répondit-il en se rasseyant.

Elle regarda fixement Ally avant de se tourner vers lui.

— Bon. Eh bien, je vous souhaite beaucoup de bonheur à tous les deux.

— Merci, Rachael.

L'air agacé, il se tourna vers Ally.

— On y va ?

— Oui.

Sans rien ajouter, il se leva et lui prit la main pour la conduire vers la sortie.

Seth n'en revenait pas. Deux femmes avec qui il était sorti se présentant à sa table à une heure d'intervalle. Incroyable. Cela avait dû avoir un impact négatif sur Ally. Ou pas. Car tout bien considéré, ils n'étaient pas amoureux. Ils ne s'étaient pas mariés dans des circonstances normales, alors pourquoi aurait-il dû s'inquiéter de ce qu'elle en avait pensé ? Après lui avoir ouvert la portière de la voiture, il alla s'installer au volant.

— Je suis désolé, Ally, dit-il cependant.

— Pour quoi ?

— Gayle et Rachael qui sont venues à notre table.

— Je ne vois pas ce que ça peut me faire, répondit-elle en haussant les épaules. Nous ne sommes pas vraiment mariés et tu ne m'as jamais laissé entendre que tu avais fait vœu d'abstinence.

— Tant mieux.

L'air surpris, elle se tourna vers lui en haussant un sourcil.

— Tant mieux que leur intervention ne t'ait pas dérangée.

— Pas du tout. Bon, on repart toujours après-demain ?

— Oui. Encore deux jours. Tu penses que tu pourras tenir ?

— Je pense. Mais je serai contente de rentrer.

Il avait très envie d'elle quand ils arrivèrent à son immeuble. Mais il lui avait demandé de l'accompagner en Californie pour lui faire faire un peu de tourisme. Ça ne voulait pas dire qu'il pouvait la mettre dans son lit. Elle ne serait certainement pas d'accord pour dormir dans sa suite. Avec lui. Car s'il était pour sa part très attiré par elle, il sentait bien qu'elle cherchait à garder ses distances vis-à-vis de lui.

— Que dirais-tu d'aller faire une petite promenade nocturne sur la plage ? lui demanda-t-il en sortant de la voiture. Avec ce clair de lune, la mer devrait être magnifique.

Immobile, elle sembla hésiter quelques secondes avant de répondre :

— D'accord.

Ils traversèrent donc la rue pour gagner la plage. Une fois sur le sable, elle retira ses chaussures, et il suivit son exemple.

— Ça fait longtemps que je ne suis pas allé voir la mer. Surtout la nuit. Mon travail me prend énormément de temps. Et quand je suis à l'appartement, je regarde à peine le paysage. C'est triste à dire, mais je m'y suis habitué.

— C'est dommage. Il te faudrait trouver du temps pour profiter de tout ça. Tu devais pourtant adorer la mer pour avoir envie de vivre ici ?

— Tu as parfaitement raison, répondit-il alors qu'ils commençaient à marcher ensemble vers la mer.

Sous ses pieds, le sable était à la fois doux et rugueux. Quelque part dans la nuit, des mouettes s'appelaient en criant suffisamment fort pour couvrir le bruit des vagues. Le clair de lune, qui illuminait l'eau, faisait ressortir la crête des vagues. Un léger souffle d'air rabattait leurs cheveux vers l'arrière.

— C'est magnifique, dit-elle. Et j'adore l'odeur de l'océan.

Elle courut jusqu'au bord de l'eau et se mit à rire quand les vagues vinrent lui lécher les pieds.

— Elle est bonne ! Viens, Seth. Montre-toi audacieux !

Sans cesser de rire, elle lui tendit la main.

Hypnotisé par sa beauté, il accepta cette main tendue, et ils reprirent leur chemin les pieds dans l'eau.

— On a aussi des plages au Texas, mais le sable n'est pas aussi doux. J'y allais souvent avec des amis quand j'étais au lycée. J'adore l'océan.

— On a ça en commun. Quand j'étais petit, j'adorais me promener le long du rivage pour voir ce que la marée avait apporté. J'avais tout un trésor de bois flotté et d'étoiles de mer. Ma mère me disait toujours d'arrêter de rapporter à la maison toutes ces saletés, pour reprendre ses mots. Mais mes trouvailles me semblaient spéciales.

— Tu as toujours ta collection ?

— Non. Quand maman est morte, j'ai dû m'en débarrasser pour vendre la maison.

— C'est dommage. J'aurais bien aimé la voir.

Il n'avait jamais parlé à personne de cette passion pour les objets rejetés par la mer, de crainte qu'on se moque de lui. Mais il n'avait pas hésité une seule seconde à en parler à Ally. D'instinct, il avait su qu'elle comprendrait.

— Qu'est-ce que tu aimais faire quand tu étais petite ? Tu avais des passions ?

— L'archéologie. Les terres du ranch regorgent d'antiquités, issues soit de la culture amérindienne, soit de la période de la guerre de Sécession. J'ai trouvé des lunettes et plusieurs autres objets ayant sans doute appartenu à des soldats. J'ai aussi récolté des pots en argile, des pointes de flèches et même un collier. J'ai gardé toutes mes trouvailles, mais le plus amusant, pour moi, c'était de chercher.

— Je suis bien d'accord, répondit-il en souriant.

L'air intrigué, elle se pencha pour ramasser quelque chose dans le sable.

— Qu'as-tu trouvé ?

— Juste un morceau de coquillage. Mais je suis sûre que ça doit être passionnant de marcher le long de la mer en journée.

— Tu as tout à fait raison. Surtout tôt le matin, à marée basse. On trouve des tas de coquillages et toutes sortes de choses. Il faudra qu'on prenne le temps de le faire à notre prochain séjour. C'est une plage privée ; peu de personnes ont accès à ces trésors.

Elle garda le silence un long moment. Que pouvait-elle bien penser ?

— Qu'est-ce qu'il y a, Ally ?

— Rien. Je me disais juste que c'était vraiment de super mini-vacances. Je ne me suis pas inquiétée une seule fois des chevaux, du cambrioleur ou de tout ce qui pourrait se passer au ranch. Je te remercie infiniment de m'avoir éloignée de mes soucis pour quelque temps.

— Pas de problème. Il faudra qu'on le refasse.

— Tu sais très bien qu'on ne le refera pas. Tu as ta vie, et j'ai la mienne. Et même si tu as envie que je t'accompagne, j'ai des responsabilités. De toute façon, la prochaine fois que tu devras revenir en Californie, nos chemins se seront sûrement séparés.

— Pas nécessairement, répondit-il en s'arrêtant brusquement de marcher.

— Si.

— Pourquoi ? Dis-moi pourquoi, demanda-t-il.

Et sans attendre sa réponse, il l'attira vers lui pour l'embrasser. Elle était douce et accueillante, son parfum se détachant comme une essence de pur désir sur fond salin de la mer. Le doux gémissement qui s'échappa de ses lèvres ne fit que redoubler son excitation. Pour bien lui montrer l'effet qu'elle lui faisait, il attira fermement son corps contre le sien. Sensuellement, elle fit remonter ses doigts le long de sa nuque, caressant ses cheveux courts. Elle était tellement réactive, tellement sensuelle que la situation risquait fort de lui échapper, son instinct lui dictant de la prendre, ici, maintenant, sur la plage.

S'étant doucement écarté d'elle, il prit son visage entre ses mains.

— J'ai envie de toi, murmura-t-il après avoir déposé un tendre baiser sur sa joue. Il y a quelque chose entre nous. Je sais que tu le sens, toi aussi. Retournons à l'appartement.

Elle observa son visage dans le clair de lune. Et quand

elle finit par acquiescer, il sentit son désir atteindre encore de nouveaux paliers. Il fallait qu'il l'embrasse encore une fois. Il commença par la douceur apaisante des vagues qui lèchent le rivage, calmes, relaxantes, procurant un aperçu de ce que recèlent les eaux plus profondes. Mais la force de la tempête qui déchaîne les vagues sur le rivage ne tarda pas à refaire surface entre eux, et il savait qu'il n'y avait qu'un moyen de faire taire ce tumulte.

Libérant son visage, il lui reprit la main et tourna les talons pour repartir vers l'immeuble. Les vagues chaudes continuaient de leur lécher les pieds, mais il n'y prêtait guère attention ; il n'y avait plus qu'elle. Il ne voulait plus qu'elle. Les choses n'étaient pas censées se passer ainsi. Il n'avait jamais imaginé que leur mariage serait consommé. Mais il y avait quelque chose chez elle qu'il n'avait connu chez aucune autre femme. Il n'y avait pas de comparaisons. Il n'y avait pas de bien ou de mal. Il n'y avait pas de doute. Il la voulait.

- 10 -

Aussitôt que les portes de l'ascenseur se furent refermées, il la prit dans ses bras. Elle était brûlante, tremblante et tellement tentante. Son esprit semblait avoir quitté son corps pour ne plus laisser derrière lui qu'un pur instinct animal.

Les portes s'ouvrirent, et ils se retrouvèrent dans l'appartement. Ses chaussures tombèrent par terre quand il la hissa dans ses bras pour la porter d'un pas déterminé vers sa chambre. Arrivé près du lit, il la remit sur ses pieds et, impatiemment, commença à lui retirer sa robe.

De nouveau, dans la pénombre de la nuit, il joignit ses lèvres aux siennes. La passion qu'il y avait entre eux était presque palpable. Elle avait beau nier, il la sentait en elle, pouvait même la goûter. Humer l'excitation sur sa peau. Elle avait envie de lui tout autant qu'il avait envie d'elle. Il ne pouvait pas lui promettre que cela durerait éternellement. Il ne pouvait promettre ça à personne. Mais il pouvait tout lui donner, ici et maintenant.

Pendant un long moment, elle l'embrassa avec une émotion vive et brute, répondant à chaque mouvement de sa bouche ou de sa langue. Sensuellement, elle lui caressait le torse, mais il avait envie de sentir ses mains sur sa peau. Sans se donner la peine de défaire les boutons, il écarta d'un coup les deux pans de sa chemise et repositionna ses mains sur son torse. Après quoi il l'attrapa fermement par les hanches, pour bien lui faire sentir son excitation. Il la sentit alors frissonner contre lui. Écartant une mèche de cheveux de son visage, il traça un chemin de baisers sur son cou. Sans cesser de gémir, elle s'accrocha à ses épaules, serrant encore plus fort son corps brûlant contre le sien.

Ally avait l'impression d'évoluer dans un rêve. Elle savait ce qui allait se passer. Une perspective à la fois excitante et terrifiante. Elle n'avait pas envie d'avoir des sentiments pour cet homme. Mais elle l'avait dans la peau, et elle savait qu'elle ne pourrait pas lui dire non une deuxième fois. Elle le regarda sans rien dire la déshabiller. Sa robe bleue tomba mollement sur le sol, suivie de près par son soutien-gorge. Les lèvres closes, il sembla alors se concentrer sur ce qu'il voyait. Suivant son instinct, elle déboucla sa ceinture et commença à défaire les boutons de sa braguette.

— Je vais t'aider, ma belle, dit-il d'une voix basse et rauque.

Elle sentit son cœur s'emballer quand il retira son jean à la hâte.

Impatiemment, il la reprit dans ses bras et la déposa sur le lit. Elle n'avait jamais fait l'amour avec un homme qu'elle connaissait depuis moins de trois semaines, mais cette pensée ne la gêna pas. Il était entré dans sa vie, et il avait bouleversé son univers. Il ne ressemblait à aucun des hommes qu'elle avait connus et qu'elle connaîtrait.

Prenant son visage entre ses mains, elle se délecta de la sensation de sa peau légèrement rugueuse. Du bout de son pouce, elle caressa sa bouche virile. Tout semblait devenir plus fort, plus intense. Elle huma son parfum boisé, mêlé à son odeur si spéciale et si masculine. Son corps était brûlant d'excitation. Ce qui ne faisait que renforcer l'éveil de ses sens. Avec ses doux baisers, il projetait de petites décharges d'adrénaline dans son corps tout entier. Quand il se mit à mordiller la peau de son cou, elle rejeta la tête en arrière pour lui en faciliter l'accès. Elle sentait à présent ses mains brûlantes modeler ses seins, vers lesquels il finit par se baisser pour tracer du bout de sa langue de voluptueux cercles autour de ses bouts durcis. Elle ne tarda pas à gémir de plaisir.

— Qu'est-ce qu'il y a, Ally ? murmura-t-il d'une voix rauque et virile. De quoi as-tu envie ?

— Encore.

— Encore ça ? fit-il d'un air espiègle en faisant courir sa langue sur l'un de ses tétons.

Instinctivement, elle cambra le dos.

— Oui.

— Et que dis-tu de ça ? demanda-t-il en prenant l'autre entre ses lèvres.

Elle était en feu. Luttant pour reprendre son souffle, elle s'agrippa à ses épaules.

— J'ai envie d'être en toi, murmura-t-il en prenant son autre téton en bouche pour lui accorder le même traitement. Tu es prête pour moi ?

Il passa alors sa main entre leurs deux corps pour tester l'humidité brûlante de son sexe. Puis, doucement, il glissa deux doigts en elle. Elle sentit immédiatement ses muscles se resserrer autour, ce qui ne fit qu'accroître le désir qu'elle avait pour lui, la poussant à écarter les cuisses. Avec une douceur toute empreinte de sensualité, il fit alors glisser sa culotte le long de ses jambes.

Et après lui avoir jeté un regard brûlant de désir, il se tourna vers la table de chevet, dont il sortit un préservatif qu'il se hâta d'enfiler.

S'appuyant sur ses bras musclés, il vint ensuite se positionner au-dessus d'elle. Elle percevait désormais nettement le bout de son sexe dur contre la chaleur humide du sien. Instinctivement, elle cambra les reins. Elle le sentit alors s'enfoncer en elle, lentement, avant de se retirer.

— Ally, murmura-t-il, et d'un coup il s'enfonça à nouveau en elle, tout au fond.

Le souffle haletant, elle le regardait désormais dans les yeux.

— Je suis merveilleusement bien en toi, dit-il d'une voix basse et sensuelle.

Elle ne pouvait plus parler, plus réfléchir. Elle avait l'impression de flotter dans les airs, ivre de toutes ces sensations qui l'enveloppaient de la tête aux pieds. Elle ne s'était jamais sentie aussi bien. Lentement, il se mit à aller et venir en elle, s'enfonçant un peu plus à chaque fois, accroissant un peu plus son plaisir à chaque fois. Elle était au paradis.

Glissant ses mains sous sa tête, il joignit à nouveau ses lèvres aux siennes, pénétra sa bouche de sa langue. Dans un sourd rugissement, il se mit alors à mordiller ses lèvres et son cou sans cesser d'aller et venir fougueusement en elle. C'était à la fois sensuel et bestial. Délicieusement intense. Elle n'avait jamais rien connu de tel.

Brusquement, il s'accrocha à ses cheveux pour mieux lui prendre la bouche. Le souffle court, il se remit ensuite à lui mordiller l'oreille. Elle sentait à nouveau ses mains sur ses seins, ses doigts qui pinçaient ses tétons durcis. Il avait accéléré les mouvements de ses hanches, mais soudain, tout au fond d'elle, il s'immobilisa. Le temps sembla s'arrêter.

— Viens, Ally, dit-il avant de reprendre sa cadence effrénée.

Sa voix était rauque, haletante.

Et son corps répondit immédiatement à cette demande. Brusquement, elle se sentit happée dans le tourbillon de plaisir qu'il avait créé, une force qui la projeta au septième ciel, dans des sommets de volupté dont elle ne pensait jamais pouvoir descendre. Elle était à bout de souffle, mais peu lui importait. Elle le sentit accélérer encore sa cadence, s'enfoncer plus profondément, juste avant qu'il ne crie son nom et vienne la rejoindre dans l'extase.

Alors, il se laissa tomber sur le côté et la serra fort contre lui. Le souffle haletant, il déposa de fiévreux baisers sur ses joues et ses lèvres.

— Ça va ? lui demanda-t-il, la voix toujours aussi rauque et basse.

— Oui.

Elle ne s'était pas sentie aussi bien depuis très longtemps. Pendant ces quelques minutes exceptionnelles, tous ses soucis semblaient avoir disparu. Tout en inhalant à pleins poumons son odeur excitante, elle se nicha entre ses bras musclés. Elle se sentait aimée et protégée, et même si elle savait que cela ne durerait pas, elle s'autorisa à savourer l'instant présent. Une seconde plus tard, elle s'endormait dans ses bras.

Quand elle se réveilla, Ally s'étira et bâilla. Puis elle s'aperçut que quelque chose n'allait pas. Elle n'était pas dans sa chambre. Elle sentit de la chaleur à côté d'elle, et immédiatement les événements de la veille au soir lui revinrent à l'esprit. En se retournant, elle se trouva face au regard brumeux de Seth.

— Bonjour, dit-il d'une voix ensommeillée. Bien dormie ?

Tout en souriant, il se pencha vers elle pour l'embrasser.

— Oui. Très bien.

Elle s'étira encore, et une légère douleur entre ses cuisses la fit grimacer.

— Je t'ai fait mal ? demanda-t-il en la regardant.

Elle sentit le rouge lui monter aux joues.

— Non.

Il lui avait refait l'amour au cours de la nuit, et bêtement elle n'avait pas tenté à l'en dissuader. Elle savait pourtant que c'était chercher les ennuis. Tôt ou tard, elle finirait par s'habituer à sa présence. Et tôt ou tard, il finirait par s'en aller. Il ne pouvait en être autrement. C'était un homme d'affaires qui voyageait beaucoup et qui n'avait aucune intention de se poser.

Qu'avait-elle fait ? Elle avait fait l'amour avec Seth Masters, voilà ce qu'elle avait fait. Et elle n'avait jamais autant apprécié le sexe que cette nuit-là. Elle ne s'était pas trompée. Il était exceptionnel au lit. Tant et si bien qu'elle ne regrettait absolument rien de ce qui s'était passé. L'extase l'avait à ce point submergée qu'elle avait emporté avec elle tous les regrets qu'elle aurait pu avoir ce matin-là.

Mais elle ne tomberait pas amoureuse de lui. Hors de

question. Elle n'était pas bête à ce point. Cependant, ces ébats avec lui avaient supplanté de loin tout ce qu'elle avait pu connaître avec Wayne. Qui était cet étranger qui était entré dans sa vie et l'avait totalement bouleversée ?

Après s'être une nouvelle fois étirée, elle se leva pour aller se doucher. La douceur de l'eau chaude était exactement ce dont elle avait besoin. Pendant quelques minutes, elle se laissa aller à ne plus penser à rien. Elle attendit que ses mains commencent à se friper pour couper l'eau, et après s'être enveloppée dans une serviette, elle retourna dans la suite pour s'habiller.

Il n'était plus là. Sans doute était-il parti se laver dans une autre salle de bains. Elle frictionna ses cheveux avec la serviette et les démêla avant de s'habiller. Et une fois maquillée, elle quitta la chambre pour rejoindre le hall.

— Bonjour, fit cette voix si virile derrière elle.

Elle se retourna. Il était beaucoup trop sexy dans ce peignoir de bain immaculé. S'étant approché d'elle, il lui releva le menton du bout des doigts et aligna ses hanches avec les siennes. Aussitôt, elle sentit la tentation s'emparer de son corps.

— Le café doit être prêt, et il y a des viennoiseries fraîches dans la cuisine, murmura-t-il contre ses lèvres. Fais comme chez toi pendant que je m'habille.

S'étant servi une tasse de café, elle prit un croissant et se dirigea vers la terrasse. À la lumière du matin, la plage semblait très différente de la veille au soir. On y entendait des gens parler et rire, et il y avait de la musique dans le lointain. Un instant plus tard, il venait la rejoindre et s'accoudait à la balustrade.

— J'ai une visioconférence aujourd'hui, vers 10 heures, et je dois être à mon bureau pour ça, dit-il en baissant les yeux vers le transat dans lequel elle était assise. Karen devrait passer te chercher vers la même heure, à peu près.

— Alors je ferais bien d'aller m'habiller.

*
* *

Karen Silverton arriva à 10 heures précises. Cette blonde pétillante n'était pas du tout comme Ally l'avait imaginée. Douce et chaleureuse, elle se présenta à elle avec simplicité avant de l'inviter à partir. C'était une personne vraiment gentille, qui lui fournit d'excellents conseils et l'informa de ce à quoi elle devait s'attendre concernant le genre de soirées auquel Seth avait l'habitude d'assister.

Au cours des deux heures qui suivirent, elles visitèrent un nombre incalculable de magasins, dans lesquels Ally essaya de somptueuses tenues. Avec le sentiment d'avoir gagné à la loterie, elle acheta une robe de cocktail et quatre robes de ville qui la mettaient particulièrement en valeur. Sa préférée avait une encolure dorée et présentait un dégradé de nuances de brun. Très élégante, elle semblait pouvoir faire taire tous les soupçons sur son identité de cow-girl.

Elles déjeunèrent dans un petit restaurant de Hollywood. Karen, qui parlait facilement, lui expliqua qu'elle était ravie de travailler avec Seth.

— C'est quelqu'un de vrai, dit-elle. Il n'est ni arrogant ni sournois. Simplement droit et honnête. Depuis sept ans que je le connais, je l'ai toujours entendu dire qu'il ne voulait pas se marier. Tu imagines ma surprise quand il m'a affirmé qu'il venait de le faire. Si je peux me permettre, tu as beaucoup de chance. Seth aussi, bien sûr. Tu devais être vraiment belle dans ta robe de mariée.

Ravalant sa salive avec peine, Ally se força à sourire. Seuls Seth et elle savaient qu'il n'y avait pas eu de robe de mariée, pas de fiançailles. Juste un mariage administratif, par convenance. Tout bien réfléchi, elle commençait à en avoir assez, de cet accord. Pour la première fois depuis qu'elle avait accepté la proposition de Seth, elle regrettait de ne pas avoir dit non. Elle avait bien compris qu'ils devaient se marier, mais elle avait pensé que, après ça, chacun reprendrait son chemin. Jamais une seule seconde elle n'aurait imaginé qu'ils vivraient sous le même toit et partageraient tous leurs repas.

Et à présent, elle était obligée de mentir à son assistante. Et Seth, que Karen semblait considérer comme un homme respectable, mentait lui aussi. Curieusement, Ally avait le sentiment que toute cette mascarade était de son fait.

— Les vêtements te seront livrés demain, lui expliqua Karen quand elles remontèrent dans la limousine pour rejoindre l'appartement. Ça nous évite d'avoir à porter tous ces sacs.

Ally culpabilisait un peu d'avoir dépensé tant d'argent en vêtements. Mais au moins, elle les porterait avec plaisir. Ils ne resteraient pas suspendus dans un placard. Réconfortée par cette idée, elle se laissa aller à admirer le paysage ensoleillé qui défilait derrière les vitres.

Ally passa l'après-midi à se préparer pour la réception en l'honneur du centre de recherches. La robe de cocktail qu'elle avait choisie, violette et brodée de sequins, mettait en valeur ses cheveux et sa silhouette fine. Seth la trouvait vraiment divine dedans. D'une beauté exceptionnelle.

La limousine arriva à l'heure, et ils partirent.

Quand ils passèrent les portes de l'hôtel, tous les regards se tournèrent vers eux. Ou plutôt vers elle. Des flashs crépitèrent tandis que plusieurs invités s'approchaient d'eux pour le saluer et se présenter à elle. Un sourire aux lèvres, elle leur serra la main et leur retourna leurs compliments comme si elle avait fait ça toute sa vie. Elle semblait parfaitement à l'aise et fut immédiatement acceptée par ses proches.

— Je suis enchantée de vous rencontrer, monsieur Smothers ? Cette charmante femme est-elle votre épouse ?

— Tout à fait. Ally, je vous présente Gretchen, répondit le vieil homme tandis que sa femme s'approchait.

— Votre robe est magnifique ! s'exclama Mme Smothers. Elle va très bien avec la couleur de vos cheveux.

— Merci. Vous êtes adorable, répondit Ally avec son charmant accent sudiste. Et merci pour votre contribution au centre de recherches.

Seth la regarda papillonner dans la pièce, bavarder, rire, accepter un verre que lui présentait un homme, des compliments que beaucoup lui firent. À la voir évoluer dans cette foule, il ressentait de la fierté. Il essaya de la rejoindre mais se retrouva coincé par plusieurs associés qui semblaient avoir confondu fête et entretien professionnel.

Plus tard, il réussit enfin à la retrouver près du buffet.

— J'ai mal aux pieds, lui dit-elle en souriant. Combien de temps devons-nous encore rester ?

— Ça ne sera plus très long. Tu as été formidable, soit dit en passant.

— Les gens sont gentils. Alors c'est facile de l'être en retour. Mais tu ferais bien de te méfier de Larry Buddress. J'ai cru que je n'allais jamais pouvoir m'en dépêtrer.

— Il t'a fait des avances ? demanda-t-il, horrifié.

— Non, mais il n'arrêtait pas de me flatter. Parce que je suis ta femme. C'est un courtisan. Il voudrait gravir les échelons du groupe, et il pense qu'il y arrivera plus facilement en me passant de la pommade dans le dos. Je déteste les gens comme ça. Oh ! regarde, il s'approche de nous. Cette fois-ci, il est pour toi. Il faut que j'aille me repoudrer le nez. À plus tard.

En se retournant, il se retrouva en effet face à Larry.

— Bonsoir, Larry. Merci d'être venu.

Tandis que son associé lui parlait de toutes les choses qu'ils pouvaient faire pour le projet, Seth regarda Ally s'éloigner. Juste après s'être engouffrée dans le couloir, croyant sans doute que personne ne pouvait la voir, elle retira ses chaussures. Il ne put s'empêcher de rire.

Comme le groupe commençait à jouer, il s'approcha de l'endroit où elle avait disparu. Bientôt, il la vit reprendre le couloir, tenant toujours ses chaussures à la main.

— Remets-les et viens danser avec moi, lui dit-il d'une voix taquine.

Elle fit une petite grimace, mais s'exécuta, et il lui prit la main pour la conduire jusqu'à la piste. L'orchestre s'était mis à jouer une douce ballade. Tendrement, il la prit dans ses bras. C'était tellement bon de pouvoir la sentir contre lui. Son corps et le sien semblaient faits l'un pour l'autre. Lentement, ils se mirent à onduler au son de la musique. Sa tête reposait contre son épaule.

La ballade se termina, une autre reprit. Ils continuèrent de danser. Elle ne disait rien, lui non plus. La proximité suffisait. Personne n'essaya de s'immiscer entre eux. Comme si tous savaient qu'elle était sienne et qu'aucune interruption ne serait tolérée.

La soirée se poursuivit ainsi. Quand l'orchestre arrêta de jouer, ils rejoignirent les invités et commencèrent à leur dire au revoir. Au moment où ils gagnèrent la sortie, plusieurs hommes vinrent le féliciter de s'être choisie une si exceptionnelle épouse.

Il était ravi pour le centre de recherches. Beaucoup de personnes lui avaient apporté leur aide ou s'étaient engagées à le faire. Dans deux ans, tout serait certainement prêt pour l'ouverture. Il n'aurait jamais pu accomplir tant de choses si Ally n'avait pas été là. Il aurait aimé pouvoir dire à tout le monde ce qu'elle avait fait pour le projet, mais naturellement c'était impossible. Vu de l'extérieur, ils devaient passer pour un couple de jeunes mariés heureux.

Jusqu'à ce que les trois mois de leur contrat soient écoulés.

— Tu es fatiguée ? lui demanda-t-il en voyant qu'elle avait fermé les yeux après s'être installée sur le siège de cuir de la limousine.

— Non. J'étais juste en train de repenser à cette fête. Les gens étaient tellement gentils. Vont-ils tous contribuer à ton projet ?

— La plupart l'ont déjà fait, et les autres s'y sont engagés.

— Je suis vraiment contente pour toi. Ton rêve va devenir réalité.

— Oui. Grâce à toi.

— Je n'ai pas fait grand-chose. C'est toi qui es à l'origine de tout.

— Le bâtiment à lui seul va coûter plusieurs millions

de dollars. L'héritage de mon père couvrira tous les frais de construction. Sans toi, je n'aurais jamais eu cet argent.

— Eh bien… C'est très gentil de ta part de dire ça.

— J'imagine que tu as hâte de retourner au ranch ?

— À quelle heure partons-nous demain ?

— J'ai encore une réunion le matin. Mais je serai de retour vers midi et nous pourrons partir.

— C'était vraiment super, Seth. Tout ce voyage. Tu vis vraiment dans une belle région.

— Toi aussi, répondit-il en souriant.

Et il le pensait vraiment, même s'il espérait qu'elle reviendrait un jour en Californie. Mais il était inutile de l'y inviter. Ils savaient l'un comme l'autre que cela ne se produirait sans doute pas. Elle avait sa vie au Texas, il avait la sienne à Los Angeles. D'occasionnelles visites seraient peut-être possibles, si des obstacles ne se mettaient pas en travers de leur chemin. Cependant, il allait devoir prendre ses responsabilités au sein de l'entreprise familiale, tout en travaillant sur le centre de recherches et en continuant de diriger ses propres sociétés. Inutile, donc, de se leurrer.

Quand ce serait terminé, ce serait terminé.

- 11 -

Ally n'avait pas envie de quitter Los Angeles. Pour la première fois de sa vie, le ranch ne lui manquait pas. Ce séjour ici avec Seth avait été une merveilleuse expérience. Et ce qui s'était passé la veille au soir avait été bien plus extraordinaire encore que tout ce qu'elle avait jamais rêvé. Danser dans la chaleur de ses bras musclés, onduler contre son corps au rythme de la musique. Quand ils avaient quitté la fête, elle était tellement excitée qu'elle s'était pratiquement jetée sur lui aussitôt qu'ils étaient rentrés. Il avait immédiatement réagi, et la soirée s'était terminée dans une explosion de pure extase.

Elle avait tout intérêt à en graver chaque détail dans sa mémoire, car cela ne se reproduirait plus. C'était impossible.

Et à présent, il était temps de rentrer. Quand il revint, vers 13 heures, ils reprirent l'avion pour le Texas. Le vol retour lui parut bien plus rapide que celui de l'aller, au cours duquel elle s'était beaucoup angoissée. La veille, il n'avait rien dit qui laissait entendre que ses sentiments pour elle avaient changé, mais il la regardait de façon différente, à présent. D'un air possessif. Comme si elle était sienne.

Elle n'était pas sienne. Et elle ne le serait jamais. Mais un instant encore, elle se laissa aller à y croire. Croire qu'ils étaient mari et femme et que la vie qu'ils menaient était réelle. Un sentiment de tendresse l'envahit au souvenir de tout ce qu'il avait fait pour elle. Il n'y était pas obligé. Il avait fait beaucoup d'efforts, et elle commençait à le voir comme quelqu'un de spécial. L'alchimie qu'il y avait entre eux était indéniable, et elle se trouvait à présent renforcée par l'amour qui avait commencé à prendre racine dans son cœur.

Elle secoua la tête pour se rappeler que rien de tout cela n'était vrai. Elle pouvait encore savourer le plaisir d'être dans ses bras. Mais dès que l'avion retoucherait le sol, il lui faudrait elle aussi atterrir, et revenir à la réalité.

Ally avait été très taciturne ce matin-là, et Seth n'avait pas cherché à l'encourager à parler, jugeant préférable de la laisser réfléchir et réagir à sa façon. Il aurait, cependant, aimé savoir ce qu'elle pensait. Avait-elle le sentiment qu'il avait abusé d'elle ? Rien dans son comportement ne laissait penser qu'elle regrettait la nuit passée. Il ne pouvait donc que présumer que cela avait été aussi merveilleux pour elle que pour lui.

La petite ville de Calico Springs se révéla à leurs yeux quand l'avion entama sa phase d'atterrissage. Il se tourna vers Ally, et fut surpris de constater qu'elle semblait somnoler. Il ne put s'empêcher de déposer un baiser sur ses lèvres si tentantes.

— Hum, murmura-t-elle en ouvrant les yeux.

— On arrive. Réveille-toi.

Comme si elle se demandait où elle était, elle battit des cils.

— Ah… Oui.

Elle lui sourit, et un nouvel élan de désir lui traversa le corps. Elle était tellement belle. Ses yeux verts cristallins étincelaient et le sourire qui étirait ses lèvres pleines révélait des dents blanches parfaites. Encadrant ses traits délicats, ses cheveux d'un roux sombre étaient parsemés de mèches dorées que le soleil avait éclaircies. Et son adorable petit nez légèrement retroussé ne gâtait rien.

Il avait hâte de revenir au ranch. Sa priorité allait désormais être de se trouver un cheval. Il allait appeler Chance pour lui demander s'ils pouvaient passer voir ceux qu'il avait à vendre. Cela lui permettrait de passer davantage de temps avec Ally.

— Au fait, as-tu eu des nouvelles des gardes du corps ? lui demanda-t-elle en se redressant sur son siège.

— Oui. Il n'y a rien eu de spécial depuis que nous sommes partis.

— Tant mieux. J'aurais préféré qu'ils l'attrapent, mais c'est bien comme ça aussi.

— Si ce type pensait que la maison était vide, il a dû être surpris par mon arrivée. Il lui faudra sans doute du temps pour trouver le courage de réessayer. Mais nous sommes prêts à le recevoir.

— Parfait.

— Tu sais, j'envisageais d'appeler Chance pour lui demander s'il n'avait pas de chevaux à vendre.

— Bonne idée.

— Par la même occasion, on pourrait aussi leur emprunter deux chevaux. Ça me permettrait de te faire visiter le Masters Ranch.

— Ça serait bien. J'ai entendu dire qu'il y avait là-bas certains des plus beaux paysages de la région.

— J'appellerai Chance demain matin.

Depuis l'aéroport, ils firent le trajet jusqu'au ranch en silence. En poussant les portes de la maison, il éprouva un curieux sentiment. L'impression de rentrer chez lui. Au cours des quelques semaines qu'il avait passées ici, il en était venu à considérer cette maison comme la sienne.

Dans la cuisine, Bryan vint à leur rencontre.

Comme il s'arrêta pour discuter avec le garde du corps, Ally poursuivit son chemin pour monter dans sa chambre. Ces épisodes de silence l'inquiétaient. Il espérait que ce n'était pas le signe que quelque chose n'allait pas.

Quel bonheur de retrouver la maison ! Ces quelques jours passés avec Seth en Californie avaient été très agréables, mais à présent qu'elle était de retour, Ally se rendait compte que sa maison lui avait manqué.

En entrant dans sa chambre, elle eut une étrange sensation.

Tout était pareil, mais tout lui semblait différent. Soucieuse, elle posa son bagage sur le lit et s'assit.

Qu'allait-il se passer à présent ? Les récents événements avaient tout changé. Pourraient-ils reprendre les choses comme elles étaient auparavant ? À cette pensée, elle sentit la panique s'emparer d'elle. Il ne servirait à rien de prétendre qu'ils n'avaient jamais fait l'amour. Mais comment avancer à partir de là ? Elle faisait beaucoup d'efforts pour se prémunir de tomber amoureuse de lui, et il avait sans doute érigé autour de son cœur des barrières tout aussi solides pour rester libre et à même de vivre sa vie de célibataire, sans s'alourdir d'une relation qui risquait de l'entraver. Mais comment voyait-il leur avenir immédiat ? Il semblait en tout cas tout aussi déterminé à conserver sa liberté sur le long terme qu'elle l'était à conserver la sienne.

Elle n'aurait jamais dû faire l'amour avec lui. Mais elle l'avait fait, et si elle ne regrettait absolument pas, elle était dans le flou concernant les conséquences de cet acte. Devait-elle en parler avec lui ? Ou se taire et faire comme si de rien n'était ?

La deuxième option lui semblait être préférable. Le seul problème était qu'elle avait envie de refaire l'amour avec lui. Ce qui ne signifiait pas pour autant qu'elle devait tomber amoureuse de lui. Ou qu'il devait perdre sa liberté. Non ?

Agacée, elle se leva, ouvrit sa valise. Ranger ses vêtements lui occupa les mains mais n'empêcha pas son esprit de vagabonder. Elle était contente qu'il ait perçu son héritage. Et elle était ravie d'avoir récupéré son ranch. Il fallait qu'elle se borne à voir les choses de cette façon, sans réfléchir à leur relation. Mais hélas, c'était plus facile à dire qu'à faire.

Après avoir changé de tenue pour enfiler un jean et une chemise ample, elle partit pour l'écurie. Il était tard, mais elle avait envie de voir ses chevaux. Aussitôt qu'elle fut entrée, l'odeur familière de luzerne, de mélasse et de cuir lui emplit les narines.

— Je savais bien que je te trouverais ici, fit alors la voix de Seth derrière elle.

Plaçant ses mains sur ses épaules, il lui fit faire un demi-tour sur elle-même.

— Tout va bien ? lui demanda-t-il quand elle fut face à lui.

— Oui, apparemment, répondit-elle en se tournant vers les box.

Les chevaux avaient fini leur grain et s'étaient mis à manger leur foin. Ils paraissaient satisfaits et heureux.

— Tant mieux. Il faut que j'aille passer quelques coups de téléphone. Ça risque de m'occuper un moment, au cas où tu te demanderais où je suis.

— D'accord. Tu as bien fait de me le dire. Alors à demain matin.

— On se reverra avant, répondit-il avec un sourire diabolique avant de tourner les talons.

Elle prit le temps de caresser chacun des chevaux puis, constatant qu'elle était fatiguée, éteignit la lumière et rentra. Il ne lui avait rien dit concernant leur séjour à Los Angeles, ce qui aurait dû lui paraître rassurant. Mais force lui était de constater que ce n'était pas le cas. Manifestement, il n'y pensait pas beaucoup. Ce qui signifiait que c'était bien plus important pour elle que pour lui.

De retour à la maison, elle décida de se préparer pour aller se coucher. La douche lui fit du bien. Elle se mit au lit, éteignit la lumière. Il fallait qu'elle cesse de penser au week-end passé. Qu'elle cesse de ressasser. Le silence se fit dans la maison, et elle finit par sombrer dans un sommeil profond.

Elle fut réveillée par la douce sensation d'une bouche contre la sienne, qui lui rappela les baisers de Seth. Il lui fallut un certain temps pour comprendre qu'elle ne rêvait pas, que c'était bien lui qui l'embrassait. Sous le coup du plaisir, elle ne put s'empêcher de gémir. Alors, tout en approfondissant son baiser, il prit son visage entre ses grandes mains pour jouer avec une mèche de ses cheveux.

— Tu as fini ton travail ? lui demanda-t-elle quand il releva la tête.

— Oui, répondit-il avant d'enfouir son visage dans le

creux de son cou, faisant ainsi courir de délicieux frissons le long de son dos.

— Ça n'a pas été bien long.

— Euh… Il est 2 heures du matin, Ally. Ça fait des heures que tu dors.

— Ton travail te prend-il toujours autant de temps ?

— Oui. Hélas.

Et son travail passerait toujours en premier. Encore une bonne raison de ne pas tomber amoureuse de lui. Même s'il acceptait de travailler moins, ce qui était peu probable, elle n'aurait pas d'avenir avec lui. Hors de question qu'elle s'éprenne à nouveau d'un beau garçon en ne sachant que trop bien que son futur avec lui se résumerait à un nouveau mot sur l'oreiller.

— J'ai envie de te faire l'amour.

Sa belle voix grave menaçait d'anéantir sa détermination à mettre de la distance entre eux. Son corps avait réagi à ses paroles comme si elle n'avait aucun contrôle sur lui. Son sang s'était changé en lave, et elle dut se faire violence pour rester immobile, ne pas se serrer contre lui.

— Je… Je ne pense pas que ce soit une bonne idée.

— Sérieusement ? Allez…

À contrecœur, elle le repoussa pour se redresser.

— La situation m'a échappé en Californie. Nous n'aurions pas dû faire l'amour. Nous avons approfondi notre relation. Ça ne peut que mal se terminer.

— Pas nécessairement.

— Si.

Il garda le silence un long moment. Suffisamment longtemps pour qu'elle commence à regretter ses propos. Elle ne pouvait cependant pas revenir dessus. Car c'était la pure vérité. Et si leur relation s'approfondissait, ce serait elle qui souffrirait quand le moment serait venu pour eux de se séparer.

— D'accord, finit-il par dire. Alors à demain. Dors bien.

Cette dernière phrase la fit sourire. Elle n'y arriverait sûrement pas.

S'étant levé, il commença à avancer vers la porte.

— Bonne nuit, Ally, murmura-t-il.

Et après lui avoir jeté un dernier regard par-dessus son épaule, il referma la porte derrière lui.

Qu'est-ce qui lui avait pris ? Était-elle folle ? Manifestement, il avait tout autant envie d'elle qu'elle de lui, et elle venait de le rejeter. Il devait désormais la prendre pour une allumeuse.

Sur cette déstabilisante pensée, elle s'allongea sur le ventre, enfonça la tête dans l'oreiller. La nuit allait être longue.

À 5 heures du matin, elle n'avait toujours pas réussi à retrouver le sommeil. Les draps l'oppressaient, mais quand elle les rejetait, elle avait froid. Des souvenirs des moments qu'elle avait passés avec lui ne cessaient de lui revenir à l'esprit. Leur promenade sur la plage. Le restaurant. Leur baiser sur le sable, avec le bruit de l'océan en arrière-fond. Le sexe…

Et ces femmes.

Ça ne marcherait pas. Elle n'arriverait pas à se rendormir. Tout son corps avait envie de sentir à nouveau ses caresses. Ses grandes mains glissant sur sa peau, ses doigts pinçant ses bouts de seins, ses dents mordillant son cou, projetant partout en elle de véritables décharges de plaisir.

Frustrée, elle finit par s'asseoir sur le lit. Il dormait dans la chambre d'à côté. Oserait-elle le réveiller ? Non. Ça ne ferait qu'accroître son besoin de lui. Ulcérée, elle mit un coup de poing dans l'oreiller. La nuit, décidément, allait être longue.

Le soleil venait de poindre à l'horizon quand Seth s'habilla et descendit l'escalier. Après s'être préparé un café, il sortit trouver Bryan. La nuit avait été calme. Sur tous les fronts. Mais l'intrus n'était pas revenu. Cela faisait deux semaines à présent, et il n'y avait pas eu d'autres incidents. Il en parlerait à Ally quand elle serait réveillée, mais il envisageait de renvoyer en Californie les deux gardes du corps.

Cependant, il voulait absolument avoir son avis. Peut-être avait-elle encore besoin d'être rassurée.

Après sa discussion avec Bryan, il retourna dans la maison. À l'est, le ciel prenait des teintes de rose. En entrant dans la cuisine, il fut surpris d'y trouver Ally, occupée à se préparer un café. Elle semblait fatiguée, usée, différente. Avait-elle passé une aussi mauvaise nuit que lui ? Ce n'était pas possible. Ou alors, pas pour les mêmes raisons. Il avait passé son temps à se tourner et se retourner dans son lit, son désir pour elle si vif et prenant qu'il en était douloureux.

— J'ai envie d'appeler Chance pour voir s'il a un peu de temps aujourd'hui pour nous montrer des chevaux.

Elle hocha la tête, regardant son café plutôt que son visage.

— Bonne idée. Je suis partante. Ils possèdent certains des plus beaux chevaux du Texas. Je serais curieuse de les voir de mes yeux.

Satisfait, il sortit son téléphone pour consulter l'heure : 7 heures. Chance devait être réveillé. Il chercha son numéro et l'appela.

— Seth ? Salut ! Comment ça va ? lui demanda son frère en décrochant.

— Bien. Je suis à la recherche d'un cheval. Tu n'en aurais pas à vendre, par hasard ?

— Pour toi ? Évidemment. Que dirais-tu de passer vers 10 heures ? J'ai quelques petites affaires à régler d'ici là, mais une fois que ça serait fait, je serais ravi de te montrer ce que j'ai.

— Parfait. Merci, Chance.

— À tout à l'heure.

Le Masters Ranch était immense. Ils passèrent devant des bâtiments hébergeant des bureaux, la clinique vétérinaire, les paddocks et, enfin, arrivèrent à la grande écurie. Le gigantesque bâtiment avait de hautes colonnes blanches qui se détachaient sur une façade vert foncé. Ils passèrent par les portes vitrées qui menaient au club house. À l'intérieur, des fauteuils de cuir étaient disposés autour d'un tapis vert. Sur le mur du fond, dans une grande étagère, des dizaines de trophées étaient exposés.

— C'est incroyable, souffla Ally.

— C'est très grand, oui, répondit Seth. Le bâtiment principal a été construit avant ma naissance. Et au fil des années, des annexes ont été ajoutées. Dont le grand manège couvert. Viens.

Il la conduisit vers une porte, à droite, qui s'ouvrait sur des bureaux. Derrière la vitre de l'un d'entre eux, Chance, en pleine conversation téléphonique, releva la tête et leur sourit.

Après avoir raccroché, il contourna son immense bureau pour venir les saluer. Avec son jean usé et sa chemise à carreaux, il avait l'air d'un cow-boy ordinaire.

— Seth, Ally, dit-il en les prenant dans ses bras. Bienvenue.

— Merci de nous accueillir, Chance.

— C'est un plaisir. Bon, quel genre de cheval recherches-tu ?

— Eh bien… Peut-être un quarter horse.

— Bon choix. J'en ai quelques-uns à te montrer. Venez.

Ils suivirent Chance jusqu'à une série de box proches des bureaux. Seth remarqua qu'Ally n'avait quasiment pas dit un mot, mais son regard, alerte, semblait enregistrer chaque détail des lieux. Elle se rapprocha de lui, et ses cheveux scintillèrent à la lumière des néons.

— Ces chevaux sont magnifiques, dit-elle.

— Merci, répondit Chance. La plupart de nos lignées sont assez anciennes. Mon grand-père a commencé à élever nos quarter horses avant ma naissance. Il était très fier des résultats qu'il avait fini par obtenir. Ces deux-là ont été débourrés, mais pas complètement dressés. Ils sont encore très nerveux. Tu pourrais vite te retrouver par terre, Seth.

— Non merci, répondit-il en riant. Ce que je recherche, c'est juste le plaisir, et pour ce, je pense qu'il vaut mieux rester sur selle.

Fasciné, il s'arrêta devant un box à gauche où se trouvait un grand quarter horse baie avec quatre grandes balzanes aux membres et une en-tête en forme d'étoile sur le front.

Sa robe scintillait à la lumière fluorescente des néons. Il était vraiment majestueux. Chance, qui avait dû suivre son regard, ouvrit le box et les fit entrer.

— Il s'appelle Cajun's Creed. Il mesure un mètre soixante-cinq et est assez doux, ce qui est une qualité rare chez les quarter horses. Il est très facile à monter. Tu veux que je le selle ?

— Volontiers.

Chance fit sortir le cheval et s'arrêta devant la sellerie. Bientôt, Cajun fut prêt à être monté.

— On va aller au manège couvert. C'est ce qu'il y a de plus près, dit Chance en remettant les rênes à Seth.

Une fois sur le sable, Seth se mit aisément en selle. Le cheval resta parfaitement immobile tandis qu'il se préparait. Après quelques tours de piste, au pas et au trot, il reconduisit sa monture vers son frère et Ally.

— Il me semble très bien, dit-il. Qu'en penses-tu, Ally ?

Elle parut surprise qu'il l'interroge.

— Moi ? Je pense que c'est à l'évidence un cheval d'exception.

— On est d'accord.

Chance lui fit essayer trois autres chevaux, mais le premier l'avait vraiment conquis.

— C'est donc Cajun que tu préfères ? lui demanda son frère en dessellant le quatrième cheval.

— Je le trouve vraiment super.

— Alors il est à toi. Quand veux-tu venir le chercher ?

— Pourquoi pas demain ?

— D'accord. Je dois aller à Oklahoma City, mais j'informerai le manager de ta venue.

Sur le chemin du retour, il se sentait vraiment heureux comme un enfant.

— Ce cheval est fantastique, Seth, lui dit Ally. Tu vas prendre beaucoup de plaisir à le monter.

— Je pense aussi.

— Quand veux-tu qu'on aille le chercher demain ?

— On en discutera à la maison.

— Pourquoi à la maison ?

— Je voudrais avoir toute ton attention.

— Toute mon attention ? Sur quoi ?

— Sur moi, répondit-il en se tournant vers elle pour lui sourire.

- 12 -

— On ferait peut-être bien de renvoyer les gardes du corps en Californie, dit Seth à Ally, quelques jours plus tard, alors qu'ils prenaient le petit déjeuner. Ça fait plus de trois semaines, et il ne s'est rien passé.

— C'est une bonne idée, répondit Ally. De toute façon, je peux très bien m'occuper de lui toute seule, s'il revient.

Ses yeux pétillèrent. On aurait dit qu'il luttait pour se retenir de sourire.

— Je me moque bien de ce que tu penses. J'ai une bonne batte de base-ball dans le placard de l'entrée, qui n'attend que de percuter le crâne d'un abruti.

— Ton intrépidité te perdra.

— Appelle ça comme tu voudras, mais je veux une confrontation avec ce type.

— Et s'il est armé ?

— Tu l'es, toi aussi, répondit-elle en haussant les épaules.

L'air consterné, il secoua la tête.

— Qu'est-ce que je vais faire de vous, madame Masters ?

Elle se borna à hausser les épaules. Elle n'avait aucune envie de poursuivre cette conversation.

— Au fait, comment ça se passe entre toi et Cajun ?

— Très bien. C'est un super cheval. Merci de l'avoir accueilli dans ton écurie.

Compte tenu des circonstances, elle n'aurait pas pu refuser, quand bien même elle l'aurait voulu. Le cheval ne posait aucun problème et s'entendait bien avec les siens. À présent qu'il était là, il pouvait aller paître avec les autres plutôt que de rester dans un box. Elle avait toujours cru aux bienfaits de l'élevage en plein air et détestait l'idée que des chevaux soient enfermés dans des écuries pour de longues périodes de temps.

Un problème se posait, cependant. Seth, qui était bon cavalier, semblait adorer son cheval. Mais où Cajun irait-il quand Seth retournerait à Los Angeles ? Elle n'en avait aucune idée. Ils n'en avaient pas discuté. S'il voulait le lui laisser, elle s'en occuperait volontiers, mais il avait peut-être d'autres projets.

— J'ai discuté avec Chance, l'autre jour. Il m'a dit que, comme nous n'avons pas eu le temps de visiter le ranch la dernière fois, si nous voulions y revenir avec nos chevaux pour aller nous promener, nous étions les bienvenus. Que dirais-tu d'y aller cet après-midi ?

— On doit m'amener deux chevaux à dresser ce week-end. Alors cet après-midi ou demain, oui, ce serait très bien.

— Parfait. On partira après le déjeuner. J'ai quelques coups de téléphone à passer, mais je devrais avoir terminé à temps.

Vers 13 heures, ils chargèrent dans la remorque Cajun et l'une des juments puis prirent la direction du Masters Ranch. Après avoir passé le portail nord, ils pénétrèrent dans la plus grande section du ranch. Suivant un ancien chemin de vaches qui serpentait entre les collines et les arbres pour redescendre dans les canyons, ils finirent par arriver à un lac.

— On peut s'arrêter ? demanda-t-elle. C'est tellement beau.

— Bien sûr. Pourquoi pas à côté de ce rocher ?

— Parfait.

Elle attacha son cheval à un petit pin, et Seth fit de même. Ensemble, ils escaladèrent le gros rocher et trouvèrent un endroit plat où s'asseoir. En contrebas, un ruisseau serpentait dans la plaine, qui semblait s'étendre à l'infini.

— C'est splendide, dit-elle. Je suis surprise qu'on puisse voir si loin.

— Quand on était petits, on quadrillait la région. On

devait avoir dix ou douze ans. On ne se rendait pas compte de la beauté du paysage, on voulait juste voir ce qu'il y avait de l'autre côté de cette colline, puis de celle-ci, et ainsi de suite. Il y a beaucoup de légendes sur des hors-la-loi qui auraient campé dans la région après avoir dévalisé la banque ou le magasin général de Calico Springs. On a retrouvé d'anciennes cabanes de trappeurs, dont une qui aurait abrité Jesse James et sa bande. Wade avait même déniché un vieux revolver dans le grenier de l'une d'entre elles. Je pense qu'aucun de nous n'a oublié ce jour. Pour les petits garçons que nous étions, c'était un véritable trésor.

Il partit de son beau rire grave et sexy.

— Chez moi, on trouve surtout des objets datant de la guerre de Sécession. Comme je te l'ai dit, j'ai moi-même trouvé une paire de lunettes, plusieurs gobelets en fer-blanc, de vieux rasoirs, et même un fusil à moitié incrusté dans un tronc d'arbre. J'imagine qu'un soldat l'avait laissé là, contre l'arbre, et qu'avec le temps l'arbre s'est développé autour. Je ne sais pas pourquoi cette arme a été abandonnée, mais elle est toujours là. Je n'ai pas eu le cœur de la retirer.

— C'est bizarre, oui. Tout bien considéré… On a vécu le même genre d'expériences quand on était petits.

— On dirait. Et pourtant, il y a quelques semaines encore, je n'aurais jamais pu t'imaginer ici, dans la campagne texane. Tu avais vraiment l'air d'un homme d'affaires de la ville la première fois que nous nous sommes rencontrés.

— Mais je suis un homme d'affaires de la ville, dit-il en riant.

— En parlant de la ville, comment avance le centre de recherches ?

— Les plans sont terminés. Et le permis de construire devrait être validé au mois de juin, c'est-à-dire à mon retour en Californie.

— Je vois.

Elle voyait bien, oui. Manifestement, il comptait les jours avant son retour à Los Angeles. Elle les comptait, elle aussi, mais pas avec l'enthousiasme qu'il semblait ressentir. Il allait lui manquer.

Elle secoua la tête pour retenir les larmes qui menaçaient de couler de ses yeux. L'étranger arrogant qu'elle avait rencontré sur la route était devenu pour elle un ami fiable. Et même, au-delà de cela, un amant et un partenaire, qui l'aidait à surmonter les obstacles de la vie et lui tenait la main dans les moments difficiles.

— J'aimerais que tu sois là, Ally.

— Tu vas avoir tellement de choses à superviser. Je serai un fil à la patte pour toi.

— Pas du tout. Tu seras toujours la bienvenue. Quand tu voudras. On a peut-être commencé notre relation sur une fausse note, mais je suis ravi que nos chemins se soient croisés.

Il la regardait intensément. Elle sentit son cœur fondre, une délicieuse chaleur l'envelopper. Lentement, il se pencha vers elle. Elle ferma les yeux quand elle sentit son baiser. Ses lèvres viriles étaient humides et délicieuses ; elle ne put contenir l'élan de désir qui lui traversa le corps.

Quand il prit son visage entre ses mains, elle fondit encore un peu plus. Il l'allongea sur le dos, l'attira sur lui. Il tenait toujours son visage entre ses mains.

— J'ai envie de toi, Ally, murmura-t-il contre sa bouche.

D'un geste sensuel, il posa une main sur son sein. Un gémissement s'échappa de ses lèvres, et elle comprit qu'elle était perdue. Elle avait envie de lui, peu importait que ce soit bien ou mal.

S'accrochant à ses larges épaules, elle lui rendit son baiser, lui donnant silencieusement la réponse qu'il attendait. Il n'y eut pas de retenue. Pas de jeu de séduction. Tout cela était inutile. Elle était déjà totalement consumée par son désir pour lui. Il y avait quelque chose chez lui qui faisait tomber toutes ses barrières. Son corps succombait à ses caresses habiles, son parfum enivrant, les étincelles de ses yeux brun doré. Sa voix grave faisait courir de délicieux frissons le long de son dos et la mettait dans un état d'excitation total.

Après lui avoir retiré ses bottes, il ouvrit la braguette de son jean.

— Relève les hanches pour moi, Ally.

Comme elle s'exécuta, il lui retira sensuellement son jean et sa culotte, qu'il fit glisser le long de ses cuisses. Elle sentit alors le vent souffler sur sa peau. Quand il prit ses fesses entre ses mains, son corps lui sembla devenir plus brûlant encore. Ivre de désir, elle s'appuya contre sa main, et il combla son besoin en glissant un doigt puis deux en elle. Elle avait désormais l'impression d'être dans un cocon de douceur.

Impatiemment, il sortit de sa poche un préservatif puis ouvrit sa braguette, révélant à ses yeux son sexe imposant et érigé de tout le désir qu'il avait pour elle. Et après avoir enfilé la protection, lentement, il commença à la pénétrer. Mais elle eut du mal à l'accepter en elle.

— Prends-moi en toi, Ally, lui dit-il d'une voix encourageante.

Une fois encore, son corps réagit immédiatement au son si viril de sa voix, s'ouvrant pour l'accueillir. Elle était désormais complètement noyée dans le plaisir. Quand il fut tout au fond d'elle, il redressa le dos et la prit sur ses genoux. Il l'emplissait désormais tout entière, et elle se délectait des sensations procurées par la fusion de leurs deux corps. Alors, il se mit à se mouvoir en elle. Accroché à ses hanches, il surélevait et abaissait son corps, la faisant frissonner d'un plaisir qu'elle n'aurait jamais imaginé possible. Au loin, elle entendait le murmure de l'eau de la rivière qui se déversait dans le lac en formant une petite cascade.

Elle était perdue dans les sensations. Et quand elle plongea son regard dans le sien, elle sentit son cœur s'emballer. La passion qui brûlait dans ses yeux était d'une intensité impressionnante. Instinctivement, elle rejeta la tête en arrière. Et quand il commença à accélérer la cadence, le plaisir atteignit encore de nouveaux paliers. Bien vite, le barrage se rompit dans une explosion de sensations aussi intenses que voluptueuses, et elle se sentit suspendue entre le ciel et la terre, des milliers de lumières scintillant autour d'elle.

Il ne tarda pas à la rejoindre dans l'extase. S'accrochant fermement à ses hanches, il s'enfonça tout au fond d'elle, et elle l'entendit crier son nom alors qu'ils venaient ensemble, corps, cœurs et souffles mêlés.

Trop faible pour se tenir droite, elle se laissa alors tomber sur lui. Passant ses bras autour de son dos, il la serra contre son corps viril et musclé tout en embrassant ses cheveux et ses joues. Elle entendait son cœur battre contre sa poitrine, sentait sa respiration saccadée contre sa peau. Jamais elle n'avait connu cela avec qui que ce soit d'autre. Jamais elle n'avait connu quelque chose de semblable, de près ou de loin. Mais il n'était pas question qu'elle cède à ses émotions et qu'elle ait le cœur brisé au moment où il partirait. Il lui avait clairement fait comprendre qu'il n'était pas un homme de famille. Qu'il ne voulait ni femme ni enfants, préférant vivre sa vie comme il l'avait toujours menée, c'est-à-dire en célibataire insouciant. Sans entrave, de quelque forme qu'elle soit. Et la date de son retour à Los Angeles ne cessait de se rapprocher.

Elle avait eu un aperçu de sa vie et avait vite compris qu'elle ne pourrait jamais en faire partie. Non seulement parce qu'il s'y opposerait, mais aussi parce que cette vie était beaucoup trop éloignée de celle qu'elle avait toujours connue. Elle avait trouvé particulièrement agréable de se promener sur la plage avec lui, mais il lui avait bien dit que c'était une chose qu'il faisait rarement. Que feraient-ils ensemble ? Il avait ses amis, son travail, sa routine, et elle n'avait aucune place là-dedans. S'il finissait par se marier un jour, son choix se porterait incontestablement sur une femme semblable à celles qu'ils avaient rencontrées dans ce restaurant de Malibu. Sans parler du fait qu'elle avait un ranch à gérer. Elle ne pouvait pas le faire depuis Los Angeles.

Sa belle voix grave la ramena doucement au temps présent.

— Tu es bien silencieuse. Ça va ?

Rassemblant tout son courage, elle s'écarta de lui pour

lui sourire. Elle avait eu beaucoup de chance d'avoir connu un homme comme lui.

— Oui, très bien.

— On devrait peut-être rentrer. Il se fait tard.

— D'accord.

S'allongeant sur le dos, elle attrapa son jean et entreprit de se rhabiller.

Seth sentait qu'un changement s'était produit chez Ally. Il le percevait nettement. Ce n'était pas parce qu'ils avaient fait l'amour. C'était plus profond que ça. Tout avait commencé quand ils avaient parlé du centre de recherches et de son retour à Los Angeles. Il n'y avait rien de nouveau là-dedans, rien qu'il n'ait déjà dit auparavant, mais cette fois-ci, les choses étaient différentes, parce qu'il avait explicitement mentionné son départ du Texas. Qui serait peut-être définitif. Son souhait était de revenir régulièrement pour rendre visite à ses frères et à Ally, mais à trente-cinq ans, il n'était pas sans savoir que tous les souhaits ne se réalisaient pas. D'ailleurs, il avait envie de la revoir. Pour commencer, il n'avait même pas envie de la quitter. Il avait beau essayer, il ne parvenait pas à s'imaginer loin d'elle.

Il avait été célibataire pendant des années, sans aucun compte à rendre à personne en dehors de ses associés professionnels. Ses entreprises et le centre de recherches ne lui laissaient pas assez de temps pour entretenir des relations sérieuses. Et avec sa prise de responsabilités au sein de Masters International, sa disponibilité allait encore se réduire comme une peau de chagrin. Toute volonté d'approfondir leur relation, et plus encore de rester mariés, serait insensée. C'était ainsi, et le mieux pour lui était de l'accepter. Elle comprenait, de toute façon. Mais alors pourquoi n'arrivait-il pas à se faire à l'idée que leur relation ne pouvait tout simplement pas fonctionner ?

Arrivés devant la grande écurie du Masters Ranch, ils furent accueillis par deux cow-boys, qui dessellèrent leurs montures avec une douce efficacité, et quand le soleil commença à se coucher à l'horizon, ils chargèrent les chevaux et prirent le chemin du retour.

— C'était une bonne journée, dit-elle.

Ses traits délicats étaient à peine visibles dans la faible lumière du tableau de bord.

Instinctivement, il lui prit la main, y déposa un baiser.

— Oui, une très bonne journée.

— Le ranch est aussi merveilleux que ce que j'avais imaginé. Plus on s'enfonce dans les terres, plus c'est beau.

— Mais tu n'as pas à rougir du tien. Le Rockin'H a lui aussi de nombreux atouts. Deux lacs, des collines, et cette magnifique forêt de pins et de chênes. De grandes étendues de pâturages. Et à ce que j'ai entendu dire, certains des meilleurs chevaux du comté.

Elle lui sourit.

— Oui. Tu as raison. Ceci étant, il y a au Masters Ranch un endroit que je chérirai toujours dans mes souvenirs.

— Il faudrait peut-être qu'on trouve un lieu dans ce genre au Rockin'H.

— Peut-être.

Quelques instants plus tard, ils s'engageaient dans l'allée qui menait au ranch. Une fois les chevaux déchargés, ils les reconduisirent à l'écurie. L'un des cow-boys proposa de les bouchonner et de les nourrir, et pour une fois elle ne chercha pas à s'y opposer en disant qu'elle préférait le faire elle-même. Peut-être commençait-elle à comprendre et à accepter qu'on puisse faire certaines choses pour elle. Où qu'il aille, et quoi qu'il puisse se passer dans sa vie, il veillerait à ce qu'elle ait toujours autour d'elle des personnes pour l'aider. Le dressage des chevaux qu'on lui enverrait occuperait bientôt toutes ses journées. Il fallait qu'elle puisse déléguer une partie de ses responsabilités.

Mais sa vie à lui serait en Californie. En tout cas dans un avenir proche, après son départ du Texas. C'était un fait avéré, alors autant cesser de rêvasser et revenir à la réalité.

Elle représentait toutefois une immense tentation, et il voulait profiter d'elle autant qu'il le pouvait.

La journée qu'ils venaient de passer avait été inattendue et merveilleuse. Ces ébats en plein air avaient été une grande première pour lui. Il n'avait jamais connu une femme si réactive, en si parfait accord avec ses besoins et sentiments. Mais quand il partirait pour rentrer chez lui, elle refermerait la porte qu'elle lui avait ouverte. Il détestait cette idée. Cependant, il n'avait jamais envisagé de devenir père de famille, n'avait jamais éprouvé le désir de se marier. Il aimait la liberté que son style de vie lui accordait. Et pourtant, pour la première fois dans sa vie, il était tenté de s'engager dans une relation sur le long terme.

Quand ils retournèrent à l'écurie pour vérifier que tout était en ordre, ils trouvèrent deux nouveaux chevaux.

— Ils sont arrivés cet après-midi, leur expliqua Stony, l'un des cow-boys. Comme je ne savais pas où vous vouliez qu'on les mette, je leur ai attribué ces box. Ils ont l'air de s'y plaire.

— Vous avez bien fait, répondit Seth, conforté par le sourire qu'il avait vu se dessiner sur le visage d'Ally.

— Oui, confirma-t-elle. Mais ces petits gars ne devaient pas arriver avant demain…

— C'est ce que m'a dit leur propriétaire, répondit Stony. Mais si j'ai bien compris, ça l'arrangeait de les amener aujourd'hui. Celui de gauche a deux ans et s'appelle Denim. L'autre a trois ans et s'appelle Scout. M. Deevers m'a dit que vous sauriez quoi faire d'eux.

Elle fit signe que oui. Après quoi elle ouvrit le premier box pour s'approcher du cheval.

— Gentil garçon, susurra-t-elle en faisant glisser ses mains sur sa robe pour inspecter ses membres avant de passer à sa tête pour observer ses dents. Il a l'air bien, mais il faudra attendre demain pour en avoir la confirmation.

Elle passa ensuite au second box, celui du plus jeune des deux chevaux, qui ne semblait pas aussi disposé que l'autre à laisser une étrangère le manipuler. Mais elle trouva rapidement les gestes qui lui permirent de l'apaiser et de pratiquer l'examen sommaire qu'elle avait fait sur l'e premier.

— On va bien s'amuser tous les deux Denim, conclut-elle en lui tapotant l'épaule.

Après avoir salué Stony, ils repartirent ensemble à la maison.

Il avait envie d'elle comme jamais il n'avait eu envie de personne, mais cela relevait de sa décision. Hélas, arrivée en haut de l'escalier, elle lui dit au revoir, et il n'eut d'autre choix que de poursuivre seul son chemin vers sa chambre.

Le réveil affichait minuit et demi quand il entendit quelqu'un frapper doucement à sa porte. Avant qu'il n'ait eu le temps de répondre, la porte s'ouvrit et il vit la silhouette d'Ally se détacher dans l'embrasure. Gracieusement, elle s'approcha du lit et vint se coucher à côté de lui pour joindre ses lèvres douces et chaudes aux siennes. Il réagit immédiatement, passant ses bras autour de ses épaules, serrant son corps brûlant contre le sien. Son désir pour elle était fort, bien plus intense qu'il n'aurait dû.

— Seth, je…

— Chut, fit-il en plaçant son doigt contre ses lèvres humides.

Et il se remit à l'embrasser, avec une passion qui semblait crépiter comme de l'électricité entre eux. Il ne savait pas ce qui l'avait amenée ici, il ne savait pas ce que l'avenir leur réservait, mais il se moquait bien de tout ça. Seul comptait l'instant présent. Ce qu'il y avait entre eux requérait toute son attention, et il était plus que disposé à l'accorder. D'un geste preste, il lui retira son T-shirt, et quand elle reposa la tête sur l'oreiller, ses magnifiques seins étaient exposés à ses caresses. Il commença par les modeler avec ses mains avant de se pencher vers elle pour mettre sa bouche et ses dents en action. Et quand il se mit à faire jouer sa langue sur ses tétons durcis, elle se cambra sous lui, laissant échapper un petit gémissement de volupté.

Ivre de désir, il releva la tête pour embrasser ses lèvres pleines et sensuelles. Il sentit alors qu'elle passait ses doigts graciles dans ses cheveux. Son sexe était déjà dur, prêt à la prendre. Mais avant cela, il voulait goûter à sa chair. Traçant un chemin de baisers brûlants jusqu'à son sexe, il s'arrêta là où il ne rêvait que d'aller.

— Écarte les cuisses pour moi, Ally, dit-il d'une voix rauque.

Et quand elle s'exécuta, il crut bien qu'il allait perdre le contrôle de lui-même.

Il passa alors au point le plus sensible de son corps, dont il savoura le goût. Sous ses baisers, elle cambra les reins. Le rythme de sa respiration s'accéléra, elle s'accrocha à ses cheveux, le maintint contre elle.

— Seth, gémit-elle, et son corps devint immobile.

Il fut ensuite secoué de spasmes, qu'il perçut nettement contre sa bouche.

Quand la tension commença à s'apaiser, il se redressa pour embrasser son visage. Son corps était tendu, son sexe dur et érigé. S'il n'était pas satisfait rapidement, il allait exploser. N'y tenant plus, il prit un préservatif dans la table de chevet, se hâta de l'enfiler. Immédiatement après, il se positionna en face d'elle et commença à s'enfoncer. Comme elle avait relevé les jambes pour le prendre en elle, il la pénétra profondément.

Ses muscles étant encore un peu tendus, elle poussa un long gémissement. Il s'immobilisa pour permettre à son corps de l'accepter. Mais aussitôt qu'il la sentit se cambrer à nouveau, il débuta ses assauts.

Avec les autres, il s'était toujours retenu, mais avec elle toute tentative allant dans ce sens aurait été pure illusion. Il se sentait sauvage, comme consumé par son instinct animal. Le rythme devint plus effréné, la passion prit le pas sur toutes les autres émotions. Quand il la sentit venir, il ne put se retenir plus longtemps. Il accéléra encore la cadence, et l'orgasme déferla sur lui, tel un raz-de-marée de sensations. Ensemble, ils finirent par s'effondrer sur le lit.

Il avait pris soin de se laisser tomber à côté d'elle pour ne pas l'écraser. Mais il la serrait toujours dans ses bras, leurs corps soudés dans la chaleur moite et le besoin de contact. Savourant le goût de sa peau, il traça un chemin de baisers sur son cou.

Peu de temps après, il sentit qu'elle s'endormait. Après l'avoir recouverte avec le drap, il contempla le plafond sans cesser de caresser son dos gracile et ses cheveux soyeux. Il n'avait aucune envie de l'abandonner. La simple idée d'un autre lui faisant l'amour le mettait dans une rage folle. Mais alors, que faire ?

- 13 -

Laissant Seth dormir, Ally se glissa hors du lit et se rendit dans la salle de bains aussi discrètement que possible. Elle avait son odeur sur la peau et n'avait pas envie de s'en débarrasser. Elle avait d'ailleurs dû se faire violence pour se lever, alors qu'elle était si bien dans la chaleur de ses bras. Qu'est-ce qui n'allait pas chez elle ? Elle était à deux doigts de tomber amoureuse de lui, et si elle ne se montrait pas plus prudente, elle allait le payer un jour. Un jour pas si lointain.

Résignée, elle monta dans la douche et laissa l'eau chaude faire opérer sa magie. Elle avait ce jour-là deux nouveaux chevaux à former. Elle allait se concentrer sur eux et essayer d'oublier ce qui s'était passé la nuit dernière, et la veille, avec Seth. Essayer d'oublier à quel point il s'était montré tendre, à quel point il lui avait donné le sentiment d'être désirée et protégée. Elle était seule depuis un peu plus d'un an, et elle s'en était plutôt bien sortie, bien qu'on lui ait volé son ranch. Elle n'avait pas besoin d'un homme dans sa vie, y compris Seth Masters. Il fallait absolument qu'elle intègre cette idée.

S'étant rapidement habillée, elle partit à l'écurie. Elle voulait commencer le plus tôt possible à faire travailler les nouveaux. Après avoir mis la longe au plus âgé, elle se dirigea vers le manège et le fit partir au trot. Le cheval obéissait parfaitement au son de sa voix et décrivait des cercles parfaits, sans qu'elle ait besoin d'intervenir. Au bout d'un temps, elle lui fit faire demi-tour pour tourner dans le sens inverse. Il se mit à trotter avec moins d'entrain, s'arrêtant plusieurs fois pour essayer de repartir dans l'autre sens. La personne qui avait assuré sa formation de base l'avait apparemment laissé choisir la direction qu'il pouvait emprunter. Ça ne se passerait pas comme ça avec elle. Le cheval devait apprendre à accepter les directives, y compris le sens dans lequel il devait tourner.

Elle était tellement absorbée dans son travail qu'elle n'entendit pas Seth approcher.

— Tu as déjà commencé à le faire travailler ? dit-il soudain derrière elle.

Elle fit arrêter le cheval en lui donnant un ordre oral pour renforcer sa formation.

— Il a déjà les bases. Mais on va essayer de passer à l'étape supérieure.

Accoudé au muret, il tenait une tasse de café à la main. Il portait un pull en mailles et un jean usé qui mettait en valeur ses jambes longues et musclées. Il était d'une beauté étonnante. Fascinante. Ses yeux brun doré scintillaient, et sa bouche virile était pure tentation. Une mèche de ses cheveux, dorée par le soleil, retombait sur son front. Il portait une montre en or à son poignet gauche. Et à son annulaire, son alliance.

— As-tu renvoyé les gardes du corps chez eux ?

— Oui. Mais ils se tiennent à ma disposition en cas de besoin.

— Je pense que ça devrait aller. Depuis le temps, je doute que cet homme revienne.

— Mais s'il lui prenait l'envie de réessayer, on serait prêts à le recevoir.

— Toi, je ne sais pas, mais moi, oui !

Tout en secouant la tête, il sourit.

— Tu sais, un jour, ton attitude risque de te causer des problèmes.

— Je ne vois pas du tout ce que vous voulez dire, monsieur Masters.

La conversation fut interrompue par l'arrivée de Thomas Thurman, l'un des cow-boys.

— Bonjour !

— Bonjour, Tom.

— Stony et moi venons de terminer notre ronde pour vérifier les clôtures. Il faudra élaguer un arbre, au nord, mais surtout, on a remarqué que le portail ouest semblait avoir été forcé. On va le réparer et y mettre de nouvelles serrures. Il y avait des empreintes de pneus en direction du ranch. Mais aucun d'entre nous n'est passé par là. Je me suis dit qu'il valait mieux vous le faire savoir.

Elle sentit que Seth s'était raidi.

— Et vous avez bien fait, répondit-il. Merci, Tom.

— De rien. Euh… Pauline est là ? J'aurais voulu lui dire bonjour.

Ally sourit. Elle avait vu plusieurs fois Pauline se faufiler dans l'écurie, et Tom se glisser dans la maison. Il devait bien y avoir quelque chose entre eux.

— Elle est là. Allez-y.

Après avoir incliné son chapeau, il tourna les talons.

— N'est-ce pas mignon ? ne put-elle s'empêcher de commenter.

— Très, répondit Seth, les yeux pétillants de malice. Combien de temps envisages-tu de travailler avec les nouveaux chevaux ?

— J'ai presque fini avec celui-ci pour la journée. Et je comptais consacrer environ trois heures à Denim. Pourquoi ?

— J'ai deux ou trois coups de téléphone à passer. Je serai sûrement occupé pour quelques heures.

— Pas de problème. Vas-y.

Le cœur battant à tout rompre, elle le regarda s'éloigner. Il y avait quelque chose chez lui qui captivait son attention. Il n'avait même pas besoin de la toucher pour l'atteindre, un simple regard de sa part suffisait. Ces incroyables yeux marron. Ce sourire. Et cette voix grave. Dans un soupir, elle se tourna vers le manège. Il était temps de se reconcentrer sur son travail.

Trois heures plus tard, elle retourna à la maison. Rouge comme une pivoine, Pauline l'accueillit avec un sourire gêné.

— Tom m'a dit que vous l'aviez autorisé à passer.

— Absolument. Vous êtes ensemble, tous les deux ?

— Eh bien… Je ne sais pas si on peut dire ça, mais nous sortons ensemble vendredi soir, répondit la gouvernante d'un air radieux. C'est un très bel homme, vous ne trouvez pas ?

— Si, si. Bon, alors amusez-vous bien.

— Merci, madame Masters. Je vous ai fait des sandwichs pour le déjeuner et du pot-au-feu pour le dîner. J'espère que ça vous convient.

Tout en acquiesçant, Ally sourit.

— Parfaitement, oui.

— Le pot-au-feu devrait être prêt vers 19 heures. Je vais également vous faire des gâteaux au maïs. La recette de ma grand-mère. J'espère que vous aimerez.

— Je suis sûre que oui. Mais, Pauline, appelez-moi Ally.

La femme hocha la tête avec enthousiasme.

— D'accord. Merci, madame… Ally.

Sans cesser de sourire, Ally monta à l'étage rejoindre Seth. Installé dans son bureau de fortune, il était toujours au téléphone et menait une conversation qui paraissait animée tout en consultant un document sur son ordinateur. Ils ne savoureraient pas leurs sandwichs ensemble ce jour-là.

De retour dans la cuisine, elle réfléchit. Elle avait envie d'aller parler avec Ben Rucker et, tant qu'elle serait en ville, de s'arrêter au bureau du shérif pour voir s'ils avaient trouvé quelque chose concernant l'intrusion. Son sandwich à la main, elle sauta dans le camion et partit.

Ben était en entretien dans son bureau, mais Ally décida de patienter quand sa secrétaire lui assura qu'il ne serait pas long. Au bout de vingt minutes cependant, elle se dit qu'elle reviendrait à un autre moment. Elle voulait simplement l'informer que ses différends avec les frères Masters étaient terminés. Elle était désormais certaine qu'ils n'avaient rien à voir avec l'expropriation de son ranch. De toute façon, Seth le lui avait sans doute déjà expliqué.

Comme prévu, elle fit ensuite escale au bureau du shérif. L'officier qui était venu au ranch était absent, mais on lui assura que l'affaire était toujours considérée comme ouverte, même si aucun nouvel élément n'avait été apporté. En quittant les lieux, elle se rendit au magasin d'approvisionnement agricole pour commander du grain pour les nouveaux chevaux. Leur propriétaire lui avait expliqué ce qu'il leur donnait à manger et elle ne préférait pas perturber leurs habitudes tout de suite, même si elle envisageait de changer progressivement leurs suppléments dans quelques semaines.

Quand elle sortit du magasin, elle entendit quelqu'un l'appeler par son nom.

— Ally ! Évidemment, c'est là que je te trouve.

Il fallait bien sûr que ce soit la dernière personne sur laquelle elle avait envie de tomber.

— Wayne.

— Comment ça va, ma chérie ? demanda-t-il avec un sourire qui avait quelque chose de mauvais.

L'ignorant royalement, elle continua à avancer vers son camion. Elle n'avait plus rien à dire à cet homme.

— Allez, ne fais pas la tête. Il fallait que je parte, je n'avais pas le choix. Je t'ai laissé un mot pour t'expliquer.

— Je n'ai rien à te dire. Et je ne veux pas te voir. Laisse-moi tranquille.

— Quand ce millionnaire t'aura larguée, qu'est-ce que tu feras ?

Furieuse mais n'ayant aucune intention de s'engager dans une quelconque conversation avec lui, elle poursuivit son chemin.

— Écoute-moi ! s'exclama-t-il en l'attrapant par le bras.

Ulcérée, elle se libéra brusquement de son étreinte et finit par s'arrêter pour lui faire face.

— Ne me touche pas, siffla-t-elle.

— Écoute, je suis désolé d'être parti. J'avais des problèmes importants à régler.

— Ce n'est pas vrai. Mais tu sais quoi ? C'est du passé. Partir est la meilleure chose que tu aies faite pour moi. Maintenant laisse-moi en paix.

D'un pas déterminé, elle se remit à avancer vers son camion.

— Et notre relation ? Notre amour ?

L'ignorant complètement, elle déverrouilla les portières.

— Tu m'écoutes ?

— Épargne-moi ton baratin. Les sentiments que j'ai pu avoir pour toi sont morts depuis bien longtemps. Maintenant va-t'en et laisse-moi tranquille.

D'un bond, elle monta dans le camion. Mais quand elle voulut refermer la portière, elle n'y arriva pas. Il s'était accroché à la poignée.

— Tu vas me donner ce que je veux, chérie. Mais si tu refuses de me faciliter la tâche, je n'hésiterai pas à employer la force.

Excédée, elle le fusilla du regard.

— Il n'y a plus rien entre nous, Wayne. Je ne veux rien de toi. Et je ne veux rien te donner. Lâche cette portière, ou j'appelle la police.

— Est-ce qu'on ne pourrait pas au moins rester amis ?

— Reste à l'écart de moi.

Le regard mauvais qu'il lui adressa, plutôt que de l'effrayer, ne fit que renforcer sa fureur. D'un geste vif, elle sortit son téléphone de son sac et composa le numéro des urgences.

— Sale garce ! Tu n'as pas fini d'entendre parler de moi. Tu peux toujours te cacher derrière ce type plein aux as, mais n'oublie pas que des accidents arrivent parfois. Et de toute façon, tu es à moi.

Rageusement, il claqua la portière et partit.

— Vous avez composé le numéro des urgences. Quel est votre problème ?

— Excusez-moi, c'est une erreur, répondit Ally avant de raccrocher.

Et elle reprit directement la route du ranch, sans s'arrêter à l'office notariale.

Cette rencontre impromptue avec Wayne l'avait déstabilisée, et même ébranlée. Elle essaya de penser à autre chose, mais à quelques kilomètres du ranch, elle tremblait toujours de rage.

Wayne adorait se battre. Était-il sérieux quand il avait

proféré ces menaces à l'encontre de Seth ? Elle ne pouvait pas prendre de risques. Seth était un homme d'un genre différent. Raffiné. Intelligent. Il se battait avec des mots, pas avec ses poings. Et si Seth était armé, Wayne avait certainement la gâchette plus facile que lui.

Il avait changé depuis son départ un an plus tôt. Ses actions et son discours lui évoquaient quelqu'un qui agissait dans la panique, par peur de quelque chose. Il y avait derrière cette agressivité beaucoup de lâcheté. Mais en définitive, elle ne le connaissait peut-être pas suffisamment pour décrypter son comportement.

Il n'y avait qu'une personne qui pourrait lui en dire davantage : son voisin, Sam Shepherd, qui avait été ami avec Wayne au cours des deux années que ce dernier avait passées chez elle. Sur un coup de tête, elle bifurqua donc vers le Big Spur Ranch plutôt que de retourner directement chez elle. Sam, elle en avait l'intuition, comprendrait mieux qu'elle de quoi il retournait.

Elle le trouva occupé à déplacer un troupeau à dos de cheval. Un instant après son arrivée, il refermait le portail de l'enclos. Après avoir retiré son chapeau, il s'essuya le front d'un revers de main en portant sur elle un regard dur et appuyé. Puis, tout en marmonnant quelque chose dans sa barbe, il commença à avancer dans sa direction.

— Ally. Ça fait longtemps que je ne t'ai pas vue. Comment ça va ?

Elle alla droit au but :

— Qu'est-ce qu'il fait là ? Qu'est-ce qu'il veut ?

Pendant un long moment, elle crut qu'il n'allait pas lui répondre. Il s'était retourné vers son troupeau comme s'il voulait ignorer sa question. Mais au bout du compte, il ne le fit pas.

— Le retour de Wayne ne présage rien de bon. Tiens-toi à l'écart de lui, Ally. S'il vient chez toi, ne lui ouvre pas. Et appelle la police en cas de besoin.

— Pourquoi ?

— Parce qu'il s'est mis dans une situation délicate et

parce qu'il a peur. J'ai entendu dire qu'il devait cinquante mille dollars. À des types qui ne font pas de facilités de paiement. S'il ne rembourse pas, il se fera éliminer de la compétition définitivement.

— Quel rapport avec moi ?

Une fois encore, il sembla hésiter avant de répondre :

— Il recherche deux boucles de ceinture en or et argent qu'il a remportées à une compétition. Il les a laissées quelque part chez toi et il pense qu'elles valent un peu d'argent.

— Il n'y a pas de boucles de ceinture chez moi. Je les aurais vues.

Mais si Wayne pensait qu'elles étaient chez elle, c'était sans doute lui qui avait tenté de s'introduire dans le ranch par effraction ce soir-là.

— Je ne peux rien te dire d'autre, Ally. Il doit penser que tu les as. Ou que tu as de l'argent. Ou accès à de l'argent. Il était là le week-end dernier. Il m'a dit que tu avais épousé l'un des frères Masters. Il est persuadé que cinquante mille dollars, ce n'est rien pour toi et ton mari. Apparemment, il manigance quelque chose, mais je ne sais pas quoi. Je lui ai dit qu'il ferait mieux de se sortir toutes ces idées débiles de la tête, mais il est parti en rigolant. Je ne l'ai pas revu depuis.

L'air songeur, il baissa les yeux vers ses pieds.

— Ton mari et toi, vous feriez mieux de quitter la région quelque temps. Wayne est désespéré. Et il est armé. Et imprévisible. Il a été en prison pour vol, et il s'est fait quelques nouveaux amis. Il a changé depuis. C'est tout ce que je peux te dire. Tu ferais bien de partir le plus vite possible. Les flics l'ont dans le collimateur, mais ils ne l'ont pas encore trouvé.

Sa première pensée alla à Seth. Il fallait qu'elle le convainque qu'il était temps pour lui de partir. Wayne était un homme arrogant qui pouvait facilement devenir agressif. Et il en avait après elle. Qui pouvait prédire quand il allait revenir ? À la simple idée de quitter Seth, elle avait envie de pleurer. Mais il fallait qu'il reste à l'abri du danger. C'était tout ce qui importait.

Après avoir remercié Sam, elle remonta dans son camion pour retourner chez elle. Elle ne pouvait pas laisser Seth se faire piéger dans cette situation. Elle avait beau désirer de tout son cœur qu'il reste, elle devait l'écarter. Si Wayne mettait à exécution ses menaces contre lui, Seth ne s'en sortirait pas vivant. Elle ne pouvait pas laisser cela se produire.

Seth serait-il attristé quand elle lui demanderait de s'éloigner ? Peut-être. Ou peut-être pas. Reviendrait-il un jour ? Il avait ici ses frères. Peut-être reviendrait-il pour les voir, mais sans chercher à entrer en contact avec elle. Ou bien encore il reviendrait et chercherait à reprendre les choses là où il les avait laissées. Trouverait-il logique qu'ils restent amis après tout ce qu'ils avaient partagé ? Sans doute pas quand elle lui aurait demandé de quitter les lieux.

Elle sentait son cœur cogner dans sa poitrine. Il fallait qu'elle informe la police de cette avancée. D'un coup, elle fit demi-tour, repartit vers la ville. Une fois au bureau du shérif, elle expliqua qui elle était et les raisons de sa venue. L'agent qui l'accueillit était au courant de l'intrusion dont son ranch avait fait l'objet. Il ne tarda pas à recoller les morceaux. Il lui confirma que Wayne faisait l'objet d'un mandat d'arrêt, mais n'avait pas encore été retrouvé. Il lui posa ensuite des dizaines de questions, qui ne lui semblèrent d'aucune utilité. Enfin, il lui conseilla de rentrer chez elle, en lui assurant qu'il enverrait des hommes patrouiller dans les environs.

C'était un cauchemar. Sa situation, déjà difficile, ne cessait d'empirer. Elle ne supportait déjà pas l'idée de devoir se séparer de Seth, mais à présent, elle allait devoir elle-même trouver un moyen de le faire partir pour lui sauver la vie.

En passant le seuil de la maison, elle l'entendit parler au téléphone à l'étage. Manifestement, il n'était pas content de ce que son interlocuteur lui disait. Elle écouta quelques mots et comprit qu'il s'agissait d'un problème touchant le centre de recherches.

Perdue dans ses pensées, elle alla se chercher un soda dans la cuisine avant de se rendre à l'écurie. Elle avait baissé la garde avec Seth. Elle était tombée amoureuse de lui. Et à présent, elle allait devoir le payer. Le retour de Wayne ne faisait qu'empirer les choses. Avec le temps et les événements, les gens changent. Wayne était une bonne illustration de cette théorie. Aurait-elle l'occasion de revoir Seth après son départ ? Sans doute pas. Elle croisa les doigts pour que Wayne soit arrêté avant que quelqu'un soit blessé. Surtout pas Seth, qu'il avait clairement menacé.

Quant à elle… Elle n'avait rien qui appartenait à Wayne, et elle ne voulait rien de lui. Mais il ne lui faisait pas peur. Il ne l'impressionnait pas. Que pouvait-il lui prendre ? Une seule chose était sûre : Seth devait s'en aller.

Perdue dans ses pensées, elle entra dans le box de Denim. Elle avait oublié d'apporter des carottes, mais il resta parfaitement immobile quand elle se mit à brosser sa robe soyeuse. Malgré toutes ses bonnes résolutions, elle était tombée amoureuse de Seth. Mais il ne devait surtout pas le savoir. Bien vite, il passerait à une nouvelle aventure comme si jamais rien n'était arrivé entre eux. Et c'était ainsi que les choses devaient se passer. Même si, une fois encore, elle allait se retrouver avec le cœur brisé.

Seth trouva Ally en train de faire travailler un cheval dans le manège. Elle ne sembla pas s'apercevoir de son arrivée. Aussi s'approcha-t-il du muret pour mieux admirer ses gestes gracieux. Au bout d'un temps, elle finit par stopper le cheval et ranger la longe.

— Pauline a laissé dans le four un plat qui sent merveilleusement bon. Tu viens manger ?

— Non. Ne m'attends pas, répondit-elle sans même se tourner vers lui.

— Je ne suis pas pressé, tu sais ? Et j'ai encore quelques coups de téléphone à passer.

Elle ne répondit pas, se contentant de caresser l'encolure soyeuse du cheval.

À l'évidence, quelque chose n'allait pas. Quoi ? Il n'en avait aucune idée. Il devait s'envoler dans deux semaines, mais ils n'avaient pas discuté de son départ. Il avait bien l'intention de revenir et de saisir toutes les occasions qui se présenteraient à lui de la retrouver. Mais peut-être n'en avait-elle pas envie.

En rentrant dans la maison, il se dirigea droit vers son bureau. Machinalement, il s'assit sur son fauteuil, regarda les nuages passer devant la fenêtre. Il fallait qu'ils parlent. Leur partenariat temporaire s'était changé en quelque chose de bien différent de tout ce qu'il aurait pu imaginer. Il ne pensait pas qu'il deviendrait si proche d'elle. Qu'il développerait pour elle des sentiments qui allaient bien au-delà de l'amitié.

Cependant, qu'avait-il à lui proposer ? Il ne croyait pas au mariage. En tout cas, au vrai mariage. Il avait failli s'engager sur cette voie une fois. Il était même allé jusqu'à faire sa demande… et avait alors découvert que sa fiancée voyait un autre homme avec qui elle complotait pour essayer de lui soutirer un maximum d'argent. Cela lui avait servi de leçon. À partir de là, il s'était juré de ne plus jamais refaire confiance à une femme. De ne pas se marier. De ne pas avoir d'enfants, parce que ce sont toujours les enfants qui souffrent le plus, au bout du compte. Il le savait d'expérience, ayant lui-même été élevé par une maman seule, amoureuse d'un homme qui avait toujours refusé de l'épouser. Il n'avait pas beaucoup vu son père durant son enfance. Entre eux, il n'y avait pas d'amour. Pas d'affection. Seulement de l'argent, quand il en avait besoin. C'était tout ce que son père avait jamais eu à lui proposer.

Non pas qu'il pensât Ally semblable aux femmes avec qui il était sorti en Californie. Ou à la femme qu'il avait failli épouser. Ally était probe et honnête. Elle était déterminée à le rembourser de la petite somme qu'il avait dépensée pour équiper la maison et l'écurie, même s'il refusait. Quoi qu'il en soit, elle ne lui avait jamais donné l'impression d'attendre quelque chose de sa part. Elle avait compris dès le début que c'était un mariage de convenance et que, tôt ou tard, il finirait par s'en aller.

Il n'avait plus faim, tout à coup. Il allait attendre qu'elle rentre à la maison pour qu'ils puissent parler. Si elle souhaitait qu'il parte, il pouvait le faire sur-le-champ, prétextant une urgence professionnelle. Une fois le délai passé, elle pourrait demander le divorce, et tout serait terminé. Il envisageait de se montrer généreux en lui laissant une belle somme d'argent qui lui assurerait un avenir financier radieux. C'était le moins qu'il pouvait faire. Même s'il allait certainement devoir se battre pour l'amener à accepter.

Il était quasiment 22 heures quand il finit par entendre la porte s'ouvrir et se refermer. Ça ne pouvait être qu'elle. Il se précipita en bas de l'escalier. Debout dans la cuisine, elle buvait un verre d'eau.

— On réchauffe le pot-au-feu ?

— Fais ce que tu veux. Moi, je n'ai pas faim.

— Ally, qu'est-ce qui ne va pas ? Tu sais que tu peux me parler.

— Je n'ai besoin de parler à personne. Et tout va bien. Bonne nuit.

D'un pas lourd, elle monta l'escalier. Que pouvait-il bien se passer ? Décontenancé, il soupira. Il allait la laisser tranquille pour la nuit. Demain serait un autre jour, peut-être serait-elle disposée à lui parler. Pourvu que ce ne soit pas à cause de lui. Pourvu que ce ne soit pas à cause de son départ.

Car, concernant ce point, il n'avait pas le choix.

Quand il se réveilla le lendemain, Seth constata qu'Ally était déjà sortie. Pauline ne savait pas où elle allait, elle lui avait simplement dit qu'elle avait des courses à faire et qu'elle reviendrait plus tard. Il tenta de l'appeler. Pas de réponse. Ne sachant pas quoi dire, il raccrocha sans laisser de message. Après quoi il se versa une tasse de café et s'assit à la table de la cuisine. La situation était de plus en plus étrange. D'abord, elle refusait de dîner et de parler avec lui, et ensuite elle s'en allait sans rien dire à personne et ne répondait pas à ses appels.

La sonnerie du téléphone fixe interrompit sa réflexion. Pauline alla décrocher.

— Monsieur Masters, lui dit-elle. C'est le magasin agricole. Ils voudraient parler à Mme Masters.

— J'y vais, dit-il en se levant pour s'approcher du téléphone accroché au mur. Seth Masters. Ally est absente. En quoi puis-je vous aider ?

— Ally est venue hier soir. Elle a fait une commande sans attendre d'être servie. J'aurais aimé savoir ce qu'on devait faire des sacs de grain qu'elle nous avait demandés.

— Je vais venir les chercher. Je serai là dans quelques minutes. Merci d'avoir appelé.

Après avoir raccroché, il versa le reste de son café dans l'évier.

— J'imagine que vous avez entendu, Pauline. Je vais au magasin agricole. Si Ally revient, dites-lui de ne pas bouger d'ici, s'il vous plaît.

Au magasin, on lui chargea les sacs de grain dans le camion. Ally n'était toujours pas venue les chercher. Le propriétaire lui expliqua qu'elle s'était conduite de façon étrange après avoir passé sa commande.

— Il y avait un type près de son camion. Je les ai vus parler. Et tout à coup, elle est remontée dans son camion et est partie.

— Vous savez qui c'était ?

— On aurait dit le sosie de Wayne Burris, mais depuis le temps qu'il a disparu, ça m'étonnerait tout de même que ce soit lui. Ally avait l'air bouleversée. Mais si c'était bien Wayne, je comprends pourquoi. C'est un sale type.

- 14 -

Seth remonta dans son camion. Pourquoi avait-elle parlé à Burris ? Étaient-ils partis ensemble quelque part ? S'étaient-ils donné rendez-vous quelque part ? N'ayant aucune idée de l'endroit où il devait chercher, il prit la direction du Masters Ranch. Peut-être s'y était-elle rendue pour discuter avec Chance de ses projets d'élevage. C'était une hypothèse très peu probable, mais aucune autre idée ne lui venait à l'esprit.

Elle n'était pas là, cependant. Chance ne l'avait pas revue depuis le jour où ils étaient venus faire leur promenade à cheval.

Après avoir remercié son frère, Seth retourna au ranch d'Ally. Devait-il s'inquiéter ? Se pouvait-il que quelque chose lui soit arrivé ? Il resongea à l'intrusion. Ça ne pouvait tout de même pas être en lien avec sa disparition, non ?

Nerveux, il réessaya de l'appeler. Pas de réponse. Après avoir réfléchi quelques minutes, il décida de sillonner la région pour voir s'il n'apercevait pas son camion. Rien. À court de solutions, il retourna au ranch bredouille.

Mais en approchant du corps de ferme, il discerna immédiatement le camion en question. Submergé par le soulagement, il se hâta de se garer et se précipita dans sa direction.

— Où étais-tu ? Je t'ai cherchée toute la journée. Tu vas bien ?

— Ça va.

— Tu ne veux pas me dire où tu étais ?

— Je suis allée voir des amis, répondit-elle en haussant les épaules.

— Pourquoi ne répondais-tu pas au téléphone ?

— Je n'avais pas envie.

— Écoute, Ally, je ne sais pas ce que j'ai fait de mal, mais…

— Non. Tu n'as rien fait de mal. C'est juste que j'ai l'impression d'avoir perdu pas mal de temps ces dernières semaines. Il faut que je me remette au travail. J'ai des gens à voir. Des choses à faire.

— Si c'est là ta façon de me chasser, tu peux le faire directement. Je suis un grand garçon. Je peux comprendre.

— Alors, dès que tu penseras pouvoir partir… fais-le. Il ne nous reste plus que quelques semaines, de toute façon.

Le regard fixé sur le sien, il hocha la tête. Il ne s'était pas trompé. L'échéance approchait, et apparemment elle préférait l'affronter plus tôt que prévu. Aussi horrible que cette idée puisse paraître, il semblait bien qu'elle se soit réconciliée avec son ancien petit ami.

— Très bien. J'aurais préféré qu'on se sépare en meilleurs termes, mais d'accord. Si c'est ce que tu souhaites, je t'aurais débarrassé le plancher dans deux heures.

Elle garda le silence. Résigné, il tourna les talons et monta dans sa chambre, où il commença à faire ses bagages. Elle avait peur. Il le voyait dans ses yeux. Était-ce son départ qui la mettait dans cet état ? Il lui avait promis qu'il reviendrait. Et il avait bien l'intention de tenir cette promesse.

Mais pourquoi se soucier de cela à présent ? Elle venait quasiment de le mettre à la porte. Il allait donc partir. Que pouvait-il faire d'autre ?

Tout en laissant échapper un juron, il redescendit au rez-de-chaussée. Il la trouva dans la cuisine. Assise sur une chaise, elle observait d'un œil morne les pâturages de l'autre côté de la fenêtre.

— Je pensais qu'il y avait quelque chose entre nous, dit-il d'une voix basse. Je pensais que tu partageais mes sentiments. Et des sentiments, j'en ai pour toi, Ally.

Il lui sembla la voir tressaillir, mais aussitôt elle dégagea ses cheveux de son visage pour le regarder comme si elle était déjà lasse de cette conversation.

— Des sentiments, ça ne suffit pas. Je me rends compte que je ne peux pas me contenter de ça et de quelques ébats fougueux. Je veux tout, absolument tout. Si tu n'es pas prêt pour ça, je préfère que tu partes pour que je puisse reprendre ma vie. Aller de l'avant. Mais ne t'inquiète pas pour le mariage. Je continuerai de remplir ma part du marché. Tu n'auras qu'à demander le divorce quand tu jugeras le moment approprié. J'accepterai tes conditions.

Ces mots lui firent l'effet d'une gifle. Il se passait quelque chose. Elle n'était pas elle-même. Il l'observa longuement pour essayer de retrouver la Ally qu'il connaissait. Rien. La jeune femme qu'il avait sous les yeux était froide, indifférente, calculatrice et semblait parfaitement déterminée.

— Au moins, les choses sont claires. Je partirai ce soir, finit-il par dire en hochant la tête.

Et il remonta dans la chambre pour continuer ses bagages.

Une heure plus tard, il prenait la route du petit aéroport régional pour embarquer dans son jet. Il ne l'avait vue nulle part quand il avait passé la porte pour la dernière fois. Il demanderait à Karen de la contacter pour savoir comment récupérer son cheval. Chance accepterait peut-être de le reprendre quelque temps, en attendant qu'il trouve une meilleure solution.

Il était parti. Seth Masters était apparu dans sa vie brusquement et l'avait quittée tout aussi soudainement. Il n'y avait pas eu de baiser d'adieu, même pas une étreinte. Ce n'était pas possible, dans la mesure où elle l'avait mis dehors. Mais il était parti. C'était le principal. Il était retourné en Californie, où Wayne ne pourrait pas l'atteindre. Seth y serait en sécurité. Il se promènerait sur la plage, travaillerait avec ses amis, sortirait même peut-être avec des femmes issues du même milieu que lui. C'était tout ce qui importait. Et pourtant, cette douleur sourde, en elle, refusait de se taire.

Absorbée dans ses pensées, elle regardait les pâturages. Elle lui devait tellement. Sans lui, elle n'aurait jamais récupéré son ranch. Il lui avait fait retrouver le sourire. Elle ne pouvait s'empêcher de resonger à tous ces moments qu'elle avait passés dans ses bras. Elle se sentait aimée et protégée. Mais ces sentiments, il avait dû les conférer à beaucoup d'autres. Elle n'avait rien de spécial, non. En tout cas pas pour lui, qui pouvait avoir toutes les femmes qu'il voulait. Le seul problème était qu'il n'en voulait aucune. En tout cas, pas de façon permanente.

Elle finit par se rendre à l'écurie pour aller voir son cheval, qu'elle prit le temps de cajoler. Qu'allait devenir Cajun ? Seth allait sans doute demander à Chance de venir le chercher. Pour se consoler, elle passa ses bras autour de l'encolure soyeuse de l'animal. Et à ce moment-là, elle ne put retenir ses larmes. Accrochée au cheval, elle éclata en sanglots. Elle aimait tellement Seth. Elle avait fini par faire ce qu'elle s'était juré de ne pas faire. Elle était tombée amoureuse de lui. Ce n'était pas le même amour que celui qu'elle croyait porter à Wayne. C'était un amour véritable. Profond, pur et absolu. Et à présent elle allait souffrir. Beaucoup et longuement.

Quand ses sanglots finirent par s'apaiser, elle caressa Cajun et quitta son box.

La maison était silencieuse quand elle entra dans la cuisine. Elle se servit un verre d'eau, regrettant de ne rien avoir de plus fort. Son esprit, qui ne cessait de vagabonder, revint à Sam et à ce qu'il avait dit sur Wayne et ses deux boucles de ceinture.

Elle jeta un coup d'œil à la cuisine. Ils avaient passé la maison au peigne fin et n'avaient rien trouvé de tel. Son regard finit par se poser sur la cheminée, dont elle s'approcha. Elle regarda dedans, mais ne vit rien d'autre que du noir. Quand elle passa sa main à l'intérieur, un peu de suie tomba dans l'âtre. Se pouvait-il qu'elle renferme quelque chose de caché ? C'était le seul endroit qu'ils n'avaient pas vérifié.

S'étant hissée sur la pointe des pieds, elle y enfonça la main plus profondément. Et, tout à coup, elle sentit quelque chose qui ressemblait à du tissu. On aurait dit un sac. Elle l'attrapa. C'était bien un petit sac. Et à l'intérieur, deux boucles de ceinture étincelantes. Wayne. C'était donc bien lui qui était entré dans la maison. Et il allait revenir, c'était certain.

Si elle avait su comment le joindre, elle lui aurait dit qu'il pouvait passer les reprendre. Mais personne ne savait où il était. Et il avait changé de numéro. Restait Sam. Il saurait peut-être comment le contacter. D'un geste vif, elle sortit son téléphone de son sac. À son grand soulagement, Sam répondit dès la première sonnerie.

— Sam, c'est Ally. J'ai trouvé les boucles de ceinture de Wayne. Tu sais comment le joindre ?

— Non. Je ne l'ai pas revu depuis qu'on a parlé l'autre jour.

— Bon, si tu tombes sur lui, dis-lui que je les ai trouvées et qu'il peut passer les chercher.

— Je te déconseille de le faire entrer chez toi. Cet homme est dérangé. Apporte-les au bureau du shérif et laisse les flics s'occuper de ça.

Pourquoi n'y avait-elle pas pensé ?

— D'accord.

Après avoir remercié Sam, elle prit les boucles de ceinture et grimpa dans son camion. Elle arriva au bureau du shérif en un temps record. À l'accueil, elle demanda Mason Crawley, l'officier qui était venu chez elle le soir de l'intrusion. Heureusement, il était de service.

Elle lui expliqua la situation, sans oublier sa récente confrontation avec Wayne. L'officier en arriva à la même conclusion qu'elle, à savoir que c'était sans doute lui qui s'était introduit chez elle par effraction. Il prit les boucles et lui recommanda de limiter ses contacts avec Wayne au minimum. Il lui conseilla également de ne pas le laisser entrer chez elle et d'appeler les secours s'il se présentait au ranch.

Cet entretien ne la rassura que très légèrement. Wayne était toujours dans les parages, Seth était parti. La situation était vraiment horrible. Sans Wayne, elle aurait pu grappiller quelques semaines de plus avec Seth. Rien qu'à y penser, elle avait envie de pleurer. Mais Seth était en sécurité. C'était le plus important.

Assis dans son jet privé, Seth regardait sans les voir les nuages blancs qui défilaient derrière le hublot. Il ne pouvait se défaire de l'idée que quelque chose n'allait pas. Ce n'était tout simplement pas dans le caractère d'Ally de se comporter tout à coup comme une femme calculatrice, qui avait besoin qu'il s'écarte de son chemin pour qu'elle puisse trouver quelqu'un d'autre. Il ne comprenait pas quoi, mais il s'était passé quelque chose. Quelque chose de terrible.

On l'avait vu parler à Wayne Burris, qu'elle disait détester. Étant toujours très ferme dans ses convictions, elle ne serait pas allée le trouver de son propre chef. De même qu'elle ne serait pas passée de la passion dont elle avait fait preuve au lit envers lui, et qui l'avait amenée à lui révéler ses émotions et son amour, à la brutalité avec laquelle elle lui avait demandé de partir. Rien de tout cela ne faisait sens.

La sonnerie de son téléphone le tira brusquement de ses pensées. Il ne reconnut pas le numéro affiché.

— Allô !

— Monsieur Masters ?

— Oui.

— La connexion est mauvaise, ici. Excusez-moi.

Son correspondant ne pouvait évidemment pas savoir qu'il se trouvait à six mille mètres d'altitude.

— Officier Crawley, du bureau du shérif de Calico Springs. Nous avons du nouveau sur l'affaire de l'effraction dont a fait l'objet votre maison. Grâce aux informations fournies par votre femme, comme vous le savez sans doute, nous suspectons Wayne Burris, qui aurait essayé de récupérer deux boucles de ceinture en or et argent qu'il avait cachées dans la cheminée. Mme Masters les a retrouvées et nous les a apportées cet après-midi. Elle nous a expliqué que Burris était venu la voir deux fois pour essayer d'obtenir accès à votre domicile. Nous sommes au courant pour les menaces qu'il a proférées à votre encontre. Nous avons un mandat d'arrêt mais nous ne l'avons pas encore trouvé. Il est aussi recherché pour vol à main armé dans un autre comté. C'est bien que vous et votre femme ayez pu quitter la ville quelques jours. Nous avons longuement parlé à votre voisin, Sam Shepherd, qui nous a confirmé que Wayne avait fait l'acquisition d'un revolver. Wayne Burris est en sursis, et la détention d'arme est un critère de révocation. Il est considéré comme dangereux.

— Attendez, officier Crawley. Ally n'est pas avec moi. Elle est toujours à la maison.

Un élan de pure terreur le traversa. Tout faisait sens, désormais. Elle avait essayé de le faire partir car elle craignait le retour de Burris. En somme, elle avait essayé de le protéger.

La voix du commandant de bord le ramena brutalement à la réalité.

— Monsieur Masters, nous entamons notre descente. Atterrissage prévu dans cinq minutes.

— Y a-t-il autre chose, officier Crawley ?

— Non, monsieur. Mais je vous recommande vivement de faire quitter les lieux à Mme Masters dans les plus brefs délais. Nous avons toutes les raisons de croire que Burris retournera chez vous. J'ai essayé de la joindre sur son portable, mais elle ne répond pas. Nos patrouilles sillonnent la région. Mais il serait préférable qu'elle se réfugie dans un lieu sûr.

Des gouttes de sueur glacée perlaient sur son visage. Il remercia l'officier et coupa la communication. Aussitôt après, il appela Ally. Pas de réponse. Il raccrocha, réessaya. Rien.

D'un geste sec, il défit sa ceinture et se précipita vers le cockpit.

— Gene, dès qu'on aura atterri, préparez-vous à repartir. Il me faut retourner au Texas aussi vite que possible. Je vais demander à mes gardes du corps de nous rejoindre. Dès qu'ils sont à bord, on décolle. Compris ?

— Oui, monsieur.

De retour à sa place, Seth contacta son responsable de la sécurité et demanda que Franck, Bryan et un autre membre de l'équipe le retrouvent à l'aéroport.

Une pensée se répétait en boucle dans son esprit.

Pourvu que j'arrive au ranch à temps.

Ally avait vérifié les verrous de toutes les fenêtres. Quant aux deux portes, elles étaient bien fermées. Dans un soupir, elle éteignit les lumières dans la cuisine et se rendit dans le séjour. Sa batte de base-ball était derrière le fauteuil. Elle sortit son téléphone de la poche de son jean pour vérifier la réception. Seulement deux barres. Et cinq messages, qui venaient tout juste de s'afficher, sans doute à cause du caractère capricieux du réseau. L'un provenait du bureau du shérif, les quatre autres de Seth. Mais elle n'avait aucune envie de les écouter. Il fallait qu'elle se concentre. Après avoir remis le téléphone dans sa poche, elle s'assit dans le fauteuil et attendit.

À deux reprises, derrière la fenêtre, elle vit passer des véhicules de police sur la route, ce qui était assez rassurant. Mais si Wayne décidait de venir ce soir-là, il le ferait discrètement. Depuis la route, personne ne remarquerait rien. Cependant, elle était prête à le recevoir. Avec un peu de chance, quand elle lui aurait dit que ses boucles de ceinture étaient chez le shérif, il finirait peut-être par jeter l'éponge et partir.

Le balancier de la grande pendule semblait avoir ralenti son rythme, et elle n'aurait su dire depuis combien de temps elle était là, mais tout à coup elle entendit la poignée de la porte de la cuisine s'actionner. Ce bruit fut suivi par ce qui ressemblait à des coups de botte contre la porte. Wayne. Ça ne pouvait être que lui.

Mue par l'adrénaline, elle se cacha derrière le fauteuil juste au moment où la porte de la cuisine volait en éclats. Il y eut un bruit de pas sur le sol de la cuisine, et deux voix résonnèrent. L'une était celle de Wayne. L'autre lui hurlait de sortir de la maison. Wayne répliqua par une insulte, et quelques secondes plus tard un coup de feu fut tiré. Elle sentit son sang se glacer. Que se passait-il ?

D'un geste vif, elle prit son téléphone et composa le numéro des urgences.

— Vous avez demandé les urgences. Que vous arrive-t-il ?

— Je suis Ally Masters. Pourriez-vous dire à l'officier Crawley que Wayne Burris est ici ? Chez moi ? Il vient d'entrer dans la maison. Quelqu'un s'est fait tirer dessus.

Sa voix trembla quand elle prononça cette dernière phrase. *Pourvu que ce ne soit pas Seth.*

— Ally ! Où es-tu ? hurla Wayne.

— Il en a après moi, chuchota-t-elle au téléphone. Faites vite.

Aussi rapidement qu'elle le put, elle raccrocha, posa le téléphone par terre et reprit la batte.

— Je sais que tu es là, ma belle !

Elle entendit quelque chose tomber dans la pièce voisine.

— Je ne te ferai pas de mal, Ally. Je veux juste mes boucles de ceinture et un peu d'argent.

Le bruit de ses pas s'interrompit devant la porte du séjour, qu'il finit malheureusement par ouvrir.

— Viens ! Je ne te ferai pas de mal.

Derrière le fauteuil, elle se leva lentement, serrant fermement la batte dans sa main.

— J'ai retrouvé tes boucles de ceinture cet après-midi. Elles sont au bureau du shérif. Si tu m'avais dit ce que tu voulais au lieu de me menacer, je te les aurais données.

Manifestement déçu, il poussa un juron.

— Peu importe. Un peu d'argent fera l'affaire.

— Je n'ai pas d'argent.

— À qui veux-tu faire croire ça ? Tu es mariée à l'un des hommes les plus riches du pays.

Elle ravala sa salive avec peine.

— Seth est parti. On... On s'est disputés. Il est retourné en Californie et va demander le divorce. Je ne sais même pas comment le joindre. Il m'a dit que ce serait ses avocats qui me contacteraient.

— Tu mens, affirma-t-il en avançant vers elle.

Le revolver qu'il tenait à la main scintilla à la lumière du lustre qu'il venait d'allumer.

— Tu m'as déjà vu mentir ? répondit-elle en le regardant dans les yeux.

L'expression de son visage était glaciale. Implacable. Mais ses paroles semblèrent l'apaiser un peu. Elle s'était toujours montrée très honnête avec lui, et il le savait parfaitement.

— Très bien. Mais tu vas tout de même payer. Je suis sûr que ton futur ex-mari serait tout de même prêt à débourser une belle somme pour te récupérer en un seul morceau. Allez, viens.

— Où ?

— Ne t'inquiète pas pour ça. Viens. Les flics ne vont pas tarder à arriver.

— Je n'irai nulle part avec toi. Laisse-moi tranquille !

— Pourquoi est-ce que tu me compliques toujours la tâche ?

Coinçant son revolver dans sa ceinture, il s'approcha d'elle. Mais quand il essaya de déplacer le fauteuil pour l'attraper, elle fit usage de la batte. Un grand coup contre sa tempe suffit : il s'effondra immédiatement. Cependant, il se mit aussitôt à gémir. Elle ne l'avait donc pas totalement assommé. Il fallait qu'elle sorte de là. D'un geste vif, elle prit le revolver qu'il avait coincé dans son dos et courut vers la cuisine.

Arrivée dehors, elle lança l'arme dans le noir aussi loin qu'elle le put. Au même moment, elle sentit un bras musclé lui enserrer la taille, une grande main s'abattre sur sa bouche. Paniquée, elle essaya de hurler, de se débattre.

— Ally, c'est moi, Seth. Tout va bien.

Le souffle court, elle s'immobilisa. Il retira sa main de sa bouche. Au même instant, trois grands hommes passèrent devant eux pour entrer dans la maison, armes aux poings.

— Seth ?

— Tout va bien, Ally. Tout va bien se passer. Pour tout le monde.

Au loin, on entendait désormais des sirènes. Instinctivement, elle se retourna pour se serrer contre l'homme qu'elle aimait. Sans qu'elle ne pût les en empêcher, des larmes se mirent alors à ruisseler sur ses joues tandis qu'elle tremblait de tous ses membres. Tendrement, il prit son visage entre ses mains, l'attira vers le sien.

— Petite imbécile, dit-il doucement. Un jour, il faudra tout de même que tu m'expliques comment tu as pu croire une seule seconde que tu pouvais affronter toute seule un type comme Burris.

— C'est… C'est juste que… Ça n'avait rien à voir avec toi. C'est moi qui ai commis une erreur de jugement en sortant avec lui. Je… Je pensais pouvoir lui parler, lui faire comprendre qu'il fallait qu'il nous laisse tranquilles et…

Ses explications furent interrompues par la sortie de Wayne, qui passa le seuil en titubant, menotté et flanqué de deux hommes qu'elle reconnut comme les gardes du corps de Seth. Les voitures de police arrivèrent, toutes sirènes hurlantes. Des portières claquèrent, et d'autres hommes se précipitèrent vers Wayne.

— Madame Masters, vous allez bien ? demanda l'officier Crawley.

— Oui, répondit-elle, toujours protégée par les bras de Seth. Mais j'ai entendu un coup de feu, et j'ai peur que l'un des employés du ranch ait été blessé.

— Vous, allez à l'écurie vérifier, dit-il en se tournant vers deux de ses hommes.

Une seconde plus tard, les agents revenaient en confirmant que l'un des cow-boys avait été blessé au bras et que les secours étaient en chemin.

Après avoir acquiescé, l'officier Crawley se tourna vers Seth et Ally.

— Vous allez devoir tous les deux faire une déclaration au bureau du shérif, leur dit-il. Mais cela peut attendre demain.

— On y sera, répondit Seth. Merci, officier.

En guise de salut, Crawley inclina son chapeau.

— Qu'est-ce que je vais faire de toi ? chuchota Seth contre la tempe d'Ally.

— Tiens-moi juste dans tes bras, répondit-elle.

Et il resserra autour d'elle son étreinte protectrice.

- 15 -

Les agents laissèrent Wayne, qui criait à tue-tête des insultes et des menaces, à l'arrière d'une voiture. Tandis que le cow-boy blessé était installé dans une ambulance, qui disparut aussi vite qu'elle était arrivée. Durant tout ce temps, Ally était restée dans les bras de Seth. Chaque respiration qu'elle prenait lui apparaissait comme un petit miracle. Elle l'aimait tellement. Elle n'arrivait toujours pas à croire qu'il ait fait tout ce chemin pour venir la sauver.

— Et si on louait une chambre d'hôtel ce soir ? murmura-t-il. Demain, quand on aura fait notre déclaration, on pourra partir en Californie.

Elle était trop fatiguée pour essayer de le contredire. Mais il fallait qu'elle reste ici. La maison allait avoir besoin de réparations, les cow-boys méritaient une explication, et elle ne s'en irait pas tant que tout cela ne serait pas réglé. Cependant, pour cette nuit, un hôtel lui semblait être la solution idéale.

— Allons-y, répondit-elle en lui souriant.

Et ensemble, ils se dirigèrent vers son camion.

Les trois gardes du corps de Seth avaient assuré qu'ils resteraient dans la maison.

Quand ils arrivèrent devant l'hôtel, il sortit pour faire la réservation puis vint la chercher dans le camion. La chambre ressemblait beaucoup à celle qu'ils avaient partagée avant leur mariage. Une fois qu'ils se furent installés, elle alla prendre une douche et, à sa grande surprise, il vint la rejoindre.

— Donne-moi le shampooing, lui dit-il, après avoir refermé derrière lui la porte vitrée.

Tout naturellement, elle lui passa le petit flacon et il se mit à lui frictionner doucement les cheveux. Quand ils furent lavés, il prit le gel douche et fit sensuellement glisser ses mains sur ses épaules tendues avant de passer à ses bras et ses seins. Le dos appuyé contre son torse musclé, elle savoura les délicieuses sensations qu'il lui procurait, tandis que ses mains poursuivaient leur course vers le bas, toujours plus près de son sexe déjà palpitant de désir. De délicieux frissons la traversèrent quand il l'atteignit. Il la caressa longuement avec le savon, mais au bout d'un moment elle se retourna vers lui et prit le flacon.

Sensuellement, elle frictionna son torse puissant et ses larges épaules, avant de passer à son dos, savourant la sensation de ses mains glissant sur sa peau chaude. Quand elle eut terminé, il lui prit les mains pour les guider vers son sexe érigé. Il était dur comme de la pierre. D'avant en arrière, elle y fit glisser ses mains savonneuses. Elle avait très envie de lui, désormais.

Il l'attira sous le spray d'eau chaude pour rincer son corps et ses cheveux. Elle finit par sortir de la douche pour se sécher, le laissant finir seul de se laver. Mais il ne tarda pas à la rejoindre et à lui reprendre sa serviette pour la frictionner.

Et soudain, il joignit ses lèvres aux siennes. Sa bouche sentait les épices et quelque chose de délicieusement viril. Prenant son visage entre ses mains, il approfondit son baiser, dont la tendresse se changea rapidement en pure passion. Elle sentait les muscles durs et bien dessinés de son torse contre ses seins, son sexe dressé contre son ventre. Après avoir sensuellement modelé ses seins, il consacra son attention à ses tétons durcis de désir, qu'il prit dans sa bouche chaude. Ivre de désir, elle caressait ses larges épaules, faisait glisser ses doigts dans ses beaux cheveux.

La tête penchée en arrière, elle le laissait s'enfoncer plus profondément dans sa bouche, lui offrant un accès total à son corps. Ils étaient désormais seuls au monde. Elle lui rendait son baiser avec une passion semblable à la sienne, tout en cambrant les reins. Son sexe, désormais brûlant de désir, répandait dans son corps une chaleur intense.

D'un coup, il la hissa dans ses bras et commença à avancer vers le lit. Après l'avoir tendrement recouverte du drap, il vint se glisser à côté d'elle.

— Je suis fou de rage contre toi, murmura-t-il en plaçant ses longues jambes musclées sur les siennes.

Après quoi il traça un chemin de baisers de son cou à ses seins.

— Tu as fait quelque chose de vraiment stupide.

Plaçant sa bouche sur l'un de ses tétons, il se mit à aspirer doucement. De sa main libre, il avait entrepris de caresser son autre sein.

— Non, répondit-elle entre deux baisers. Te mettre à l'abri d'une situation qui n'avait rien à voir avec toi et dans laquelle tu aurais pu perdre la vie n'était absolument pas une chose stupide.

Il se hissa au-dessus d'elle. Elle pouvait désormais sentir son sexe dur sur son clitoris.

— Mais essayer d'affronter seule un homme dangereux et armé en était une.

De nouveau, il prit sa bouche…

— Vous êtes bien intrépide, Ally Masters, murmura-t-il contre ses lèvres.

Sa voix était tellement grave, tellement sexy.

Elle n'avait plus envie de parler. Elle avait envie de lui. De son corps et de tout son être. Elle avait envie de l'aimer et de se réjouir de l'idée qu'il était là avec elle. Peut-être pas pour longtemps, mais elle s'inquiéterait de ça plus tard.

Quand, après avoir mis un préservatif, il s'enfonçait en elle, le monde extérieur à la bulle de magie qui les entourait cessait d'exister.

***

Le lendemain matin, après avoir fait leur déclaration à la police, ils retournèrent ensemble au ranch pour déterminer la prochaine étape à suivre. Au moment où ils se garèrent, trois cow-boys vinrent à leur rencontre. Tandis qu'Ally entrait dans la maison pour évaluer les dégâts de la nuit passée, Seth prit des nouvelles du blessé.

— La balle a seulement entaillé la chair, dit Tom. Il a eu de la chance. On a retrouvé l'arme utilisée par Wayne et on l'a remise à la police.

— Très bien. Cette fois-ci, Burris va rester en prison un bon bout de temps. Mais je ne pourrais jamais assez m'excuser que vous vous soyez retrouvés impliqués dans cette affaire.

— Pas de problème. Si on avait su ce qui se passait, on serait venus vous donner un coup de main. On est contents que vous et Mme Ally vous en soyez bien sortis.

— Merci encore, les gars, dit-il avant de serrer la main de chacun d'entre eux. Je vais rentrer, maintenant.

Il la trouva dans la cuisine, à marmonner devant la porte brisée. Le voyant arriver, elle redressa la chaise que Wayne avait fait tomber. Après quoi elle se rendit dans le séjour pour terminer de ranger.

Il n'en revenait toujours pas que ce petit bout de femme ait réussi seul à mettre un grand gaillard comme Burris hors d'état de nuire.

— Les cow-boys ont retrouvé le revolver près de l'écurie. J'imagine que c'est toi qui l'as jeté là.

— J'avais peur qu'il le reprenne et qu'il l'utilise sur quelqu'un d'autre. J'ai eu une occasion de le ramasser quand il était à terre, alors je l'ai saisie, dit-elle en haussant les épaules comme si cela allait de soi. Tout est de ma faute, Seth. Si tu savais comme je regrette.

— Ce n'est pas de ta faute, Ally. Comment peux-tu dire ça ?

— Je le dis parce que c'est vrai. J'ai pris une mauvaise décision en laissant Wayne entrer dans ma vie. Certes, je n'ai jamais eu l'intention de t'impliquer là-dedans, mais quoi qu'il en soit, je l'ai fait.

D'un pas lourd, elle retourna dans la cuisine.

— Je vais devoir racheter une porte, murmura-t-elle en laissant son regard se perdre dans l'ouverture. J'imagine que, maintenant que les choses sont réglées, tu vas rentrer en Californie.

Pris de court, il s'immobilisa. Il ne voulait pas repartir. Il voulait rester ici même avec elle, mais une fois de plus elle semblait pressée de se débarrasser de lui. Avait-elle vraiment envie qu'il parte ? Définitivement ?

— Ally, je voudrais savoir si tu désires que je disparaisse de ta vie pour toujours. Et si oui, pourquoi ?

Elle poussa un lourd soupir avant de le regarder, les larmes aux yeux.

— Le ranch, c'est mon univers. Les vaches et les cow-boys. Les chevaux, le rodéo, les blagues un peu lourdes. On ne fait pas de galas, on ne porte pas de robes du soir, on ne connaît pas la signification de mots comme « prétentieux ». On ne voyage pas en jet privé, on ne vit pas dans des penthouses.

— Ally…

— Tu t'ennuierais. Et tu serais gêné de me présenter à tes amis. On vient de deux cultures différentes qui ne sont pas faites pour se mêler. Et si un jour on avait des enfants, que se passerait-il ? Ça ne peut pas marcher, c'est tout.

— Je vois ce que tu veux dire, tu te trompes. Je t'aime, Ally. Je ne sais pas si c'est important pour toi, mais ça l'est beaucoup pour moi. On réglera les problèmes au fur et à mesure. En se battant pour notre couple. En montrant notre volonté d'être ensemble.

— Tu ne comprends pas…

— Je comprends très bien. Et j'aimerais que toi aussi, tu comprennes.

Comme elle ne disait plus rien, il se passa la main sur la nuque. Il ne s'était jamais senti aussi déçu de sa vie.

— Bon, eh bien je vais à l'aéroport. Tu es sûre que ça va aller ?

— Certaine. La porte est la seule chose à réparer. Et j'ai deux nouveaux chevaux à dresser. Je ne risque pas de m'ennuyer.

Ses beaux yeux verts s'étaient emplis de larmes. Comme si elle était embarrassée, elle se détourna de lui.

— Ally, viens avec moi.

D'un revers de main, elle s'essuya les joues.

— Je ne peux pas. Tu as ton univers, et j'ai le mien. On savait dès le départ que ce mariage ne durerait pas. On en a tiré des bénéfices tous les deux. Je suis contente d'avoir récupéré mon ranch et je suis ravi pour toi. Le centre de recherches va sauver des vies. Nous savons tous les deux que nous vivons dans deux mondes différents. Je n'ai rien d'une mondaine et, même si tu es très doué pour l'équitation, tu restes un garçon de la ville.

Cédant à son instinct, il l'attira dans ses bras et l'embrassa. Elle avait le goût salé de ses larmes. Elle ne voulait pas admettre qu'elle se trompait sur lui. Leurs univers n'étaient pas différents au point qu'ils ne puissent construire un pont pour les unir. Elle lui faisait peut-être confiance, mais elle refusait de baisser la garde. Lentement, il s'écarta d'elle. Elle avait les yeux fermés, le visage tourné vers le sien. Ses traits délicats ne lui avaient jamais semblé aussi beaux. Une larme coula sur sa pommette. Il l'essuya du bout de son pouce.

C'était une situation impossible.

— Prends soin de toi, dit-il.

— Toi aussi.

Comme il n'y avait plus rien à dire, il tourna les talons et commença à avancer vers son camion. Ne lui restait plus qu'à reprendre la route de l'aéroport.

Mais au bout d'à peine dix kilomètres, il s'arrêta sur le bas-côté. Il ne voulait pas partir. Et surtout, il ne voulait pas la quitter. Il avait compris ce que c'était que de vivre avec une femme honnête et loyale. Ces quelques mois passés en sa compagnie, qui lui avaient également permis de voir davantage ses frères et leurs familles, lui avaient montré ce que c'était qu'aimer et être aimé. Pour la première fois de sa vie, il avait le sentiment de faire partie de quelque chose, une famille, et il en était heureux. Son travail et tout ce qu'il avait accompli dans le passé semblaient insignifiants en comparaison. Il avait toujours été un loup solitaire, qui ne restait jamais bien longtemps au même endroit, mais tout à coup, il avait besoin d'un chez-lui et, plus encore, de quelqu'un avec qui le partager. Or, il n'y avait qu'une seule personne qui pouvait rendre cela possible. Il fallait qu'il la pousse à l'écouter. Il fallait qu'il la convainque.

Brusquement, il fit demi-tour. Mais quand il arriva, la maison était vide. D'un pas précipité, il partit donc vers l'écurie. Ce fut évidemment là qu'il la trouva. Assise sur une botte de foin, elle pleurait.

— Hé ! Tu vas saccager le foin avec toutes ces larmes.

Comme une petite fille surprise en train de faire une bêtise, elle se leva d'un bond, s'essuyant les yeux de la main.

— Qu'est-ce que tu fais là ? demanda-t-elle d'une voix brisée.

— J'habite ici. Enfin, si tu m'y autorises.

Comme si elle voulait dire quelque chose, elle ouvrit la bouche, mais finit par secouer la tête.

Doucement, il s'approcha d'elle pour placer sa main sur son épaule.

— Des choses qui semblaient jadis impossibles se produisent parfois. Je suis amoureux de toi, Ally. Je n'aurais jamais imaginé que cela se produirait, mais ça s'est produit. Je veux que tu m'épouses pour de vrai, je veux avoir des enfants avec toi et je veux que tu restes avec moi jusqu'à la fin de ma vie. Ça m'est égal que ce soit ici, en Californie ou autre part, du moment que tu es avec moi. Tu es mon chez-moi. Tu es mon univers. Si tu me laisses une chance, on réussira à faire marcher les choses.

Il se pencha vers elle, plongea son regard dans le sien.

— Qu'est-ce que tu en penses ? Prête à relever le défi ?

— Tu es sûr, Seth ? Tu es sûr que c'est ce que tu veux ?

— Je n'ai jamais été aussi sûr de quoi que ce soit dans ma vie.

Des larmes se remirent à couler sur son visage.

— Alors oui, murmura-t-elle. Oh ! oui.

Ivre de joie, il la serra contre lui, prit son visage entre ses mains, l'embrassa. Il la voulait toujours plus près de lui.

— Je t'aime, Seth Masters, murmura-t-elle contre ses lèvres fiévreuses. Bienvenue chez toi.

SARA ORWIG

Une étreinte parfaite

Traduction française de
FRANCINE SIRVEN

PASSIONS

HARLEQUIN

Titre original :
ONE TEXAS NIGHT…

Ce roman a déjà été publié en 2015.

- 1 -

Penché sur son écran, c'est à peine si Jared Weston comprenait quelque chose aux notes qu'il était en train de taper sur sa tablette. Tout ce qu'il voyait, c'était de grands yeux d'un bleu intense, de longs cheveux blonds et un corps de rêve. Un corps parfait. Six ans de lutte effrénée contre ses souvenirs n'avaient servi à rien. Il n'avait pas oublié une seule seconde de cette nuit avec Allison Tyler. Une nuit parfaite…

C'était en juin, lors d'une réception pour un mariage au country club de Houston, flambant neuf à l'époque. Dans la salle de bal bondée, quelqu'un l'avait bousculé, ce qui avait provoqué une réaction en chaîne : la jeune femme derrière lui avait failli en laisser échapper sa flûte en cristal, mais en fin de compte, elle n'avait fait que renverser dans cette collision la moitié de son champagne.

Plutôt grande, très svelte, elle portait une robe de cocktail bleu ciel sous une veste ultra-courte qui mettait en valeur sa taille. Taille qu'elle avait fine. Une taille parfaite. Quant à la robe elle-même, elle lui arrivait au-dessus du genou et révélait des jambes interminables… parfaites bien sûr.

En un mot comme en cent, cette femme était la perfection incarnée…

Il attrapa une coupe sur le plateau d'un serveur et la tendit à l'inconnue en profitant de l'aubaine pour se noyer dans son regard. Sous ses longs cils ombrés de mascara, ses yeux étaient d'un bleu profond, couleur indigo. Il en fut cloué sur place l'espace d'un instant, alors qu'une sorte de secousse le parcourait, effet d'une attirance aussi intense qu'inattendue.

— Allison Tyler, se présenta-t-elle avec un sourire en lui offrant sa main.

À peine cette main l'effleura-t-elle qu'une salve de picotements lui mitrailla la peau. Il jura en silence et regarda la jeune femme avec plus d'attention. On lui donnait à peu près la vingtaine.

Allison Tyler. Pas de chance !

— Quelle mauvaise nouvelle ! soupira-t-il en répugnant à lui lâcher la main, ce qui, il le savait, serait pourtant inévitable.

— Ah bon ? s'étonna-t-elle. Et pourquoi donc ?

Tout simplement parce que, si elle portait le nom de Tyler, elle ne pouvait être que la sœur de Sloan, le meilleur ami de Jared depuis toujours et le garçon le plus angoissé de la planète… ce que Jared pouvait comprendre. De sorte que, depuis la perte de leur mère et de leur frère Chad dans le crash d'un petit avion de tourisme, Sloan expliquait à qui voulait l'entendre qu'il se faisait un devoir de protéger sa jeune sœur.

— Je pense qu'à ce stade, la sagesse voudrait que je tourne les talons et que je passe mon chemin, déclara-t-il, avant d'ajouter en la voyant le dévisager avec perplexité : Je m'appelle Jared Weston.

Elle écarquilla les yeux un bref instant, puis éclata de rire en resserrant la main autour de la sienne, ce qui le fit tressaillir.

— Ah, mais bien sûr : l'homme défendu ! J'aurais dû te reconnaître, mais ça fait plusieurs années maintenant…

Puis elle recula d'un pas, ce qui permit à Jared de mieux la détailler.

— Comme tu peux le constater, Jared, j'ai changé moi aussi…

Il demeura immobile, captivé. Parmi toutes les femmes qui existaient sur terre, il tombait précisément sur celle qu'il était tenu d'éviter ! La petite sœur de son meilleur ami, tellement plus jeune que lui, en plus ! Pourquoi fallait-il qu'elle fût aussi attirante ?

— Tu as grandi, en effet. Je ne t'avais pas reconnue, moi non plus. Tu es si… si différente de la petite fille que tu étais à sept ans… Et même à douze ans…

Elle sourit encore, l'air amusé.

— J'imagine, oui.

Il s'aperçut qu'il lui tenait toujours la main.

— Si nous devons ne pas nous lâcher, autant aller danser, suggéra-t-il alors. Une danse, une seule ! Sloan n'approuverait pas, mais comment pourrais-je avoir une mauvaise influence sur toi en un seul petit tour de piste innocent ?

— Innocent ? Nous verrons bien, répondit-elle, charmeuse, ce qui fit redoubler les battements de son cœur.

— Allison, tu es le diable, affirma-t-il en secouant la tête, désireux de prolonger ce moment.

— Tu sais, Sloan ne dirige pas ma vie, lança-t-elle. Je suis majeure maintenant. Si nous avons envie de danser tous les deux, dansons et oublions-le.

Elle but une gorgée de champagne, reposa la coupe sur une table et le suivit sur la piste de danse. À peine s'abandonna-t-elle entre ses bras qu'il fut pris de vertiges.

Il tâcha de se ressaisir. En fait, il serait très facile d'oublier Sloan. Certes, celui-ci était toujours son meilleur ami, mais ne s'étaient-ils pas un peu perdus de vue ces derniers temps ?

— Tu habites encore Dallas ? interrogea-t-il.

— Plus tellement. J'ai dix-huit ans et je viens d'entrer à l'université du Texas, à Austin. C'est là-bas que je vais vivre désormais.

— Moi, j'en ai vingt-quatre, répondit-il. Comme se plaisait à me le répéter ton frère, je suis donc nettement plus âgé que toi.

— Un homme plus âgé… répéta-t-elle, les yeux pleins de malice. Cela ne t'en rend que plus fascinant.

Il prit une inspiration et lui sourit tout en s'efforçant d'apaiser sa conscience. Après tout, quel mal y avait-il à esquisser quelques malheureux pas de danse avec la petite sœur de son meilleur ami ?

— Attention à ne pas jouer avec le feu, Allison ! lui souffla-t-il néanmoins.

— Et si ça m'amuse, moi, de jouer avec le feu ? contra-t-elle avec une délicieuse moue de défi. Je refuse de me plier aux diktats de mon surprotecteur de frère ! Depuis la disparition de maman, il se comporte plus en père que mon père lui-même ! Oh ! et puis, assez parlé de Sloan ! Il est loin, il vit à Dallas, dans son monde…

— N'empêche que moi, j'ai quelques scrupules, persista Jared. Il m'a quand même bien mis en garde, et je te rappelle que c'est mon meilleur ami.

— Je pourrais peut-être te faire oublier ce détail, répondit-elle d'un ton espiègle en se pressant contre lui.

— C'est déjà fait, figure-toi ! lui signifia-t-il en luttant pour ne rien laisser paraître de son trouble croissant. Je te rappelle que nous sommes en train de danser ensemble, Allison, alors qu'en théorie, il doit toujours y avoir au moins cent mètres de distance entre nous…

— Bah, je n'ai peur ni de toi ni de Sloan. Et puis, toi qui aimes t'amuser, tu ne vas pas nier que cette réception est devenue tout à coup nettement moins ennuyeuse…

— Non, je ne le nie pas, c'est vrai, acquiesça-t-il en resserrant le bras autour de sa taille minuscule.

Était-ce le goût de l'interdit qui la rendait si désirable ? Elle était si jeune, presque une enfant encore, en première année de fac ! Lui, de son côté, avait terminé ses études deux ans plus tôt. Autant dire qu'il était beaucoup trop vieux pour elle. Seulement, elle avait un petit côté envoûtant qui lui retirait l'envie d'écourter cette soirée comme il en avait eu l'intention avant de croiser son regard.

— Nous allons donc faire en sorte d'oublier mon frère, décréta-t-elle. Je suis majeure et vaccinée, parfaitement apte à prendre soin de moi-même.

Il aurait dû rester sourd à ces mots et garder Sloan à l'esprit. Au lieu de cela, il choisit d'effacer son meilleur ami de son cerveau et sa culpabilité disparut comme par enchantement.

L'orchestre enchaîna sur un morceau plus rythmé et la jeune femme ouvrit sa petite veste bleue, révélant le décolleté saisissant de sa robe à fines bretelles. Sur une impulsion, Jared tendit la main et retira les épingles de son chignon, libérant ainsi sur ses épaules une cascade de cheveux blonds très clair. Il retint son souffle, électrisé.

Allison ondulait devant lui et la volupté de ses mouvements ne faisait qu'enflammer ses sens encore davantage. À l'évidence, elle était consciente de l'effet qu'elle produisait sur lui et semblait s'en réjouir.

Il y eut ensuite un slow et il n'hésita qu'un bref instant avant de l'attirer contre lui. Lorsqu'il ferma les yeux, des parfums mêlés de jasmin et de fleur d'oranger lui montèrent aux narines et la danse au tempo lancinant prit vite des allures de supplice. Doux, chaud, sensuel, le corps féminin se lovait contre le sien, lui donnant envie de mordre sa chair pulpeuse. Quel goût avait-elle ? Et comment Allison réagirait-elle ?

Ils sortirent à la fin du slow et allèrent s'asseoir sur la terrasse. Il faisait nuit et ils se mirent à flirter gentiment tout en sirotant du champagne. Justement, quel fut le rôle de ce champagne dans ce qui s'ensuivit ce soir-là ? Jared aurait aimé pouvoir tout mettre sur le compte des petites bulles, mais non, l'alcool n'y était pour rien, il le savait. Dès le premier regard, le désir était né entre eux et il avait fait des étincelles.

Vers 1 heure du matin, elle voulut rentrer à son hôtel et il la raccompagna. Ils firent une halte au bar devant un dernier verre, puis gagnèrent sa chambre. Il y entra avec elle et, à peine la porte refermée, l'enlaça pour l'embrasser avec passion.

Baiser torride auquel elle répondit avec une fièvre au moins égale à la sienne. Alors, le feu qui coulait déjà dans ses veines devint un torrent de lave. Lui qui avait décidé d'échanger deux ou trois baisers et de prendre congé, merci et bonne nuit, il en était pour ses frais. La raison n'avait plus son mot à dire, il l'avait perdue en rencontrant les lèvres d'Allison. Une passion brute avait alors pris possession de lui et la jeune femme n'avait pas été en reste. Il avait eu envie d'elle comme jamais d'aucune autre femme. Il était devenu impossible de lutter. Il avait capitulé.

Découvrir qu'elle était vierge fut un choc qui refroidit brièvement ses ardeurs. Il voulut interrompre leurs ébats, mais elle lui noua ses jambes sublimes autour des reins et le supplia. Il était perdu, il n'eut pas le courage de dire non. Alors il lui fit l'amour et découvrit une femme exaltée, une partenaire pleine de fougue et d'ardeur. Il comprit dès lors qu'il ne pourrait jamais l'oublier.

Plus tard, ils passèrent sous la douche ensemble et firent de nouveau l'amour. Là, il procéda avec lenteur, déploya pendant plus d'une heure des trésors de douceur, cherchant à faire de ce moment un souvenir précieux pour elle et se consacrant exclusivement à son plaisir.

Telle une flamme, elle allumait en lui un incendie qui le dévorait tout entier. Aux premières lueurs du jour, il était en cendres, épuisé, lessivé.

Mais la raison devait les rattraper.

Ils le savaient l'un comme l'autre, ils ne pourraient se revoir. Allison devait penser à ses études, lui à sa carrière qui débutait, et surtout, il y avait Sloan : l'ami que Jared n'imaginait pas blesser, le frère qu'Allison adorait.

Aussi décidèrent-ils que cette nuit, cette nuit magique, resterait leur secret.

À la porte de la chambre d'hôtel, il lui donna un tendre et dernier baiser, avant de disparaître…

Jared inspira profondément et s'essuya le front du revers de la main pour effacer ces souvenirs qui le hantaient depuis six ans. Puis il se leva, abandonnant son iPad et ses notes sur le bureau. Il suffisait d'un rien pour que chaque détail de cette nuit avec Allison resurgisse, intact, comme si c'était hier.

Ils n'avaient jamais cherché à se revoir. Durant toutes

ces années, chacun d'eux avait respecté la promesse qu'ils s'étaient faite et gardé le secret. Jared avait croisé Sloan à plusieurs reprises dans des réceptions données au bénéfice d'associations humanitaires, dans les tribunes de stades de foot, à des spectacles de rodéo… Parfois même, ils avaient participé par hasard aux mêmes réunions pour leurs affaires respectives et, plus récemment encore, s'étaient retrouvés à un « club des petits déjeuners ». Mais jamais, à aucune de ces rencontres, ils n'avaient évoqué Allison.

La dernière fois qu'il l'avait croisé, Sloan avait néanmoins fait une vague allusion au prochain mariage de sa sœur avec un garçon que Jared ne connaissait pas. La nouvelle avait provoqué chez lui comme une décharge électrique, une vive douleur, ridicule, qu'il s'était empressé de réprimer. Cette Allison n'était rien pour lui. Une aventure d'un soir, quelques heures de passion torride qu'ils avaient ensuite ensevelies sous des années de silence.

Mais une aventure dont, à cet instant précis, il se rappelait chaque seconde… Sa mémoire impitoyable lui jouait et lui rejouait le même film, il revivait les sensations de ce corps si doux contre le sien, sentait de nouveau ses tremblements, sa chaleur, son ardeur…

Jared se posta devant la baie vitrée. Il se trouvait au dernier étage de la tour de sa société, Weston Energy, et la ville de Dallas s'étendait à ses pieds. Au loin, deux drapeaux flottaient, battus par la brise de mars. Comme il aurait aimé ordonner au vent d'emporter ses souvenirs !

Malgré toute sa bonne volonté, il n'était pas près d'oublier Allison, décidément.

D'autant qu'il la verrait sous peu. Il avait fait appel aux services de Tyler Antiquités & Expertise et venait juste d'apprendre que ce serait elle qui interviendrait pour faire le travail.

Elle était de retour dans sa vie.

*
**

Trente minutes plus tard, vêtu de son costume taillé sur mesure, visage impassible et allure ultra-professionnelle, Jared pénétra dans le restaurant du centre de Dallas qui était un peu son QG. Son ami Ryan, le plus jeune et le plus grand des fils Delaney, l'attendait déjà, installé à leur table habituelle. Jared lui serra la main et Ryan le dévisagea avec son sourire communicatif.

— Eh bien, comment va la vie ? lui demanda-t-il.

— Plutôt bien, répondit Jared. Et chez les Delaney ?

— Ma foi, Will reste fidèle à lui-même et chouchoute sa femme, et quant à Caroline, elle n'a d'yeux que pour son petit frère.

— Et le globe-trotter de la famille ? Comment vit-il le mariage ?

— Tu ne le reconnaîtrais pas ! affirma Ryan en riant. Un vrai rond-de-cuir, scotché à son bureau de 9 à 17 heures, doublé d'un papa poule dingue de sa fille Phoebe, qui a neuf mois.

— Zach faisant du travail de bureau à longueur de journée, j'ai du mal à l'imaginer, en effet. Bon… En fait, je t'ai fait venir pour te parler de la propriété de Houston.

— Encore ?

Le serveur choisit cet instant pour se présenter à leur table et les deux amis passèrent commande. Puis Jared considéra son interlocuteur avec gravité.

— Ryan, il s'agit de l'héritage laissé par ton père.

— Oui, je sais bien… Cet héritage que papa t'a légué s'inscrit dans l'amitié qui unissait nos pères respectifs.

— Une amitié qui remonte au temps où ils étaient tous les deux des gros bras qui transpiraient sur les champs de pétrole. Et puis il y a eu cet incendie, sur un puits, et ton père a sauvé la vie au mien. Le don de cette propriété était juste une façon pour papa d'exprimer sa gratitude.

— Peut-être, mais moi, je n'ai rien à voir avec tout ça.

— Papa l'a bien stipulé dans son testament : en cas de décès de ton père, la propriété reviendra à ta famille.

Jared hocha la tête, vaguement contrarié.

— Bon… Mais comme tu le sais, j'ai demandé à Tyler Expertises de venir estimer le mobilier et les œuvres d'art que renferme la maison. Il y a peut-être quelque chose que vous aimeriez récupérer…

— Comme tu as insisté, j'ai reposé la question à ma famille. Tout le monde m'a donné la même réponse : nous ne voulons ni de la propriété ni de ce qu'elle renferme. Nous n'avons jamais mis les pieds dans cette maison, cet endroit ne représente rien pour nous…

Ryan conclut d'un haussement d'épaules et sourit avec sa nonchalance habituelle.

— Non, reprit-il. Papa nous a légué bien assez de choses comme ça. Cette propriété vous revient à vous, je t'assure, et cela nous fait très plaisir.

— Eh bien, c'est très généreux de votre part ! Sache que j'apprécie le geste !

— Au téléphone, tu m'as dit que tu avais sollicité Herman Tyler pour procéder à l'estimation. Or tu possèdes aujourd'hui ta propre société d'expertises, en plus du groupe Weston Energy. Pourquoi confier le job à Herman ?

— C'est le meilleur expert sur le marché. Je lui ai encore fait une offre pour racheter sa boîte et fusionner nos deux sociétés, tout en lui laissant la gestion de la sienne, mais il a refusé de vendre. En fait, si j'ai acheté ma propre société d'expertises, c'était dans l'espoir de le convaincre de travailler pour moi. Mais rien à faire, il ne veut pas… Ce qui ne m'empêche pas de maintenir mon offre pour l'avenir, on ne sait jamais…

Jared s'interrompit, saisi d'une interrogation soudaine.

— Mais dis-moi, reprit-il, puisque nous parlons de la propriété et de ses objets d'art, tu es vraiment sûr que Sophia ne serait pas intéressée par certains tableaux ?

Sophia était la demi-sœur de Ryan et elle était artiste peintre.

— Non, ce genre d'art ne la touche pas et elle ne veut rien avoir à faire avec cette propriété. Pour la centième fois, je te le répète, aucun de nous ne veut quoi que ce soit.

— Mais je projette de vendre ! insista Jared pour en avoir le cœur net et s'assurer que les Delaney n'aient pas de regrets par la suite.

— Et si tu ne vends pas, tu auras affaire à moi ! s'exclama Ryan, avant de répéter en prenant une voix mécanique : Non merci, Jared, nous ne voulons rien, ni le domaine, ni ses trésors.

Jared poussa un soupir.

— Bon… eh bien, puisque c'est comme ça, parlons d'autre chose…

— Bonne idée ! Tu sais que je participe au rodéo de Forth Worth ce mois-ci ? Sur taureau. Et toi, tu te sens d'attaque pour relever le défi ?

Jared s'amusa de l'air narquois de son ami.

— Bien sûr, acquiesça-t-il avec un sourire. Et cette fois, crois-moi, je compte bien te battre !

— On verra ça. Si on pariait ? Voyons… Cent dollars, plus un hamburger et une bière pour le vainqueur ?

— Tope là !

Ryan lui tapa dans la main avec empressement.

— Formidable ! s'exclama-t-il, visiblement ravi. J'ai hâte de te faire mordre la poussière. En fait, toi et moi, on se ressemble comme deux frères, ajouta-t-il en reprenant un peu son sérieux.

— Des rebelles comme on n'en fait plus, confirma Jared, qui aiment la vie à l'état brut.

— Exactement. Nous détestons l'un comme l'autre regarder en arrière et, pire encore, avoir des regrets. Et nous chérissons notre statut de célibataires…

— Je suis entièrement d'accord avec ça, acquiesça Jared.

Le repas se déroula dans une atmosphère bon enfant, puis les deux amis se séparèrent. En retournant à son bureau, Jared repensa à sa décision de faire appel à Tyler Antiquités & Expertises pour estimer la propriété de Houston. Avait-il bien fait ? Au téléphone avec Herman Tyler, il avait été pris de court. Quel choc, en effet, quand ce dernier lui avait révélé que c'était désormais Allison, sa fille, qui dirigeait cette activité au sein de l'entreprise !

Allison Tyler ! LA femme avec laquelle il tenait par-dessus tout à garder ses distances. Il aimait trop Sloan, son frère, pour risquer de briser leur amitié. Or Sloan avait été formel : il lui avait demandé instamment de ne pas approcher de sa sœur. Pourquoi ? Parce qu'il n'appréciait pas la vie que menait Jared et ne cachait pas son mépris pour les belles filles à l'esprit creux qui se succédaient dans le lit de ce dernier. Il savait Jared incapable de s'attacher et ne voulait pas voir souffrir sa sœur. Celle-ci ne viendrait pas gonfler le tableau de chasse de son ami, c'était hors de question, un point, c'est tout.

Jared comprenait. Il était vrai qu'il n'avait pas un tempérament fidèle. En outre, il avait le goût du risque, et cela non plus, Sloan ne l'appréciait pas : un vrai casse-cou, toujours à se lancer dans des défis insensés. Le grand frère soucieux du bonheur de sa sœur voyait pour elle un meilleur parti.

Il en était là de ses réflexions quand son téléphone sonna. Il sortit son portable et sourit, amusé : le numéro de Sloan s'affichait à l'écran. Il décrocha, non sans un vague sentiment de culpabilité.

— Je viens de parler à mon père, commença Sloan sans préambule. Il paraît que tu as besoin de ses compétences ?

— Tout à fait. J'avais déjà fait appel à lui il y a deux ou trois ans et je me souviens qu'il avait fait de l'excellent travail.

— C'est le meilleur ! affirma Sloan avec un sourire dans la voix. Mais je suppose qu'il t'a expliqué que c'est désormais Allison qui s'occupe de ce secteur…

— Oui, oui, en effet.

— Dans ce cas, tu sais pourquoi je t'appelle : tu es un tombeur, mon ami. Tu attires les femmes comme le miel attire les mouches. Et tu ne résistes pas au plaisir de mettre ces demoiselles dans ton lit. Ce n'est pas ta faute, je ne te juge pas… N'empêche que je ne veux pas que tu approches ma sœur !

— Si ça peut te rassurer, répondit Jared, la gorge un peu

nouée, je sors avec une fille en ce moment, j'ai tout ce qu'il me faut, Allison n'a rien à craindre…

— Eh bien, cela ne me rassure pas du tout, figure-toi. Quelle que soit l'heureuse élue, elle aura disparu au bout de trois mois.

Deux mois et trois semaines exactement, rectifia Jared en son for intérieur. Il s'abstint cependant de révéler à son ami qu'il avait rompu la veille avec Dawn Rainsford : Sloan n'avait pas besoin de connaître les détails de sa vie sexuelle.

— Ne t'en fais pas, Sloan, insista-t-il. Ta sœur sera là pour le travail et pour rien d'autre. J'ai ma vie, j'en suis très satisfait, et je ne vais pas risquer de perdre mon meilleur ami en m'amusant avec sa petite sœur. Une petite sœur qui doit avoir grandi, j'imagine… C'est une femme, elle n'a pas besoin que l'on veille sur elle comme tu le fais.

— C'est une femme, mais je suis son frère et c'est mon devoir de la protéger, surtout quand je connais le danger ! Tu sais, elle a changé : ce n'est plus la petite peste que tu as connue. Quel âge avait-elle la dernière fois que tu l'as vue ? Ce devait être à mon mariage, donc, elle avait quinze ans. Bref, je t'interdis de jouer les séducteurs avec elle.

— Cette conversation est ridicule, Sloan, assura Jared avec impatience. Ta sœur est un bébé pour moi, elle ne m'intéresse pas.

— Oh que non, ce n'est plus un bébé ! C'est devenu une beauté, et je te connais, tu ne résisteras pas. Alors écoute-moi, tiens-toi à distance. Elle est sensible, je n'ai pas envie de la ramasser à la petite cuillère parce qu'elle aura eu le cœur brisé par toi, comme tant d'autres.

— Je te dis que ça ne risque pas d'arriver ! protesta encore Jared, agacé.

— Dis-moi, tu sors toujours avec la star de cinéma ?

— Plus ou moins… éluda-t-il. Bon, d'après ton père, ta sœur n'aura besoin de ma présence qu'un ou deux jours. Ensuite, je quitterai les lieux et je la laisserai s'occuper seule de la liquidation. Alors tu vois, il n'y a pas d'inquiétude à avoir.

Un long silence s'ensuivit et Jared leva les yeux au ciel, sans toutefois manifester son impatience.

— Entendu, Jared, finit par soupirer Sloan. Alors, pour finir, sache que Allison est surbookée, qu'elle aide papa et qu'elle sort avec un type qu'elle compte épouser. D'ailleurs, à cette heure, elle est sans doute déjà fiancée à ce Phillip Blakely.

— Je m'en réjouis pour elle ! commenta Jared. Et à part ça, comment vont Leah et les trois petits Tyler ?

— Tout le monde va bien, merci. Tu n'imagines pas le bonheur que c'est d'avoir la chance d'épouser la femme de ta vie ! Et les enfants sont merveilleux. Je te souhaite que celle que tu fréquentes en ce moment soit l'heureuse élue…

— Ne t'en fais pas pour moi, Sloan, fit Jared avec un petit rire. Allez, à bientôt…

Il poussa un soupir en raccrochant. Selon toute vraisemblance, son ami reviendrait à la charge avec la même insistance lorsqu'ils se reverraient pour la réunion mensuelle du club des petits déjeuners…

Il secoua la tête. Sloan devenait un dragon cracheur de feu dès qu'il était question de sa sœur, ce qui était absurde. Allison devait avoir vingt-quatre ans à présent. Or, à dix-huit déjà, elle était parfaitement mature et indépendante, apte à prendre soin d'elle-même. Sloan, qui était désormais à la tête d'une entreprise et père de famille, ferait mieux de lâcher du lest en ce qui la concernait. Mais non, il était comme ça, toujours à s'inquiéter pour ses proches, incapable de prendre ses distances. Tel un aigle, il planait en permanence au-dessus d'Allison, mais aussi de son père, même si ce dernier avait recouvré ses forces depuis son infarctus.

Certes, Jared avait envisagé, l'espace de quelques secondes, de se passer des services de Tyler Antiquités & Expertises lorsqu'il avait compris qu'il devrait travailler avec Allison. Toutefois, Herman était un proche, doublé d'une sommité dans le domaine de l'art et des objets anciens, et Jared s'était réjoui que ce soit l'entreprise de cet expert qui procède à l'expertise de la propriété de Houston. Jared se voyait mal revenir en arrière et lui expliquer qu'il préférait finalement se passer de ses services. Il avait survécu à une nuit avec Allison ; il survivrait bien à quelques jours de travail avec elle…

De retour à son bureau, Jared consulta son agenda et se réjouit de n'y trouver aucune obligation importante dans les deux semaines à venir. Il demanderait à sa secrétaire de réorganiser son emploi du temps de manière à ce qu'il puisse se rendre à Houston quand bon lui semblerait… et même y rester quelques jours si l'envie lui en prenait.

Allison pensait-elle à lui de temps en temps ? se demanda-t-il malgré lui. Se souvenait-elle de cette lointaine nuit partagée comme d'un moment précieux ? Allons, il était ridicule de se poser ce genre de questions. Si elle était amoureuse et fiancée, comme le lui avait confié Sloan, il fallait se faire une raison une bonne fois pour toutes et oublier cette femme. Néanmoins, il était difficile de résister à la curiosité. À quoi ressemblait-elle aujourd'hui ?

- 2 -

Allison Tyler examina avec attention la petite figurine qu'elle tenait à la main et la retourna pour déchiffrer les initiales et le numéro gravés sur le socle. Avec son téléphone, elle en prit alors une photo, qu'elle expédia en premier lieu à son père, puis sur son propre iPad, avant de rédiger quelques notes sur sa tablette. Procéder à un inventaire d'œuvres d'art était un plaisir pour elle, malgré l'aspect rébarbatif du catalogage, qui était indispensable pour que son père pût expertiser chaque objet dans les meilleures conditions.

Depuis le coup de fil de Jared à son père, des sentiments mitigés l'agitaient. La propriété dont Jared avait hérité et qu'il souhaitait vendre renfermait, disait-on, des objets anciens et des œuvres d'art de grande valeur, ce qui faisait de cette mission une occasion exceptionnelle pour les Tyler de mettre leurs talents à profit. Par le passé, c'était son père qui avait travaillé directement avec Jared : entre autres marottes, Jared était un fervent chasseur d'épaves et, par deux fois, il avait rapporté de ses explorations dans le golfe, au large des côtes de l'Alabama, quelques objets précieux.

Jared. Elle ne cessait de penser à lui…

Jusqu'à cette réception d'il y a six ans, à laquelle ils avaient été invités tous les deux, elle n'avait jamais prêté grande attention au meilleur ami de son frère. Ce soir-là, en revanche, elle avait été comme frappée par la foudre. Comment n'avait-elle pas remarqué plus tôt à quel point Jared était beau et séduisant ? Autant dire qu'elle n'avait pas pu résister au plaisir de flirter avec lui. Elle avait senti son cœur battre comme jamais en bavardant avec lui et il avait suffi de quelques heures pour que cette révélation s'impose à elle : jamais elle n'avait connu homme plus troublant et plus excitant.

La nuit entre ses bras avait été magique et elle ne regrettait pas d'avoir cédé si vite à ses avances. Elle savait que son frère n'aurait pas approuvé, mais que faire ? Il lui avait bien recommandé de ne pas s'approcher de son meilleur ami, mais qu'y pouvait-elle si c'était le hasard qui s'était chargé de les rapprocher ? Sloan l'avait qualifié de « serial-séducteur », comme il disait, de risque-tout accro à l'adrénaline, fan d'escalade, de rodéo, de rafting sur torrents furieux, d'aventures extrêmes et surtout, surtout, grand amateur de belles femmes.

Mais à dix-huit ans à peine, comment aurait-elle pu résister à tant de beauté et de charme ? Lorsqu'elle avait plongé le regard dans les yeux si verts de Jared, elle s'était sentie attirée par lui comme un papillon de nuit par la lumière. Il lui avait fait la cour avec une assurance et une décontraction qui avaient affolé ses sens et elle avait ensuite fondu sous ses baisers et ses caresses.

Bien sûr, le lendemain matin, la raison avait repris ses droits. Son frère avait raison, elle ne pouvait décemment pas s'engager avec un tel coureur de jupons. D'autant qu'elle venait tout juste d'entrer à la fac. Pour mener ses études, elle avait besoin d'une vie simple, sans histoires, sécurisante, et ce ne serait sûrement pas avec un risque-tout comme Jared qu'elle l'obtiendrait. Que se passerait-il, par exemple, si cet homme auquel elle se serait profondément attachée perdait soudain la vie en jouant avec le feu ? Elle avait déjà subi un chagrin dévastateur quand sa mère, aux commandes de son petit avion, était allée braver une tempête sur le golfe et s'était tuée dans un crash en emportant dans la mort l'autre frère d'Allison. Non, il n'était pas question d'être de nouveau confrontée à ce genre de douleur déchirante.

Et puis, il y avait Sloan. S'il apprenait ce qu'elle avait fait cette nuit-là, même six ans plus tard, on ne pouvait douter qu'il couperait tous les ponts avec Jared et mettrait un terme à une amitié de vingt ans. Non, elle ne voulait pas avoir cela sur la conscience.

Voilà pourquoi elle avait tenu bon et n'avait jamais tenté de revoir Jared.

Voilà pourquoi elle avait essayé de l'oublier. Sauf que l'on ne pouvait effacer de sa mémoire un être aussi beau, aussi charismatique, aussi… délicieux que Jared Weston. Oui, cette fameuse nuit, même si elle s'était toujours efforcée de ne plus y penser, avait été délicieuse…

Aujourd'hui, avec les années, elle avait gagné en sagesse. Ce qu'elle avait fait à dix-huit ans, elle ne le referait plus. D'abord parce que son père était cardiaque et qu'elle ne voulait pas lui causer la moindre inquiétude. Et puis parce qu'une sourde colère bouillonnait en elle. Après l'infarctus de son père, Jared avait en effet cherché à racheter Tyler Antiquités & Expertises. Son père avait refusé de vendre, mais Jared était revenu à la charge après avoir acquis une autre société d'expertises, en suggérant de faire fusionner les deux tout en laissant Herman Tyler diriger la sienne comme avant. Très attaché à cette société qu'il avait créée, ce dernier avait encore refusé et Jared avait alors laissé entendre que l'offre demeurait valable. Les choses en étaient restées là et son père n'en avait plus reparlé, mais elle espérait que Jared, en hommes d'affaires avisé qu'il était, n'était pas en train de manigancer autre chose pour parvenir à ses fins.

Allison poussa un soupir. Le souvenir de sa première nuit d'amour lui revenait sans cesse depuis qu'elle savait qu'elle allait revoir Jared. Le trouverait-elle toujours aussi séduisant ou serait-elle déçue ? Le temps embellissait les souvenirs, c'était connu.

De toute façon, mieux valait qu'il la déçoive, puisqu'il s'apprêtait de toute façon à se fiancer. Sloan avait bien fait de l'en avertir. Dès lors, elle n'avait pas le choix : elle serait obligée de garder ses distances.

Elle était arrivée la veille dans la prestigieuse propriété de Houston : ce manoir de trois étages, qui s'élevait fièrement au milieu d'un parc laissé à l'abandon, avait des allures de château médiéval, avec ses tourelles, son chemin de guet et ses fenêtres en plein cintre. Elle comprenait que Jared envisage de le vendre : elle-même ne s'imaginait pas vivre dans une propriété pareille, trop gigantesque et d'aspect trop austère.

Le maître des lieux n'était pas encore là et ni la gouvernante, Mme Tarkington, ni la cuisinière, qui s'était présentée sous le nom de Marline, ne semblaient savoir quand il arriverait. Allison n'avait cependant pas besoin de lui pour commencer. En réalité, elle était même soulagée qu'il ne soit pas là. En une matinée, elle procéda à l'estimation et étiqueta le mobilier des six premières pièces, envoyant dans la foulée les descriptions et les photos à son père. Elle avait décidé de commencer par les chambres pendant que Jared n'était pas là. Elle n'avait pas envie de prendre le risque de se retrouver en tête à tête avec lui dans une chambre à coucher, même s'ils sauraient l'un comme l'autre se comporter en êtres civilisés. Cependant, l'estimation demandait plus de temps que prévu et, à midi, il restait encore plusieurs chambres à expertiser.

Elle s'arrêta devant un miroir entouré d'un cadre doré à la feuille et observa son reflet. Six ans qu'elle n'avait pas vu Jared. La trouverait-il changée ? À coup sûr, il n'en saurait rien, puisqu'il l'aurait oubliée ! Elle jeta un regard critique à son apparence. Chino noir, chemisier noir, chignon pincé sur le haut de la tête. Elle fixa quelques mèches blondes récalcitrantes, puis gagna un petit salon de l'étage pour poursuivre sa besogne.

Quelques minutes plus tard, un léger bruit lui fit relever la tête. Jared se tenait à la porte, appuyé nonchalamment au chambranle, aussi imposant et sûr de lui que dans ses souvenirs. Vêtu d'un costume bleu marine, d'une cravate assortie et de santiags, il était… à tomber par terre.

Il lui sourit et elle sentit son cœur s'accélérer. Des boucles de cheveux noirs auréolaient son visage et l'éclat envoûtant de ses yeux verts n'était en rien une exagération de sa mémoire.

En un éclair, les six dernières années se dissipèrent et elle se souvint de tout comme si c'était hier. Si elle avait imaginé que le temps aurait affadi la beauté insolente de son amant magnifique, elle s'était mis le doigt dans l'œil.

Un violent frisson la parcourut et elle eut l'impression de suffoquer. Ces réactions physiques, bien plus intenses qu'elle n'aurait cru, elle s'en serait bien passée. Elle eut brusquement un flash, se revit nue entre ses bras, brûlante de fièvre contre son corps puissant.

— Alors, comment se sont passées ces six dernières années ? lança-t-il en entrant dans la pièce.

Elle sentit ses joues s'embraser et remercia le ciel qu'il ne pût entendre les battements frénétiques de son cœur. À son grand désarroi, sa température était montée de plusieurs degrés. Elle prit une profonde inspiration et se donna une contenance, soucieuse de ne pas trahir son émotion.

— Ma foi, j'ai été très occupée, et je suis sûre qu'il en a été de même pour toi. Hé, il fait chaud ici, non ? ajouta-t-elle pour expliquer ses joues qui avaient dû virer au cramoisi.

— Tu as raison, répondit-il de cette voix profonde dont elle se souvenait si bien.

Alors elle prit conscience que les prochains jours risquaient de représenter une épreuve bien plus ardue qu'elle ne se l'était imaginé.

Une épreuve, ou un plaisir ? lui susurra une petite voix intérieure.

— Mieux vaut que je me débarrasse de cette veste, ajouta-t-il.

Joignant le geste à la parole, il posa sa veste sur le dossier d'un fauteuil, puis ôta sa cravate, avant de déboutonner le col de sa chemise blanche. Ce début de strip-tease laissa Alisson sans voix. Elle se demanda s'il n'allait pas retirer sa chemise, à présent, et si elle serait autorisée à promener ses mains sur…

Elle s'interrompit dans ses pensées, honteuse. Déjà, il s'avançait vers elle et venait s'emparer de sa main gauche, qu'il retourna dans la sienne.

— Pas de bague de fiançailles ? fit-il. Sloan m'a pourtant affirmé que…

Elle éclata d'un rire qui la détendit un peu.

— Mon dragon de frère est toujours aussi protecteur avec sa petite sœur ! s'exclama-t-elle. Et pour lui, tu restes le diable incarné. Non, je ne suis pas fiancée…

Un peu agacée, mais pas vraiment surprise, elle pesta intérieurement contre son frère, mais se força à rester concentrée sur la conversation, ce qui se révélait très difficile avec la main de Jared qui la tenait toujours en effectuant un très léger mouvement de va-et-vient du pouce. Un effleurement quasi insoutenable…

— J'ai beau avoir vingt-quatre ans, reprit-elle dans l'espoir de maîtriser son trouble, Sloan ne peut s'empêcher de jouer les chaperons.

— De mon côté, il m'a clairement fait comprendre que je devrais garder mes distances, renchérit Jared.

— Du coup, tu n'es pas sur le point de te fiancer, toi non plus ?

Jared eut un large sourire qui permit à Allison d'admirer l'éclat de ses dents.

— Quel sacré menteur, ce Sloan ! Non, je ne suis pas fiancé du tout. Et ce n'est pas pour tout de suite, crois-moi !

— J'aurais dû m'en douter… soupira-t-elle.

Elle en avait conscience, elle aurait dû maintenant amener cette discussion sur le mode professionnel, mais la tentation était si forte de flirter avec lui ! Aussi forte qu'en cette nuit magique, six ans plus tôt. Elle retira sa main, non sans regrets.

— Cette propriété est remplie de trésors, fit-elle remarquer, changeant de ton.

— Et si tu faisais une pause ? suggéra-t-il sans répondre. Allons boire un verre et nous parlerons de ce que j'attends de toi. Sur le plan professionnel, bien sûr.

Ne sentit-elle pas à cet instant comme une pointe de déception face au sérieux qu'il affichait tout à coup ?

— D'accord, acquiesça-t-elle.

Elle allait elle-même lui expliquer en quelques mots

comment elle envisageait son intervention. Ainsi, songea-t-elle, peut-être la laisserait-il travailler seule. Elle projetait d'étiqueter les objets à vendre, puis de les recenser dans une brochure qui serait distribuée aux clients. Son père, de son côté, s'occuperait des expertises. Elle aurait terminé son inventaire d'ici deux semaines, trois au maximum.

— Je préfère entendre tes instructions de vive voix, ajouta-t-elle, plutôt que de me contenter de ce que m'a rapporté mon père…

— Tu aurais pu m'appeler, déclara-t-il alors d'un ton léger.

Elle frissonna à ces mots, puis comprit que c'était de ces satanées instructions qu'il parlait.

— Il était convenu de nous retrouver ici, alors c'était inutile. Mais ce que je ne comprends pas, c'est pourquoi tu as fait appel à mon père, alors que tu possèdes ta propre société d'expertises aujourd'hui, demanda-t-elle sans détour.

— Parce que ton père est le meilleur. Je suis très satisfait de ma société, mais ton père reste l'expert le plus compétent que je connaisse.

— Merci pour lui ! Je le pense aussi, répondit-elle froidement en songeant à la tentative de rachat menée par Jared. Papa adore son métier, il a créé sa boîte tout seul et il compte bien continuer à la faire tourner aussi longtemps que sa santé le lui permettra.

— C'est très bien ! se contenta de commenter Jared. Mais dis-moi, demanda-t-il une nouvelle fois, à quoi as-tu occupé ces six dernières années ?

Ils suivaient à présent un large couloir décoré de statues et de tableaux anciens. Cette maison était sublime, songea Allison, mais avec le silence qui y régnait et l'absence de vie à l'intérieur, on se serait cru dans un musée.

— J'ai obtenu mon diplôme à l'université des beaux-arts, puis j'ai fait des stages pratiques et travaillé dans différents musées. L'an dernier, quand mon père a eu son infarctus, je l'ai rejoint. On lui a conseillé de vendre la société, mais il s'y est refusé, comme tu le sais. J'ai donc pris en charge tout ce qui concerne le travail sur le terrain et papa reste désormais au bureau.

— Je suis désolé pour ce qui lui est arrivé. Il excelle dans ce qu'il fait, et j'ai toujours aimé travailler avec lui.

— C'était réciproque, je crois. En tout cas, jusqu'à présent, les affaires continuent d'aller plutôt bien, dit-elle, soucieuse d'échapper au trouble que créait en elle la proximité de Jared alors qu'ils descendaient côte à côte l'escalier menant au vestibule principal. À toi, maintenant : qu'as-tu fait pendant toutes ces années ?

— La même chose que je faisais avant notre rencontre. Je m'occupe de Weston Energy, dont j'ai pris les rênes après le décès de mon père, et je veille à mes intérêts dans quelques autres affaires que j'ai rachetées.

— Désolée, pour ton père. Il serait fier de toi aujourd'hui. Weston Energy a beaucoup prospéré depuis que tu en as pris la responsabilité, dit-elle.

Elle ne mentait pas : l'entreprise, de taille modeste du temps de son père, était devenue depuis peu un véritable empire avec Jared pour le diriger.

— Maintenant que ton père n'est plus là, tu te retrouves seul aux commandes, n'est-ce pas ?

— J'ai trois tantes, en fait. Ma mère est décédée deux ans avant papa. Crise cardiaque. Voilà.

— Et tu as hérité cette propriété de la famille Delaney…

— Exact. Mon père et Argus Delaney ont débuté ensemble dans la vie, comme simples ouvriers sur les champs de pétrole. Ils ont fait fortune tous les deux. Papa est mort avant Argus, mais Argus l'avait déjà inscrit sur son testament, parce qu'il s'était toujours senti redevable envers lui. Il m'a raconté cent fois cette histoire : papa lui aurait sauvé la vie lors de l'incendie d'un puits de forage. Donc, cette propriété devait revenir à mon père, mais comme il n'est plus là, elle est à moi aujourd'hui.

Distraite par les effluves de l'eau de toilette de Jared, Allison devait déployer de gros efforts pour suivre la conversation.

— J'ai un peu regardé avant ton arrivée : elle est pleine

d'objets magnifiques, très anciens et, pour beaucoup, je pense, extrêmement rares.

— J'aimerais en conserver quelques-uns, répondit-il. Quant aux autres… J'ignore ce qu'ils valent et si ceux qui me plaisent ont une quelconque valeur. Bref, voilà en deux mots la raison de ta présence ici !

— Je vais donc en dresser un inventaire, papa se chargera des expertises et je réaliserai ensuite une brochure illustrée des objets que tu auras décidé de vendre. Brochure que je te soumettrai évidemment avant diffusion…

— J'ai une bien meilleure idée, riposta-t-il en la conduisant sur une terrasse, puis vers une cuisine extérieure, avec sa salle à manger attenante. Je fais le tour de la propriété avec toi, je te montre les objets auxquels je tiens, ceux qui sont très anciens et très chers…

— Cela risque de prolonger le processus de l'inventaire, coupa-t-elle, imaginant le danger d'une aussi étroite collaboration.

— Ah, tu ne peux pas travailler de cette façon ? demanda-t-il, en haussant un sourcil.

— Bien sûr que je peux ! Je t'explique, voilà tout, répondit-elle sur un ton qu'elle voulait détaché.

Ses pulsations cardiaques atteignaient au moins le rythme de cent à l'heure. La perspective de l'avoir constamment avec elle au cours des deux prochaines semaines, voire davantage, était bien trop tentante.

— Mais tu ne tiens pas à travailler avec moi, c'est ça ? insista-t-il.

— Si, si, nous pouvons parfaitement travailler ensemble, assura-t-elle. Je dis juste qu'en procédant ainsi, le travail prendra plus de temps.

— Ce n'est pas grave, parce qu'en fait, cela nous fera gagner du temps. Travailler en étroite collaboration permettra d'éviter les malentendus. Bon, cela dit, que veux-tu boire ? Thé glacé ? Café ? Eau gazeuse ?

— Un thé, ce sera parfait, répondit-elle en se perchant sur un tabouret, tandis qu'il passait derrière le comptoir. Je comprends maintenant que tu ne veuilles pas garder cette propriété. Les Delaney ne t'en veulent pas d'en avoir hérité ?

— Ryan Delaney, qui est un très bon ami, m'a assuré que non. Ce que leur père leur a légué suffit apparemment à leur bonheur. Ryan m'a expliqué qu'aucun de ses frères et sœurs n'avait jamais mis les pieds dans cette propriété, qui n'a donc aucune valeur sentimentale pour eux. En fait, leur père avait acquis le domaine parce que les anciens propriétaires lui devaient de l'argent, expliqua-t-il.

Allison le regardait pendant qu'il parlait, mais elle ne l'écoutait pas vraiment : l'éclat de ses yeux l'empêchait de se concentrer.

— Certains objets ici me plaisent, poursuivit-il, et pour d'autres, j'hésite encore. Je te montrerai des photos de mes deux autres maisons, comme ça, tu pourras me conseiller sur ceux qui seraient susceptibles d'y trouver leur place. Mais à part ça, je compte bien vendre la propriété et tout ce qu'il y a à l'intérieur. J'ai demandé aux Delaney de venir faire leur choix avant que j'entame la moindre démarche, mais ils ont refusé.

— On est donc bien d'accord, ils ne veulent vraiment rien, dit Allison.

— Non, Ryan s'est montré catégorique. Je prévois de vendre le mobilier et les objets d'art séparément de la propriété elle-même, car je suis persuadé que ton père et toi pourrez me faire une meilleure offre.

— C'est une sage décision, commenta-t-elle d'un ton léger.

— Il y a quelques meubles qui me plaisent, poursuivit-il. Par exemple, les lits de ta chambre et de la mienne.

— Je n'ai pas vu celui de ta chambre, mais celui de la mienne est en chêne et parfaitement conservé. À mon avis, il est français et doit dater du XVIIIe siècle. J'ai déjà visité la plupart des chambres, mais il m'en reste encore quatre.

— Je suis à ta disposition pour te montrer la mienne quand bon te semblera, rétorqua-t-il avec un sourire entendu.

— Je saurai m'en souvenir, compte sur moi ! ne put-elle s'empêcher de répondre, prenant plaisir à ce petit jeu de séduction. Mais dans l'immédiat, je m'intéresse au rez-de-chaussée, s'empressa-t-elle d'ajouter.

— Je reste à ton service.

— C'est gentil à toi, dit-elle, soupçonnant une allusion à leur nuit d'amour, six ans plus tôt.

Tous deux prirent leurs tasses et Jared invita la jeune femme à le suivre jusqu'au solarium qui surplombait la terrasse où se trouvait aussi la piscine. Il lui désigna un confortable fauteuil en tissu où elle prit place et en approcha un second, avant de s'asseoir à son tour et d'attraper son portable.

— Voici ma maison de Dallas, indiqua-t-il en se rapprochant encore pour lui montrer les photos sur son téléphone.

— Elle est au moins aussi grande que celle-ci, souffla-t-elle, troublée par le contact de son épaule contre la sienne.

Elle leva la tête vers lui et croisa son regard alors qu'il faisait défiler d'autres photos sur son écran.

— Possible, répondit-il d'un ton léger. J'aime bien avoir de l'espace. En tout cas, je la préfère à cette propriété-ci, qui est trop froide, trop austère à mon goût. Tiens, regarde l'intérieur…

Elle était entièrement d'accord sur le côté rébarbatif de la propriété dans laquelle ils se trouvaient, elle se garda cependant de tout commentaire. Il lui montra d'autres photos de sa maison de Dallas, puis passa à son ranch du Wyoming.

— Le mieux que je puisse faire, dit-elle lorsqu'elle les eut toutes regardées, c'est d'inventorier tout ce qu'il y a ici et de te soumettre quelques suggestions. Je ne suis pas décoratrice d'intérieur, mais je peux essayer. J'aurai besoin des photos que tu m'as montrées pour les examiner plus en détail.

— Bien sûr. Maintenant, faisons le tour du propriétaire ensemble pour que je te montre les objets qui m'intéressent.

Il s'interrompit et la regarda, hésitant visiblement, avant de reprendre à voix feutrée :

— Pour dire la vérité, Allison, ce que j'aimerais vraiment…

Avec un sourire, elle lui posa un index sur les lèvres afin de le réduire au silence. Mais à la seconde où son doigt entra en contact avec sa bouche, une décharge électrique la traversa. Elle venait de commettre une erreur fatale, et le mal était fait…

— Non… soupira-t-elle. Ce ne serait pas très professionnel… Ce serait même stupide de notre part…

Elle le regarda hocher la tête d'un air amusé.

— Non, vraiment, insista-t-elle, nous sommes ici pour travailler, dit-elle, le souffle court, perdue dans le regard qu'il posait sur elle et assiégée par les souvenirs.

— J'ai l'impression que tu m'attribues des pensées que je n'ai pas eues, dit-il.

Elle le dévisagea, confuse et se sentant devenir écarlate.

— Peut-être, en effet, murmura-t-elle. Mais juste au cas où cela te passerait par la tête, je préfère mettre les choses au clair tout de suite.

— Sauf qu'il n'est pas interdit de s'amuser un peu, estima-t-il en souriant toujours.

— Le travail d'abord ! persista-t-elle avec détermination, en espérant qu'elle donnait l'impression de croire à ce qu'elle disait.

— Tu es une femme aujourd'hui, Allison. Tu n'es plus la petite étudiante de première année en quête de sensations fortes ou de passion…

— En tout cas, je m'y applique, confirma-t-elle, sachant que la passion était bien la dernière chose dont elle avait besoin si elle voulait réussir à travailler les prochains jours. Donc, nous allons nous occuper de classer les objets que tu souhaites vendre, et ceux que tu veux conserver. Dès que tu seras prêt, nous pourrons commencer…

— Quoi, comme ça ? Sans préliminaires ? demanda Jared, une étincelle moqueuse dans les yeux.

— Assez, Jared ! soupira-t-elle, excédée. Tenons-nous-en au travail, s'il te plaît !

— Très bien. Je suppose que c'est la voie de la sagesse, pour toi comme pour moi… Mais certainement pas la plus excitante ni la plus agréable, ajouta-t-il avec une grimace.

Elle ne pouvait qu'acquiescer et réprima une pointe de déception quand il cessa de flirter, tout en appréhendant les jours prochains en sa très proche compagnie… Cette mission avait pris une nouvelle tournure dans son esprit, et le travail passait soudain au second plan.

— Allez, on s'y met, dit-elle avec un sourire forcé.

Elle avala une dernière gorgée de thé et se leva en reposant sa tasse.

— Cet après-midi, je vais travailler en bas, annonça-t-elle.

— D'accord.

Il se leva et ils redescendirent ensemble pour gagner le rez-de-chaussée et entrer dans une vaste bibliothèque. Aussitôt, Jared s'immobilisa devant un tableau accroché près de la porte.

— Tiens, dit-il, ça, ça fait partie des choses auxquelles je tiens. Je pense que ce tableau irait parfaitement, dans mon ranch du Wyoming.

Il s'agissait d'une peinture à l'huile présentant un torrent de montagne près duquel paissaient des chevaux.

— Visiblement, tu n'es pas amateur d'art contemporain, commenta-t-elle. Mais c'est une œuvre magnifique, je le reconnais.

Elle sortit son calepin de son sac et prit une note, puis plaça une vignette adhésive au dos du cadre, pendant que Jared continuait à déambuler dans la pièce.

— Il y a aussi ce meuble que j'aime beaucoup, signala-t-il en s'arrêtant devant une table en acajou de style Reine Anne.

Elle le rejoignit.

— Excellent choix là encore ! En fait, dans l'ensemble, les objets et les meubles de cette maison me plaisent bien, avoua-t-elle en collant une étiquette sous le plateau de la table.

Il retroussa ses manches, et ils continuèrent à travailler ensemble. Allison prenait des photos de chaque objet après lui avoir attribué un siècle et un style. Jared entrait pour sa part ces informations dans son iPad et lui montrait au fur et à mesure ce qu'il souhaitait conserver. Après avoir fait le tour de la bibliothèque, ils s'attaquèrent au bureau voisin.

Allison ne tarda pas à perdre toute conscience du temps. Du temps, mais certainement pas de Jared. Elle était au contraire incroyablement consciente de sa proximité, et très troublée par la vivacité des souvenirs qui ne cessaient de la tourmenter. Il s'empara avec délicatesse d'une figurine en porcelaine représentant un chasseur et son chien et le regarda quelques secondes.

— Est-ce un objet de valeur ? interrogea-t-il.

Leurs doigts s'effleurèrent lorsqu'il lui passa la figurine et si elle frémit à la chaleur de sa main, pour tressaillir aussitôt après au contact froid de la porcelaine. Chaque fois que Jared la touchait par inadvertance, son corps répondait par un feu d'artifice. Elle se souvenait comme si c'était hier de ses doigts sur elle, de leur douceur, de leur adresse…

Ils passèrent tout l'après-midi ensemble. Jared lui montrait des trésors et écartait les objets dont il ne voulait pas. Durant tout ce temps, il garda ses distances et fit preuve d'un grand sérieux, exactement comme elle le lui avait demandé.

— Ça suffit pour aujourd'hui, décréta-t-il subitement après un coup d'œil à sa montre. Nous avons bien mérité une petite pause. Viens me retrouver dans le salon d'ici une demi-heure pour prendre un verre, puis nous passerons à table.

Quelle ne fut pas sa surprise quand elle s'aperçut qu'il était plus de 18 heures ! Elle n'avait pas vu le temps passer.

— D'accord.

— J'avais demandé à ma gouvernante de te montrer ta suite. J'espère que tu as pris le temps de t'installer un peu…

— Mme Tarkington a fait son travail. Mais pour ce qui est de mon installation, je m'en occuperai après le dîner.

— Je peux venir t'aider, si tu veux, dit-il avec un sourire en coin.

Elle tressaillit. Voilà qu'il recommençait !

— Merci, répondit-elle d'un ton détaché. Mais je crois que je peux y arriver toute seule.

— J'espère quand même que nous pourrons bavarder un peu après le dîner.

— Pourquoi pas ?

Elle était consciente qu'il lui serait difficile d'éviter toute confrontation en dehors du travail. La politesse vis-à-vis de son hôte, au moins, l'obligeait à un minimum de convivialité.

— Je vais aller me changer. Et te montrer où est ma chambre par la même occasion, dit-il en lui prenant le bras.

Ce geste, parfaitement anodin en soi, déclencha une fois de plus en elle une réaction disproportionnée. Question : ce genre de réactions allaient-elles s'atténuer ou, au contraire, s'intensifier au fil des jours ? Sans trop savoir pourquoi, elle penchait pour la deuxième option…

— As-tu déjà expédié à ton père les informations que tu as récoltées aujourd'hui ?

— Oui, je lui ai envoyé la plupart de mes notes et des photographies. Mais pas tout. Je terminerai après le dîner.

— Tu as un bureau dans ta suite, avec la wifi, et un ordinateur portable au besoin.

— Merci, mais j'ai le mien, répondit-elle en le suivant dans l'escalier.

Devant la porte de sa suite, elle lui fit face et le regarda droit dans les yeux, ces yeux qui, invariablement, la faisaient vibrer. Et que dire de ses longs cils épais, qui rajoutaient du mystère à son regard, et de…

— Ma suite est à côté de la tienne. Si tu as besoin de mes services, tu n'as qu'un pas à faire…

— Merci, ça ira, répondit-elle en se détournant pour entrer dans sa chambre.

— Rendez-vous tout à l'heure sur la terrasse ! ajouta-t-il alors qu'elle refermait la porte.

Allaient-ils prendre tous les repas ensemble ? À cet instant, elle se rappela ce qu'il avait dit au début : il n'était pas fiancé, et apparemment loin de l'être.

— Et alors, qu'est-ce que ça fait ? chuchota-t-elle pour elle-même.

Il continuait visiblement à mener cette vie dissolue qui avait toujours été la sienne. Plus d'une fois, elle avait entendu son frère parler des passions dangereuses de Jared, escalade, parachutisme, deltaplane. Hélas pour elle, c'était cet homme-là, et aucun autre, qui faisait battre son cœur et qui troublait tout son être.

Il fallait en finir le plus rapidement possible avec cet inventaire et rentrer à la maison. Jared était trop dangereux, elle ne résisterait pas longtemps.

Le seul fait de le revoir avait fait remonter les souvenirs de cette nuit à la surface. Une nuit qui lui donnait la fièvre aujourd'hui encore et qui restait tellement présente, malgré les années, tellement brûlante… En outre, Jared était plus sexy que jamais. Ils s'étaient tous deux appliqués à ne penser qu'au travail ces dernières heures, et pourtant, une évidence s'imposait : le désir était là, et bien là, palpable. Et sans doute Jared le sentait-il lui aussi.

Parviendrait-elle à survivre aux prochains jours sans échanger ne serait-ce qu'un baiser avec lui ? Elle le devait. Elle devait terminer son inventaire au plus vite, de façon à pouvoir reprendre le cours de sa vie tranquille, où aucun Jared Weston n'était là pour la faire dévier du chemin qu'elle s'était tracé elle-même. Peu importait son charme, ses yeux et son sourire : elle refuserait de l'approcher. Avec un homme comme celui-là, la vie ne pouvait que ressembler à une course perpétuelle sur des montagnes russes. Infernale…

Elle se changea à la hâte pour le dîner, quelque chose de simple, petite jupe verte et chemisier assorti, et sandales. Elle brossa ensuite ses cheveux et en fit une tresse qu'elle enroula sur sa nuque, recherchant un look professionnel et sage. Déterminée à rester sobre et distante pour ce dîner en tête à tête.

Elle sortit de sa suite et alla retrouver Jared sur la terrasse. Vêtu d'un chino et d'un polo noir, il était beau à couper le souffle. La soirée promettait d'être stressante.

Comme elle s'avançait vers la piscine, il se leva et vint à sa rencontre avec un regard approbateur.

— Tu es divine, commenta-t-il en lui souriant.

Et pour son malheur, son regard s'arrêta sur sa bouche. Elle se mit à trembler.

— M… merci. J'ai apporté ma tablette. Comme ça, après le dîner, nous pourrons faire l'inventaire d'une autre pièce…

— Si tel est ton souhait, répondit-il.

Son sourire s'élargit et il lui prit son iPad pour le poser sur la table.

— Chercherais-tu à m'éviter ? interrogea-t-il en se rapprochant d'elle. Aurais-tu peur de moi ? Ou as-tu décidé d'écouter les mises en garde de ton cher frère ? À moins qu'il n'y ait autre chose ? ajouta-t-il en l'observant avec attention.

— Je m'efforce de ne penser qu'au travail.

Elle avait le cœur qui battait à cent à l'heure sous son regard perçant. Le goût de sa bouche, les sensations que celle-ci avait suscitées en elle, sa langue, autant de souvenirs qui lui sautèrent à la figure vinrent allumer en elle un désir envahissant. Elle éprouvait à présent l'envie de le toucher, de…

Elle inspira profondément pour lutter contre les traîtrises de sa mémoire et de son corps. Il ne fallait pas se laisser aller à ces souvenirs. Surtout pas.

— Tu ne t'arrêtes donc jamais de travailler ? interrogea-t-il, vaguement moqueur. Même la nuit ?

— Je pense que dans notre cas, le travail est une garantie de sécurité…

— Une garantie de sécurité ? Ah oui ? Je suis dangereux ? Je représente une menace ? Ah, mais tu fais sans doute allusion à ton petit ami ? Phillip, c'est ça ? Ton frère dit que vous êtes presque fiancés. T'aurait-il interdit de m'approcher ? Où est le problème, au juste ?

— Je n'ai pas de petit ami, affirma-t-elle, choisissant la franchise, d'une voix qu'elle reconnut à peine. Phillip est un vieil ami, c'est tout. Et par ailleurs, je n'ai pas d'ordres à recevoir de Sloan. Il a une famille maintenant, et quant à moi, je suis adulte.

— Dans ce cas, qu'est-ce qui ne va pas ? insista Jared d'une voix qui se fit plus profonde.

Sous le regard intense qu'il posait sur elle, Allison commença à paniquer.

— Ce qui ne va pas, c'est que tu es un homme incroyablement sexy et attirant, mais que tu représentes une vraie menace pour la paix de mon existence. Tu n'es manifestement pas prêt à te ranger, alors que moi, je suis arrivée à un stade où je cherche une relation sérieuse et durable. Cela répond-il à ta question ?

Elle le défia du regard. Elle était certaine que ses paroles venaient d'ériger un mur entre eux et qu'il en tiendrait compte. Elle se trompait.

— Après un tel discours, si tu penses que je vais capituler…

Il se tut et secoua la tête en la dévisageant. Puis, comme pris d'une impulsion, il s'approcha et vint presque se coller à elle, lui effleurer l'épaule, puis la nuque, en un point qui était l'une de ses zones érogènes les plus sensibles. Elle se raidit et cessa de respirer.

— *Incroyablement sexy*, répéta-t-il d'une voix profonde. Tu crois sérieusement me faire battre en retraite, après un tel aveu ?

Elle plaqua la main sur son torse pour l'empêcher de continuer, puis chercha ses yeux. La tension entre eux monta d'un cran quand elle vit qu'il fixait sa bouche et elle ressentit soudain un intense besoin de s'abandonner contre lui. Il fallait lutter.

— Fais ce que tu veux, parvint-elle à articuler, mais sache que je n'irai pas plus loin. Je suis là pour exécuter un travail, pas pour céder à ton charme. J'ai bien l'intention de mener cette mission à son terme, et puis je rentrerai chez moi et je t'oublierai, pour la deuxième fois.

Il esquissa l'ombre d'un sourire à ces mots, puis lui glissa un bras autour de la taille.

— Tu dis que tu m'as oublié, mais je ne te crois pas. Je pense même qu'en cet instant précis, tu te rappelles cette nuit aussi clairement que moi. Moi, je me souviens de tout : de ta douceur, et de ta passion dans le feu de l'action…

Ce fut d'une main tremblante, consumée par le désir, qu'elle posa un index sur ses lèvres pour le réduire au silence. Mais il lui embrassa aussitôt les doigts, que sa langue vint aussi effleurer. Elle retira prestement la main en se débattant pour échapper à son étreinte.

— J'exige que nous repartions sur des bases strictement impersonnelles, déclara-t-elle d'un ton menaçant. Sinon je vais dîner ailleurs.

Il s'écarta.

— Comme tu veux, soupira-t-il. Mais à un moment ou à un autre, nous ferons ce que je veux, moi. J'ai une idée : nous pourrions parier là-dessus. Un pari que je gagnerai, bien sûr, précisa-t-il en s'éloignant vers le bar. Qu'est-ce que je te sers ? Nous avons le choix. Qu'est-ce qui te ferait plaisir ?

Son changement d'attitude fut nettement plus radical que celui d'Allison. Car le désir la tourmentait encore et elle luttait désespérément pour reprendre pied.

— Je veux bien une piña colada, répondit-elle sans vraiment réfléchir.

Elle s'assit au comptoir sur un tabouret haut et le regarda préparer les boissons. Ses belles mains se mirent à éveiller ses souvenirs. Elle les revit allant et venant sur son corps, sur ses jambes, magiques. La gorge serrée, elle détourna les yeux et reporta son attention sur la piscine décorée de cascades et fontaines. Excepté la piscine elle-même, le reste était hors service. Plus personne ne vivait ici.

— Ton job consiste uniquement en inventaires ? demanda-t-il.

— Non, j'organise aussi nos ventes aux enchères. Et quand j'ai le temps, j'essaie de me perfectionner en histoire de l'art : j'étudie les différents styles de mobilier. Je suis fascinée par les connaissances de mon père, affirma-t-elle, même si ce qui la fascinait pour l'instant, c'était cet homme qui se trouvait à portée de main.

— J'ai l'impression que tu adores ce que tu fais, remarqua Jared en quittant l'arrière du comptoir pour lui donner son verre. Allons nous asseoir plus confortablement, suggéra-t-il sans lui laisser le temps de répondre.

— Oui, c'est vrai que j'aime ce travail, contrairement à

Sloan, qui ne s'y intéresse pas du tout. En ce qui me concerne, j'ai très envie d'aider mon père à faire prospérer l'entreprise.

Jared l'invita à prendre place à la table et ils s'assirent tous les deux côte à côte.

— Buvons à la réussite ! lança-t-il alors en levant son verre.

— À la réussite ! fit-elle en écho, levant son verre à son tour, avant d'en avaler une gorgée. Même si tu n'as pas précisé à quel genre de réussite était destiné ce toast…

— Veux-tu savoir ce que j'ai en tête ?

— Non, non, je n'y tiens pas, s'empressa-t-elle de répondre en riant. Bien, je t'ai fait part de mes projets. Et toi, qu'attends-tu de l'avenir ?

— J'aime ton rire… murmura-t-il, avant de paraître se reprendre. Ce que je veux pour l'avenir ? enchaîna-t-il. Disons que dans un avenir proche, demain soir, par exemple, j'aimerais t'inviter à dîner.

— C'est gentil, acquiesça-t-elle, renonçant à le reprendre sur tout.

— Gentil me paraît un peu insipide.

— Gentil me convient parfaitement. Un dîner au restaurant ?

— Oui. À 18 h 30. C'est un peu tôt, je le concède, mais vois-tu, je suis un garçon anxieux…

Elle le considéra, amusée.

— Anxieux, toi ? J'ai du mal à le croire.

— Tu sembles avoir une bien piètre opinion de moi. Mais je compte bien modifier cette image que tu te fais…

— Il est inutile de te donner cette peine, ce que je pense de toi n'a aucune importance dans le cas présent, affirma-t-elle. Bon, ajouta-t-elle d'un ton très professionnel, en ce qui concerne le mobilier, la pièce la plus ancienne que j'ai trouvée dans cette maison est un buffet du XVIe siècle…

Jared ne fut manifestement pas dupe de cette manœuvre désespérée pour quitter ce terrain trop miné. Il esquissa un sourire en coin.

— Oublions l'inventaire et le travail pour la soirée, suggéra-t-il. En fait, sur un certain plan, nous nous connaissons intimement, tous les deux. Mais pour le reste, nous ne savons presque rien l'un de l'autre. Ton frère est mon meilleur ami et ton père a travaillé pour moi à deux reprises, mais toi, tu demeures un mystère. En dehors du travail, qu'attends-tu de la vie ? Tu dis vouloir t'investir dans la société de ton père : cela signifie que tu comptes donc y rester ?

— Tout à fait. Du moins tant que papa aura besoin de mon aide, précisa-t-elle. J'espère aussi me marier, fonder une famille, bref, mener le même genre de vie simple que mes parents. Et toi ?

— Moi, ce que j'aime dans la vie, ce sont les défis. Mon père aussi était un aventurier dans l'âme, et je tiens sans doute ça de lui. Mais durant sa vie entière, il a été un bon mari, un bon père et un bon chef d'entreprise ; il s'est fait un devoir de ne pas prendre de risques inconsidérés. Et dès qu'il a pris sa retraite, alors qu'il avait décidé de se lancer dans ces aventures dont il avait rêvé toute sa vie, sa santé s'est détériorée et il a été forcé d'y renoncer à ces aventures. Je trouve ça triste. Résultat, il est mort le cœur chargé de regrets et d'amertume… Ma mère nous avait quittés deux ans plus tôt. Elle, j'ignore si elle avait des rêves auxquels elle avait dû renoncer. Elle ne m'en a jamais parlé.

Allison l'observa à la dérobée. Pour rien au monde, elle ne voudrait du style de vie qu'il menait. Toutefois, elle comprenait un peu mieux les raisons qui le poussaient sur cette voie.

— Mon frère était un peu comme toi, autrefois, remarqua-t-elle.

— Sloan croquait la vie à pleines dents et il vivait chaque instant à 100 %. Aujourd'hui, il s'est rangé. C'est son choix. Au moins, il ne sera pas comme mon père, rempli de regrets, puisqu'il a eu le temps de faire ce qu'il aimait avant de se marier et que cette vie de famille est un vrai choix pour lui. Moi, je ne veux rien avoir à regretter. Tant que je suis jeune, je veux en profiter.

— Même si cela te vaut de rester seul toute ta vie ? s'étonna-t-elle. Tu risques de passer à côté de beaucoup de belles choses, et d'avoir toi aussi des regrets un jour. Des regrets différents de ceux de ton père, mais des regrets quand même.

— Je n'ai pas l'intention de rester seul toute ma vie, ça, non ! protesta-t-il. Une famille ? Pourquoi pas, mais dans un avenir lointain. Dans l'immédiat, j'ai de nombreux projets, et pour les réaliser, mieux vaut être seul. L'ascension du mont Everest, par exemple. Regarde comme la vie de Sloan a changé, depuis son mariage : il a abandonné le rodéo, et à une époque, il rêvait lui aussi de gravir l'Everest. Tout ça, c'est terminé pour lui. Il ne pense plus qu'à sa famille, et c'est tant mieux si ça lui convient. Mais en ce qui me concerne, je n'en suis pas encore là.

— Voilà une réponse qui a le mérite de la franchise…

— Et puis, je suis passionné par les épaves. J'ai déjà exploré deux navires naufragés dans lesquels j'ai découvert des objets précieux, de véritables trésors, dont certains sont aujourd'hui exposés dans des musées tandis que d'autres sont restés en ma possession. Mais tu es sans doute au courant, ton père a dû t'en parler. Toujours est-il que j'aimerais consacrer plus de temps à chasser les épaves, dans tous les océans du monde…

Il s'interrompit, vida la moitié de son verre et poursuivit :

— Et je fais toujours du rodéo. Je vais d'ailleurs participer à une compétition le mois prochain, à Fort Worth.

Il posa son verre et se pencha vers elle, ce qui la fit tressaillir.

— Si tu venais avec moi là-bas ? Tu as l'habitude des rodéos. Tu accompagnais souvent ton frère quand tu étais petite, tu le regardais monter sur des chevaux et des taureaux sauvages…

— Merci, répondit-elle en s'écartant sans en avoir l'air. Mais d'ici là, j'aurai retrouvé Dallas et mon monde. Lorsque je partirai d'ici, pas question de nous revoir. Je tournerai la page, comme je l'ai fait ces six dernières années. Chacun sa vie !

— C'est juste un rodéo, Allison. Je ne te demande pas

de partager mon lit. D'ailleurs, tu n'étais pas si nerveuse en ma présence, il y a six ans…

— Il y a six ans, j'étais jeune, je t'ai rencontré à un mariage et je ne pensais qu'à m'amuser. J'ai changé, depuis. Je m'inquiète pour mon père, je ne veux pas rester trop longtemps loin de lui, et encore moins lui causer la moindre inquiétude.

— Ton père ne va tout de même pas s'inquiéter sous prétexte que tu vas assister à un concours de rodéo.

— Il pourrait en revanche s'inquiéter de me voir te fréquenter.

Ses paroles parurent n'avoir aucun effet sur lui.

— J'ai du mal à croire que Sloan ait tracé à ton père un portrait de moi aussi noir que ça ! s'emporta-t-il.

— Il faut croire que non, rétorqua-t-elle, il ne m'aurait jamais envoyée ici dans ce cas. Pour lui, tu es quelqu'un de bien. Il n'y a qu'à moi que Sloan réserve ces mises en garde. Ça ne lui a pas plu du tout que ce soit moi qui vienne estimer la propriété.

— Je m'entends bien avec ton père, insista Jared, pensif. J'ai eu l'occasion de travailler avec lui et ça s'est très bien passé, je te le rappelle.

— Je le sais.

— Il a toujours été charmant avec moi, poursuivit-il. Alors réfléchis quand même à ce rodéo. Mais pour l'instant, explique-moi ce qu'il va advenir des meubles, une fois que tu les auras tous étiquetés.

De nouveau, elle lui détailla le processus et, chose extraordinaire, il lui accorda toute son attention et ne l'interrompit pas une seule fois. Pendant le dîner, ils bavardèrent de choses et d'autres en admirant le coucher du soleil. Enfin, le repas achevé, ils rentrèrent et continuèrent à bavarder dans le salon. Peu à peu, Allison avait fini par se détendre et elle trouvait très agréable ce moment passé en compagnie de Jared. Elle comprenait à présent pourquoi ce dernier était le meilleur ami de son frère.

À minuit passé, elle se résolut à lui avouer qu'elle était fatiguée. Il la raccompagna jusqu'à sa chambre.

— Bonne nuit, Jared, dit-elle. J'ai passé une agréable soirée. J'avais envie de faire des heures supplémentaires en travaillant aussi le soir, pour finir cet inventaire plus vite, mais là…

— Là, tu as besoin d'un break. En fait, rien ne presse, ajouta-t-il en lui souriant. Moi aussi, j'ai passé un agréable moment en ta compagnie. Et je suis impatient d'être à demain soir…

Elle sentit son cœur s'accélérer à ces mots, prononcés de sa voix grave et profonde. Il se tenait là, juste devant elle, et elle dut faire un effort surhumain pour s'empêcher de regarder sa bouche ou, pire encore, de presser ses lèvres contre les siennes.

— Merci pour cette soirée, murmura-t-elle d'une voix faible. À demain !

Elle se détourna pour ouvrir la porte tout en s'attendant à sentir la main de Jared se poser sur épaule. Il n'en fut rien cependant, et elle put refermer doucement sa porte.

Un sentiment de profonde déception l'envahit alors. Même si, elle en était conscience, un baiser dans ce contexte n'aurait pas été raisonnable du tout. Elle sentit des picotements sur ses lèvres et fut parcourue de frissons. Tout son corps, le traître, brûlait de désir pour cet homme qui se trouvait peut-être encore derrière la porte…

- 3 -

Le sommeil fut long à venir et, quand elle s'endormit enfin, le peu qu'il restait de la nuit fut agité de rêves mettant Jared en scène. Ce fut un soulagement de se réveiller au petit matin.

Elle passa sous la douche, enfila son chino jaune pâle et un chemisier assorti, puis descendit prendre son petit déjeuner. Elle n'avait pas atteint la dernière marche que Jared apparaissait torse nu, vêtu d'un simple short de bain noir et blanc, une serviette jetée sur une épaule. Il s'arrêta en la voyant. Fascinée devant son corps presque nu, Allison en oublia de respirer.

Les souvenirs venaient de l'assaillir à la vue de ces larges épaules, ce torse puissant, ce corps tout en muscles digne d'un dieu de l'Antiquité. Elle tressaillit en se rappelant qu'elle avait promené ses lèvres sur lui, éprouva de nouveau la sensation de leurs bouches réunies dans les baisers, des mains qui l'avaient explorée, touchée, de son corps parfait lové contre le sien…

Visions de torture. La gorge nouée, le cœur battant à tout rompre, elle trouva enfin la force de parler.

— Quelques longueurs matinales ?

— Oui, je nage tous les matins. Si ça te tente, tu pourras te joindre à moi demain. Je n'ai pas pensé à te le proposer hier soir.

— Merci, mais je ne me baigne pas le matin. Je crains l'eau froide.

— Eh bien, tu as bien changé ! Il me semble me souvenir

que tu n'hésitais pas à plonger dans la piscine de chez tes parents quand Sloan et moi étions en train de nous baigner.

— Oui, et j'étais la reine des enquiquineuses ! C'est ce que vous me disiez tous les deux à l'époque, rappela-t-elle en souriant, en prenant bien soin de ne regarder que ses yeux alors qu'il venait vers elle.

— Ah bon ? Je ne me rappelle pas t'avoir traitée d'enquiquineuse.

— Et pourtant... En fait, tu ne prêtais aucune attention à moi. Je n'étais rien d'autre qu'une peste et je n'existais pas, pour toi.

— Et aujourd'hui, tu es là devant moi, une vraie femme, dit-il d'une voix caressante en promenant les yeux sur elle.

— Bon, je vais prendre mon petit déjeuner, annonça-t-elle d'une voix volontairement forte. À tout à l'heure.

Il la retint dans son élan d'une main sur son bras et elle retint un cri, comme frappée par la foudre.

— Le temps de prendre une douche et de m'habiller, et je te rejoins, indiqua-t-il.

Si ces dernières paroles étaient dénuées de toute ambiguïté, il les avait prononcées sur un ton qui, lui, ne l'était pas.

Elle esquissa un petit hochement de tête et se dirigea vers la cuisine d'un pas aussi digne que possible. Hélas, contre toute raison, elle ne put s'empêcher de se retourner. Jared montait l'escalier, lui offrant la vision parfaite d'une taille étroite, de fesses bien fermes et de jambes musclées.

Elle se mit à prier en silence. Que cette mission se termine le plus rapidement possible, de manière à retrouver la routine de sa petite vie ! Mais comment résister au désir qui la prenait face à la beauté insolente de ce corps presque nu ? Après tout, qu'est-ce qui l'empêchait d'avoir une aventure avec Jared ? La réponse était simple : elle risquait d'y laisser son cœur.

Jared ne s'engagerait jamais sérieusement avec une femme, que ce soit elle ou une autre. C'était à peu de chose près ce qu'il lui avait fait comprendre la veille, lorsqu'il avait énuméré les sports extrêmes auxquels il s'adonnait.

Et même une nuit avec lui, une seule, était un risque qu'elle refusait de prendre. Car quand elle en aurait eu une, ne voudrait-elle pas recommencer, et recommencer encore ? Six ans s'étaient écoulés depuis la première fois, et elle en rêvait encore, non ?

Elle secoua la tête, soucieuse de déloger cette pensée dérangeante, et gagna la cuisine ultramoderne. Le comptoir était en marbre noir, il y avait de l'électroménager dernier cri, du parquet au sol et des éléments de rangement sophistiqués. Quelqu'un, apparemment, avait déjà préparé du café, et elle repéra un pichet de jus d'orange sur le comptoir. Elle était en train de laver des fraises et des myrtilles dans l'évier quand la sensation d'une présence l'alerta. Tournant la tête, elle découvrit Jared à la porte. Son cœur, comme toujours, se mit à battre la chamade.

— Tu es bien silencieux, lança-t-elle.

— Je te regardais, répondit-il en entrant dans la pièce.

Elle se figea quand il vint vers elle, lui prit le couteau des mains et le posa sur le comptoir. Vêtu d'un jean et d'un polo qui lui collaient au corps, il était plus sexy que jamais. Tout le reste, à peine en fût-elle consciente, hypnotisée qu'elle était par le vert profond de ses yeux.

— Assieds-toi, je m'occupe de tout, ordonna-t-il, sans pourtant esquisser le moindre geste.

— Je peux tout de même préparer le petit déjeuner ! protesta-t-elle d'une voix qu'elle aurait voulue plus forte, les yeux rivés sur sa bouche. Jared…

Elle se ressaisit juste à temps pour ne pas commettre quelque chose d'irréparable et s'enfuit presque. Une fois en sécurité, assise à la table en chêne, elle releva les yeux. Il n'avait pas bougé et l'observait toujours. Elle retint un soupir, accablée par le charme qui émanait de sa personne alors qu'il ne disait rien. Ils échangèrent un long regard chargé de désir. L'air semblait crépiter autour d'eux.

Quand, enfin, il se détourna pour se rincer les mains, elle ne put détacher les yeux de lui : elle se représenta ses larges épaules et ses jambes musclées, telles qu'elle les avait vues tout à l'heure, alors qu'il ne portait qu'un short de bain.

— Je me sens ridicule de ne rien faire, affirma-t-elle pour meubler le silence. Laisse-moi t'aider.

Elle se leva et le rejoignit, en prenant soin de maintenir une distance raisonnable entre eux.

Elle remplit deux tasses de café, les posa sur la table, puis alla chercher les verres pour le jus de fruits. Mais avant même de s'en rendre compte, elle se retrouva piégée entre ses bras lorsqu'il plaqua les mains sur le comptoir.

— Va t'asseoir et détends-toi, ordonna-t-il. Je te dis que je m'en occupe.

— Il faut que tu arrêtes, souffla-t-elle.

— Quoi donc ? De préparer le petit déjeuner ?

— Tu sais très bien ce que je veux dire. Il suffit que nous nous trouvions dans la même pièce pour que…

— Pour que ça fasse des étincelles ? acheva-t-il.

— Nous ne devons pas… Je ne peux pas… Je suis ici pour travailler, et je ne veux pas avoir à demander à mon père de venir me remplacer. Il n'est plus en état de se déplacer. Alors s'il te plaît, Jared. Pense que je rêve de me marier et de fonder une famille et ça te permettra de calmer tes ardeurs…

— Très bien, je ne veux surtout pas te contrarier, assura-t-il.

— Alors, tenons-nous-en au travail.

— Je ne demande que ça, mais ce n'est pas si évident pour moi, tu sais, affirma-t-il avec un soupir.

— Dans ce cas, pense à Sloan…

Jared s'écarta à ces mots.

— Ce n'est pas à ton frère que je pense en ce moment, marmonna-t-il.

Elle s'échappa de l'enceinte de ses bras, presque déçue au lieu de se sentir soulagée et regrettant déjà la proximité de son corps. Puis, tel un automate, elle s'affaira, remplit les verres de jus de fruits et acheva de mettre la table, pendant qu'il s'occupait des œufs brouillés. Elle fit également griller quelques tranches de pain, tout en jetant par moments de petits coups d'œil à Jared, avec toujours et encore en elle ce désir qui la tourmentait.

Elle se promit alors de redoubler d'efforts dans sa mission. Son seul et unique but devait être de quitter cette maison au plus vite pour échapper enfin à la tentation. Mais une fois à table, le supplice reprit, leurs mains s'effleurant à tout bout de champ alors qu'ils s'échangeaient les plats.

— J'ai une idée, lança soudain Jared. Je vais t'emmener voir mes propriétés de Dallas et du Wyoming. J'ai envie que tu me conseilles sur leur décoration. Qu'en penses-tu ?

— Je te l'ai expliqué, ce n'est pas dans mes compétences, répliqua-t-elle, tout en songeant à la chance que cela représentait pour l'entreprise familiale. Pour ce genre d'intervention, il te faudrait plutôt une décoratrice d'intérieur. Ou un décorateur.

— Je ne veux ni de décorateur ni de décoratrice. Ce que je veux, c'est ton opinion à toi sur les objets anciens qui s'y trouvent, savoir ce qui a de la valeur et ce qui n'en a pas. Tu es une experte en ce domaine. Et tu as forcément bon goût, sinon tu ne ferais pas ce métier. Tu pourras me guider dans le choix des meubles, des tableaux… Ce que je veux, c'est ton opinion. J'ai confiance en ton jugement.

— Voyons, tu ne me connais même pas ! protesta-t-elle. Tu n'es jamais venu chez moi, tu ne sais rien de mes goûts.

— Détrompe-toi ! Je connais Sloan, et ton père. Je connais la maison dans laquelle tu as grandi et je suis sûr que je peux avoir confiance en toi dans ce domaine.

— Très flattée ! répondit-elle, sur ses gardes tout de même. Mais j'ai besoin d'y réfléchir. C'est un travail totalement différent de celui que j'ai coutume de faire…

Et surtout, cela impliquerait de passer beaucoup plus de temps avec lui. Était-ce raisonnable ? Le jeu en valait-il la chandelle ?

— Bien sûr, je triplerai la somme initialement prévue pour ton intervention, ajouta-t-il.

Elle le dévisagea, hésitante. Si elle parvenait à résister au charme de Jared, cette proposition représentait une aubaine pour la société. Et son père serait ravi. Elle avait bien envie de lui faire ce plaisir, à condition que les choses n'aillent pas trop loin avec Jared.

— Tu t'inquiètes à cause de moi, je le sais. Mais nous sommes adultes, et parfaitement capables d'éviter… tout rapprochement, si c'est ce que tu veux.

— C'est effectivement ce que je veux, acquiesça-t-elle avec détermination, en dépit des battements frénétiques de son cœur.

— En fait, ce n'est pas un problème. Il suffit de nous en tenir à une relation strictement professionnelle.

— Vraiment ? dit-elle en riant. C'est aussi simple que ça ?

— Bon, c'est vrai, à quelques exceptions près, j'ai peut-être dépassé les limites de la relation strictement professionnelle. Mais si peu ! Depuis quelques minutes, je suis sage. Tu as pu remarquer la différence.

— En effet. Et ce type de relation me convient parfaitement.

— Tu en es certaine ? interrogea-t-il avec un sourire en coin.

L'air détendu, il semblait prendre le plus grand plaisir à ces échanges.

— Absolument certaine.

— Pourtant, quelque part, j'ai le sentiment…

— Absolument certaine, je te dis, l'interrompit-elle en détachant chaque syllabe.

S'il s'engageait à s'en tenir à des contacts purement professionnels, elle n'avait aucune raison de refuser sa proposition, qui renflouerait les caisses de son père.

— Marché conclu, M. Weston, déclara-t-elle donc en lui tendant la main. Mais ne perds pas de vue que ce genre d'intervention n'est pas ma spécialité.

— Je suis sûr que tu feras un excellent travail, répondit-il en échangeant avec elle une franche poignée de main. Tu préfères terminer ce que tu as à faire ici et aller voir mes autres maisons ensuite, ou commencer par ça ?

— Travaillons ici encore aujourd'hui, et demain peut-être, et ensuite, nous pourrions aller à Dallas.

— Parfait. Je vais réserver le jet pour dimanche. Et maintenant, profitons un peu de la matinée et de ce moment, veux-tu ?

— En gardant nos distances, ajouta-t-elle avec un sourire. Ah, une dernière chose : à Dallas, je logerai chez moi.

— Mais ma propriété se trouve à l'autre bout de la ville ! protesta-t-il. Après le décès de papa, j'ai vendu la maison familiale, tu sais, expliqua-t-il. Je n'avais plus le cœur à vivre là-bas.

— Ce n'est pas grave, je ferai le trajet.

— Tu vas perdre trois ou quatre heures par jour en déplacement, et cela ne fera que rallonger la durée de ton intervention. Il vaudrait mieux que tu t'installes chez moi.

— Bon, entendu, soupira Allison, contrainte de se rendre à l'évidence. Mais une fois là-bas, j'irai d'abord rendre visite à mon père. Il se sent un peu seul parfois.

— Bien sûr ! Je t'attendrai.

Après le petit déjeuner, Jared annonça qu'il devait se rendre à Austin pour ses affaires. C'était apparemment une urgence, et il ne serait de retour qu'à 17 heures, pour le dîner. À la perspective de cette journée loin de lui, la jeune femme ressentit un immense soulagement. Ainsi, elle n'aurait pas à subir la pression de ce désir constant qui l'habitait quand il était près d'elle. Elle pourrait ainsi réfléchir de nouveau à cet accord qu'elle lui avait donné pour vivre sous le même toit que lui à Dallas. Un séjour à haut risque, forcément…

Jared n'avait qu'une envie : faire l'amour à Allison. Bien sûr, il ne voulait que son bonheur et, si elle refusait de tomber dans ses bras, il n'allait pas la forcer. Toutefois, elle semblait suffisamment réceptive pour qu'il pût espérer quelque chose.

Sa concentration au travail ce jour-là fut quelque peu entamée par la perspective de la soirée qui l'attendait en compagnie d'Allison. Bien sûr, il lui avait promis d'être sage et il n'avait pas envie de la voir partir prématurément, sous prétexte qu'il se montrerait un peu trop pressant. Mais qu'y aurait-il de mal à échanger quelques baisers innocents ?

De retour à la propriété, peu après 17 heures, il ne vit pas Allison. Comme la porte de sa suite était fermée, il supposa qu'elle était en train de se préparer pour la soirée.

Il se doucha et s'habilla sobrement. Il était 18 h 50 lorsqu'il s'installa dans la bibliothèque, choisissant son fauteuil préféré, et l'attendit. Il était un peu en avance.

Quelques minutes plus tard, le cliquetis de talons sur le carrelage attirait son attention. Il se leva aussitôt et la vit apparaître, subjugué. Elle avait détaché ses cheveux et portait une robe rouge près du corps et des escarpins assortis qui mettaient ses jambes en valeur. Des jambes à se damner.

— Tu es ravissante, Allison, dit-il en venant vers elle. J'ai beaucoup apprécié de travailler avec ton père autrefois, mais je pense que tu es indubitablement l'atout majeur de Tyler Antiquités & Expertises.

— Je suppose que c'est un compliment et je t'en remercie, répondit-elle avec le sourire. Mais je ne pense pas qu'il serait du goût de Sloan…

— Oublions ton frère dans l'immédiat. Sloan n'a jamais rien su, il y a six ans, et il n'a pas besoin de savoir ce qui se passe entre nous, à supposer qu'il se passe quelque chose, dit Jared. J'aimerais que cette soirée soit une parenthèse dans notre accord. Tu es une grande fille, capable de prendre tes propres décisions…

Il lui prit le bras et l'entraîna vers la porte en sentant au passage les effluves de son parfum. Bergamote, ou jasmin, peut-être. Allison était la tentation incarnée. Dès qu'ils se trouvaient dans la même pièce, il y avait de l'électricité dans l'air. Derrière son air guindé et froid, vibrait la jeune fille qu'il avait séduite jadis. Ardente, passionnée, fascinante. Et qui le rendait fou de désir.

— On y va ? demanda-t-il.

Elle acquiesça et lui emboîta le pas.

— Durant quelques heures, reprit-il, je voudrais que

tu oublies ton frère et tous les autres. Je veux être le seul à occuper tes pensées.

— Je ne pense pas à Sloan, assura-t-elle. En revanche, je m'inquiète pour mon petit cœur à moi, qui bat très fort face au meilleur ami de mon frère, play-boy invétéré et casse-cou notoire. Je sais tout de toi, tu sais.

— Cela n'a pas paru t'effrayer, il y a six ans.

— J'étais jeune et je ne pensais qu'à prendre du bon temps, répondit-elle. Et puis, quand tu as découvert qui j'étais, souviens-toi, ton premier réflexe a été de fuir. Cela t'a rendu encore plus désirable à mes yeux, figure-toi.

— C'est un peu pervers, non ?

— Je ne supportais pas l'idée que mon frère me dise ce que je devais faire et ne pas faire. Et ça ne me plaît pas plus aujourd'hui, d'ailleurs. Mais il le fait moins : il est trop occupé par sa propre famille pour se mêler de mon existence. Aujourd'hui, je prends soin de moi toute seule. Et ce que je sais, c'est que, pour mon propre bien, nous ne devrions même pas sortir dîner ensemble ce soir.

— C'est pourtant ce que nous allons faire. Et nous allons profiter de ce moment ensemble. Nous en avons envie l'un comme l'autre, je le sais. Et il se peut même que je te donne un baiser en fin de soirée… Ce dont tu auras autant envie que moi.

— Quel présomptueux tu fais ! s'exclama-t-elle en lui faisant face comme ils s'apprêtaient à monter en voiture. Tu peux d'ores et déjà oublier ce baiser.

— Écoute, voilà ce que je propose : amusons-nous ce soir et laissons faire les choses, suggéra-t-il en lui ouvrant la portière.

— Mais je croyais que nous avions passé un accord ? fit-elle en se glissant sur le siège passager.

— Ça, je ne risque pas de l'oublier, assura-t-il, alors que déjà l'envie de l'embrasser le torturait.

Elle ne cessait de le mettre au défi, semblable à la jeune étudiante qui, un certain soir, l'avait séduit. Il claqua sa portière et alla s'installer au volant.

Elle commença aussitôt à parler des objets qu'elle avait estimés au cours de la journée, et de ceux qu'ils examineraient le lendemain. Apparemment rapide et efficace dans son travail, elle pourrait bien en avoir terminé plus tôt que prévu, songea-t-il, contrarié. Il n'avait aucune envie de la voir repartir, car il avait le pressentiment qu'ensuite, il ne la reverrait plus jamais.

Le problème, c'était qu'elle ne voulait pas d'une liaison sans lendemain. En tant qu'ami de longue date à la fois de son père et de son frère, il se devait de respecter cette volonté et la laisser tranquille. Mais pour un soir, un soir seulement, ne pouvait-il faire une exception ?

Il tenta de se concentrer sur ce qu'elle disait à propos de la valeur exceptionnelle d'une lampe qu'il avait dans la propriété, en vain. Il ne pensait qu'à l'envie qu'il avait de l'embrasser. Comment réagirait-elle s'il le faisait ? Consentirait-elle à aller plus loin ?

Il avait choisi un restaurant qu'il aimait beaucoup parce qu'il se trouvait au milieu d'une forêt de pins, en pleine nature, en bordure d'un étang avec des nénuphars. Les propriétaires avaient décoré les alentours d'une myriade de lanternes en cristal qui insufflaient de la magie au lieu. Une musique de fond ajoutait à l'atmosphère romantique. Jared tendit ses clés au voiturier et prit le bras d'Allison pour pénétrer dans la salle et la douceur de la peau qu'il toucha l'électrisa. Il s'aperçut qu'il n'avait plus faim du tout…

Ils prirent place dans une alcôve, à l'abri des regards. La flamme des bougies, au centre de la table, se reflétait dans les profondeurs des yeux indigo d'Allison. Combien de temps faudrait-il pour qu'elle cède et s'abandonne entre ses bras ? Combien de temps résisteraient-ils l'un et l'autre à cette attirance mutuelle ?

— Un verre de vin ?

— Bien sûr.

Ils étudièrent les différents crus proposés et Jared commanda du chardonnay. Tout en le dégustant, Allison sut qu'elle aurait du mal à empêcher la soirée de dévier sur un terrain dangereux. Elle dut solliciter tout son sang-froid pour maintenir la conversation sur les différents objets qu'elle avait vus ce jour-là, et sur la maison où elle envisageait de les mettre, parmi les deux que possédait Jared.

— C'est impressionnant, cette mémoire que tu as de chaque objet, remarqua-t-il au bout d'un moment.

— Je ne les ai pas tous en tête, mais il y en a un grand nombre qui m'ont marquée. En fait, je me sers également beaucoup de ma tablette, ça m'aide. Et puis, j'ai surtout une passion pour les antiquités, le beau mobilier…

— Je comprends. Je ressens la même chose avec les objets d'art que je découvre dans les épaves de navires. Les objets du XVIIe et du XVIIIe, surtout, me fascinent.

— Moi aussi, Jared, acquiesça-t-elle. Et puis, j'aime bien m'interroger sur les gens qui les ont possédés, sur la façon dont ils vivaient en ce temps-là, ce qu'ils faisaient…

— Tu adores vraiment ton travail, c'est évident, commenta-t-il. Et tes clients doivent sentir ton enthousiasme. Je suis certain que, comme ton père, tu feras un excellent expert. J'ai une confiance absolue en tes compétences. Je suis entre de bonnes mains…

— Entre de très bonnes mains, oui, répéta-t-elle, mutine, ne résistant pas au plaisir de flirter un moment.

Quelque chose scintilla dans les yeux de Jared et il se pencha vers elle.

— J'aime quand tu parles à demi-mot, lui souffla-t-il à l'oreille. Si sensuelle, si troublante…

— Stop ! l'arrêta-t-elle aussitôt. D'accord, je n'aurais pas dû… Mais c'est plus fort que moi. Il y a quelque chose de terriblement érotique qui se dégage de toi…

— Si nous allions danser ? À moins que tu ne préfères rentrer tout de suite…

— Allons danser, répondit-elle en riant. Et je promets qu'à l'avenir, je ferai attention à maintenir nos échanges à un niveau strictement professionnel.

— Pas ce soir, je t'en prie ! contra-t-il. Oublions tout ça ce soir et allons danser l'esprit libre !

— Remarque, nous ne pensions pas beaucoup à danser cette nuit-là, il y a six ans… Des regrets peut-être ?

— Non, aucun regret d'aucune sorte pour ce qui est de cette nuit-là, assura-t-il d'une voix caressante, avant de se lever.

— Pour moi non plus, répondit-elle en lui donnant la main.

Jared l'entraîna sur la piste et ils s'enlacèrent. Ce slow la ramena quelques années en arrière, à la nuit de leur rencontre. Elle sourit, s'abandonna entre les bras de Jared et s'enivra du parfum de son after-shave.

— Tu sais, murmura Jared à son oreille, j'aimerais vraiment que tu viennes me voir à cette compétition de rodéo. Tu aimes bien ça, tu allais souvent applaudir ton frère, à l'époque…

— C'est vrai, reconnut-elle. Mais cela fait des années que je n'y suis pas allée. Plus de six ans, en fait. J'adorais ça, sauf que je n'aimais pas trop que ce soit quelqu'un que j'aime qui fasse le spectacle. Je me souviens, j'avais toujours peur que Sloan se blesse.

— Le rodéo n'est pas très dangereux. Et cela peut même être très drôle, rappelle-toi, et…

— Tu ne renonces pas facilement, n'est-ce pas ? coupa Allison, moqueuse.

— C'est vrai, acquiesça-t-il. En fait, je ne renonce jamais avant d'avoir obtenu satisfaction. Et je crois que tu me ressembles sur ce point.

Après deux autres danses, ils retournèrent à leur table et le serveur leur apporta la salade au homard. Ils mangèrent sans beaucoup parler, perdus chacun dans leurs réflexions. De temps à autre, Allison l'observait à la dérobée. La curiosité finit par l'emporter.

— Dis-moi, commença-t-elle. Il doit bien y avoir quelqu'un dans ta vie. Il n'y a pas de fumée sans feu : si Sloan m'a dit que tu te fiançais… Qui est l'heureuse élue ? Dawn Rainsford ?

— Non. C'est terminé avec elle, répondit-il en la regardant droit dans les yeux. Je ne suis pas fiancé, Allison, et ne prévois pas de l'être avant longtemps. C'était une manœuvre de ton frère pour te dissuader de flirter avec moi. Il m'a dit la même chose pour toi.

Allison sourit, attendrie par les efforts de son frère pour la protéger.

— En fait, ce Phillip, poursuivit-il, n'est qu'un ami pour toi. Sloan n'a qu'une obsession : empêcher tout rapprochement entre nous.

— Peut-être que ce n'est pas aussi absurde, après tout, remarqua-t-elle, taquine. Phillip et moi sommes parfaitement compatibles. Il possède un grand groupe hôtelier et il est très féru d'objets anciens. Nous nous sommes rencontrés parce qu'il recherchait du mobilier ancien pour ses suites.

— Pas d'histoire d'amour avec lui, alors ?

— Aucune, hélas… Nous avons les mêmes centres d'intérêt, nous aimons les antiquités, l'art, les concerts classiques et la danse classique. Nous sortons d'ailleurs souvent ensemble, mais il n'y a rien entre nous. Il en convient d'ailleurs lui-même, ce qui ne l'empêche pas de me demander en mariage régulièrement. Il prétend que ce serait un arrangement idéal pour lui comme pour moi. Nous pourrions fonder une famille, nous en avons envie tous les deux. Il est vrai que le temps passe…

— Allison, voyons, tu n'as que vingt-quatre ans !

— C'est ce que je ne cesse de lui répondre, affirma-t-elle en riant. N'empêche que c'est gentil de sa part de le proposer.

— Ce type n'est pas fait pour toi. Tu as besoin de quelqu'un de passionné, comme toi, décréta Jared avec un regard qui la fit frissonner. Tu as besoin de partager avec un homme davantage qu'un spectacle de danse classique et des intérêts professionnels…

— Toujours est-il que nous passons de bons moments ensemble, assura-t-elle. Et Sloan est là pour veiller à mes intérêts.

— Je sais, mais tu es certainement capable de le faire toute seule. Et d'ailleurs, il n'avait pas à te dire que j'étais fiancé. Ton frère manque d'honnêteté quand il s'agit de te protéger.

— Sloan ne veut que mon bien, affirma-t-elle avec un haussement d'épaules.

— Assez parlé de lui ! s'exclama Jared. Si tu me racontais plutôt les grandes trouvailles que tu as pu faire, dans ton travail ? Quel a été ton plus gros contrat ?

— Difficile de répondre à ta première question, j'ai découvert tant d'objets précieux, au fil de mes estimations… Pour la seconde, c'est évident : mon plus gros contrat, c'est toi, répondit-elle, consciente du regard qu'il fixait sur elle.

Il n'avait pas terminé son assiette et ne semblait pas en avoir envie. Apparemment, il avait aussi peu d'appétit qu'elle, aussi ne s'étonna-t-elle pas qu'il lui propose de retourner danser. Elle s'empressa d'accepter et ils enchaînèrent slows et rocks, seuls au monde sur la piste, pendant ce qui lui parut une éternité.

— Il est temps de rentrer à la maison, déclara-t-il soudain.

— Bien sûr, répondit-elle.

Elle sourit pour elle-même. Il avait dit cela comme s'ils s'apprêtaient à rentrer chez eux, dans leur maison commune !

Le cœur battant, elle repensa à la conversation qu'ils avaient eue en début de soirée sur le baiser qu'ils échangeraient avant d'aller se coucher. Elle avait dit non, mais Jared n'était pas du genre à renoncer. Il l'avait dit lui-même. Elle se demanda ce qu'elle devrait faire : lutter contre ses envies, ou se laisser aller… juste pour cette nuit ?

Elle n'avait toujours pas répondu à cette question tandis qu'ils roulaient en direction de la propriété. Elle ne pouvait s'empêcher de penser au style de vie que menait Jared, à sa passion pour les défis les plus dangereux. En fait, au fond d'elle-même, ne serait-elle pas tentée de prendre tous les risques avec lui ? Mais non, elle ne pouvait tourner ainsi le dos à la raison. Jared n'était pas un homme pour elle. S'engager dans une liaison sans lendemain avec lui revenait à se jeter dans la gueule du loup, et elle en ressortirait forcément le cœur en lambeaux.

Mais comme elle avait aimé danser avec lui ! Comme elle était bien en sa compagnie ! Et, pire encore, comme elle avait aimé ses baisers, jadis, et tout ce qu'il lui avait fait découvrir ! Il ne fallait pas y penser, se morigéna-t-elle.

Car même s'il montrait beaucoup d'intérêt pour le travail qu'elle accomplissait, Jared restait Jared. D'où la nécessité pour elle de ne pas déroger à la règle qu'elle s'était fixée. Le travail, rien que le travail ! Plus vite elle en aurait terminé avec l'estimation de la propriété, plus vite elle pourrait rentrer chez elle et l'oublier.

— À quoi penses-tu ? demanda-t-il soudain.

— Eh bien, je suis en train de me dire que je n'ai pas vraiment respecté les règles que j'avais moi-même fixées ce soir.

— Ne me dis pas que tu vis selon des règles !

— Uniquement en ce qui te concerne, répondit-elle en le regardant. Il y a chez toi quelque chose qui me pousse à oublier toute prudence. Alors j'ai besoin de m'imposer des garde-fous si je ne veux pas commettre certaines folies.

— Tu as tout de même passé une bonne soirée avec moi, ne me dis pas le contraire.

— Tu sais bien que oui, épargne-moi cet air suffisant.

— Je n'ai pas un air suffisant ! protesta-t-il. Mais si c'est le cas, je m'en excuse.

Elle hocha faiblement la tête et résolut de changer de sujet.

— Quand nous en aurons fini avec la propriété, que vas-tu faire ? demanda-t-elle.

— Retourner travailler, reprendre le cours de ma vie. Je dirige l'entreprise familiale, ce qui me prend l'essentiel de mon temps. Mais je ne me plains pas, mon travail me plaît…

— Comme j'aime moi-même le mien…

Ils venaient de passer le portail de la propriété et elle vit le gardien les saluer d'un signe de la main. Jared alla se garer à l'arrière de la maison, face au parc illuminé. Ils entrèrent dans le grand hall, et Jared désigna la cuisine en la prenant par l'épaule.

— Allons prendre un dernier verre ! suggéra-t-il. Chocolat chaud, vin ou café ?

— Un grand verre d'eau fraîche, répondit-elle.

Elle l'accompagna dans la cuisine, où elle posa son sac sur le comptoir en marbre, puis ils allèrent s'asseoir dans le salon attenant en discutant de choses et d'autres. De cette conversation anodine, songea-t-elle, elle n'aurait probablement aucun souvenir au petit matin. Ce dont elle se souviendrait, en revanche, ce serait de la tension qui l'habitait, de ce courant électrique qui naissait alors qu'approchait le moment d'échanger ce baiser qu'il lui avait promis.

Elle eut beau s'efforcer de retarder ce moment, il finit par se présenter, quand, n'y tenant plus, elle annonça qu'elle était fatiguée. Comme elle s'y attendait, il la suivit à l'étage et s'arrêta devant la porte de sa chambre.

— J'ai passé une excellente soirée, dit-elle d'une voix qu'elle aurait voulue plus assurée. Merci pour ce dîner.

— De rien, répondit-il.

Il posa alors les mains sur ses hanches et elle tressaillit.

— Bien, dit-il. Puis-je au moins te donner un baiser avant de te laisser aller dormir ?

— Je ne préférerais pas, répondit-elle au prix d'un immense effort, parce que ce n'est absolument pas raisonnable. Tu le sais aussi bien que moi.

— Je ne sais rien du tout en cet instant précis, alors que tu es là, devant moi, souffla-t-il. En fait, je ne réponds plus de rien. Et toi non plus…

Il l'attira alors contre lui et approcha son visage du sien en regardant sa bouche.

Elle prit une inspiration. Il avait raison, elle n'en pouvait plus d'attendre ce baiser…

— Jared… supplia-t-elle dans un murmure.

Il posa les lèvres sur les siennes et elle ferma les yeux, n'entendant plus rien d'autre que les battements assourdissants de son cœur. Enfin… Enfin ce baiser dont elle rêvait depuis six ans ! Enfin cette bouche qu'elle avait essayé en vain d'oublier !

Et sans plus réfléchir, elle s'abandonna à un baiser qui se révéla mille fois meilleur encore que dans ses souvenirs.

- 4 -

Elle souleva les paupières et se laissa happer par la profondeur du regard brillant de désir de Jared. Une chaleur intense l'avait envahie et elle dut s'accrocher à lui, car ses jambes menaçaient de se dérober sous elle. En une fraction de seconde, ces six années écoulées depuis leur dernier baiser se dissipèrent et elle eut envie de lui avec la même force que cette nuit-là, quand ils avaient fait l'amour des heures entières. Elle l'avait alors désiré au premier regard, parce qu'il était le plus sexy, le plus beau, le plus amusant de tous les hommes qu'elle avait rencontrés jusque-là. Et depuis leur séparation, elle n'avait plus jamais retrouvé d'homme comme lui. Entre eux, elle ne pouvait le nier, brûlait une passion électrique.

Il resserra le bras autour de sa taille et l'embrassa de façon plus pressante, plus gourmande encore. Elle enfouit alors les doigts dans ses cheveux et se colla à lui, tandis que le désir resurgissait en elle, décuplé, ce qu'elle n'aurait jamais cru possible.

Non, il ne le fallait pas. Ce qui avait eu lieu six ans plus tôt ne devait surtout pas se reproduire. Elle avait grandi, elle était devenue une jeune femme sérieuse. Elle voulait se marier, fonder un foyer, et cet homme-là ne convenait pas pour le rôle. Pas question de laisser un baiser lui faire perdre la tête.

Avec un gémissement, elle tenta de reprendre ses esprits, mais en vain. Le plaisir qu'elle trouvait à ces retrouvailles annihila tous ses efforts. Elle renonça alors à résister et s'abandonna pleinement. Sans détacher sa bouche, Jared se mit à promener les mains sur son dos, puis descendit plus bas, tandis que chacune de ses caresses attisait le désir en elle. Elle ne trouva pas le courage de l'arrêter.

Il la caressa encore et encore, faisant vibrer chaque parcelle de son corps… Puis, soudain, venu des tréfonds de son cerveau, elle entendit la voix de la sagesse la rappeler à la raison : si elle le laissait continuer, elle était perdue.

— Jared, chuchota-t-elle dans un effort surhumain en arrachant sa bouche au baiser, tremblante et à bout de souffle. Il ne faut pas. Je ne veux pas m'engager dans quoi que ce soit avec toi. Pas à ce stade de ma vie. Il y a six ans, j'étais jeune, je ne pensais qu'à m'amuser et à flirter. Aujourd'hui, j'ai un travail à accomplir, une carrière à mener, et je ne cherche pas autre chose.

Il s'immobilisa, visiblement dépité, et la regarda avec tendresse.

— Premièrement, répondit-il, tu as encore l'âge où on a le droit de s'amuser. Et, que je sache, tu ne travailles pas de nuit. Allons, qu'y a-t-il de mal à échanger quelques baisers ?

— Non, Jared ! persista-t-elle. Tu sais bien que ça ne s'arrêtera pas là, pas avec ce que nous sentons entre nous, et je n'ai pas besoin d'une liaison en ce moment. Oh ! je t'en prie… ajouta-t-elle dans un soupir, désemparée sous son regard qui menaçait de la faire de nouveau chavirer.

— Bon sang, Allison ! murmura-t-il en se renfrognant. Je ne comprends pas pourquoi tu luttes comme ça, alors que chaque parcelle de ton corps est d'accord avec moi. Je le sais, je sens bien que tu me désires. Que tu aimes m'embrasser et que tu as envie de faire l'amour avec moi.

Ces mots ne firent que renforcer le conflit intérieur qui la torturait.

— Tu as raison, évidemment… acquiesça-t-elle. Seulement, je suis là pour réaliser un travail, et je compte bien m'en tenir à cette mission, ajouta-t-elle en s'efforçant de respirer calmement. Alors laisse-moi te souhaiter bonne nuit et allons dormir maintenant. Merci encore pour cette soirée…

Puis, sans plus attendre, elle pénétra dans sa suite, referma la porte derrière elle et s'adossa au battant, à bout de souffle.

Il fallait chasser tout de suite le souvenir de ce qui venait de se passer, ne plus penser à ce corps masculin, à ces mains et à cette bouche dont la sienne gardait l'empreinte, de cette extase qu'elle venait d'éprouver entre ces bras... Au comble de la frustration, elle poussa un soupir et s'avança, chancelante, dans la chambre. Ce n'était plus possible. Elle ne pourrait pas continuer comme ça, travailler à côté de cet homme pendant la journée, sortir le soir avec lui et l'embrasser ainsi avant d'aller se coucher. Elle ne tiendrait pas longtemps à ce régime, elle finirait par céder et cela, elle ne le voulait pas.

Elle se mit à arpenter la suite, incapable de retrouver son calme. Il était inutile de se coucher tout de suite, le sommeil ne viendrait pas. Elle avait la peau en feu, le corps semblable à un volcan en fusion. Jamais elle ne trouverait la force de lui dire non une fois de plus ! Pour tenter de se calmer, elle repensa à la vie qu'il menait, aux défis fous qu'il se lançait. Elle ne pouvait s'attacher à un homme qui défiait la mort à longueur de temps. À un homme que les mots « mariage » et « famille » faisaient fuir. Jared n'était pas le genre d'homme que l'on pouvait aimer.

Elle se déshabilla et passa sous la douche. L'eau, qu'elle régla pourtant presque froide, échoua à apaiser le désir qui subsistait en elle. Elle résolut alors de travailler et relut ses notes. Elle prit même des photos du mobilier dans sa suite. Rien n'y fit. Ce fut seulement quand l'aube pointa au-dehors qu'elle se mit au lit et sombra enfin dans un sommeil confus.

Le lendemain matin, elle prit une douche rapide et descendit dans la cuisine, où Marline, la cuisinière, s'activait déjà. Elle se réjouit de cette présence, qui lui permettrait de ne pas se retrouver tout de suite en tête à tête avec Jared.

— Bonjour, la salua Marline, tout sourire. Le jus d'orange est au frais et le café vous attend. Vous trouverez de quoi manger sur le comptoir. Je peux aussi vous préparer des œufs, si vous voulez.

— Ne vous dérangez pas pour moi, répondit Allison. Je vais me débrouiller.

— M. Jared a été appelé pour une affaire urgente, annonça Marline. Il m'a dit de vous prévenir qu'il ne serait là qu'en fin d'après-midi. Moi, je termine mon travail à midi et je ne serai pas là ce week-end. J'ai mis au réfrigérateur plusieurs plats que j'ai cuisinés d'avance, vous n'aurez donc qu'à vous servir.

— Merci, répondit Allison. M. Jared vous donne souvent votre week-end ?

— Oh oui ! Voyez-vous, c'est parce que vous veniez qu'il m'a demandé de travailler ici. Je n'avais jamais mis les pieds dans cette maison auparavant. En fait, je suis employée par M. Jared à sa maison de Dallas, tout comme Edith, la gouvernante.

— Dans ce cas, je vous remercie toutes les deux pour ce que vous avez fait.

— Nous sommes arrivées un jour avant vous, pour préparer la maison.

Allison se servit un verre de jus d'orange, remplit sa tasse de café noir et se fit griller un toast. Elle était infiniment soulagée de disposer de quelques heures avant de revivre le supplice que provoquait en elle son attirance pour Jared. Elle prit son petit déjeuner à la hâte, de façon à avoir plus de temps pour travailler avant le retour du maître de maison.

L'après-midi, elle terminait sa quatrième pièce, sans avoir pris le temps d'entrer le détail des descriptions sur sa tablette, comme elle en avait pourtant l'habitude, lorsqu'un léger bruit derrière elle la fit sursauter. Elle se retourna, au comble de la nervosité, et découvrit Jared à la porte.

— Est-ce que je t'ai manqué ? demanda-t-il de sa voix grave et sensuelle.

— Pas une seule minute, mentit-elle avec aplomb.

Elle se félicita du ton léger qu'elle était parvenue à adopter, malgré la panique qui venait de l'envahir. Jared avait déjà retiré la veste de son costume et sa cravate et il avait déboutonné le col de sa chemise. Il s'avança vers elle en retroussant ses manches et elle garda les yeux posés sur lui, tremblante et n'en menant pas large.

— Tant pis pour moi ! soupira-t-il en esquissant son fameux sourire en coin. Moi qui espérais que tu attendais mon retour avec impatience ! J'étais sûr que tu n'arriverais pas à travailler sans moi.

Il s'approcha d'elle en la regardant droit dans les yeux lui aussi.

— Vois-tu, reprit-il, de mon côté, je n'ai pas cessé de penser à toi depuis hier soir. Le moment où je t'ai laissée repartir dans ta chambre me hante encore… Et je me disais que mon martyre valait bien un baiser ! Un baiser pour dire bonjour, précisa-t-il d'une voix chaude en lui posant les mains sur le bas du dos.

Elle secoua la tête, comme si cela pouvait la libérer de cette espèce d'état d'hypnose dans lequel elle se trouvait depuis qu'elle l'avait vu.

— Je ne crois pas que ce soit une bonne idée, Jared.

— Oh ! tu n'es pas drôle, Allison… murmura-t-il en regardant sa bouche.

Comme par magie, elle sentit ses lèvres s'entrouvrir, mais ferma les yeux. En fait, elle ne voulait rien d'autre que cela : l'embrasser… Avant de retrouver la raison.

— J'ai procédé à l'inventaire de neuf pièces à ce jour, dit-elle en brandissant son bloc-notes, tel un bouclier. Si tu veux bien me suivre, je vais te faire part de mes appréciations.

— Si tu veux, acquiesça-t-il avec nonchalance. Dans ce cas, nous reprendrons cette conversation après dîner…

— Jared…

— Allison… Écoute, tu auras bientôt terminé ton travail avec moi et il pourrait bien s'écouler encore six ans avant d'éventuelles retrouvailles. L'affaire est donc entendue. Je t'emmène dîner quelque part ce soir. Dans une petite gargote, pour changer.

— Oh ! Jared ! soupira-t-elle, agacée. Tu es toujours tellement sûr de toi !

— Je sais ce que je veux, c'est tout, et je crois aussi savoir ce que toi, tu veux.

— Bon, pour le moment, faisons le tour de ces pièces…

Il hocha la tête en lui souriant. Exaspérée, elle le défia du regard.

— Tout ce que tu veux, marmonna-t-elle, c'est coucher avec moi.

— Pourquoi ai-je l'impression que tu en as envie autant que moi ?

Son sourire s'évanouit, alors que le désir faisait scintiller ses yeux.

— Pas cette fois, Jared, pas cette fois. J'ai désormais des responsabilités que je n'avais pas il y a six ans. Et si je cède, tu pourras dire au revoir à ton amitié avec Sloan. Il ne te le pardonnerait pas.

— Je ne vois pas l'intérêt d'informer ton frère de tout ce que nous faisons ensemble, toi et moi.

— Effectivement, je ne suis pas obligée de tout lui dire, mais il faut que tu saches que je ne sais pas mentir, et qu'il a déjà appelé tout à l'heure.

Elle se réjouit de voir la surprise s'afficher sur les traits de Jared et ajouta :

— Je lui ai dit que tu t'étais absenté, qu'une affaire urgente t'avait appelé à l'extérieur… mais que tu allais revenir cet après-midi. Une chose est sûre : tant que je n'en aurai pas fini ici avec mon travail, Sloan aura un œil sur moi.

— Sloan est à Dallas, et nous, à Houston. Sans parler de sa famille, dont il a la responsabilité. Et comme tu n'as plus dix-huit ans, je le vois mal débarquer ici pour contrôler si nous dormons chacun dans notre lit ! En revanche, je ne serais pas surpris qu'il m'appelle, moi aussi. Il a dû se réjouir de savoir que je t'avais laissée seule aujourd'hui.

— En fait, il se réjouit surtout pour nos affaires. Mais c'est vrai qu'il n'a pas caché sa satisfaction de te savoir occupé avec les tiennes.

— Mais dis-moi, il est toujours comme ça avec toi ?

— Non, pas du tout. C'est seulement quand tu es dans les parages. Tu es le seul qui provoque cette réaction chez lui. Il te connaît trop bien, il faut croire…

— Grâce au ciel, tu ne prends pas à cœur tout ce qu'il peut te raconter à mon sujet !

— Il n'a pas encore compris que j'étais capable de me prendre en charge. Mais il ne me fait pas peur, rassure-toi. Pas plus qu'à toi, je suppose.

Elle vit que Jared se détendait. Il esquissa un large sourire.

— Dans ce cas, je voudrais emmener la femme adulte que tu es devenue dîner quelque part ce soir. Et si nous échangeons quelques baisers au fil de cette soirée, dis-toi que cela ne portera pas à conséquence. Même ton frère n'y verrait aucun mal, j'en suis certain. Tout ce qui m'importe, c'est de passer un bon moment avec toi.

— Un bon moment, oui, dit-elle. Mais il ne faut pas que cela aille plus loin.

Elle vit scintiller dans les yeux verts quelque chose qui ressemblait à une lueur de défi.

— Cela ne fera que rendre les choses plus intéressantes, dit-il en lui effleurant le cou d'une caresse. Bon, tu comptes travailler encore longtemps ?

— Jusqu'à 18 heures, répondit-elle, tout sauf soulagée. Tu le sais, Jared, ce dîner ne peut qu'être source de problèmes.

— Permets-moi de te démontrer le contraire. Détends-toi et je te prouverai combien nous pouvons nous amuser ensemble, et apprécier la compagnie l'un de l'autre.

Comprenant que la bataille était perdue d'avance, elle rendit les armes et se remit au travail en attendant.

— Je peux t'aider ? suggéra-t-il.

— Si tu veux, répondit-elle en lui tendant son bloc-notes. Je vais te dicter ce que tu dois écrire.

— Entendu, dit-il.

Il saisit le cahier et prit des notes comme elle le lui demandait, docile et sérieux. Toutefois, quand l'horloge du salon sonna 18 heures, il lui rendit le bloc avec un large sourire.

— L'heure fatale ! lança-t-il. Il est temps de se préparer pour la soirée.

— Écoute, nous n'allons pas nous arrêter en plein milieu ! Rien ne nous empêche de travailler encore un peu…

— Effectivement, rien ne nous en empêche, mais il n'en est pas question. Allons nous changer ! Combien de temps te faut-il pour t'habiller ? On se retrouve ici à 19 h 30, ça te va ?

— D'accord, soupira-t-elle en rassemblant ses affaires de travail, que Jared lui prit aussitôt des mains.

— Je m'occupe de ça, ne t'en fais pas.

Elle le regarda un instant, hésitante, puis hocha la tête.

— Tu sais, dit-elle, je ne serais pas surprise que Sloan me rappelle. Ou qu'il cherche à te joindre, toi. C'est plus fort que lui : il a toujours été tellement protecteur ! Je me souviens que j'ai dû me battre pour avoir le droit de passer le permis de conduire. Il avait peur ! Heureusement, papa a été là pour le raisonner…

— Eh bien, tu as beaucoup de patience avec ton frère ! remarqua Jared. Avoue qu'il est parfois exaspérant ! D'ailleurs, je me rappelle que nous nous étions battus une fois, quand nous étions enfants. Il avait un sacré coup de poing déjà, à l'époque.

— Pas question en tout cas que vous en veniez aux mains à cause de moi…

Quant à elle, elle avait sa propre bataille à mener. Une bataille acharnée, contre son attirance pour Jared.

Jared faisait les cent pas dans la bibliothèque. Toute la journée, Allison avait hanté ses pensées et il ne souhaitait plus qu'une chose maintenant : la retrouver. Pourquoi tant de fébrilité pour un simple rendez-vous ? Les inquiétudes de Sloan, il avait pris le parti de les oublier. Allison, de son côté, ne semblait guère s'en soucier non plus. De toute façon, il n'y avait aucune raison que Jared perde son ami de toujours, sauf bien sûr s'il venait à briser le cœur de sa petite sœur. Ce qui ne risquait pas de se produire. Car Allison savait quel genre d'homme il était et elle n'allait pas courir le risque de tomber amoureuse.

Pour ce qui était sa tentative de rachat de leur entreprise familiale, il pensait qu'elle ne lui en voulait plus et il n'avait pas l'intention de renouveler cette tentative d'OPA. Il devait à présent trouver le moyen d'apaiser les peurs que la passion des sports extrêmes inspirait à Allison. De cette façon, peut-être cesserait-elle de lui résister. Ce n'était pas gagné, car elle devait encore souffrir de la disparition brutale de sa mère et de son autre frère. À coup sûr, l'idée de perdre de nouveau un être cher lui était insupportable.

Il sentit son cœur s'arrêter lorsqu'elle pénétra dans la pièce et dut se faire violence pour ne pas se précipiter sur elle pour l'embrasser jusqu'à en perdre le souffle.

— Tu es magnifique, dit-il, la gorge serrée.

Elle était en vérité terriblement sexy avec cette chemise en denim, dont elle avait déboutonné le col jusqu'à l'extrême limite, laissant entrevoir le galbe de ses seins. Ladite chemise était rentrée dans la ceinture de son jean, suffisamment serré aux endroits critiques pour vous faire perdre votre sang-froid.

Il s'avança vers elle, comme hypnotisé.

— Chère amie, vous feriez fondre un glacier… dit-il.

— Merci. Vous n'êtes pas mal non plus, cow-boy !

Elle avait laissé ses cheveux détachés, ces cheveux blonds et soyeux dans lesquels il avait toujours envie d'enfouir ses mains. Si cela n'avait tenu qu'à lui, il l'aurait déshabillée dans l'instant pour lui faire l'amour sans perdre une seconde. Mais au lieu de cela, il inspira, expira, et lui offrit son bras.

— Allons-y, dit-il sans la quitter des yeux.

Enfin, elle était là, avec lui, toute à lui. Pour la soirée. Dans l'entrée, il attrapa son Stetson et s'en coiffa, puis tendit à Allison son propre chapeau de cow-boy.

— Voyons ce que cette soirée nous réserve, reprit-il.

— Quelques danses country, j'espère. Je n'ai pas été dans ce genre d'endroit depuis une éternité. D'ailleurs, j'ai bien failli ne pas emporter cette tenue en venant ici.

— Je me réjouis que tu l'aies fait. Et je te le promets,

tu te souviendras longtemps de cette soirée, affirma-t-il avant de lui enlacer la taille, fermant les yeux quand son parfum l'enveloppa.

Son cœur s'accéléra à la perspective de ces quelques heures avec elle sur la piste de danse et, si les dieux étaient avec lui, une fois rentrés, de lui faire l'amour jusqu'au petit jour. Seul problème, Allison ne semblait même pas vouloir lui donner de simples baisers.

Une fois à la voiture, il lui ouvrit la portière et la regarda se glisser sur son siège en commettant l'erreur d'admirer la chute de ses reins. Mal lui en prit, il manqua s'étouffer.

Il ne leur fallut que quelques minutes pour rejoindre l'autoroute et rouler vers une soirée qui promettait d'être l'une des plus belles de son existence.

À 23 heures, ils enchaînaient encore les two-step. Allison, à vrai dire, aurait bien continué à danser ainsi avec lui jusqu'au bout de la nuit. Et après ? Il était irrésistible, tellement sexy en cow-boy, avec son jean qui lui descendait sur les hanches ! Pourrait-elle s'en tenir à ce qu'elle lui avait dit ? Elle devait sans arrêt se raisonner pour ne pas céder à son charme.

Heureusement, encore quelques jours et le travail avec lui serait terminé. Et après ça, elle ne le reverrait sans doute jamais. De son côté, il semblait prendre plaisir à danser avec elle. Pas une fois il ne parla de rentrer à la maison et ce fut elle qui, peu après minuit, lui fit remarquer qu'il se faisait tard.

— Tu as raison, allons-y. L'orchestre ne va pas tarder à quitter la scène, de toute façon…

Il lui prit la main et ils rejoignirent leur table. Trois minutes plus tard, ils se retrouvaient dehors dans la fraîcheur de la nuit, encore tout étourdis de musique. Jared l'enlaça alors une dernière fois et la fit virevolter sous le porche.

— Rentrons, maintenant, dit-il ensuite. Sachez, chère

madame, que je ne m'étais pas amusé ainsi depuis bien longtemps.

— J'ai passé une excellente soirée moi aussi, assura-t-elle.

Elle n'ajouta rien, peu désireuse de lui donner de faux espoirs pour la suite.

Sur le chemin du retour, ils bavardèrent de tout et de rien, puis, une fois rentrés, burent un chocolat chaud dans la cuisine et grignotèrent quelques cookies en continuant de discuter gaiement. Allison était consciente de l'heure tardive, mais elle ne pouvait se résoudre à mettre un terme à la soirée.

— Jared, le soleil va bientôt se lever, finit-elle par déclarer bien plus tard. J'ai besoin de dormir un peu.

— Très bien, ma chérie, répondit-il. Allons nous coucher.

Ses paroles la firent tressaillir, mais sans doute était-ce prémédité de la part de Jared. Elle ne releva pas et sortit de la cuisine. Jared la rattrapa dans l'escalier et glissa le bras autour de ses épaules. Arrivés devant la porte de sa suite, il l'enlaça.

— Quelle soirée de rêve, murmura-t-il. C'est tellement bon d'être avec toi, Allison…

— J'ai passé un excellent moment, moi aussi, répondit-elle en tentant de garder ses distances. Je n'avais pas dansé comme ça depuis le lycée.

Elle le regarda alors et une vague de désir brutal la submergea. Elle baissa les yeux sur sa bouche et son cœur s'accéléra. En dépit de toutes les bonnes raisons qu'elle avait d'éviter ce qui allait se passer si elle cédait le moindre pouce de terrain, elle ne pouvait se voiler la face : elle mourait d'envie de l'embrasser. Elle ne voulait que cela, ici et maintenant. Alors, perdant le contrôle d'elle-même, elle se pressa contre lui.

— Allison, fit-il de sa voix profonde et magnétique.

Il approcha son visage et elle ferma les yeux. C'était fini, toute raison en elle avait volé en éclats. Le désir avait des allures de raz-de-marée. Elle entrouvrit la bouche et leurs langues se nouèrent l'une à l'autre. L'intensité du baiser qu'ils échangèrent la subjugua.

Il était impossible qu'il n'entende pas les martèlements de son cœur. Comment cet homme pouvait-il balayer toute velléité de résistance chez elle ? Nouant les mains à son cou, elle se plaqua contre lui en gémissant au contact de ses mains sur sa gorge. Des mains qui s'affairèrent bientôt sur les boutons de sa chemise, sans qu'elle songeât même à l'arrêter. Pas plus qu'elle ne l'arrêta quand il lui dégrafa son soutien-gorge et lui caressa les seins avec volupté. Troublée au plus haut point, elle ouvrit à son tour les boutons de sa chemise à lui et promena les mains sur son torse, mêlant ses doigts au duvet sombre qui le tapissait.

Tandis que leurs baisers redoublaient de passion, Jared l'entraîna dans sa chambre puis, sans que leurs bouches se détachent, il la souleva du sol pour l'emporter jusqu'au lit.

Faisant appel à ce qui lui restait de volonté, elle s'accrocha à ses épaules et protesta dans un souffle :

— Non, je ne peux pas, Jared. Je ne suis pas venue pour cela…

Sans l'écouter, il l'allongea sur le lit et se pencha sur elle. Quelques mèches de ses cheveux bruns lui retombaient sur le front, ses lèvres avaient viré au rouge sang et sa chemise ouverte laissait voir son torse puissant. Au supplice, Allison gémit : elle voulait le sentir sur elle maintenant. En elle.

Lentement, il s'écarta et la regarda.

— Je ferai ce que tu veux, murmura-t-il. Mais si c'est non, dis-le tout de suite… Quant à ce que je veux moi, tu le sais.

Elle retint son souffle et, à cet instant, faillit tout oublier : la raison, la sagesse, les conséquences, plus rien n'avait d'importance… Cependant, elle se reprit et lutta contre ce qu'elle désirait le plus au monde. Elle n'eut pas besoin de répondre, il comprit à son regard. Alors, il se redressa. Elle ne pouvait douter de son désir. Ils se dévisagèrent un long moment, puis, sans rien rajouter, Jared sortit de la chambre et referma la porte derrière lui. Elle se rassit, les mains crispées sur les draps, en s'interdisant de l'appeler ou de courir après lui.

— Laisse-le partir, chuchota-t-elle. Laisse-le partir.

Un jour ou l'autre, cet homme lui briserait le cœur, mieux valait que ce soit tout de suite. Car elle ne se ferait jamais à son style de vie, à son goût du danger. D'autant qu'elle n'avait pas envie d'une aventure, elle devait s'en convaincre. À vingt-quatre ans, c'était au mariage qu'il fallait songer, à se ranger pour mener une vie ordinaire auprès d'un homme raisonnable et responsable, capable d'aimer. Or, Jared était incapable d'envisager une relation durable.

Si seulement elle ne réagissait pas ainsi à Jared, tout feu tout flamme ! Encore maintenant, elle tremblait et chacun de ses nerfs crépitait. Et le fait d'avoir connu jadis l'extase entre les bras de cet homme irrésistible ne faisait qu'aggraver son cas. Elle avait envie de regoûter à ce plaisir qu'elle n'avait jamais retrouvé avec personne d'autre depuis. Pourquoi fallait-il que Jared et elle fussent si totalement incompatibles ?

Secouant la tête, elle se leva pour aller prendre une douche, perdue dans ses pensées, encore brûlante des baisers échangés. Elle avait devant elle une semaine au moins de travail en sa compagnie. En sortirait-elle indemne ?

Une heure plus tard, allongée dans l'obscurité, le désir encore chevillé au corps, alors qu'elle tentait désespérément de s'endormir, elle regarda la porte close et chuchota malgré elle :

— Et toi, Jared, tu dors ?

Le dimanche matin, ils s'envolèrent pour Dallas et elle en profita pour prendre sa journée et passer à son appartement, tout près de la maison familiale. Soulagée d'échapper à la tentation constante que représentait Jared, elle alla ensuite retrouver son père, avec lequel elle passa la soirée.

De bonne heure le lundi matin, elle reçut un texto de Jared l'informant qu'il serait retenu à son bureau pour la journée et qu'il la verrait en fin d'après-midi. Suivant ses instructions, elle se rendit chez lui, dans l'un des quartiers les plus huppés de la ville.

À peine donna-t-elle son nom au gardien que le lourd portail s'ouvrit. Elle remonta lentement l'allée bordée de chênes centenaires et découvrit bientôt une immense demeure inspirée des temples grecs antiques, avec un vaste porche courant sur toute la façade et des colonnes de style corinthien. Elle ne s'attendait pas à cela de la part de Jared ; elle s'était imaginé quelque chose de plus modeste en taille, et de moins prétentieux, plus en accord avec sa personnalité sympathique. Il avait grandi dans une maison semblable à la sienne, dans la même rue, et dans son esprit, il ne pouvait vivre dans une telle opulence. Elle gara sa voiture et un homme imposant aux cheveux poivre et sel vint l'accueillir.

— Miss Tyler, je suis Stan Pinchly, le mari de Marline. Je vous en prie, appelez-moi Stan. Si vous voulez bien me suivre.

— Merci, répondit-elle.

Elle le suivit dans un patio où se trouvait un bassin d'ornement entouré de fontaines, de palmiers et de sculptures en marbre. Stan la conduisit ensuite à l'étage et lui ouvrit la porte de sa suite.

— Je vais chercher vos affaires, et si vous avez besoin de quoi que ce soit, n'hésitez pas.

— Merci, Stan, répondit-elle en regardant autour d'elle.

Le salon où il l'avait introduite était inondé de soleil, qui entrait par les hautes portes-fenêtres. Un canapé rouge coquelicot, deux fauteuils bergère et un rocking-chair le meublaient. Fascinée, Allison se dirigea vers la chambre et tressaillit en découvrant un immense lit à baldaquin. Aussitôt, elle s'imagina entre les draps froissés de ce lit en compagnie de Jared…

Elle secoua la tête pour chasser ces pensées importunes. En vain. D'autant que le Jared d'aujourd'hui était encore plus séduisant que celui d'autrefois. Et plus dangereux aussi, c'était une certitude. Saurait-elle résister ce soir à ses baisers ? Le voulait-elle seulement ? Des baisers qui, loin d'être inoffensifs, étaient un appel au plus doux des crimes.

- 5 -

Jared poussa la porte du restaurant et se dirigea vers la salle principale, réservée pour le petit déjeuner de leur club. Un club qui comptait une bonne dizaine de membres, tous millionnaires, voire milliardaires, que Jared connaissait depuis des années, à commencer par Sloan, son meilleur ami.

Une grande table avait été dressée dans le salon feutré orné de ficus où il pénétra. Des tableaux représentant des scènes de chasse décoraient les murs. Les membres du club discutaient par groupes de deux ou trois, un bloody mary ou un verre de jus d'orange à la main.

Sloan était déjà là. Il lui fit signe d'approcher dès qu'il l'aperçut. Tout en saluant les uns et les autres, Jared ne put s'empêcher de penser aux cheveux blonds d'Allison. Ceux de Sloan n'étaient pas de la même couleur. Ce dernier n'avait pas non plus l'éclat si particulier des yeux indigo de sa sœur. Certes, il existait un vague air de famille entre eux, mais il restait difficile d'imaginer qu'ils étaient frère et sœur.

Sloan était quelqu'un de bien, un ami, un vrai… Sauf quand il s'agissait de sa sœur. Il perdait alors son calme et pouvait se montrer féroce. Vêtu d'un costume trois-pièces, il incarnait l'image de l'homme d'affaires par excellence. Pourtant, Jared continuait à voir en lui l'ami prêt à toutes les folies, à tous les défis, le bon vivant croquant la vie à pleines dents, toujours partant pour faire la fête ou la tournée des bars.

— Je te croyais à Houston, lui dit Sloan en lui serrant la main, le regard scrutateur.

— Je viens de rentrer. Ta sœur procède à l'inventaire de la maison et expédie des photos à ton père, expliqua-t-il, ne jugeant pas utile de préciser à Sloan qu'en réalité, la jeune femme se trouvait, elle aussi, à Dallas.

— Elle lui est d'une aide précieuse et grâce à elle, les affaires tournent bien… Comment cela s'est-il passé, là-bas ?

— Elle a fait ce qu'elle avait à faire, je suppose, dit-il pour court, avant d'enchaîner, soucieux d'éviter les questions embarrassantes : Et comment vont les petits Tyler ?

— Virginia et Megan s'occupent de Jake comme d'un poupon, ce dont il semble se réjouir, répondit Sloan en sortant son téléphone de sa poche. Regarde, c'est une photo que j'ai prise hier soir…

Jared posa les yeux sur Leah, la femme de son ami, qui avait des cheveux châtains bouclés. Elle posait en compagnie de ses trois enfants, le bébé au milieu, les filles de chaque côté. Si Virginia avait hérité des cheveux de sa mère, Megan, elle, était blonde aux yeux bleus. Comme Allison.

— Une bien belle famille, Sloan ! le félicita-t-il.

— Une super-belle famille ! renchérit son ami.

— Et de quoi t'occuper…

— Sauf que je n'en oublie pas pour autant le business, répondit Sloan. J'ai dans mon listing une villa à quelques kilomètres à peine de ton bureau, ajouta-t-il à voix basse. Elle sera mise en vente dans quelques mois. Tu aimerais la visiter ?

— Bien sûr. Où se situe-t-elle exactement ? demanda Jared, trop heureux d'avoir amené la conversation sur un sujet inoffensif.

— Excuse-moi, mais voici les Delaney, dit Sloan en agitant la main.

Jared se retourna et regarda approcher Will, Zach, Ryan et son beau-frère, Garrett Cantrell. Tous des géants, ou presque. Avec ses cheveux bruns et ses yeux bleus, Zach ressemblait peu à ses frères. Baroudeur, casse-cou, il avait fini par poser ses valises pour se marier.

— Ça fait plaisir de vous voir ! s'exclama Sloan en

saluant les quatre hommes. Ça faisait longtemps que vous n'étiez pas venus au club. La famille va bien, Will ? La petite Caroline et le bébé ?

— En pleine forme ! Caroline adore le petit Adam, et elle aide beaucoup sa maman Ava.

— C'est sympa d'avoir baptisé ton fils du nom de ton frère aîné, remarqua Jared. Tu as été le meilleur des oncles pour Caroline après le décès de son père, et maintenant tu es un père pour elle. Tu peux être fier de toi !

— Merci, Jared. Je crois que Caroline est bien avec nous. Pour elle, Adam n'est pas un demi-frère, mais un frère à part entière. Le fait d'avoir un autre Adam dans la famille était important pour nous tous.

— Il faudrait qu'on organise une fête, tous ensemble, un de ces jours, suggéra Jared. Il y a une éternité que je n'ai pas eu le plaisir de voir vos femmes et vos enfants… Bien, le buffet est prêt, on dirait. Allons-y !

Ils s'approchèrent de la longue table et Jared se retrouva à côté de Ryan.

— Laissons les hommes mariés entre eux, déclara celui-ci en remplissant son assiette. Ils sont trop occupés à se montrer des photos de leur progéniture…

— Tu sais, Ryan, je reviens de Houston. La maison est pleine d'objets précieux et…

— Jared, je te l'ai dit, n'en parlons plus ! Aucun de nous ne s'intéresse à cette maison. Il s'agit de ton héritage, point final, répéta Ryan pour la énième fois, avant d'ajouter, les yeux brillants : Au fait, je me suis inscrit au rodéo de Tombstone, en août. Tu y seras ?

— Pas cette année, répondit Jared. Ça te laisse une chance de gagner…

Il continua de plaisanter avec son ami, ravi d'avoir échappé aux questions de Sloan sur sa sœur, mais deux heures plus tard, comme ils sortaient du restaurant, ce dernier l'interpella :

— Hé, camarade, je suis désolé de t'importuner avec mes inquiétudes concernant Allison, mais…

— Non, tu n'es pas désolé, l'interrompit Jared. Si je

partais pour Houston, là, tu paniquerais et, dès ce soir, tu m'appellerais pour me faire subir un interrogatoire.

— Possible ! répondit Sloan avec un haussement d'épaules. Que veux-tu, je dois veiller sur ma famille… Ma sœur est tellement naïve et, comme chacun sait, tu es un bourreau des cœurs.

— Si je puis me permettre, ta sœur est majeure et vaccinée, et je la crois en mesure de prendre soin d'elle-même.

— Allison est très vulnérable sous ses dehors de femme d'affaires intransigeante. C'est une grande anxieuse, bien plus que moi.

— Vraiment ? C'est donc de famille ?

— Il faut croire. Le fait est que la vie ne nous a pas épargnés, soupira Sloan, avant de serrer la main de Jared. Allez, au revoir, vieux frère, heureux de t'avoir revu.

— Moi aussi. N'empêche, je n'aimerais pas être à la place de Virginia et Megan le jour où elles commenceront à vouloir sortir. Et j'imagine que ce ne sera pas facile pour elles lorsqu'elles présenteront leur premier petit ami à leur papa.

— Peut-être que j'aurai mis de l'eau dans mon vin d'ici là, qui sait ? répondit Sloan en souriant.

— Tu seras pire, à mon avis. Bien, je t'appellerai pour la villa.

— Entendu ! À bientôt, dit Sloan en s'éloignant.

Jared se dirigea vers sa voiture. Il n'éprouvait aucune culpabilité à ne pas avoir informé son ami de la présence de sa sœur à Dallas. Sloan le découvrirait bien assez tôt, et en attendant, cela lui épargnait de s'inquiéter.

Tout en accélérant le pas, Jared pensa à Allison. Il devait encore passer au bureau pour deux rendez-vous, mais il avait bien l'intention de rentrer au plus vite pour la retrouver. En fait, elle lui manquait déjà, alors que moins de vingt-quatre heures s'étaient écoulées depuis leur dernière entrevue.

Allison occupa sa matinée à arpenter le premier étage de la propriété, tandis que Marline s'affairait encore en cuisine.

Stan et elle avaient prévu de partir vers midi et le maître des lieux rentrerait en fin d'après-midi. Ce programme convenait parfaitement à Allison. Seule dans la maison, elle pourrait travailler plus efficacement. Quant à la soirée qui s'annonçait avec Jared… Elle tressaillit à cette perspective.

La maison était somptueuse. Et elle la préférait de loin au domaine de Houston. Il y avait plus de fenêtres ici, donc plus de lumière, et tous les meubles et objets d'art qu'il avait réunis entre ces murs étaient des pièces exceptionnelles. Apparemment, il avait comme elle la passion des belles choses.

À 14 heures, alors qu'elle se trouvait dans le bureau, elle entendit sonner à la porte. Elle fronça les sourcils. Si Jared avait attendu quelqu'un, il lui en aurait parlé. Sans doute s'agissait-il d'un livreur, que le gardien avait jugé bon de laisser entrer. Elle se leva et gagna le hall, avant de remarquer, intriguée, une limousine garée devant le perron.

Elle ouvrit la porte d'entrée et se retrouva nez à nez avec une splendide jeune femme en tailleur blanc, mince, grande, avec des cheveux auburn et des yeux noisette. Allison reconnut aussitôt Dawn Rainsford. Qui ne fut pas vraiment ravie de la voir là, manifestement.

— Vous habitez ici ? l'interpella la star de cinéma sans préambule.

Allison tressaillit. L'actrice avait cette voix grave caractéristique qui la rendait unique dans ses films.

— Oui, répondit-elle, un peu surprise par cette entrée en matière.

— Jared est ici ?

— Non, il est à son bureau…

Dawn la détailla des pieds à la tête avec un dédain non dissimulé pour son T-shirt, son jean râpé et ses baskets. Quand ses yeux retrouvèrent ceux d'Allison, celle-ci ne put s'empêcher de remarquer la beauté de ses cils. Trop beaux pour être vrais.

— Qui que vous soyez, vous feriez mieux de préparer vos valises. Je compte emménager ici, déclara-t-elle finalement.

— Bonjour à vous, rétorqua Allison, imperturbable. Je m'appelle Allison Tyler.

— Vous savez évidemment qui je suis.

— Désolée, mais non. Vous vous appelez… ? fit Allison, incapable de résister à ce plaisir, avant de se reprocher cette réaction puérile, voire mesquine.

— Dawn. Dawn Rainsford.

Sur ce, la jeune femme tourna les talons et regagna sa limousine.

— Dites à Jared que je suis passée, lança-t-elle alors qu'un chauffeur se précipitait pour lui ouvrir la portière.

Allison referma la porte après avoir regardé la voiture s'éloigner, puis elle demeura un moment immobile, désemparée. Et déçue. Jared lui avait donc menti : visiblement, Dawn Rainsford faisait toujours partie de sa vie. Et elle ne semblait guère décidée à en sortir.

Faisant de son mieux pour effacer cette idée désagréable de son esprit, la jeune femme se remit au travail en accélérant même le rythme. Elle termina aux alentours de 15 h 30, car pour le reste, elle avait besoin de son avis et ne pouvait qu'attendre son retour. Toutefois, il ne semblait pas pressé de rentrer, car deux heures plus tard, il n'était toujours pas là.

Peu importait, songea-t-elle. Cela lui était égal. Comme prévu, elle se mit en route et alla retrouver son père pour le dîner, non sans avoir laissé un petit mot à Jared dans la cuisine.

Du fait des embouteillages, le trajet lui prit près d'une heure. Une fois arrivée dans la maison familiale, elle se dirigea vers la cuisine, d'où provenaient des odeurs alléchantes.

— Coucou, papa, je suis là !

Herman Tyler apparut, souriant et les bras grands ouverts.

— Comme ça sent bon, ici ! ajouta-t-elle en l'embrassant.

— J'ai préparé un ragoût. Allez, installe-toi et parle-moi un peu du domaine ! D'après ce que j'ai vu, tu fais un excellent travail et tes notes me sont d'une grande aide, dit-il en soulevant le couvercle de la cocotte.

— Merci, papa.

— Certains objets sont très anciens, j'ai l'impression, et inestimables. D'autres n'ont pas vraiment de valeur, mais ils sont rares. Au fait, comment trouves-tu la maison de Dallas ? C'est une première pour toi.

— Oui, c'est vrai. Mais j'ai été très claire avec Jared. Tout ce que je peux faire, c'est lui donner mon opinion. Ce n'est pas mon métier.

— Tu as bien fait. Nous pouvons passer dans le salon, maintenant. Que dirais-tu d'un verre de vin, ma petite fille ?

— Avec plaisir. Assieds-toi, je m'en occupe. Toujours du cabernet sauvignon ?

— Toujours, ma chérie.

— Tu ne vois pas d'objection à ce que j'ouvre une bouteille de blanc ?

— Bien sûr que non ! Ah, comme c'est bon de t'avoir à la maison.

Un instant plus tard, elle lui tendait son verre et allait s'asseoir avec le sien dans son rocking-chair préféré.

— Tu sais, reprit-il, Sloan m'appelle tous les jours pour savoir comment je vais. Il a téléphoné à 16 heures aujourd'hui et m'a demandé des nouvelles du travail. Je lui ai dit que Jared t'avait confié la décoration de ses maisons de Dallas et du Wyoming. Il a eu l'air surpris d'apprendre que tu étais en ville. Il va peut-être passer après son travail.

— Vraiment ? Lui qui est toujours tellement pressé de rentrer chez lui ! s'étonna Allison, vaguement inquiète.

— Selon moi, ton frère a peur que Jared te fasse des avances…

— Mais pas toi, hein, papa ?

— Non, pas du tout. J'aime beaucoup Jared. Je comprends que tu aies été fâchée contre lui quand il a voulu racheter notre société, mais il faut le comprendre, c'est un homme d'affaires. Et en vérité, si nous décidions de vendre, je préférerais que ce soit à lui. C'est un gestionnaire accompli. Et pour ce qui est de ton frère, je sais qu'il y a bien longtemps que tu ne prêtes plus attention à ses inquiétudes.

— À supposer que je sorte avec Jared, ce ne serait pas

la fin du monde ! commenta-t-elle. Seulement, cela mettrait Sloan dans tous ses états.

— Ton frère est comme ça, c'est plus fort que lui, répondit son père en souriant. Il ne peut pas s'empêcher de s'inquiéter pour nous tous. Quand ce n'est pas pour moi, c'est pour toi.

Allison sourit à son tour.

— Mais assez parlé de Sloan, dit-elle. Parlons plutôt de la propriété de Jared. C'est une affaire intéressante pour nous, tu sais, papa.

— Bien sûr que je le sais ! Grâce à ça, nous devrions pouvoir réaliser un beau catalogue des objets qui lui appartiennent. À moins qu'il ne décide d'en conserver la plupart…

Le claquement de la porte d'entrée mit un terme à cette conversation.

— Bonsoir ! lança Sloan en pénétrant dans le salon.

Allison courut l'embrasser et son père proposa un verre de vin au nouveau venu.

— Non, merci, je ne reste pas, répondit ce dernier en considérant sa sœur d'un air suspicieux. Dis-moi, Allison, j'ignorais que tu étais rentrée à Dallas. Jared ne m'en a rien dit ce matin, à la réunion du club.

— Jared a le chic pour oublier de mentionner certains détails, répondit-elle en repensant à Dawn.

— Surtout lorsqu'il préfère me cacher lesdites choses, soupira Sloan.

— Comment va la famille, Sloan ? Je n'ai pas vu les enfants depuis trois semaines au moins…

— Quand tu en auras terminé avec ce travail, tu pourrais nous les garder, un soir ? suggéra son frère.

— Avec grand plaisir, répondit-elle. Tu n'auras qu'à me les amener.

— Marché conclu. Tu es une tante en or. Les filles seront ravies. Et le bébé aussi, j'en suis sûr.

— S'il te plaît, ce soir-là, passe d'abord à la maison, intervint Herman, que je les embrasse.

Sloan lui en fit aussitôt la promesse.

— Jared a passé la journée chez lui ? demanda-t-il ensuite à Allison.

— Non, je ne l'ai pas vu aujourd'hui, répondit-elle, avant d'ajouter : Je retournerai probablement dès demain à Houston.

— Et Jared ? Il retourne là-bas lui aussi ?

— Ça, tu n'as qu'à le lui demander, Sloan. Je ne suis pas dans ses petits papiers. Je ne lui ai même pas parlé aujourd'hui. En revanche, j'ai vu Dawn Rainsford. Elle est passée chez lui pour le voir, précisa-t-elle, persuadée que cette nouvelle plairait à son frère.

— Dawn Rainsford, ah bon ? Et comment est-elle, en chair et en os ? demanda-t-il, visiblement impressionné.

— Comme dans ses films : elle a une voix incroyable et elle est superbe.

— Toutes les femmes craquent pour Jared, soupira Sloan. Dawn Rainsford, tu te rends compte ? Tu l'as fait entrer ?

— Non, notre rencontre a été très brève. Nous n'avons pas vraiment bu le thé ensemble…

Sloan la dévisagea et elle soutint son regard sans cesser de déguster son vin.

— Et le travail, ça se passe bien ? demanda-t-il encore.

— Très bien. Ton ami a hérité d'une propriété somptueuse, remplie de merveilleux objets d'art.

— Je suis surpris que Jared veuille vendre, et la maison, et ce qu'il y a à l'intérieur.

— Si tu la voyais, tu comprendrais, fit remarquer Allison. J'ai rarement vu plus lugubre, comme endroit.

— Bien, je ferais mieux d'y aller. Avec ces embouteillages, j'en ai au moins pour une heure, dit Sloan en se levant. Au revoir, papa, porte-toi bien ! Allison, tu m'accompagnes à la porte ?

Elle posa son verre et le suivit dans l'entrée.

— Surtout, lui lança-t-il alors à voix basse, ne t'avise pas d'avoir une aventure avec Jared ! Je sais, il y a peu de risques que cela se produise, mais je préfère te mettre en garde. Il a brisé des centaines de cœurs, Allison. Jared n'est pas près de se ranger, crois-moi.

— Je sais, assura-t-elle. Et en fait, je me réjouis que ce travail arrive à son terme.

Elle regarda derrière elle, avant d'ajouter dans un murmure :

— Bien sûr, je ne veux pas inquiéter papa. Alors pas un mot à ce sujet, d'accord ?

— D'accord, petite sœur.

— Embrasse toute la famille, reprit-elle en poussant presque son frère dehors.

— Promis. À bientôt ! répondit Sloan.

Elle le regarda monter en voiture et lui adressa un dernier signe de main quand il démarra. À cet instant, son téléphone sonna et elle vit le numéro de Jared s'afficher à l'écran. Après une courte hésitation, elle posa l'appareil sur la console de l'entrée. Elle s'apprêtait à aller retrouver son père quand il sonna de nouveau. Elle regarda l'écran et, cette fois, reconnut le numéro de Phillip. Elle décrocha et son ami lui proposa de la retrouver pour le dîner. Peu après, elle retournait rejoindre son père.

— Phillip vient juste de m'inviter à dîner, lui dit-elle. Je lui ai proposé de passer plutôt ici.

— Tu as bien fait, répondit Herman. Je vais jeter un œil sur mon ragoût.

— Pendant ce temps, je vais mettre la table…

Lorsque la sonnette d'entrée retentit, une demi-heure plus tard, elle se précipita pour aller ouvrir à Phillip. Celui-ci était toujours aussi souriant et aussi séduisant, avec ses cheveux blonds et ses yeux bleus.

— Entre ! lui dit-elle. Allons rejoindre papa dans le salon.

— Alors, comment se passe ce travail à Houston ? demanda Phillip.

— Très bien. J'ai presque terminé et je ne tarderai pas à rentrer.

— Super. Tu as fait des trouvailles intéressantes ?

— Oui, quelques-unes. Je te montrerai des photos. Papa, Phillip est arrivé !

Les deux hommes échangèrent une chaleureuse poignée de main, puis tous s'installèrent confortablement avec un verre de vin pour discuter de choses et d'autres. Perdue dans ses pensées, Allison se laissa aller à observer son ami. Celui-ci plaisait beaucoup aux femmes. Mais pour quelle raison mystérieuse ne ressentait-elle pas en sa compagnie les mêmes sensations électriques qu'avec Jared ? Elle se sentait tellement plus compatible avec Phillip ! Il était aussi beau, aussi fascinant que Jared, et pourtant, elle ne frissonnait pas, et n'avait aucune de ces réactions sismiques que Jared éveillait en elle au moindre contact, au moindre baiser. Phillip était gentil, drôle, sensible, mais elle n'avait pour lui que de l'amitié. Il était le genre d'homme fiable, responsable et rassurant, autant de qualités qu'elle considérait comme caractéristiques du mari idéal. Un homme qui ne prenait jamais de risques inconsidérés, qui ne trouvait aucun intérêt à se mettre en danger.

— Allison ?

Elle sursauta et s'aperçut que les deux hommes la considéraient, perplexes.

— Désolée, je pensais aux notes que j'ai rédigées aujourd'hui. Je n'ai pas entendu ce que vous disiez…

— Je t'ai demandé d'emmener Phillip à mon bureau pour lui montrer les photos que tu m'as envoyées. Il pourrait être intéressé par certains objets…

— Bien sûr, répondit-elle en se levant.

Elle entraîna Phillip dans son sillage et ils s'installèrent côte à côte au bureau. Elle fit défiler les clichés sur son ordinateur portable et son ami lut en même temps les notes de son père. Au bout d'un moment, la voix de Herman s'éleva derrière eux.

— Le dîner est prêt, annonçait ce dernier. Venez manger, vous continuerez après. Est-ce qu'un de ces objets a retenu ton attention, Phillip ?

— Oui, monsieur : une horloge allemande du XVIIe siècle. Mais encore faut-il que Jared accepte de la vendre au prix que vous avez estimé !

— Je pense qu'il se rendra à l'avis de papa, déclara

Allison, tandis que tous trois gagnaient la cuisine, où mijotait le ragoût.

Pendant tout le temps du dîner, Allison n'écouta que d'une oreille les conversations sur les fluctuations du marché des antiquités. Soudain, elle entendit la sonnerie de son téléphone.

— Il y a un téléphone qui sonne, indiqua Phillip. Ce n'est pas le mien.

— C'est le mien, dit-elle avec un haussement d'épaules, comme pour signifier que cela n'avait aucune espèce d'importance. Ce doit être Sloan…

Philip la regarda avec curiosité, avant de reprendre sa discussion avec son père. Lorsque, vers 21 heures, il prit congé, Allison le raccompagna jusqu'à la porte.

— Quand crois-tu pouvoir rentrer à Dallas pour de bon ? demanda-t-il.

— D'ici quinze jours au maximum. Peut-être un peu plus tôt.

— Alors appelle-moi et tiens-moi au courant ! Nous pourrions aller au théâtre voir cette pièce dont tout le monde parle à Broadway. Elle sera jouée à Dallas en avril.

— Oh oui, avec plaisir ! Je te téléphonerai dès mon retour.

— Parfait. Merci encore pour le dîner.

— De rien. C'est vrai que papa est un excellent cuisinier. Allez, au revoir. Cela m'a fait plaisir de te voir, dit-elle.

— Moi aussi, j'ai été content de te voir. Bonne nuit, Allison.

Phillip lui déposa un baiser furtif sur la joue et gagna sa voiture de sport. Après l'avoir regardé partir, elle referma la porte, se remémorant les baisers de Jared. Baisers qui avaient le pouvoir de mettre tout son corps en feu, de lui faire perdre la tête… Pourquoi Phillip ne suscitait-il rien de tout cela en elle ? Pourquoi, entre tous les hommes sur cette planète, fallait-il qu'elle soit attirée par Jared ?

Oscillant entre agacement et résignation, elle rejoignit son père.

— Et si tu passais la nuit ici ? suggéra ce dernier lorsqu'elle l'eut retrouvé. Tu pourrais te rendre directement chez Jared demain matin…

— Bonne idée, répondit-elle, soucieuse de faire plaisir à son père, qui était si souvent seul.

En revanche, il n'était pas question de reconnaître l'autre raison qui la poussait à accepter : éviter à tout prix de voir Jared. Or, ne pas le voir ne voulait pas dire ne pas y penser. Allongée dans son lit de jeune fille, elle passa une nuit agitée, torturée par des visions de Dawn entre ses bras.

Le lendemain matin, elle prit son temps et attendit 9 heures pour dire au revoir à son père, dans l'espoir que Jared serait déjà parti travailler lorsqu'elle arriverait chez lui. Cependant, à sa grande surprise, elle trouva sa berline garée devant le perron. Elle pria en silence pour que Marline ou d'autres domestiques soient à la maison. Car elle n'avait pas la moindre envie de se retrouver en tête à tête avec Jared. Elle ne voulait pas l'entendre lui jurer ses grands dieux que Dawn avait bel et bien quitté sa vie. Car à en juger par sa visite de la veille, si tel était le cas, Dawn l'ignorait visiblement. Enfin, Allison ne voulait pas non plus sentir son corps s'embraser au moindre effleurement.

Elle ne se faisait pas d'illusions : à un moment ou à un autre, elle serait bien forcée de lui parler, puisqu'elle devrait retourner à Houston pour terminer son travail.

Elle prit plusieurs grandes inspirations, puis s'avança vers la porte. Elle dut attendre quelques longues secondes après avoir frappé, puis la porte s'ouvrit et Jared se matérialisa devant elle… Alors, comme par enchantement, toute sa détermination s'évanouit.

- 6 -

— Bonjour ! lança Jared avec un large sourire. Te revoilà enfin !

À ces mots, Allison sentit chaque centimètre carré de sa peau se réchauffer délicieusement, comme du miel que l'on étale sur un toast.

En une fraction de seconde, toute la froideur qu'elle avait veillé à emmagasiner et qu'elle entendait bien lui manifester se dissipa. Elle retint son souffle et entra, captant au passage les effluves de l'after-shave qu'elle commençait à connaître. Elle nota également malgré elle combien il était sexy avec ce jean râpé, cette chemise en denim et ces bottes de cow-boy.

— J'ai essayé de te joindre, hier soir, dit-il. Je t'ai appelée et envoyé des textos, mais sans succès…

Tout en parlant, il referma la porte, puis s'approcha d'elle et lui caressa doucement les bras.

— J'étais chez mon père, répondit-elle en cherchant à échapper à son contact, et nous avions un invité. Comme la soirée s'est achevée tard, j'ai décidé de dormir là-bas. Ah ! au fait, ajouta-t-elle d'un ton qu'elle voulait léger et détendu, Dawn est passée hier…

Apparemment, sa tentative de paraître décontractée avait fait chou blanc. Elle tenta de se rattraper en fusillant son interlocuteur du regard, mais il lui répondit par un sourire diabolique.

— Je… je pense qu'elle a dû aller à ton bureau juste après… acheva-t-elle d'une voix faible.

— Oui, en effet. Écoute, Allison, je te l'ai dit, elle et

moi, c'est terminé. Elle devait s'ennuyer pendant son séjour à Dallas. Elle est ici en tournée pour un show pendant deux semaines. Je te jure qu'elle ne représente rien pour moi. Et d'ailleurs, je doute de représenter moi-même quelque chose pour elle.

— Mais je m'en fiche, tu sais, Jared. Disons que j'ai pris cette visite comme… comment dire… comme une piqûre de rappel, afin de ne pas perdre de vue que toi et moi, nous avons des valeurs très différentes, et des vies très différentes, répondit-elle en se sentant un peu mieux.

— Moi, je ne vois pas de différences si flagrantes ! protesta-t-il. Mais quoi qu'il en soit, il ne faut pas que Dawn provoque de vagues entre nous, puisqu'elle est sortie de ma vie…

— Tu sais, j'ai l'impression qu'elle n'en a pas bien pris conscience, Jared.

— Oh ! que si ! Elle en est parfaitement consciente ! Mais s'il le faut, je le lui rappellerai, assura-t-il en s'approchant d'elle. Et maintenant, oublions Dawn !

— Entendu, acquiesça-t-elle, déterminée à fuir au plus vite cette maison… et Jared. Quand partons-nous pour Houston ? J'aimerais bien reprendre mon travail.

Il la dévisagea, impassible. En dépit de sa volonté de garder ses distances, il lui semblait que son cœur allait imploser, tant il battait fort. Et à l'endroit de son bras où il avait posé la main, sa peau était en feu.

— Je vais appeler le pilote de mon jet, déclara-t-il enfin en sortant son téléphone de sa poche. Décollage dans moins d'une heure, lui annonça-t-il en raccrochant au bout d'une minute. Si tu es prête, nous pouvons partir tout de suite pour l'aérodrome.

— Parfait. Je suis prête !

Un quart d'heure plus tard, ils se mettaient en route. À cette heure, la circulation était fluide et le trajet fut court. Ce ne fut qu'une fois installés à bord du jet, après le décollage, qu'ils se remirent à discuter.

— Comment va ton père ? s'enquit Jared.

— Bien. Il a dit à Sloan que j'étais à Dallas et mon frère est passé nous voir après son travail, hier soir…

— Je sais, il m'a appelé. Je l'avais croisé hier matin au petit déjeuner du club, mais je ne lui avais pas dit que tu étais à Dallas. Il te croyait encore à Houston. Il était un peu fâché contre moi, mais je pense l'avoir rassuré. Je lui ai expliqué qu'il n'y avait rien entre nous et que tu aurais bientôt terminé ton travail. Je lui ai dit que tu étais très occupée et que nous n'avions pas l'occasion de nous voir beaucoup…

Allison se contenta de hocher la tête.

— Dis-moi, reprit-il, changeant de sujet, que pense ton père des objets de la propriété ?

— Il est enchanté, répondit-elle, soulagée de reparler travail. Il trouve que tu as hérité de superbes objets. La vente devrait être un succès.

— Tant mieux.

— Il a déjà réalisé une ébauche de catalogue avec les photos de certains objets et les notes, ajouta-t-elle en sortant la brochure en question de son attaché-case.

Jared se pencha alors vers elle et prit un côté du document, qu'il tint quand elle l'ouvrit. Ils le feuilletèrent ensemble tout en commentant photos et descriptions.

— C'est un excellent travail, Allison, dit-il en la regardant droit dans les yeux.

Seuls quelques centimètres les séparaient. Elle se noya dans la profondeur de son regard si vert, et en oublia tout. Son cœur s'accéléra et elle lutta pour résister à l'envie de regarder sa bouche. Elle serra même les poings pour tenter d'échapper à la fascination que cet homme exerçait sur elle.

— Je ne veux pas… chuchota-t-elle, déjà vaincue.

— Si, tu veux, et autant que moi, répondit-il d'une voix douce en approchant son visage. Elle retint son souffle, n'aspirant qu'au contact de ses lèvres, ne voulant que cela en réalité, l'embrasser encore et encore.

Puis ce fut l'incroyable caresse d'un baiser aussi léger qu'une plume. Un long frisson la parcourut et ce qui restait de son pouvoir de résistance vola en éclats. Elle ferma les yeux et il allia sa langue à la sienne tout en lui caressant la nuque. Elle lui rendit son baiser avec ferveur, presque désespérée, voulant plus, tellement plus… Au bord de l'asphyxie, elle le repoussa néanmoins.

— Je refuse de ressentir ce genre de choses avec toi, souffla-t-elle, autant pour elle que pour lui. Nous ne sommes pas faits l'un pour l'autre.

— Je pense au contraire que nous sommes terriblement faits l'un pour l'autre. Cesse de lutter, Allison. Tu ne le sens donc pas ? Cette façon dont ton corps répond au mien, et vice versa. Mon ange, il se passe quelque chose de particulier, entre nous ! Tu ne peux pas le nier, murmura-t-il en la regardant au fond des yeux.

Il avait raison. Elle aurait bien aimé le nier, mais c'était impossible. Cette attirance entre eux était une évidence.

— Tu tisses comme une toile de séduction autour de moi, et je suis sous ton charme, gémit-elle. Il faut que je termine ce travail au plus vite, avant d'être prise au piège et de tomber irrémédiablement amoureuse. Parce que je sais que ce mot ne fait pas partie de ton vocabulaire.

— Tu ne seras jamais prise au piège, affirma-t-il. Tu es bien trop indépendante pour cela. Et puis, nous ne sommes pas censés avoir une liaison, ajouta-t-il en inclinant son siège et en étirant ses longues jambes.

— Et cela ne doit pas changer, confirma-t-elle.

Une fois de retour à la propriété de Houston, Allison se remit au travail et, à son grand soulagement, Jared garda ses distances et se montra très concentré… jusqu'à 17 h 30. Plusieurs longues heures qu'elle passa en grande partie à admirer ses muscles quand il déplaçait un meuble ou soulevait un buste. Quand il se penchait, la toile du jean se tendait, révélant la puissance de ses cuisses. Et la troublant plus encore… Même quand il gardait le silence, le sentir à côté d'elle était une torture pire encore que lorsqu'ils flirtaient.

— Nous pourrions aller dîner quelque part, suggéra-t-il soudain. Nous avons bien travaillé aujourd'hui.

— C'est vrai, mais nous pourrions peut-être continuer un peu. J'ai envie de terminer au plus vite !

— À cause de Dawn ? interrogea-t-il en cherchant ses yeux.

— Mais non ! Tu m'as dit que vous n'étiez plus ensemble et je te crois, répondit-elle en posant son bloc-notes. Jared, nous devons regarder les choses en face : le mariage ne fait pas partie de tes projets, mais il fait partie des miens. Nous ne sommes pas faits l'un pour l'autre. Tout ce qui se passe entre nous, ces baisers échangés, ces soirées à flirter, tout cela n'est pas sérieux. Nous aurons une aventure, et après ?

Elle s'interrompit et le considéra. Comme il s'apprêtait à protester, elle le devança :

— Dînons ici ce soir, je t'en prie, dit-elle. La cuisinière est restée à Dallas, mais nous trouverons bien quelque chose à préparer. Ensuite, je me remettrai au travail.

— Tu as raison, dînons à la maison. Ensuite, je travaillerai encore avec toi. Que dirais-tu d'un verre de vin ?

— Avec plaisir ! répondit-elle en lui souriant, touchée qu'il ait accepté.

Il lui effleura le coin des lèvres du bout des doigts, caresse improbable qui ébranla la détermination d'Allison.

— C'est bon de te voir sourire, murmura-t-il. Viens ! C'est une belle journée de printemps. Allons nous installer sur la terrasse. Nous pourrions même nous baigner, si ça te chante. La piscine est chauffée.

— Non, merci, monsieur l'incorrigible, répondit-elle en riant, avant de lui emboîter le pas vers la cuisine. La piscine a beau être chauffée, il fait trop froid pour moi dehors. Je te rappelle que ce n'est pas encore tout à fait le printemps.

— Je te réchaufferai… proposa-t-il.

— Oh ! je n'en doute pas, répondit-elle dans un éclat de rire. Merci, mais aussi tentante que soit ta proposition, je la décline. Je ne me baigne jamais avant fin mai, en général pour le week-end du Memorial Day. Et si la saison n'est pas belle, pas avant la fête nationale du 4 juillet. Je n'ai aucune envie de prendre le risque d'attraper une bronchite, et aucun besoin de prouver quoi que ce soit. Si toi, tu ne vis que pour relever des défis, ce n'est pas mon cas.

— En ce moment même, je me trouve confronté à quelques-uns des défis majeurs de mon existence, déclara-t-il en l'invitant à le suivre dans le patio. Par exemple, comment te dissuader de travailler ce soir, entre autres.

— Je ne suis pas en train de te lancer des défis, répondit-elle, tandis qu'il la laissait s'installer pour se diriger vers la cuisine. Je te demande juste de m'ignorer et de continuer à vivre ta vie.

— C'est une attitude si différente de celle que tu avais eue il y a six ans. Et à vrai dire, je n'ai pas l'habitude que les femmes réagissent de cette façon avec moi, en particulier les femmes qui me sont chères.

Elle frissonna, flattée et troublée par ses paroles, mais résista avec bravoure à la tentation de s'abandonner, de lui donner ce qu'il voulait. Elle se releva et le rejoignit dans la cuisine.

— Je disparaîtrai bientôt de ton existence, sans même que tu t'en rendes compte, affirma-t-elle.

— Je te connais, Allison. Je connais la femme passionnée et ardente que tu es. Plus tu parles ainsi, plus j'ai envie de démolir ce rempart que tu dresses entre nous !

— Et c'est exactement ce que je m'efforce d'éviter, Jared.

— Installe-toi sur la terrasse, le temps que je nous serve un verre. Une préférence ?

— Je prendrais bien un margarita.

Elle ne bougea pas et le regarda s'affairer quelques minutes derrière le comptoir. Il posa devant elle une soucoupe d'amandes grillées, ainsi que des olives vertes, des chips et une sauce rouge.

— Je vais emporter tout ça là-bas, dit-elle.

Il lui tendit un plateau et elle emporta leur apéritif sur la table de la terrasse. Jared la rejoignant peu après avec le cocktail dans un verre givré de sel, orné d'une tranche de citron vert, puis il s'assit face à elle et leva son verre.

— Au succès de notre vente ! dit-il.

— Au succès de notre vente ! répéta-t-elle, en cognant son verre contre le sien, alors qu'il la regardait droit dans les yeux.

— Et à l'experte en antiquités la plus séduisante du pays… ajouta-t-il.

— À elle, quelle qu'elle soit, répondit-elle en riant.

— Tu sais très bien de qui je parle.

— Merci, mais tu n'en connais pas d'autres…

— Exact, mais celle que j'ai en face de moi surpasse forcément toutes les autres, affirma-t-il en se penchant vers elle.

Il la dévisagea avec un regard d'une intensité qui lui coupa le souffle.

— Ne me fais pas regretter d'être venue, souffla-t-elle, consciente qu'elle devait réagir de toute urgence.

— Comme elle me manque, la petite étudiante sensuelle rencontrée il y a six ans…

— Cette petite étudiante a cessé d'exister, Jared, répondit-elle. On ne peut pas revenir en arrière, il faut aller de l'avant. Je rentrerai chez moi dès que j'en aurai terminé avec ce travail, répéta-t-elle.

Le moment était venu de parler d'autre chose, afin de calmer les ardeurs de Jared.

— Sloan a prévu de me confier ses enfants le soir de mon retour. Tu sais, j'adore les enfants. Et c'est entre autres pour ça que j'ai tellement envie de me marier ! Mes deux nièces sont adorables, et le petit dernier, un vrai petit ange…

L'air amusé, Jared sirota son cocktail, comme s'il n'était pas dupe de ce brutal changement de conversation.

— Et toi, tu n'aimes pas les enfants, Jared ?

— Je n'en connais pas personnellement. Mais j'ai vu ceux de Sloan en photo. Ils ont l'air mignons.

— Sloan n'a jamais été aussi heureux. Voilà une autre raison pour laquelle le mariage m'attire. Je pensais ne jamais voir mon frère se marier et aujourd'hui, il est amoureux et son bonheur fait plaisir à voir.

— Le mariage est un compromis. Ton frère a dû renoncer à certaines choses…

— C'est juste, mais ce qu'il a gagné avec le mariage, c'est pour la vie, et cela a une valeur inestimable. Ce à quoi il a renoncé, c'est tout simplement l'égoïsme et l'insouciance.

— Reste à trouver la bonne personne ! Dans ce domaine, chacun est libre de ses choix. Et il y a un gros risque de se tromper…

— En effet. N'empêche que moi, vois-tu, je choisis l'amour, répliqua-t-elle.

Elle s'efforça de réprimer son exaspération face à cet homme qui persistait dans sa façon de penser et s'obstinait à préférer le danger et les frissons de l'adrénaline à l'amour et la vie de famille. Elle le vit vider son verre, tandis que son regard vert se perdait dans le vague, ce qui ne fit qu'accroître sa mauvaise humeur.

Elle devait lui prouver qu'elle avait raison, et il n'y avait pas mille façons de le faire. Dents serrées, elle se leva et se précipita sur ses genoux. Stupéfait, Jared n'eut pas le temps de dire ouf qu'elle avait déjà retiré et jeté par terre son chemisier.

Elle approcha alors son visage du sien et l'embrassa. Un baiser profond et passionné. Remis de sa surprise, Jared l'enlaça et réagit avec fougue à son baiser. Elle enfouit alors les doigts dans ses cheveux et, de l'autre main, lui caressa le torse. Celui-ci était chaud et dur.

Il entreprit soudain de lui dégrafer son soutien-gorge et un instant plus tard, il lui pétrissait les seins. Elle gémit et sentit le désir la submerger. Elle posa la main sur l'endroit où le jean de Jared était enflé par une érection, puis, aussi vivement qu'elle s'était ruée sur lui, se figea et se leva, le souffle court et ramassa son chemisier pour s'en couvrir, avant de retourner s'asseoir sur une chaise, face à lui.

— Ça, c'est la facette sensuelle du mariage, expliqua-t-elle. Pouvoir faire l'amour quand on en a envie, avec des sentiments qui se consolident et s'enrichissent au fil du temps. Mais ce n'est qu'une facette. Rien de comparable avec l'escalade d'un glacier à mains nues, ou la solitude quand tu rentres chez toi après l'aventure… Bref, tu as ta vie, tes préférences, et moi les miennes. Le problème, c'est qu'elles ne sont absolument pas compatibles.

Il rapprocha sa chaise et se pencha pour glisser le bras autour de sa taille. Elle rit et recula pour lui échapper.

— Je voulais juste étayer mes propos, protesta-t-elle, tout en luttant contre le désir qui la tenaillait de rester entre ses bras. Plus de baisers, c'est fini !

Il poussa un soupir et elle regretta d'avoir initié quelque chose dont, évidemment, elle avait envie autant que lui. Elle saisit son verre et le leva.

— À tes aventures extrêmes ! lança-t-elle. Et à mon mariage ! Un mariage qui dure, de préférence…

Il la dévisagea d'un air intrigué.

— Un mariage qui dure ? C'est ce que tu cherches ? Pas un mariage d'amour ?

— Un mariage d'amour ne peut que durer, rétorqua-t-elle. Elle avala une gorgée de son cocktail pour se donner une contenance. Elle devait se reprendre. Ce baiser l'avait bouleversée et, à présent, elle avait envie de bien davantage.

— On ne t'a jamais dit qu'il ne fallait pas jouer avec le feu, Allison ? demanda-t-il d'un ton suave.

— Écoute, Jared, répliqua-t-elle, déstabilisée, je voulais juste te faire une démonstration, c'est tout. Te montrer un peu comment je vois le mariage et la famille. Mais comme tu n'as pas la même vision que moi…

Il esquissa à ces mots un sourire qu'elle ne parvint pas à déchiffrer.

— Tu passes à côté de beaucoup de choses, Allison, murmura-t-il. Quand je t'ai rencontrée, tu n'étais pas si désireuse de te ranger et tu savais mieux profiter de la vie.

— Évidemment. J'avais six ans de moins et j'étais étudiante ! Mais on change avec le temps. Aujourd'hui, mon père est de santé fragile et le temps file plus vite qu'avant.

Je ne crois pas passer à côté de quoi que ce soit. En fait, je pense que c'est plutôt toi qui passes à côté de la vie.

— Dans ce cas, nous sommes dans une impasse. Pourtant, quand nous nous embrassons, nos différences s'estompent, tu ne peux le nier. Non, vois-tu, pour moi, cette histoire d'amour et de famille est un mirage dans lequel trop d'hommes se perdent, ce qui leur fait oublier de vivre pleinement leurs rêves.

— Tout dépend des rêves, Jared : tu as les tiens, et moi les miens. Mais je te souhaite de tout cœur de trouver le bonheur, dit-elle en se levant. À présent, au travail ! Mon père va s'occuper de faire rapatrier les objets et le mobilier à Dallas, directement à la salle des enchères. La vente se tiendra début juin. En attendant, nous procéderons à une présélection d'acheteurs potentiels. Phillip a déjà repéré trois objets qu'il aimerait bien acquérir, et moi-même, il y a une ou deux choses qui me tentent. Ne me demande pas lesquelles, je ne veux pas t'influencer, au cas où tu souhaiterais les garder.

Il secoua la tête à ces mots.

— Allons, pas de secret, la pressa-t-il. Quels sont ces objets ?

— Non, non, répondit-elle. Comme je sais que nous avons les mêmes goûts dans ce domaine, toi et moi, je ne veux pas te priver d'objets que tu aimes.

— Comme tu voudras. Mais garde néanmoins à la mémoire ma proposition. En parlant de proposition, si nous passions à table ?

Son téléphone sonna à cet instant précis et il sortit l'appareil de sa poche, avant de se lever et de s'éloigner pour répondre. Allison en profita pour admirer la vue, perdue dans ses pensées et encore brûlante des baisers échangés. Le coup de fil s'éternisa, et Jared ne revint qu'après de longues minutes.

— Désolé, je vais probablement devoir rentrer à Dallas plus tôt que prévu. Nous pourrions peut-être aller nous occuper de mon ranch du Wyoming dès demain, si tu es d'accord ?

— Entendu !

— Bien, je m'occupe de tout. Il risque de faire plus frais, là-bas. Si tu as besoin d'une veste chaude, car je suppose que tu n'en as pas apportée, nous pouvons nous arrêter en ville sur le chemin de l'aéroport.

— Détrompe-toi ! Je savais que nous devions aller dans le Wyoming et j'ai apporté un manteau.

— Tu es très prévoyante, à ce que je vois. Eh bien, parfait ! Bon, je vais voir ce que je peux trouver dans le réfrigérateur. Marline a l'habitude de me laisser de bons petits plats…

— Je t'accompagne, déclara-t-elle.

Elle se débattait toujours avec les sensations éveillées en elle par leur baiser. C'était une longue soirée qui s'annonçait, où elle allait devoir lutter contre un désir qui, tel un volcan, menaçait à tout instant d'exploser.

Jared trouva au congélateur un gratin de pâtes, qu'il mit au four, tandis qu'Allison se portait volontaire pour préparer une salade.

— Cette cuisine est exemplaire, dit-elle. Tu as vraiment tout sous la main…

— En parlant de choses que j'ai sous la main, répondit-il avec un sourire, en se glissant derrière elle et lui nouant les bras autour de la taille, avant de déposer un baiser dans le creux de son cou.

— Pas d'allusions mal placées, dit-elle en faisant mine de s'indigner en se retournant. N'oublie pas qu'il n'est pas question de s'engager sur cette voie.

Elle avait parfaitement conscience des tremblements dans sa voix. Jared se tenait bien trop près d'elle, et ses yeux verts étaient bien trop brillants.

— C'est toi qui as commencé tout à l'heure, fit-il remarquer.

— C'était juste pour ma démonstration, rectifia-t-elle pour lui rafraîchir la mémoire, tout en essayant de maintenir de la distance entre eux.

— Justement, je n'ai pas vraiment saisi le sens de ta démarche, déclara-t-il avec l'ombre d'un sourire. J'aimerais bien que tu me remontres ce que tu as voulu prouver.

— Tu as parfaitement compris, dit-elle en réussissant à lui échapper. Allez, remettons-nous à la préparation de ce repas. J'ai faim !

Il secoua la tête et s'exécuta en s'attelant à dresser la table tout en bavardant de tout et de rien avec elle. Soudain, il lança :

— Tu sais, ton frère m'a parlé d'une propriété qui va bientôt arriver sur le marché. Il m'a promis de m'appeler dès qu'elle sera en vente.

— Tu souhaites ouvrir une autre succursale de Weston Energy ?

— Non, non, mais je pourrais louer ces locaux à une société quelconque. C'est un bon investissement. Mais peut-être que Sloan sera lui-même intéressé…

— Mon frère n'est pas un investisseur avisé. Son domaine, ce sont les chiffres, il est imbattable là-dessus. C'est lui qui s'occupait de la comptabilité de papa avant que j'obtienne mon diplôme et que je m'en charge.

Elle s'interrompit et l'observa avec curiosité.

— N'empêche que je ne comprends pas pourquoi tu veux acheter une propriété pour la louer. Cela n'a pas grand-chose à voir avec l'activité de ton groupe énergétique.

— Je me diversifie, expliqua-t-il avec un sourire. Vous êtes donc tous doués pour les chiffres, dans la famille ! ajouta-t-il. Cela peut aider d'avoir la bosse des maths, pour les affaires.

— Pour ma part, j'avoue que je m'intéresse plus à l'histoire de l'art et aux antiquités qu'à la comptabilité !

Ils prirent place autour de la table et commencèrent par la salade en discutant de choses et d'autres. Le temps passa à toute allure et Allison fut surprise quand elle vit que la pendule indiquait 22 heures. Par réflexe, elle se leva alors pour aller se coucher, puis se rassit. Elle n'avait pas envie de se retrouver toute seule et la conversation avec Jared était inoffensive et des plus agréables. Ils se remirent à parler et, lorsqu'elle regarda de nouveau la pendule, il était près de 2 heures du matin !

— Oh ! Jared, il faut absolument que j'aille dormir ! Je devrais être couchée depuis longtemps déjà !

— Mais tu apprécies trop ma compagnie pour me quitter, répondit-il, rieur.

— Je suppose que oui…

— Je me réjouis de te faire découvrir mon ranch du Wyoming demain. Tu verras, il est complètement isolé, à des kilomètres du moindre bar ou restaurant. Il n'y aura que toi et moi, loin de tout, ajouta-t-il avec un clin d'œil.

— Ne gâche pas une aussi belle soirée, le réprimanda-t-elle en se levant pour débarrasser.

Un peu plus tard, il la raccompagnait à la porte de sa chambre. Au moment où elle posa la main sur la poignée, il la prit dans ses bras et s'empara de sa bouche en un baiser brûlant et possessif. Elle voulut protester, l'arrêter, mais à la seconde où leurs lèvres se rejoignirent, toute velléité de lui échapper se dissipa. Elle se blottit contre lui et l'embrassa avec ferveur, ne voulant plus qu'une chose : le retenir.

— Jared… souffla-t-elle enfin, haletante, en posant la main sur son torse pour reculer.

— C'est ta faute, c'est toi qui as commencé, objecta-t-il, les yeux étincelants. Qu'imagines-tu ? Il ne s'est pas passé une seule seconde, au cours de cette soirée, sans que j'aie eu envie de toi, de t'embrasser, de te toucher.

Il plaqua une main sur le mur derrière elle et se rapprocha dangereusement, avant d'ajouter :

— Et pour m'avoir torturé de la sorte, tu me dois bien une petite compensation, Allison…

— J'ai une idée : si tu allais plutôt nager ? suggéra-t-elle d'une voix tremblante. Nous nous reverrons demain…

Sur ces mots, elle se glissa dans la suite et referma prestement la porte derrière elle. Alors seulement, elle laissa échapper un long soupir tremblant de désir. Elle n'aurait pas dû le laisser l'embrasser comme ça, aussi passionnément, car c'était un vrai supplice pour lui comme pour elle. Il n'était pas le seul à vouloir davantage.

D'ici quelques heures, ils seraient dans le Wyoming,

puis ils reviendraient à Houston terminer ce travail. Puis, dès que possible, elle reprendrait le cours normal de son existence à Dallas. Dans la foulée, peut-être réfléchirait-elle sérieusement à la demande en mariage de Phillip. Un projet solide et sécurisant, avec un homme qui lui correspondait. Une question pourtant la hantait : le mariage ne se révélerait-il pas un supplice sans ce désir brut, absolu, qu'elle ressentait avec Jared ?

Elle regarda devant elle dans la pénombre, soulagée de ne pouvoir distinguer son reflet dans le miroir. Car dans ses yeux, elle risquait bien de voir la réponse à cette question.

Le sommeil fut long à venir. Jared l'obsédait, si proche et si loin en même temps, en train de dormir sous le même toit qu'elle. Il serait si facile de céder, et de faire l'amour avec lui ! Peut-être cela lui permettrait-il d'apaiser le feu du désir qui la consumait… À moins que, au contraire, une étreinte suffise à la lier irrévocablement à cet homme ?

La réponse, elle la connaissait déjà. Elle s'endormit enfin, sombrant dans un sommeil agité de rêves absurdes et perturbants.

Réveillé tôt, Jared gagna la piscine dans l'air frais du matin, jeta sa serviette sur un transat et plongea sans plus attendre. Puis il enchaîna les longueurs de bassin. Il avait beau faire, il était incapable de détourner ses pensées d'Allison. Il n'arrivait pas à chasser de son esprit ce moment où elle était venue s'asseoir sur ses genoux en se débarrassant de son chemisier pour l'embrasser avec fougue. Il ne pouvait non plus oublier ses paroles. Elle ne doutait pas qu'en refusant de se marier et de fonder une famille, il passait à côté de ce qu'il y avait de plus merveilleux dans la vie.

Si elle avait échoué à le convaincre sur ce sujet, elle le fascinait en revanche toujours autant. Si sexy, si belle, si intelligente ! Une amie précieuse… Ils avaient beaucoup de points communs, et si leurs avis divergeaient sur certains sujets, cela ne faisait que rendre leurs échanges plus intéressants. Car Allison avait une sacrée faculté à le surprendre. En fait, dès cette fameuse nuit, six ans plus tôt, elle l'avait pris au dépourvu et, visiblement les choses n'avaient pas changé.

Allison était une femme à part. Elle l'avait mis en garde en laissant entendre qu'il pourrait bien tomber amoureux. Et si elle avait eu raison ? Elle était unique, pleine de qualités, et le fait qu'elle sût le surprendre le perturbait, à vrai dire, car c'était une garantie contre l'ennui.

Il s'arrêta de nager, à bout de souffle. Peut-être devrait-il rentrer à Dallas et cesser de la voir, avant de se faire définitivement prendre au piège et de devoir renoncer à tous ces sommets qu'il espérait tant gravir, à toutes ces épaves qu'il tenait à explorer. Il regarda longuement la maison en imaginant la jeune femme endormie dans son lit.

— Oh ! mon Dieu… murmura-t-il.

Il avait envie de la serrer dans ses bras, de lui faire l'amour. Elle le tenait ! S'il ne voulait pas tomber irrévocablement amoureux, il ferait mieux de fuir, et au plus vite. Seulement, il n'avait pas envie de lui dire adieu. Pas tout de suite. Il sortit de l'eau, enroula une serviette autour de ses reins et en attrapa une deuxième pour se sécher les cheveux. Puis il se dirigea vers la maison où il erra de pièce en pièce, telle une âme en peine.

Ils partirent pour le Wyoming en fin de matinée et Allison ne cacha pas son émerveillement face à la majesté de cette nature, avec ses torrents et ses sommets. Toutefois, malgré toute sa beauté, le paysage échoua à capter totalement son attention. La faute à Jared, assis tout près d'elle. À l'aéroport, les attendait une voiture avec chauffeur, un certain Rocky, cow-boy aux manières de gentleman.

— C'est une région magnifique, dit-elle à Jared. Tu viens souvent ici ?

— Non, pas suffisamment à mon goût. Je viens surtout en juillet et en août.

— Quelle vision idyllique ! s'émerveilla-t-elle sans détacher les yeux du paysage qui défilait derrière la vitre.

— Je suis entièrement d'accord avec toi sur ce point, répondit-il d'une voix profonde.

Elle se tourna vers lui, intriguée, et s'aperçut qu'il la regardait, un vague sourire aux lèvres.

Elle haussa les épaules et se retourna vers la vitre. Elle avait chaud, tout à coup, dans son sweat bleu, son jean, et sa petite veste pourtant légère.

Ils roulèrent une bonne heure, puis s'engagèrent sur la route du ranch. L'immense chalet construit à flanc de montagne apparut bientôt. La voie avait été dégagée, mais il restait de la neige aux abords de la maison et sur les branches des épicéas. De la fumée s'élevait de deux cheminées.

Une fois descendue de voiture, Allison traversa un porche sous lequel étaient disposés rocking-chairs et balancelle. L'endroit donnait l'impression d'être habité par toute une famille, et non par un célibataire endurci. À la seconde où elle entra dans la maison, de savoureuses odeurs de cuisine l'assaillirent. Rocky emporta les bagages et Jared aida la jeune femme à se débarrasser de sa veste. Puis il lui prit le bras.

— Viens, je vais te présenter au personnel. Tout ce petit monde vit sur place et prend soin du ranch en mon absence, expliqua-t-il en se dirigeant vers la cuisine.

Ils s'arrêtèrent sur le seuil de celle-ci et Jared reprit :

— Allison, je te présente Daphné Long, l'épouse de Rocky. Daphné, je vous présente Allison Tyler.

— Enchantée de faire votre connaissance, dit Allison. Comme ça sent bon !

— Soupe de légumes ! lança la cuisinière d'un ton jovial. J'ai aussi un rôti au four, et une tarte aux pommes. J'espère que vous vous régalerez !

— J'en suis sûre !

— Viens, reprit Jared. Je vais te montrer ta chambre et te faire visiter la maison.

Avec ses murs en rondins et son parquet en chêne, le ranch était chaleureux et rempli lui aussi d'objets anciens. Une fontaine avait été aménagée dans le grand hall d'entrée et deux escaliers en acier noir menaient au premier. Les pièces étaient vastes, hautes de plafond, et donnaient toutes sur la montagne. À l'étage, ils pénétrèrent dans une suite avec un grand salon, la chambre et la salle de bains.

— Voilà, tu es ici chez toi, annonça-t-il.

— Quelle vue magnifique ! s'extasia Allison. Et cette maison est superbe ! Dommage que tu y vives si peu…

— Suis-moi, je vais te montrer ma chambre maintenant. Nous serons seuls dans le chalet ce soir, nous pourrions allumer un feu de cheminée dans ma suite. C'est de mes fenêtres que la vue est la plus belle. Surtout au crépuscule.

Elle le suivit dans le couloir. Elle découvrait tout à coup une nouvelle facette de cet homme, qui était encore capable, apparemment, d'admirer un coucher de soleil. Elle s'en réjouit, un peu surprise : elle ne l'imaginait pas contemplatif.

Ils entrèrent dans une suite pas très éloignée de la sienne, mais bien plus vaste. Tout de suite, elle tomba en admiration face au paysage que dévoilait l'immense baie vitrée.

— Oh ! Jared, c'est extraordinaire ! s'exclama-t-elle.

Les neiges éternelles scintillaient au soleil sur les plus hauts sommets. Des forêts de pins tapissaient les versants du massif. À proximité de la maison, s'étendait un étang que traversait un torrent, lequel continuait sa course dans la prairie.

— Oui, chuchota-t-elle, c'est absolument magnifique…

— Je suis ravi que cet endroit te plaise, répondit-il en la rejoignant.

Elle sentit alors la chaleur de son corps derrière elle, puis la douceur de son souffle sur son cou.

— À ta place, je vivrais ici tout le temps, murmura-t-elle d'une voix tremblante, oubliant la vue et le ranch pour fermer les yeux quand les lèvres de Jared lui effleurèrent la nuque.

— Je me plais ici, c'est vrai, mais j'adore le Texas, répondit-il de sa voix profonde et sensuelle. Et puis, j'ai une entreprise à gérer, ajouta-t-il. Tu sais, tu es la première femme que j'invite sur ces terres.

— Ah bon… Vraiment ? s'étonna-t-elle. Sans doute parce que tu n'y viens pas souvent…

— Peut-être… Mais désormais, c'est de toi que je me souviendrai chaque fois que je serai là, affirma-t-il.

Allison tressaillit : la conversation était en train de prendre un tour qu'il fallait absolument éviter.

— Nous ferions mieux de commencer la visite du ranch maintenant, Jared, décida-t-elle. Plus vite nous en aurons fini, plus vite nous pourrons repartir.

— Tu sembles bien pressée, tout à coup, fit-il remarquer, tandis que ses lèvres, telles les ailes d'un papillon, lui chatouillaient l'oreille.

— Nous sommes venus pour travailler, non ?

Il ne répondit pas tout de suite, et s'écarta d'elle.

— Nous ferons comme tu l'entends, affirma-t-il. Bon, allons manger quelque chose, si tu veux bien, tant que Daphné est ici.

Allison se retourna pour lui faire face et se figea aussitôt, fascinée par l'éclat de ses yeux verts. Le désir vibrait, tangible, entre cet homme et elle. Elle réprima un soupir et se dirigea vers la porte en s'efforçant de retrouver une respiration normale : l'air commençait à lui manquer, un peu comme si elle se noyait.

— D'accord, Jared, murmura-t-elle, descendons dans la cuisine.

Daphné leur servit un copieux déjeuner dans la salle à manger attenante à la cuisine, qui offrait elle aussi une vue magnifique. Seule la soupe de légumes exceptionnelle de Daphné parvint à les détourner du paysage.

Une fois rassasiés, ils félicitèrent Daphné et se mirent tout de suite au travail : ils firent le tour des pièces, toutes décorées d'objets intéressants qui dataient de l'époque du far west, mais aussi de précieux meubles anciens. Le soleil allait se coucher quand Jared déclara :

— Bon, assez travaillé pour aujourd'hui ! Nous avons visité la moitié de la maison. Daphné et Rocky sont partis, il n'y a plus que toi et moi. Daphné nous a laissé un rôti aux petits légumes et un ragoût. Que préfères-tu ?

— Le rôti.

— Excellent choix ! Je vais aller me changer. Retrouvons-nous à la bibliothèque dans une heure, pour boire un verre avant de dîner. Ensuite, nous pourrons regarder un film…

— J'aime autant admirer la vue sur la montagne devant un bon feu de cheminée.

— Parfait.

Elle rejoignit sa chambre et referma la porte derrière elle, épuisée. Tout au long de la journée, elle avait mené une lutte silencieuse pour résister à l'envie de flirter avec lui, de répondre à ses avances. Même lorsqu'il ne faisait aucun geste vers elle, la seule présence de cet homme suffisait à la troubler. Et chaque fois qu'il la touchait, elle perdait ses moyens. Non, décemment, elle ne pouvait envisager de passer une semaine supplémentaire en sa compagnie.

Elle prit une douche sans cesser de songer à Jared et à la soirée qui s'annonçait. Peu à peu, un sentiment nouveau était venu se greffer au désir qui les attirait l'un vers l'autre : de l'amitié. Ils avaient discuté pendant des heures ensemble, et elle avait l'impression de très bien le connaître, tout comme lui la connaissait peut-être mieux que quiconque à présent. Elle songea que cette amitié était plus dangereuse encore que la passion, car elle faisait entrer en jeu des sentiments plus profonds. Décidément, si elle ne finissait pas ce travail au plus vite, elle finirait tôt ou tard par tomber amoureuse de Jared.

Sa vie à elle était ailleurs, auprès de sa famille et, pourquoi pas, de Phillip, qui n'attendait qu'un mot d'elle pour l'épouser. Un mariage entre deux personnes de même sensibilité, mais qui n'aurait jamais la saveur épicée de la passion qui l'attirait vers Jared. N'empêche que, si elle épousait Phillip, l'amour finirait par s'imposer, doucement. Après tout, c'était un bon ami… Mais elle ne devait jamais s'attendre à sentir son cœur battre comme un fou, comme c'était le cas avec Jared.

Elle entreprit de s'habiller pour la soirée sans cesser de s'interroger. Pourrait-elle encore longtemps lui résister ? Et, en fin de compte, en avait-elle vraiment envie ?

- 7 -

Elle le retrouva en bas, dans la cuisine, où flottaient des odeurs alléchantes. Il avait mis de la musique, un morceau de blues qui donnait envie de danser. Dans la salle à manger, la table était dressée et deux verres remplis d'un vin rouge rubis attendaient.

Jared lui tournait le dos et elle promena son regard sur ses larges épaules cachées par une chemise à carreaux et sur son jean étroit. Elle prit une profonde inspiration pour résister à l'envie de l'entourer de ses bras et de se presser contre lui.

— Hello ! lança-t-elle d'un ton léger en s'avançant, mais en évitant de l'approcher. Excellente musique ! Puis-je t'aider à quelque chose ?

Il lui fit face, la détailla des pieds à la tête, puis posa le couteau et la pomme qu'il tenait et se rinça les mains au robinet de l'évier.

— La musique ? Oui, j'aime bien, répondit-il en avançant vers elle de sa démarche de félin. Mais ce que j'aime encore plus, c'est toi : tu es sans conteste la chose la plus délicieuse dans cette maison…

Elle retint son souffle, les mains enfoncées dans ses poches.

— Merci. Mais sérieusement, si je peux t'être utile…

— Oh ! tu pourrais faire une foule de choses pour moi, affirma-t-il. Et la première sur la liste…

— Pas ce genre de choses, Jared, protesta-t-elle sans pouvoir s'empêcher de sourire. Je parle du dîner.

— Pourquoi continuer à résister, Allison ? murmura-t-il,

pressant, sans la quitter des yeux. En réalité, ce n'est pas contre moi que tu luttes, mais contre toi-même…

— Veux-tu que je remplisse une carafe d'eau pour le repas ?

Il la dévisagea durant quelques secondes interminables et elle crut entendre les battements de son cœur résonner de façon assourdissante. Il allait l'embrasser maintenant, elle en avait la certitude. Mais au lieu de cela, il alla prendre les verres de vin sur la table de la salle à manger et lui tendit le sien, lui effleurant la main au passage.

— Allons nous asseoir et admirer la vue, dit-il.

Un feu crépitait dans la cheminée, alors que derrière la baie vitrée, le soleil couchant parait les sommets de mauve.

— Cette nuit sera difficile à oublier…

En prononçant ces mots, c'était certes au paysage et au feu de cheminée qu'elle songeait, mais surtout à Jared, avec qui le moindre contact enflammait ses sens, lui rappelant leur fabuleuse nuit de sexe, six ans plus tôt.

— J'espère bien que tu garderas à la mémoire chacune des heures que nous avons passées ensemble, acquiesça-t-il.

— D'ici peu, nous reprendrons le cours de notre existence, toi et moi, et nous oublierons ces quelques jours, affirma-t-elle en souriant.

— Parce que tu as oublié la nuit de notre rencontre, toi ?

— Hmm… Joker !

— Je prends cela comme un aveu. Un aveu qui me réjouit, ajouta-t-il. Moi non plus, si tu veux le savoir…

Il était vrai qu'elle se rappelait chaque minute, chaque seconde de cette nuit-là. Le simple fait d'en parler lui donna la chair de poule. Que n'aurait-elle pas donné pour vivre une autre nuit comme celle-là, insouciante et délicieuse. Mais c'était impossible.

Elle tenta une diversion :

— Depuis le début de mon intervention à Houston, tu as dû t'absenter souvent de ton bureau. Ce n'est pas gênant pour tes affaires de ne pas y être en permanence ?

— Pas du tout. Je délègue les tâches à des personnes de confiance.

— Tu sais, ici, je n'ai pas vraiment besoin de toi. Je pourrais faire le travail toute seule.

— Je sais. Mais je tiens à profiter au maximum de ta compagnie, répondit-il avec un clin d'œil. Et puis, il s'agit de mes maisons, il est normal que je veuille être présent. Même si tu es une experte dans ton domaine.

— C'est surtout papa qui excelle en la matière. J'ai tant à apprendre de lui !

— Ne me dis pas que tu n'as pas confiance en toi !

— Si… mais j'ai toujours l'angoisse de passer à côté d'un objet d'une valeur inestimable. De donner de fausses informations aux gens. J'ai peur de ne pas être vraiment prête le jour où papa prendra sa retraite. Mais je ne peux pas l'en empêcher. Il a le droit de se reposer.

— J'imagine que tu t'inquiètes plus encore pour sa santé. Après tout, tu es la sœur de Sloan, et vous êtes de grands anxieux, tous les deux.

— C'est vrai, je suis inquiète pour papa. Il vieillit, j'en suis consciente. Je suppose que c'est l'une des raisons pour lesquelles je veux me marier. J'aimerais qu'il profite de ses petits-enfants.

— Mon père à moi n'aura jamais connu ses petits-enfants, affirma-t-il avec un haussement d'épaules. Il est trop tard maintenant. De toute façon, je ne sais même pas si j'en aurai un jour.

— C'est vrai que je sens le temps passer à toute allure. Et le temps presse…

— Tu ne vas tout de même pas épouser ton copain Phillip uniquement pour te marier ?

Elle le considéra en souriant, mutine.

— Qu'est-ce que ça peut bien te faire si je l'épouse ?

— Il me semble qu'on ne devrait se marier que par amour. Et tu n'es pas amoureuse de lui.

— Et moi, il me semble qu'il faut saisir la bonne occasion quand elle se présente.

— Ma foi, tu as raison : j'ai ce soir l'occasion de partager le meilleur avec toi. Une vue splendide, un bon feu de cheminée, un repas délicieux, peut-être une danse ou deux et… quelques baisers passionnés avec la plus belle blonde que j'aie jamais connue. Oui, j'ai une sacrée chance ! conclut-il en levant son verre.

— À cette merveilleuse soirée, avec ou sans tout ce que tu viens d'énumérer, répondit-elle. Et merci pour le compliment, qui est tout de même très exagéré.

Les premières notes d'un vieux rock se firent entendre à cet instant. Jared bondit et, après avoir déplacé table et chaises, lui tendit la main.

— Danse avec moi.

— Jared, il ne faut pas…

— Vis donc un peu l'instant, Allison ! insista-t-il, la main toujours tendue.

La musique était aussi tentante que Jared lui-même. Allison se leva et lui prit la main. Alors, ils se mirent à danser. Il la fit tournoyer, encore et encore, et la tension entre eux augmenta, le désir en elle s'amplifia. Le morceau suivant, un rock également, qui comptait parmi ses préférés, les entraîna dans une série de pas et de mouvements endiablés. Et quand Jared se plaqua contre elle, faisant aller et venir son bassin contre le sien, elle ne résista pas et se laissa aller en épousant même ses déhanchements. Puis ce fut la fin de la chanson.

— Viens, allons manger !

Ils s'assirent de part et d'autre de la table, dressée à proximité de la cheminée. Le rôti exhalait de succulents arômes, mais Allison avait perdu tout appétit. Jared se révéla charmant et cette soirée fut tout simplement magique.

— Regarde la lune ! s'exclama-t-elle plus tard, debout face à la baie vitrée, en contemplant l'énorme sphère orangée qui flottait au-dessus des sommets.

— Si tu veux quelque chose de vraiment spectaculaire, viens avec moi, répondit-il.

Elle le suivit à l'étage et il l'emmena dans sa suite.

Il avait raison : tous les paysages qu'elle avait pu admirer depuis son arrivée dans le chalet n'étaient rien, comparés à la vue qui s'offrit à elle à ce moment-là. Les sommets du massif se découpaient sur un ciel parsemé d'étoiles et strié de toutes les nuances de mauve et d'orange. Un ciel comme elle n'en avait jamais vu à Dallas, à Houston ni dans n'importe quelle ville.

Il alluma une lampe et l'entraîna vers un escalier en colimaçon. Elle en profita pour admirer au passage le mobilier du petit salon de la suite, avec son bureau ancien, son armoire monumentale, son armure érigée dans un angle, sans aucun doute authentique. Elle nota également deux magnifiques tapis persans sur le parquet en chêne. Une fois en haut, ils traversèrent une vaste mezzanine qui surplombait la chambre… et le lit. Un lit à baldaquin king-size. Dans la cheminée, des bûches attendaient de flamber.

Il appuya sur un bouton pour mettre de la musique, un slow cette fois, une ballade triste qu'elle adorait.

— C'est pour ce point de vue que j'ai acheté cette maison, expliqua-t-il, et il attrapa une veste chaude sur un portemanteau et la lui tendit. Tiens, mets ça, tu en auras besoin…

— J'espère que nous n'allons pas grimper sur le toit, s'alarma-t-elle.

— Non, je t'emmène sur la terrasse.

Il enfila alors une deuxième veste, puis lui prit la main et sortit par une porte-fenêtre. Le froid vif la saisit aussitôt.

— Et maintenant, regarde ! ordonna-t-il.

Et elle obéit. Un paysage nocturne de toute beauté s'offrait à elle. Le clair de lune éclairait les montagnes environnantes et, en contrebas, les prairies. Au-dessus d'eux, le ciel scintillait de millions d'étoiles. Jared vint se placer derrière elle et noua les bras autour de sa taille. Il était chaud.

— C'est beau, souffla-t-elle, sachant qu'au-delà de la vue, ce dont elle se souviendrait avant toute chose, ce serait de l'homme qui l'avait enlacée en cet endroit.

— Jamais je n'oublierai ce moment avec toi, ici, Jared, lui confia-t-elle alors en lui faisant face, avant d'ajouter avec gravité : et je ne veux pas que tu l'oublies toi non plus. Le problème, vois-tu, c'est que j'attends plus de toi que de simples moments d'intimité volés ici et là. Et je sais que cela te fait peur. Si tu veux, il est encore temps d'arrêter…

Elle se pressa contre lui et frémit au contact de son corps. Le désir formait comme une bulle de chaleur autour d'eux. Cet homme mettait le feu à son corps chaque fois qu'il s'approchait d'elle et elle ne le laisserait pas repartir sans lui avoir rendu un peu de ce brasier. Elle ne le laisserait pas l'oublier aisément, non, il ne l'inscrirait pas dans le catalogue des conquêtes qui jalonnaient sa vie. Se dressant sur la pointe des pieds, elle l'embrassa à pleine bouche, nouant sa langue à la sienne avec ferveur.

Une rafale de vent balaya le massif et vint les envelopper, mais son corps, ses bras, ses lèvres firent bloc contre le froid. Jared répondait à son baiser avec passion, ce qui décuplait le désir qu'elle éprouvait. Elle se colla plus encore, l'embrassa avec une fougue renouvelée, indifférente au hurlement du vent à travers les pins. Ils continuèrent de s'embrasser sans songer à reprendre leur souffle. Elle avait envie de lui et rien d'autre n'importait.

— Jared, soupira-t-elle en le regardant dans les yeux, abritons-nous du vent…

Le souvenir de son corps dur contre le sien, dans le sien, attisait son désir. Il n'était pas question de s'arrêter là, cette fois. Jared la souleva dans ses bras et l'emporta à l'intérieur. Elle ne protesta pas.

— J'aurais pu marcher, se contenta-t-elle de lui faire remarquer en s'accrochant à son cou.

— J'aime te tenir dans mes bras, répondit-il.

Une fois à l'intérieur, il la reposa sur le sol, puis il ferma la porte de la terrasse et retira sa veste, avant de lui ôter la sienne. Il l'entoura ensuite de ses bras et se remit à l'embrasser. Allison eut alors le sentiment de flotter, haut, très haut dans ce ciel splendide, témoin de leurs retrouvailles.

Elle avait envie de l'embrasser durant la nuit entière. Elle le voulait, lui, tout entier, et c'était comme si le désir contenu durant ces six longues années cédait aujourd'hui, tel un barrage emporté par une trop forte pression. Tout en l'embrassant, Jared promenait les mains sur elle, et elle sut à ce moment qu'elle avait atteint le point de non-retour.

Tandis qu'il l'explorait encore et encore de sa langue, ses mains allaient et venaient sur elle. N'en pouvant plus de désir, elle décida de lui renvoyer la politesse en lui faisant partager un peu de la frustration qu'elle éprouvait. Depuis son arrivée à la propriété de Houston, il n'avait cessé de flirter avec elle, de l'embrasser, de la toucher. Jared était un être humain, et son cœur n'était pas de pierre. Il était comme les autres, capable de tomber amoureux. Peut-être même plus vulnérable que les autres…

Elle en était là de ses pensées lorsqu'elle faillit tomber à la renverse, face au regard de braise qu'il posait sur elle. À cet instant, il lui retira son sweat, étala une couverture sur le tapis et la coucha près du feu. Il ôta ensuite son propre pull-over et s'allongea à côté d'elle. Instantanément, elle fit courir ses mains sur le torse dénudé ; le toucher étant devenu pour elle une urgence. En quelques secondes, elle sentit toutes ses réticences s'envoler. Seul le feu dans la cheminée les éclairait d'une lueur rougeoyante qui faisait ressortir la puissance des muscles de Jared. Un instant plus tard, sans qu'elle sût jamais comment cela s'était passé, ils étaient nus l'un comme l'autre.

En érection, prêt à la prendre, Jared se colla à elle et fit glisser une main entre ses cuisses.

Elle ferma les yeux. Il était de retour entre ses bras ! Les années s'effacèrent et le désir resurgit, décuplé. Elle gémit, se délectant de chacun de ses baisers, de chacune de ses caresses. Puis, le souffle court, alors qu'il continuait à la mettre au supplice de sa main experte, elle le repoussa et l'obligea à s'allonger sur la couverture avant de venir sur lui, lui couvrant le corps de baisers, léchant sa peau légèrement salée.

Il la laissa faire en enfouissant les mains dans ses cheveux et en la guidant de plus en plus bas. Et quand, de sa bouche, elle effleura son sexe, il grogna et l'attira brusquement entre ses bras, la faisant rouler et se jetant sur elle pour prendre place entre ses jambes. Elle le vit attraper un préservatif dans la poche de son jean qui gisait juste à côté.

— Jared, chuchota-elle quand il se mit en position au-dessus d'elle. Jared, viens…

— Mon ange… répondit-il.

Ces mots doux résonnèrent comme une caresse à ses oreilles. Alors il vint en elle, lentement, et elle perdit toute notion du temps et de l'espace. Accrochée à lui, elle le voulait tout à elle, tout au fond d'elle. Il avait le corps luisant de sueur tandis qu'il plongeait et replongeait en elle comme si sa vie en dépendait. Les yeux grands ouverts cette fois, elle le regardait, subjuguée par la perfection de cette mécanique.

La tension se fit bientôt trop intense et, incapable de résister davantage, elle se sentit s'envoler, prise dans une tornade de sensations.

— Jared ! cria-t-elle au moment ultime du plaisir.

Il plongea une dernière fois en elle, avant de tressaillir et d'exploser à son tour et de la rejoindre dans l'extase. Ils étaient tous deux haletants, presque inconscients l'un comme l'autre.

De longues minutes s'écoulèrent avant qu'elle ne commence à recouvrer ses esprits. Alors, elle regarda autour d'elle. Dans la cheminée, une bûche bascula, rongée par les flammes, et projeta un millier d'étincelles. La chaleur était douce, la couverture moelleuse sous leurs deux corps enlacés.

Jared roula alors sur le côté en l'entraînant dans sa chute. Puis il lui couvrit le front de baisers.

— C'était… incroyable, murmura-t-il dans un souffle.

Elle l'embrassa sur la bouche pour l'empêcher d'en dire davantage. Tout ce qu'elle voulait, c'était savourer pleinement ce moment, dans le silence et loin du monde extérieur.

— Allison, tu es la meilleure, ajouta-t-il sous ses lèvres.

Elle sourit et, quittant sa bouche, caressa ses cheveux épais sans cesser de se presser contre lui de tout son corps. Elle voulait l'imprégner dans sa mémoire.

— Abracadabra ! chuchota-t-elle, mutine. Voilà, c'était mon tour de magie ! Je t'ai jeté un sort : maintenant, chaque fois que tu viendras dans ce ranch, tu repenseras à cette nuit…

— Une nuit que je ne risque pas d'oublier ! confirma-t-il en lui déposant un baiser dans le creux de la main. Sorcière ! Sais-tu que je me rappelle encore chaque détail de cette autre nuit avec toi, il y a six ans ? Comme je me sens bien, ici, avec toi, Allison… reprit-il dans un soupir.

Il se redressa sur un coude et la regarda, écartant avec tendresse une mèche de cheveux qui lui barrait la joue.

— Au lever du jour, ici, le spectacle est inoubliable. Mais moins que celui que j'ai devant les yeux en ce moment.

— Tu me gênes, dit-elle en rougissant, pudique soudain après la passion de leurs ébats.

— Il ne faut pas. Je veux te regarder et t'embrasser la nuit entière.

Elle sourit sans répondre et le serra entre ses bras.

— Dis-moi, est-ce que ce ranch porte un nom ? demanda-t-elle après un silence.

— Bien sûr : il s'appelle River Bend Ranch, le ranch du coude de la rivière. Ou RBR pour les intimes. Très original, comme tu peux le constater, répondit-il avec un clin d'œil.

— Il y a donc une rivière ?

— Oui. J'ai une idée : quand ce travail sera terminé, tu viendras passer un week-end ici avec moi. Au printemps, c'est encore plus beau.

— Ne parlons pas d'avenir, tu veux bien ? Je ne veux pas penser à demain.

— D'accord, acquiesça-t-il en se rallongeant sur le dos, le bras autour de la taille d'Allison. Dis-moi, tu n'as pas peur de griller, avec ce feu tout près de nous ? Je propose d'aller nous passer sous la douche. Ou de prendre un bain, comme tu veux…

— Hmm, un bon bain chaud ! approuva-t-elle. Délicieuse idée !

— Super. Je vais te montrer ma salle de bains. Ce n'est pas la salle de bains de tout le monde, tu vas voir. Viens.

Quand ils se levèrent, elle emporta la couverture pour s'en couvrir. Il s'en étonna, l'air amusé.

— Que fais-tu ? demanda-t-il.

— Un peu de pudeur ne peut pas nuire, répondit-elle.

— Je pensais que tu avais renoncé à ce genre de choses ce soir. Et je doute qu'il y ait de la place pour la pudeur dans ma baignoire. À moins que tu ne veuilles te baigner avec cette couverture ?

— Bien sûr que non ! protesta-t-elle en riant.

— Dans ce cas, tu n'en as pas besoin. Mais peut-être veux-tu que je me couvre, moi aussi… ?

— Oh non, surtout pas ! protesta-t-elle d'une voix sensuelle en plaquant les deux mains sur son torse. Ce que je vois est tellement excitant…

— Je connais des choses plus excitantes encore, répondit-il en la soulevant dans ses bras.

Elle noua les mains à son cou et lui déposa un baiser sur les lèvres, avant de le regarder, songeuse.

— Crois-tu que tu pourrais tomber amoureux, un jour, malgré toi, même si cela devait contrarier ta manière de vivre et t'empêcher de vivre dangereusement comme tu aimes le faire ?

— J'en doute ! Et j'ai toujours été suffisamment clair à ce sujet quand certaines commençaient à rêver d'un avenir commun.

— On ne peut pas toujours contrôler ses sentiments, Jared.

— Moi, je le peux, assura-t-il avec conviction.

— Très bien, dit-elle, amusée. Cela me donne une idée. Toi qui aimes tant les défis, j'ai bien envie de t'en lancer un…

Il la regarda droit dans les yeux, hésita, puis suggéra :

— Tu pourrais par exemple essayer de me faire tomber amoureux, Allison. Nous verrons bien comment je réagis…

— Ah non ! répondit-elle dans un éclat de rire, tout en ressentant une sorte de pincement au niveau du cœur. Je ne suis pas venue pour cela.

— Permets-moi d'insister. Si une femme a ce pouvoir, c'est bien toi.

Elle le dévisagea avec une gravité soudaine.

— Je n'imagine pas être cette femme, persista-t-elle. Je ne supporterais pas ton mode de vie, je ne supporterais pas que l'homme que j'aime profondément risque la mort à tout instant. Chaque fois que tu franchirais la porte, je serais terrifiée.

Elle se reprit, sourit et lui caressa tendrement la joue.

— Non Jared, sois tranquille, ajouta-t-elle d'une voix enjôleuse. Tu n'as rien à craindre de moi dans ce domaine. En revanche, j'ai bien l'intention de te faire perdre la tête par mes baisers et mes caresses…

— Pitié ! répondit-il, malicieux. Attends au moins que nous ayons atteint la salle de bains…

— J'ignorais que je te faisais autant d'effet, susurra-t-elle, prenant plaisir à le torturer.

Ils pénétrèrent dans la salle de bains. Il s'agissait en réalité de deux grandes pièces contiguës : la première possédait d'immenses miroirs, des plantes vertes, une table de massage, un fauteuil à bascule, tout un échantillon de revues et de magazines, une télévision et, enfin, une douche, aménagée dans un angle.

Dans la salle voisine se trouvait une vaste baignoire tout en marbre. C'est là que Jared déposa la jeune femme avant de faire couler l'eau. Puis il se tourna face à elle et posa sur elle un regard qui brillait d'un éclat qui la fit chavirer. Elle baissa les yeux malgré elle et remarqua le désir manifeste qu'il éprouvait en cet instant. De toute évidence, il avait encore envie d'elle.

— Jared, dit-elle en s'approchant de lui. Nous venons juste de faire l'amour. Et le bain nous attend. Viens !

Elle lui prit la main et entra avec lui dans la baignoire déjà à moitié remplie. Jared ferma les robinets et ils s'assirent. Il l'attira entre ses jambes et elle s'abandonna contre son corps brûlant.

Ils demeurèrent ainsi un long moment, silencieux l'un comme l'autre. Puis Jared rajouta de l'eau chaude quand elle frissonna entre ses bras. Un quart d'heure s'écoula ainsi.

— Regarde, dit-elle enfin, ma peau est en train de se flétrir.

— Laisse-moi voir de plus près, répondit-il en faisant aussitôt courir ses mains sur elle, s'arrêtant tout à tour sur ses seins, sur son ventre, sur ses jambes, puis entre ses cuisses.

— Oh ! Jared, gémit-elle, troublée.

N'y tenant plus, elle se leva, l'éclaboussant au passage, et sortit de la baignoire. Il la suivit, attrapa une serviette douce et moelleuse pour l'en envelopper et la sécher. Si elle devait s'en tenir à certains signes très expressifs, il avait toujours autant envie de faire l'amour avec elle. Il lui prit le visage entre les mains et la regarda quelques instants, avant de l'embrasser.

Elle se colla à lui, glissa un bras autour de sa taille et l'autre autour de son cou, et lui rendit son baiser. Un instant plus tard, elle perdait tout contrôle et se laissait de nouveau emporter par la passion.

Plusieurs heures plus tard, une éternité peut-être, il s'allongeait près d'elle et l'attirait entre ses bras. Tous deux étaient en sueur.

— Visiblement, ça fonctionne bien, entre nous, murmura-t-il alors.

Elle sourit et se blottit contre lui, sur cette couverture de nouveau, au pied de la cheminée. Ils avaient fait l'amour encore une fois et pourtant, elle n'en avait toujours pas assez de lui.

— Lorsque nous serons de retour au Texas, tu voudras bien venir au rodéo avec moi ? demanda-t-il. Tu sais, ce n'est pas aussi dangereux et violent que tu crois.

— Bien sûr que si, c'est dangereux ! Sinon, tu ne le ferais pas. Mais d'accord, je viendrai assister à tes exploits. En revanche, s'il arrive quoi que ce soit, je ne veux plus en entendre parler.

— Sachant que nous sommes censés ne plus nous revoir à l'avenir, je peux facilement te faire cette promesse, répondit-il d'un ton léger.

Ses paroles dissipèrent cet état d'euphorie dans lequel elle planait. La perspective d'un avenir sans Jared agit sur elle comme une douche froide et la ramena à une réalité qu'elle aurait préféré oublier, au moins jusqu'au matin. Cette nuit, elle l'aurait voulue rien qu'à eux. Elle le dévisagea, pensive.

— Pourquoi cette passion pour le risque, Jared ? interrogea-t-elle. Qu'est-ce qui t'attire tant dans le danger ?

— J'aime les défis, la découverte ! C'est terriblement excitant de penser qu'un jour, je ferai l'ascension de l'Everest, que je verrai de mes yeux ces paysages magnifiques. La vie est pleine de merveilleuses aventures. En fait, j'ai envie de vivre pleinement ma vie…

— Tu me rappelles ma mère. Elle aussi avait soif de découverte et d'aventure, elle aussi voulait vivre à 100 % chaque seconde de sa vie. Elle pouvait s'émerveiller devant une rose et, une heure plus tard, sauter en parachute…

— Je la connaissais peu, mais ton frère m'en a beaucoup parlé après l'accident. J'imagine qu'avec une maman de cette trempe, il n'est pas surprenant que Sloan et toi soyez devenus si anxieux…

— Maman vivait comme si elle était éternelle. Et mon frère Chad avait hérité de ce trait de caractère. Il aimait la fête, il avait des tas d'amis. Ma mère et lui étaient inséparables…

Elle s'interrompit et haussa les épaules, avant d'ajouter dans un souffle :

— Ils me manquent terriblement, tous les deux…

— Je sais, répondit Jared en resserrant son bras autour d'elle. La douleur s'atténue, mais elle reste toujours présente.

— Je ne veux plus jamais perdre des êtres que j'aime à cause de leur goût pour le risque.

— Je comprends, mais la vie est faite pour être vécue. Tu ne peux pas rester dans ta bulle et te fermer au monde. Franchement, Allison, tu ne veux tout de même pas te réveiller un beau matin à soixante-dix ans, pleine de regrets pour les choses que tu aurais aimé faire, mais auxquelles tu as renoncé par peur. À ce moment-là, il sera trop tard. C'est ce qui est arrivé à mon père, pour des raisons différentes.

— Cela ne m'arrivera pas, à moi.

— Je te le souhaite. Car d'après moi, tu passes à côté de la vie. En réalité, tu observes, mais tu ne vis pas.

Elle secoua la tête en souriant, mutine tout à coup.

— Tu trouves que j'ai beaucoup observé, ce soir ? chuchota-t-elle, en dessinant du bout des doigts des cercles sur le ventre musclé de Jared.

— Non, j'avoue que ce soir… dit-il, tressaillant sous ses caresses. Ce soir, tu n'as pas hésité à profiter de quelques-uns des plaisirs les plus excitants que nous offre l'existence… Et si nous passions un ou deux jours supplémentaires au ranch ? Qu'en dis-tu ? Peut-être qu'en accélérant un peu le travail demain, tu pourrais te libérer…

— Ne pense pas à demain ! La nuit est loin d'être terminée, répondit-elle en lui déposant un baiser sur le nombril. Et si tu me disais à quelles épreuves tu vas participer, au rodéo ?

— Je vais monter un taureau sauvage.

— Vraiment ? Et à trente ans, tu n'es pas trop vieux pour ce genre d'activité ? C'est un sport tellement brutal !

— Viens me voir ! Ensuite, tu décideras si je suis trop vieux ou non.

— Tu as une telle confiance en toi ! Tu serais capable de soulever des montagnes s'il le fallait.

— Les défis me stimulent. Les relever me procure une grande satisfaction, un sentiment de puissance, d'aboutissement.

— Oui, un peu comme ce que je ressens quand je parviens à replacer un meuble dans son siècle, à dater correctement son style. Mais cela n'a rien de comparable avec risquer sa vie monté sur un taureau sauvage ou escalader la paroi à pic d'une montagne sous le blizzard.

— Je suis un adepte des défis sportifs, qu'est-ce que tu veux… En fait, tout ce qui est physique me passionne, ajouta-t-il en la dévisageant. C'est comme ça, je ne peux pas m'en passer, ajouta-t-il en posant les yeux sur ses lèvres.

Elle noua les mains à son cou et l'attira contre elle pour

lui donner un baiser. Puis son cœur se mit à chanter, et le désir de nouveau déferla sur elle.

La lumière de l'aube baignait la pièce. Dans le grand lit à baldaquin du maître de maison, Allison s'éveilla entre les bras de Jared et regarda les braises incandescentes dans la cheminée. Ils avaient fait l'amour à plusieurs reprises au cours de la nuit. Étreintes qui, chaque fois, avaient probablement eu pour conséquence de lier un peu plus son cœur à celui de cet homme qui la faisait vibrer. Une nuit insensée. Et parfaitement stupide. Une nuit qu'elle ne regrettait en rien, pourtant…

Et Jared ? Que représentaient ces heures de corps à corps torrides pour lui ? Une nuit d'amour parmi tant d'autres ? Un défi relevé de plus ? Des sensations physiques et rien d'autre ?

Elle tourna la tête pour le regarder, attendant qu'il ouvre les yeux. Mais il dormait profondément. Serait-elle déjà tombée amoureuse de lui ? Elle le dévisagea, observa chacun de ses traits, avant d'en arriver encore et toujours à la même conclusion : il était beau, mille fois plus beau que tous les hommes qui avaient croisé son chemin.

Et il était devenu un ami. À ce stade, Allison était incapable d'imaginer pouvoir lui dire adieu une fois son travail terminé, et ne plus le revoir. À cette minute précise, cette perspective lui semblait inacceptable. Elle ne pouvait tout simplement pas l'envisager.

Elle promena un instant la main sur son torse, puis ramena le drap sur eux et ferma les yeux en espérant qu'il ne tarderait pas à se réveiller. Elle avait envie de faire l'amour encore une fois avant que le jour et la réalité ne les rattrapent.

Il était près de midi quand ils se remirent au travail. Elle se concentra alors sur sa tâche en s'appliquant à mettre son désir en sourdine. Il fallait éviter de penser à leur nuit, se garder de le toucher, et même de l'effleurer. Lui, en revanche, n'arrêtait pas de la titiller, de multiplier les occasions de contact, ne serait-ce que fugitif. Mais après une telle nuit d'ivresse, l'attouchement le plus subtil déclenchait entre eux des étincelles.

Chaque fois qu'il tentait de l'arracher à son travail, elle le sermonnait et, imperturbable, poursuivait du mieux qu'elle pouvait son inventaire. 18 heures venaient de sonner quand il lui prit la tablette des mains.

— Nous avons arpenté la totalité de cette maison et répertorié tous les objets susceptibles de rester ici. Maintenant, il est tard. Assez travaillé…

Elle n'eut pas le loisir de répondre, car la sonnerie du téléphone retentit. Il décrocha, sortit de la pièce pour discuter avec son correspondant, une relation d'affaires, d'après le peu qu'elle saisit de la conversation. De son côté, elle reprit sa tablette et rédigea quelques notes supplémentaires.

Au bout de plusieurs minutes, voyant qu'il ne revenait toujours pas, elle se rendit dans une vaste salle à manger dont elle fit le tour en prenant des clichés. Comme elle était seule, sans possibilité de discuter avec lui, elle travailla nettement plus vite, passant d'une pièce à l'autre, ce qui lui fit comprendre que le travail pourrait être achevé le soir même si elle examinait les dernières pièces après le dîner.

Elle se trouvait dans l'une des chambres quand il réapparut.

— Désolé, le business : une société que nous tentons de racheter. Ils ont fait une contre-proposition. Je pense que nous pouvons les amener à accepter notre offre, mais je dois en discuter avec mes cadres. Tu trouveras de quoi manger dans la cuisine. Excuse-moi, mais je ne peux pas dîner tout de suite.

— Veux-tu que je te prépare quelque chose ?

— Non, merci. Je n'ai pas faim pour le moment. Je grignoterai quelque chose plus tard.

— J'ai beaucoup avancé, tu sais, depuis tout à l'heure. Je crois que je vais pouvoir terminer ce soir. Cela signifie que nous pourrions repartir dès demain.

— Très bien, cela m'arrange. Il faut absolument que je passe au siège de la compagnie. Je vais appeler mon pilote et mettre le jet à ta disposition : tu pourras ainsi te rendre à Houston sans tarder.

Le pincement au cœur de la déception fut compensé par la raison. Après tout, c'était l'arrangement le plus sage. Sans lui, elle travaillerait plus efficacement.

— Si tu as besoin de moi, n'hésite pas, ajouta-t-il avant de s'éloigner, tout en pianotant sur le clavier de son téléphone pour passer un appel.

Elle ne le revit pas une seule fois au cours de la journée et termina seule la visite des pièces où elle pensait qu'il pourrait vouloir mettre un meuble, un objet ou un tableau de la propriété de Houston. Elle fit également le tour d'autres pièces, dans lesquelles elle ne vit rien qui pourrait convenir à la décoration.

Comme elle n'avait pas particulièrement faim elle non plus, elle se contenta d'un verre de lait et de quelques biscuits, après quoi elle regagna sa suite.

Le lendemain matin, elle se leva de bonne heure, s'habilla et rassembla ses cheveux à la va-vite en un petit chignon, puis descendit dans la cuisine. Elle était affamée.

L'odeur du café lui parvint alors qu'elle se trouvait encore dans l'escalier et elle entendit la voix de Jared. Sans doute passait-il déjà un coup de fil. Quand elle pénétra dans la cuisine, elle le trouva en effet en pleine conversation téléphonique. Il était assis, une tasse de café fumant devant lui, vêtu comme la veille au soir : il avait retroussé les manches de sa chemise froissée, ses cheveux étaient en bataille et visiblement, il n'avait pas eu le temps de se raser. Des documents étaient étalés devant lui sur la table.

Allison se servit un verre de jus d'orange et une tasse de café à laquelle elle ajouta un peu de crème. Puis elle sortit le beurrier du réfrigérateur et mit quelques tranches de pain à griller. Elle prépara ensuite des œufs brouillés, suffisamment pour deux, au cas où Jared en voudrait.

Il termina enfin son appel et posa son téléphone.

— Désolé, Allison, et bonjour ! lui dit-il en lui souriant.

Tu es superbe ce matin. Je te serrerais bien dans mes bras, mais peut-être n'es-tu pas d'humeur…

— Tu as pu dormir un peu, cette nuit ?

— Non, j'ai eu trop de choses à faire. J'ai reçu des tonnes de fax que je devais absolument lire et signer.

— J'ai préparé des œufs et des toasts. Veux-tu autre chose ? demanda-t-elle en posant deux assiettes sur la table. Un peu de jus d'orange ? De la confiture ?

— En réalité, je meurs de faim.

— Moi aussi, je suis affamée. Eh bien, tu as pu l'acheter, finalement, cette nouvelle société ?

— Nous sommes tout près de l'acquérir. Maintenant, je laisse les gens qui travaillent pour moi prendre le relais. Mais tu comprends, entre hier et cette nuit, il m'a fallu prendre certaines décisions et chaque seconde comptait.

— Pas de problème, inutile de te justifier. Moi, j'ai terminé la visite de la maison. J'ai pris des notes et des photos. Je suis prête à rentrer à Houston pour finir le travail là-bas.

— Impatiente de te débarrasser de moi, alors ? demanda-t-il avec un sourire en coin.

— Je n'ai rien dit de tel.

Il repoussa les papiers devant lui et attendit qu'elle prenne place.

— Je suis monté pour te souhaiter bonne nuit vers 1 heure du matin, mais tu dormais déjà. Le jet sera prêt à décoller à 10 heures, parce que je dois rentrer au plus vite à Dallas. Tu pourras ensuite t'envoler pour Houston, ou si tu préfères, tu peux aussi venir à Dallas pour le week-end et, dans ce cas, nous nous rendrons ensemble à Houston lundi.

— Je veux juste me rendre au plus vite à Houston et en terminer avec ce travail. Après tout, je suis payée pour ça !

— Je ne t'en voudrai pas si tu m'attends, tu sais.

— Non, merci, répondit-elle en secouant la tête. Je veux aller à Houston dès que possible, insista-t-elle, résistant à la tentation de céder à sa proposition.

C'était la chose la plus raisonnable à faire, l'option la plus sensée.

— Tu as pu voir quels meubles ou objets je pourrais faire transférer ici ?

— Il y a une bibliothèque en acajou qui, selon moi, irait très bien dans ton bureau. Contre le mur en face de la cheminée.

Il acquiesça d'un signe de tête, avant d'avaler une gorgée de jus d'orange et de croquer dans un toast.

— J'ai aussi pensé que la table en ébène serait du plus bel effet dans le bureau. Elle date selon moi du XVIIIe siècle, mais papa confirmera.

— Excellent choix.

Elle lui énuméra ainsi toute la liste qu'elle avait dressée et il parut approuver chacune de ses suggestions.

— Tu es d'accord sur tout ? s'étonna-t-elle en levant les yeux de sa tablette.

Il avait fini de manger et l'observait. À la seconde où elle croisa son regard, elle retint son souffle. Ses yeux exprimaient un tel désir qu'un frisson la parcourut.

Comme chaque fois, l'air autour d'eux se chargea en électricité et elle fut prise de vertige. Captivée par l'intensité de son regard, elle attendit, le cœur battant et ne voulant plus rien d'autre que sentir ses mains sur elle.

Jared se leva alors, fit le tour de la table et s'approcha, la démarche féline, prédatrice. Décoiffé, mal rasé, il n'avait jamais été aussi beau, aussi désirable.

- 8 -

— Dire que nous avons perdu une nuit ensemble ! s'exclama-t-il en s'arrêtant juste devant elle. Mais avant d'aller plus loin, je dois me raser et passer sous la douche… Je ne suis pas présentable.

Puis il lui prit la main et l'obligea à se lever pour l'attirer ensuite contre lui.

— Si c'est pour moi, répondit-elle en l'enlaçant, ce n'est pas la peine…

Il approcha son visage du sien pour l'embrasser et, en dépit de ses joues râpeuses et de sa chemise de la veille, elle lui rendit son baiser sans hésiter une seconde.

Elle ne pouvait rien contre la vague de désir qui soudain la submergeait. Elle avait envie de lui, ici et maintenant. Une envie manifestement réciproque. Ils se déshabillèrent dans l'urgence, impatients, fébriles, puis Jared la souleva entre ses bras.

Elle noua les jambes autour de ses reins et s'accrocha à lui pour un baiser des plus passionnés. Quelques secondes plus tard, là, au beau milieu de la cuisine, il plongeait en elle, la submergeant de sensations et lui faisant perdre tout contrôle d'elle-même. Elle éprouvait un désir qui excédait peut-être tout ce qu'elle avait ressenti jusque-là. Car ce jour-là, il pourrait bien disparaître de sa vie à tout jamais.

Au plus fort du plaisir, emportée par un orgasme ravageur, elle laissa échapper un cri alors qu'il allait et venait en elle avec fureur. Tous deux se rejoignirent dans des sommets de plaisir dont les répliques se prolongèrent durant une éternité.

Puis, comblée, elle le serra de toutes ses forces entre ses bras, souriant au contact rugueux de sa barbe de deux jours. Quand elle le regarda dans les yeux, elle sut qu'il éprouvait en cet instant le même bien-être qu'elle-même.

— Tu es vraiment très, très spéciale, murmura-t-il.

Emerveillée par ses paroles, elle sentit son cœur chavirer. De nouveau, elle plongea les yeux dans le regard vert et la vérité explosa, soudaine, renversante : elle était amoureuse de cet homme. Telle était la vérité, inutile de se voiler la face. Restait à savoir ce qu'elle allait faire de ces sentiments : et si Jared tombait amoureux d'elle à son tour, supporterait-elle la vie qu'il menait ?

Mais pourquoi toutes ces questions ? se reprit-elle. Ils n'en étaient pas encore là !

Elle dénoua les jambes de sa taille et il la reposa par terre avec une infinie délicatesse.

— J'ai besoin d'une douche, dirent-ils en un chœur parfait, avant d'éclater de rire ensemble.

— Cette fois, nous ferions mieux de la prendre séparément, dit-il. Il faut absolument que je me rase…

Elle ramassa ses vêtements et enfila son sweat, qui lui descendait jusqu'aux cuisses.

— Ma parole ! soupira-t-il sans la quitter des yeux, tout en enfilant son boxer. C'est plus fort que moi, j'ai besoin de te sentir, de te toucher.

À peine se fut-il redressé qu'il lui donna un nouveau baiser plein de tendresse.

— Allons nous doucher, rappela-t-elle. Nous avons une journée chargée devant nous si nous voulons rentrer au Texas.

— Tu as raison. Mais je me moque de la raison, Allison, ajouta-t-il, avec un regard qu'elle décoda sans peine.

C'était le regard brûlant d'un homme amoureux, qu'il avouât clairement son amour ou non.

À cet instant, il n'était pas question pour elle de réfléchir aux complications qu'un tel sentiment pourrait entraîner dans leur existence à tous deux. Au lieu de cela, elle enroula sa main libre autour de la taille de Jared et se pressa contre lui pour se rendre avec lui au premier étage.

À la porte de sa chambre, il l'embrassa de nouveau. Un baiser qui commença tendrement, puis tourna à la passion quand il se déshabilla et l'enlaça.

Elle finit par s'arracher à sa bouche et murmura, à bout de souffle :

— Je vais prendre ma douche. À tout à l'heure…

Il la dévisagea un moment, comme s'il hésitait à la laisser partir. Puis, sans un mot, il ramassa ses vêtements et s'éloigna. Elle referma la porte de sa suite et se dirigea vers la salle de bains, pour la deuxième douche de la matinée.

Ils devaient s'envoler d'abord pour Dallas, où il ferait évidemment plus chaud, puis pour Houston, où la température était encore plus élevée, aussi choisit-elle un jean et son chemisier rouge, dont elle retrousserait les manches quand le besoin s'en ferait sentir.

Lorsque le jet s'immobilisa sur la piste de Dallas, Jared se leva et lui prit les mains.

— Tu vas me manquer, murmura-t-il.

— Mais non, tu vas être très occupé, assura-t-elle, la gorge serrée.

— Je te rejoindrai à Houston dès que possible, promit-il, avant de lui donner un baiser.

Avec un geste d'au revoir, il se dirigea vers la porte et descendit de l'avion. Elle le suivit des yeux par le hublot. Au moment de monter dans la voiture qui l'attendait sur le tarmac, il se tourna vers elle et agita une dernière fois la main.

Allison laissa échapper un soupir. Il lui manquait déjà ! Diable, qu'en serait-il quand elle aurait terminé son travail pour lui ? Chercherait-il à la revoir ? Elle ferma les yeux, puis secoua la tête. Elle était déterminée à regarder la vérité en face. Continuer à fréquenter un tel homme serait de la folie pure. Ils étaient trop différents. Dès qu'elle en aurait terminé avec cette mission, elle devrait mettre un terme à leur relation.

Tout le long du vol qui la menait à Houston, elle repensa

à leurs étreintes de la nuit précédente et de ce matin encore. Déjà, elle avait envie de lui, ses bras, son corps lui manquaient. Mais en même temps, elle en était convaincue, leur séparation était une bonne chose. Lui à Dallas, elle à Houston, ainsi, pas de tentation !

L'avion atterrit enfin et, peu de temps après, elle se retrouva à la propriété pour reprendre son inventaire là où elle l'avait laissé. Elle s'attela à la tâche jusque tard dans l'après-midi, puis elle monta dans le cabinet de travail afin d'y examiner une table du début du XVIIIe siècle de l'école italienne, minutieusement ciselée et équipée de quatre tiroirs. Jared n'en voulait pas, ce qui l'avait surprise. Mais apparemment, il en possédait déjà une semblable à Dallas.

Allison trouvait pour sa part ce meuble magnifique et elle l'imaginait bien dans son salon. Mais si elle avait le malheur d'en parler à Jared, il n'hésiterait pas une seconde à la lui donner, tout simplement. Il était d'une nature trop généreuse, mais ce serait hors de question, car ce meuble était bien trop précieux. Lorsqu'elle avait expédié un texto à son père pour lui dire qu'elle comptait l'acheter, ce dernier l'avait félicitée pour son choix.

Comme elle aurait aimé que Jared fût auprès d'elle en cet instant ! Comme il lui manquait. En fin de compte, ils avaient pris rendez-vous pour le vendredi, le jour du rodéo. Serait-elle capable de le regarder chevaucher un taureau monstrueux sans ressentir cette boule d'angoisse qu'elle éprouvait quand elle voyait son frère monter des chevaux sauvages ?

Jared appela chaque soir et ils discutèrent d'une foule de sujets, restant parfois au téléphone pendant des heures. Chaque jour qui passait, il lui manquait un peu plus, même si elle avait du mal à l'admettre. Puis le mercredi arriva et elle en finit avec la dernière pièce du domaine. Le soir venu, elle en informa Jared au téléphone et la décision fut prise d'avancer son départ. Il mit le jet à sa disposition afin qu'elle le rejoigne à Dallas sans tarder.

— Je viendrai te chercher à l'aéroport, dit-il.

— Mais je n'arrive pas avant 20 heures, tu sais…

— Peut-être, mais je suis trop impatient de te voir. Nous irons directement chez moi, sauf si tu as envie de t'arrêter en route pour manger quelque chose.

— Non, je ne crois pas. J'aurai déjà dîné, répondit-elle.

— Alors, à tout à l'heure, mon ange ! Je te laisse, j'ai un rendez-vous et je suis déjà en retard.

— À tout à l'heure ! chuchota-t-elle, touchée par sa tendresse.

Était-il sincère ? Avait-il réellement envie de la revoir ? Que représentait-elle exactement pour lui ? Difficile de le savoir avec certitude…

Jared prit la direction de l'un des quartiers les plus anciens de Dallas, celui où il avait grandi. D'opulentes demeures trônaient au centre d'immenses pelouses manucurées bordées d'arbres centenaires. Lorsqu'il s'engagea dans l'allée menant à la villa de ses parents, les souvenirs l'assaillirent. Enfant, il passait des après-midi entiers ici avec Sloan. Une fois, alors qu'il avait neigé, ce qui était un événement à Dallas, une boule de neige avait heurté Jared alors qu'ils rentraient ensemble du lycée. Aussitôt après, des rires féminins étouffés leur étaient parvenus, issus d'un arbuste tout proche. Lorsque Sloan à son tour avait reçu une boule de neige dans les jambes, il s'était tourné vers Jared et tous deux avaient alors amassé une bonne dizaine de boules de neige de la taille de balles de tennis. Puis Sloan s'était précipité derrière l'arbuste et en avait lancé une, touchant l'une des fillettes cachées derrière. Celle-ci avait hurlé et s'était enfuie sans demander son reste. Jared, de son côté, avait touché Allison en plein visage, mais au lieu de fuir, la fillette avait résisté, ripostant bravement à ses attaques grâce à une réserve de boules de neige entassées derrière l'arbuste.

— Ma sœur mérite une bonne correction, avait estimé Sloan.

Tous deux avaient alors ramassé plus de neige, et Allison, de son côté, s'était empressée de faire de même.

— Elle est seule et nous sommes plus forts, avait rajouté Sloan. Elle n'a aucune chance !

En riant, ils avaient mitraillé Allison, qui ne s'était pas laissée impressionner. Au bout d'un moment pourtant, débordée par l'assaut, elle avait dû battre en retraite. Jared sourit en se remémorant la fillette courant à perdre haleine, avec sa queue-de-cheval qui rebondissait, pour se réfugier dans la maison.

Si on lui avait dit à cette époque qu'il s'intéresserait un jour à celle que Sloan et lui appelaient « la gamine », il aurait bien ri.

Par la suite, quand Sloan et lui étaient partis à la fac, Jared ne l'avait plus croisée qu'en de rares occasions, dont le mariage de Sloan, bien sûr. Puis plus une fois, jusqu'à cette fameuse nuit. Elle avait alors dix-huit ans.

Il sonna et Herman Tyler vint lui ouvrir. Il le trouva vieilli depuis leur dernière rencontre. Il avait ces yeux d'un bleu intense dont Sloan avait hérité, la marque de fabrique de la famille.

— Entre donc, Jared, dit Herman d'un ton amical en lui serrant la main. Heureux de te voir.

— Vous avez l'air en forme, M. Tyler. Je me réjouis que vous alliez mieux.

— Je ne me plains pas. Mais assez parlé de moi, que me vaut le plaisir de ta visite ? Tu veux voir la maquette du catalogue ?

— Non, monsieur.

— Et que dirais-tu d'une bière bien fraîche ?

— Avec plaisir ! J'ai vu Sloan il y a quelques jours, il m'a montré les dernières photos qu'il a faites de sa famille.

— Mon fils doit avoir un bon millier de photos de sa femme et de ses enfants, répondit Herman dans un éclat de rire. La petite Megan sait déjà prendre la pose, quand à bébé Jake, il sourit à la demande.

— Ils sont adorables, et Sloan en est dingue, commenta Jared en le suivant dans la cuisine.

Herman sortit deux bières du réfrigérateur et lui en tendit une.

— Allons dans mon bureau, suggéra-t-il ensuite. Tu sais, j'ai été très impressionné par le mobilier de ta propriété de Houston. Il y a des pièces de grande valeur. Mais je suppose que tu le sais déjà.

— Je m'en doutais, mais je ne suis pas un expert. Certaines choses me plaisent, d'autres moins, comme je l'ai expliqué à Allison.

— Assieds-toi, je t'en prie.

Ils prirent place face à face dans de confortables fauteuils en cuir.

— En fait, je voulais vous voir, monsieur, pour vous parler de certaines choses avant le retour d'Allison.

— Tu m'intrigues, fit le vieil homme avec un sourire en coin.

— Je sais qu'elle a eu le coup de foudre pour deux ou trois objets, dans ma maison de Houston, et qu'elle aimerait les acheter. Seulement, elle ne me dira pas ce qui l'intéresse, car elle est sûre que je vais lui en faire cadeau.

— Et tu veux donc savoir quels sont ces objets ?

— Oui, parce que je tiens vraiment à les lui offrir. Elle a accompli un excellent travail et elle est devenue une véritable amie. En fait, vous êtes tous comme une famille pour moi. Bref, comme je suis sûr que vous savez ce qu'elle veut, je vous demande de bien vouloir extraire ces objets de la vente et de les étiqueter à son attention. J'aimerais aussi que ce soit une surprise, pour éviter qu'elle ne fasse des histoires et tente de me dissuader.

— Je sais en effet de quels objets tu parles. Des pièces magnifiques. Mais tu es sûr de toi ? Tu payes déjà notre intervention au prix fort et…

— Absolument sûr. Je sais ce que me coûte votre intervention. Mais j'ai très envie de faire plaisir à Allison…

Herman Tyler le dévisagea un moment, puis il hocha la tête.

— Entendu. Je vais donc te montrer les photographies de ces deux objets, puisque tu insistes.

Jared attendit sans grande curiosité. En fait, il avait déjà sa petite idée sur les objets qu'Allison souhaitait acheter.

Herman réapparut avec deux feuilles de papier qu'il tendit à Jared. Celui-ci reconnut aussitôt la table du cabinet de travail, ainsi que le miroir de bois sculpté d'un griffon.

— Ce sont des pièces inestimables, affirma Herman. Trop belles pour être offertes en cadeau. Je suis persuadé qu'Allison n'acceptera pas.

— Je ferai de mon mieux pour la convaincre, répondit Jared. J'enverrai un transporteur les récupérer dès qu'elle aura quitté Houston et je les ferai livrer chez elle.

— Franchement, je serais très étonné qu'elle les garde.

— Et vous, M. Tyler, il n'y a rien qui vous ferait plaisir, parmi ce mobilier ? Je serais heureux de vous faire un cadeau à vous aussi.

— Non, Jared, je ne veux rien, merci. C'est très généreux de ta part, répondit le vieil homme en regardant autour de lui le bric-à-brac de son bureau. Vois-tu, j'ai déjà eu une attaque et j'ai appris à apprécier ce que j'avais, au lieu de toujours chercher mieux. Je suis au contraire en train d'essayer de faire le vide dans cette maison. J'ai accumulé tant de choses au cours de mon existence. Mais je te remercie du fond du cœur, Jared.

— Si vous changez d'avis, n'hésitez pas à me le faire savoir, insista Jared. Je ferai la même offre à Sloan, même si, d'après des photographies de sa maison que j'ai vues, je pense que sa femme et lui préfèrent le style contemporain.

— C'est le moins que l'on puisse dire, en effet ! s'exclama Herman en riant. Chaque fois que ma belle fille pénètre dans cette maison, elle secoue la tête et propose de m'envoyer les brocanteurs ! Elle ne comprend pas non plus la passion d'Allison pour le mobilier ancien.

— C'est pourtant l'histoire qui éclaire le présent, remarqua Jared. Je suppose qu'Allison a déjà répertorié ces deux objets ?

— Bien sûr. Chacun a un numéro d'identification. Le 142 pour la table, le 207 pour le miroir.

— Parfait, dit Jared.

Il passa à autre chose et bavarda encore un long moment avec Herman de l'actualité économique, en berne dans bien des secteurs. Puis il se leva pour prendre congé.

— Bien, dit-il. Merci pour votre aide, monsieur. Et surtout, sachez que je tiens vraiment à offrir ces deux pièces à Allison.

— C'est vraiment très généreux de ta part… Presque trop.

— Je ne crois pas. Elle l'a mérité, vous savez. Nous sommes d'accord : cela restera notre secret jusqu'au jour J ?

— Tu as ma parole. Une autre bière ?

— Non, merci. Il faut que j'y aille.

Herman le raccompagna jusqu'au perron et le regarda partir. Tout en s'éloignant, Jared lui adressa un dernier signe de main, avant d'attraper son téléphone. Il ne put réprimer une pointe de déception en constatant qu'Allison n'avait pas cherché à le joindre.

Tout en conduisant, il repensa à leur nuit dans le ranch du Wyoming. Allison lui manquait. Il avait envie d'elle, besoin de sa présence. Tout le temps. Et s'il lui demandait d'emménager avec lui, quelle serait sa réaction ? Jusqu'à cette nuit au ranch, il pensait n'avoir aucune chance. Mais les choses étaient différentes aujourd'hui. Ce qui se passait entre eux sur le plan physique était exceptionnel, inespéré. Il n'en pouvait plus de ces longues journées sans elle. De ces nuits froides et solitaires. Comment cette femme avait-elle pu devenir si importante pour lui ? En quoi était-elle si différente des autres ? Car c'était elle qu'il voulait, et aucune autre…

Elle devait arriver le lendemain soir, autant dire une éternité. Il n'y survivrait pas. Comment était-ce possible ? Comment lui, le séducteur qui n'avait qu'à claquer des doigts pour avoir une femme dans son lit, en était-il arrivé là, incapable d'attendre une petite journée ? Jared sentit son cœur s'accélérer à cette question…

*
* *

Allison se dépêcha de s'habiller, jetant son dévolu sur un jean et un chemisier rose. Fébrile, impatiente de retrouver Jared, elle avait l'impression de planer sur un petit nuage.

Lorsque le jet décolla de Houston, elle eut toutes les peines du monde à rester assise sur son siège. L'attente devenait de plus en plus insupportable à mesure que l'on se rapprochait du grand moment des retrouvailles. Enfin, l'avion atterrit à Dallas et alla se ranger dans un hangar, où attendait une voiture de sport. Par le hublot, Allison vit Jared en sortir et venir à sa rencontre, au pied de la passerelle.

Le cœur battant, elle se leva et gagna la porte de l'avion, avant de descendre les marches, ne voyant rien d'autre que lui. Et quand il l'attira entre ses bras et l'embrassa devant les mécaniciens, elle ne pensa même pas à protester. Un baiser passionné, intense, qui lui donna envie de retrouver au plus vite Jared dans l'intimité.

— Viens, dit-il d'une voix grave. Partons d'ici. Quelqu'un va s'occuper de tes affaires.

Le trajet lui parut durer une éternité, durant laquelle elle ne retira pas la main du genou de Jared, tant elle éprouvait le besoin de le toucher. Elle lui parla du travail qui arrivait à son terme et des pièces les plus intéressantes qu'elle avait dénichées au cours des derniers jours.

En réalité, elle parlait et parlait, dans un état second, tout à la joie de le revoir, surprise par ce sentiment d'euphorie en elle… Et vaguement inquiète, aussi, de sa réaction. Mais cette inquiétude ne résista pas à son bonheur. Jared était là, auprès d'elle, la vie était belle. Elle avait envie de lui, au diable la prudence, au diable les angoisses !

À la seconde où elle referma la porte de l'appartement et tira le verrou, Jared l'enlaça pour lui donner un baiser. Qu'elle lui rendit au centuple. Il l'entraîna aussitôt jusqu'au lit et ils firent l'amour toute la nuit. Au petit matin, elle gisait, comblée, entre ses bras, quand il lui murmura à l'oreille :

— Et si tu venais t'installer chez moi ?

Elle tressaillit. Sa première réaction, bien sûr, fut de dire oui, car ce qu'ils vivaient ensemble était trop beau, trop précieux pour imaginer y renoncer. Et ces quelques jours sans lui avaient été si éprouvants ! Jamais elle n'aurait cru qu'un être pût autant lui manquer. Visiblement, son amour s'amplifiait de jour en jour. Et voilà qu'aujourd'hui, il lui demandait de venir partager son existence…

— Tu ne dis rien ? insista-t-il sans la quitter des yeux.

— Reconnais que cette proposition demande réflexion, répondit-elle. Tu es seul, Jared. Tu as perdu ton père. Tu as des amis, mais tu es seul. Pas moi. Moi, j'ai mon père et mon frère.

— Mon ange, il n'est pas question de laisser tomber ton père. À ce propos, je l'ai trouvé en forme. Très dynamique.

— C'est l'impression qu'il donne. Mais en réalité, il reste de santé fragile. Et puis, il y a Sloan. Il risque de très mal réagir.

— Tu ne vas pas laisser ton frère te dicter ta vie ! Ce n'est pas ton père…

— Bien sûr. Mais c'est une décision considérable que tu me demandes de prendre. Un engagement important pour moi.

— Oui, en effet, dit-il. C'en est un aussi pour moi. Mais tu es unique, Allison ! Tu ne peux pas savoir comme le temps m'a paru long, sans toi. Impossible de me concentrer sur mon travail, je ne pensais qu'à toi…

— Je crois que tu exagères un peu, Jared, s'exclama-t-elle en riant. D'autant que tu viens juste de rompre avec une autre femme.

— Je n'exagère pas du tout, rétorqua-t-il en écartant avec tendresse une mèche sur son front. Et je n'ai jamais demandé à Dawn, ni à aucune autre femme, d'ailleurs, de venir vivre chez moi. C'est une grande première, tu sais !

Elle s'assit en le dévisageant, incrédule.

— Je ne sais pas si je dois te croire. D'après Sloan, tu es un bourreau des cœurs…

— Je pense que ton frère a une mauvaise image de moi.

C'est vrai que j'aime les femmes, mais je le répète, aucune ne s'est jamais installée chez moi. Il m'est arrivé de vivre quelques jours chez l'une ou l'autre, mais ça n'est jamais allé plus loin, affirma-t-il avec un regard fougueux qui la fit tressaillir jusqu'aux orteils.

— Tout de même, je suis un peu surprise que tu me demandes ça, souffla-t-elle.

— Honnêtement, je me surprends moi-même. Mais c'est comme ça !

Il se tut et l'embrassa longuement, avant d'ajouter en détachant ses lèvres des siennes :

— Je suis peut-être en train de tomber amoureux…

Elle l'observa un instant, le cœur battant.

— Peut-être ? répéta-t-elle.

— Ce que je ressens pour toi, je ne l'ai jamais ressenti pour aucune autre femme, insista-t-il.

À ces mots, elle lui donna un baiser plein de ferveur, dans lequel il y avait bien autre chose que de la simple passion.

— Et si je t'invitais à dîner, ce soir ? demanda-t-il soudain, quelques minutes plus tard, en jouant avec les boucles blondes de la jeune femme.

— Désolée, je ne peux pas. J'ai déjà promis à papa de dîner avec lui. Mais pourquoi ne viendrais-tu pas ? Je suis sûre qu'il se fera un plaisir de te faire goûter l'un de ses bons petits plats, si cela te chante.

— Merci, mais je ne voudrais pas gâcher ce tête-à-tête entre père et fille. La prochaine fois, peut-être. Et puis, Sloan risque de mal le prendre, non ?

— Il n'en saura probablement jamais rien.

— Dois-tu aller travailler, demain ? Enfin, aujourd'hui ?

— Je vais dire à papa que je suis un peu fatiguée et que je le rejoindrai dans l'après-midi.

— Bien. Dans ce cas, ne perdons pas une minute, répondit-il en l'attirant entre ses bras.

*
* *

Cet après-midi-là, elle dut se faire violence pour se concentrer sur son travail. Elle ne cessait de penser à Jared et à sa requête, et restait incapable de se décider. D'un côté, écouter son cœur, céder à la passion et emménager avec lui, avec l'espoir qu'un jour, il tomberait amoureux d'elle. Amoureux vraiment, et pas simplement passionné sur un plan sexuel. De l'autre, écouter la voix de la raison. Car Jared, aventurier dans l'âme, continuerait toute sa vie à prendre des risques insensés et cela, elle ne pourrait le supporter.

Elle soupira. Elle lui donnerait sa réponse vendredi soir. Si elle arrivait à dépasser sa peur et à le regarder sans trembler chevaucher un taureau sauvage, peut-être accepterait-elle de s'installer avec lui. Arriverait alors ce qui arriverait.

Le vendredi après-midi, elle sortit du travail plus tôt pour rentrer se changer en vue du rodéo. Elle était impatiente de retrouver Jared et s'était fait la leçon toute la journée : elle ne devait pas s'inquiéter pour lui. Le rodéo était sa passion, il n'en était pas à son premier et il était assez grand pour savoir ce qu'il faisait.

Elle se changea deux fois, optant finalement pour une tenue western avec jean râpé, ceinture en cuir et chemise à carreaux. Elle était en train de se brosser les cheveux quand la sonnette de l'entrée retentit. Elle sourit en consultant sa montre et se précipita dans l'entrée.

— Tu es en avance, Jared ! cria-t-elle du couloir.

Toutefois, ce n'était pas Jared qui se tenait sur le seuil quand elle ouvrit la porte, mais un inconnu en uniforme. Elle se figea et fronça les sourcils. Un camion de déménagement était garé devant la résidence. Un homme en descendit et s'affaira à l'arrière.

— Nous avons une livraison pour Mlle A. Tyler, déclara l'homme qui se tenait devant elle.

— C'est moi, mais je n'ai rien commandé. De quoi s'agit-il ? demanda-t-elle, intriguée.

— Nous avons deux colis, une table et un miroir, en provenance de Houston.

Sans réfléchir, elle signa le document qu'il lui présentait.

— Mais qui m'envoie ces colis ?

— Un certain J. Weston.

Elle poussa un soupir. Ainsi, Jared lui envoyait les deux pièces qu'elle prévoyait d'acheter. Comment avait-il deviné ? Elle n'en avait parlé qu'à son père !

— Bon, eh bien… entrez, je vous en prie, dit-elle.

Quelques minutes plus tard, les deux hommes avaient déposé les colis dans l'entrée et pris congé, la laissant seule, impatiente d'interroger Jared. Celui-ci arriva vingt minutes plus tard, mais quand elle le fit entrer, elle oublia instantanément la table et le miroir. Chapeau de cow-boy sur la tête, chemise western, jean noir et bottes noires, il était à croquer.

— J'ai attendu ce moment toute la journée, déclara-t-il en l'enlaçant.

Elle s'abandonna entre ses bras, submergée de désir comme si elle ne l'avait pas vu depuis des semaines. Ils échangèrent un baiser plein de promesses.

— Jared, dit-elle enfin, à bout de souffle. Si tu ne veux pas être en retard pour ton rodéo, il faut y aller.

Il respirait aussi difficilement qu'elle et ses yeux brillaient d'un éclat qu'elle connaissait bien désormais.

— Tu as raison, répondit-il. Allons-y !

— Ah… Attends ! l'arrêta-t-elle. Il faut d'abord que je te remercie. Je viens de recevoir deux colis de Houston. Pourquoi as-tu fait ça ? Il ne fallait pas, Jared ! Je tiens à payer ces objets.

— Pas question ! Je te les offre. Tu te rends compte que je n'avais même pas vu ces cartons en entrant ? J'étais trop occupé à te regarder.

— C'est mon père qui a vendu la mèche ?

— Eh oui ! Tu as ouvert les colis ?

— Pas encore. Il va me falloir de l'aide…

— Je vais m'en occuper, promit-il. Mais pas tout de suite…

— Merci du fond du cœur, murmura-t-elle alors en se pressant contre lui pour lui donner un baiser, qui se fit de plus en plus passionné et s'éternisa. Il faut y aller, maintenant, dit-elle lorsqu'elle eut repris ses esprits.

Il la dévisagea longuement, les sourcils froncés, et elle se demanda s'il n'était pas en train d'hésiter entre partir pour le rodéo et lui faire l'amour là, tout de suite.

— Jared ? Tu ne voudrais quand même pas déclarer forfait ?

— Non, non... Mais nous reprendrons ce tête-à-tête là où nous l'avons laissé, je te le promets, dit-il.

Il lui prit le bras et ils sortirent rejoindre sa voiture, garée devant la maison.

— Tu dois avoir le trac, non ? demanda-t-elle une fois en route.

— Pas vraiment, répondit-il en lui souriant. Je suis fébrile, c'est vrai, mais cela n'a rien à voir avec le rodéo. Ce qui m'excite, ce sont tes baisers, tes mains, ton corps... Tes grands yeux bleus et ta bouche sur la mienne. La perspective de te faire l'amour ce soir. Et celle de t'avoir près de moi, demain soir et les autres nuits encore...

— Je me rappellerai tout ça quand tu seras en train de chevaucher l'un de ces monstrueux taureaux, promit-elle en riant.

— Ce seront sans doute parmi les huit secondes les plus exaltantes de mon existence. Même s'il y a d'autres choses bien plus excitantes, dans la vie.

— Je n'arrive toujours pas à comprendre quel plaisir tu peux trouver à risquer de te faire piétiner, voire pire, par un taureau furieux, remarqua-t-elle.

— J'avoue que ce n'est pas évident, répondit-il en lui prenant la main. Mais c'est un défi que je me suis lancé. Je dois savoir si je suis capable de le faire.

— C'est vraiment là un raisonnement typiquement masculin, soupira-t-elle.

De nouveau, il se mit à rire. Il ne lâcha pas sa main une seconde tandis qu'il conduisait. Arrivés à l'arène, ils traversèrent un grand hall où se pressaient amateurs et curieux venus les uns pour le sport, les autres pour le spectacle.

— Tiens, regarde qui est là, dit Jared.

Elle suivit son regard et reconnut Ryan Delaney qui venait vers eux, vêtu en vrai cow-boy, un large sourire aux lèvres.

— Hello, Allison ! lança-t-il.

— Vous vous connaissez, tous les deux ? s'enquit Jared visiblement surpris, en se tournant vers elle.

— Oui, nous avons fréquenté la même université, expliqua-t-elle.

— Bien. Ryan et moi avons parié un hamburger et une bière sur le vainqueur de ce soir, expliqua Jared. Tu peux déjà préparer la monnaie, mon pote…

— Et toi, tu peux toujours rêver, répondit Ryan, hilare.

— J'ai bien l'intention de te battre, ce soir.

— Et moi donc !

— Vous devriez vous recycler dans l'organisation de séminaires sur la confiance en soi, tous les deux, remarqua Allison en secouant la tête.

— À tout à l'heure, mon ami ! dit Jared à Ryan tout en prenant Allison par l'épaule pour l'entraîner avec lui.

— À plus tard, dans l'arène, répondit Ryan. Content de t'avoir revue, Allison ! Tu as du mérite, de supporter un numéro pareil, ajouta-t-il avec un clin d'œil à Jared.

Toujours enlacés, Jared et Allison se dirigèrent vers les gradins.

— Un moment, avec toi et Ryan, j'ai eu l'impression d'avoir affaire à deux gamins de huit ans qui se chamaillent, avoua Allison.

— Ryan et moi, nous adorons nous lancer des défis.

— Tu as déjà perdu, face à lui ?

— Souvent. Et inversement. Ryan est un as du rodéo. J'adore me confronter à lui. Honnêtement, il est plus doué que moi.

— C'est bien de le reconnaître, remarqua-t-elle. Tu es une tête brûlée, mais au moins, tu n'es pas prétentieux.

— Attends un peu que nous soyons rentrés, ajouta-t-il

d'une voix sensuelle, je te montrerai que je suis doué pour des tas d'autres choses bien plus importantes que monter un taureau.

— Je suis impatiente de voir ça, répondit-elle, souriante.

— Et moi donc ! murmura-t-il avec une gravité soudaine. J'ai envie de toi, Allison. Si je pouvais, nous repartirions tout de suite.

— Tu ne peux pas faire ça.

— La monte de taureau sauvage est le clou du spectacle, la dernière des épreuves, expliqua-t-il en la conduisant jusqu'à une loge, idéalement située face à l'arène. Je peux rester avec toi d'ici là.

Ils prirent place et elle apprécia infiniment ce début de soirée en compagnie de Jared, même si elle ne prêta pas vraiment attention aux épreuves qui se déroulaient sous ses yeux. À la vérité, elle ne pensait à rien d'autre qu'à la soirée qui l'attendait ensuite, lorsqu'ils seraient rentrés. Au moment où il la prendrait dans ses bras pour lui faire l'amour…

L'heure où il dut la laisser finit par arriver. Il lui donna un baiser, l'occasion pour elle de surprendre dans les yeux verts une lueur d'excitation. De tels défis étaient manifestement essentiels à sa vie. Elle le regarda s'éloigner, brûlant de le retenir, mais se gardant bien de le faire.

Elle tressaillit à l'imminence de son entrée sur la piste. Trouverait-elle le courage de le regarder, ou fermerait-elle les yeux ? Si elle s'était écoutée, elle aurait quitté la tribune sans attendre une minute. Mais non, il ne fallait pas : cette soirée aurait valeur de test pour elle. Elle devait voir comment elle réagirait face aux prouesses de Jared sur ce maudit taureau. Ainsi, elle connaîtrait exactement la profondeur des sentiments qu'elle lui portait.

Elle prit une profonde inspiration pour tenter de calmer son angoisse. Quel mal y avait-il, finalement, à vivre pleinement son amour du danger ?

Le premier cow-boy apparut, monté sur un taureau terrifiant. Il ne fallut pas plus de quatre secondes au mastodonte pour l'envoyer mordre la poussière. Crispée sur son siège, mains croisées, Allison sentit sa peur monter d'un cran. Pourquoi diable Jared avait-il besoin de ce genre de frissons ?

Le deuxième cavalier ne tint pas plus de trois secondes, soit bien moins que le troisième, qui fut jeté au sol à la septième seconde. Elle sourit en regardant les clowns s'agiter dans l'arène pour distraire le taureau de l'homme à terre. Toutefois, l'animal dirigea soudain sa hargne contre l'un des clowns, qui échappa par une pirouette aux cornes du monstre. Quant au cavalier, visiblement très mal en point, il quitta l'arène sur un brancard.

Puis ce fut le tour de Jared.

Le speaker énuméra ses victoires dans la spécialité, un palmarès impressionnant qui déclencha les applaudissements du public. Elle reconnut son chapeau noir dans le box. Monté sur le taureau, il attendait l'ouverture de la porte, agrippant de sa main droite la courroie de cuir. Puis, soudain, la porte s'ouvrit et l'animal furieux s'élança…

- 9 -

Horrifiée, Allison regarda le taureau se cabrer et bondir, tandis que le speaker commentait l'épreuve. Commentaires dont elle n'entendit pas un traître mot, tant elle était concentrée sur ce qu'elle voyait. Accroché à l'animal d'une main, l'autre en l'air, elle le vit ballotté tel un pauvre fétu de paille par la bête puissante et…

Alors, brutalement, sa décision fut prise. Non, elle ne pouvait pas s'installer avec lui, partager son existence, et encore moins laisser cet amour naissant croître en elle. Elle ne se ferait jamais à ce goût prononcé qu'il avait pour l'adrénaline. Le souvenir de la disparition tragique de sa mère et de son frère lui revint à la mémoire et elle sentit la douleur brutale de la perte l'envahir de nouveau. Comme elle regrettait ces deux êtres qu'elle aimait si profondément…

La sonnerie du chronomètre retentit tout à coup dans l'arène, l'arrachant à ses pensées. Jared avait tenu huit secondes. Il sauta à terre et roula sur le sable, perdant son chapeau au passage, avant de courir se mettre à l'abri derrière la palissade. À ce moment, le taureau chargea et s'acharna sur le chapeau, telle une furie.

Allison sentit un long frisson la parcourir. Il n'y avait aucune chance qu'elle s'habitue à ce genre de spectacle. Elle ne supportait pas l'idée de trembler pour Jared jour après jour. Le moment était venu de mettre un terme à cette relation. Portée par l'euphorie, transportée par le désir et le plaisir insensé qu'elle ressentait entre ses bras, ivre de musique et de danse, elle en avait perdu de vue cette autre facette du personnage. Il était temps de réagir.

Elle devait reprendre le cours normal de son existence. Revenir à ses soirées paisibles en compagnie de son père, de Phillip et de ses amis.

Quand Jared réapparut à son côté, ce fut plus fort qu'elle : elle se jeta dans ses bras pour l'embrasser. Un baiser de soulagement, de joie aussi, parce qu'il n'était pas blessé. Ainsi qu'un baiser d'adieu…

— Félicitations, articula-t-elle en s'arrachant à sa bouche.

— Rentrons maintenant, dit-il.

— Attendons au moins de connaître le classement…

— Je le découvrirai plus tard. Viens, rentrons, répéta-t-il en lui prenant la main. Mais, tu es gelée !

— Ça va mieux maintenant.

Il glissa alors le bras autour de ses épaules et ils rejoignirent le parking ainsi enlacés. Une fois en voiture, il mit le chauffage au maximum et démarra.

— Tu as moins froid ? demanda-t-il après un moment.

— Tout va bien, je t'assure, répondit-elle.

— Tu as eu peur pour moi, c'est ça ?

— Oui. Je n'ai pas pu m'en empêcher. J'espère que le cow-boy qui est passé avant toi n'est pas trop mal en point…

— À part quelques côtes cassées et une dizaine de contusions, il va bien…

Elle ne releva pas, et Jared garda lui aussi le silence tout au long du trajet. Ce n'est qu'une fois chez elle qu'il lui prit le visage entre ses mains et murmura :

— Je vais bien, Allison. Je ne suis pas blessé, je n'ai rien. C'était un moment fabuleux pour moi. Terriblement excitant ! Cesse de t'inquiéter…

Et lorsqu'il l'embrassa, elle fut incapable de le repousser. Sa décision de mettre un terme à leur relation vola en éclats à la seconde où leurs lèvres se rencontrèrent. Et elle ne protesta pas non plus quand il l'emporta dans la chambre et l'allongea sur le lit.

***

Ce ne fut que bien plus tard, remise de ses émotions après plusieurs heures de passion partagée, qu'elle trouva la force de lui faire part de sa décision.

— Je t'avais promis une réponse, Jared…

Il la regarda et elle hésita une fraction de seconde face à son sourire, avant de reprendre d'une voix tremblante :

— Je ne peux pas vivre avec toi. Je n'ai pas envie d'épouser un homme qui va mettre sa vie en danger à la moindre occasion. Toi et moi, nous sommes trop différents. Je n'imagine pas trembler à longueur de temps à cause de ton addiction au danger.

— Allison, tu sais ce que cela représente pour moi… C'est la première fois que je demande à une femme de partager ma vie, tu te rends compte ?

— Tu pourrais me demander en mariage que ça n'y changerait rien. En te regardant sur ce taureau, ce soir, j'ai eu peur, peur de revivre le cauchemar que j'ai connu en perdant ma mère et mon frère Chad. C'est au-dessus de mes forces, Jared, je t'assure. Je ne peux pas te regarder défier la mort ainsi. Tu as le droit de vivre comme tu l'entends, et sans doute trouveras-tu un jour une femme qui acceptera de trembler pour toi. Mais je ne suis pas cette femme. Je t'aime, mais il m'est impossible d'envisager un quelconque avenir avec toi.

Jared secoua la tête sans cesser de la regarder dans les yeux, implorant.

— Allison, dit-il, tu ne peux pas renoncer à ce bonheur que nous connaissons ensemble. Je t'en prie, ne reste pas sur cette mauvaise impression, viens vivre avec moi, donnons-nous une chance ! J'aime le danger, oui, mais je ne suis pas un casse-cou.

— Et comment appelles-tu le fait de chevaucher un taureau sauvage pendant huit interminables secondes ?

— Bien sûr, le risque zéro n'existe pas, j'en suis bien conscient, mais je ne suis ni fou, ni suicidaire. Alors, je t'en prie, ce que nous partageons est unique, exceptionnel. Ne tire pas un trait dessus comme ça…

— Tu peux essayer de me convaincre jusqu'au lever du jour, cela ne changera rien, affirma-t-elle, la mort dans l'âme.

— Tu es mille fois trop anxieuse, comme ton frère. Et cela t'empêche de vivre, Allison, comme cela a été le cas pour Sloan qui, du jour au lendemain, a renoncé à tous ces sports extrêmes qui étaient sa passion.

— Je suis certaine que Sloan ne regrette rien de ses choix, répondit-elle.

Ils se dévisagèrent un long moment en silence et elle frémit face à cette lueur de détermination qu'elle voyait dans ses yeux. C'était presque de la colère.

— Tu choisis donc de laisser mourir cette flamme entre nous ? Jamais tu ne retrouveras une telle passion avec personne, tu le sais. Et moi non plus, d'ailleurs…

— En réalité, c'est toi qui fais ce choix, Jared. C'est toi qui n'accepteras jamais de renoncer au danger pour une femme. Jusqu'au jour où tu tomberas amoureux, vraiment amoureux. Ce qui, manifestement, n'est pas le cas avec moi, ajouta-t-elle, aussi triste que résolue. Je rêve de fonder une famille, Jared, et je te souhaite de rencontrer la femme qui un jour te donnera des enfants… Celle qui te donnera envie de t'engager, de passer à autre chose.

Il l'attira dans ses bras pour l'embrasser et elle ne résista qu'une fraction de seconde, avant de s'abandonner à son baiser, à ses caresses, toutes ses peurs soudain envolées, son cœur comme régénéré. Et désirant plus que jamais cet homme.

Il avait raison. Ce qu'ils partageaient était unique. Et oui, elle doutait de retrouver un jour avec un autre ce feu intense. Ils vivaient en cet instant leur dernière soirée ensemble. Leur séparation n'était plus qu'une question d'heures.

Alors elle ferma les yeux et le serra dans ses bras, et l'embrassa en retour avec toute la passion qui brûlait en elle.

Ils firent l'amour la nuit entière, de façon urgente, frénétique, presque désespérée. Et lorsque le jour pointa et que le soleil se déploya sur les draps, elle se leva en catimini pour se rendre dans la salle de bains.

Elle prit une douche et, quand elle revint dans la chambre, s'aperçut que Jared avait disparu. Surprise, elle sortit dans le couloir et le vit surgir de la salle de bains voisine, les cheveux humides, pas encore rasé, vêtu comme la veille.

— Je vais t'aider à ouvrir les cartons, annonça-t-il.

— Tout à l'heure, ce n'est pas urgent, répondit-elle, le cœur serré.

Elle avait envie de retenir le temps et de graver dans sa mémoire l'éclat de ses yeux à cet instant précis, la douceur de sa voix grave.

— Je ne serai plus là, tout à l'heure, répondit-il.

Ces paroles lui firent l'effet d'une gifle, même si elle n'attendait pas d'autre réponse de sa part.

— Dans ce cas, laisse tomber, Jared. Je demanderai à Sloan de me donner un coup de main. Je n'ai pas envie de m'en occuper dans l'immédiat.

Il acquiesça d'un signe de tête, avant de demander :

— Tu as dit ton dernier mot ? Tu ne veux toujours pas venir vivre avec moi ?

— Non, Jared. Je ne peux pas.

— Et moi, je ne peux pas renoncer à mon style de vie. Ce serait renoncer à ce que je suis, Allison.

Elle ne répondit rien et le suivit dans l'entrée. La douleur augmentait à chaque pas. Elle était sur le point de le perdre. Et c'était sa faute, la faute à ces peurs qu'elle était incapable de surmonter. Elle aspirait à fonder une famille heureuse et paisible et refusait que le père de ses enfants fût un risque-tout. Sa mère, une femme exubérante et chaleureuse, avait été une aventurière dans l'âme, dotée d'une confiance absolue en elle-même. Elle se riait du danger et n'imaginait pas une vie sans adrénaline. Résultat, elle n'était plus de ce monde parce qu'elle avait trop tiré sur la corde, emportant Chad.

Allison, elle, attendait tout le contraire de l'existence. La sécurité, le confort et la nécessité de croire en l'avenir.

Parvenu la porte, Jared se tourna vers elle et la contempla

un long moment, avant de la prendre dans ses bras et de la serrer si fort qu'elle en eut le souffle coupé. Puis il la lâcha, souleva le coin de son chapeau et ouvrit la porte.

Elle le regarda monter en voiture et s'éloigner pour sortir à jamais de son existence. Transie de froid, elle mit de longues minutes à s'apercevoir qu'elle demeurait figée et que les larmes coulaient sur ses joues.

— Jared… souffla-t-elle.

Puis elle referma la porte et retourna dans la chambre. Là, elle s'effondra sur le lit et pleura sans discontinuer pendant une heure entière.

Le lundi matin, elle partit travailler en s'efforçant de penser à tous les gens qui l'aimaient, l'entouraient et lui faisaient confiance.

Elle se rendit au nord de Dallas, dans le quartier d'affaires récemment sorti de terre où ils avaient leurs locaux. Il y avait là les bureaux eux-mêmes, mais aussi les entrepôts et la salle des ventes. Elle trouva son père occupé à trier les objets destinés à être mis aux enchères. Ils s'embrassèrent, puis il l'invita à le suivre dans son bureau.

— J'ai reçu une table et un miroir de Houston, papa, l'informa-t-elle. Mais tu es au courant, bien sûr…

— Ma foi, Jared a beaucoup insisté pour que je ne vende pas la mèche, ma chérie, répondit Herman en la dévisageant, l'air perplexe. Tu as envie d'en parler ?

— Jared est sorti de ma vie, papa. Nous nous sommes dit adieu hier matin, répondit-elle en fuyant son regard.

— C'est ton choix. Mais ce garçon doit tenir sacrément à toi pour te faire un tel cadeau ! Ces pièces valent très cher, tu sais…

— Jared est riche. Il se fiche bien de se séparer d'une table et d'un malheureux miroir.

Son père hocha la tête, pensif.

— Tu n'as pas l'air dans ton assiette, lança-t-il.

— On ne peut rien te cacher, papa, répondit-elle en esquissant un sourire.

— Visiblement, tu n'avais pas très envie de lui dire adieu.

— C'est sûr… Mais nous sommes trop différents, lui et moi. Je suis allé le voir au rodéo vendredi soir, avoua-t-elle, tressaillant à ce souvenir. Je crois qu'il a gagné, d'ailleurs…

— Jared a toujours aimé les sports extrêmes.

— Trop extrêmes pour moi.

Son père se leva et vint s'asseoir à côté d'elle.

— Tu es sûre que ça va aller, ma chérie ?

— Oui, papa, assura-t-elle en relevant fièrement la tête. Bon, il est temps de se mettre au travail, ajouta-t-elle, déterminée, en feuilletant les pages d'un catalogue qu'elle avait pris sur le bureau d'Herman.

— Je pense le terminer aujourd'hui, affirma-t-il. Tu pourras ainsi le diffuser à nos clients.

— Aucun problème…

Elle eut toutes les difficultés du monde à se concentrer ce jour-là. Mais avec le temps, se dit-elle, tout rentrerait dans l'ordre. Elle finirait par oublier Jared.

Phillip appela à 15 heures. Elle était occupée avec des clients à ce moment-là, mais elle s'isola pour lui répondre. Et quand il l'invita à sortir, elle accepta aussitôt, en dépit de la douleur sourde qui ne la lâchait pas.

Après son travail, comme elle s'apprêtait à rentrer, elle s'arrêta dans le bureau de son père.

— Phillip m'emmène au restaurant ce soir, annonça-t-elle. Il a dit que tu étais le bienvenu, si cela te faisait plaisir.

— Remercie-le de ma part, mais j'ai un match de base-ball à la télévision. Et franchement, je suis fatigué. Passe une excellente soirée, ma chérie !

— Entendu, papa, répondit-elle avant de partir, en proie à des sentiments mêlés.

Jared lui manquait à un point qu'elle n'aurait pas cru possible. Il ne téléphona pas, ni ce jour-là, ni au cours de la semaine, ni la suivante non plus. Elle comprit alors qu'il était définitivement passé à autre chose et qu'il avait quitté sa vie à tout jamais.

Un soir, après le travail, Sloan passa chez elle afin de l'aider avec les cartons.

— Papa m'a expliqué qu'il s'agissait d'un cadeau de Jared ? demanda-t-il.

— En effet, oui.

Sloan l'observa avec attention et elle s'empressa de s'affairer autour des colis pour échapper à son regard.

— Laisse ça, Allison, je m'en occupe, dit Sloan en la voyant tenter de dénouer les ficelles.

En quelques minutes, la table fut extraite de son carton d'emballage.

— Dis-moi, c'est un meuble magnifique ! s'exclama son frère en caressant le bois du plateau. Et Jared t'en a fait cadeau ? insista-t-il.

— Sans doute a-t-il apprécié mon travail.

Sloan hocha lentement la tête, l'air songeur.

— Cette table et ce miroir doivent valoir plusieurs milliers de dollars. Je ne suis pas naïf, Allison. Il a dû se passer quelque chose entre Jared et toi…

— En tout cas, il ne se passe plus rien aujourd'hui, répondit-elle sans chercher à nier. Je ne supporte pas son mode de vie de toute façon.

— C'est évident ! Jared a la passion du danger. C'est un aventurier. Il n'est pas près de se ranger, commenta Sloan tout en pliant les cartons. Il paraît que tu es allée le voir faire du rodéo ?

— Oui. Mais tout ça, c'est terminé. Alors inutile de venir me faire la leçon. Je suis passée à autre chose. Phillip et moi, nous nous voyons souvent en ce moment…

— Ravi de l'apprendre ! Tu ne le regretteras pas, petite sœur. Jared n'était pas fait pour toi, et il ne le sera jamais, dit Sloan. Mais il n'empêche, ajouta-t-il en la considérant d'un œil inquisiteur, ça n'a pas l'air d'aller très fort, toi…

— Si, si, je vais très bien ! Il faut que tu arrêtes de t'inquiéter pour rien, tu sais.

— D'accord, d'accord ! Je veux juste ton bonheur, moi, c'est tout.

— Je suis heureuse. Je sors avec Phillip, que je finirai probablement par épouser. Nous avons les mêmes goûts, lui et moi, les mêmes aspirations. Nous sommes parfaitement compatibles. Nous nous voyons presque tous les jours. D'ailleurs, nous sortons au restaurant ce soir…

Son frère continua de la dévisager avec insistance.

— Ah, très bien. Passe-lui le bonjour ! Vous pourriez venir dîner à la maison, un de ces jours. Bien sûr, c'est un peu le chaos, avec les enfants, mais…

— J'en serais tellement heureuse ! À ce propos, tu devais me les confier pour une nuit, tu te rappelles ? Jake doit avoir grandi. Et il me tarde de voir les filles. C'est toujours une joie de les avoir…

— Elles t'adorent. Et Leah sera ravie de pouvoir respirer un peu.

— Disons vendredi, ou samedi soir ?

— Je vais en discuter avec ma chère et tendre et nous t'appellerons. Et maintenant, au travail ! Où veux-tu mettre cette table ?

— Dans le salon, répondit-elle.

Ils se placèrent chacun à une extrémité de la table et la soulevèrent ensemble.

Une fois le meuble en place, Sloan annonça son intention de partir, mais parut hésiter, comme s'il voulait dire quelque chose.

— Je, euh… je suis content que tu fréquentes Phillip. Jared n'est pas un homme pour toi.

— Je t'ai dit de ne plus t'inquiéter de ça, Sloan.

— Bien, alors je ferais mieux d'y aller maintenant.

Elle l'accompagna jusqu'à la porte.

— Merci pour ton aide.

— Au fait, tu ne veux pas que je fixe le miroir au mur ?

— Non, ça va. Phillip le fera. Merci encore.

Sloan l'embrassa affectueusement et la laissa seule. Seule avec son désespoir. Jared lui manquait terriblement et désormais, elle penserait à lui chaque fois qu'elle regarderait cette table et ce miroir.

Soudain, elle s'aperçut que l'heure passait et elle se précipita dans sa chambre pour se préparer en prévision de sa soirée avec Phillip.

L'année précédente, Phillip avait dû la demander en mariage à dix reprises au moins. Aujourd'hui, elle était décidée. La prochaine fois, elle lui dirait oui. Phillip lui donnerait une famille, il lui apporterait la sécurité et, avec un peu de chance et du temps, l'amour finirait par être au rendez-vous. Peut-être…

Tout en s'habillant, elle s'appliqua à chasser Jared de ses pensées. Problème, tout le lui rappelait, et c'était comme ça tous les jours. Mais lui, pensait-il seulement encore à elle ?

Le lendemain, elle reçut un appel de son frère.

— Tu seras chez toi, en fin d'après-midi ? Je voudrais passer te voir.

— Je sors avec Phillip ce soir. Nous allons au théâtre. Mais il ne viendra pas me chercher avant 19 heures.

— Je ne serai pas long. Pourrais-tu garder les enfants, vendredi soir ? Nous sommes invités à dîner chez une amie de Leah.

— Bien sûr, avec plaisir ! Je me réjouis de les avoir à dormir.

— Super ! Nous passerons juste récupérer Jake après le dîner. Il a un sommeil tellement agité ! Mais si tu veux garder les filles toute la nuit, pas de problème. Elles seront aux anges.

— C'est réciproque, répondit-elle. Mais j'aurais aussi bien pu garder Jake, tu sais…

— Non, pas cette fois. Il t'empêcherait de dormir. Bien, je vais prévenir les filles.

— Je suis si heureuse de les voir ! Nous allons bien nous

amuser, toutes les trois. Je leur téléphonerai ce soir pour les inviter en personne.

— Tu es une tante admirable. À tout à l'heure, je serai là vers 17 heures.

Après avoir raccroché, elle s'interrogea sur les raisons de cette visite. Que pouvait bien lui vouloir son frère ? S'assurer que le miroir était bien fixé ? En fait, il ne l'était pas encore. Elle comptait demander à Phillip de s'en occuper le week-end prochain.

Phillip… Elle se remémora sa dernière soirée avec lui. Une soirée très agréable, mais un peu ennuyeuse. Dénuée d'étincelles, de passion. Il l'avait embrassée au moment de la quitter, mais elle n'avait trouvé aucun goût à ce baiser, aucun sens. Tenait-elle réellement à partager la vie de cet homme ? Et lui-même, était-il sûr de lui ? Elle en doutait. Pourtant, ils pourraient mener une existence agréable ensemble. Phillip était riche, mais il comprenait qu'elle veuille continuer à travailler. Et puis, il voyageait beaucoup pour ses affaires. Ils ne seraient donc pas ensemble en permanence…

Jared, lui, n'était pas près de se marier, si tant est qu'il y consente un jour, et il continuerait à mener cette vie qu'elle détestait. Mais chaque fois qu'elle pensait à lui, soit à peu près vingt-quatre heures sur vingt-quatre, et qu'elle faisait la comparaison entre les deux hommes, elle en revenait toujours à la même décision : la prochaine fois que Phillip lui demanderait de l'épouser, elle accepterait.

Elle se remit au travail et apporta quelques modifications à la maquette du catalogue conçue par son père. Tout en regardant les photographies des différents meubles et bibelots, ce qui devait arriver arriva. Son cerveau décrocha et les souvenirs l'assaillirent. Souvenirs de Jared lui racontant où il avait déniché cette console, où il avait repêché cette statuette… Souvenirs de ses baisers aussi.

Elle ne souhaitait qu'une chose : en finir avec cette vente, de manière à pouvoir effacer une bonne fois pour toutes cet homme de ses pensées, de son cœur et de son corps.

*
* *

De retour chez elle après le travail, elle rangea les gourmandises achetées en chemin pour Jake et les fillettes et glissa de nouveaux jouets dans des pochettes-surprises, impatiente de voir arriver les enfants.

Elle fit ensuite le tour de l'appartement et décida une bonne fois pour toutes d'accrocher le miroir dans le salon, où tout le monde pourrait l'admirer. Elle sortit même de sa caisse à outils un marteau et un crochet, convaincue à présent que Sloan passait pour ça.

Il arriva à 17 heures tapantes et, reconnaissant sa voiture, elle sortit l'accueillir.

— Bonjour Allison, comment va ? demanda-t-il gaiement en entrant dans la maison.

— Très bien. Nous sommes presque prêts pour la vente de Jared, à laquelle il n'a d'ailleurs pas prévu de participer. Mais dis-moi, il n'y a rien qui ferait plaisir à Leah parmi ces objets ?

— Non, merci, j'ai regardé… Tu sais bien, Leah est fan de minimalisme et de meubles contemporains !

— Oui, mais tout de même… Bon, je suppose que tu es venu pour le miroir ?

— En fait, non, pas vraiment. Je suis venu pour te parler.

Elle fronça les sourcils.

— Me parler de quoi ? Ta famille va bien, au moins ?

— Oui, oui, tout va très bien, assura Sloan en prenant une chaise dans la cuisine. Pour ce qui est du miroir, je le placerai tout à l'heure…

— Tu veux boire quelque chose ?

— Oui, je veux bien.

Elle remplit deux verres de thé glacé et disposa quelques cookies dans une assiette sur la table.

— Alors ? Je t'écoute.

— Voilà. En fait, je commence à culpabiliser. Vois-tu, j'ai la désagréable impression de trop faire pression sur toi.

— Où veux-tu en venir exactement, Sloan ?

— Eh bien, je sais que Phillip t'a demandée plusieurs fois en mariage, mais j'ai été très surpris par le geste de Jared. Surpris et intrigué. Ces cadeaux sont inestimables et…

— Je te l'ai dit, cesse de t'inquiéter pour ça, Sloan. Je n'épouserai pas Jared, sois tranquille !

— Oh ! ce n'est pas cela qui m'inquiète, répondit-il, avant de poursuivre, visiblement mal à l'aise : En fait, je voulais simplement te dire que Leah et moi, nous sommes très amoureux, et très heureux d'être mari et femme…

— Je crois que c'est évident pour tout le monde, s'exclama-t-elle, amusée, mais se demandant où il voulait en venir.

— Alors voilà. Hmm… En fait, je crois que tu n'es pas amoureuse de Phillip, et j'ai l'impression que tu vas finir par lui dire oui. Juste parce que le temps passe et que tu vois papa décliner, et que tu sais qu'il serait apaisé si tu étais mariée. Je comprends que tu aspires à fonder une famille, mais je ne veux pas que tu t'engages dans un mariage sans amour, forcément voué à l'échec.

— Tu t'inquiètes inutilement, Sloan, soupira-t-elle.

— Écoute-moi, je n'ai pas terminé ! Je pense que je suis en partie responsable de cette situation…

— Mais enfin, Sloan ! protesta-t-elle en riant. Tu n'es en rien responsable de mes choix, voyons !

— Je t'ai dépeint Jared sous les traits les plus détestables. Depuis des années, je te mets en garde contre lui…

Ainsi, comprit-elle, telle était la raison de sa visite ! Au lieu de rentrer chez lui retrouver sa petite famille, il était venu lui présenter des excuses !

— Écoute-moi, l'interrompit-elle. Peu importe ce que tu as pu me dire à propos de Jared. C'est terminé entre lui et moi. Quand je l'ai vu monté sur ce taureau, j'ai compris. Je ne peux pas envisager l'avenir avec un homme qui n'a qu'une seule chose en tête : défier la mort.

— Tu sais, j'ai fait moi-même beaucoup de rodéo à une époque. Ce n'est pas non plus le sport le plus dangereux au monde, remarqua son frère.

— Vraiment ? s'exclama-t-elle, exaspérée. Il n'y a rien

de dangereux à chevaucher un monstre furieux pendant huit secondes ?

— Eh bien, si Jared ne fait pas toutes ces choses maintenant, bientôt, il sera trop tard et il le regrettera et…

— Allons, c'est ridicule ! Que Jared se casse le cou si ça lui chante, je m'en moque ! En épousant Phillip, je parie sur l'avenir, chose impossible à faire avec Jared ! répliqua-t-elle avec fermeté. J'apprécie ta démarche, Sloan. Tu as toujours veillé sur moi et j'y suis sensible. Mais je suis une grande fille, aujourd'hui. Cesse de t'inquiéter pour l'homme qui deviendra mon mari. Ce ne sera pas Jared, sois-en sûr. Il n'est pas prêt à s'engager ni à se ranger et pour moi, c'est rédhibitoire !

— Je comprends. Jared a toujours eu des rapports tumultueux avec les femmes. Mais le temps passe pour lui aussi et sans doute commence-t-il à porter un regard différent sur la vie aujourd'hui…

— Je crois qu'il rirait bien s'il t'entendait, rétorqua-t-elle. Écoute, Sloan, rentre chez toi, va retrouver ta famille. Leah doit t'attendre, les enfants aussi…

— Mais je me sens coupable ! insista Sloan. Jared est un type bien. Il ne serait pas mon ami depuis tant d'années si ce n'était pas le cas.

— Je sais, soupira-t-elle.

Elle se leva et son frère l'imita.

— Pense à ce que je t'ai dit, plaida-t-il. Jared est quelqu'un sur qui on peut compter…

— Je n'en doute pas, acquiesça-t-elle patiemment.

— Au fait, j'ai vu dans le journal qu'il avait remporté la compétition de l'autre jour.

— Parfait ! Cela ne fera que l'encourager à continuer de prendre des risques.

— Allez, donne-lui une chance, petite sœur ! répéta Sloan une fois parvenu à la porte.

— Mais quand cesseras-tu de t'inquiéter ? interrogea-t-elle, excédée. Aujourd'hui, voilà que tu t'inquiètes exactement pour le contraire de ce qui te causait du souci la semaine dernière. Oh Sloan, tu es trop anxieux ! Rentre vite, maintenant, ta famille t'attend.

Il lui sourit, puis regagna sa voiture et s'éloigna.

— Pfff, soupira Allison lorsqu'il eut disparu. Mon frère est fou ! Ne t'approche pas de Jared ! Épouse Jared ! Il m'exaspère…

Le vendredi soir, Phillip était déjà arrivé quand Sloan et Leah se présentèrent avec les enfants. Ils parurent surpris de voir Phillip.

— Une soirée baby-sitting, tu risques de t'ennuyer, mon vieux, remarqua Sloan, tandis qu'Allison prenait le petit Jake dans ses bras.

— J'adore les enfants, affirma Phillip. J'ai six neveux et nièces, que je vois souvent.

— Encore un fou ! souffla Sloan à Leah, qui sourit à Allison et à Phillip.

— Ne faites pas attention à lui, dit-elle. Il fait le malin, mais il est complètement gaga avec ses enfants. Bon, allons-y, nos amis nous attendent ! Nous ne devrions pas rentrer très tard, ajouta-t-elle.

Jake dans les bras, Allison raccompagna son frère et sa belle-sœur jusqu'à la porte, suivie de Phillip. Une fois leurs parents partis, les filles se jetèrent sur les pochettes-surprises, puis ce fut le repas, une pizza pour tout le monde, sauf pour le bébé, évidemment, qui eut droit à son biberon. Plus tard, Virginia et Megan jouèrent avec leurs petites voitures sur le tapis du salon, tandis que Phillip s'occupait de Jake.

— Si tu es fatigué, Phillip, je comprendrai. Je peux prendre le relais, va regarder la télévision.

— Non, ça va très bien, merci. Et je pense que bébé ne va pas tarder à s'endormir. À quelle heure se couche-t-il d'habitude ?

— Oh ! Jake va souvent au lit plus tard que nous, intervint Virginia.

— Vraiment ? Il est tard pour un petit bonhomme de son âge… Pas vrai, Jake ? Tsst, ne grignote pas ton hochet…

— Tiens, Leah a apporté un anneau de dentition, dit Allison, tout en le regardant jouer avec le petit garçon.

Elle se prit alors à penser à l'avenir et imagina Phillip, devenu son mari, jouant avec leurs enfants. Elle avait décidé de lui dire oui la prochaine fois qu'il lui demanderait de l'épouser. Il était très gentil et aimait les enfants, mais cela suffirait-il à la rendre heureuse ? Certes, en devenant sa femme, elle trouverait auprès de lui la sécurité dont elle avait tant besoin, mais cela compenserait-il l'absence d'amour, voire de passion ?

Et puis, combien de temps faudrait-il encore avant de pouvoir oublier Jared ?

- 10 -

Le lundi matin, Jared revint à Dallas après une semaine en déplacement professionnel dans sa succursale du Dakota du Nord. Il consulta ses mails et écouta sa messagerie vocale, se renfrognant légèrement en découvrant que Sloan avait tenté de le joindre à trois reprises.

Allison. Il ne s'écoulait pas une minute sans qu'il pense à elle. Elle lui manquait comme jamais personne ne lui avait manqué. Les souvenirs refusaient de le laisser en paix. Chaque fois que son chemin croisait celui d'une blonde, son cœur explosait. Il croyait voir Allison partout.

Après avoir consulté son carnet de rendez-vous, il estima qu'il avait le temps de téléphoner à Sloan.

— Alors, cette propriété dont tu m'as parlé ? demanda-t-il d'emblée, certain que son ami avait appelé pour cela.

— Rien de neuf pour l'instant. Mais j'aimerais te voir. Si on déjeunait ensemble, ce midi ? Je ne peux pas t'expliquer ça par téléphone.

— Entendu.

Jared sourit, confiant : Sloan avait toujours des affaires en or à lui proposer.

Ils s'entendirent sur le lieu et l'heure du rendez-vous, puis Jared raccrocha. La matinée s'écoula et il oublia Sloan jusqu'au moment où la secrétaire vint lui rappeler qu'il était attendu pour le déjeuner.

Enfilant son manteau, il quitta la tour de Weston Energy pour se rendre au centre-ville, dans un restaurant fréquenté par bon nombre d'hommes et de femmes d'affaires. Sloan arriva en même temps que lui.

Ils prirent place à la table qu'on leur avait réservée et commandèrent un verre.

— Alors, qu'y a-t-il de si urgent ? commença Jared. Un nouvel immeuble à la vente ? Une société à racheter ?

— Non, non, pas du tout, répondit Sloan, un peu gêné. En réalité, je voulais te parler de ma sœur. Et aussi, te présenter mes excuses.

Stupéfait, Jared le dévisagea.

— De ta sœur ? Mais pourquoi diable t'excuserais-tu ? Ah, mais je crois savoir… Peut-être à cause de cette manie que tu as de toujours te mêler de la vie des autres ! Je me trompe ? demanda-t-il, narquois.

— Jared, je suis inquiet.

— Tu es né inquiet, il n'y a rien de nouveau à ça.

— Vois-tu, moi, je suis parfaitement heureux avec Leah. Crois-moi, lorsque tu aimes quelqu'un, le mariage est une bénédiction.

Jared hocha la tête, habitué à ce genre de réflexions de la part de son ami.

— Je t'assure, poursuivit Sloan. Quand l'amour est là, c'est un bonheur au quotidien. Et voilà ce dont je rêve, pour Allison.

— C'est très louable de ta part… Mais en quoi cela me concerne-t-il ?

— J'y viens. En fait, je pense que ma sœur est en train de faire fausse route. Elle m'a avoué que, la prochaine fois que Phillip la demanderait en mariage, ce qui ne tardera pas, elle accepterait.

Jared le savait. Et cela faisait toujours aussi mal.

— Je suis au courant, oui.

— Eh bien, si elle épouse Phillip, je ne crois pas qu'elle sera heureuse.

— C'est son choix. Si elle dit oui à ce type, je n'y peux rien, moi. Je suppose qu'elle sait ce qu'elle fait.

— Sauf que moi, je me sens coupable dans cette histoire.

Coupable, parce que je lui ai toujours donné une image négative de toi. Je te présentais comme le type rebelle qui refusera toujours de se ranger. Tu es mon meilleur ami, tu as été mon témoin à mon mariage, bref, tu es quelqu'un de bien. Je m'en veux, je n'aurais jamais dû te dénigrer à ses yeux comme je l'ai fait.

— Ne t'accable pas ainsi, Sloan ! s'exclama Jared en riant. Fais-moi confiance, ce que tu lui as dit de moi n'aurait eu aucune incidence si nous avions été amoureux, elle et moi, au point de vouloir nous marier.

— Je sais que tu n'as aucune envie de passer devant monsieur le maire… mais peut-être pourrais-tu revoir ta position ? Je te le répète, moi-même, je n'ai jamais été aussi heureux. Mieux que ça : tu n'imagines pas le bonheur que c'est d'avoir des enfants, de les bercer le soir, et même de changer leurs couches, de…

— C'est bon, j'ai compris ! l'interrompit Jared. Écoute, tu es heureux, c'est une évidence. Je suis fier de t'avoir comme ami. Mais peut-être t'inquiètes-tu un peu trop. Tu sais, Allison et moi, nous ne nous voyons plus. Et puis, reconnais que cela ne te regarde pas vraiment.

— Je te l'ai dit, je me sens responsable.

— Eh bien, tu ne l'es pas. Affaire classée. Tu n'es pour rien dans cette histoire, alors oublie ça !

Quant à lui, il ne lui restait plus qu'à espérer pouvoir oublier Allison aussi facilement.

Lorsqu'il retourna à son bureau après le déjeuner, il se remit à penser à Allison. Il revit cette première nuit avec elle, alors qu'elle avait à peine dix-huit ans, et se souvint à quel point elle l'avait subjugué. Durant les six années qui avaient suivi, il ne l'avait jamais oubliée, et cela avait été un ravissement de la revoir ensuite. Il se remémora le moment où, assise sur ses genoux, elle lui avait expliqué que son goût pour l'aventure le faisait passer à côté d'une multitude de belles choses, que rien ne valait l'amour, le vrai. Cet amour qui vous donnait envie de vous engager pour l'éternité…

À présent, elle s'apprêtait à en épouser un autre. Chaque

fois qu'il y pensait, Jared serrait les poings, c'était comme un réflexe. Elle n'était pas amoureuse de ce Phillip, il en était sûr. Pourtant, elle était sur le point de lier sa vie à lui…

Il pensa à toutes ces choses qu'il aimait faire, tous ces sports extrêmes que ne supportait pas Allison. Le rodéo, la plongée, l'alpinisme, le rafting… Mais aujourd'hui, Sloan était venu le mettre en garde. Il avait voulu l'alerter de l'imminence d'un danger peut-être cent fois plus grand que tous ceux auxquels Jared avait été confronté dans sa vie.

Marchant d'un pas rapide, il tenta de penser à son avenir. À ce qui valait mieux, pour lui. Renoncer à l'adrénaline, ou renoncer à la femme qui le faisait vibrer ?

Pourrait-il la convaincre de l'accepter tel qu'il était et de dépasser sa peur ? Il se remémora le soir du rodéo, le visage livide d'Allison lorsqu'il était revenu de son tour de piste. Ses mains glacées, en dépit du chauffage allumé dans la voiture. Sa terreur.

Il ne pouvait pas lui faire ça…

Mais se sentait-il prêt à consentir de tels sacrifices pour elle ?

Il pria sa secrétaire de ne le déranger sous aucun prétexte et s'enferma dans son bureau.

Épouser Allison ? Il n'avait jamais vraiment envisagé le mariage pour lui-même, mais, à vrai dire, il n'avait jamais été aussi amoureux.

Car c'était un fait : il était fou amoureux. Une prise de conscience qui le frappa de plein fouet. Il n'avait pas encore pris la peine d'analyser ses sentiments pour elle, par insouciance, peut-être, ou par peur. Peur de regarder la vérité en face, peur de découvrir la profondeur de son amour pour elle et ce que cela impliquait.

Il se posta devant l'immense baie vitrée et contempla Dallas. En la quittant, il avait été persuadé qu'elle attendrait un peu avant de reprendre ses relations avec Phillip, qu'elle laisserait passer quelques semaines pour lui donner, à lui, une chance de revoir ses positions.

Mais non, elle avait repris le cours de sa vie comme s'il

n'en avait jamais fait partie. Phillip la pressait peut-être de dire oui ? Il soupira, serrant les poings sous l'effet d'une intense frustration. Elle lui manquait. Il avait envie d'entendre sa voix, envie de la toucher… En ne faisant rien, ne risquait-il pas de perdre celle qui, il n'en doutait pas, resterait l'amour de sa vie ? Supporterait-il de la voir mariée à un autre ?

Il alla s'asseoir à son bureau et attrapa son téléphone, puis reposa l'appareil sur son socle. Allison l'aimait, elle le lui avait dit. Mais qu'entendait-elle par là ? L'aimait-elle au point d'envisager de vivre toute sa vie avec lui ? Il n'en savait rien, en fait…

Exaspéré, il se leva et retourna se planter devant la baie vitrée. Où était-elle, que faisait-elle en ce moment précis ?

Allison s'assit à son bureau pour rédiger le courrier censé accompagner le catalogue. Sauf imprévu, la vente se tiendrait au tout début de l'été. Et au vu de la qualité des objets proposés, elle en était convaincue, ces enchères seraient un succès.

Des pas se firent entendre dans le couloir, mais elle ne bougea pas. Ce devait être son père qui raccompagnait un client. Un instant plus tard, cependant, un petit coup frappé à sa porte restée ouverte se fit entendre. Elle leva les yeux et manqua s'étouffer. Jared !

Elle sentit son cœur s'arrêter, puis repartir à toute allure. Le nouveau venu ne bougeait pas, les yeux posés sur elle, tout comme elle-même ne faisait pas un geste, hypnotisée.

Au fond d'elle-même, elle n'avait qu'une envie : courir se jeter dans ses bras. Elle s'en garda bien, toutefois.

— Jared ? finit-elle par articuler, retrouvant enfin la parole. Que fais-tu ici ?

— Ton père m'a dit que tu étais là, répondit-il, ignorant sa question.

Il fit un pas dans le bureau et referma la porte derrière lui.

Elle se leva alors pour l'inviter à s'asseoir sur le canapé destiné aux visiteurs. Ils se faisaient face, séparés par un mètre tout au plus, et ni l'un ni l'autre n'esquissa le moindre geste pour s'asseoir, tous deux continuant à se regarder en silence.

— Tu avais quelque chose à me dire ? finit-elle par l'interroger.

— Je voulais te parler en tête à tête. J'ai pensé que, si je t'appelais pour t'inviter à dîner, tu refuserais.

— Tu as bien pensé. Il n'y a aucune raison pour que nous sortions dîner ensemble.

— Si, il y en a une. J'ai des choses à te dire.

À peine si elle était consciente de ses paroles. Il se tenait là devant elle, trop près, trop beau. Et il lui avait tellement manqué ! Leurs yeux ne se quittaient pas et elle se demanda s'il n'entendait pas les battements de son cœur. À cet instant, le téléphone sonna, mais elle ne tourna même pas la tête. Puis le silence s'installa de nouveau.

— Tu vois, dit-il. Je voulais te voir ailleurs que dans un bureau où nous risquons d'être interrompus à tout moment. Je te propose de venir te chercher ce soir pour t'emmener dîner chez moi.

— Pour quelle raison ? Nous nous sommes dit tout ce que nous avions à nous dire, Jared, souffla-t-elle, la gorge nouée par l'émotion.

Comme elle aurait aimé lui dire oui ! Comme elle aurait voulu se lover entre ses bras ! En cet instant, elle aurait tout donné pour passer ne serait-ce qu'une soirée avec lui…

Mais non ! Ce serait une grave erreur d'accepter une telle invitation. Cela ne ferait que prolonger la souffrance qu'elle était en train de vivre. Car ce qu'il entendait par *parler*, c'était évidemment faire l'amour avec elle, puis tenter de la convaincre d'accepter son mode de vie. Il ne pouvait en être autrement.

— Écoute-moi, Jared : jamais je ne vivrai avec toi, peu importe ce que tu trouveras à me dire.

— Il ne s'agit pas de ça, répondit-il avec calme. Une soirée. C'est tout ce que je te demande, Allison. Juste une soirée.

Une éternité, si c'était pour souffrir, pensa-t-elle.

— Bon, entendu, s'entendit-elle répondre pourtant. Passe me prendre à 19 heures.

— Merci, répondit-il avec un sourire. Mais ne veux-tu pas que je retrouve plutôt ici à la fin de ta journée de travail ? Tu laisserais ta voiture sur le parking du bureau.

— Non, persista-t-elle. Viens me chercher à la maison.

— Très bien. À présent, je te laisse travailler. À tout à l'heure…

À cet instant, elle eut l'impression que ce mur érigé entre eux était plus épais que jamais. Elle ignorait pourquoi il voulait la voir, d'autant qu'il lui semblait avoir été claire : de son côté, elle n'avait pas changé d'avis. Excepté qu'à la place de l'euphorie qui l'habitait chaque fois qu'elle se trouvait face à lui, elle ne ressentait plus qu'un grand vide. Et ce soir, il faudrait souffrir encore et renouveler l'épreuve des adieux…

Et malgré tout, quand il lui jeta un dernier regard avant de sortir, quelque chose crépita dans l'air. Comme des étincelles. Visiblement, l'attirance était toujours aussi forte, d'un côté comme de l'autre. Elle retint son souffle, fascinée par la beauté de cet homme qui avait le pouvoir de faire chavirer son cœur. Et chavirer sa raison. Comment avait-elle pu dire oui ? Quand serait-elle libérée de lui ? Quand arrêterait-elle de trembler devant lui ?

Elle passa le reste de la journée dans un état second, puis rentra chez elle, se doucha et s'habilla sans vraiment reprendre ses esprits. Elle opta pour une petite robe toute simple noire et sans manches, avec un décolleté sage, puis se coiffa, laissant ses cheveux retomber en cascade sur les épaules. Elle fut prête dix minutes avant 19 heures.

Elle s'assit alors sur le canapé, immobile, figée, et ne se leva qu'en entendant un bruit de moteur à l'extérieur. Elle se précipita alors dans l'entrée, le cœur battant, les nerfs à vif. Elle mourait vraiment d'impatience de le revoir.

Le carillon de la sonnette retentit et, lorsqu'elle ouvrit la porte, elle eut une fois de plus le souffle coupé en se perdant dans l'éclat du regard vert. Il souriait.

- 11 -

— Tu es divine ce soir ! lui dit-il en entrant, tandis qu'elle refermait la porte derrière lui.

— Merci, répondit-elle. Viens, suis-moi, je vais te montrer l'endroit où j'ai installé la table. Elle est magnifique. Merci encore, Jared !

— Je suis content qu'elle te plaise.

— Mieux que ça ! assura-t-elle en l'invitant à pénétrer dans le salon. Je n'ai encore trouvé personne pour accrocher le miroir, mais je sais au moins où je le veux. Sloan m'a bien aidée pour la table, mais Phillip et moi avons été trop occupés pour fixer le miroir.

— Il n'y a rien d'autre qui te ferait plaisir dans la liste ? interrogea Jared. Il est encore temps de me le dire.

Elle secoua la tête et se concentra pour maîtriser le tremblement de sa voix.

— Non, je suis déjà comblée avec ces deux objets.

— Bien. Tu as les outils pour accrocher le miroir ?

— Oui, acquiesça-t-elle, sans parvenir à réfléchir lucidement. J'ai une trousse de bricolage.

— Je vais t'aider, déclara-t-il en retirant sa veste de costume pour la poser sur le dossier d'un fauteuil.

Elle songea qu'il fallait protester, mais se retrouva en train de le conduire dans la salle à manger. Le miroir reposait sur une couverture, sur la table. Jared s'en empara comme s'il pesait une plume.

— Montre-moi où tu souhaites l'accrocher…

Elle secoua la tête en regardant son pantalon de costume bleu marine et sa chemise blanche.

— Non, non, ce n'est pas la peine, articula-t-elle. Tu vas te salir.

— Ne t'en fais pas, répondit-il avec désinvolture.

— Bon, d'accord. Dans ce cas, fit-elle en commençant à reprendre ses esprits, je l'aimerais centré là, au-dessus de cette console, bien en vue. Attends, je vais chercher un mètre, ajouta-t-elle.

Elle se précipita dans la cuisine, où elle avait rangé l'instrument avec les couverts, et en profita pour reprendre une respiration normale. Puis elle s'empressa de regagner la salle à manger, où elle retrouva Jared, plus beau que jamais, en train de s'affairer.

— J'ai marqué un petit point sur le mur, là où je crois que se trouve le centre, l'informa-t-il.

— Comme ça ? À vue de nez ? s'étonna-t-elle.

— Oui. J'ai le compas dans l'œil, en principe. Mais vérifions. Prends un bout du mètre, ajouta-t-il en allant se placer à l'autre bout de la console pour la mesurer.

Elle hocha la tête, épatée.

— Exactement au milieu ! s'exclama-t-elle. Bravo !

Elle le regarda alors fixer le crochet dans le mur, puis y suspendre le miroir, non sans une certaine nonchalance, mais avec des gestes sûrs.

— Beau travail, commenta-t-elle quand il eut terminé. Vite fait, bien fait !

Il lui fit face avec un sourire, avant de venir vers elle et de l'attirer entre ses bras. À la seconde où il posa les mains sur elle, elle poussa un gémissement, incapable de résister à la vague de désir qui l'envahissait.

— Enfin, je te retrouve ! murmura-t-il. Comme tu m'as manqué, Allison !

Elle poussa un soupir de plaisir, mais ne répondit rien, toute à ses sensations.

— Tu sais, reprit-il contre son oreille, j'ai beaucoup

réfléchi. J'ai réfléchi à nous. C'est de cela que je voulais te parler.

Au prix d'un effort, elle se détacha légèrement de lui.

— Je vais épouser Phillip, tu sais…

— Il est au courant ? demanda Jared.

Elle secoua la tête, ne rêvant que de retourner dans ses bras, mais consciente qu'elle lui devait la vérité.

— Pas encore, répondit-elle en se ressaisissant, mais j'ai l'intention de lui faire part de ma décision très vite.

— Ne le fais pas, Allison. En fait, c'est pour cela que je suis venu te voir…

Il s'interrompit et elle le vit prendre une profonde inspiration.

— Écoute… Je t'aime ! Et je veux que tu deviennes ma femme.

Cette déclaration d'amour inattendue enveloppa Allison tel un nuage cotonneux et un bonheur infini emplit instantanément son cœur. En un éclair, un espoir fou l'envahit et lui interdit de respirer. Elle le regarda bouche bée.

— Il faut que nous parlions, Allison, reprit-il. Asseyons-nous ! suggéra-t-il en l'entraînant vers le canapé. J'ai beaucoup pensé à nous et je ne veux pas te perdre, ajouta-t-il sans cesser de la dévisager, comme pour guetter ses réactions.

Il était tout près d'elle et les mots qu'il prononçait la laissaient sans forces. Ils avaient déjà parlé de cela, elle lui avait déjà dit qu'elle ne pourrait jamais trouver la force de vivre dans une angoisse perpétuelle, alors pourquoi recommençait-il à la torturer ainsi ?

— Je pourrais peut-être arrêter certains sports, reprit-il, si tu veux bien me laisser en exercer d'autres auxquels je suis très attaché.

Elle le dévisagea, interloquée, en se demandant si elle avait bien entendu, puis se reprit.

— Arrêter certains sports ? répéta-t-elle, parvenant à peine à articuler. Lesquels ?

— Je pourrais renoncer au rodéo et à l'alpinisme. En revanche, la plongée et l'exploration d'épaves restent ma passion et si je devais arrêter, j'en serais malade.

Peinant à croire ce qu'elle entendait, elle jugea bon d'insister.

— Es-tu vraiment sûr de toi ? demanda-t-elle. Tu as tellement l'habitude de pratiquer ce genre d'activités… Ne risques-tu pas un jour d'en éprouver du ressentiment à mon égard, des regrets ?

— Non, j'ai bien réfléchi, assura-t-il d'une voix grave. Mais toi, qu'en penses-tu ? Tu pourrais envisager de me laisser continuer la plongée ?

— Je pense pouvoir vivre avec la plongée, dit-elle d'un ton grave.

Elle n'en revenait pas d'avoir cette discussion avec lui. C'était une telle surprise de l'entendre lui avouer qu'il ne pouvait pas vivre sans elle ! Pendant tout ce temps, il ne l'avait pas appelée une seule fois, n'avait pas essayé de la voir… Peut-être avait-il voulu prendre le temps de réfléchir à tout cela avant de revenir vers e?

— J'aime beaucoup le rafting également, ajouta-t-il.

Elle sourit en dépit de l'angoisse qui l'étreignit à l'imaginer défiant des rapides.

— Je pense pouvoir vivre avec le rafting, Jared, acquiesça-t-elle. Et tu vas me parler aussi de parachutisme ? Et de deltaplane ?

— Non, je ne suis pas très fan de ces sports-là. Par contre, j'aime le ski. Toi aussi, je crois. On pourra skier ensemble.

Elle lui prit le visage entre les mains et le regarda sans rien dire avec une infinie tendresse. Comme elle était émue qu'il soit ainsi prêt, pour elle, à tirer un trait sur toutes ces activités risquées qu'il adorait ! Emue, et aussi flattée… Elle sourit.

— En fait, dit-elle, ta démarche d'aujourd'hui est directement liée à ton penchant pour le risque. Il pourrait bien s'agir en effet du plus grand risque que tu aies jamais pris dans ta vie. Celui de me donner tout ton amour en me demandant de t'épouser…

— Possible, acquiesça-t-il. Prendre des risques est une seconde nature chez moi. Et je prends celui-là de tout mon cœur et en pleine conscience de ce que je fais.

— Alors, vraiment ? chuchota-t-elle. Plus de rodéo, plus d'ascension de l'Everest ?

— Terminé, tu as ma parole. Je t'aime, Allison. Veux-tu m'épouser ?

— Jared…

Incapable, soudain, de retenir ses larmes, elle n'alla pas plus loin. Elle se jeta alors à son cou et ils roulèrent ensemble sur le canapé.

— Oh oui, Jared, oui, je veux t'épouser ! s'exclama-t-elle, ivre de bonheur. Oh ! Jared, je n'ose pas y croire. Je pensais que tout était fini entre nous.

— Je l'ai cru moi aussi. Et puis j'ai compris. Je ne peux pas envisager la vie sans toi. Alors c'est avec joie que je consens à certains sacrifices.

— Dans ce cas, marché conclu…

Ils s'embrassèrent, un baiser de retrouvailles, mais pas seulement : un baiser surtout plein de promesses pour l'avenir.

— Un jour, tu m'as dit qu'être marié donnait une foule de privilèges, murmura-t-il d'une voix câline. Qu'entendais-tu exactement par là ?

Elle lui sourit.

— Dégrafe cette robe, ordonna-t-elle.

Il s'exécuta aussitôt, après quoi elle se leva et se déhancha pour faire glisser la robe sur ses seins, sa taille, puis ses cuisses. Un instant plus tard, le vêtement s'échouait à ses pieds. Alors elle retourna auprès de lui et la passion entre eux reprit ses droits. Les malentendus, les peurs, tout ce qui les avait séparés se dissipa comme par magie pour laisser place à l'amour.

Bien plus tard, blottie contre le corps brûlant et nu de l'homme qu'elle aimait, elle chuchota :

— Oh ! Jared, je suis si heureuse…

— Je l'espère bien ! Car c'est tout ce que je veux : faire ton bonheur, mon ange. Tu n'imagines pas combien j'ai besoin de toi.

— Je l'espère bien ! répliqua-t-elle, reprenant ses mots. Aujourd'hui et demain, et encore le lendemain, répondit-elle, mutine.

Une idée lui traversa soudain la tête.

— Jared, j'ai un scoop pour toi.

— Un scoop ? s'étonna-t-il. Cela ne concernerait-il pas ton frère, par hasard ?

— Si. Sloan se sent coupable pour m'avoir dressé de toi un portrait si détestable durant toutes ces années. Il dit que tu es son meilleur ami et…

Elle s'interrompit devant l'air amusé de Jared.

— Tu n'as pas l'air surpris !

— Parce que je ne le suis pas. Ton frère est venu me voir, moi aussi. Il m'a dit que tu t'apprêtais à épouser Phillip et que cela le contrariait fortement, parce qu'il avait la certitude que tu n'étais pas amoureuse de lui. Il m'a présenté des excuses. Il s'en voulait de t'avoir dit toutes ces choses à mon sujet. Je suis certain que, lorsqu'il apprendra la nouvelle, il va s'inquiéter, comme d'habitude. Mais d'abord, nous devons parler à ton père. Je lui ai déjà dit que je voulais t'épouser et que j'allais te faire ma demande.

— Ah bon ? Mais quand ?

— Cet après-midi, quand je suis passé à ton bureau. Je suis allé le voir juste avant.

— Il ne m'en a pas parlé.

— Bien sûr que non ! Je voulais te faire la surprise, répondit-il en lui déposant un baiser sur le bout du nez. Allison, je suis le plus heureux des hommes. Marions-nous le plus vite possible !

— Une question : pourrons-nous avoir un bébé ? demanda-t-elle, le cœur battant.

— Non, répondit-il. Pas un. Une multitude. D'ailleurs, nous pourrions nous y mettre tout de suite. Qu'en dis-tu ?

Elle rit entre ses bras, avant de laisser échapper un soupir quand il vint sur elle.

*
* *

Il était plus de 20 heures quand Jared attrapa son téléphone.

— Appelle ton père, puis Sloan. Ensuite, nous commanderons le dîner.

Elle prit le combiné, brancha le haut-parleur, puis annonça à Herman que Jared et elle étaient fiancés. Son père leur adressa ses félicitations les plus chaleureuses et Allison promit de passer le voir dès le lendemain avec Jared.

— Ma chérie, c'est merveilleux ! Je te souhaite tout le bonheur possible… Jared est venu me parler et je sais qu'il t'aime. Ses sentiments pour toi ne font aucun doute.

À ces mots de son père, elle se tourna vers Jared et déposa un baiser sur ses lèvres.

Elle appela ensuite Sloan, pressant une nouvelle fois le bouton du haut-parleur.

— Sloan, c'est Allison. Jared est ici. Lui et moi, nous allons nous marier. D'après lui, tu lui aurais vivement conseillé de me demander de l'épouser.

— Je n'ai rien fait de tel ! protesta son frère. J'ai seulement dit que tu risquais d'épouser un homme qui n'était pas fait pour toi et… euh…

Elle éclata de rire quand son frère se mit à bafouiller. Puis il se calma et les félicita du fond du cœur tous les deux.

— Merci ! s'exclama Allison. Après tout, tout ça, c'est grâce à toi.

— Certainement pas ! protesta Sloan. Jared n'a jamais rien fait contre son gré, et ce, depuis l'école primaire.

— Tu exagères, remarqua ce dernier dans un éclat de rire. Mais merci, Sloan ! Sans toi, je ne sais pas si j'aurais osé demander ta sœur en mariage.

— De rien, mon ami ! Bien, Allison, je te laisse annoncer la nouvelle aux filles. Je te passe Virginia.

— Virginia, mon trésor, dit Allison. Je vais me marier. J'espère que tu voudras bien être ma demoiselle d'honneur.

Virginia se mit à hurler de joie et Allison s'empressa d'éloigner l'appareil de son oreille.

— Je crois qu'elle est contente.

Ce fut ensuite à Leah de dire quelques mots.

— Allison, félicitations à toi et à Jared…

La femme de son frère devait élever la voix, à cause des cris stridents derrière elle.

— Les filles sont folles de joie, reprit-elle. Et maintenant, voilà que Jake imite ses sœurs et qu'il commence à hurler, lui aussi. Quelle famille !

— Merci, Leah, dit Allison. Je vous rappellerai demain, quand les enfants seront calmés. Bye !

Elle raccrocha et se tourna vers Jared.

— Tu as entendu ? Les filles sont ravies. Tu as des nièces et une famille maintenant, tu sais…

— Je n'en reviens toujours pas, de tout ce qui m'arrive. Tu as complètement bouleversé mon existence depuis cette fameuse soirée, il y a six ans…

— Moi, vraiment ? demanda-t-elle avec un air innocent.

— Si quelqu'un m'avait dit, lorsque j'avais seize ans, que j'épouserais la petite sœur de mon ami Sloan, j'aurais sans doute pris mes jambes à mon cou pour fuir à l'autre bout de la planète. À l'époque, cette perspective m'aurait glacé le sang.

— Eh bien, moi, à cette époque, je te trouvais plutôt mignon… mais tellement vieux ! Je me souviens de ta tête, un jour, alors que je venais de te lancer une boule de neige en pleine figure.

— Une vraie petite peste…

— Et j'ai changé ? demanda-t-elle en se pressant contre lui tout en couvrant son visage de baisers.

— Pas tellement, et j'adore ça, assura-t-il, avant de l'embrasser et de réveiller encore son désir.

Épilogue

Premiers jours de mai…

Allison prit le bras de son père, tandis que les demoiselles d'honneur s'avançaient vers l'autel.

— Comme tu es belle, ma chérie ! lui murmura Herman en déposant un baiser sur sa joue.

— Merci papa.

— J'aurais tant aimé que ta mère puisse te voir.

Elle lui sourit et lui tapota affectueusement le bras.

— Je suis vraiment heureux pour toi et Jared, reprit-il. Sois gentille avec lui, mon trésor. Il est fou amoureux de toi.

— Peut-être est-ce à lui que tu devrais dire d'être gentil avec moi, plaisanta-t-elle.

— Il le sera, je n'ai aucun doute là-dessus. J'espère que tu seras aussi heureuse que nous l'avons été, ta mère et moi.

— Je l'espère aussi, papa.

— Je suis fier de toi et de Sloan. Vous avez été de merveilleux enfants, tous les deux.

— Merci, répondit-elle en regardant la foule autour d'elle.

Il y avait là Virginia et Megan, adorables avec leur petit panier de pétales de roses. Leah, leur mère, demoiselle d'honneur en chef, en compagnie des plus proches amies d'Allison. Jared, quant à lui, avait choisi Sloan pour témoin, ainsi que Ryan Delaney et d'autres amis, tous aussi élégants les uns que les autres.

— C'est le moment ! chuchota la maîtresse de cérémonie.

Les premières notes de la marche nuptiale retentirent et

tous les invités se levèrent en se tournant vers la mariée. Elle commença à marcher, solennelle, vers l'autel, ne voyant que Jared et oubliant tous les autres. Jared, beau comme un dieu, qui lui souriait, et auquel elle souriait en retour, le cœur rempli de joie, à quelques minutes seulement maintenant de devenir sa femme.

Puis son père plaça sa main dans celle de Jared, une main que son futur mari serra tendrement. Ils échangèrent leurs vœux et firent le serment de s'aimer et de se protéger toujours. Jared glissa ensuite à son doigt une alliance qui rejoignit la bague de fiançailles sertie de diamants. Enfin, ils furent déclarés mari et femme. M. et Mme Jared Weston. Et elle sortit de l'église au bras de son époux.

Peu après, au country club, fut donné le coup d'envoi de la réception. Allison fut assaillie par la famille Delaney. Tous voulaient être parmi les premiers à la féliciter. C'est à peine si elle connaissait l'aîné, William, et sa femme Ava, accompagnés de leur ravissante petite fille, Caroline. Zach et Emma étaient là eux aussi, ainsi que Ryan, irrésistible dans son smoking et ses santiags. Il y avait aussi Garrett et Sophia Cantrell, ex-mademoiselle Delaney. Jared paraissait prendre plaisir à la conversation, ce qui ne l'empêchait pas de regarder Allison par moments. Moments d'une intensité folle, et elle avait l'impression alors qu'une bulle s'était formée autour d'eux. Une bulle de bonheur…

Plus tard, elle accorda une danse à Ryan.

— Jared m'a expliqué qu'il s'était engagé à ne plus monter de taureaux. Je voulais te remercier. J'aurai enfin une chance de gagner à l'avenir.

— Je t'en prie, tout le plaisir est pour moi ! répondit-elle en riant. Mais en fait, tu n'as pas à me remercier. Jared a pris cette décision seul.

— Et je m'en félicite. Vous êtes ravissante, Mme Weston.

— Merci.

— Et je n'ai jamais vu Jared aussi heureux. Je vous souhaite tout le bonheur du monde.

— Encore merci, Ryan.

La danse terminée, Phillip l'aborda et lui offrit son bras.

— Me feras-tu l'honneur ?

— Bien sûr. Pardon, je n'ai pas eu le temps de venir te saluer.

— Je suis allé féliciter Jared. Tu es sublime.

— Merci Phillip. Tu es venu accompagné ?

— Oui, répondit-il, tout sourire. Elle s'appelle Ginger, et je voudrais te la présenter. Sincèrement, Allison, je pense que tu as eu mille fois raison de ne jamais accepter mes demandes en mariage. Nous aurions formé un beau couple, mais je ne crois pas que le bonheur aurait été au rendez-vous. En revanche, une chose est sûre : en te regardant, on comprend tout de suite que Jared est l'homme de ta vie.

— Oui, Phillip. Jamais je n'ai été aussi heureuse.

Ils dansèrent, puis Jared apparut une fois la danse terminée et la prit dans ses bras.

— Tu es la plus belle mariée de la galaxie. Non, de l'univers tout entier.

Elle rit en lui nouant les mains autour du cou et ils commencèrent à danser.

— Je viens d'apprendre que Phillip avait rencontré une femme dont il semble très amoureux, dit-elle après un moment. Et tu sais quoi ? Il m'a remerciée d'avoir toujours refusé de l'épouser !

— Je m'en réjouis encore plus que lui ! répondit Jared. Mais je vois ton frère qui ne nous quitte pas des yeux. Tu as dansé avec lui ?

— Pas encore.

— Je pense que cela lui ferait plaisir. C'est la tradition, et Sloan est très attaché aux traditions. J'espère à ce sujet que mon nouveau beau-frère ne va pas se sentir obligé de me faire la leçon sur les devoirs et les responsabilités d'un homme marié…

— Tu le connais. Il ne pourra sans doute pas s'en empêcher.

— Et si nous nous éclipsions discrètement ? J'ai envie de t'avoir tout à moi.

— Décemment, je pense que nous pourrons partir d'ici trois heures.

— Vraiment ? Et si je t'enlevais, là, tout de suite ?

— Eh bien, je n'opposerais aucune résistance, affirma-t-elle en souriant.

— Aah, comme je te retrouve ! Impétueuse, passionnée. Oh ! mais voilà Sloan… À tout à l'heure, Mme Weston, ajouta-t-il avec un clin d'œil.

— Je t'aime, Jared…

— Je t'aime, Allison. Et comment va mon beau-frère ? demanda-t-il en se retournant vers Sloan, qui les accostait. Nous faisons partie de la même famille, maintenant. J'espère que je survivrai à tes remarques et à tes inquiétudes…

— Je peux te garantir une chose : tu as intérêt à faire le bonheur de ma petite sœur. Je t'ai à l'œil ! Maintenant, si tu le permets, je voudrais danser avec ta femme.

— La dernière fois que tu m'as fait danser, remarqua Allison en lui donnant la main, je devais avoir cinq ans. Après, tu m'as considérée comme la reine des pestes.

Sloan éclata de rire, puis il l'entraîna dans une valse effrénée sur la piste de danse.

Près de deux heures plus tard, Allison chercha Jared du regard dans la salle de bal. Ne le voyant pas, elle interrogea certains invités, mais personne ne l'avait vu. Il demeurait introuvable. Elle quittait la salle de réception pour se rendre dans le hall, quand soudain une main captura la sienne.

— Partons d'ici ! souffla Jared, un éclat malicieux dans les yeux.

— Mais je n'ai pas encore lancé mon bouquet de mariée, protesta-t-elle.

— J'ai demandé à Sloan de confier cette mission à Leah. Après tout, elle est ta première demoiselle d'honneur, dit-il en lui prenant le bouquet des mains pour le poser sur une chaise. Elle saura le retrouver, ne t'inquiète pas.

Allison sourit, puis, main dans la main, ils se précipitèrent à l'extérieur pour s'engouffrer dans la limousine qui attendait, moteur en marche, devant le perron.

Une minute plus tard, Jared releva la vitre entre eux et le chauffeur, puis il attira son épouse tout contre lui et l'embrassa.

Plus tard, cette nuit-là, alors qu'ils s'apprêtaient à pénétrer dans une somptueuse villa, sur les îles Caïmans, Jared la prit dans ses bras pour en franchir le seuil.

— C'est magnifique ! s'exclama-t-elle en regardant autour d'elle.

— C'est toi qui es magnifique. Non, sublime ! Non, divine ! la reprit-il en souriant. Oh ! Allison, en m'épousant, tu fais de moi le plus heureux des hommes. Quand je pense à tout ce temps perdu à chevaucher des taureaux sauvages et à escalader des falaises ! Je croyais que c'était ça, le bonheur, mais comme je me trompais !

— J'espère que tu parleras toujours ainsi. Pour le reste de tes activités, je te promets de fermer les yeux en priant très fort.

— Je ne tiens pas à gâcher tout ce bonheur en prenant des risques inconsidérés, je t'assure. Je t'aime, Allison, je t'aime du plus profond de mon cœur.

— Moi aussi, je t'aime, répondit-elle en se jetant à son cou pour lui donner un baiser, le cœur débordant d'une joie mêlée d'amour pour son mari. Je t'aime de tout mon cœur et de toute mon âme. De tout mon corps, aussi, ajouta-t-elle, sensuelle, en le serrant entre ses bras, confiante en l'avenir, enfin, en cette éternité de bonheur qui s'annonçait avec l'homme qu'elle avait choisi.

Retrouvez en juin 2020,
dans votre collection

PASSIONS

Brûlant frisson, de Naima Simone - N°869

SÉRIE : SECRETS MILLIARDAIRES TOME 1

Darius… Lorsque les premières lueurs du jour lui révèlent le visage de l'homme avec lequel elle vient de passer une nuit brûlante après le gala de charité, Isobel croit défaillir. Darius n'est autre que le plus proche ami de Gage, son mari récemment disparu. Et, comme tout membre de la famille King, il lui voue une haine sans faille tout en lui reprochant mille maux parmi lesquels celui d'avoir été inconstante avec Gage !

De Hollywood au ranch Double H, de Maureen Child

Je n'attends absolument rien de toi. Cette phrase prononcée par Caden, l'homme qu'elle retrouve après cinq ans d'absence, ne cesse de la hanter. Comment Emma pourrait-elle lui expliquer la raison de son départ pour Hollywood, même si cela lui a brisé le cœur ? Pire, la croira-t-il si elle lui révèle la vérité au sujet de l'enfant dont il lui reproche la naissance ?

L'enfant de son patron, de Katy Evans - N°870

En voyant son ex-patron ramper devant elle, la suppliant de lui venir en aide, avec un adorable nourrisson dans les bras, India hésite. Cet homme, aussi tyrannique qu'irascible, a fait de sa vie un enfer pendant des mois, au point de la pousser à démissionner de la société où elle se plaisait tant. Peut-elle pour autant se détourner de lui en abandonnant cet adorable enfant à un destin si cruel ?

Mensonge ou vérité ?, de Joanne Rock

Comment ce goujat de Marcus ose-t-il lui reprocher sa proximité avec son frère, alors que cela a toujours été le cas dans leurs bureaux de Los Angeles ? Lili pensait, à tort, qu'ils avaient tous deux un rapport de confiance – voire bien plus –, au point de se désengager de ses fiançailles… Il semblerait que Marcus se soit uniquement servi de son charme pour la manipuler au profit de sa seule carrière.

Au risque de te (dé)plaire, de Yahrah St. John - N°871

SÉRIE : LUXE, PASSION ET… INTERDIT TOME 1

Maya vient d'accepter de reprendre du service au sein de Stewart Investments, l'entreprise d'Ayden… Bien sûr Ayden lui a promis un salaire conséquent, dont elle a terriblement besoin pour soigner sa mère malade, tout en lui jurant qu'il serait irréprochable à son égard. Mais peut-elle vraiment se fier à cet homme, qui n'a pas hésité à la jeter comme un vulgaire mouchoir, après la nuit torride qu'ils ont partagée cinq ans plus tôt ?

La vengeance d'un homme, de Yahrah St. John

SÉRIE : LUXE, PASSION ET… INTERDIT TOME 2

Lorsque Fallon Stewart – son amie et héritière de l'empire Stewart – lui demande une aide financière pour sauver son entreprise, Gage n'hésite pas une seconde. C'est là l'occasion rêvée d'obtenir enfin sa vengeance sur les Stewart, qui n'ont pas hésité à licencier sa mère lorsqu'il était enfant. À condition de savoir maintenir ses distances avec la sublime Fallon…

Un héros pour son fils, de Yahrah St. John

SÉRIE : LUXE, PASSION ET… INTERDIT TOME 3

Une simple opération de communication ! Iris est scandalisée en découvrant les gros titres de la presse. Dane Stewart, l'homme qui lui a ravi un baiser passionné hier soir, le généreux donateur qui va sauver son fils, est en fait un acteur. Un acteur qui n'a pas hésité à se servir de sa détresse pour redorer son blason, alors qu'elle le pensait sincère.

Promesses à Sutherland Farm, de Emilie Rose - N°872

Une main posée sur le ventre, Megan a du mal à assimiler la nouvelle. Xavier, dont elle partage la vie depuis des mois, va en épouser une autre… Tremblante, vibrante de colère, Megan s'enfuit à Sutherland Farm. Là, au milieu des chevaux qu'elle aime tant, elle pourra se ressourcer, elle en est sûre. Mais, au moment où elle commence à reprendre son destin en main, Megan apprend que Xavier a loué le ranch voisin du sien…

Troublante parenthèse, de Charlene Sands

Tandis qu'elle émerge des brumes du plaisir, dans les draps de soie d'un hôtel luxueux de Las Vegas, Sammie prend conscience de l'erreur qu'elle a commise : elle a passé la nuit dans les bras de Jackson Worth. Bien sûr, elle ne peut s'empêcher d'être flattée qu'un tel apollon ait posé son regard ardent sur elle – avant d'embraser tous ses sens –, mais elle redoute déjà la tournure que va prendre leur relation, car Jackson est avant tout son associé en affaires…

La chance qu'ils espéraient, de Kat Cantrell - N°873

Lorsque Shay se voit confier la garde d'un bébé, il sait qu'une seule femme est capable de lui apprendre à devenir un bon père : Juliana Cane, talentueuse psychologue pour enfants – et accessoirement celle qu'il a tant aimée, avant qu'ils se séparent huit ans plus tôt. Malgré ses réticences, il lui propose donc un marché : si Juliana accepte de vivre avec le bébé et lui pendant deux mois, il usera de son influence pour donner un nouvel élan à sa carrière.

Le prix de la séduction, de Yvonne Lindsay

Pour convaincre Avery Cullen de lui vendre les toiles impressionnistes en sa possession, Marcus Price, marchand d'art chez Waverly's, est prêt à tout. Y compris à séduire la riche héritière, ce qui ne devrait pas s'avérer trop difficile, s'il en croit la lueur d'intérêt qu'il voit briller dans le regard de la jeune femme. Mais, s'il veut parvenir à ses fins, Marcus doit aussi et avant tout faire face à un obstacle inattendu : son propre désir.

Composé et édité par HarperCollins France.

Achevé d'imprimer en avril 2020.

CPi
BLACK PRINT

Barcelone

Dépôt légal : mai 2020.

MIXTE
Papier issu de sources responsables
FSC® C108412

Pour limiter l'empreinte environnementale de ses livres, HarperCollins France s'engage à n'utiliser que du papier fabriqué à partir de bois provenant de forêts gérées durablement et de manière responsable.

Imprimé en Espagne.

OFFRE DÉCOUVERTE !

Vous souhaitez découvrir nos collections ? Recevez **votre 1er colis gratuit* avec 2 cadeaux surprises !** Une fois votre colis de bienvenue reçu, si vous souhaitez continuer à recevoir nos livres, cela se fera automatiquement. Vous recevrez alors vos livres inédits** en avant-première.

Vous n'avez aucune obligation d'achat et cette offre est sans engagement de durée !

*1 livre offert + 2 cadeaux / 2 livres offerts pour la collection Azur + 2 cadeaux. Les collections Gentlemen et Aliénor démarrent avec le 1er colis payant.
**Les livres Ispahan, Sagas, Best-Sellers Féminins, Gentlemen et Hors-Série sont des réédités.

☛ COCHEZ la collection choisie et renvoyez cette page au
Service Lectrices Harlequin – CS 20008 – 59718 Lille Cedex 9 – France

Collections	Références	Prix colis*
❑ **AZUR**	Z0ZFA6	6 livres par mois 28,79€
❑ **BLANCHE**	B0ZFA3	3 livres par mois 23,65€
❑ **LES HISTORIQUES**	H0ZFA2	2 livres par mois 16,59€
❑ **ISPAHAN**	Y0ZFA3	3 livres tous les 2 mois 23,35€
❑ **PASSIONS**	R0ZFA3	3 livres par mois 25,09€
❑ **SAGAS**	N0ZFA3	3 livres tous les 2 mois 27,66€
❑ **BLACK ROSE**	I0ZFA3	3 livres par mois 25,09€
❑ **VICTORIA**	V0ZFA3	3 livres tous les 2 mois 25,69€
❑ **GENTLEMEN**	G0ZFA2	2 livres tous les 2 mois 17,35€
❑ **BEST-SELLERS FÉMININS**	E0ZFA2	2 livres tous les 2 mois 18,75€
❑ **ALIÉNOR**	A0ZFA2	2 livres tous les 2 mois 17,35€
❑ **HORS-SÉRIE**	C0ZFA2	2 livres tous les 2 mois 17,35€

N° d'abonnée Harlequin (si vous en avez un) __________

Mme ❑ Mlle ❑ Nom : __________

Prénom : __________ Adresse : __________

____

Code Postal : __________ Ville : __________

Pays : __________ Tél. : __________

E-mail : __________

Date de naissance : __________

❑ Oui, je souhaite recevoir par e-mail les offres promotionnelles des éditions Harlequin.
❑ Oui, je souhaite recevoir par e-mail les offres promotionnelles des partenaires des éditions Harlequin.

Date limite : 31 décembre 2020. Vous recevrez votre colis environ 20 jours après réception de ce bon. Offre soumise à acceptation et réservée aux personnes majeures, résidant en France métropolitaine, dans la limite des stocks disponibles. Prix susceptibles de modification en cours d'année. Vous pouvez demander à accéder à vos données personnelles, à les rectifier ou à les effacer. Il vous suffit de nous écrire en nous indiquant vos nom, prénom et adresse à : Service Lectrices Harlequin CS 20008 59718 LILLE Cedex 9. Service Lectrices disponible du lundi au vendredi de 8h à 18h : 01 45 82 47 47.